MW01250675

La conspiración de los Alquimistas

Hania Czajkowski

LA CONSPIRACIÓN DE LOS ALQUIMISTAS

grijalbo

Queda rigurosamente prohibida, sin la autorización escrita de los titulares del *copyright,* bajo las sanciones establecidas por las leyes, la reproducción total o parcial de esta obra por cualquier medio o procedimiento, comprendidos la fotocopia y el tratamiento informático.

Diseño de cubierta: Estudio MB

© 1999, Hania Czajkowski
© 1999, Grijalbo S.A. (Grupo editorial Grijalbo Mondadori)
Av. Belgrano 1256 (1093) Buenos Aires - Argentina
e-mail: info@grijalbo.com.ar

Primera edición

ISBN 950-28-0243-8

Hecho el depósito que marca la ley 11.723

Impreso en Verlap S.A., Comandante Spurr 653, Avellaneda (1870), Buenos Aires, Argentina, en el mes de febrero de 1999.

Tirada: 4.500 ejemplares

El viaje

Aeropuerto

(Buenos Aires, 4 de agosto)

Sonreí al recordar al terrible Dragón de Cracovia, protagonista de los cuentos de mi infancia. La bestia entraba sin previo aviso en mis sueños batiendo sus alas tenebrosas, inundando de fuego el universo. Los rugidos del Jumbo al decolar no podían compararse con los de aquel dragón.

En Polonia me esperaba papá. Polonia. Se me hizo un nudo en la garganta. ¿Por qué habría tomado la inexplicable decisión de irse tan lejos y dejarnos, veinte años atrás? Yo viajaba para borrar esa tristeza. A pesar de la alegría del próximo encuentro, no pude evitar que se me llenaran los ojos de lágrimas pensando en su ausencia. Tan larga, tan dura.

Me pregunté si los ojos de papá seguirían siendo tan celestes como hacía veinte años. Volveríamos a vernos, pero esta vez en su tierra. De ella sabía pocas cosas. Que la bañaba un helado mar Báltico y que el horizonte se volvía profundamente verde por los pinos silvestres. El mar era transparente y en sus abismos brillaban piedras preciosas. Había antiguos castillos, casi todos habitados por dragones en llamas.

El avión trepó a diez mil metros de altura, y yo todavía no me había repuesto del incidente en la Aduana.

El funcionario había revisado mi pasaporte como si fuera el plano de un tesoro. Observó mi fotografía, observó mi rostro, volvió a mi foto y puso un sello con un golpe seco. Miró hacia los costados y luego, clavando sus ojos en los míos, susurró con una voz extraña:

–Bienvenida a la Gran Conspiración.

Sorprendida, no atiné a contestarle.

–Recibirás el sobre en Varsovia –dijo.

–¿Perdón? –alcancé a musitar.

–Se conectarán contigo los alquimistas. Manuel te envía augurios y protección para el viaje a través del Camino de los Misterios. ¡Pase el que sigue!

–Pero...

–¡El que sigue! –ordenó imperturbable, adoptando la anónima cara de funcionario, como si allí jamás se hubiera pronunciado una sola palabra fuera de lo usual.

Recuerdo haber caminado junto a los demás pasajeros, como en un sueño. Después, las puertas de embarque, el puente vidriado, la manga del avión.

Durante el vuelo, seguía escuchando la voz del funcionario de la aduana. Sólo le di importancia porque había mencionado a un tal Manuel, y yo conocía a uno: tal vez se tratara de mi amigo monje. Pero lo demás no tenía sentido. ¿Recibir un sobre? ¿Iniciar el Camino de los Misterios? ¿Los alquimistas?

El sobre...

El sobre de Rafael... ¿Tendría algo que ver? Unas horas antes de mi partida, Rafael, un amigo de exploraciones y búsqueda de caminos del alma, me había llamado desde el monasterio de los Benedictinos, al que solíamos ir por unos días a reponer energías y ordenar pensamientos.

–Tengo un sobre para ti –me había dicho–. De alguna manera te lo haré llegar. Te lo envía el hermano Manuel, dice que es importante para el viaje.

Mi amigo Rafael tenía tareas que hacer en el Monasterio y la comunicación de larga distancia fue breve, un gran abrazo y hasta la vuelta. La extraña actitud del funcionario y el sobre que Manuel me enviaba y que aún no había llegado a mis manos eran las únicas pistas por el momento. Imposible dejar de relacionarlas.

Doce largas horas más tarde, me sobresaltó la voz del comandante. Los altoparlantes anunciaban que estábamos sobrevolando la tierra de mis ancestros. Todavía me rondaban las imágenes de un sueño: caravanas de beduinos, exóticas tiendas decoradas con alfombras turcas. Raros danzantes que giraban y giraban vestidos de blanco alrededor de un majestuoso pavo real que me miraba fija, enigmáticamente. ¿Será un presagio?, me pregunté. No pude seguir pensando, las diminutas casas de Varsovia ya aparecían en mi ventanilla.

El reencuentro

Leí el cartel de MIGRACIONES con un estremecimiento: no quería saber nada más de funcionarios.

–¡Identidad! –demandó en polaco la empleada.

Coloqué el pasaporte sobre su mostrador con cierta precaución. Con voz monótona me preguntó por cuánto tiempo me quedaba y el motivo de mi viaje. Finalmente estampó un sello en mi pasaporte y me indicó la salida.

Busqué a mi padre con la mirada, estaba muy ansiosa. De pronto una mano se levantó. Me puse en puntas de pie y desde la distancia me pareció verlo sonreír.

–¡Papá! –grité abriendo los brazos.

Corrí hacia él. Pero no era mi padre. No pude distinguir el rostro del desconocido, pero me llamó la atención una hermosísima estrella de oro que colgaba de su cuello. De pronto sentí una mano en mi hombro.

Al darme vuelta, la emoción nubló mis ojos y me cerró la garganta. Allí estaba, firme como un soldado, pequeño, desamparado. Lloré a mares abrazada a él, sin hacer ninguna pregunta. Cuando me recuperé, tenía en mis manos un ramo de rosas rojas.

–Papá... –balbuceé todavía detrás del ramo y del profundo aroma de las rosas.

Román, mi padre. Escuchar su voz otra vez... Siempre había sido un hombre de pocas palabras, pero ahora hablaba sin parar. Los temas cotidianos nos hacían encontrar en el mismo terreno. La vida diaria, su casa antigua, las cartas que nos habíamos escrito. Mientras, por la ventanilla del auto, Varsovia iba apareciendo poco a poco ante mis ojos.

Noté en papá un cambio esencial: el aplomo que yo recordaba había desaparecido. Tal vez a causa de los veinte años de distancia. Estaba feliz de verme, no había dudas; pero... ¿por qué esa mirada de intranquilidad?

Decidí preguntarle qué le pasaba. Sin apartar los ojos de la ruta me dijo:

–Tengo algo que contarte en cuanto lleguemos a casa.

–¿Pasa algo malo?

–No, *malutka*, ya te vas a enterar.

Opté por no preguntar más.

Respiré el aire misterioso de esa ciudad tantas veces imaginada. Ya había estado allí, a través de los relatos de mis padres. Siempre partidas, alejamientos... Pero esta vez yo estaba haciendo el camino inverso.

Varsovia, sin cortina de hierro, maquillaba su historia: nuevos edificios, negocios, carteles. Había algo en el aire, en los ojos de los polacos. Miradas que yo veía desde la ventanilla y que me hablaban de historias amargas, inolvidables. Varsovia está herida, pensé, y quiere sanarse. Algo muy antiguo está despertando para ser liberado. Algo quiere volar y todavía no le es posible hacerlo: hay demasiado dolor atrapado en los recuerdos.

–Debería descender un ejército de ángeles sobre Varsovia –dije.

–Siempre la misma poeta –dijo mi padre.

–Podrían despejar con sus alas muchos pesares, papá. Aliviar las miradas, enseñar a volar.

–Y tal vez así perderíamos el miedo.

Tenía razón: la terrible historia polaca flotaba trágicamente en sus edificios antiguos, en sus palacios, en los bloques interminablemente grises. Pero el antiguo esplendor de Varsovia no había sido totalmente borrado, todavía seguía siendo la puerta de Oriente. Artística, aristocrática, romántica, me permitía percibirla también bajo la aparente monotonía. El amor por el arte, por la música, la pasión del alma eslava son parte de esa mezcla extraña.

El joven Román había partido de Polonia a los veintitrés años, luego de una intervención directa en los frentes de batalla en la frontera con Alemania. Desde entonces siempre la Sombra veló su mirada.

Contemplé su perfil mientras él conducía, absorto.

Sabía de otros casos, amigos de mi padre, que tras las mismas vivencias se habían transformado en personas intensas, libres, apasionadas. Dos maneras diferentes de elaborar la misma experiencia, reflexioné, mientras pasábamos al lado del Palacio de Cultura, enorme paquidermo arquitectónico, recuerdo de la época stalinista y del poder absoluto del Estado. Me estremecí al pensar en cómo quedaría un ser humano después de pasar por la desintegración, por el miedo. Después de encontrarse con la muerte cara a cara quizá se pudiera amar con pasión absoluta. Manifestar entrega, amor sin condiciones por todo lo que la vida nos regala después del horror.

Román vivía en el centro de Varsovia, en un edificio antiguo, de estilo anterior a la guerra. Cristina, su esposa actual, había preparado ya la bienvenida con la clásica hospitalidad polaca: *sernik*, tortas, *pierogi*, un banquete completo.

–Las bienvenidas –sonrió– comienzan con este ritual de los platos típicos.

Era cierto: la alquimia se inicia al probar los sabores del lugar. Deben ser paladeados, olidos, para sentir realmente que hemos llegado. La torta de amapolas, el té servido en un samovar, los *pierogi* con frambuesas, los frutos del bosque, todo estaba allí sobre la mesa, para participar del encuentro y transformarlo en una fiesta.

No sé cuántas horas conversamos sobre temas familiares, pasados y presentes. Estábamos haciendo un repetido resumen de nuestra vida, de los hechos más importantes, cuando de repente mi padre se detuvo un momento y me dijo:

–Tengo que contarte algo.

–Te escucho, papá.

Yo estaba muy intrigada. Él encendió su pipa, soltó un par de bocanadas y dijo en voz baja:

–Puede ser un asunto sin importancia, pero me dejó preocupado. Tal vez tú entiendas de qué se trata. Ayer, muy tarde, alguien tocó el timbre.

–Nos sobresaltamos –dijo Cristina–, ya que no solemos recibir visitas, y menos a semejante hora.

–¿Era algún extraño?

Papá me miró a los ojos y dijo, muy serio:

–Sin abrir, pregunté quién era y una voz desconocida inquirió por mí. Le dije que ya estábamos descansando, pero el personaje insistió.

–¿Y qué andaba buscando?

–Dijo que tenía un mensaje para ti, y que era necesario que yo te lo entregara.

–Qué raro... ¿a qué hora fue?

–Eran las once de la noche –señaló Cristina.

–Qué coincidencia –dije–. A ver... déjame calcular la hora en que salí de Buenos Aires.

–No te molestes –dijo mi padre–. El desconocido se presentó exactamente en el momento en que tu avión partía hacia aquí.

Pensé unos instantes. Papá siempre le había asignado mucha importancia a las casualidades, las cifras y los horarios.

–No sé qué tendrá que ver –dije, inquieta–, pero la coincidencia es sugestiva.

–Déjame contarte –siguió–. Le pregunté al extraño quién era. "Yo soy simplemente un mensajero", me contestó entre las sombras. Después me extendió esto y se fue. Ni siquiera le vi la cara.

Román se levantó, cruzó el salón, abrió el cajón de un escritorio y sacó un papel. Cuando se acercó a mí me di cuenta de que era un sobre.

–Te lo entrego –sonrió–. Misión cumplida.

Cristina se puso de pie y ambos salieron.

Me dejaron sola, con el sobre en la mano y una sensación de angustia en la garganta.

Mensaje de bienvenida

Capadocia, luna menguante

Si estás dispuesta a enfrentar el misterio, de ahora en más sigue las instrucciones de los sobres. De lo contrario, arroja este papel al fuego.

El Camino de los Misterios comienza a los pies de la Virgen Negra y te conduce, paso a paso, hasta la caverna secreta donde levantan vuelo las nueve palomas.

Cuando, en la Ciudad del Miedo, venzas al dragón en su guarida...

Cuando, en la ciudad atribulada, reconstruyas el laboratorio con ayuda de los ángeles y des el Salto de Fe sin vacilar...

Cuando, en la Isla del Amor, los pájaros canten al encender las velas en el anochecer de la aldea...

Cuando amases el pan de los sueños, con los mejores ingredientes...

Cuando, en la villa del oro, sigas a los danzantes en una noche de luna llena y llegues por fin a la caverna sagrada...

...entonces sabrás que fueron las oraciones de la tradición las que te llevaron del Negro al Blanco y de éste al Rojo para llegar al Oro. Con

ellas encenderán su fuego los alquimistas de todo el mundo, y así unirán por fin las dos mitades: la tierra y el cielo. En aquel momento, a modo de respuesta, las estrellas titilarán ante tus preguntas y lo que más deseas te será concedido. Entonces, todos tendrán por fin la llave del Camino de los Misterios y ése será nuestro gran triunfo, el triunfo de la Conspiración de la Gracia.

¡POR LA GRAN OBRA, VENCEREMOS!
AMIR
El Alquimista

¿Por qué me sucede esto a mí?, pensé. Ya era bastante con haber venido a Varsovia, volver a ver a mi padre, ir hasta el fondo como me lo había propuesto. Pero seguir instrucciones... enfrentar el misterio, unir las dos mitades, vencer al dragón, esto ya era demasiado. ¿Sería una broma de Manuel, mi amigo monje? De todos modos, traté de no darle al hecho demasiada trascendencia.

A la mañana siguiente, durante el desayuno, noté que los ojos de mi padre me miraban extrañados, como preguntándose quién sería yo después de todo aquel tiempo.

¿Que quiénes somos, papá? Desconocidos, incluso para nosotros mismos. Extraños en la tierra, forasteros, desterrados del paraíso. A veces, soberanos; otras, mendigos.

–¡Qué complicado es ser humanos! –le dije a mi padre–. Ser conscientes de nosotros mismos...

–...y, al mismo tiempo, desconocer nuestro verdadero lugar en el Universo, ¿verdad, Ana? –contestó él, como si me estuviera leyendo la mente.

Pensé que Copérnico, el gato de Cristina, que en ese momento estaba sentado a mi lado mirándome con sus ojos amarillos, no recibía mensajes en clave ni jamás se había sentido frustrado, desorientado o angustiado ante los acontecimientos. Sentí un poco de envidia: los humanos perdimos algún hilo que nos unía al Universo; pero ellos, los animales, lo retuvieron, y viven felices.

Los ojos de mi padre seguían mirándome extrañados, aunque su semblante era más dulce.

–¿Qué decía el mensaje? –preguntó–. ¿Era para ti?

–Se trata de la promoción de un viaje, seguramente han tomado mis datos de la tarjeta de crédito. Es culpa de las líneas informáticas, ya sabes, papá. ¡Que deliciosa es esta torta de amapolas!

–Claro, claro –dijo papá–. Es el moderno auge del turismo.

No supe si yo había logrado convencerlo, o si él fingía. De todos modos, por mi parte el tema estaba agotado. De manera que terminé mi té, le di un beso a papá y me retiré al cuarto.

Al rato sentí un rasguño en la puerta. Me sobresalté, pero enseguida comprendí que era el gato, que quería entrar. Abrí la puerta y Copérnico pasó caminando como un príncipe de quién sabe qué reinos. Se acomodó en el sofá de pana roja, y me dirigió una condescendiente mirada.

Empecé a trazar planes para recorrer Varsovia, pero me fue imposible concentrarme en el plano de la ciudad. No podía dejar de pensar en la extraña nota que había recibido. Recordé la llamada de Rafael y el mensaje del funcionario del aeropuerto. El sobre que quería entregarme Manuel era precisamente el mismo que el desconocido le había dejado a papá, tocando el timbre a la hora exacta de mi partida.

Acaricié a Copérnico y toqué el colgante que mi padre me había regalado y que siempre llevaba al cuello. Vi cómo brillaba la flor suspendida dentro del trozo de ámbar. Un amarillo tan puro como el de los ojos del gato. Recordé la historia de esa joya. Cuando yo era pequeña, una y otra vez le pedía a mi padre, con una extraña insistencia, que me la contara.

–¿Otra vez? –preguntaba él pacientemente.

–Sí, sí, por favor –rogaba la pequeña Ana de ojos celestes.

–¡Ah, es en verdad una historia apasionada! Cada vez que mires la piedra descubrirás, dentro del ámbar, aunque pasen los años, a la pequeña flor y al bravío viento fundidos en un eterno abrazo.

Mientras papá hablaba, yo no podía dejar de contemplar el ámbar: en el fondo de la piedra dorada como la miel podía vislumbrar una pequeña flor que tal vez tuviera millones de años.

–Las escarpadas costas del Mar Báltico –decía papá– están pobladas de pinos gigantes. Dejan caer en las aguas larguísimos hilos de savia dorada. También caen hojas, semillas y, de vez en cuando, preciosas flores silvestres. El viento enamoró a una de ellas, la misma que ves dentro del cristal.

–¿Y cómo hizo para fijarla dentro de la piedra? –preguntaba yo sabiendo la respuesta.

–La rescató en vuelo, la envolvió amorosamente con un manto de savia. Y así, cambió su pequeño destino por una historia más grande…

–¿Y entonces qué pasó con ellos?
–La humilde flor y el poderoso viento cayeron abrazados al fondo del mar y allí se entregaron a la alquimia del amor.
Yo lo miraba asombrada, ansiosa.
–Después de todo –decía papá mirándome enigmáticamente– éstas son cosas mágicas y por lo tanto pueden pasarle a cualquiera, ¿no te parece?
Yo no sabía qué contestarle. Sin que yo lo supiera en aquel momento, en mi vida habría de cruzarse un viento apasionado para convertir un viaje de reencuentro familiar en una increíble aventura.
Papá continuaba con su historia:
–Pasaron los años, pasaron los siglos y, cuando la vida terminó su obra de arte, el mar arrojó fragmentos de ámbar a la orilla. Al resurgir, después de tanto tiempo, la flor dejó de ser una flor. Dentro de su burbuja de viento, aún hoy conserva el recuerdo preciso de cuando su destino cambió para siempre. ¿Sabes que fue la vida misma quien creo el misterioso encuentro? Es una sincronía perfecta destinada a formar una joya, un talismán, un ámbar. Lo que tú tienes en la mano es una obra conjunta de vientos bravíos, aguas de mar, pinos y flores silvestres. Es una piedra mágica porque fue creada por un amor apasionado.
Papá tenía razón, pensé al contemplar el ámbar como cuando era niña.
Volví a mirar al hermoso gato negro y no fue mi imaginación: juro que Copérnico estaba esbozando una sonrisa. Como aseverando todo.
La leyenda del ámbar siempre me había parecido uno de los más fascinantes cuentos de amor. Toqué nuevamente la piedra que colgaba de mi cuello, la diminuta flor asentía desde el fondo dorado.
–¡Ojalá –le dije– yo también pueda vivir una historia de amor tan apasionada!
Me sentí una hoja, una flor. Frágil y expuesta a fuerzas imponderables que todavía no se habían develado. Un viento extraño se estaba acercando para cruzarse en mi camino, para llevarme a una transformación irreversible.

Varsovia

(5 de agosto)

La ciudad vieja de Varsovia tiene un encanto indescifrable. Caminábamos con mi padre por esas calles antiguas, atravesadas por patios secretos, zaguanes llenos de rumores, restaurantes de comidas típicas, cafés con antiguos muebles y velas encendidas en todas las mesas, siempre adornadas con flores.

Apenas descendimos del tranvía que nos dejó al pie de la escalinata de acceso, la brisa trajo rumores de voces y violines. Aromas dulces suspendidos en el aire impregnaban el ambiente, invadían las callecitas angostas y misteriosas. Estaba anocheciendo. En una de las calles laterales de acceso a la plaza, un viejo, corpulento y apasionado, cantaba en ruso una canción del Volga. Vestido de cosaco, estaba acompañado de una niña, quizá su nieta, que tocaba un violín destartalado.

¡La plaza central era una fiesta! Había pianos desgranando música de Chopin, turistas japoneses, alemanes, americanos, vendedores de inciensos y artesanías, mimos y artistas de todo tipo. La vida medieval de las plazas conservaba intacta su fuerza y poder de reunión.

Nos sentamos al lado de la ventana, en el primer piso de una de las casas que bordeaban la plaza y que ahora era un restaurante. Los personajes que caminaron por estas calles, pensé, ¿estarán ahora con nosotros? De pronto sentí claramente los rumores de sus pasos, sus murmullos, sus peleas y sus bromas vibrando a nuestro alrededor. Sí, sí, estaban presentes, cómo dudarlo: antiguamente todos los acontecimientos se desarrollaban en estos espacios rodeados de casas de cuatro o cinco pisos. Las construcciones abrazaban tiernamente esa zona sagrada que latía como si fuera el corazón del pueblo. Allí se compartían las fiestas y las ferias; allí se realizaban encuentros, revueltas, motines y se jugaban a veces los destinos de toda la población.

–En este lugar se come maravillosamente, Ana –dijo mi padre–. Ya lo verás.

Asentí y, mientras esperábamos nuestros *nalesniki*, una especie de panqueques con queso blanco y salsa de frambuesas, seguí contemplando el movimiento de la plaza. Y entonces sentí que el tiempo se había suspendido.

Pensé que era en instantes así cuando descienden los ángeles y se posan a nuestro lado, sin que los invoquemos. ¿Será que en el aire se abre un hueco, un túnel, un pasaje, para que venga lo inefable, lo que no pertenece al tiempo? Los ángeles se sienten, se escuchan, y su presencia se paladea como un delicioso manjar.

–¿Dónde habrá quedado el espacio para lo imposible en nuestra vida cotidiana? –le pregunté a mi padre.

Me miró con dulzura y dijo:

–Quizá sólo de vez en cuando, en momentos así, desciende el cielo. Porque lo que estamos viendo no agrega ni quita nada a nuestro bienestar personal, no tiene utilidad alguna, es gratuito. Es puro placer de vida y de existencia, ése debe de ser el secreto.

–Papá –dije en un susurro–, este lugar tiene un misterio, no sé qué puede haber sucedido aquí, pero lo siento...

Me miró con una expresión extraña. Iba a contestarme, pero apareció el mozo, quien, en silencio, dejó sobre nuestra mesa una bandeja cargada con té caliente, los *nalesniki*, y otras delicias. La respuesta de papá quedó flotando en el aire ante la visión de esa contundente maravilla.

–¿Te parece? –dijo, mirando los panqueques dorados con almíbar.

Si iba a decir algo importante, se había arrepentido.

Por la ventana entraba el rumor de la plaza. El ruso que cantaba estaba ahora acercándose a algunas mesas de turistas, mientras mis ojos vagaban por las siluetas de las casas cercanas. ¿Qué habría pasado allí?

–Aquellos edificios –dijo papá, señalando la calle– hablan de la cuna de sus habitantes. Esos de cuatro ventanas por piso, por ejemplo, eran habitados por nobles, por personajes de la aristocracia.

–Y los de tres...

–Los de tres eran de plebeyos, comerciantes o, simplemente, de gente notable.

Me distraje mirando el vuelo de una golondrina que en ese instante cruzaba el cielo. Después de girar varias veces en círculo sobre un edificio antiguo, se detuvo sobre el antepecho de una de las ventanas. En su vano superior había grabada una fecha sobre la piedra; miré con más detenimiento, una tenue luz de farol la iluminaba: MARZO DE 1945.

Papá miró en la misma dirección y sonrió con tristeza.

–¿Marzo de 1945? –dije.

–Exactamente...

Algo en esa fecha no cerraba. La ciudad era medieval, sin ninguna duda. Las calles empedradas, los edificios antiguos eran característicos de otra época. No pude preguntarle más a mi padre, porque el ruso estaba acercándose a nuestra mesa; con sus tres violinistas y la chica formaban un cuadro lleno de vida, pasión y alegría eslava.

–¡*Nazdrowie*! –dijo mi padre, divertido–. Vamos a pedirle que cante para ti.

Cruzó con el cantante algunas palabras, y el ruso entonó entonces "Oczy Czarne", la canción de los ojos negros.

En aquel momento, al lado de mi padre, yo ni soñaba con que, tiempo después, descubriría a unos ojos tan apasionados como los que describía la canción.

Después del espléndido banquete y las hermosas canciones, caminamos calle abajo hacia la plaza, que en ese momento estaba repleta de gente. Había infinidad de turistas. Entre ellos se contorneaban mimos y bailarines de danzas eslavas, algunos prestidigitadores anunciaban sus poderes mágicos y los vendedores de ámbar ofrecían sus tesoros.

Nos quedamos mirando a un prestidigitador. Estaba vestido con un prolijo frac, una capa dorada y una almidonada camisa blanca. Sacaba de su sombrero de copa todo tipo de rarezas, desde conejos hasta palomas.

Era un personaje muy extraño, no podía despegar los ojos de él. ¿Sería un mago auténtico, me habría hipnotizado? De pronto, dio vuelta la galera mostrando que estaba vacía y la cubrió con un paño dorado. Todos los asistentes nos quedamos observando en suspenso. El mago dijo unas palabras que no entendí, la destapó, y de ella salió volando un cuervo negro. Volvió a cubrirla, se hizo un extraño silencio. Una brisa imperceptible hizo ondear su capa.

Al descorrer por segunda vez la tela dorada, desde adentro de la galera levantó vuelo una paloma blanca. El mago sonrió por tercera vez, tapó el sombrero y lo dejó en el piso. Murmuró nuevas palabras, y la tela dorada comenzó a levantarse suavemente empujada por algo que pugnaba por salir.

En un instante, un hermoso pavo real, gigantesco, con la cola desplegada, emergió de la pequeña galera y se fue caminando tranquilamente, abriéndose paso entre los turistas boquiabiertos. Todos aplaudimos sorprendidos, y la gente se quedó extasiada contemplando el pavo. Entonces tuve la sensación de que alguien me observaba. Me di vuelta, y descubrí al mago clavándome los ojos.

–Vamos, papá –dije, un poco nerviosa, sin dejar de mirar al mago–, volvamos a casa.

–Estos magos son unos embaucadores magníficos –rió papá dejando diez *zloty* en la galera–. ¡Señor, no se olvide de su pavo! –le dijo guiñándole un ojo antes de irnos. El mago no lo escuchó. Aparentemente, estaba absorto en el recuento de las monedas.

Antes de perdernos entre el gentío, me di vuelta y vi al personaje internarse en una calle oscura de la ciudad vieja, seguido por un enorme perro negro.

Volvimos caminando a casa, reconstruyendo con palabras nuestras vidas. Habían pasado veinte años y había tantos momentos, tantas vivencias sin compartir... Nos dimos cuenta de que las alegrías y las penas tejen la trama cotidiana, crean lazos, forman redes, a pesar de la distancia.

–Ya no me duele tu ausencia, papá –le dije–. Me fui acostumbrando, aunque sigo sin entender.

–El porqué de mi partida, ¿no es cierto?

–Pero eso no es importante, papá, no necesitas explicarme nada. No eres culpable.

–Siempre pensé que me juzgabas, Ana... cosas que tiene la lejanía.

Noté que los ojos se le llenaban de lágrimas. Me abrazó, y me sentí como cuando era niña, feliz y protegida en sus brazos.

–No soy tu juez –le dije, negando con la cabeza–. Te libero de los pesos y de las preguntas. La vida nos dio esta experiencia, mezcla de luz y de sombra, y estoy dispuesta a aceptarla.

Papá me miró a los ojos y me besó en la frente.

Me sentí tan generosa, tan amplia, tan comprensiva... No experimentaba ya ninguna tristeza: estaba más allá del pasado, aceptando desde una posición elevada los acontecimientos tal como se presentaban. Pero en ese momento yo no sabía cuánto faltaba para que aprendiera verdaderamente a no juzgar, a amar la vida con una intensidad extraordinaria. En pocos días sucederían cosas imprevistas que me llevarían a experimentar a fondo tanto el miedo como la ira. Sería necesario liberar definitivamente a mi alma de la sombra del pasado.

Esa noche soñé con un dragón. Salía, rugiendo y desplegando las alas, de una galera gigantesca, una cueva oscura en donde yacían mis fuerzas, que aquella bestia había secuestrado.

Al despertar, tuve el extraño presentimiento de que pronto comprendería todo. Incluso la historia de mi padre y el porqué de su repentina partida.

Preguntas sin respuestas

(6 de agosto)

Había también otras preguntas que no podía dejar de formularme: ¿quiénes serían los alquimistas?; ¿de qué se trataba todo aquel asunto de la Conspiración?

Procuré dejar esos interrogantes de lado y me dispuse a preparar nuestra partida hacia el santuario de la Virgen Negra. Estaba situado en un lugar llamado Jasna Gora (Montaña Clara), a unos trescientos kilómetros de Varsovia. Partiríamos al día siguiente. "Llegaremos enseguida", aseguró papá.

Mientras mis cosméticos caían lentamente en el bolso de viaje, sentí una única certeza: la oscura Madre me esperaba con sus brazos abiertos, todo lo demás era muy confuso. De pronto vi, dentro del bolso, una fotografía que creía haber perdido: Román y mi madre, en Buenos Aires, jugando conmigo en las barrancas del Parque Lezama.

–Estoy llena de dudas, ¿entiendes, papá? –le dije a la foto–. De preguntas, más que de respuestas. Quizás en esta pausa logre aclarar mis pensamientos. Papá, ¿tú has podido ser feliz?

El gato, que estaba durmiendo a mi lado, se despertó en ese momento y me miró con desconfianza.

Seguí con mis preguntas sin hacer caso a sus rasgados ojos amarillos, fijos en mí. No sabía qué hacer con mis miedos, con mis tibiezas, con mis dudas.

Recordé la historia de mi familia materna, deportada a Siberia por los rusos. En una terrible noche de 1939, los bolcheviques habían derribado la puerta de su granja en Polonia. A mi abuela le dieron apenas unos minutos para reunir sus cosas. Lo primero que hizo fue descolgar, de la cabecera de la cama de mamá, la imagen de la Virgen de Czestochowa. Todas las noches, las familias en el exilio se reunían alrededor de la Madre Negra, la misma que yo llevaba en mi equipaje. Con fe ardiente pedían liberación y amparo, y fueron escuchados. Pero ésa es otra historia...

A pesar de todo lo que yo sabía acerca de la fe de las mujeres de mi familia, no estaba dispuesta a comprometerme con una búsqueda espiritual tan intensa. ¿Sería cierto que los caminos espirituales no eran para personas apasionadas? ¿Que nos apartaban de las situaciones normales y divertidas? Y entonces escuché, con absoluta nitidez, una voz vívida y de perfecta entonación:

–No tienes ni idea de la aventura que te espera, ni del alucinante viaje que pronto emprenderás. Todavía no eres consciente de lo que significa haber recibido un sobre de la Conspiración, ni de lo apasionante que puede ser un camino espiritual.

Miré a mi alrededor, aterrorizada. ¿Quién había hablado? Debo estar loca, pensé: en la habitación sólo estábamos el gato y yo.

Salí al pasillo pero no vi a nadie. Podía oír cómo Román, ayudado por Cristina, ordenaba sus cosas en el cuarto de al lado.

Seguí preparando mi bolso, volviendo a la carga con mis pensamientos.

¿Cómo dar el paso para liberarme de ese viejo y estúpido miedo a ser diferente? Estoy desorientada, papá. Tú, que siempre sabías todo, ¿tienes acaso la solución? ¿Cómo trasponer ese umbral hacia otras realidades que presiento más amplias? ¿Sigues escuchándome, papá? Tu pequeña hija intuye que hay un personaje magnífico adentro de ella, vestido con traje de fiesta. ¿Tú sabes quién es? Los ángeles me dijeron que se trata de mi alma, y yo les creo. Me lo revelaron en sueños. Una noche logré verla en el espejo y la reconocí... Era yo misma. A partir de ese momento, el miedo, la certeza de ser diferente no me abandonaron. ¿Entiendes por fin el porqué de este viaje? Papá, esto es impostergable, ¡quiero romper las cadenas del miedo! ¿No crees que ya es tiempo de recobrar, cada uno, su verdadera identidad? Papá, he tomado una decisión: quiero saber, definitivamente, dónde está la mujer vestida de fiesta. Basta de ideas viejas, que me aprisionan, me ahogan de incertidumbres, me obligan a luchar conmigo misma. Estoy segura de que los mensajes del aeropuerto y de tu casa, papá, están dirigidos a ese personaje adentro de mí, que es capaz de arriesgarse a la aventura. ¡Tendría que hacer como los alquimistas! ¡Prender el fuego, preparar el caldero y arrojarme adentro para quemar los viejos prejuicios!

–Deja de hacerte tantas preguntas y ponte en movimiento por fin, las maravillas te esperan. Te recomiendo elegir la puerta de la derecha cuando estés en la caverna. La otra no vale la pena, es una lamentable pérdida de tiempo. Acuérdate de mi consejo, me lo agradecerás.

O la voz provenía de Copérnico, o mi estado era serio, o ambas cosas. Además, lo que había escuchado era incoherente; si verdaderamente se trataba del ridículo gato, estaba completamente loco.

Miré fijamente sus impasibles ojos amarillos, y las campanadas del viejo reloj familiar indicaron las cuatro. Faltaba poco para partir.

Tomé mi pasaporte, de sus hojas se escapó la imagen de la Virgen Negra.

–¡Misteriosa Madre –dije–, dueña de secretos, ayúdame en esta búsqueda!

Sentí la urgente necesidad de encontrarme a mí misma. Las mujeres estamos más atrapadas en el juego de los corazones fríos. Del mundo utilitario e implacable. Definitivamente, eso no está en nuestra naturaleza. En un tiempo había comprado el proyecto del éxito. Me dejé disuadir por miradas heladas e indiferentes. Ésas que se ríen de los sueños, ésas que sólo saben ir tras el rédito concreto. Pero todavía no conocía mis fuerzas, por eso no me había atrevido a rebelarme.

–¡Ayúdame, Madre! No entiendo lo que está pasando en el mundo. ¡Ayúdame! –volví a decirle, como cuando era niña.

Sonó el teléfono. Una voz desconocida dijo en polaco, con tono profundo y cálido:

–Bienvenida, Ana. En Czestochowa comienza tu viaje, y ya sabemos que estás preparada para iniciar el Camino de los Misterios. Espera noticias. Somos tus hermanos de la Conspiración.

Me senté en el piso con el auricular en la mano.

–¡Hola, hola, quién habla! –grité en polaco. Pero sólo se escuchó un clic. En ese preciso momento, golpearon a la puerta de mi cuarto.

Era Román.

–¿Todo preparado, hijita? –dijo–. El auto está en la puerta.

–Sí, papá –contesté, disimulando mi agitación.

–¿Con quién estabas hablando?

–No tiene importancia –contesté rápidamente–. Era una llamada equivocada, en un minuto estoy lista.

Me pregunté si se habría dado cuenta del tono de mi voz, alterada por el pánico. Era evidente que algo serio estaba sucediéndome, llegué a dudar de la realidad de la llamada. ¿Mi imaginación me estaría jugando en contra una vez más? Estoy en un estado extrañísimo, pensé preocupada. ¿Qué pasa conmigo?

–Te espero en la calle –dijo papá.

Aprovechando la ventana abierta, Copérnico se encaramó en el alféizar, me dirigió una última mirada despectiva y saltó afuera.

Antes de salir, me detuve frente a un hermoso espejo antiguo del hall de entrada. Observé que desde el fondo del cristal, una desconocida me miraba; sin embargo era yo, no había dudas. No pude apartar mi mirada del espejo, que me atraía con una fuerza magnética. De pronto la imagen pareció transformarse, se volvió más dulce y luminosa. ¿O era el brillo del ámbar que me iluminaba reflejando la luz de la lámpara del hall de entrada?

No, la vi claramente: desde el espejo me sonreía, parada detrás, una mujer idéntica a mí, pero sin miedos. Era hermosa, parecía una reina y estaba vestida de fiesta.

La voz de papá me hizo reaccionar. Salí apresuradamente cerrando la puerta a la extraña visión.

Román me miraba, aprobador.

Lo abracé, su presencia tranquilizadora me conectó con un mundo real y contundente. Quizá me estuviera haciendo demasiadas preguntas, quizá fuera mejor ser una persona como todas y no indagar tanto.

Quizá pudiera cortar de raíz toda esa historia de los mensajes. Ir hasta Czestochowa y regresar a mi casa, como si nada hubiera pasado. Tal vez lo mejor fuera retornar a lo conocido, a lo normal y seguro... ¡Basta de misterios y de sobresaltos!

–¡Será mejor tirar el mensaje al fuego! –dije repentinamente convencida.

Mi padre no contestó una sola palabra.

La Virgen Negra

(7 de agosto)

"En Czestochowa comienza tu viaje, si estás preparada para iniciar el Camino de los Misterios, espera noticias nuestras".

La voz resonaba insistentemente en mi interior, como si hubiera quedado grabada en niveles muy profundos y ahora tuviera vida propia.

¡Ojalá pudiera taparme los oídos, no prestar atención, escapar!, pensé mientras ascendía por el camino de acceso al santuario. Pero llegar hasta allí había sido la intención original del viaje. Al mismo tiempo sabía que era libre, que podía optar. Podía esperar noticias de... ¿de quién? Bueno, eso era un enigma. La voz del teléfono, sin embargo, era pausada, segura y limpia.

Al atravesar lentamente portones y arcadas me fui tranquilizando sin saber por qué.

Las construcciones del monasterio y de la iglesia eran de piedra, tanto los muros como las arcadas y los pisos. Recordé un comentario de Manuel, en el monasterio de los benedictinos: "Los lugares sagrados de todos los tiempos están siempre construidos en piedra. La piedra y la leyenda tienen la capacidad de conservar el misterio intacto. Son los únicos medios seguros para resguardarlo de los paganos" –así nos llamaba a todos nosotros, a los ciudadanos modernos, actualizados, adoradores del progreso.

"¿Pero no se dan cuenta?", decía. "Ese progreso es frío, está mecanizado, es implacable, no mide los costos humanos y no se adecua al latido de la vida. ¡Ustedes son máquinas!"

Recordé de pronto cómo se reía mirándonos burlón, ante nuestras razones, explicando la imposibilidad de salirnos del sistema.

Sin embargo, a pesar de nuestros miedos y reticencias, las temporadas en el monasterio, que eran generalmente cortas, se volvieron cada vez más frecuentes: nos reparaban el alma.

Había bastantes peregrinos caminando a nuestro lado, en dirección a la iglesia. Algunos grupos avanzaban en una especie de caravana, guiados por sacerdotes que parecían pilotos de aviones, conductores de naves, capitanes de atestados barcos.

Traté de esperar el momento en que se produjera un claro y el umbral estuviera despejado. Recordé que cuando se atraviesa el umbral de un santuario ya se está en terreno sagrado.

Román avanzó, pero yo me detuve un instante antes de entrar, observando la gran arcada de acceso. Los umbrales son, desde tiempos remotos, lugares decisivos, y eran tratados especialmente con pinturas y esculturas, tanto en las iglesias como en los edificios públicos y aun en las casas privadas. Los umbrales, desde siempre, vinculan dos espacios y situaciones diferentes. Por eso mantenerse en el umbral es una forma de demostrar respeto por los habitantes y manifiesta el deseo de ser aceptado. En general, el amo salía a recibir al visitante, lo ayudaba a cruzar el umbral, y éste quedaba entonces automáticamente bajo su protección. Si estamos entrando en un lugar profano, pensé, nos recibirá su dueño: un habitante común o quizás un dignatario. Si, en cambio, el umbral define un lugar sagrado, el dueño de la casa es Dios. ¿Quién me daría aquí la bienvenida? Lo que es seguro, me dije mirando la arcada de piedra, es que cruzando este umbral me separo de lo viejo y hago una alianza con lo nuevo.

El portal, como en todas las iglesias medievales, estaba profusamente poblado de esculturas de ángeles, de la Virgen, de Cristo, de santos y de todo tipo de símbolos y señales que ratificaban la acogida. Me sentí recibida por esa multitud, contenida e invitada a pasar la frontera y penetrar en lo sagrado, pero sentí una extraña inquietud. En medio de mis reflexiones, noté que me estaban observando.

En los techos, mirando hacia abajo, horripilantes monstruos de piedra asomaban sus cabezas con las amenazadoras fauces abiertas. Eran los grifos. Jamás los había visto, me estremecí por sus expresiones. Eran una mezcla de león y águila y serpiente. "Son guardianes del misterio", recordé haber leído. En todo sitio donde se escondía un tesoro, se solía colocar grifos para protegerlos, según una antigua costumbre medieval. Y no fue sino después de muchas peripecias y aventuras que supe que los grifos custodian en forma simbólica el conocimiento, resguardándolo de todas las depredaciones.

Tuve la clara percepción de que estaba entrando en un regazo materno, en un lugar propicio para incubar una nueva vida, una nueva conciencia. Las iglesias medievales conservan el profundo lenguaje de los símbolos. ¿Quién sabe por qué motivos fue obviado en las construcciones modernas, transformándolas en lugares asépticos y abstractos, despojados de leyenda y de memoria?

Al cruzar el umbral percibí un suave perfume de incienso y me sumergí en la blanda penumbra apenas iluminada por algunas velas. Nítidamente, sentí en ese momento que alguien colocaba un manto sobre mis hombros. Me di vuelta, pero no había nadie. Román había tomado otra dirección.

Un suave canto flotaba desde un lugar impreciso del espacio abovedado. Me sentí reconfortada. Seguí avanzando y buscando con la mirada la imagen que me había llamado desde tan lejos... quizá para revelarme un secreto.

Observé que las paredes de piedra estaban profusamente ornamentadas. Las piedras conservan ecos de súplicas, de cantos sublimes, de lágrimas de arrepentimiento, de celebraciones y casamientos. Si apoyara mi cabeza sobre esas paredes, pensé, estoy segura de que podría escucharlas.

Las velas llameaban misteriosamente enmarcando lugares en penumbra, donde algunas personas rezaban en silencio.

De pronto, entre el humo del incienso distinguí un altar enorme, de mármol negro, ornamentado en oro, magnífico e imponente. Allí estaba la Virgen Negra, enigmática, misteriosa, mirándome desde un lugar indescifrable, fuera de este mundo y, a la vez, profundamente encarnada en él.

La emoción nubló mi vista. En ese momento fui mi madre, mi abuela, mi bisabuela. Perdida en las historias del tiempo, a los pies de la Virgen, bajo su manto de piedras preciosas sentí una complicidad profunda con las mujeres que, como las de mi familia, custodian la vida. Como leonas, pensé, como guerreras, contra viento y marea.

Caí a los pies de la virgen y entonces, mirándola directamente a los ojos, le pregunté:

–Madre, ¿qué sabes tú sobre mi Camino? Presiento que conoces a los alquimistas. ¿Sabes algo del Dragón, del Salto de Fe, del Pan de los Sueños? ¿Sabes dónde queda la Caverna Sagrada, aquélla en la que levantan vuelo las nueve palomas? ¿Sabes acaso dónde está la mujer vestida de fiesta?

Tuve un estremecimiento: las llamas de las velas que la rodeaban ti-

tilaron por una brisa repentina. ¿De dónde provendría, si las ventanas de *vitreaux* estaban cerradas?

Tuve el impulso de levantarme y permanecer así ante la Virgen, de pie, aunque a mi alrededor todos estaban arrodillados. Luego sabría que ésta es una forma de orar y, al mismo tiempo, de poder resistir una fuerte energía. Al estar de pie, erguidos como columnas, nos atraviesa, sin nosotros saberlo, el eje del mundo, aquel que une la tierra y el cielo.

–¡Madre! –susurré mirando su enigmático rostro negro–. ¿Cuál es tu secreto? A tus pies se postraron señores, príncipes, reyes, campesinos. A todos miraste con esos ojos lejanos, poderosos, imperturbables... A todos conmoviste –lo sé por las leyendas, guardianas de misterios. Aun a aquellos soldados invasores que en el año I profanaron el umbral de este santuario y descargaron su hierro sobre tu rostro, tan furiosos, tan salvajes. ¿Fue quizá para defenderse de esa sensación extraña que les estaba subiendo por la garganta cuando se encontraron frente a frente contigo? Cuenta la historia que ese día las heridas de tu rostro comenzaron a sangrar profusamente. Los bárbaros, aterrorizados, huyeron después de dejar sus armas a los pies de tu imagen. Huían del misterio, como a veces nosotros huimos porque no queremos verlo.

De pronto tomé una resolución que cambiaría mi destino para siempre.

–Madre Divina... –dije–. ¡Me entrego al cambio! Guíame por lugares nuevos. Estoy preparada para iniciar el camino del que me hablan los mensajes. ¡Protégeme! No me abandones nunca, vigila mis pasos, cuida mi espalda, envía a tus ángeles para acompañarme.

La Madre, su imagen antiquísima recamada de oro y piedras preciosas, resplandeció sobre el fondo negro del altar. Y juro que me miró, con esos ojos oscuros que tantas veces había visto en mi infancia, emergiendo desde su rostro egipcio.

–En ti no hay tibieza –pensé –. Anidaste en tu seno a lo "otro", a lo divino, al cielo... durante nueve largos meses.

Vi que en su brazo sostenía al Niño, también oscuro. Ambos estaban ungidos con símbolos de realeza. El manto de la madre era azul, casi negro, íntegramente recamado en piedras. El Niño estaba cubierto de rojo puro y en su mano izquierda sostenía un libro cerrado, mientras que con la derecha señalaba a la Madre. ¿Qué significará esa piedra en su mano?, me pregunté. Después sabría que la piedra es la culminación de la obra, es el elemento que por irradiación transforma el plomo en oro, lo bajo en lo elevado, lo burdo en lo sutil.

–Dame tu fuerza, Madre –susurré–. Dame tu seguridad, tu certeza.

–Calma, calma –dijeron sus ojos oscuros–. Ven a mis brazos, niña pequeña, deja que te acune. Te protegí de tantos peligros, eras tan frágil cuando llegaste y te pusieron bajo mi cuidado, pequeño bultito asustado, visitante de otros mundos, recién llegada a esta tierra. Confía, estás bajo mi manto, tu madre me pidió esta gracia... ¿Recuerdas?

Mis lágrimas limpiaron miedos, dudas y penas. Dejé que fluyeran libremente como un río que arrastra todas las impurezas. Sentí un bienestar absoluto, respiré profundamente.

De repente las puertas del santuario se abrieron de par en par y una pesada mano me empujó hacia un costado.

–¡Córrase! –dijo una voz imperativa–. ¡No puede quedarse aquí! Viene una peregrinación.

Miré su rostro: era un hombre de mediana edad, vestido de traje, con una especie de identificación en la solapa.

–¡Hágase a un lado, ya van a entrar! –insistió con voz seca.

Noté que, cuando no gritaba, el hombre mantenía la boca rígidamente apretada. Resabio de su nada lejana época de troglodita, pensé, furiosa por el atropello. Esos músculos tan desarrollados de la mandíbula inferior indicaban una agresividad desatada. Viéndolo actuar, curiosamente recordé que la mandíbula era la principal arma del hombre primitivo: le servía para atacar y desgarrar la carne de sus presas. No había dudas, frente a mí tenía un auténtico ejemplar autoritario. Sentí en mi piel el frío de los ex jerarcas del socialismo, tan omnipotentes y tan seguros bajo sus máscaras. El frío de los funcionarios que cumplen órdenes al pie de la letra. El frío de muchos seres entregados, vacíos, autómatas, inertes.

No podía soportar esa mirada que ya había visto infinidad de veces en otras circunstancias. De pronto una oleada de indignación me fue creciendo desde adentro, fue aumentando y aumentando de intensidad, hasta que contesté con un grito, pasando abruptamente de un estado de éxtasis y diálogo íntimo con la madre a una furia incontrolable.

–¡Ni pienso correrme, que entren los peregrinos! –dije en perfecto polaco–. ¡Yo no me muevo!

El guardia se dirigió con un gesto hacia un grupo de personas cuyos rostros no alcancé a distinguir. De pronto una avalancha de gente se abalanzó sobre nosotros y lo perdí de vista. Al mismo tiempo se encendieron todas las luces y entró una "peregrinación". La dirigía una persona con micrófono en mano. Con una voz horrorosamente amplificada, anunció el lugar de origen de la marcha.

Yo no podía casi respirar por la presión de la gente. En cambio, a mi lado, una mujer con aspecto de campesina miraba extasiada a la virgen, como si lo que la rodeaba no tuviera ninguna importancia.

–El misterio huyó asustado por los corredores del monasterio –dije en voz alta–. ¿Se habrá refugiado en algún lugar del claustro?

El guardia se estaba acercando, a través del tumulto, con el ceño fruncido y los dientes apretados. Venía acompañado por dos ayudantes, con la misma expresión de mando y ferocidad en sus rostros.

La mujer que oraba me miró fugazmente, dirigió luego su vista hacia el otro extremo de la nave y tomándome fuertemente del brazo me arrastró en dirección de la salida, zigzagueando entre la gente.

–¡Por aquí, rápido! –dijo en voz baja–. ¡Que no te alcancen!

Le hice caso y me dejé llevar entre los rostros cansados y suplicantes de los peregrinos. Ya encontraría a Román.

–¡Muévete, no te detengas! –me advirtió la mujer casi gritando, mientras empujaba violentamente a un hombre corpulento para abrirse paso. Cuando estábamos alcanzando la puerta se dio vuelta, y entonces vi los ojos azules más hermosos que había contemplado en mi vida... Eran ojos de mirada sabia, profunda y tierna. Ojos llenos de comprensión y de dulzura. Nunca olvidaría este momento. Tampoco sabía entonces que pronto volveríamos a encontrarnos.

–Toma –me dijo, entregándome un sobre negro–. Vete rápido. Si te alcanzan, estarás perdida. Mi nombre es María de Varsovia y pertenezco a la Conspiración de la Gracia.

Recorrí como pude los metros que me separaban del umbral de entrada y corrí hasta quedar sin aliento bajo los arcos y pasadizos del monasterio.

Detrás de mí resonaban pasos en las piedras, pero ya distinguía al auto de mi padre, que me esperaba en la entrada. Dios mío, Dios mío, ayúdame, repetí casi sin aliento mientras corría a toda velocidad.

–¡Arranca, salgamos! –grité saltando adentro del auto.

–¿Por qué, qué pasa? –sorprendido, mi padre no entendía nada. Lo miré sólo un segundo, no preguntó más y arrancó a toda velocidad.

El sobre negro quemaba mi mano. Respiré varias veces profundamente hasta calmarme y cuando recuperé la voz, dije a mi padre:

–Por favor, llévame al hotel. Luego te explico, ahora no me preguntes nada.

Nadie nos había seguido. Bajamos hasta el subsuelo, dejamos el auto en el estacionamiento y cada uno se retiró a su habitación.

La mirada de la Virgen quedó grabada en mi retina, podía verla aun sin cerrar los ojos. Algo había cambiado en mi interior. Ya no me haría preguntas ni esperaría tener todas las certezas... Estaban sucediendo cosas, eso era todo. Y mi curiosidad por abrir el sobre era más fuerte que los cuestionamientos.

Dentro del sobre encontré un mensaje abierto, como para que fuera leído de inmediato, y otro sobre más pequeño, cerrado. En el anverso de este último se leía, en gruesos caracteres de oro: ENTREGAR AL GUARDIA DE LA CUEVA DEL DRAGÓN.

Leí el contenido del anuncio principal...

Primer mensaje

Capadocia, cuarto menguante

¡Bienvenida a la Conspiración de la Gracia!

Las señales son propicias....

Los grifos permiten atravesar los umbrales y entregan los tesoros que ellos custodian.

Los aspirantes a Conspiradores comienzan siempre su camino a los pies de una Virgen Negra, que los ampara bajo su manto de estrellas. Gracias a su mirada atenta y vigilante, tendrás ahora la fuerza necesaria para dar el próximo paso en el Camino de los Misterios. Nosotros te guiaremos de diversas maneras, por eso este sobre llegó a tus manos. Te preguntarás quiénes somos, por qué nos hemos contactado contigo y de qué camino te estamos hablando.

Quizás hayas oído de nosotros. Suelen llamarnos los constructores, los agricultores celestes. Y, más seguramente, los alquimistas. Nuestras huellas se encuentran en antiguas, muy antiguas leyendas, en viejos relatos perdidos en la noche de los tiempos, en libros que relatan en un lenguaje críptico nuestros increíbles descubrimientos.

La alquimia es también llamada arte hermético y hereda su conocimiento de la tradición egipcia, árabe, hebrea, cristiana y aun de las llamadas religiones mistéricas o paganas.

El arte sagrado, llamado así en el Egipto de los faraones, fue practicado en los altos círculos sacerdotales. Siempre con protección de los dioses, ya que se basa en las leyes de correspondencia y analogía constante entre la tierra y el cielo. Por lo tanto te informo desde este primer momento que no hay otra alquimia que no sea la espiritual. Lo que llamamos laboratorio, o lugar concreto donde se realizan las transmutaciones, está unido a un espacio llamado oratorio, donde se tiene un constante diálogo con el cielo.

Te preguntarás qué fin persigue la alquimia. El arte de la transmutación tiene como fin último obtener la perfección. Somos extremadamente ambiciosos, pretendemos y sabemos cómo lograr la Gran Obra: llevar al ser humano a su pureza original. Devolverle el paraíso, restituirle sus derechos como heredero del cielo. En forma paralela a este trabajo interno que se hace a un nivel sutil, hay una manifestación física: se trabaja en el laboratorio transmutando los metales burdos.

Por eso fuimos conocidos como los dueños del secreto de transmutar plomo en oro y como los poseedores del elixir de la inmortalidad, de la eterna juventud. También se nos adjudica el conocimiento de las claves para trasponer los umbrales del tiempo. Todo eso es cierto, pero hay mucho más y por fin ha llegado el momento de develar el verdadero sentido de nuestro trabajo y cuál es nuestra verdadera misión.

Ésta fue largamente ocultada, siglo tras siglo, con todo cuidado, aguardando que la humanidad en su conjunto pudiera comprendernos. Y el tiempo ha llegado... De Londres a Nueva York, de París a Estambul, de Buenos Aires a Tokio, no queda un solo rincón de la tierra donde no hayan llegado "los sobres".

En todo el planeta cientos de seres están siendo convocados uno por uno, con el fin de crear una red para transmitir los conocimientos que nosotros resguardamos a lo largo de tanto tiempo. Porque debes saber que la sabiduría no está perdida... Está oculta en los libros sagrados de las tradiciones religiosas, en los ritos y en los así llamados mitos. El pueblo también guarda la sabiduría en leyendas y cuentos. Las claves se van transmitiendo en forma de símbolos, de generación en generación, casi siempre ignorando su sentido.

El desorientado ser del siglo veinte creyó hasta hace poco que a través de la ciencia había desentrañado todos los secretos del universo. Creyó que las tradiciones sólo consistían en unos cuantos libros crípticos, anticuados, sin lógica ni coherencia. Que sólo él, con su visión moderna, estaba capacitado para comprender el universo. Sin embargo, al terminar el segundo milenio estamos asistiendo al fin de la soberbia.

Los libros sagrados son desempolvados de su sueño y el desamparado ser racional y pragmático se sumerge ahora sediento en las fuentes del conocimiento. Está dispuesto a rescatar lo que le pertenece: su herencia. Busca la esencia, no la ortodoxia. Busca el dogma, no la doctrina. Quiere recuperar las claves secretas, no las formas externas.

Nuestro Arte, que así es también llamada la alquimia, fue transmitido durante siglos en forma oral, de boca a oído, de maestro a discípulo. Y gracias a esto no fue cristalizado ni estuvo manipulado, se mantuvo puro. Sufrimos grandes persecuciones y aun hoy las seguimos sufriendo.

¿Por qué? Porque el Arte es depositario de conocimientos tan revolucionarios, que todos aquellos que logramos tener acceso a la fuente original de los misterios hicimos un juramento de silencio durante siglos y siglos para preservarlos. ¡Y tuvimos éxito! ¡No fueron profanados!

Porque debes saber que no se trata solamente de fabricar oro... La alquimia tiene efectos más perturbadores, conoce el modo de transformar lo ordinario en extraordinario... La oscuridad en luz... La tristeza en alegría...

Y posee el secreto de los secretos, la llave para obtener la gracia. Esto último es más importante de lo que parece, ya lo irás descubriendo si avanzas en el Camino de los Misterios. Sólo puedo adelantarte que operamos con el poder del fuego –del espíritu–, y que la Obra se hace tanto en el laboratorio como en el oratorio del alquimista. Hay una vía donde se trabaja exclusivamente con la transmutación de los metales, otra donde sólo interviene la oración y una tercera donde se utilizan ambas vías. Conocerás las tres y verás que pertenecen a un solo camino: buscan la transmutación espiritual del alquimista. Todas las tradiciones nos avalan, la hebrea, la cristiana, la sufí, la budista, la hinduista.

Después de siglos y siglos de espera, una vez finalizado el gran diluvio universal, ha llegado por fin el momento largamente esperado... Es tiempo de formar la gran Conspiración de la Gracia, también llamada la sagrada Conspiración de los alquimistas a nivel mundial.

¿Cuál es el primer paso en esta tarea? Recorrer el Camino de los Misterios. Es necesario que conozcas ahora cuál es ese camino que te estamos invitando a transitar con nuestra guía.

El secreto es uno solo, y a ti te lo revelamos: el Camino de los Misterios conduce al fondo de uno mismo. ¡Es hora de recuperar las raíces! ¿Vas comprendiendo el verdadero motivo de tu viaje?

Has percibido la necesidad profunda de dejar de flotar en el vacío que nos propone nuestra globalizada cultura actual. Por eso efectuaste el viaje a la tierra de tus ancestros, aun sin comprender qué te estaba impulsando. La historia de la humanidad es nuestra propia historia y si uno logra recuperar el hilo de la gracia –o sea, saber de dónde viene y hacia dónde va–, deja de ser como tantos, deja de ser ese triste pájaro errante buscando su destino.

A lo largo y a lo ancho del planeta, personas como tú, con similares in-

quietudes, están siendo convocadas por nosotros a recorrer el Camino de los Misterios.

Son judíos, musulmanes, budistas, sintoístas, taoístas, protestantes, cristianos. Los hay también en crisis con sus creencias o bien sin tradición reconocida. Entonces los ayudamos a bucear en sus líneas genéticas y allí descubren sus fuerzas dormidas. Toda religión es una iniciación. Nada es casual: si por nacimiento hemos sido educados en una tradición, esto no se debe a una simple herencia. Por algún motivo nos corresponden esas puertas de acceso para comunicarnos con lo divino. Al despertar a los misterios ocultos en nuestras tradiciones descubrimos un mundo nuevo, que siempre estuvo al alcance de nuestras manos y no lo sabíamos, Cada cultura a su manera contiene un código secreto encerrado en su religión. En tu caso el bautismo es, en sí, un rito de iniciación. Quizá debas romper el sello que oculta su profundo significado, nosotros te enseñaremos cómo recuperar tu herencia.

Las tradiciones señalan un camino directo para el encuentro con el Padre Cielo, el descubrimiento de la Madre Divina y la certeza de que somos sus hijos. Tu tradición es la judeo-cristiana. Si estás de acuerdo en iniciar este camino, recuperarás ahora la sabiduría y las claves que por nacimiento te pertenecen.

Debes saber que los cristianos primitivos fueron iniciados todos ellos en el conocimiento de la Gran Obra y en el plan de transmutación para los próximos milenios. Todas las religiones de raíz monoteísta también lo fueron.

En los primeros trescientos años d. C., hasta que el cristianismo fue oficializado y se constituyó el dogma y el credo, la iniciación en los verdaderos misterios se transmitía en la ceremonia que fue llamada bautismo. A ella accedían sólo aquellos realmente preparados para ser depositarios de los grandes secretos. Ellos conocían ya, en ese entonces, lo que luego se llamaría la Conspiración de la Gracia.

Hacia el año 357 d.C., luego del primer Concilio de Nicea, la obra alquímica comenzó a ocultarse profundamente en la simbología de los rituales como la misa. Ésta entonces comenzó a realizarse en forma abierta a todos los que se acercaran, sin ceremonia de iniciación previa. Debajo del altar principal, en la parte inferior del mármol que sirve como base de apoyo para el ceremonial, hasta el día de hoy se coloca una piedra. Más adelante comprenderás de qué te estoy hablando.

Toda tradición, toda religión es una puerta, una vía de acceso. Del otro lado espera el misterio completo. Detrás de las puertas, una fuente única contiene el agua de los ríos que corren por el mundo, distribuyendo el cono-

cimiento. Los ríos son los avataras Cristo, Buda, Mahoma, Abraham. Ellos guían a los alquimistas, paso por paso, en su camino de transmutación.

Ahora sabes algo sobre nosotros, los Conspiradores de la Gracia, los alquimistas. Sabes de qué hablamos al mencionar el Camino de los Misterios. Gradualmente irás descubriendo en qué consiste nuestra Conspiración.

Las lejanas tierras de Anatolia, lo que ahora es Turquía Central, vieron surgir un intenso movimiento de sabios ermitaños que se retiraron del mundo para vivir la fe en misteriosas cuevas. Allí vivieron durante siglos aislados en oración y rituales secretos. Eran alquimistas de las más variadas tradiciones: hebreos cabalistas, sufíes, cristianos primitivos, egipcios. Los que ahora estamos en comunicación contigo pertenecemos a ese movimiento original y desde allí te enviaré los mensajes. Nuestro lugar de reunión es precisamente esa tierra.

Manuel, del monasterio de los benedictinos, es de los nuestros. Por eso te envió una carta advirtiéndote que íbamos a tomar contacto contigo.

Te preguntarás... ¿Cómo elegimos a las personas a quienes entregamos los sobres? ¿Por qué a ti?

Tus datos, así como los de muchas otras personas, nos fueron efectivamente entregados en el monasterio. Pero ésa no es la única fuente, nosotros venimos observando...

Cada convocado por la Conspiración tiene un punto en común, su ansia de libertad. Tiene sed de cielo, anhela algo inefable y no puede definirlo, tiene ansia de belleza, de verdad, de gracia. Lo sepa o no, busca a Dios.

Amir es mi nombre y soy quien dirige esta Conspiración.

Paré por un momento la alucinante lectura para tomar aliento. Mi corazón latía apresuradamente y una intensa emoción me nubló la vista.

–Entonces, Manuel sabía... –dije en voz alta–. Y me había estado preparando para este encuentro sin decirme nada.

El monasterio de los benedictinos fue siempre para mí un lugar de misterios, de fuerza, de secretos. En los últimos tiempos, reflexioné, mis estadías con los monjes se habían hecho frecuentes, eran casi una ceremonia de recuperación de energía. El viaje a Polonia había sido alentado por ellos de una manera insistente.

–Debes ir –decía Manuel–, no postergues ese viaje que te abrirá nuevos caminos.

Continué leyendo el asombroso mensaje...

No podemos darte más información por el momento y es necesario que guardes silencio. Sabrás más y más sobre nosotros a medida que vayas recorriendo el Camino de los Misterios. Sólo podemos decirte que hoy como ayer existen intereses poderosos que no desean que los misterios sean finalmente develados a toda la humanidad. Es posible que interfieran en el camino. Sin embargo debes quedarte tranquila, estás absolutamente protegida. Pero eres libre de decir no, y en ese caso sabe que la puerta siempre permanecerá abierta.

Si, en cambio, decides iniciar esta senda, lee las instrucciones que te irán guiando hasta el destino final.

Instrucciones

Tu próximo destino es la ciudad de Cracovia. Una vez allí busca el palacio de Wawel y, dentro de él, la guarida del Dragón. Al abrir este sobre, encontrarás otro dirigido al guardia de la caverna. Entrégaselo. Y también quiero advertirte: dirige tus pasos hacia donde te lo estamos indicando. No te entretengas en los esplendores y los brillos de seductoras propuestas que encontrarás en el camino.

¡Por la Gran Obra, venceremos!
Amir
El Alquimista

El sol del atardecer entraba por la ventana de la habitación del hotel.

Al menos había un nombre: Amir, El Alquimista de la Capadocia. Y una certeza: no estaba sola, otras personas recibían sobres. Pero, pasara lo que pasare, en mi interior yo me sentía decidida a integrarme a la Conspiración de los alquimistas. Después de todo, el corazón raramente se equivoca.

Un rayo de sol iluminó la hoja con el mensaje, tiñéndolo con un resplandor especial... en ese preciso, exacto instante.

La frase iluminada decía: “Pero eres libre de decir no, y en ese caso sabe que la puerta siempre permanecerá abierta”. Era la señal que confirmaba mi decisión.

Miré hacia la ventana y vi, pese a que nos encontrábamos en otoño, una bandada de golondrinas que surcaban el cielo del atardecer buscando dónde posarse. Estas aves migratorias llegan en primavera. Simbolizan el renacimiento de la vida y su presencia anticipa el gran cambio que se avecina. Los chinos, recordé, suponen que son portadoras de fuerzas vitales y las tradiciones cuentan que desprevenidas doncellas quedaron encintas simplemente por haber comido huevos de golondrina. Todos los pueblos las aman. Desde remotos tiempos medievales se sabe que una, como gesto de amor y piedad, arrancó con su pico espinas de la corona de Cristo.

El sol lanzó un último resplandor dorado antes de desaparecer en el horizonte: la pausa entre dos tiempos, entre el día y la noche, se había acabado. El momento había llegado. Las señales eran claras; las instrucciones, precisas. Sólo hacía falta un poco de valor para emprender el camino. Sentí que un manto tibio me envolvía como cuando era niña.

Estás aquí, percibí... y cerré los ojos respirando profundamente, dejando que la Madre calmara mi respiración agitada. Cuando abrí los ojos, la luna menguante bañaba la habitación con su tenue luz plateada.

Las golondrinas dormirán hasta que el sol les anuncie que ha llegado la mañana señalada, pensé antes de dormirme, acurrucada como en un nido.

Mara

Partimos bien temprano rumbo a Cracovia, que está a escasos doscientos kilómetros de Czestochowa.

Viajamos en silencio. Ambos compartíamos un presentimiento: que el viaje desataría los nudos de viejas historias. Yo ansiaba ardientemente conocer el misterio que, sin buscarlo, se había cruzado en mi camino. Como en el de tantos otros seres, que en puntos distantes de la Tierra también recibían sus incitantes sobres.

Llegamos al amanecer. La fascinación de la ciudad antigua de Cracovia era irresistible. El hotel estaba situado a orillas del río Vístula que, al igual que todos los ríos de Europa, atraviesa la vieja ciudad arrastrando leyendas.

En la otra orilla se distinguía el castillo de Wawel, conservado intacto desde el primer milenio en toda su imponencia y majestuosidad, testigo de grandes acontecimientos, derrotas y triunfos, horrores y maravillas.

Papá y yo tomamos el café de la mañana en el hermoso salón restaurante del hotel Forum, mientras mirábamos pasar a toda clase de personajes en sus típicas actitudes de turistas. Había grupos de japoneses, algunos pocos italianos y muchos, muchos judíos religiosos que venían a un encuentro sobre estudios bíblicos que casualmente se realizaba todos los años en Cracovia para esta fecha.

Eran característicos y extraños, con altos gorros de piel, de reminiscencia rusa, sobretodos negros, barbas y rostros interesantes. Hablaban en inglés, alemán, francés; deduje que se trataba de una delegación proveniente de los Estados Unidos y de varios países de Europa.

El desayuno estaba delicioso: panecillos calientes, torta de manzanas, dulces de frutas del bosque y un café humeante que, saboreado junto a papá, me hacía sentir tranquila y resguardada.

Vislumbré, más allá del río, la silueta del castillo, mi meta propia. Y decidí no contarle nada a Román, pues no quería alterar ese momento perfecto, cálido e íntimo.

Habíamos convenido reencontrarnos a mi regreso de Cracovia, pero yo aún no sabía que mi próximo destino sería mucho más lejano.

–¿Pero, qué buscas? –indagó papá, mirándome con sus ojos celestes surcados por esa pequeña sombra que siempre rondaba en su mirada.

¡Cómo hubiera querido poder disipar aquel eclipse! De lograrlo, pensé mirando a Román con ternura, yo no heredaría esa tristeza. ¡Hay tantas, tantas cadenas de plomo que nos atan al pasado y no lo sabemos! Hay que cortarlas cuanto antes, me dije, con un golpe certero.

Sin embargo, otras cadenas son más poderosas. Unen, eslabón por eslabón, las fuerzas vitales de todos nuestros antepasados. Y son de oro. Son cadenas de victoria, de esperanza, de optimismo, de suerte.

–¡Es preciso buscarlas! –dije en voz alta, sin sospechar que todo dependería del encuentro con el Dragón, que esperaba durante siglos a los que, como yo, cruzaran el río.

–¿A qué te refieres, Ana?

Miré a mi padre, y de pronto me di cuenta de cómo había envejecido en todos aquellos años de ausencia.

–Busco libertad –le contesté.

–Buscas a Dios.

–Busco mi lugar en el mundo, papá.

Una luz de esperanza brilló en su mirada.

–Elige bien la puerta –susurró en mi oído, dándome un abrazo.

No entendí lo que quiso decirme, pero no atiné a preguntarle porque se levantó, pagó nuestro desayuno y se despidió rápidamente. No había tiempos fijos para el reencuentro, no hacía falta decirlo. Lo vi alejarse cruzando el inmenso hall del hotel. Allí se iba, con su viejo Fiat, de regreso a Varsovia. Me dio mucha pena verlo partir así, tan rápidamente otra vez. Lo que no sabía es que pronto me enteraría del porqué.

Levanté la mano para saludarlo y preparé mi propia partida con la sensación de emprender un largo viaje.

Hice un rápido recuento de lo que necesitaba: la imagen de la Virgen para protegerme, el sobre para el guardián, el ámbar colgado en mi cuello, que me daba fuerza. Había puesto todo, junto con algunas mudas de ropa, en una pequeña mochila que en adelante sería mi equipaje.

Las aguas del Vístula corrían conteniendo los siglos. Me detuve un instante: el momento de cruzar el puente había llegado. Recordé hacer un pequeño ritual que me había enseñado un maestro. Dejé detrás de mí todo el pasado. Después de este pequeño gesto, atravesé el puente con toda decisión.

Luego de caminar unos diez minutos por las callecitas que conducen al castillo, llegué a la explanada de acceso: un ancho sendero que ascendía hasta las propias puertas de aquella fortaleza. A los costados del camino, músicos y vendedores de artesanías recordaban un ambiente que debió ser muy parecido en la época medieval; aunque ahora estaba dirigido a los nuevos monarcas: ¡los turistas!

Si el acceso era majestuoso, lo era aún más el interior del castillo. Un gran patio central, una especie de plaza que estaba rodeada de construcciones, había sido el centro de vida de toda la corte. Allí estaban las cámaras del rey, con fabulosos tapices de brocados, oro y seda, los aposentos de la reina, la sala de banquetes. Perdí por un instante el rumbo y de repente recordé: "Sólo la cueva del Dragón". No debía distraerme con esplendores o brillos de otras épocas.

Se me acercó una mujer elegante, con aspecto de turista.

–¿Has visto la recámara del rey? –me preguntó, en castellano–. ¿Los fabulosos salones? Allí hay una riqueza increíble... Estoy buscando el salón de los Embajadores ¿Me acompañas en la recorrida?

Hablaba fluidamente mi lengua, lo que me sorprendió porque casi no había visto turistas latinos.

–Mira –le dije amablemente–, no tengo demasiado tiempo.

De pronto estalló en una carcajada desagradable.

–Las gentes de aquí inventan historias fabulosas –dijo–. Y, aprovechando la magia del lugar, te sacan dinero, te embarullan en quijotadas y farsas.

La voz era seductora y aplomada, pero me inquietaba su presencia y supe que debía deshacerme de ella. Estaba por expresar cualquier excusa cuando de pronto, con un siseo de serpiente, me disparó estas palabras:

–No te acerques al Dragón. Dicen que los turistas incautos caen en trampas increíbles.

Sentí que las piernas me temblaban.

–No sé nada de la Cueva del Dragón –dije, procurando controlar el pánico–. Simplemente estoy de paso y te repito que no tengo demasiado tiempo.

–¿Y quién hablo de cueva? –dijo, con una sonrisa helada–. Yo sólo te advertí acerca del Dragón, y no de su morada.

Comprendí que me había descubierto. Había hablado más de lo necesario.

Se me acercó más y, con una mirada extraña y un tono de voz frío y metálico, dijo:

–Bien, sólo quería advertírtelo. Te reconocí en cuanto te vi. Eres una de "ellos", los que quieren buscar no sé qué historias y dan y reciben mensajes en estúpidos sobrecitos. Te lo advierto: pierdes el tiempo.

–No sé de qué está hablando –dije, pero aquella bruja me ignoró groseramente.

–El mundo marcha hacia el futuro –siguió diciendo–. El pasado debe ser olvidado, no hay nada rescatable en las tontas tradiciones. El dinero es lo que cuenta y las religiones están dormidas, mi pequeña. El progreso es la única meta. El éxito, la conquista, ésos son los verdaderos caminos. Ya no existen los mitos, las leyendas son cuentos para niños, la realidad es lo importante. ¡Hay que salvarse siguiendo el orden ya establecido!

–¿Quién eres?

–Una persona inteligente, que cuida su vida y sabe lo que le conviene.

–Lo dudo mucho.

–Como quieras –dijo la desconocida–. Pero tengo que hablarte crudamente porque conozco varias historias de sobres, de viajes, de promesas. Tuviste la suerte de cruzarte en mi camino.

Estuve tentada de decirle que la que se había cruzado en mi camino era ella, pero me callé la boca.

–Yo –siguió diciendo– te puedo ofrecer mejores respuestas. Y te aclaro que tus preguntas tienen sentido.

–¿Cuál es tu camino?

–El de la libertad, la seguridad, el éxito y la belleza sin límites. Tú puedes construir tu propio destino aliándote con quien corresponde, no equivocando el camino. Debes hacer lo que te deje un rédito concreto, tangible –rió, tocándose el bolsillo de su abrigo de piel–. Lo demás es una lamentable pérdida de tiempo.

–¿Cuál es tu nombre? –pregunté, tratando de no mirar sus grandes ojos verdes.

–Mara –dijo, entregándome una tarjeta–, mi nombre es Mara. Si no sigues mis advertencias, necesitarás ayuda. Entonces llámame. Me guiñó un ojo, nuevamente dulce, aplomada, tan segura... hasta su voz metálica había parecido una sugestión de mi oído.

De repente un grupo de turistas avanzó en una avalancha de cámaras fotográficas, sombreros y shorts.

La tal Mara desapareció en la marea. Me quedé mirando su tarjeta: "Mara, seguridad y guía hacia el éxito", decía en letras góticas arriba de varios números telefónicos con horarios rotativos de atención para las veinticuatro horas del día. Y comencé a dudar. Mara era un personaje tan seductor, tan confiable, tan... tan conocido.

¿Y si lo que decía fuera cierto? Dudé, dudé de todo. Pero vi los ojos de mi padre mirarme con esa sombra persistente de tristeza y nostalgia. Y vi también las miradas de tantos amigos que se habían ido opacando y opacando a medida que renunciaban a los cambios, a la aventura, al riesgo de lo desconocido.

–¡No! –dije casi en un grito–. A mí no va a pasarme eso –y me dirigí hacia la cueva del castillo. Apuré mi andar: en el otro extremo de la plaza vi a Mara que se acercaba con un grupo de hombres muy bien vestidos, muy elegantes, muy seductores y exitosos. Buscaban a alguien con la mirada.

No titubeé. Casi corriendo, seguí los carteles que indicaban el camino a la gruta. No me di vuelta, veía sólo mi camino. Apreté el ámbar con fuerza y entré en el túnel que precedía al acceso de la Cueva del Dragón, en el interior del castillo.

Me di vuelta. A lo lejos distinguí a Mara y a su séquito. Caminaban enérgicos, apartando turistas. Todavía no me habían descubierto, pero tuve la absoluta seguridad de ser su objetivo.

El guardia

Mara se estaba acercando con su grupo, aunque todavía no habían logrado descubrir mi presencia. Era lógico que mi corazón latiera con tanta prisa. Doblé rápidamente en una de las callecitas internas del castillo, aguardando tras un muro de piedra el paso de Mara y su extraña comitiva.

Respiraba con dificultad y mi pánico aumentaba.

A pocos metros, un grupo de americanos escuchaba atentamente la explicación de la guía:

–Estamos precisamente –decía la joven– frente a la entrada de la Cueva del Dragón. Si miran hacia la derecha, la verán en aquel extremo, al borde de la alta muralla que rodea el castillo en forma de fortaleza.

Quise prestar atención, pero Mara se acercaba mirando fijamente en dirección a la entrada de la gruta. Ya no conversaba con los hombres que la acompañaban.

La guía dijo:

–La caverna desciende cuarenta metros si lo consideramos en forma vertical, pero su recorrido es mucho más largo ya que hay desvíos y laberintos que aún no han sido totalmente explorados.

–¿Allí habitaba el Dragón? –preguntó un turista.

–Exactamente, al poco tiempo de haberse construido el primer castillo. Así fue que aterrorizó a los habitantes de la aldea.

Mara caminaba con un paso rápido y militar, haciendo resonar sus pisadas sobre el suelo empedrado del castillo. Ya no podría ocultarme más a su vista.

"Tengo que cruzar la distancia que me separa de la gruta", pensé. ¡Es ahora o nunca!

–El Dragón –continuó la guía– eligió los subsuelos del palacio como su morada definitiva. La salida superior fue abierta en la roca por orden del Rey. Desde allí se le entregaban alimentos al Dragón, seres humanos y todo tipo de extrañas ofrendas. Cualquier cosa, con tal de mantenerlo apaciguado.

Corrí a toda velocidad hacia la cabina de vidrio que servía de entrada y donde dos guías conversaban animadamente.

–¡Por favor! –dije sin aliento–. Necesito ver al guardián.

Las mujeres me miraron sin comprender el motivo de mi agitación.

Vi que Mara ya me había divisado y estaba señalándome a su grupo mientras corría en dirección a la cabina.

Mostré el sobre negro sin poder articular palabra, estaba perdida.

–¡Por aquí! –reaccionó la guía señalándome una puerta lateral del muro de la fortaleza–. ¡Rápido, corre la traba!

Alcancé a cerrar la puerta con una pesada barra de hierro. Alguien golpeó furiosamente del otro lado. Corrí por una especie de estrecho túnel excavado en la roca, hasta llegar a una caverna más grande, iluminada con varias velas. El espacio era circular, no demasiado alto, abovedado. Las paredes de roca viva estaban grabadas con signos extraños, que yo desconocía. Eran geométricos y de color rojo. Me sorprendió un enorme icono con la imagen de la Virgen Negra. La postura era la típica de esta imaginería de principios del cristianismo. La Madre Negra estaba sentada en un trono, sosteniendo al niño, en actitud reinante, majestuosa, llena de poder...

Había también signos conocidos entre los jeroglíficos, una estrella de seis puntas, una medialuna, un triángulo descendente cruzado por una línea recta...

Súbitamente, distinguí una figura humana en un extremo de la bóveda. Era un hombre, vestido con una especie de uniforme azul, sentado a la manera hindú, pero de rasgos totalmente occidentales. Parecía meditar. Al acercarme, lentamente abrió sus ojos, que eran grandes y azules como los de la mujer que me había auxiliado en el santuario de la Virgen Negra. Irradiaban un resplandor indescriptible. El rostro era el de un hombre joven, moreno, de nariz recta y frente muy ancha.

–¿Vas a entrar? –me preguntó como si fuera una turista y el lugar no tuviera nada extraño.

–¿Es usted el guardián de la caverna? –pregunté.

–Sí –contestó impasible.

Le entregué el sobre negro sin decir palabra. Lo abrió lentamente, en un segundo leyó el misterioso contenido y clavó en mi rostro su mirada azul.

–Conspiradora –dijo suavemente–. Estás en lo que a todos nos espera por lo menos una vez en la vida: en una encrucijada. Debes elegir.

Su voz me apaciguaba. Yo estaba dispuesta a formularle mil preguntas, pero me detuvo con un gesto. Decidí escucharlo y me senté a sus pies.

–Éste no es el acceso de los turistas –dijo mirándome fijamente–. Aquí llegan sólo los aspirantes a la Gran Obra, los futuros alquimistas...

"Delante de ti hay dos puertas. La de la izquierda te llevará al camino del no-cambio. Está impregnado de historia, de fechas, de explicaciones, una guía te irá comentando paso a paso, en paradas sucesivas, donde estás y qué sucedió en tal y tal siglo, la antigüedad de las piedras, la cantidad de escalones por los que se desciende a lo largo de toda la cueva, iluminada y ambientada con una alegre música.

"La puerta de la derecha, por el contrario, no tiene argumentos, ni historias ni guías que conduzcan rebaños obedientes. No hay grupos que te acompañen, deberás ir sola. Contarás con tus fuerzas internas y con la ayuda de los planos sutiles.

"La puerta de la izquierda conduce a la gruta que no está habitada, no hay gnomos, ni ángeles ni dragones. Es una experiencia ordenada y tranquila. En realidad está comunicada con el acceso de los turistas comunes. Podrás, inclusive, sacar fotografías y puedo darte un folleto explicativo, donde un pequeño texto te contará paso por paso lo que te espera en el camino.

"La puerta de la derecha, en cambio, no ofrece ninguna seguridad. Está vedada a los turistas por razones obvias: te conducirá al corazón mismo de la cueva donde fijó su residencia el Dragón y al corazón mismo de tus preguntas... de tus terrores, de tus sospechas, de tus dudas y de tu luz interior. No hay certezas, pero te puedo garantizar que no saldrás igual a como entraste. Probarás tu propia resistencia, tu valor, tu pasión por la vida y tu fe... Y al final del camino te esperará el tesoro más extraordinario que tu imaginación pueda concebir.

"Pero debo decirte algo que los turistas no saben. Las dos cavernas están comunicadas y de vez en cuando dicen que irrumpe el Dragón en el recorrido seguro y protegido de la otra caverna. Ya lo sabes, no hay garantías absolutas, aun en las más inocentes y resguardadas experiencias. Esta información es reservada: hubo turistas que desaparecieron sin dejar rastros. Eran los que estaban muy distraídos y ausentes, demasiado preocupados con sus problemas, y recorrían la gruta sumando y restando sus cuentas, pensando en algún hecho pasado o elaborando complicadas estrategias para salvar su futuro económico.

"Éstos eran presa fácil: no prestaban atención a las señales y ni siquiera se daban cuenta de que estaban recorriendo la guarida del Dragón y que aún quedaban sutiles señales de su presencia. De repente aparecieron en el otro lado, sufriendo un estado alterado de conciencia."

–¿De qué otro lado? –me atreví a preguntar.

–Del lado imprevisible, del lado del crecimiento, del lado misterioso de la vida. Bueno –dijo como disculpándose–, puede sucederle a cualquiera aunque tome todos los recaudos –y prorrumpió en una carcajada tan sonora que me sobresaltó–. Pero esto no es frecuente, debo decirlo. Son casos excepcionales. Si eliges el camino habitual tienes la seguridad casi completa de no correr ningún peligro.

–¿Cómo te llamas? –pregunté con curiosidad.

–Miguel –dijo, mirándome profundamente a los ojos–. Y bien... ¿Qué decides?

–Espero tus instrucciones –le dije un poco asustada.

–Yo las desconozco. Mi tarea es solamente entregar los sobres y advertirles, a los que hasta aquí llegan, sobre la naturaleza de sus decisiones.

Abrió un pequeño cofre que estaba a un costado de su almohadón, sacó otro sobre negro y me lo entregó.

–Aquí adentro encontrarás todo lo necesario. Sería conveniente que lo leyeras antes de entrar.

–Cada puerta es un umbral, y una vez que la atraviese, no tendré retorno posible.

–Exacto. En el sobre encontrarás las armas mágicas para tu propio camino, que responde a los desafíos que enfrenta la humanidad del fin de milenio. Tómate el tiempo necesario para decidir...

"Ya sabes que hay dos recorridos, tuya es la elección, la humanidad entera esta frente a este desafío, por eso se entregan los sobres, a lo largo y a lo ancho del mundo para comenzar la obra alquímica.

"Te aconsejo cuanto antes emprender el reencuentro con el Padre Divino... Hay una gran diferencia en relación con los tiempos pasados, por eso las tradiciones, querida amiga, deben ser renovadas y adaptadas a nuestros tiempos.

"Antes, el contacto con los mundos sutiles era fluido y permanente, los ángeles, los gnomos, las hadas, eran seres cotidianos, aún no se había perdido la capacidad de verlos con los ojos físicos. Los dragones también podían ser vistos. El ser humano no tenía que enfrentar en forma tan solitaria como hoy día los grandes desafíos de unir cielo y tierra, alma y cuerpo, luz y sombra... porque debes saber que a eso hemos venido.

"Hoy es más fácil tomar una decisión individual y los cambios son más rápidos. En nuestro interior late la memoria de toda la especie humana y hemos de aprender en estos años que restan hasta el fin del milenio a liberarnos de todas las vidas que llevamos dentro... es decir de todos los miedos y las trabas heredadas.

"Esto, en forma simultánea con la recuperación de los tesoros que nos pertenecen como herencia.

"Tú perteneces a la tradición occidental judeocristiana, ésta es la primera puerta que abre para ti el Camino de los Misterios. Ésta y no otra es la dirección que debes seguir para liberar tus cadenas y recuperar tu misión perdida. Desatarás los tres nudos que bloquean tu energía, interrumpiendo el fluir de la gracia. Luego seguirás el recorrido del hilo de oro que te llevará a grandes descubrimientos.

"En estos días, el enfrentamiento con el Dragón ya no puede ser asumido por un solo salvador. No hay un alquimista que pueda enfrentar solo a los dragones actuales, que por otro lado ya no son visibles y además se han multiplicado. Por lo tanto, querida amiga, la tarea es individual y urgente.

"Los individuos más despiertos, los más valientes, los más inquietos, los rebeldes, los que se preguntan, los que dudan, los que no están de acuerdo, los que sueñan están siendo convocados, uno por uno, para ir enfrentando al Dragón y finalmente destruirlo. Recibirán sobres secretos, entregados en mano, con instrucciones precisas. La fuerza del milenio se habrá instalado y con ella los cambios vertiginosos y las nuevas exigencias del tiempo creativo. Será tiempo de artistas, de seres libres o de seres serviles y oprimidos.

"La puerta del dragón histórico, la turística, es una distracción, una curiosidad, un pasatiempo, una trampa, no exenta de peligro, como ya te lo vengo advirtiendo.

"La puerta de la Gran Obra te hará atravesar el fuego, fuego de Nigredo, primera etapa necesaria para luego arrojarte en brazos de la Madre, para nacer de nuevo y seguir avanzando hasta conseguir el triunfo completo.

"Ya no puedes regresar. Sólo tienes una alternativa: ¡decidir!

"Pero antes te contaré la verdadera historia del Dragón, que aconteció allá por el año 600 d. C. Si prestas atención, advertirás que la narración contiene claves importantes, como todas las historias y leyendas transmitidas de padres a hijos, de maestros a discípulos... de boca a oído. Estoy seguro de que te conmoverá."

La leyenda del Dragón

Cracovia recién iniciaba su historia como futura ciudad real cuando en este mismo sitio comenzó a construirse el primer palacio por orden de Krak, el gran rey y señor feudal más amado de todos los tiempos. Puedo asegurarte que era un hombre noble, bondadoso y justo. Quizás un poco conservador, como sostenían algunos en el pueblo.

El palacio estaba íntegramente realizado en madera, como era la costumbre de esa época. Los mejores árboles del bosque fueron talados para su construcción y toda la corte y el pueblo intervino en ella. La alta elevación rocosa que fue elegida para emplazar el palacio se erguía sobre el horizonte como un faro de luz y de seguridad para todos los pobladores que iban asentándose a su alrededor: la fama de Krak comenzaba a extenderse por las aldeas vecinas.

El río Vístula corría a sus pies tal como lo puedes ver hoy.

En esos tiempos no había otra manera de subsistir que la que ofrecía la vida junto a los señores feudales o los monasterios. Ambos tenían, a su vez, relaciones muy estrechas: intercambio de bienes, alimentos, mano de obra y conocimientos. Los monasterios eran focos de cultura y enseñanza.

En esos tiempos, también los mundos sutiles tenían una manifestación visible. Aún no se había producido la escisión entre lo sagrado y lo profano en la experiencia de la vida.

Las hadas, los gnomos, los silfos, las ondinas y las salamandras tenían su lugar y su función concreta en la vida de la aldea y del palacio. Se cuenta que hasta podía vérselos acarreando troncos y armando andamios en la construcción de este mismísimo palacio.

También se hacían fiestas populares, donde era usual invocar a los espíritus del fuego para propiciar algún pedido extraordinario en caso de necesitar ayuda.

En ceremonias cíclicas, ritualmente, en cada solsticio, se celebraba el retorno del sol y el aumento de la fuerza de la vida. También se conmemoraba su disminución temporaria, cuando se acercaba el invierno.

En los solsticios de invierno se prendían fogatas y se danzaba junto al fuego durante días, pidiendo a las salamandras, los espíritus del fuego, que no abandonaran la aldea. Necesitaban su ayuda para mantener encendidas las llamas de las hogueras durante los crudos meses invernales.

Los ángeles eran presencias protectoras, se conocían sus nombres, sus misiones y cuándo invocarlos. En los atardeceres se tocaban campanas para atraerlos: cuando comenzaba la noche, llegaban con el viento espíritus malignos que merodeaban el lugar.

Todo transcurría sin cambios. El mundo era inmutable; como también el tiempo, que corría lenta, muy lentamente. Las transformaciones llevaban años y aun siglos. Los días corrían serenos y por las noches las gentes del pueblo y también las de la corte se reunían –luego de sus labores unos y de sus eternas intrigas los otros–, alrededor de humildes fuegos o de ricas chimeneas a compartir los acontecimiento del día. La vida del pueblo giraba alrededor de las decisiones de su Señor, dueño del palacio, quien disponía en su corte de un consejo de ancianos. Éstos le sugerían a su príncipe las opciones más sabias, más justas y más tradicionales, para que la vida siguiera su curso inalterable, tal como se creía en ese entonces. Siempre igual, siglo por siglo.

En un tórrido verano, precisamente al mediodía, un acontecimiento muy extraño sacudió a sus habitantes, que tenían por costumbre mirar al cielo.

Przemko y Jarek, dos jóvenes cazadores, estaban saliendo a un claro del bosque, agobiados por un calor asfixiante.

–Descansemos –dijo Przemko–. Hace tanto calor como si el sol quisiera quemar el bosque o devorarlo con su fuego.

–¡Calla, amigo! –exclamó Jarek, y escupió a sus espaldas para revertir las palabras que había pronunciado Przemko–. No despiertes al mal con tus pensamientos.

La sequía de ese verano especial era inquietante. La aldea temía que se secara el río Vístula, que ya estaba delgado como un hilo en algunos de sus tramos.

–Quizá los espíritus del fuego enloquecieron –arriesgó Jarek, quizá no fue bien hecho el ritual de las fogatas. Quién sabe, tal vez la gente de la aldea se ha vuelto cómoda bajo la protección de nuestro rey y está cada día más embobada.

–Sin embargo –observó Przemko–, el Vístula tiene remolinos al lado del palacio y allí he visto infinidad de animales salvajes saliendo del bosque para beber en sus orillas, al pie mismo del castillo, cosa jamás vista.

–¡Escucha! –susurró Jarek–. Algo extraño sucede.

Los dos amigos prestaron atención. Un murmullo apagado, como de pisadas, se estaba acercando a ellos.

Temieron una estampida y se refugiaron tras una roca. Y entonces vieron un espectáculo insólito: por el borde de la pradera huía un lobo a toda velocidad perseguido por dos venados; detrás, una pareja de conejos corría a dos zorros.

Está inversión total del orden natural sólo indicaba un acontecimiento extraordinario. Era evidente que algo estaba por suceder. Algo inminente y ominoso, que transformaría la vida de todos los felices habitantes de Kraków.

–¿Será que los animales corren a beber? –aventuró Jarek en un intento de encontrar una explicación lógica a lo que evidentemente no la tenía.

–No sueñes, amigo. En pleno día el venado corre al lobo y el conejo persigue al zorro. Las señales son muy claras. Nada en nuestras vidas permanecerá como fue hasta hoy. Esperemos la presencia de lo que provoca esta huida y ruego a Dios que nos proteja.

En ese instante, zumbidos y aleteos atravesaron el cielo. Sobre sus cabezas, el sol se oscureció por un segundo. El terror hizo que se agazaparan tras la roca. Przemko y Jarek estaban sin aliento, presintiendo algún raro acontecimiento. Una bandada de pájaros de todas clases y tamaños pasó volando despavorida, escapando de lo que se acercaba.

Los cazadores se acurrucaron al costado de la roca y se cubrieron instintivamente la cabeza. Przemko miró hacia arriba y lo que vio lo dejó paralizado.

–¿Ves lo que yo veo? –le susurró a Jarek, señalando a un enorme pájaro con forma de reptil que se deslizaba por el cielo.

–¿Será un dragón? –musitó Jarek, temblando.

Era un monstruo horrendo, increíblemente espantoso, con un cuerpo largo y gigantesco que eclipsaba el sol.

Jarek comenzó a llorar como un niño, pidiendo ayuda. Przemko trató de tranquilizarlo, aunque él mismo estaba aterrorizado. La horrible bestia agitaba sus gigantescas alas de murciélago y se desplazaba en dirección al Vístula, más precisamente hacia el castillo. De sus fauces salían lenguas de fuego que enrarecían el aire caliente del mediodía. Alejándose en el cielo, se hizo un punto más y más pequeño hasta que desapareció en el horizonte.

Przemko juntó valor:

–No llores, Jarek, creo que sé lo que está sucediendo. Debemos volver inmediatamente.

Ayudó a su amigo a levantarse y se pusieron en marcha hacia la aldea.

–Cuenta lo que sabes, amigo –dijo Jarek. Bebió un trago de su cantimplora y se la pasó a su compañero.

Entonces Przemko comenzó su relato:

–Recuerdo que el señor Krak me envió hace poco, acompañado por un grupo de guardias del palacio, a llevar un mensaje a "El Vengativo". Ya sabes: el príncipe que tiene su castillo en el feudo cercano, al otro lado del río. Entre los miembros de su corte conocí a un hombre muy extraño. Sabía muchas cosas del mundo por haber viajado más allá de las altas montañas Tatry y aún más lejos, donde dicen que hay otras más altas, llamadas Alpes o algo así.

"Su nombre era Frank, era alemán y había vivido en un feudo muy rico y muy antiguo durante años hasta que cierto acontecimiento lo hizo juntar sus pertenencias y ponerse en marcha hasta los dominios de su señor actual. Contó que en los basamentos del palacio –que, también como el de nuestro señor Krak, estaba asentado sobre una roca–, un día se desprendió un peñón, y así quedó al descubierto la entrada de una tenebrosa cueva.

Enviaron inmediatamente a los cazadores a reconocer el interior de la caverna y encontraron allí a dos gigantescos esqueletos. Uno de ellos era tan grande como la roca más grande que jamás hayas visto y su mandíbula era tan desmesurada que, de estar vivo, habría engullido de un solo bocado a cualquiera que estuviera a su alcance.

"El otro esqueleto era aún más grande, casi como una de nuestras embarcaciones. Su envergadura era tal, que sus enormes alas podrían haber tapado el sol.

"En la corte del palacio y en la aldea entera una explicación comenzó a correr de boca en boca: las dos osamentas pertenecían a malos espíritus, vencidos tiempo atrás. Temían que, al moverse la roca que los mantenía sellados, pudieran renacer en cualquier momento y asolar a los habitantes del feudo como en otros tiempos. Frank manifestó que no se trataba de espíritus sino de restos de monstruos que habían dominado la tierra hacía miles de años.

"El Vengativo contó una historia que a su vez había oído de un viejo cazador de pájaros. El hombre había escuchado las canciones de los apicultores del bosque cuando recogían miel fresca todas las mañanas. Y estas canciones decían que hacía mucho tiempo, cuando aún no existían los feudos, ni los palacios, ni los príncipes, el espíritu del Norte se enfureció con el mundo entero y congeló en un conjuro a toda la Tierra. Enloquecido de ira, la transformó en un solo témpano. Hasta donde llegara su poder, funcionaría el conjuro y juraba que era omnipotente.

"Se extinguió todo ser viviente. Los animales grandes y los pequeños. Cantaban los apicultores que también los dragones habían perecido.

"Todos salvo los de una manada cuyo poder era más grande que el de los mismos dioses. Esas bestias resistieron el conjuro de la mortal ola de frío gracias a su fuego interno.

"Estoy seguro –finalizó Przemko–, que el maldito de hace unos instantes es uno de ellos. Logró salvarse del conjuro del anillo de frío, del hielo enviado por el viento Norte."

Jarek se rascó la cabeza y dijo:

–Si tienes razón, estamos perdidos.

Przemko apuró la marcha.

–Es menester –dijo– llegar al castillo y avisar a nuestro señor. Él sabrá encontrar la solución adecuada, como siempre lo hace.

Pasaron siete largas semanas desde la aparición del Dragón que eligió como guarida una cueva debajo del castillo, muy cerca de las orillas del Vístula. A la aldea le parecieron siete siglos el tiempo transcurrido desde su llegada. Las gentes vivían aterrorizadas por un posible encuentro con la bestia, que salía cada tanto de la cueva arrasando a su paso todo lo que encontraba, devorando niños y jóvenes, sembrados y ganado. Los habitantes de la aldea huyeron a refugiarse al interior del castillo. Y los que no tuvieron tiempo de hacerlo se escondieron en lo profundo del bosque, y así quedaban a merced de los animales salvajes y de toda clase de peligros.

El rey y su corte, con los aldeanos que lograron refugiarse en el castillo, no abandonaban los límites de la muralla, aterrorizados y sin encontrar solución al terrible conflicto.

El rey convocó a su Consejo de Ancianos, pero ellos no estaban preparados para enfrentar esa catástrofe. Años y años habían dado las mismas respuestas sabias y conservadoras, solucionando todos los problemas de acuerdo con sus conocimientos. Nada nuevo podía suceder en Kraków. Y, aunque así aconteciera, ellos buscaban en su memoria una experiencia similar a la situación que debían resolver. De ese modo se había mantenido la aldea a salvo de todos los peligros internos y protegida de los cambios. Repitiendo una y otra vez las mismas situaciones, las mismas intrigas. Y, al fin y al cabo, bajo la fachada de las apariencias, las mismas viejas injusticias.

Mientras duraban estas deliberaciones, los alrededores del castillo se iban despoblando y comenzaba a cundir el hambre. Hasta los mercaderes dejaron de acercarse, avisados ya de la existencia del Dragón de Kraków y de sus terribles andanzas. El ganado vagaba suelto por las praderas. Los animales que no eran engullidos por el Dragón en sus periódicas salidas eran devorados por los animales salvajes.

En vista de que el Consejo de Ancianos no encontraba la solución, el rey Krak decidió enviar mensajeros a todos los confines del reino y también a los reinos vecinos. Llevaban expresas indicaciones de hacer correr la voz acerca de un gran premio, que sería otorgado a aquel que lograra dar muerte al Dragón lo antes posible.

Los emisarios partieron raudamente montados en los caballos más veloces para cumplir las órdenes de su señor. Pero regresaron al palacio sin la solución esperada: nadie respondió al llamado, ni siquiera en los reinos vecinos. Los pobladores, convencidos de su impotencia, no querían arriesgar su vida en una partida imposible de ganar.

Se reunió nuevamente el Consejo de Ancianos. Y uno de ellos, revisando un polvoriento manuscrito, descubrió que una vez, en algún feudo, ante un problema semejante, habían logrado apaciguar al Dragón y mantenerlo al menos quieto en su guarida. Pero el método era espantoso: le ofrecían en sacrificio a las doncellas vírgenes más jóvenes y hermosas, a los mancebos más apuestos. E incluso a niños, para deleite de la bestia.

El señor Krak tomó entonces una decisión atroz: dispuso que se hiciera idéntica cosa con el Dragón. Y así sucedió, con lo que el pánico invadió el palacio. Ya nadie estaba seguro de no ser la próxima ofrenda...

Ahora las salidas del Dragón eran escasas, pues esperaba, agazapado, la nueva víctima que le arrojarían. Ya casi no quedaban animales y tampoco había más suculentos banquetes. Todo, con frecuencia cada vez mayor, iba a parar a las fauces insaciables del Dragón. Sus rugidos interrumpían el sueño del palacio, y el rey Krak debía satisfacer sus terribles demandas a cualquier hora del día o de la noche.

Jarek y Przemko, refugiados en el castillo y acompañados de los mejores arqueros, hicieron un desesperado intento de atacar al Dragón con sus flechas desde las altas murallas, pero era imposible atravesar su poderosa coraza.

El valiente Jarek, ayudado por un grupo de pescadores, tejió una gruesa red que arrojaron al Dragón desde la altura de la muralla del palacio para inmovilizarlo. Pero la malla fue destrozada en un segundo por los terribles dientes de la bestia, más y más embravecida.

"Debe guardar algún tesoro", murmuraba la gente tratando de entender el misterio. "Por eso, decían, eligió esta guarida. Quizá nosotros desconocíamos su existencia y el Dragón vino a custodiarlo".

Hasta que, justamente en la séptima semana, en un atardecer caluroso, tocó el gran llamador del portón del palacio, a los pies de la muralla, un personaje desconocido.

–¿Quién eres, que te atreves a caminar al descubierto? –gritó el centinela desde lo alto–. ¿No sabes de la existencia del Dragón?

–Sí, la conozco –respondió un joven personaje, vestido con una túnica extraña de color blanco y cubierto por una capa dorada–. Vengo a hablar con el rey: he recibido el mensaje de la recompensa y dispongo del remedio preciso para liberarlos de la bestia. Dios sabe que no miento, lo conozco escama por escama, garra por garra, diente por diente.

Hicieron pasar al forastero y sin demorar un solo minuto lo llevaron a la presencia de Krak, que estaba muy abatido por los acontecimientos.

El rey, avisado sobre la novedad, esperaba sentado sobre un trono de pieles de oso. Sobre sus ricas vestimentas, bordadas de oro, se derramaban sus largos y blancos cabellos. La barba, también blanca, tapaba su pecho como una capa de nieve. Sobre su cabeza brillaba una corona de oro, símbolo de realeza y autoridad.

El forastero se inclinó en señal de respeto y aceptó la invitación de sentarse frente a él. Era joven, de extraños ojos oscuros y cabellos negros. Nunca había sido visto en la aldea, ni en la corte, ni en las visitas que Krak realizaba a los reinos vecinos.

–Habla, forastero –ordenó el rey, mirando el anillo de ámbar que brillaba en un dedo de la mano del desconocido, iluminado por la luz de las velas.

–Señor, tengo la solución y merezco la recompensa. No he venido antes porque el plazo de siete semanas desde la llegada del Dragón debía ser cumplido. Ahora es el tiempo. La salida es muy simple, liberaré a tu reino y retornarán a ti la felicidad y la alegría.

"Debo advertirte que el Dragón custodia un tesoro, que me pertenecerá cuando logre vencerlo, como lo demostraré antes de que amanezca el nuevo día. Ésa será mi única recompensa, y la compartiré con quien se atreva acompañarme.

–Manda traer un cordero blanco –pidió el forastero al rey, quien de inmediato dio la orden a sus súbditos.

Momentos después volvieron con un cordero, recién sacrificado, que dejaron a los pies del trono.

El forastero se acercó al cordero, desenvainó un cuchillo, le abrió el vientre y procedió a retirar todas las vísceras. Luego sacó de sus alforjas un envoltorio que contenía un polvo amarillo al que llamó azufre y con el que rellenó al animal. Una vez que completó esta operación, tomó hilo y aguja y prolijamente cosió el corte efectuado. La trampa estaba terminada.

–Un suculento bocado para el insaciable dragón –dijo el extraño personaje. Luego, dirigiéndose al rey–: Ahora necesito la ayuda de dos valientes para arrojar el cordero lo más cerca posible del Dragón.

El rey Krak llamó entonces a Jarek y a Przemko, en quienes confiaba por su juventud y su destreza de cazadores intrépidos.

La noche era oscura, la luna, en cuarto menguante, no alcanzaba a disipar las sombras cuando partieron los tres valientes. Al despuntar el nuevo día, los guardias de las murallas relevaron sus turnos sin transmitirse ninguna novedad.

El cielo comenzó a teñirse de rojo, las copas de los árboles que bordeaban el río parecían antorchas encendidas y el Vístula era un torrente de sangre cuyas aguas relucían de púrpura y oro.

Los guardias jamás habían visto un espectáculo tan sorprendente y aguardaban inquietos, cuando un alarido espantoso y ensordecedor los paralizó.

Los aterrorizados y sufridos habitantes del castillo corrieron hacia las murallas.

–¡El Dragón! –gritaban–. ¡El Dragón! –y asomándose desde lo alto... lo vieron.

El monstruo, enloquecido, había salido de la cueva, giraba sobre sí mismo, en círculos, daba grandes saltos y rebotaba con gran estruendo sobre la tierra. Casi arrastrándose llegó hasta el río. Comenzó a beber hasta quedar exhausto, mientras lentamente iba mudando su color. De verde viró a un gris oscuro y luego se volvió más y más negro.

Expectantes, inmóviles, desde el rey hasta el más humilde de sus súbditos esperaban el desenlace. También los animales del bosque, los pájaros y hasta el viento se habían detenido.

La bestia volvió a incorporarse, resoplando y gruñendo frenética, para volver a caer y a sumergir sus terribles fauces en el agua. Nubes de vapor se elevaban sobre la superficie del río. De pronto se incorporó sobre sus patas traseras, y todos los espectadores retrocedieron despavoridos. Pero el monstruo agonizaba... Lanzando un postrer y desgarrador alarido, cayó cerca de la orilla.

Aparentemente aniquilado, el Dragón yacía inmóvil, como una enorme mancha de color negro. Ni siquiera el azabache que los mercaderes de Oriente traían en sus alforjas se igualaba en su negrura al color que había adquirido. El silencio ganó la escena. El rey, su corte, los aldeanos miraban fijamente hacia el río sin poder creer lo que habían visto.

De pronto, Jarek y Przemko, seguidos a corta distancia por el forastero, caminaron lentamente hacia el Dragón. El forastero llevaba en sus manos un cofre de oro y piedras que deslumbraba los ojos con el brillo del sol de esa mañana conmovedora.

El rey prestó atención al cofre y recordó lo conversado con el forastero, pero una estruendosa ovación le hizo olvidar esos pensamientos:

–¡El Dragón ha muerto!

–¡Estamos liberados!

–¡El Dragón ha sido vencido!

–¡La vida ha vuelto al reino!

Ese mismo mediodía el rey ordenó un banquete, con los pocos víveres que quedaban en el palacio y los guardias abrieron de par en par los portones de acceso al castillo.

Nobles y plebeyos de los reinos aledaños acudieron a sumarse a los festejos, que duraron tres días con sus noches.

La fiesta estaba terminando cuando se corrió la voz de que era imposible hallar al salvador del reino. Había desaparecido, y lo mismo sucedió con los dos jóvenes cazadores.

Y, según cuenta la leyenda, en los fondos de la caverna quedó guardado un misterioso cofre. El forastero lo habría dejado allí para ser rescatado por todo aquel que emprendiera el descenso iniciático y enfrentara a su propio dragón interno.

Ante el umbral del cambio

Miguel prendió una vela amarilla y contempló la llama, absorto en sus pensamientos.

Me había tranquilizado. Ahora sólo existíamos nosotros y el fuego de la vela: Mara, el Vístula, los sobres, mis miedos; todo había quedado afuera por el momento.

–¿Quién es el Dragón? –pregunté interrumpiendo su meditación–. ¿Qué significa en esta historia que me contaste?

–El Dragón –contestó Miguel, acomodándose en su piel de oso– es la Bestia que creamos entre todos con nuestros miedos. El monstruo que se apodera de nuestra alma. Pero llega un momento en que lo único que queremos es recuperarla. Y entonces nos decidimos y enfrentamos por fin al Dragón del Miedo.

Me estremecí, absolutamente identificada con esa imagen.

–Pero es necesario ser hábil –dije–, valiente.

–Exacto. Recuerda lo que sucedió en la aldea. De los tres caminos posibles, el ataque, la huida o el desenmascaramiento, este último fue el que tuvo éxito.

–Por eso hubo campesinos que huyeron y cortesanos que optaron por no enfrentarse.

Miguel me miró, encantado: era evidente que yo aprendía rápido.

–Queda un solo camino –siguió diciendo–: el camino del mago. Actuando en forma indirecta, desde otro plano, el forastero alquimista de la leyenda logró que el Dragón saliera de la cueva.

–Así pudo desenmascararlo.

–Sí, Ana: sin luchar, reservando su energía, lo condujo al fin. Pero no actuaba solo: tuvo ayuda del cielo.

–¿Cómo es eso?
–Con su tremendo accionar, el Dragón había "atado" (sitiado, diríamos) las energías del feudo entero. Pero el mago llevaba oculta una cuerda, a la que transfirió ese bloqueo. Entonces, delante del Dragón mismo, fue desatando uno a uno los terribles nudos.
Me di cuenta de que estaba empezando a entender mi viaje.
–Es como si volviera a la aldea de mis ancestros –dije– no tanto para visitar a mi padre...
–... sino para tomar fuerzas y enfrentar al Dragón.
Miguel me comprendía perfectamente, ponía en palabras mis emociones. Me sentí como Jarek y Przemko. Aventurándome con el alquimista para acechar al Dragón, al viejo miedo lleno de escamas y de "no puedo" que se ocultaba en la cueva.
–El forastero –dijo Miguel– conocía oraciones alquímicas de diferentes tradiciones religiosas. Éstas son las respuestas que puedo darte por el momento...
–¿Quién eres tú? –le pregunté–. ¿Conoces a Mara? ¿Sabes por qué llegué hasta aquí?
Miguel adoptó una posición de yogui, con las manos abiertas, las palmas hacia lo alto, reposando una sobre la otra.
–Tranquilízate –contestó–. Yo conozco solamente una parte de la historia. En todo movimiento que subvierte un orden establecido, nadie tiene la información completa. Por ahora, atendiendo a tu seguridad, escucharás sólo lo que yo puedo decirte.
–No comprendo...
–Los primeros pasos en la Conspiración necesitan un propósito claro. Esto es: avanzar en la dirección elegida. Aunque el exterior parezca un caos, aunque sientas la irresistible tentación de renunciar a todo, confía...
–¿Tú eres uno de ellos, uno de los Conspiradores de la Gracia? –susurré con un hilo de voz–. ¿Qué es ser un alquimista? ¿Qué piensan, qué sienten, qué objetivos persiguen?
–Ya te respondí –dijo Miguel, muy serio–. Esto es lo que te corresponde saber.
–¿Para qué?
Miguel me miró con sus ojos azules, que reflejaban el resplandor de las velas. Sobre el río de su mirada transparente navegaban cientos de luces. Entonces pronunció las palabras que yo tanto había temido:
–Porque tú –dijo– serás la próxima que deberá enfrentarse con la Bestia.

Observé las dos entradas a la caverna, y distinguí claramente las inscripciones sobre el umbral, esculpidas en la piedra. Parecían muy antiguas. Cronos, decía la izquierda. Kairos... la derecha.

Cerré los ojos. Tenía grabada a fuego toda la información trasmitida por Miguel: podría buscar las raíces, liberar a los ancestros, enfrentar al Dragón, saldar los temas pendientes.

Hice acopio de toda mi fortaleza: presentía que habría de recorrer un largo trecho dentro de aquella gruta laberíntica. Al persignarme tal como lo indicaba el mensaje, la puerta de la derecha chirrió en sus goznes y se abrió lentamente. La sombra de la caverna extendió sus alas y avanzó hacia mí como un enorme pájaro nocturno.

Recordé las palabras que Miguel me había dicho antes de enviarme a la aventura:

–No dejes de consultar las instrucciones del sobre.

Había dispuesto tizones en un incensario que flanqueaba la Virgen Negra y colocó sobre él esencias que yo desconocía.

–Incienso –explicó–, mirra y estoraque en idénticas proporciones.

Mi mirada se cruzó con el azul cielo de sus ojos y al instante supo cuál era mi decisión.

–La vela será encendida allí adentro –explicó, señalando la puerta de la derecha. Tomó una pequeña campana de bronce y, tocando tres veces, dijo–: Ha llegado el tiempo.

Apreté el sobre contra mi pecho, sintiendo que nada permanecería igual después de abrirlo. Sentí fe, confianza, certeza y una extraña alegría que anticipaba los tiempos que vendrían.

Me di vuelta para despedirme de Miguel, pero se había retirado sin que yo lo advirtiera. La suerte estaba echada.

Abrí el sobre. Contenía una vela blanca, fósforos, una cuerda con tres nudos y un nuevo mensaje.

Nigredo

La Ciudad del Miedo

Segundo mensaje

Capadocia, cuarto menguante

¡Bienvenida a la Conspiración de la Gracia!

La luna menguante ya se oculta en los cielos, por lo tanto llegó el momento de la acción. En este sobre descubrirás los recursos imprescindibles para iniciar el Camino de los Misterios:

Una vela, para iluminar el sendero que estás emprendiendo.

Una cuerda encantada de la cual deberás desatar tres nudos; de esta manera te liberarás de tus miedos y trabas. Un extremo de ella quedará fijado, durante toda tu aventura, a este lado de la realidad, al tiempo presente. Si la empuñas con firmeza, no te perderás en el Camino.

El texto del Padrenuestro –con él eres invencible, recuérdalo a cada momento–, para enfrentar al Dragón.

Un puñado de sal.

También te damos decisión, para trasponer el umbral hacia un mundo nuevo. Además, el sobre guarda para ti una buena dosis de alegría. No olvides que la señal de la cruz te servirá para abrir la puerta al Camino de los Misterios. Y una última cosa: es probable que encuentres en este descenso tus partes perdidas y enfrentadas. No las dejes vagar en la ignorancia: reúnelas una a una; son tuyas y de nadie más. No te olvides ni aun de las más ruines, de las más mezquinas; todas merecen ser liberadas de las garras del Dragón. ¿Sabías que están esperando allí abajo el momento de tu llegada desde hace ya mucho tiempo? Cuando las encuentres, sé decidida: te preanuncian la hora de enfrentar al Dragón.

Instrucciones

Ponte de pie frente a la puerta del Kairós.

Respira profundamente para tomar la energía del cielo.

Persígnate con la misma ilusión con que lo hacías cuando eras pequeña. Se trata de algo más que un gesto mágico. Verás entonces cómo lentamente se abre la puerta... En ese momento podrás distinguir el primer escalón que desciende a otro nivel de conciencia. Te aconsejo que enciendas la vela enseguida, una vez que te encuentres dentro de la caverna. Protege la llama con tu mano y coloca la vela dentro de una hornacina cavada en la piedra, que encontrarás a la derecha. Recuerda que lo primero es encender el fuego: el fuego de la pasión, el fuego del entusiasmo. Él iluminará tu camino con más y más luz, a medida que vayas descendiendo. Cada escalón te acercará más a la verdad, a tu esencia, al tesoro que yace escondido en el todavía lejano fondo de la caverna. Ya sabes que vas a la conquista de ti misma, en esto consiste la Nigredo, la primera etapa de la obra alquímica.

Desciende uno a uno los setenta y dos escalones que te separan de la puerta. Debes saber que este descenso entraña, en realidad, un ascenso... Te alejarás más y más del mundo viejo y te elevarás a un nuevo estado de conciencia.

En el sobre también has encontrado un puñado de sal. Es un recurso mágico, ¡utilízalo!. Si sientes que te persigue alguna presencia amenazadora... simplemente coloca una pequeña línea de sal, en el piso, a tus espaldas. Y continúa descendiendo. Aunque sientas miedo o tengas la tentación de regresar al punto de partida, sigue descendiendo: jamás estarás sola, te protege el cielo entero. No te detengas, sigue hasta el final.

Además tienes la cuerda mágica y la oración como armas infalibles para no extraviarte y combatir a la Bestia .

Ahora, respecto de la cuerda, te revelaré un gran secreto que pocos conocen: los nudos del alma deben ser desatados en el orden inverso en que fueron atados y frente a la causa de la angustia.

Según las leyes espirituales no hay dragón que se resista a las oraciones de la tradición. A ti te corresponde el Padrenuestro. Debes saber que, al pronunciarlo, toda la hueste angélica acude en tu auxilio.

Seguiremos atentamente tus pasos en esta primera etapa de las tres que componen la Nigredo.

¡Que Dios te bendiga!

¡Por la Gran Obra, venceremos!
Amir
El Alquimista

De pronto me desanimó la incertidumbre: ¿sería yo capaz de enfrentar semejante desafío?

Respiré profundamente, mirando la dorada luz de la vela amarilla, que ya se estaba extinguiendo.

–No –decidí–, no viviré los sueños de otro. ¡Iré a la verdadera aventura y que el cielo me ampare!

Sólo veía el primer escalón. Luego... luego intuí que un abismo misterioso palpitaba en el fondo de los tiempos. A mi derecha distinguí un candelabro de oro apenas apoyado en un ángulo saliente formado por las piedras de la caverna. Saqué la vela y los fósforos del sobre y encendí el pabilo con dificultad: mi mano temblaba.

La oscuridad me había alterado y aceleraba los latidos de mi corazón. En esa extraña penumbra entreví escalones de piedra que descendían, la escalera giraba en espiral alrededor de su propio eje... Era imposible vislumbrar su límite. Yo había visto, en templos hindúes, cómo terribles dragones de madera se enrollaban alrededor de las columnas, descendiendo... y tuve un helado estremecimiento.

–Son setenta y dos los escalones hasta la próxima etapa –recordé. Tomé muy fuerte el cordel dorado –que en mis manos se había transformado en una cuerda–, y lo pulsé: estaba unido, como anclado a algo, muy firmemente. Me sentí como Ariadna en el laberinto.

Y comencé el descenso.

Uno...

Dos...

Tres...

Cuatro...

Cinco...

Nada sucedía, y flotaba un profundo silencio.

Seis...

Siete...

De repente sentí pánico: un rugido resonó en algún lugar de la caverna, no muy lejano.

–¿Hay alguien ahí? –grité, y me sentí ridícula porque me salió una voz chillona de tan excitada.

Por supuesto, había gritado inútilmente: nadie contestó mi pregunta.

Ocho...

Nueve...

Volví a escuchar el rugido como un murmullo, retumbando en truenos lejanos de una noche de tormenta. Traté de no perder la cuenta de los escalones que llevaba.

Dieciocho...

Ahora escuché el rugido a mis espaldas, más fuerte. Nítido, claro, definido. Se me heló la sangre, decididamente era mejor salir corriendo. La cuerda se me escapó de las manos, pero pude recuperarla de inmediato.

Respiré profundamente, una, dos, tres veces... Sentí una extraña sensación en la parte superior de mi cabeza, como si una luz, una vibración, una energía hubiera literalmente abierto una brecha, una abertura por donde entraba el cielo.

Seguí descendiendo. La sensación persistía pero era soportable. ¿Tendría que acostumbrarme a ella?

Al mismo tiempo un sonido similar a un suave zumbido comenzó a latir en mis oídos, más y más punzante.

Veintisiete ...

Estrellas fugaces aparecieron delante de mí, cruzando el espacio abovedado de la caverna.

Treinta y dos...

Un perfume de rosas se esparció por todo el lugar. Me detuve y cerré los ojos para aspirarlo. Era penetrante, dulce... sugestivo. Respiré muy hondo tratando de serenarme.

Treinta y siete...

Un sabor a miel inundó mi boca y paladeé con deleite esta nueva sensación. ¿Que estaría sucediendo conmigo?

Cuarenta y dos...

Sentí una vibración insólita en la punta de mis dedos. Parecían antenas, a través de ellos percibía todo lo que me rodeaba. Sin soltar la cuerda, sin tocar nada, reconocí la superficie de piedra de la caverna con sólo extender mi mano. Al mismo tiempo sentí que yo misma emitía una extraña fuerza.

Cuarenta y ocho...

Se habían despertado mis cinco sentidos y una ventana al cielo se abría igual que una fuente invertida en el centro de mi cabeza. Sin embargo todo eso me parecía totalmente natural. Como si antes de descender hubiera estado embotada, insensible... para después vibrar de vigilia. En ese instante era Ana, la misma de siempre. Pero una Ana lúcida, sumamente lúcida y alerta.

El placer era indescriptible: oía, veía, sentía, olía, paladeaba la vida... Deseé no volver jamás al estado anterior. Me parecía tosco, embotado, lamentable.

Plena, ardiente de poder, alcé mis brazos hacia el cielo y respiré profundamente. Pero en ese instante se repitió el rugido a mis espaldas, acompañado de extrañas pisadas en la escalera. Se acabó la beatitud, pensé. Algo descendía pesadamente, rasguñando las piedras. Ya no podía regresar por la escalera: era precisamente de allí que provenían los rugidos. Lo único que me quedaba era avanzar.

¡Cincuenta!

¡Cincuenta y seis!

Corrí escaleras abajo a increíble velocidad, teniendo bien presente el número de peldaños que llevaba y sin separarme del cordel. Detrás de mí, aquello aceleraba su descenso y rugía con gran estrépito.

En el escalón sesenta y tres... la cosa se detuvo. Parecía estar estudiando mis reacciones, conocer mis movimientos.

Sesenta y seis...

...y sentí un aliento ardiente sobre mi nuca y un rugido profundo me atravesó el cuerpo.

Me acordé del guardián y de sus advertencias y el terror se apoderó de mí.

Tres escalones más abajo, la luz de la vela iluminaba una puerta.

¡Setenta, setenta y uno, setenta y dos!

Bajaba a los tropezones, me faltaba el aire. ¡El nudo!, recordé, ¡debo desatar el primer nudo!

Tiré de la cuerda con todas mis fuerzas, la palpé y a los pocos centímetros descubrí el nudo. Con dedos frenéticos forcejeé, mientras el Dragón seguía descendiendo peldaño por peldaño.

–¡Ayuda! –grité, tratando de desanudar la cuerda. Cuando al fin lo conseguí, cedió la traba y la puerta se abrió instantáneamente.

Pasé por el umbral sin pensarlo. Corrí por una calle extrañamente familiar, muy parecida a cualquiera de Buenos Aires. Pero recordé que yo estaba en Cracovia, en la cueva del Dragón, envuelta en un maraña de sucesos misteriosos. Sin embargo, no debía olvidar que era yo misma quien había tomado la decisión de entrar por la puerta derecha...

Detuve mi carrera desenfrenada. Intentando recobrar el aliento, miré a mi alrededor... Estaba en alguna calle de una ciudad moderna –normal, se diría–, llena de transeúntes con aspecto común y habitual. Ya no oía los rugidos del Dragón, lo único que había alcanzado a percibir de él. Tal vez el ruido de la ciudad, los bocinazos, las frenadas, los motores de los autos estuvieran apagando el fragor de la bestia.

La cuerda seguía firmemente en mis manos. Pero yo no estaba del todo tranquila: recordé que, a causa del pánico, antes de pasar el umbral había olvidado poner un puñado de sal en el piso para impedir el paso del Dragón.

Todo parecía habitual, salvo que los carteles de propaganda era exageradamente monumentales: ocupaban decenas de metros, ocultando edificios enteros. Por lo demás, no observé nada fuera de lo común: autos, peatones, semáforos, ruidos, apuro...

Y un murmullo.

Presté atención: todos los caminantes murmuraban. ¿O sería que yo estaba leyendo sus pensamientos?

–No hay tiempo –decían–, no hay tiempo, no hay tiempo...

–Dinero, dinero, dinero...

Los transeúntes, que parecían autómatas, caminaban en todas direcciones sin cruzar una sola mirada entre ellos. Tenían los ceños fruncidos, los ojos asustados y abiertos, muy abiertos.

–Dinero, dinero, dinero...

Muchos pasaban delante de mí sin reparar siquiera en esta forastera. Iban vestidos –uniformados, podría decirse– de ejecutivos, de oficinistas, con sus maletines seguramente repletos de informes, cheques y documentos.

Oí otro murmullo dicho entre dientes:

–Poder, poder, poder...

Todos estaban absortos en sus pensamientos. Hombres y mujeres, con las miradas perdidas, corriendo, corriendo...

–Sexo, sexo, sexo... –pasó un grupo musitando en tono apenas audible. Tenían miradas libidinosas y voraces.

–Deseo, deseo, deseo... –decía, con voz pastosa, otro grupo cercano.

Miré hacia arriba y me llamó la atención un espectáculo insólito: un par de piernas gigantescas, bien torneadas, se balanceaban suavemente desde lo alto de dos torres de ochenta metros. Algún aceitado mecanismo hacía que las piernas se cubrieran de seda negra y se desnudaran alternativamente. Tanto hombres como mujeres presenciaban ese ritual voluptuoso con miradas ardientes de lujuria. Podía imaginar su excitación.

Oí una nueva letanía, proveniente de otro lugar indefinido:

–Éxito, éxito, éxito...

–Información, información, información... –repetía un altoparlante acentuando las palabras a la manera de un *mantram*–. Señoras, señores, porque en nuestros días es imprescindible estar informado, anunciamos con orgullo nuestro último avance tecnológico: ¡las noticias más importantes serán transmitidas ininterrumpidamente por C.L.L., la cadena internacional que nos vincula con el mundo!

–¡Información, información, información! –rugió la multitud.

Pasó delante de mí un grupo de jóvenes vestidos con colores fluorescentes. Advertí que uno tenía este autoadhesivo pegado en la frente: LA APARIENCIA ES LO ÚNICO QUE IMPORTA. Hacían mucho alboroto, pero nadie les prestaba atención: la gente consultaba sus relojes, evidentemente muy preocupados por llegar a horario a donde fuese.

De ninguna manera me encuentro en Buenos Aires, pensé mirando a mi alrededor, y la situación no es precisamente normal.

De pronto un rugido lejano resonó detrás del ruido constante. Parecía un trueno, una tormenta; pero yo sabía que no lo era. Y además se estaba aproximando.

La única reacción de los peatones fue la de acelerar el ritmo de sus pasos. Temí que en cualquier momento se echaran a correr en estampida. Cada rugido del dragón precipitaba la velocidad de la circulación, pero nadie se detenía para averiguar de dónde provenía el estrépito. Se diría que estaban acostumbrados a su presencia, se diría que el dragón los venía persiguiendo desde siempre y ellos solamente huían más y más rápido.

Un grupo compacto se acercaba ahora murmurando alguna consigna a un ritmo marcial y acompasado. Los pasos resonaban en el asfalto como si pertenecieran a una parada militar.

–¡Hacer para tener... hacer para tener... hacer para tener!

Detrás, otro grupo les marcaba el contrapunto como si fuera un coro de fondo:

–¡Tener, consumir... tener, consumir... tener, consumir!

Cada rugido del dragón aceleraba los cantos marciales y los pasos automáticos y rígidos. Un gigantesco televisor brillaba en pleno día con destellos metálicos; la colosal pantalla estaba dividida en imágenes simultáneas. Presté atención: se veían escenas de guerra, asesinatos, cruceros de placer, cotizaciones de bolsa, clases de gimnasia, consumidores y políticos con sonrisas de plástico.

Paramos en un semáforo, la marea humana y yo...

Los televisores, rigurosamente programados, habían sido instalados en cada esquina. Así, mientras esperaban que la luz blanca les autorizara el cruce, los peatones podían saber, con un simple vistazo, qué estaba sucediendo en el mundo.

Me aparté para dejar pasar la horda de transeúntes. Miré la pantalla que mostraba el debate de los políticos. Comprendí que nadie lograba expresar sus pensamientos porque toda la disputa giraba en torno a destruir los argumentos del otro. Cada tanto, una hermosa señorita con pollera muy corta, tacos altísimos y sonrisa tonta se acercaba a alguno de los candidatos y le entregaba un papelito con toda suavidad y aire casual. Los candidatos, mirando de reojo las cámaras, cambiaban de expresión y de tema, conservando siempre sus sonrisas forzadas. Seguramente habrían recibido la advertencia de algún grupo de poder que los financiaba.

–Deben de estar tratando temas inconvenientes para intereses privados, importantísimos e intocables –dijo una voz a mis espaldas.

Me fue imposible distinguir quién había hablado: en ese momento la muchedumbre me arrastró hacia adelante, siempre hacia adelante en una loca carrera. Evidentemente había que lanzarse a cruzar la calle ya que el semáforo se había puesto en verde, señalando la largada. Por el momento no tenía alternativa, había que seguir a los demás.

Llegamos hasta el próximo semáforo apenas en segundos. En otro sector de la pantalla un noticiero informaba sobre el estado sanitario del planeta. La conductora hablaba con una expresión sonriente, como corresponde al estar frente a las cámaras:

–Manejamos los datos al instante a través de la red informática. ¡Quédense tranquilos! Disponemos de planillas que arrojan los porcentajes diarios de víctimas de las epidemias más persistentes de los últimos tiempos a escala mundial.

Decidí prestarle más atención a la radiante locutora.

–La mayor cantidad de víctimas fatales es provocada por la epidemia de insatisfacción. Estos datos deben ser conocidos a fin de evitar contagios. Advertimos a la población que esta lamentable epidemia debe ser rigurosamente controlada, ya que parecen no hacer efecto sobre la enfermedad los medicamentos más fuertes que están siendo distribuidos desde la zona norte del planeta. Allí, como ustedes saben, se encuentran los recursos tecnológicos de mayor avanzada.

Los transeúntes se miraban disimuladamente de reojo; quién sabe, podría haber algún infectado cerca.

–El principal síntoma previo –seguía anunciando la locutora– es un reiterado y persistente agotamiento que no cede ni aun con concentradas dosis de vitaminas y ginseng. Muy pronto sobrevienen señales de descontento, de vacío, de falta de rumbo y una marcada falta de interés por el progreso. Denuncien, por favor, todos los casos sospechosos; no titubeen, es mejor desconfiar que quedarse afuera de la prosperidad.

Las miradas de la gente se hicieron más recelosas. Temí que alguien me descubriera. La locutora seguía con su alocución.

–Corren rumores de que la epidemia se ha propagado en forma alarmante entre los ejecutivos y los grupos privilegiados. Cosa extraña, más bien incomprensible.

–Nunca había sucedido hasta ahora –le comentó a toda velocidad una mujer de aspecto formal a su acompañante, también muy serio y respetable–. Ellos deberían estar inmunizados –y, al decir esto, la onda blanca de la luz del semáforo se llevó a la pareja raudamente.

Dejé de mirar la pantalla. Algo extraño sucedía, algo aún más extraño que lo que había visto hasta ahora: la calle se había ensombrecido. Supuse que se avecinaba una tormenta; pero no: me di cuenta de que se debía a que "algo" había tapado el sol.

–¿Será el Dragón? –me pregunté en voz alta, mirando angustiada a mi alrededor totalmente desorientada–. ¿Dónde estoy, Madre?

Tenía ganas de llorar. Decidí no avanzar con la muchedumbre, y a duras penas logré abrirme paso y apartarme de la marea. Cuando miré hacia arriba, me di cuenta. No anochecía, ni se trataba de la envergadura del Dragón: lo que eclipsaba al sol era un gigantesco globo aerostático de propaganda con forma de hamburguesa coronada por un huevo frito, que navegaba por los cielos.

–¡Oh!, miren –les dijo un hombre a un par de muchachos que iban con él–. Es la prueba piloto de las nuevas técnicas publicitarias.

–Sí, sí –contestaron los otros observando el globo, orgullosos de saber de qué se trataba–. Son las técnicas de oscurecimiento de los cielos.

–¡Realmente fantásticas!

–¡Qué extraordinarios avances los de nuestra tecnología moderna!

En ese momento el globo lanzó una especie de bengala, iluminando con un reflector a la muchedumbre. Entrecerré los ojos y comenzó a sonar una sirena. Una voz metálica, proveniente del globo y de las pantallas de televisión, comenzó a informar:

–En un gesto sin precedentes, la Corporación lanzará desde el aire la nueva línea de créditos para el consumo. Serán beneficiados quienes logren adjudicarse un bono, ya sea atrapándolo en el aire o arrancándolo a alguna persona que lo haya obtenido. Igual será reconocido su valor. Debemos utilizar este sistema porque, como ustedes saben, los créditos son escasos y no alcanzan para todos. Ahora, ¡a prepararse!

Uno de los panes de la hamburguesa se abrió hacia abajo como una escotilla y miles de papelitos fueron lanzados desde el globo. Los bonos llovían del cielo como bendiciones. El revuelo fue tremendo, la gente luchaba con uñas y dientes por arrebatar el ansiado crédito.

De pronto escuché una voz suave y tranquila:

–Mira bien, estás en tu realidad cotidiana. Ya la conoces, sólo que ahora puedes verla sin máscaras. Lo que estás presenciando no debería sorprenderte.

Miré en todas direcciones y no logré descubrir de dónde provenía la voz.

–¿Quién eres? –grité angustiada en medio de la marea humana–. ¿Por qué no das la cara, cobarde? ¿Acaso sabes qué estoy haciendo aquí?

No hubo ninguna respuesta. Me paré en el mismo lugar donde me había plantado al ver el globo. Pensé que debería estar ridícula con mi expresión perdida. Tenía que disimular, quién sabe dónde me encontraba. Miré la pantalla con suma atención.

–La población está advertida –continuaba proclamando la locutora– de que ante cualquier síntoma de insatisfacción deben acercarse al centro de atención y prevención de epidemias más cercano. Allí se les proveerá, a bajo costo, dosis controladas de bienestar y placer en cápsulas de liberación lenta y efecto instantáneo. Un profesional de la red de emergencias atenderá todos los casos que presenten los primeros indicios de angustia indefinida, a saber: un interés morboso por los llamados "temas profundos y trascendentes", y cuestionamientos varios sobre el sentido de la vida. Se informa que el cuadro se agrava si aparece la inquietud por conocer la misión a cumplir. Éste es un síntoma grave de epidemia avanzada. Repito: síntoma grave de epidemia avanzada –al decir esto, la locutora cruzó seductoramente las piernas y su mirada se hizo feroz–. Recuerden que, felizmente, todo es relativo. La moral y la conducta son temas estrictamente personales, y tienen que ver con las circunstancias y no con valores absolutos o tradicionales. La permisividad, junto con la comodidad, son dos de las mayores conquistas de nuestra sociedad de avanzada –enfatizó sonriendo y retornando a su expresión inofensiva.

–¡Tiene toda la razón! –vociferó un gordo a mi lado sin dejar de masticar su *hot-dog* ni mirar a la pantalla.

Noté que la locutora había dejado su papel de mera informadora. De pie y gesticulando como un dirigente, ahora disparaba su arenga a voz en cuello:

–¡Luchemos con todas nuestras fuerzas contra las epidemias que nos amenazan! ¡Defendamos lo que los débiles llaman el materialismo, el consumismo y el exitismo, que son nuestras banderas y que ahora tienen un nombre: Libertad Individual! Se registran casos de epidemias menores, como las de tristeza sin causa aparente. Se presentan casos aislados del síndrome de solidaridad que, ya sabemos, está originando un cierto resquebrajamiento en el individualismo. Esto es peligroso, ya que carcome las bases mismas de nuestra sociedad, cuyo lema es: "sálvese quién pueda, alcance el éxito, la fama y el bienestar de tener, caiga quien caiga".

–Sálvese quien pueda, sálvese quien pueda... queda poco tiempo para este lema –dijo la voz desconocida en tono burlón. Y desde algún lugar impreciso, diríase que provenía del cielo, continuó: –Los alquimistas están trabajando en sus secretos laboratorios en este mismo momento: un nuevo mundo está llegando. ¡Viva la Conspiración!

–¿También aquí, la famosa Conspiración? –dije en voz alta, pero afortunadamente nadie me prestó oídos–. ¿Quiénes son ustedes? ¿Pueden sacarme de aquí? –volví a insistir–. ¿Dónde están los alquimistas?

Silencio.

El noticiero continuaba:

–La solidaridad, repetimos, es una epidemia todavía en germen pero altamente peligrosa y contagiosa. No se conocen sus alcances; médicos, filósofos, especialistas en comunicación, psicólogos, estadistas, ingenieros sociales, asesores, todos están abocados al estudio de la incidencia de los excesos de piedad, como formas encubiertas de autodestrucción.

Me llamó la atención la manía que tenían con la repetición, que supuse deliberada.

–Aconsejamos –aclaró amablemente la locutora– no apartarse de las estrategias de nuestra organización de asesoramiento permanente: "Supervivencia Y Conveniencia" Nuestra sigla es "SYC"; donde la vean, sepan que se trata del grupo de asesoramiento y orientación en los únicos valores seguros y confiables en nuestra sociedad. SYC sabrá orientarlos ante cualquier caso de duda.

La cámara tomó un primer plano de la sensual boca de la locutora.

–Ahora mismo, si usted no está seguro, si está confundido, si lo dominan los sentimientos en áreas donde no deberían tener intervención alguna, acérquese a nosotros con toda confianza. Sabremos orientarlo.

La locutora miró a las cámaras con expresión cómplice y sonrió despreocupadamente. Pero de pronto su expresión cambió, su mirada se endureció, su voz adoptó un tinte metálico:

–Informamos a todos aquellos que no hayan participado en los cursillos de actualización acelerada, obligatorios y gratuitos, que los plazos están vencidos. ¡Sobre estos inadaptados caerá todo el peso de la ley!

Repentinamente, una suave melodía invadió la calle. En la pantalla, un despliegue visual confirmaba el último mensaje en un shock de imágenes: un soldado, una esperanzada escena familiar en un día de campo, la sigla SYC palpitando en letras verdes, un extraño ejército en marcha, un paisaje tranquilizador.

El semáforo seguía pasando de rojo a verde y yo miraba el noticiero sin poder creer lo que estaba viendo. Una creciente sospecha me decía que ésta no era una ciudad extraña, que quizá yo estuviera presenciando algo que siempre había estado allí. Que posiblemente la diferencia estribara en que lo veía con otro nivel de conciencia. Que todo esto me era muy conocido...

Ahora mostraban un reporte en exteriores, que más bien parecía un acto de espionaje destinado a detectar –para su inmediata denuncia, pensé– a posibles víctimas tanto de epidemias conocidas como de nuevos virus.

Y entonces oí nuevamente la enigmática voz:

–Investiguen, pregunten, escarben –decía, casi imperceptible–. Jamás atraparán a un solo Conspirador. La Conspiración seguirá entregando sobres, a pesar de las prolijas encuestas, a pesar de la SYC. Nos interesa la vida...

En ese momento me pareció ver un animal, un extraño perro negro que corría entre los pies de la muchedumbre. Y entonces, claramente esta vez, distinguí a Mara avanzando hacia mí.

Sí, no tenía dudas. Era ella, y se acercaba a pasos acelerados con su grupo, conversando animadamente entre la gente. Aparentemente no me había visto. Su traje era impecable; sus modales, algo nerviosos; su figura, escultural. La rodeaban seis jóvenes secretarios: uno le alcanzaba los anteojos; otro, la agenda; un tercero, los cigarrillos; los diagramas de marketing un cuarto y entre el quinto y el sexto arrastraban una vitrina rodante que contenía todo tipo de cosméticos.

Me oculté entre la multitud y decidí seguirlos.

–Redoblemos las campañas publicitarias –ordenaba Mara–, hay que estimular el deseo y sostener con mano férrea la dispersión y el miedo. ¿Cómo van los índices de consumismo?

Sus secretarios vigilaban a los transeúntes atentamente y tomaban notas en enormes carpetas en cuyas cubiertas pude leer: "Marketing directo", "Nuevas estrategias de penetración", "Los secretos resortes del deseo", "El poder absoluto del miedo".

"VIDA FÁCIL VIDA FÁCIL VIDA FÁCIL" rezaba un cartel luminoso en pleno día, con flashes intermitentes que destellaban con un ritmo hipnótico: seis veces se encendían, seis disminuían la potencia, seis cambiaban de color.

–Reforcemos aún más el sistema subliminal –dijo uno de los acompañantes de Mara con una sonrisa mecánica.

–No comprometerse es la clave –agregó Mara, sin preocuparse de que la estuvieran escuchando los transeúntes.

Es evidente, pensé, que esta dirigencia no difiere de la que todos conocemos. Sólo que no oculta sus perversas estrategias porque sabe que nadie tiene tiempo para reflexionar.

–Es imprescindible mantener el deseo y eliminar la pasión –continuó Mara, dirigiéndose a sus ayudantes–. Debemos incitar a la seguridad y explicar el peligro de los cambios individuales que, ya lo sabemos, traen soledad.

–¡Deseo, deseo, deseo! –repetían los transeúntes ahora, mientras voces melifluas se deslizaban desde los altoparlantes como una suave música, casi inaudible para un oído no entrenado:

–No te pierdas nada... Tú puedes abarcarlo todo... Tú puedes ser todo al mismo tiempo... El mundo es tuyo... La vida es una carrera, ¿quién de ustedes llegará primero?

–¡Yo primero, yo primero, yo primero! –repetía la multitud automáticamente.

Mara encendió un cigarrillo y aspiró el humo, satisfecha. Era evidente que disfrutaba de aquel espectáculo increíble. Estaba muy tranquila y tenía todo el tiempo del mundo.

–Miedo, miedo, miedo... Miedo al ridículo –decía el altoparlante–. Miedo a la soledad.... ¿Quién quiere quedarse solo?

–¡Ni yo ni nadie, ni yo ni nadie!

–Miedo a la quietud... no se puede parar... si paras te quedas afuera, afuera... definitivamente afuera.

Se me erizó la piel al recordar todos mis miedos inculcados a través de los años: "no hagas esto", "no hagas aquello", "si lo haces"... Miedos dulces por llegar mezclados con caricias, regalos y helados...

–El sistema es fantástico –acotó Mara–. La cadena funciona a la perfección. Inculcamos el miedo a través de recompensas por renunciar a ser. Basta con que alguien comente que un amigo, pongamos por caso, ha sido víctima de la recesión. El que lo escucha generará una fuerte dosis de pánico, no podrá resistir la tentación de comentar el suceso a su consultor de negocios. Éste difundirá la noticia, cargada con más temor. De esta manera advertirá a su cartera de clientes y así, apoyado por la propaganda y los medios de comunicación, el miedo llegará a todos los estratos de la sociedad. Lo mejor es que, así, el sistema no nos cuesta un peso.

Tuve un sobresalto: la voz del altoparlante adquirió un marcado tono marcial.

–¡Acción, acción, acción! ¡Miedo a la diferencia! Miedo, miedo, miedo al futuro... ¿Quién sabe qué nos deparará el mañana?... Por eso es bueno ser normal... lo malo, lo muy malo, es ser diferente...

–Soy normal, soy normal, soy normal –susurraban los transeúntes que, sin darse cuenta, habían empalidecido.

–¡No soy diferente! ¡No soy diferente! ¡No soy diferente! –repetían, seguramente aterrorizados ante la sola posibilidad de que esto sucediera.

En ese momento el dragón rugió desaforadamente, haciendo vibrar el asfalto. Mara sonrió.

–¡Ah!, pequeño tesoro, qué sería de nosotros sin ti –dijo cariñosamente mirando en dirección al rugido.

Una hermosa mujer, semidesnuda, sonriendo desde una enorme pantalla de proyección de imágenes, trasladada por un móvil y acompañada de música melódica, señalaba con su delicada mano un enorme cartel. En letras negras y bordes fluorescentes decía ¿PARA QUÉ CAMBIAR? EL CAMBIO TRAE RIESGOS... RECHÁZALO APENAS TE LO OFREZCAN.

De pronto Mara comenzó a hablar en voz baja, tuve que hacer un esfuerzo para escucharla:

–El miedo al poder, ésa es la clave –sus acompañantes asintieron con una mueca–. Y el deseo de poseerlo es, en cambio, nuestro incentivo.

Miró con una pícara y encantadora sonrisa a su grupo de ayudantes. Recorrió los rostros bronceados, los ojos dispuestos, los cuerpos jóvenes y vibrantes de todo tipo de deseos. Eran jóvenes, eran ambiciosos, absolutamente apuestos.

–Todos ustedes son tan ardientes y tan apasionados –les dijo–. Recuerdo nuestras escenas secretas en aquellos calurosos atardeceres caribeños. Cómo necesito unas vacaciones.

Cuando Mara dijo esto, los guardaespaldas sonrieron, interesados.

–¿Quién o quiénes me acompañarán esta vez? –dijo, divertida–. Tendrán que hacer méritos.

–Sabemos que eres muy selectiva, Mara –dijo uno de los candidatos.

–Así es, y también les diré por qué busco rodearme solamente de hombres, por qué no quiero mujeres en mis grupos de poder.

–Parece que hoy es un día de revelaciones –dijo otro de los ayudantes.

–¡Silencio! –ordenó Mara–. Existen sólo dos clases de seres dentro del sexo femenino: las aptas, como yo, que alcanzan influyentes posiciones gracias a varias artimañas, a una clara inteligencia y a objetivos claros. Y después están las otras, a quienes podríamos englobar en un mismo paquete: las dormidas, las que desconocen su verdadera potencia. Las que hemos llegado somos más inteligentes y astutas que los hombres; y, sobre todo, más implacables.

–Si lo sabremos... –dijo un ayudante.

–Somos peligrosas –siguió explicando Mara–, no tenemos reparos en avanzar a toda costa, a cualquier precio. En cambio, ustedes se marean con las pasiones. Pierden los objetivos por un poco de estúpido sexo. Pero yo también tengo los sentidos bien despiertos –dijo, acariciando el brazo moreno de uno de los ayudantes, que se asomaba bajo una remera deportiva.

–¿Seré yo el elegido para el Caribe? –dijo el musculoso guardaespaldas, con la mirada esperanzada, llena de ilusiones, típica de los hombres ante una insinuación.

–¿Quién sabe? –respondió Mara, divertida–. ¿Sabrás callarte y no importunarme tratando de asegurarte el futuro? No hables. Sólo piensa en el Caribe, con su arena caliente que invita al abandono y a las caricias más audaces.

Mara miró al grupo con expresión prometedora. Vi que todos se alteraron: seguramente pensaban estar en la lista de agraciados.

Uno de ellos, alto y apuesto, colocó su mano sobre el hombro de Mara, tratando de congraciarse, mientras decía con voz profunda:

–El poder llevado con mano firme es lo que mantiene las ataduras. Vivamos tranquilos, nadie saldrá del sistema. ¡Todo está controlado! El deseo y el miedo son nuestros socios, nuestros principales aliados.

–No tanto el deseo de ganar, que sólo sentimos algunos privilegiados –dijo Mara–. Lo importante es el miedo a perder. Es la trampa perfecta: el deseo de ganar, por un lado, y el miedo a perder, por el otro, impiden el cambio. Para nuestra Organización, el deseo; para ellos, el miedo –agregó, a carcajadas, echándose hacia atrás en un sensual movimiento.

Todos la festejaron, riendo también.

Mara estaba radiante.

–¿Cómo van las mediciones de cobardía? –le disparó de repente a uno de ellos, un pelirrojo con anteojitos redondos y aspecto aplicado.

–Excelentes –respondió el muchacho, algo nervioso–. Aumenta día a día. Nuestra estrategia es persistente y precisa, llega donde tiene que llegar, todas las estadísticas lo reflejan.

–¿Cuántos son los afectados por las epidemias? –dijo Mara, impasible, hermosa, perfecta.

–No muchos, pero creo que es preciso investigar más a fondo. Los síntomas se encubren durante algún tiempo antes de que se manifiesten las evidencias externas.

En ese momento vi a un joven que se apartaba de uno de los grupos de transeúntes. Estaba pálido y miraba en todas direcciones como si lo que estuviera viendo a su alrededor fuera nuevo y desconocido.

Mara no lo advirtió: se estaba retocando el maquillaje.

Observé que en un rápido movimiento alguien se acercó al disidente de la marcha. Sería un amigo o alguien muy cercano, eran idénticos, hermanos gemelos se diría... Lo abrazó entrañablemente y partieron juntos a toda velocidad. Corrían dándose vuelta a cada instante, tal vez para verificar si no eran perseguidos.

Nadie se había dado cuenta de la extraña escena. Mara y su comitiva arrancaron pomposamente, abriéndose paso entre la muchedumbre, con la fuerza de los feroces y atléticos guardaespaldas. Los seguí disimuladamente. "Quizá se dirijan a otra salida", pensé. Ya no podía retroceder, el rugido reaparecería en cualquier momento...

Mientras seguía caminando y observando a mi alrededor, vi que grupos de personas, todas iguales, iban marchando en contra de la corriente, encabezados por uno de ellos con paso decidido. Llamaban la atención por sus miradas: estaban despiertos, no observaban los carteles.

A veces, transeúntes solitarios de rostros sosegados y aristocráticos pasaban susurrando en los oídos de los apurados peatones. Caminaban silenciosamente. Sus pies apenas rozaban el piso: y todos, sin excepción, estaban vestidos de azul (tiempo después me fue revelado que se trataba de ángeles). Algunos acompañaban a los que marchaban en dirección contraria a la huida.

En ese momento el Dragón rugió nuevamente a mis espaldas. Era imposible calcular a qué distancia, pero seguramente había atravesado el umbral. Ser consciente del imperdonable olvido de colocar la barrera de sal en el piso, tal como lo había advertido Miguel, me llenó de terror. ¡Corría un gran peligro! Sin embargo me encontraba allí por algún motivo, aunque todavía no estuviera muy claro. Además, la cuerda que sostenía firmemente no era una ilusión.

Mientras tanto, Mara se había detenido nuevamente en una esquina. Sonreía deleitada, observando las reacciones de la gente que apuraba el paso, sin saber por qué, ante cada rugido del Dragón.

–La Conspiración no va a poder infiltrarse de ninguna manera –dijo de pronto–, sería inmediatamente denunciada como una epidemia.

Presté atención... ¿La Conspiración? ¿Qué tenía que ver Mara con eso?

Uno de sus ayudantes dilectos, bronceado y de excelente físico, aspirando el humo de su cigarrillo, asintió con mirada cínica. Se había acercado a Mara tanto como podía. Ella le dedicó una mirada lujuriosa y lasciva.

–Ellos actúan de manera individual –decía muy serio el ayudante–, y nosotros debemos hacerlo también. Lucharemos palmo a palmo con las mismas estrategias, las encuestas se extenderán a todos los ámbitos.

–Conociendo la debilidad de los seres "modernos" por aparecer en los medios de comunicación –apuntó Mara–, ¿quién se negará a responder a inocentes preguntas y a salir en cámaras? Las respuestas nos darán la clave de si hay alguna variación en los niveles de las conciencias.

–Además, podremos rastrear la más mínima señal de quien haya recibido un sobre o sepa de algún caso y quiera comentarlo.

En ese momento, un hombre cayó al piso, exhausto, con la mirada perdida.

–¡Basta! –gritó, vencido–. No sigo... renuncio... Tiene que haber otra forma de vida.

Y ante la mirada aterrorizada de los transeúntes, comenzó a preguntarse a los gritos:

–¿Qué sentido tiene esto? ¿Por qué todos sospechamos de todos? ¿Por qué hay guerra entre los pobres? ¿Por qué decimos una cosa y pensamos otra? ¡¡No quieeeerooo iiirr a las reunioooones de eeeeestraaaategias de suuuuperviveeeeenciaaa!! No quieeeerooo apreeendeeer las nuuuueeevaaas técniiicaaaas dee deeescooonfiaaanzaaa.

–Un nuevo caso de contagio... –dijo Mara, inquieta.

–Estooo es una guerrrraaaa encubiiiieeeertaaaaa. Por favoooor paren. Dénseeee cueeeentaaaa. Hay una campaaaaaañaaa de esterminioooo diiiisiiimuuulaaaadaaa traaaaaslaaa supuesta eeexceeleeenciiiaaaa que debemos lograr.

De pronto el "enfermo" cambió de actitud, sus gritos eran inútiles.

–¿Para qué corres? –le preguntó de improviso a un apurado y super enérgico caminante, y luego a otro y a otro.

Pero nadie le respondía, indudablemente los horrorizaba la epidemia.

Oí una sirena. La ayuda de la ambulancia fue rápida, efectiva.

–El tratamiento será inmediato –dijo un paramédico–, quizá podamos recuperarlo.

Observando la escena, Mara se dirigió al grupo:

–Es imprescindible redoblar la campaña de productividad –dijo con los ojos chispeantes de furia–.Todavía hay demasiado tiempo libre para pensar estupideces como la que escuchamos recién –miró apasionadamente a uno de sus ayudantes–. El amor en una playa del Caribe es privilegio de pocos...

El aludido sonrió, absolutamente mareado por la voluptuosidad, y le devolvió una mirada cargada de erotismo.

–Estos idiotas que corren –dijo Mara con voz firme señalando la marea humana– no comprenden que los estamos protegiendo. Se sabe que los recursos del planeta no son infinitos, que no toda la población va a poder sobrevivir si mantenemos los privilegios actuales. ¡Qué necios son! Están dentro del grupo que no se quedó afuera, tienen la suerte de seguir "perteneciendo" y todavía se quejan. Tienen a mano la formación, los cursos, se les advierte que por su propio bien deben sospechar del que tienen al lado y todavía no se dan cuenta.

Todos menearon la cabeza en señal de desaprobación.

–Es la epidemia... –aclaró un ayudante, muy respetuoso y con voz trémula. Me pareció que se trataba de un novato.

En cuanto a Mara, estaba francamente irresistible: me descubrí admirando su sangre fría, el dominio que tenía sobre sí misma.

–¿Entienden ahora el terrible peligro de la epidemia que acabamos de presenciar? –siguió arengando–. ¿Entienden por qué la productividad es nuestro lema? ¿Entienden por fin por qué la competencia es nuestro escudo? ¿Entienden que debemos encubrir la verdad y justificar la desocupación y otros fantasmas? ¿Entienden por fin que debemos salvarnos y que sólo lo lograremos con el escudo de la competencia entre los seres humanos?

–¿Qué escudo?

El novato miraba a su jefa con ojos inocentes, como si fuera un recién graduado.

La arpía lo fulminó con la mirada.

–¡Explícame –ordenó, rápida como un rayo y fría como el acero– qué formación tienes y cuál es tu nombre!

–Te-te-tengo licenciatura en Estrategias de Manipulación, cinco años de práctica en Locución Subliminal. Técnicas Ocultas de Infiltración para los Tiempos de Ocio. Y mi nombre es Robert.

–¿Qué es la competencia?

–La competencia es el motor principal para mantenernos en acción –contestó el joven, como recitando una lección–. La competencia es la ley del éxito, fomenta el progreso y permite mejorar la calidad de nuestro trabajo.

–¿Eso es todo, Rob? –preguntó Mara irónicamente–. ¿Has terminado?

El joven iba a hablar, pero un murmullo creciente ahogó los habituales ruidos de la Ciudad del Miedo.

Mara palideció.

–¿Qué es eso? –dijo, con una voz seca.

Cibeles

Todos lo habían escuchado...

Era como un lejano galopar, seguido por un chirriar de frenos y gritos ahogados. Sopló un fuerte viento que traía olores extraños de tierra mojada, de pastos recién cortados, de frutas maduras. Me sentí revivir.

–¿Qué es eso, Roger? –volvió a preguntar Mara a uno de sus guardaespaldas más apuestos.

–Creo que aquello viene de nuevo –murmuró el muchacho, poniéndose pálido–. Tiene que ver con el último informe recibido de la Isla del Amor.

–¿De qué se trata?

–De una aparición –dijo Roger–. Nadie puede evitar que suceda.

Las baldosas de la vereda comenzaron a temblar bajo mis pies. Ocultándome como pude, me apoyé en la pared más cercana.

De pronto una bandada de golondrinas surcó el cielo. Cruzaron raudamente en dirección contraria al tránsito de autos y de gente, que –caí en la cuenta– en su gran mayoría avanzaba en un solo sentido. Unos pocos, muy pocos, lo hacían con otro rumbo. Mara, rápida y ejecutiva, al notar lo que estaba sucediendo, inmediatamente pasó a la acción:

–¡Patrullas especiales! –chilló desaforadamente en su teléfono celular–. ¡Alerta, estamos en una emergencia!

Al instante un escuadrón de helicópteros negros oscureció el cielo. Mientras tanto, el rumor sordo se seguía acercando, aumentando de intensidad a cada segundo.

Noté que las golondrinas habían desaparecido espantadas por las aspas de los helicópteros... y me quedé boquiabierta por lo que vi.

–¡No puede ser! –gritó Mara. Había dejado de impartir órdenes y miraba hacia adelante con expresión de asombro e impotencia, como si no pudiera creer lo que estaba viendo–. ¡Llévame al auto, Roger, por favor!

Roger la tomó del brazo y toda la comitiva corrió hacia un coche negro de vidrios polarizados.

Por el medio de la calle, abriéndose camino a toda velocidad, avanzaba, demoledor y majestuoso, un carruaje abierto tirado por cuatro leones. Brillaba enceguecíendo todo a su paso: vi que era íntegramente de oro.

Sobre un trono, una hermosa mujer de piel oscura, con los cabellos sueltos al viento, coronada de flores y envuelta en túnicas de seda, sostenía las riendas dirigiendo el carruaje que tiraban las feroces bestias.

La extraña aparición duró breves segundos, pero no era producto de mi imaginación, estaba segura. La tierra temblaba y la gente le hacía lugar con una expresión de sorpresa.

–¡Cibeles ha llegado! –gritó alguien, lleno de esperanza.

Se acentuó el aroma de frutos y mieses recién cortadas, todo era bienestar alrededor de aquella fantástica imagen.

Cada tanto, la mujer morena arrojaba flores a la multitud. La gente, confundida por la extraña aparición, sólo atinaba a detenerse, aspirando el aire que despertaba recuerdos de lagos, montañas y campos arados.

–¡Maldición! –rugió Roger buscando las llaves del coche.

–¡Helicopteristas –ordenó Mara por su celular–, arrójenle las redes!

Los helicópteros dejaron caer una gigantesca red sobre el carruaje, pero no lograron detener su marcha. Los leones la destrozaron con sus garras y filosos dientes y Cibeles apartó los restos con un fugaz ademán.

Y desapareció.

Me quedé perpleja.

El semáforo seguía pasando de verde a amarillo, a rojo; los televisores mostraban un concurso de respuestas correctas. Mara miraba en torno, incrédula. Roger y los demás del grupo también se habían quedado mudos, petrificados.

Sin embargo, gracias a la excelencia y a la eficacia, en unos segundos volvió la disciplina a la Ciudad del Miedo. Roger reaccionó como pudo y ordenó limpiar inmediatamente la ciudad. Seguía empeñado en borrar las huellas de aquello incomprensible que había sucedido imprevistamente en ese mundo tan equilibrado. Por eso, patrullas especiales se iban diseminado por las calles para recoger del piso las flores y las frutas y reorganizar el tránsito.

Y yo, en mi escondite, rogué que la insoportable pesadilla concluyera algún día...

–¡Suban el volumen de los altoparlantes! –ordenó Mara, volviendo en sí.

Al instante las pantallas gigantes aturdieron nuevamente a los transeúntes. Sin embargo, algunos, en su loca carrera, en lugar de mirar las pantallas, observaban con curiosidad las extrañas rosas rojas. Varios las habían recogido al paso de la insólita mujer morena que conducía aquel carruaje de leones desbocados.

Mara dirigió su mirada hacia Robert, el novato.

–¿Por donde íbamos? –dijo.

El ejecutivo, pálido y visiblemente alterado, trató de recomponerse y de contestar la pregunta sobre la competencia.

–La competencia en el Mercado –dijo con voz temblorosa– es tan fuerte en estos tiempos modernos que el fin siempre justificará los medios. De lo contrario, generaremos desocupación.

–Tocaste el punto –comentó Mara–. ¿Por qué hay desocupación?

–Por la ley del Mercado –respondió el joven Robert–. Es el inevitable costo del mejoramiento de nuestro mundo.

–¡Inútil! –rugió Mara–. ¡Estás despedido!

–¿Pe–pero... ¿por qué? –balbuceó el joven.

–¡Por idiota!

Roger y los demás guardaespaldas se echaron a reír.

–Pero es... es injusto –murmuró el novato–. Esto es lo que vengo estudiando durante años.

Mara miró a Robert como si se tratara de un gusano.

–Te doy una última oportunidad –dijo–. ¿Cuáles son los cinco miedos más fuertes del habitante de nuestra ciudad?

Robert, evidentemente ofendido por el mal trato y perturbado por lo que acababa de escuchar, no contestó a la última pregunta. Sin que pudiera evitarlo, se le llenaron los ojos de lágrimas.

Encabezados por Roger, los integrantes del grupo de poder recitaron a coro:

–¡Miedo a la soledad!

–¡Miedo al ridículo!

–¡Miedo a la quietud!

–¡Miedo a no ser normal!

–¡Miedo al cambio!

El caído en desgracia bajó la cabeza y lloró amargamente.

A un gesto de Mara, sus ex compañeros lo echaron de la calle a patadas y empujones. Pasó a mi lado, y no pude dejar de sentir piedad por él.

En cuanto a los demás, se los veía satisfechos. Después de todo, pensé, hay uno menos para ganarse los favores de Mara.

Volví a ver al perro negro. Olfateaba el aire como esperando la llegada de algo o alguien. Aparentemente, sólo yo le prestaba atención.

Mientras, el grupo dilecto de Mara seguía observando a su alrededor sin perder detalle.

Mara sacó un cigarrillo y, con un gesto, llamó a un joven colaborador. Éste se acercó y se lo encendió rápidamente.

–Roger –dijo Mara–, alguien llamó por su nombre a aquella monstruosa aparición...

–No alcancé a oírlo, lo siento...

–¡Imbécil, pedazo de papanatas!

–¡Cibeles! –intervino uno de los del grupo.

–¿Qué estás diciendo?

–¡Cibeles! –insistió el guardaespaldas–. ¡Oí que a la perra la llamaban Cibeles!

Mara sacó un diminuto ordenador de su cartera.

–De modo que Cibeles –dijo–. Veamos qué tenemos aquí.

Tipeó un par de teclas y segundos después entró en la Red. Oculta, pude ver un resplandor naranja que inundaba la pantalla de la notebook.

–Cibeles –leyó el ayudante–. Aquí está: "Diosa Madre, Magna Mater, Perturbadora fuerza de la naturaleza. Su culto se remonta a los tiempos más antiguos de la humanidad. Cibeles irrumpe en forma abrupta trayendo la energía de vida encerrada en la tierra. Es la reina de la fecundidad, su carro va tirado por leones: domina, ordena y dirige la potencia vital..."

Mara se estremeció.

–¿Quiere que siga leyendo la pantalla? –preguntó el muchacho, temeroso.

La arpía asintió, impaciente.

–"Cibeles es salvaje, indómita, sensual y arrasa a los que atacan a la naturaleza, cuando no es respetada como corresponde. Viene acompañada por bandadas de golondrinas, aves que anuncian la primavera y que son símbolo de renacimiento. A su paso arroja flores, frutas y espigas despertando en las gentes irrefrenables deseos. Recuerda antiguos estados de libertad y de satisfacción. Estimula la fertilidad física y psíquica. Representa la peligrosa y primordial energía femenina, cuando se manifiesta desatada y sin el adecuado control represivo de la autoridad patriarcal. Aparece de improviso elevando su mano derecha al cielo en un gesto ritual muy antiguo de la simbología hindú llamado *Abhaya Mudra,* cuya traducción es..."

–..."No teman, yo los libero" –interrumpió Mara, como hablando para sí.

–Exactamente como usted lo ha dicho, señora –se asombró el muchacho.

–¡Por supuesto, estúpido! ¡Sigue o te expulso a ti también!

Reprimí una sonrisa. El joven no dudó en cumplir lo que se le había ordenado.

–Cibeles –siguió leyendo– es altamente peligrosa. Se recomienda cuidarse de su presencia.

Mara estaba pálida; los ayudantes, no sabiendo qué hacer, se miraron entre ellos repitiendo la extraña palabra:

–¿*Abhaya Mudra*? ¿*Abhaya Mudra*?

De pronto, un magnífico automóvil descapotable se estacionó al lado del grupo. Del asiento trasero bajó un hombre joven, de no más de veinticinco años, vestido con un impecable traje negro. Bronceado, atlético, el muchacho era la imagen del éxito. Usaba anteojos negros, calzados sobre su rostro anguloso. Era seductor, seguro de sí mismo, perfecto. Bajó del asiento trasero rápidamente y saludó a Mara con un gesto discreto. Al sacarse los anteojos, un relámpago metálico y cortante atravesó el aire. Lo miré a los ojos y me llamó la atención su color indefinido. La mirada era fría, helada, sin vida. Se diría que estaba esculpida en alguna sustancia extraña, dura como el acero.

–Tengo un informe de último momento –dijo con voz profunda y monocorde.

Parecía un robot. Hablaba sin llevarles el apunte a los enloquecidos peatones, que lo rozaban al desplazarse. Observé que todo estaba normal: nadie se distraía de su marcha y cuando se detenían para atravesar la calle miraban fijo las enormes pantallas de las esquinas.

–"Hay que estar informado, actualizado, acoplarse a la velocidad del mundo de fin de siglo" –repetía una voz suave y persistente desde los parlantes.

Todos parecían haberse olvidado rápidamente de la irrupción de Cibeles, pero un perfume embriagador impregnaba el aire y provocaba un sutil efecto. El tránsito era un poco más lento; noté que una inquietud imperceptible había alterado, incluso, a Mara y a su grupo.

–¿Y bien? –le preguntó Mara al recién llegado–. ¿De qué se trata?

–Han llegado informes secretos sobre una peligrosa conspiración.

Mara lo miró con preocupación.

–Esto no debe trascender –dijo–, es un dato secretísimo.

–También se rumorea sobre una misteriosa Isla del Amor, donde los rebeldes adquieren una nueva y poderosísima conciencia. Tanto del cuerpo como del alma.

–¿Alma?, ¿alma?, alma... –se quedó repitiendo Mara–. Qué palabra.

–Parece que en esa Isla hay todo tipo de delicias que despiertan los sentidos, dormidos a causa de las preocupaciones constantes por el futuro.

–¿Qué novedades tenemos sobre los Conspiradores?

–Los Conspiradores son altamente peligrosos y dicen ser alquimistas –informó el joven–. Hablan en términos precisos y mencionan las tradiciones como fuente de sus conocimientos. No se identifican con los grupos autorizados por nuestro sistema, como bien lo sabes.

–¿Te refieres a nuestros Grupos Autorizados de Sonrisa Permanente? –preguntó Mara, recordando con cariño su propia creación.

–Así es. No hablan de la ley del mínimo esfuerzo y del alejarse del polo negativo pensando sólo en positivo, como lo hacen nuestros protegidos...

–...y que tan buen resultado nos da –apuntó Mara.

Vi que Roger levantaba del piso una espiga de trigo que había caído del carro de Cibeles. Tal vez, pensé, siente celos del informante.

–Los de la llamada "Conspiración" –siguió diciendo el mensajero– reconocen la existencia del mal y de la sombra. No ofrecen fórmulas rápidas y plantean la necesidad de un trabajo y de un compromiso profundo.

–Me inquieta –manifestó Mara, prendiendo su enésimo cigarrillo, frunciendo el ceño y mirando el piso, que había quedado cubierto de pétalos de rosas.

–No plantean, como nosotros, grandes y masivos eventos grupales. En cambio, se dirigen al individuo, uno por uno. Reivindican la fuerza de la voluntad. Revelan el poder de las oraciones. Hablan de transmutación.

–Es deplorable lo que sucede –arriesgó Roger.

El informante ni siquiera le prestó atención.

–Los alquimistas –dijo– no siguen las máximas de nuestros Grupos de Sonrisa Permanente. No les interesa nuestro programa para lograr deseos personales alineados con los objetivos de consumismo y placer a toda costa.

–¿Cómo lo sabes?
–Hemos logrado infiltrarnos en sus filas.
–¡Proponen tomar un camino definido! –gritó Roger, dominado por la ira–. ¿Te imaginas?
Mara, furiosa, echó una bocanada de humo y dijo:
–¡No es posible! Después de nuestra estricta vigilancia para desacreditar cualquier compromiso profundo que conduzca al cambio, luego de haber liberado a los individuos de tomar decisiones, luego de haber diluido todos los ideales, estimulado la frivolidad y la indiferencia, fomentado la permisividad absoluta y edulcorado la ética y la moral, ¡mira lo que sucede!
–¿Se han infiltrado en sus filas? –preguntó Roger.
–Sí, pero no hemos logrado ganarlos para nuestra causa –contestó, avergonzado, el informante.
–¡Ésta es la mayor y la más peligrosa Conspiración de los últimos tiempos! –vociferó Mara con los ojos desorbitados.
Los acompañantes asintieron en silencio.
–¡Son unos estúpidos si creen que no corremos ningún peligro! –les espetó Mara–. Así comienzan a derrumbarse los sistemas. Así, en forma lenta e invisible. Aprendan a detectar los síntomas de las conspiraciones en sus gérmenes, no cuando ya están instaladas y son irreversibles. Ella manejaba bien el sistema de tratar a sus colaboradores con desprecio, una de las técnicas más conocidas de la Ciudad del Miedo. No importaba qué hicieran ni cuánto esfuerzo pusieran. Sólo se les retribuía con un sueldo, nunca con respeto.
Algunas golondrinas perdidas surcaron el cielo en la misma dirección en que había desaparecido Cibeles.
Mara miró despiadadamente a la muchedumbre, a esos rostros cansados, grises, angustiados, preocupados por el futuro.
–Estos que están pasando a nuestro lado –dijo–, no piensan más que lo que nosotros les sugerimos. No deben parar, no podemos permitir que se tomen su tiempo... podrían despertarse.
En ese preciso momento volví a escuchar la voz; ya no me importaba de dónde provenía: era un suave bálsamo que curaba mis oídos heridos por Mara.
–Aun en esta Ciudad del Miedo–decía–, cuando regresen a sus casas, enciendan sus velas blancas... y comiencen las oraciones. La realidad no es la que les están presentando, no teman. Los ángeles estamos protegiéndolos.
–No sólo hablan de la fuerza de voluntad constante e inquebranta-

ble –continuó el informante–. También reivindican lo que ellos llaman la Pasión, el Amor, la Verdad y el Esfuerzo. Hablan de la capacidad de sacrificar lo inmediato y lo urgente para obtener lo importante. De renunciar a la comodidad para lograr los objetivos. Y, lo que es peor, hablan de felicidad. Ya no se limitan a la alegría como meta.

–¿Cuál es la estrategia detectada hasta el momento? –le preguntó Mara a Roger mirándolo fijamente con expresión calculadora–. Espero no escuchar lo que estoy temiendo...

Roger le arrebató bruscamente el informe a su compañero y hojeó los papeles.

–Por el momento –dijo– sólo sabemos que están entregando sobres, uno a uno, a personas elegidas quién sabe con qué criterios. Y van despertando en las mentes una peligrosa sed de bienaventuranza. Revelan paulatinamente profundos conocimientos. Hablan de volver a las fuentes. Encomiendan tareas... Hablan, incluso, de intimidad con Dios.

–¿Intimidad con Dios? –Mara frunció el ceño.

–Sí –contestó Roger mirándola inquieto.

–¿Y cómo plantean eso de ir a las fuentes? –dijo Mara–. ¿De qué manera suponen que pueden volver a hablar de intimidad con Dios en nuestro mundo moderno, profano, racional y pragmático? ¡Qué ganas de acabar con todos ellos!

Me pegué a la pared. ¿Y si fuera descubierta?

–La fuente, Mara, ya lo sabes, es Dios. Lamentablemente debo decirte que la así llamada Conspiración de la Gracia enseña a recurrir a Dios para cualquier tema, grande o pequeño y, sobre todo, personal. Enseña a lanzar el grito pidiendo su intervención, su ayuda.

–¡Cómo si fuéramos niños! –dijo Mara–. ¡Qué indignante!

–Dicen en sus sobres que Dios se hace real cuando le permiten participar directamente en la vida cotidiana.

–¡Ridículo!

–Es más: dicen que Él... responde inmediatamente.

–Ya veo –dijo Mara fijando sus hermosos ojos verdes en algún punto del horizonte–, el tema reviste enorme gravedad. Mientras Dios es un concepto, algo lejano y distante, no interfiere en nuestro modelo de progreso organizado y eficiente. En cambio, cuando Dios se transforma en una fuerza activa, de intervención constante, cotidiana, íntima, vamos por mal camino, comienza el real peligro.

–Hablan de probar... –Roger siguió leyendo el informe y era evidente que su ira se incrementaba.

–Proponen exponerse a la compañía de Dios llamándolo con antiguas oraciones. Hablan de la fe como si se tratara de una conquista, como si fuera un regalo, como el gran descubrimiento de fin del segundo milenio.

En ese momento, entre la marea humana que pasaba imperturbable, distinguí al mago, al prestidigitador que había visto en la ciudad vieja de Varsovia. ¿Habría llegado aquí del mismo modo que yo? Venía vestido de blanco, cubierto con su capa dorada, tocado con el sombrero de copa. Lo seguía, trotando, un enorme perro negro.

–¿A qué religión pertenecen? –continuó Mara sin reparar en el mago.

–Diste con el punto más conflictivo –comentó Roger, sacándose los anteojos y mirando a Mara.

Una nube gris se extendió por el cielo de la tarde. La jocosa ironía que Mara había desplegado hacía poco frente a sus ayudantes había dado lugar a una extraña sensación de peligro inminente. Esto no era broma... Vi que Mara tenía miedo. Lo imaginé como un miedo frío y pegajoso. Tal vez era de esa manera como los Conspiradores de la Gracia se infiltraban en el corazón mismo del desamparo humano de fin de siglo... por eso eran tan subversivos.

–No proponen la renuncia ni el ascetismo –seguía Roger–. Dicen que, para empezar a cambiar, hay que aceptar la vida de cada uno tal cual es y empezar a modificarla a través de unas misteriosas oraciones. Son judíos, cristianos, budistas, mahometanos, no hablan de diferencias, hablan de similitudes. Hablan de espiritualidad en lugar de religiones. Hablan de unificar las creencias manteniendo cada uno su tradición. Presiento que es un movimiento sumamente poderoso.

–¿Qué hay respecto de esos dichosos sobres? –preguntó Mara.

–Yo alcancé a confiscar algunos con orientación cristiana, judía, islámica. Por los símbolos que adoptan (ellos los llaman signos), te das cuenta de dónde provienen. Se unifican en una disciplina espiritual que dice ser muy antigua y que los abarca a todos.

–La alquimia, ¿verdad? –dijo Mara con los ojos encendidos de cólera.

–Exactamente, así la llaman...

En ese preciso momento, como si las palabras de Roger hubieran tenido un misterioso efecto, sopló una fresca brisa. El prestidigitador se detuvo muy cerca del grupo de poder. ¿Estaría esperando el cambio del semáforo? No me atreví a moverme de mi escondite. Contuve el aliento, algo iba a suceder muy pronto.

–Entrenan a sus cofrades en la capacidad de tolerar el silencio –siguió Roger–. En la habilidad de infiltrar ángeles en la vida concreta, en la purificación de la mente y las emociones.

Infiltrar ángeles, pensé, recordando las voces. Lo están logrando... La Conspiración había empezado a gustarme, y mucho.

–Proponen un camino, llamado "de los misterios" o algo parecido –dijo Roger casi sin aliento–, donde gradualmente van obteniendo revelaciones que aplican en su vida concreta. Éstas los deslumbran de tal manera que ya nunca vuelven a ser los mismos. Son románticos, dan importancia a las ilusiones, estimulan actividades no productivas como jugar con los ángeles o cuidar a alguno de ellos con toda seriedad. Dicen que el baile, la pintura, la poesía y la música son vitales para cargar energía. Aprecian todo en la vida, a nada llaman frívolo ni superficial... aman el humor. ¡Ah! y, cosa extraña, no escapan de la materia sino que enseñan a dominarla para ponerla al servicio del espíritu.

¡Qué maravilla!, pensé, estoy harta de dogmas y de sufrimiento.

El mago jugaba con su perro, haciendo aparecer y desaparecer cosas en la galera. La escena no podía ser más graciosa. El perro comenzó a ladrar cada vez más fuerte, saltando alegremente alrededor del mago quien, diríase, estaba absolutamente seguro de que nadie podía verlos.

Roger continuaba leyendo el informe y yo estaba cada vez más fascinada.

–Resuelven por igual los temas concretos de la vida cotidiana y los trascendentes, curando la angustia y el desamparo del alma. Espíritu y materia, dicen ellos, están íntimamente relacionados; la alquimia asegura tanto el oro material como el oro espiritual.

–Su principal arma, y la más difícil de detectar porque es silenciosa y no deja evidencias, es la oración.

–¡Esto es ridículo! –bramó Mara–. ¡En pleno fin de milenio proponer semejante retroceso!

–¿Qué sabes tú? –pregunté en silencio–. ¿Acaso alguna vez hiciste la prueba?

–Mara querida –continuó Roger–, déjame explicarte lo de las oraciones.

Noté que el mago estaba escuchando... el perro había parado sus grandes orejas.

–Según nuestras investigaciones, la oración es peligrosa cuando se la pronuncia como camino de liberación, como *mantram*, como fuerza exorcística, como alimento del alma. Es inocua cuando se la recita en forma mecánica y con la mente ocupada en otra cosa, tal como se suele hacer hoy día. Debo decirte que, lamentablemente, los Conspiradores o alquimistas tienen el secreto de la palabra cargada de poder. Es más: con una sola palabra, dicha de una manera especial o revelada en el momento oportuno, ponen en movimiento fuerzas incontenibles. Despiertan en las personas sueños e ilusiones que creían perdidas. El asunto es grave, muy grave. Esto es francamente una guerra; ellos están realizando un trabajo subversivo en las conciencias, avanzan sobre nuestro campo de acción.

Mara lo miró muy seria.

–¿Qué estás diciendo, Roger? –dijo–. No puede ser para tanto...

–Se mueven en el plano sutil, no incitan al enfrentamiento, hablan tan sólo de despertar en forma individual. No se organizan en grupos, se trata de un lento trabajo de hormigas. Uno por uno, se reconectan con Dios. Parece ser que los de "La Conspiración" están infiltrados en todos lados.

–¿En todos? –preguntó Mara tontamente, observándose las uñas pintadas de rojo brillante. Era indudable que se sentía francamente alterada.

–No lo sabemos con certeza, lo que es seguro es que forman una red y están en todo el mundo. Y permíteme contarte algo gracioso... te diré lo que sucede en la Isla del Amor.

Los colaboradores de Mara esperaban la primicia. Pero Roger se acercó despacio a su jefa y le musitó algo en secreto. Mara lanzó una carcajada escéptica al mismo tiempo que se ponía roja y alterada. Los fieles ayudantes no entendían esta doble reacción.

De pronto, tuve una revelación instantánea: yo sí sabía qué era lo que le había dicho... ¡el Camino de los Misterios había despertado en mí un poder insospechado, el de leer la mente! Y lo que Roger le comunicó a Mara fue: "Se infiltran en todos lados, sí, e inclusive en nuestras filas...". Se me erizó la piel: si yo podía leer sus pensamientos, ¡ellos también podrían leer los míos, los de una audaz infiltrada!

De todos modos, sabía que ellos estaban acostumbrados a las contradicciones. A decir una cosa y a hacer otra. A reprender algo que luego era elogiado. A cambiar de conducta en un instante, de acuerdo con la conveniencia. Según su visión del mundo, eran prácticos, realistas, no tenían escrúpulos. Llevaban grabados a fuego los tres principios inamovibles para estar cerca del poder: Violencia, Dinero e Información. Lo demás era intranscendente y superfluo. Sin embargo, noté que los intrigaba la Isla del Amor.

De pronto, uno de los ayudantes de Mara realizó una inspección visual del entorno.

¡En pocos segundos me reconocerá!, pensé aterrorizada.

La huida

Mientras Roger sostenía el informe de varias hojas en su mano izquierda, tratando de prender un cigarrillo, Mara observaba pensativa la marea humana. Posó sus magnéticos ojos verdes en el semáforo y luego se encontró directamente con los míos.

Fue un instante, como un relámpago, pero algo sucedió en forma imprevista: antes de que Mara alcanzara a pegar el grito por haberme reconocido, una ráfaga de viento extraña y repentina hizo volar los papeles con el informe secreto de Roger, armando un revuelo de ayudantes tirados en el piso tratando de rescatarlos entre los pies de los innumerables transeúntes. Éstos ni se habían dado cuenta de lo que estaba sucediendo. Pasaban pisando todo, papeles, ayudantes, dedos, daba igual...

–¡Lo importante es el progreso! –arengaba el altoparlante.

Mara se distrajo lanzando insultos para que rescataran cuanto antes el informe de último momento.

Mientras tanto, el enorme perro negro se estaba ocupando de desparramar los papeles llevándose algunos entre los dientes. En medio de la confusión general, se los alcanzaba al mago.

¡Estoy salvada!, pensé, quizá Mara no me ha reconocido. Mientras corría a toda velocidad me di cuenta, gracias a mi nueva manera de percibir las cosas, de que un ángel había pasado en ese preciso instante rozando con sus alas el detallado informe y así había logrado salvarme. Los ángeles estaban presentes, ya no había duda alguna. ¿Los habría llamado el prestidigitador?

Avancé sin darme vuelta, amparada por la corriente de peatones, apenas el semáforo dio vía libre. Rápido, rápido, pensé, ¡adelante! El rugido del dragón había recrudecido, se imponía sobre todos los demás sonidos de altoparlantes, propagandas y pantallas gigantes.

Si paraba de huir y miraba hacia atrás, quizá lograra enfrentar al dragón que vendría acompañado de sus dilectos siervos: Mara, Roger y los ayudantes. Podría sostener muy fuerte la cuerda y darme vuelta, pero presentí que todavía no era el momento.

¡Cuál no sería mi sorpresa cuando vi al mago a mi lado, sonriéndome con dulzura! Extendió su mano derecha y, siempre sin pronunciar palabra, me señaló al perro negro. Éste iba trotando tras una mujer rubia, de cabellos largos y vestida con un elegante trajecito azul de corte sastre. De pronto me di cuenta: ¡era "yo" escapando con todos los demás, quién sabe hacia dónde! Era yo, es decir yo-otra, una especie de espejismo, una doble igual a mí pero vestida de ejecutiva, corriendo con expresión ausente, hacia adelante...

–¡Ana! –grité, lanzándome tras "ella"–. ¡Ana, aquí!

Pero "ella" no me prestó atención, estaba demasiado apurada para poder escucharme.

–¡Ana, despierta! –volví a gritar, no muy segura de saber de qué lado estaba la realidad y de qué lado el sueño.

El Dragón se acercaba, sentía el aliento ardiente de la bestia infestando el aire a mis espaldas. Tenía que rescatar esa parte mía, esa Ana desamparada, con los ojos llenos de miedos, de deseos insatisfechos que, estoy segura, no eran míos sino de los carteles, de los altoparlantes que ahora murmuraban éxito, éxito, éxito.

Acepté el estado en el que me encontraba, por fin lograba verlo: todo podía ser transformado a partir de este momento, era el punto de partida. La cuerda mágica vibraba en mi mano... El mago había desaparecido y su perro también.

"Ana" me miraba con curiosidad. De este lado de la escena, yo la esperaba, parada en medio de la calle, con los brazos abiertos. La escena era un poco ridícula, pero no me inmuté.

En ese momento el Dragón atronó en la Ciudad del Miedo con un alarido espeluznante. "Ana", desamparada, salió corriendo. Y comprendí tantas cosas en un solo instante...

Que vivimos escapando del Dragón, del poder arbitrario, del dominio del tiempo, del dolor... que somos empujados por una fuerza que nos viene persiguiendo desde el pasado. Y que ponemos toda la energía en escapar, en lugar de ser nosotros mismos.

–Es hora de enfrentarte cara a cara –grité, muy fuerte, sin darme vuelta–. ¡Ya no te tengo miedo, devorador de almas! ¡Yo soy la que soy!

–Esta historia persigue a los seres humanos con su repetido argumento y ya es hora de cambiar –dijo una hermosísima voz–. Debemos ayudarles a recuperar sus partes dispersas, ellos deben retornar a su esencia y avanzar luego de otra manera.

Otra voz, dijo:

–En suma, esta Ana que busca un renacimiento no puede desentenderse de esa Ana desamparada que corre por las calles de la Ciudad del Miedo.

–En efecto, ella tiene que entender que es preciso liberarse del apuro colectivo, de la culpa, comprender el sentido de la epidemia de insatisfacción. Es preciso liberarse de la huida.

Eran los ángeles, no tenía duda. Aunque no podía verlos, los oía; entonces, sabiendo que estaban tan cerca, sentí una fuerza increíble: corría con insospechada rapidez, volaba por las calles detrás de la desesperada "Ana", que huía a toda velocidad con la masa en fuga a causa del alarido del Dragón.

Ibamos todos juntos, hacia adelante, en esa carrera desesperada llamada "progreso", que es lisa y llanamente una huida. Tuve la certeza de que debía recuperar a "Ana" en ese momento. Ahora o nunca, sentí en mi interior.

La había perdido de vista, pero la dirección era fácil de reconocer: siempre hacia adelante, siempre "progresando".

Un hombre con aspecto de funcionario, gerente o pequeño empresario corría a mi lado.

–¿Qué sucede? –le pregunté–. ¿Por qué todos están fugándose?

–¿Cómo, no lo sabes? –me dijo con el ceño fruncido–. La vida consiste en esto.

–¿Estás satisfecho? –le pregunté ingenuamente–. ¿Eres feliz?

Me miró agraviado, ofendido, con un rictus de amargura.

–¡Sí! –dijo–. ¡Muy satisfecho, muy contento voy a estar!

Su mirada era francamente despreciativa, paseó sus ojos por mi figura de arriba abajo como midiendo, como calculando mi status, mi situación económica, mi procedencia.

–¡Nadie está satisfecho! –refunfuñó, mirándome con resentimiento–. ¿No lo sabes? La felicidad no existe, sólo son momentos. Yo tengo autodominio, control sobre mí mismo, sé lo que te digo.

–Pero... –le dije enfáticamente–. ¡Estás huyendo!

–¿Huyendo? –protestó, con una sonrisa burlona–. Yo estoy progresando. Cada día un poco más... La vida es así; siempre lo fue y lo seguirá siendo.

–¿Leíste los carteles? –pregunté, sin creerle.

–¿Qué carteles? Estoy muy ocupado, no tengo tiempo.

–¿Escuchas los altoparlantes?

–¿Qué altoparlantes? –preguntó, sorprendido–. Déjame en paz, yo estoy tras el dinero, el poder, el éxito. No me distraigas, que tengo poco tiempo.

En ese momento distinguí a "Ana", desamparada, corriendo con el resto del rebaño.

Debo alcanzarla, pensé, faltan sólo unos pasos, un último esfuerzo.

Llegué a tomarla del brazo, y tiré atrayéndola hacia mí. Apenas se dio cuenta: miraba hacia adelante sin detenerse, temblando, asustada, tan desprotegida...

Apuré la carrera y, mirándola intensamente a los ojos, le grité:

–¡Ana, deténte! ¡Éste no es tu camino, se te está escapando la vida! ¡Despierta! ¡Reacciona!

Me miró sin comprender.

¡Tu estado es grave! –insistí–, ¡llama a Dios!

La abracé con todas mis fuerzas y logré frenar su carrera. Se echó a llorar en mis brazos como una criatura perdida.

–Vamos, regresa conmigo –dije–. Ya desataremos la cuerda, ha llegado el tiempo de cambiar.

En medio de la multitud, "Ana" lloraba como una huérfana abrazada a mí. Habíamos logrado detenernos, hacer una pausa. Sollozaba en mi hombro sin poder detenerse. Es increíble, pensé, "mirándome", nunca hubiera sospechado que había descendido a tan desastrosa condición.

–Por fin viniste a rescatarme –musitó con ojos desamparados y necesitados de afecto–. No sabía cómo salir de esta loca carrera y además... ¡no sabía a dónde ir!

–A Dios, directamente.

Pero "Ana" siguió hablando sin parar:

–Varias veces advertí los síntomas de la insatisfacción, pero seguía adelante corriendo, como me ves, con mi traje de ejecutiva, cumpliendo los mandatos de estos tiempos. Varias veces pensé que éstos no eran realmente mis profundos deseos pero no tenía el valor, ni los conocimientos, ni la ayuda necesaria para buscar alternativas. ¿Qué podía hacer? ¿Qué tiene de malo querer disfrutar, viajar, tener objetos bellos?

Siempre hablando con ese dejo de culpa, me dije francamente indignada al "escucharme".

–Nada, todo lo contrario –me contesté, inspirada, mirándome en los ojos–. No tiene nada de malo disfrutar. Lo que no es posible es entregar el alma a cambio; dejar valores, afectos, pisar nuestros más tiernos deseos y anhelos, embriagarnos de tal modo con los fines, que dejamos de reparar en los medios.

–Tienes razón, te entiendo perfectamente.

–Es momento de hacer una pausa –dije–. Regresaremos aquí, a la vida "normal", te lo prometo. Pero primero ven a conocer conmigo el Camino de los Misterios, como lo llaman los alquimistas. Cuando retornemos, seremos fuertes, muy fuertes. Y nada podrá nublar nuestra mirada. Vamos, ven conmigo a la aventura.

Pero "Ana" negó con la cabeza. Parecía una huérfana asustada.

–Ven –insistí. Comprendía a "Ana": la aterraba dar el paso y salirse del seguro y conocido mundo moderno.

–Ven, es tiempo de dar un giro absoluto. ¿Por qué tenemos tanto miedo?

Pero "Ana" no me respondió. Vi que tenía los puños cerrados.

–¿A qué temes? ¿Qué deseos encierran "mis" manos? ¡Ábrelas y suéltalos al viento!

"Ana" abrió las manos lentamente... y yo me aflojé, por fin, después de tanto tiempo de luchas y de huidas.

–Tengo miedo al cambio –murmuró terminando de abrir los puños–. Ése es realmente el problema.

La abracé con toda mi alma, todavía estaba sollozando. Me dolió el corazón. ¡Qué desamparo había debajo de esa coraza de trajecito azul!

–Escucha –le dije suavemente, para que no se asustara otra vez–. He oído hablar de la Isla del Amor. ¿Te gustaría ver de qué se trata? Tengo un mensaje para ambas. Habla de un tesoro, del vuelo de unas misteriosas nueve palomas, de un cometa, de un maestro.

–¡Voy contigo! –dijo de pronto con los ojos brillantes, como cuando yo era una niña.

Sentí una alegría imposible de describir y mucha, mucha fuerza... Tomé el cordón de la gracia. Lo desataría con un rápido movimiento, apenas llegara el momento. Sin embargo, presentí que el peligro no había pasado: estábamos expuestas, algo se había alterado en el conjunto de personas que huían: había disidentes, el Dragón nos reconocería al instante.

En ese momento, me di cuenta. Éramos varias las Anas que veníamos huyendo. Ante mis asombrados ojos vi mis dobles corriendo desaforadas por la Ciudad del Miedo.

La liberación

Éramos varias, en efecto... Comencé a seguirlas sin que me vieran.

Ana Rica, vestida con un magnífico traje, venía persiguiendo a Ana Pobre, quien iba vestida, apenas, como una miserable... Le ofrecía dinero, joyas, tesoros.

Ana Pobre gritaba a toda voz:

–¡No me corresponde, yo no me merezco esto, dáselo a otra persona!

Me dio tanta pena...

Ana Rica insistía en ayudarla y en que confiara en lo que le estaba ofreciendo. Ana Pobre la rechazaba, diciendo que no la molestara.

–¡Tengo que seguir luchando para conseguir el sustento! –decía–. ¿Es que acaso no entiendes que la vida es una lucha?

Estaban tan concentradas en su pelea que no vieron el semáforo indicando el cruce de los vehículos. Se detuvieron bruscamente y, en lugar de mirar las noticias, siguieron su interminable conflicto. La luz se puso blanca y siguieron corriendo. Tuve unas irresistibles ganas de sacudir a la pobre de una vez.

Casi enseguida llegaron Ana Avara y Ana Generosa.

¡Qué maravilla!: Ana Generosa ayudaba a todos los transeúntes que veía, regalaba dinero a los pordioseros y abrazaba a los niños que se cruzaban casualmente en su camino. Era enternecedora.

Ana Avara, en cambio, corría tras ella y, tratando de impedir semejante derroche, le recriminaba la inconsciencia de lo que estaba haciendo. Era mezquina, repelente, lamentable. Me dio –me di– lástima.

–¡Piensa en tu futuro! –decía Ana Avara, con los dientes terriblemente apretados y la mirada dura–. ¿Cuántas monedas te quedan?

Ana Generosa, sin hacerle caso, abría sus manos y en ese mismo momento recibía del cielo lo que daba, tratando de escapar de Ana Avara que, implacable, la perseguía como una sombra. Seguimos nuestra huida...

Entonces me di cuenta: somos varios personajes simultáneos corriendo por la vida y peleándonos continuamente y no lo sabemos.

Ahora se está acercando Ana Ganadora, supuse, al verme vestida con un impecable tapado negro de corte inglés. Miraba el reloj en forma obsesiva, regañando a Ana Creativa:

–¿Qué haces con tu tiempo, inconsciente? ¿No te das cuenta de que así no llegarás a ningún lado? Deja esas ideas ridículas de hacer algo diferente. ¿No te das cuenta de que ya todo está creado?

Ana Creativa era tan linda... Estaba vestida con un colorido vestido de gasa, en mis manos llevaba cuentos de hadas, pinceles, flores.

–Todas cosas inútiles, muy lindas pero inútiles –le decía Ana Ejecutiva persiguiéndola, sosteniendo al mismo tiempo una conversación por el teléfono celular, mirando una planilla de costos y consultando la agenda.

"Linda vida", pensé, ya francamente divertida.

–Tú –me encaró Ana Ejecutiva al verme observándola–. ¿Qué haces tú ahí, parada como una estúpida? ¿Por qué no haces algo útil, productivo?

También se acercó Ana Ganadora.

–¿Quién es esta idiota? –le preguntó a Ana Creativa, señalándome sin dejar de controlar lo que estaba pasando con las pantallas de información–. ¿Qué hace aquí perdiendo el tiempo?

Ana Creativa no le contestó: había aprovechado el instante de distracción de la ofuscada ejecutiva para escribir ideas que se le estaban ocurriendo.

De pronto escuché una especie de trote. Allí venía un grupo compacto, persiguiendo a toda velocidad a una sola Ana, a juzgar por su cara, harta de la situación.

Al acercarme, escuché a Ana Escéptica, quien dirigía el grupo. Observé que era francamente antipática, muy desagradable. Meneando la cabeza, decía:

–¡Qué se cree ésa!

Ana Triste, también integrante del grupo, asentía con un gesto, como uniéndose al juicio. Parecía un pobre pollito mustio y ajado. Tuve tantas ganas de abrazarla... ¿De quién estarían hablando?

Ana Resentida venía corriendo también junto con el grupo, sembrando discordia. No podía creer que fueran tan reales las expresiones que estaba viendo en sus rostros –es decir, en mi rostro reflejado como en un extraño espejo. Eran alternativamente aterradoras y sorprendentes.

De pronto descubrí, horrorizada, que la perseguida era... ¡Ana Despreocupada!

Salí corriendo tras ella como pude, esquivando peatones, autos, grupos con carteles. Al fin la alcancé y me reconoció enseguida.

–Eres la realidad –dijo–. ¡Qué alegría haberte encontrado! No sé cómo salir de este lío. ¡Ayúdame! Yo quiero la vida y éste es un pérfido laberinto. Como si fuera poco, el acoso de los carteles, las consignas, los deseos subliminales; además, tengo a esta banda que ves tras de nosotros, persiguiéndome sin cuartel.

Ana Despreocupada tenía los ojos alegres a pesar de su indignación. Irradiaba algo tan especial y magnético...

–¿Qué quieren? –le pregunté, pensando que a esa altura ya todo era probable.

–Convencerme de que mi existencia no es posible, de que estoy equivocada, de que terminaré reconociendo que la realidad es sólo sacrificio, decepciones y tristeza. Sólo puedo huir, es decir, "progresar". Y, mientras tanto, ver la manera de salir de esto. No te imaginas cómo me acosan.

En ese momento llegó la primera "Ana", y no pude dejar de bautizarla Desamparada. Estaba pálida de susto. Me preguntó, con un hilo de voz:

–¿Dónde estabas? Te perdí de vista.

Tomé de la mano a Ana Desamparada. De todas, era la que necesitaba más ayuda. Supe que debía tenerla cerca: había llegado el momento de enfrentar al dragón.

–¡Basta! –les grité a todas para que me escucharan–. ¿No se dan cuenta de que el verdadero causante de todas las discordias es el miedo?

Se quedaron mudas, repentinamente. Sí, sí: se habían dado cuenta.

–Tenemos que enfrentarlo –seguí proponiendo–. ¿Están dispuestas?

Sin decir palabra, todas las Anas comenzaron a alinearse detrás de mí como una guardia pretoriana. En primera línea se colocaron la Rica, la Generosa, la Creyente, la Ilusionada, la Creativa, la Confiada, la Despreocupada.

Detrás, la Pobre, la Avara, la Escéptica, la Triste, la Rutinaria, la Desconfiada, la Ejecutiva. Y, formando un círculo a nuestro alrededor, se alinearon singulares seres vestidos de azul, de ojos transparentes.

Habían aparecido de improviso, tal como es su costumbre. ¡Nuestros protectores eran ángeles, los mismos que me habían hablado!

Y entonces, en un solo movimiento, en un instante, giramos todos a la vez y vimos al Dragón cara a cara. A poca distancia, se acercaba espantoso, arrastrando pesadamente su enorme cuerpo.

Se me heló la sangre, era francamente aterrador. Estaba revestido de enormes escamas con inscripciones grabadas a fuego, todas causadas por el miedo. Las escamas decían: PODER, DINERO, MIEDO, NO PUEDO, MAÑANA... HOY NO, MEJOR LO POSTERGO, INSEGURIDAD, PRISA, VIEJOS DOLORES, RECUERDOS. De sus fauces salían fétidas llamaradas. Era una bestia sanguinaria y brutal, enorme, dispuesta a embestirnos sin piedad por habernos rebelado.

Había llegado el momento: nos enfrentábamos –¿o debo decir, mejor, *me* enfrentaba?– con el Dragón...

–¡Baaaaassstttttaaaaa! –grité con todas mis fuerzas, parada firmemente frente a él.

Fue un segundo de reconocimiento, de medir las fuerzas. El dragón se quedó un instante en silencio, arañando el piso antes de atravesar el aire con un potente y aterrador rugido. La lucha iba a ser sin cuartel.

–¡Es ahora o nunca! –volví a gritar para que me escucharan las otras Anas–. ¡Ya no podemos seguir huyendo!

El dragón echó un atemorizante humo por el hocico.

–¡Baaaaassstttttaaaaa! –volví a gritar, iniciando el enfrentamiento–. Ya es suficiente, hace siglos que me vienes persiguiendo... ¡Devuélveme lo que me pertenece! ¡Devuélveme mi alegría y mi fuerza!

–¡Quiero mi libertad, restituye mi pasión por la vida! –exigió la Triste.

–¿Qué quieres de mí? –rugió Ana Asustada, con fuerza inaudita–. ¿Por qué me persigues?

–¡Basta de dolor! –grité con toda mi voz.

–¡Basta de miedo, de asfixia, de huida! –demandamos a coro.

–¡Basta de tibieza, quiero mi libertad! He encendido el fuego en la entrada de tu cueva y Dios está conmigo.

Cuando enfrenté al terrorífico Dragón con el cordón de oro en mis manos, todas, todas las Anas estaban conmigo...

Oí entonces un lejano tañir de campanas y una fuerte brisa agitó nuestros cabellos. Como una amenazadora respuesta, el Dragón clavó sus pezuñas en el empedrado, preparándose para atacar...

En ese instante sentí una fuerza poderosa brotando de mi interior. Era imparable, era como un volcán en erupción.

–"Padre Nuestro que estás en los cielos..." –comencé a invocar.
Una luz descendió inmediatamente y nos envolvió. Todas mis "partes" se abrazaron. Yo abrí los brazos y respiré con alivio.
–"Santificado sea tu nombre..."–oramos a coro todas las Anas.
Una coraza invisible que me aprisionaba el pecho se resquebrajó y cayó en mil pedazos.
–"Venga a nosotros tu reino. Hágase tu voluntad así en la Tierra como en el Cielo..."
Una paz total me envolvió y me dio coraje.
–"El pan nuestro de cada día dánoslo hoy".
Me sentí segura, protegida, sostenida... plena.
–"Y perdónanos nuestras deudas, así como nosotros perdonamos a nuestros deudores..."
Nuestras voces, las de las Anas unidas, resonaron poderosas:
–"Y no nos dejes caer en la tentación más líbranos del mal... Amén".
El efecto fue instantáneo: el Dragón retrocedió rugiendo, vacilante, enceguecido por la luz que brillaba a mi alrededor, y se esfumó sin dejar huellas. Se diría que se lo tragó la tierra. En ese preciso instante se disolvieron las llagas y las heridas de todas las Anas, que, milagrosamente, pasaron a formar parte de una única y renovada Ana, valiente y hermosa.
Lo había logrado: ¡estaba entera!
Oí de nuevo la voz del ángel:
–Al dragón no se lo ha "tragado la tierra", Ana... Lo que en realidad sucedió es que su energía negativa se transmutó en un poder benéfico que se unió a ti después de la lucha.
Ahora había llegado el momento de regresar a la caverna. Cerré cuidadosamente detrás de mí la puerta a la Ciudad del Miedo.
Cuando me encontré nuevamente en el interior de la gruta, vi que la vela encendida allá arriba iluminaba la entrada de la cueva. Todo estaba intacto y se aspiraba el suave perfume a incienso, como si nada hubiera pasado.
Me senté en el piso de piedra apoyando mi espalda contra la pared de la caverna y cerré los ojos, respirando profundamente. Sentí con claridad que había sido liberada por el Padrenuestro. Desde ese día, sé que cada vez que invocamos al cielo con un grito del corazón, en cualquier creencia, un rayo de luz desciende en línea recta desde lo alto y nos protege inmediatamente.
Las Anas ya no corrían, estaban conmigo dispuestas a seguir el Camino de los Misterios. Había logrado rescatarlas. Por fin había podido detenerme, darme vuelta y así dar comienzo a la Nigredo.

Mediante mi nuevo poder, me di cuenta de que los alquimistas llaman *Solve* –disolver– a este primer paso de la transmutación.

–Es que estamos realmente perseguidos por el Dragón del Miedo –murmuré, y mi voz resonó con un extraño eco–. Y escapamos creyendo que estamos viviendo. *Solve...* –repetí como en un sueño en medio del suave humo del incienso– es disolver los mandatos grabados en las escamas del Dragón. *Solve...* es desatar el primer nudo, el miedo cultural, el social, el nudo del *statu quo*. El nudo de creer que no tenemos ayuda del Padre Cielo.

–Padre Cielo –repitió un eco.

Sabría más adelante, con las enseñanzas de los alquimistas, que, con cada Padrenuestro –o su oración equivalente a Alá o a Yahvé– recuperamos una parte perdida de nosotros y vamos haciéndonos íntegros, completos.

También aprendería más adelante que "Amén" es la palabra sagrada que sella el pacto de la criatura con su creador. Que "Amén" es el grito de total comunicación con el Padre y que encierra un poder absoluto. El Camino me enseñaría que esta palabra dicha con intensidad, con resolución, crea una barrera infranqueable al mal.

Estuve meditando en total beatitud por una hora, un día o quizás una semana, disfrutando de mi nueva sensación de libertad. El tiempo de la caverna no es nuestro tiempo. Miré mi reloj lunar: estaba en cuarto menguante pasando a su segunda fase. La luna había disminuido su tamaño. El tiempo es el correcto, me dije. Era hora de seguir descendiendo...

De pronto vi que un pájaro negro levantaba vuelo en dirección a las profundidades de la caverna, como si hubiera estado leyendo mis pensamientos. ¿Habría estado durmiendo o meditando conmigo?

Sabiendo que en la segunda etapa el descenso sería más profundo, ya que iría hacia el tiempo de mis ancestros, me dispuse a bajar siguiendo al extraño pájaro. De pronto descubrí un sobre negro en el primer peldaño. Al levantarlo, vi que estaba cerrado con un sello lacrado.

Supe enseguida que era para mí.

Tercer mensaje

Capadocia, cuarto menguante

¡Bienvenida a la Conspiración de la Gracia!

La luna menguante sigue limpiando el Camino de los Misterios. El primer nudo ha sido desatado. En un nivel de conciencia el Dragón ha sido vencido. Tus partes perdidas han sido rescatadas y avanzan contigo.

Te daré ahora las indicaciones para desatar el segundo nudo de la cuerda mágica y seguir el Camino.

Instrucciones

Si el primero era el nudo de la liberación, debes saber que éste es el nudo del perdón. Desciende de nuevo otros setenta y dos escalones hasta llegar a un nivel de conciencia más profundo. Allí te espera tu herencia ancestral: todo tu pasado, malo y bueno...

Mira hacia lo alto de la caverna. ¿Ves la vela que encendiste al entrar en el Camino de los Misterios? Sigue brillando e iluminando los peldaños de piedra más y más a medida que vas descendiendo. Es la luz de tu conciencia. Cuando llegues al insondable fondo de la caverna, verás una sola luz, aún más fuerte: la luz de tu alma.

Recuerda que estás en la Nigredo, una etapa de purificación y limpieza. Desciende ahora y libérate de la tiranía del pasado...

Haz el esfuerzo de desatar el segundo nudo. Corta las cadenas de la limitación y del miedo. Cuando lo hagas, podrás encontrarte por fin con tu fuerza ancestral. Te espera una gran sorpresa... ¡Ya lo verás!

¡Por la Gran Obra, venceremos!
Amir
El Alquimista

El perdón

Bajé lentamente, tanteando en la penumbra y contando los primeros escalones de la nueva etapa, hacia la zona de mis ancestros.

Se escuchaban voces apagadas. Presté atención. Noté que mis nuevos oídos habían aumentado su capacidad de percepción: logré distinguir algunas palabras en polaco.

Al llegar al escalón número catorce me detuve...

–La guerra –decían las voces–. Viene la guerra. Es inevitable, en unos pocos días todo habrá acabado, las noticias son claras, nos invaden,... ¿Qué será de nosotros?

Seguí descendiendo. Cuando llegué al escalón número veintiuno, escuché un rugido. Creí que era el Dragón, pero no, era el estruendo de las bombas en la lejanía.

–La guerra, la guerra, la guerra –repetían las voces en el fondo de la caverna–. Es el año 1939, la guerra comienza. Dios nos ampare...

Descendí otros siete escalones hacia los niveles más y más profundos de la memoria. Jamas pensé que esas voces estuvieran tan vivas en mis oídos. Comprendí que la experiencia de mis padres corría por mis venas con toda su fuerza.

Unas fugaces imágenes, como de estrellas, cruzaron por las paredes de la caverna.

Continué mi descenso. A un costado se veía una luz, era una ventana pequeña cavada en las gruesas paredes de piedra. Al asomarme, reconocí enseguida el lugar y la escena...

Era el tiempo de la Segunda Guerra Mundial. Contemplé la imagen nítida de la ciudad vieja de Varsovia tal como la había visto durante la recorrida con mi padre antes de entrar en la caverna. Los mismos edificios de colores, la misma plaza, las mismas calles angostas... Pero, en lugar de hermosos restaurantes y turistas paseando, se veían rostros llenos de miedo y aviones que sobrevolaban el lugar con vuelos rasantes.

Las lágrimas corrieron por mis mejillas como ríos desbordados, ¡Cuánto dolor había en esos rostros! ¡Cuánta injusticia en esta historia! Me dolía el corazón. Sentí una compasión profunda por todos esos seres que temblaban en mi sangre ante tanta destrucción, ante la furia del mal desatada. ¿Por qué? ¿Por qué había sucedido esta desgracia?

Toqué la cuerda dorada y apareció el segundo nudo... Pero no podía ni siquiera rozarlo: quemaba en mis manos.

Cuando llegué al escalón cuarenta y dos ululaban las sirenas y la gente corría en todas direcciones como niños asustados. Iban a los refugios improvisados en los subsuelos de algunos edificios antiguos. Escuché el ruido de los pasos apresurados que se filtraban a través de los muros de la caverna.

Entonces retumbaron los primeros impactos... ¡caían las bombas sobre Varsovia! Sentí el miedo de mis antepasados, que siempre había navegado por mi sangre sin que yo lo supiera...

Al tocar nuevamente el nudo sentí que me lastimaba las manos. Entonces pedí perdón al cielo por los horrores, por la crueldad y por la ignorancia de la raza humana, mientras me sacudían los sollozos.

–¡Nunca más el horror, Padre Cielo! ¡Te lo prometo!

Haciéndome cargo del pasado, sentí claramente que el dolor de los ancestros espera ser liberado por nosotros, sus descendientes.

–¡Jamás repetiremos esos caminos, desataremos el nudo todos juntos! –e imploré, antes de seguir descendiendo–: Dios, te pido la liberación de la angustia, dormida en los genes de la humanidad entera.

De pronto, una voz poderosa me dijo:

–¡Es ahora o nunca, estamos en el amanecer del tercer milenio! ¡Libérate y libera del dolor a tus ancestros!

Liberé, limpié, curé heridas del alma. Me prometí no juzgar más. Crecí y dejé atrás todos los resentimientos que, sin saberlo, llevaba conmigo. Supe que, al liberarnos del pasado, recuperamos nuestra esencia. El tercer milenio estaba amaneciendo verdaderamente.

Seguí bajando. Liberé a todos los antepasados que temían al Dragón y le entregaban sus posibilidades y sus sueños... sólo por ignorar cómo dejar de hacerlo. Transmuté el dolor y lo solté para siempre... Recordé una máxima sufí que decía simplemente esto: "deja salir la tristeza...". Eché a volar mis errores, mis frustraciones, mis dolores antiguos y los recientes. Los dejé ir, se alejaron de mí como pájaros sueltos en un fuerte viento.

Solve... –dijo el ángel, acompañando la liberación.

Un lejano tañir de campanas resonó en la caverna y una brisa desconocida acarició mi rostro bañado en lágrimas. Tomé el segundo nudo, al tocarlo me estremecí...

–"Padre Nuestro que estás en los cielos" –dije entonces con infinita dulzura...

Y, ante mi sorpresa, pude desatar el nudo en un rápido movimiento.

–Libera a todos tus ancestros –dijo el ángel–. A la abuela, al abuelo, a tu madre y a tu padre, sorprendidos por la guerra.

–"Santificado sea tu nombre. Venga a nosotros tu reino."

–"Nosotros", Padre Cielo –dijo el ángel en un susurro–, la humanidad entera, los que hoy respiramos en esta tierra, los que nos precedieron y los que seguirán naciendo. Por eso...

–"Hágase tu voluntad. Así en la tierra como en el cielo."

–Tu voluntad es que seamos felices, Padre Cielo.

–"El pan nuestro de cada día. Dánoslo hoy. Y no nos dejes caer en la tentación."

–Que no se repitan los errores...

–"Mas líbranos del mal. Amén."

–Amén, amén, por favor, amén.

Una dulzura infinita se instaló en la caverna después de que el ángel pronunció la última palabra. El aire parecía liviano y fresco, tal vez a causa de los ángeles que habían ingresado en bandadas. Se sentían roces de alas, pisadas leves, susurros. Me encontré muy bien acompañada. Respiré profundamente... estaba libre del dolor del pasado. ¡Por fin una deuda pendiente había sido saldada!

En el escalón sesenta y cinco, en otro nivel de conciencia, a la altura de mis ojos, se abría una ventana.

La escena había cambiado: la Ciudad Vieja era un campo minado, sólo se veían escombros, ruinas. Pero seguí observando y descubrí un grupo de personas entre las paredes derruídas. Algo las mantenía ocupadas, pero desde mi posición no podía distinguir qué hacían. Y también vi otro grupo más alla... y otro y otro. En pocos instantes el lugar se llenó de gente, de gente que trabajaba. Hombres y mujeres retiraban escombros, despejaban la plaza. Sentí que el trabajo que hacían borraba las huellas del dolor y de la destrucción. Estaba renaciendo la vida... La Ciudad Vieja iba a resurgir de entre las ruinas.

Uno por uno, los mismos edificios, los mismos umbrales, las fachadas exactas, las mismas ventanas se levantaban rápidamente día a día.

Más abajo, en el escalón setenta y dos, apareció una salida.

Fascinada por las escenas de reconstrucción, me acerqué tanto a la puerta que, de repente, me encontré dentro de la Ciudad Vieja... Nuevamente había atravesado el umbral... ¡estaba en 1945!

Pero esta vez, algo aún más extraordinario había sucedido: distinguí, entre el numeroso conjunto de gente.... a una persona idéntica a mí. Tenía puesto un mameluco de color azul y estaba rodeada por un grupo de personas reunidas alrededor de un samovar, esos tradicionales recipientes para mantener caliente el té.

–Evidentemente soy yo misma –me dije, mirando la escena–. Soy yo, viviendo en esa época y participando en forma muy activa en las brigadas de reconstrucción. Vi que las personas que me rodeaban conversaban animadamente, con mucha alegría.

–Falta poco, vamos bien –decía, vehemente, un joven polaco de ojos azules y sonrisa reconfortante.

–Nadie doblegará nuestra voluntad –dije yo (es decir, dijo Anancestral)–. La ciudad será totalmente reconstruida. Piedra por piedra se pondrá de pie nuestra historia, renacerá nuestra fuerza, nuestro pueblo surgirá de las cenizas.

–¿Crees que será posible? –le pregunté, tomando coraje y acercándome a ella.

–Sí, será –fue la respuesta de Anancestral, quien no se sorprendió en absoluto de mi presencia.

–Los polacos somos guerreros, poetas, soñadores y artistas –continuó, como si nada–. Una y mil veces levantaremos de nuevo nuestra memoria si intentaran destruirla. Aquí está el hilo que nos une a nuestros ancestros, y nosotros continuamos siendo parte de las fantásticas historias que sucedieron en estas calles empedradas, en estos mismos edificios que ahora están renaciendo. Si desaparece nuestra memoria, se corta la cadena que nos une al origen y nuestras fuerzas se quiebran con ella.

Después se dirigió a mí:

–Te estaba esperando. Todos aquí reconstruyen pensando en el futuro. ¿Qué sentido tendría hacerlo sólo para nosotros?

–¿Estás cansada? –le dije a mi parte ancestral–. ¿Tienes fe en lograrlo?

Era evidente que se había comprometido apasionadamente a reconstruir la ciudad que el odio y la guerra habían destruido. No estaba sola: la acompañaba ese grupo de jóvenes tan idealistas como ella. ¡Me sentí tan orgullosa de verla en acción, encendida con una idea, desprendida de todo interés inmediato!

–¡Claro! –contestó–. ¿Cómo voy a dudar de lo que hago? Tengo una fe absoluta, soy polaca, empecinada, soñadora, persistente... y, además, ¡amo la vida!

Dos jóvenes, vestidos también de azul, escuchaban emocionados a su amiga.

–Estos amigos míos –dijo Anancestral– son Jurek y Marysia. Siempre me acompañan a donde vaya.

Jurek y Marysia me sonrieron y les correspondí el saludo.

–¡Ah! –exclamó Anancestral–. En mi entusiasmo por encontrarte me olvidé de entregarte estas cartas, que han llegado para ti.

Y me entregó varios sobres, tan naturalmente como si ese extraordinario encuentro entre nosotras fuera cosa de todos los días.

–¿Para mí? –pregunté, sorprendida.

"Ana" asintió con una sonrisa.

Al ver los sobres, de inmediato reconocí el de color negro. Rasgando el borde como pude, lo abrí y comencé a leer.

Cuarto mensaje

Capadocia, cuarto menguante

¡Bienvenida a la Conspiración de la Gracia!

La luna menguante borró en los cielos de la memoria, de una vez y para siempre, el dolor de la guerra.

La ciudad de tus ancestros vuelve a estar de pie, y con la reconstrucción se está curando este recuerdo en las almas de miles de seres. Las historias humanas siempre son parecidas ¿Quién no tiene en su memoria atávica alguna "guerra"? ¿Quién no tiene en su pasado alguna carga que limpiar? Respira profundo: estás liberada, has cumplido la tarea.

Sabemos que te acompaña tu parte ancestral, que te habrá entregado este sobre tal como se lo pedimos. Ella será tu guía en esta etapa del Camino de los Misterios, para desatar el tercer y último nudo, el nudo de la fe.

Debo advertirte que, para atravesar esta prueba, no hay escalones. El descenso hasta ahora fue gradual, nivel por nivel, hacia lo más y más profundo. Ahora viene el gran desafío, pues en algún momento del viaje es preciso dar el gran salto. Es el llamado Salto de Fe.

Es necesario llegar al fondo de la caverna y rescatar el cofre del tesoro. Debes saber que en toda caverna donde mora un dragón existe uno.

Te preguntarás de qué se trata; pues bien, debes averiguarlo por ti misma. El premio es poseerlo.

Instrucciones para las dos Anas

Aguarden la llegada de un guía: cierto animal –que podrá ser un pájaro, una mariposa o un perro–, las conducirá hasta el lugar preciso donde se levantaba mi gabinete. Está donde ustedes se encuentran, en el llamado Barrio de los Alquimistas de la Ciudad Vieja de Varsovia. Será preciso reconstruir mi laboratorio, y para tal misión ustedes contarán con poderosos ayudantes.

Finalizada la tarea, deberán saltar en busca del tesoro que les mencioné, una vez que abran la puerta de hierro oculta en el piso de mi laboratorio.

Por ley espiritual, sólo está permitido abrir el cofre a quien haya enfrentado y vencido al Dragón del Miedo. ¡Adelante!

¡Por la Gran Obra, venceremos!
Amir
El Alquimista

Noticias de papá

Me sentía cada vez más libre y más audaz: la Conspiración de los alquimistas era *mi* causa. La intriga, el asombro, la sorpresa por los próximos pasos habían reemplazado definitivamente al miedo. Me pregunté cuánto duraría esa valentía, y sospeché que no demasiado.

Inquieta, tomé la carta, que también era para mí... El remitente decía, simplemente: PAPÁ.

¡Querida hija!

Te envío estas líneas para hacerte saber que estoy muy orgulloso de tu viaje.

Cristina está conmigo en este momento, preparando sus exquisitos manjares. No puede faltar el dulce de grosellas para cuando regreses.

El gato bandido está enrollado junto a mí en el sofá, ronroneando plácidamente, en ese estado indefinido que tienen esos bichos. Siempre me pregunto... ¿Estará dormido o despierto?

Iba a decírtelo personalmente, pero la realidad es que no puedo esperar a nuestro encuentro para contarte algo... Mi regreso a Polonia, el cual nunca te he explicado con claridad, no se debió a un capricho. Yo necesitaba encontrarme a mí mismo y creí que retornando a mi tierra natal, volviendo a caminar por sus calles, recordando tiempos idos, curaría la angustia que me apretaba el alma.

Creí sinceramente que la culpable de esa sombra que tú viste en mi mirada era la añoranza Me equivoqué, y quiero contarte por qué. No se trataba de nostalgia, ni de recuerdos: mi búsqueda era más profunda.

Hay un momento en la vida de toda persona en que se hace un balance... una especie de pausa. Y entonces surge la gran pregunta... "¿Soy feliz?".

Quizás a tu edad no haya tiempo para ese replanteo, no lo sé. Sólo puedo decirte que, a mi regreso, busqué y busqué durante años tratando de encontrar algo inefable, imposible de definir. Una y otra vez intenté hallarlo. Después supe que lo que yo buscaba con tanta insistencia se llamaba... "gracia". Me lo reveló un extraño personaje que dijo ser Conspirador o algo similar. En ese momento ignoraba la importancia de ese desconocido.

Después de buscar aquí y allá, un día recibí el sobre. Tú sabes de qué se trata. La Conspiración ya había comenzado, aunque no tenía entonces ni la magnitud ni la fuerza de estos días.

¿Puedes imaginarte lo que me sucedió? Llegué hasta la entrada de la caverna y medité largo rato antes de decidirme por la puerta de la izquierda. El guardia se debe de acordar de ese momento: dudé, dudé... y al final no tuve el valor suficiente para entrar por la puerta que decía: KAIROS.

No sé cómo explicarlo, pero yo no estaba dispuesto a cambiar. Entonces elegí la cueva convencional.

Éramos un grupo grande, entre turistas y curiosos, pero el descenso se desarrollaba de manera extremadamente ordenada. Y la leyenda del dragón fue sólo una simple anécdota. Lo principal era conocer y retener los datos históricos, las fechas y los nombres de lo que la historia oficial decía de ese lugar. Ese extraño incidente se internó en el recuerdo y no volví a buscar al Conspirador, que vivía en el así llamado Barrio de los Alquimistas, situado en un sector perdido de la Ciudad Vieja de Varsovia.

A mi manera, yo llegué hasta donde pude y creí que mi oportunidad había pasado. Entonces regresé a la vida normal, acompañado por la sombra que jamás dejó de opacar mi mirada. Tú la viste... Se me nota bastante, ¿no es verdad? Ya no me atreví a regresar, y así pasaron los últimos años de mi jamás explicada ausencia.

Hace apenas una hora recibí un sobre. Me lo dejaron en el portón de casa, sin decir palabra. Me informan sobre tus pasos y dicen que me quede tranquilo y que estás bien. Al mismo tiempo, me reiteran la invitación a seguir el Camino de los Misterios. Yo desconfío un poco: ¿Acaso tú sabes realmente de qué se trata? Ellos dicen que siempre se está a tiempo de iniciarlo. En fin, ya veremos...

Querida hija, ¿es verdad que allá abajo, en el fondo de la gruta, a uno lo esperan las mejores partes de sí mismo? ¿Acaso es cierto que hay un dragón que nos persigue para robarnos nuestros más queridos sueños? ¿Viste quizá con tus propios ojos la reconstrucción de los edificios destruidos por la guerra?

Dicen que contemplando esa tarea se curan todas las heridas. Que allá abajo, en un lugar que también llaman el interior de uno mismo, hay una parte ancestral, que es como un doble de uno. Dicen que es la mejor parte de nosotros, que es sabia y que conoce el camino hacia la gracia. ¿Tú la has encontrado?

Si acaso es verdad lo que dice el mensaje, házmelo saber inmediatamente y entrega la respuesta a una tal María, la del pájaro negro en el hombro, que me la hará llegar en mano, según dicen los llamados Conspiradores. No sé de quién se trata.

Disculpa, todo esto suena ridículo. Pero si llega tu respuesta dejará de serlo. Nos veremos pronto, si Dios lo permite. No sé en qué lugar del camino te llegará esta carta, me prometieron entregártela en el momento adecuado.

Te quiere
Papá

–¿Qué dice la carta? –preguntó Anancestral–. ¿Cómo está Román?

–No se atrevió a llegar hasta aquí –atiné a contestar, con la garganta oprimida por la emoción.

–Sin embargo, lo están esperando –dijo Anancestral, señalando un grupo de reconstrucción que trabajaba un poco más lejos del que yo había visto cerca de la entrada de la caverna.

Una nube de ternura empañó mis ojos: allí estaba papá –"Papá" Ancestral, mejor dicho–, vestido con un mameluco azul. Joven y enérgico, acomodaba ladrillos. Ambas supimos que no debía acercarme a él: las leyes espirituales dicen claramente que debemos respetar las decisiones de cada uno.

En silencio, Anancestral buscó en los bolsillos de su mameluco azul y me entregó un papel y una lapicera.

Redacté la respuesta sin dudar:

Varsovia, agosto de 1945

Querido papá:

Es cierto: el dragón existe. Pero es posible vencerlo. ¡Enfréntalo!

Es cierto: aquí te espera la mejor parte de ti mismo. ¡Búscala!

Es cierto: entre todos nos será posible reconstruir los valores que parecen irremediablemente perdidos. ¡Ayúdanos! ¡La Conspiración de la Gracia te necesita!

Te quiere,
Tu hija.

–Es tiempo de encontrar cuanto antes la casa del alquimista y rescatar el cofre –le dije a Anancestral, refiriéndome al cuarto mensaje–. Además, debo buscar a una persona llamada María para entregarle la carta para papá. Según me escribe, la mujer llevará un pájaro negro en el hombro.

Anancestral sonrió, pero no dijo palabra.

Estábamos a algunos metros del grupo de reconstrucción donde Jurek y Marysia seguían clasificando piedras por colores y tamaños.

En ese momento, un perro negro de piel lustrosa y ojos inteligentes se nos acercó moviendo la cola como demostración de alegría y reconocimiento.

Anancestral le acarició el lomo y, dándole palmadas, le preguntó:

–¿Cómo van esos ánimos, amigo? ¿Te dio mucho trabajo encontrarnos?

Lo reconocí enseguida: era el perro del prestidigitador; me causó gracia ver a mi doble esperando una respuesta.

–¿Conoces a su dueño? –le pregunté a Anancestral con gran curiosidad.

–¿Lo viste en la Ciudad del Miedo? –respondió con otra pregunta.

–Sí... –dudé–. Es decir, no sé si se trata del mismo perro.

–Y del mismo mago –completó, risueña, mirando una hormiga que avanzaba con una hoja a cuestas–. Obsérvalo con atención cada vez que aparezca, no puedo decirte de quién se trata. Lo sabrás cuando él decida revelártelo. Es un protector, al igual que su perro. A propósito, ¿la viste a "ella", allá, en la ciudad del miedo? –preguntó, haciendo un gesto de magnificencia.

–¿A quién? ¿A Cibeles?

–Sí, te habrás dado cuenta de que es una de las formas que adopta la Madre Tierra. Suele aparecerse por aquí. ¡Se trata ni más ni menos que de la fuerza de la naturaleza! ¡Si vieras a los estúpidos ejércitos de ocupación dispararle como si vieran al mismísimo demonio, parapetados detrás de sus jeeps!

–Por supuesto –dije–, las balas ni siquiera la rozan.

Anancestral tuvo un repentino ataque de risa:

–Cibeles pasa imperturbable y magnífica. A veces ríe con ganas y apura a los leones, desconcertando más y más a los bravos soldados, tan valientes y tan ignorantes de las fuerzas de la vida. ¡Las balas no pueden con ella, tampoco los carteles de propaganda ni las hamburguesas!

Me eché a reír con ella.

–Me dijeron –dijo en voz baja, más calmada– que en la Isla del Amor están los misterios de la fuerza femenina. Si todo sale bien, iremos allí.

Yo no sabía si ponerme contenta o salir corriendo. Era evidente que estaba embarcada en un largo viaje. ¿Y si estuviera soñando? ¿Cómo darme cuenta? Me pellizqué disimuladamente, tal como había escuchado que debía hacerse. Pero fue inútil, no me desperté.

De pronto el perro comenzó a saltar y a ladrar, dando rápidas vueltas a nuestro alrededor.

–Parece que quiere decirnos algo –dijo Anancestral mirándolo cariñosamente.

–Estemos atentas.

Anochecía sobre Varsovia y el cielo tenía un increíble color turquesa cuando apareció la primera estrella. El grupo de reconstrucción seguía trabajando. Se iluminaban con faroles dispuestos estratégicamente. Era evidente que no iban a interrumpir las tareas por nada del mundo; su disciplina y concentración era admirable.

El perro se apaciguó, ovillándose tranquilamente al lado de nosotras.

–¿Qué haremos? –le pregunté a "Ana" señalando a los reconstructores–. Seguramente tus amigos pronto vendrán a buscarte.

–No te preocupes por eso. Piensan que estoy en otro sector, con otro grupo. De todos modos, esta tarea que tenemos por delante debemos hacerla solas. Es una búsqueda personal y contamos con otras ayudas, como bien decía el sobre.

–¿Por dónde empezar? –nos preguntamos, hablando las dos al mismo tiempo.

Teníamos pocos datos. Convinimos en que, en esas circunstancias, la acción sin dirección definida era una pérdida de energía. Nos pusimos de acuerdo en que era preciso aquietarse, estar atentas, observar las señales. Era un momento de pausa y de cuidadosa espera. Un silencio extraño se instaló entre nosotras...

"Yo soy la Ana presente", me dije, mirando el cielo de Varsovia, que ya era azul profundo. El tiempo se había detenido, sólo se escuchaban los grupos de reconstrucción taladrando el silencio insondable que siempre precede a los grandes acontecimientos.

–Soy Ana del tiempo presente, soy Ana del tiempo presente –repetí varias veces mientras Anancestral me miraba con curiosidad. Finalmente, no aguantando más la risa, me preguntó:

–¿Te pasa algo?

–No-no –balbuceé, encogiéndome de hombros–. Es decir, sí. En realidad no sé qué decirte.

Ya no se podía distinguir en la penumbra la entrada a la caverna de donde había llegado. Pensé: no tengo más alternativa que quedarme aquí, mejor no pregunto nada. Las dos Anas nos sentamos sobre el empedrado de la antigua plaza, y nos apoyamos contra el muro reconstruido de una casa muy antigua. Un tenue resplandor, proveniente del área de los trabajos, iluminaba apenas el rostro de Anancestral. Éramos idénticas, como dos perlas del mismo quilate. ¡Qué escena para contarles a mis amigos!, me dije mirando al perro negro que dormitaba plácidamente entre ambas, sacudido a veces por estremecimientos acompañados de leves quejidos.

–Está soñando... –susurró Anancestral.

–¿Sabes, por casualidad –aproveché para preguntarle mirándola a los ojos–, si nosotras también estamos en un sueño?

"Ana" no me contestó. Temí haberla ofendido, pero yo realmente necesitaba más respuestas.

Miré distraídamente la cuerda dorada que pendía de mis manos, era una línea sutil y segura que iba hilvanando todos los acontecimientos. Y vi que quedaba un solo nudo para desatar... ¡El último!

–¡Claro que no estás en un sueño! –contestó Anancestral repentinamente–. ¿O crees que nuestro encuentro es fortuito, obra de la casualidad? ¡Teníamos que encontrarnos! Tú eres mi futuro, mi certeza de eternidad. Una y mil veces pedí al cielo una prueba, una evidencia, una señal de que mi sospecha... era verdad.

–¿Qué sospecha?

–La de que la muerte no existe, que nuestra vida se prolonga hacia el infinito, hacia adelante y hacia atrás. La sospecha de que el tiempo no es una línea recta sino una espiral. Por momentos creemos girar en círculos, repitiendo gestos sin sentido, una y otra vez, siempre lo mismo. ¿A ti no te ha sucedido acaso?

–Sí, sí –me apresuré en contestar.

–Entonces... en el momento menos pensado, se produce el salto de nivel. Vamos hacia arriba y pasamos a otro círculo donde somos instruidos para afrontar nuevos desafíos.

La observé detenidamente: sus ojos azules brillaban con destellos apasionados; sus palabras tenían tanta certeza, vibraban con tanta fuerza. Llevaba al cuello una cadena de plata que sostenía un colgante ovalado. Lo miré con atención. Se trataba de una piedra: ¡ámbar! Un resplandor más intenso, proveniente de los faroles del campamento, iluminó su rostro.

–¿Quién eres, finalmente? –le pregunté a mi doble.

"Ana" me miró con dulzura y, acariciando suavemente al perro negro, dijo:

–Soy lo mejor de ti misma, soy la esencia que lograste recuperar después de haber soltado el dolor de nuestra historia. Soy tu fuerza interna... Después de llorar las lágrimas detenidas de nuestros ancestros, abriste tu corazón sin reparos. Liberaste todos los "no pudo ser", los tuyos y los de ellos. ¿Te das cuenta?

A medida que Anancestral iba descubriéndome los misterios, sentí que algo crecía en mi interior.

–Al desatar la parte dolida del pasado –siguió diciendo–, aparecí yo, tu fuerza ancestral. Siempre sucede: hay en nosotros, los humanos, virtudes, talentos, extraordinarias herencias que corren por nuestras venas sin que lo sospechemos.

Ya no tenía dudas: la Anancestral, la Ana del mameluco y ojos encendidos, la que reconstruía la historia y tenía ahora la misión de encontrar la casa del alquimista... era mi parte más valiosa.

Recordé la extraña sensación experimentada al pasear por estas mismas calles con mi padre. Volvió a mí la imagen fugaz del prestidigitador y el vuelo de la golondrina sobre aquel edificio que tenía una fecha grabada en la piedra.

Siguiendo un impulso, me levanté y miré el frente de la casa. Estábamos apoyadas en una pared de piedra con cuatro ventanas... que tenía grabada una fecha: ¡1945! ¡Era la misma casa que había observado con detenimiento cuando estaban por llegar los panqueques de frambuesa, en esa ahora lejana Varsovia!

Hay lugares que nos pertenecen por herencia, pensé. Cuando pisamos sus viejos empedrados se despiertan en nosotros recuerdos atávicos.

–¡Es muy bueno recorrer los sitios de nuestros antepasados! –dijo Anancestral, sonriendo–. Pueden pasar cosas extrañas, al poco tiempo...

La miré con curiosidad. ¿Estaría leyendo mis pensamientos?

Anancestral sonrió comprensiva.

–No soy una reencarnación –dijo–. No soy una antepasada, ni un fantasma, ni una extraña aparición. Soy tu fuerza interior, la fuerza que late en tu historia. Vivo en tus genes, sólo que ahora puedes verme. Yo también te esperaba: tú eres para mí la materialización de mi futuro y gracias a este encuentro misterioso... ¡puedo verte! ¿Entiendes ahora por qué?

–Hablas como una alquimista.

–Es que ellos conocen este misterio, Ana.

–¡Vale la pena conocerlos!

–Me han contado que conocen el poder de la oración para transmutar el plomo –su parte burda, densa, trabada– en oro, en libertad, en crecimiento... ¡en esplendor!

–¿Cómo? –le pregunté sorprendida–, ¿tú no los conoces?

Anancestral no me contestó, siguió hablando:

–Los alquimistas saben que somos criaturas de Dios, únicos, irrepetibles, y que venimos al mundo con la tarea de continuar la obra del Padre, la Creación.

–¿Eres parte de la Conspiración? –pregunté tímidamente, ante lo que ya era obvio.

–Por supuesto. Y haz memoria, Ana. Hay un curioso antepasado en nuestra historia, quiero contarte algo acerca de él.

En ese momento recordé a la maga Henny y a aquel pequeño pueblo del Brasil, a orillas del mar, donde la había conocido. Con ella compartí una de las experiencias más increíbles de mi vida. La de viajar de regreso a través de las historias de mis antepasados hasta llegar a la quinta generación, y encontrar allí a un ser de ojos negros, encendidos como carbones, dueño de una historia apasionante y misteriosa, esperándome.

–Mikael Kowski... –dije.

Anancestral comenzó entonces a relatarme la increíble historia de nuestro ancestro. Me sorprendió enterarme de detalles absolutamente desconocidos para mí. Mikael Kowski fue escultor, artista, militar y diplomático. Su talento de escritor lo llevó, en años de su primera juventud, a publicar con éxito varias obras que inclusive fueron premiadas. Luego de una vida intensa, dedicada a las letras, repentinamente, sin que nadie comprendiera por qué, Mikael dejó Varsovia. Se convirtió al islamismo y adoptó un nuevo nombre: Mehmet Sadyk Efendi. Llegó a ser el hombre de confianza del sultán Abdul Medzid Khan. Se instaló entonces en un hermoso palacio de Estambul. Por sus patios rodeados de fuentes y por sus habitaciones tapizadas con fantásticas alfombras turcas, desfilaron todos los poetas, los actores, los pintores, los viajeros y los peregrinos que habían tenido noticia de la protección y el refugio que Efendi ofrecía a los artistas. Lo cierto es que su palacio se transformó en una leyenda. El sultán encomendó a Efendi todo tipo de tareas secretas, que nunca fueron muy claras. Cuentan sus contemporáneos que el misterioso personaje había entronizado, en un lugar de honor de su gabinete, la Biblia, el Corán y el Talmud. Luego de pasar herméticos años en Turquía, Efendi regresó a occidente, más precisamente a Kiev y se convirtió a la religión cristiana ortodoxa.

–Como te habrás dado cuenta –dijo Anancestral–, Mikael pasó entonces por tres religiones: la católica, la mahometana y la ortodoxa.

Una incipiente sospecha me estaba dando vueltas.

–Acaso Mikael Kowski –le pregunté a Ana en un susurro–, o Efendi, como quieras llamarlo... ¿estuvo también en la Conspiración?

–Era alquimista –contestó Anancestral con ojos intensos–. Ya sabes que todos ellos fueron y serán siempre Conspiradores. Saben demasiado y, lo que es más importante, ponen en práctica sus conocimientos y llegan a hacer cosas fantásticas en sus vidas. Tienen informaciones, conocen los secretos de la materia.

–Se conocen a sí mismos...

–Por lo tanto, pueden conseguir los medios.

–¿Medios para qué?

–No sólo para fabricar oro en cantidades...

–Esos alquimistas deben ser muy ricos –interrumpí.

–Cuentan con riquezas incalculables, es cierto. Tienen todos los recursos necesarios para financiar los movimientos de la Conspiración.

–Sin embargo creo que me hablabas de otros medios, Ana.

–Exactamente. Los alquimistas habían llegado, mucho antes de la época de Mikael, a realizar su propia y total transmutación. Ésa era su principal riqueza, no tanto la de fabricar oro. ¡Eran espiritualmente lo más avanzado de su época! Y, ni qué hablar, lo siguen siendo en la nuestra. Efendi, como te decía, vivió un tiempo, en su etapa de poeta y de escritor, en la Ciudad Vieja. Por eso aquí percibiste lugares extrañamente familiares. Adivina quién era su maestro...

–¿Amir El Alquimista? –aventuré.

Anancestral asintió.

–Todo forma parte de una sola y continuada historia, de un solo camino. Efendi era alquimista y Amir fue su principal maestro. Cuando llegó a Turquía, tenía instrucciones precisas, tareas que realizar. Oriente y occidente están íntimamente relacionados en los caminos de la alquimia y de la Conspiración. La alquimia árabe, la hindú, la egipcia, la china, la hebrea, la cristiana de los primeros siglos, la medieval de la

Europa cristiana nunca estuvieron separadas: forman parte de un camino espiritual único y continuado. Buda, Mahoma, Abraham fueron extraordinarios maestros, avataras, guías espirituales, grandes alquimistas.

–Ana... –la interrumpí asombrada–. ¿Cómo sabes todo esto?

Sonrió con infinita paciencia.

–A medida que descendemos a nuestras profundidades vamos descubriendo informaciones, fuerzas, potencias.Yo soy tu parte aún no concientizada, tu reserva energética, tu energía dormida que debe despertar para la acción. Y tú –dijo, mirándome con ternura–, ¡tú eres mi oportunidad de existir! Ambas nos necesitamos: yo soy tu parte sabia y fuerte, que asciende a tu conciencia. Tú eres mi parte concreta, el presente... ¡Tienes realidad, capacidad de realización! Tienes cuerpo, respiración, tacto, olfato, vista, oído. ¿Te das cuenta de esta maravilla?

–Ahora se van atando los cabos sueltos –dije–. Hay otros como yo, ¿verdad?

–Todos los que son llamados a través de los sobres tienen ancestros que pertenecieron a la Conspiración de la Gracia. Aquellos que se sienten diferentes, que tienen una extraña nostalgia y sed de conocimientos, que buscan atravesar una barrera sin comprender muy bien por qué... son detectados y convocados, uno por uno, e invitados a participar de la Conspiración.

–¿Y qué hay de los demás?

Anancestral sonrió con tristeza.

–Siempre hubo y seguirá habiendo, en las culturas de todos los tiempos, seres mecánicos, repetitivos, estructurados. Seres que temen abandonar la mentalidad de la masa, de la mayoría. Coexisten con otros que vibran en frecuencias distintas, independientemente del medio, de las oportunidades, de los padres. Parece ser que esta inclinación a ser diferentes también se transmite por parte de remotos antepasados que, por supuesto, ni siquiera conocemos.

–Sin embargo –protesté–, todos somos iguales.

Anancestral negó con la cabeza.

–Los seres humanos no somos iguales –dijo–. Depende de a qué fuerzas entregamos nuestra vida, depende de qué hacemos con nuestras energías, depende de cuánto trabajamos por nosotros mismos. Depende de nuestra fuerza interior, que sólo puede despertar si vencemos al dragón del miedo.

Nos quedamos unos instantes en silencio. Sentí que necesitaba asimilar poco a poco toda esa información.

–¿Conoces la existencia de los ciclos de cambio de energía? –dijo, de pronto, Anancestral.

–No tengo idea –le contesté, intrigada.

–En algún momento de nuestra vida, algo o alguien abre la puerta... ¡y comienza el descenso a nosotros mismos!

De pronto, el perro negro se despertó y comenzó a olfatear el aire con insistencia: un movimiento extraño alteró la labor de las brigadas de reconstrucción. Unos diez o doce vehículos militares, camiones y jeeps, habían estacionado en hilera. Y de ellos descendían rápidamente hombres vestidos con uniformes de época, armados hasta los dientes.

–Documentos –les ordenaron a los amigos de Anancestral, empujándolos brutalmente contra una pared.

–Tenemos autorización del gobierno –decía Marysia mostrando un papel con sellos y firmas–. Nos permiten operar en ese sector de la Ciudad Vieja.

De pronto vi lo que temía: Mara, vestida con uniforme de combate, descendió soberbia y autoritaria de uno de los jeeps, acompañada por su infaltable Roger.

–¿Dónde está la que los organiza? –preguntó a Marysia, ofreciéndole un cigarrillo con sospechosa amabilidad.

–No, gracias –respondió la joven rechazando el cigarrillo–, no fumo y no sé de quién me habla: le anticipo que nuestra organización es comunitaria. Éste es un movimiento espontáneo que no responde a intereses políticos; somos voluntarios y estamos reconstruyendo nuestra ciudad.

–Y a mí qué me importa todo eso –dijo Mara echando una bocanada de humo en la cara de Marysia.

–Ven con nosotros –sugirió Roger, empujando a Marysia para amedrentarla–. Conversaremos un rato. Sólo tienes que decirnos dónde está tu jefa, tal vez recuerdes a Ana.

Sentí que se me helaba la sangre. Estaba corriendo un gran peligro: mi rostro y el de la persona que estaban buscando eran el mismo. ¿Quién me creería que yo venía del futuro?

Roger agarró de un brazo a Marysia y, arrastrándola, la subió al jeep. Mara y dos ayudantes también ocuparon el vehículo. Antes de partir a toda velocidad, Mara ordenó:

–¡Despliéguense por toda la zona, caerá tarde o temprano!

"Ana" y yo, acurrucadas contra la pared, iguales como dos gotas de agua, con el perro negro dormitando nuevamente a nuestros pies, nos miramos en la penumbra.

–Calma... –susurró Anancestral–. Éstas son las señales que estábamos esperando. Los peligros, las adversidades, las coartadas son oportunidades. Junto con ellas viene una ayuda extraordinaria. El cofre del alquimista debe tener informaciones muy valiosas y muy relevantes, para provocar semejante despliegue.

–¿Qué le ocurrirá a Marysia? –pregunté, angustiada.

–Todo va a salir bien –contestó Anancestral–. No te preocupes: Marysia tiene técnicas y recursos poderosos para estas eventualidades, ella también está en la Conspiración y tiene su entrenamiento.

Pero yo estaba aterrada, un sudor frío me corría por la espalda.

–¿Cómo haremos ahora –dije– para encontrar la casa del alquimista?

–No te preocupes, de alguna manera llegaremos hasta el lugar que buscamos –me contestó Anancestral mirándome con mis propios ojos celestes.

El perro negro se despertó en ese instante, como obedeciendo una orden inaudible. Yo me sentía perdida: desde lo racional, todo era absurdo, ilógico, peligroso. Esto de esperar una señal, sin punto de referencia alguno, era demasiado angustiante para mí.

En cambio, pensé, al borde de las lágrimas y deseando volver a casa, Anancestral, Ana del mameluco, estaba tan segura... No tenía miedo, no se alteraba ante la incertidumbre. Pedí con fuerza, con todo mi corazón, a quien estuviera escuchando, poder ser como ella, que era mi único apoyo en este laberinto en el que estaba metida por elección propia. Por lo menos me reflejaba como en un espejo, aunque mis actitudes distaban de tener la fortaleza, la integridad, la calma de mi parte sabia. Soy una especie de gelatina temblorosa, pensé en ese momento. ¡Qué lamentable!

–¡Soy tú! –exclamó Anancestral al verme temblar y musitar oscuros pensamientos llenos de miedo–. ¡Despierta! ¡Anímate por fin, asume quién eres, toma tu propia fuerza, confía, deja de pensar! Lo que estás viviendo no encaja en ningún casillero. ¡Entrégate! ¡Abre tus brazos y vive la experiencia! –decía con sus ojos idénticos a los míos pero encendidos de fervor–. La mayoría de las personas no se anima a ser quien es. Pero tú lo estás averiguando, te estás encontrando con tu parte extraordinaria, la estás viendo. ¿Y aun así temes, te disminuyes, dudas...?

Yo la escuchaba, y sabía que tenía razón. Estaba furiosa conmigo misma, temí que Anancestral regresase con las brigadas de reconstrucción desilusionada de mí, de la cómoda Ana del vuelo 377. Y entonces, ¿qué haría yo?

–¡Te esperan maravillas! –continuó–. No te conformes con los miedos que opacan la vida.

–Qué curioso –le dije–: opinas igual que el gato de mi papá –la miré, avergonzada de mi reacción de pánico. Respiré profundamente y visualicé la imagen de la Virgen Negra, que tantas veces había sostenido a mi madre y a mi abuela–. Madre –dije en un susurro–, ayúdame...

Mi corazón parecía querer salírseme del pecho. Entonces, algo extraordinario sucedió. Unos brazos invisibles y conocidos me envolvieron y aquietaron la pelea, la increíble pelea con la mejor parte de mí misma. Me abrazaron, me acunaron, me arrullaron... y una voz muy suave dijo claramente en mi oído:

–No temas ...

Desde ese día, sé con certeza que cada vez que llamo a la Virgen Negra, al instante se hace presente.

–¡Por aquí! –indicó Anancestral avanzando en la calle oscura detrás del perro negro. El animal se había puesto en marcha, y se dirigía hacia un tenue resplandor serpenteante entre las paredes de los antiguos edificios.

–¡Vamos –me instaba Anancestral–, no sueltes el hilo por nada del mundo! El cordón de la gracia nos une al cielo. Avanza tranquila, nada puede sucedernos. No pierdas esta oportunidad.

Creo que también ella había comprendido mi poca resistencia a tanta valentía. Después de todo, yo había llegado recién de la Ciudad del Miedo. Apreté en mis manos la cuerda y seguí a Anancestral. Por fin había descubierto lo que siempre estará en juego, en ese sitio o en cualquier parte del mundo: la fe.

Adelante, moviendo la cola de felicidad, trotaba el perro negro.

Mirándolo, Anancestral dijo:

–No debemos perderlo de vista, los animales conocen los secretos más insondables de los mundos naturales y sobrenaturales.

Seguimos obedientes al perro negro, como si supiéramos a dónde nos estábamos dirigiendo.

–¿Cuál es la reacción más sabia ante lo desconocido? –me preguntó en la penumbra Anancestral.

–El miedo –dije, intentando una broma, aunque temblando al pensar qué haría Mara con nosotras si llegaba a encontrarnos.

–No –dijo Anancestral sonriendo y mirando con ternura al perro negro que trotaba adelante–. La reacción más sabia es la intuición. Si bien es una facultad perdida por los seres humanos, es posible recuperarla con la ayuda de un animal mágico, un colaborador. Él compartirá su habilidad con nosotros desinteresadamente, si se lo pedimos.

Recordé que en los cuentos de hadas siempre había un animal consejero, que además hablaba. También había maestros o magos que con toda facilidad adoptaban forma de perro, de cuervo, de lobo o de gato. Volvieron a mi memoria imágenes de la mitología: Zeus alimentado por un enjambre de abejas y una cabra, Rómulo y Remo amamantados por una loba. Pensé en Casandra, quien recibió de una serpiente el don de la profecía, y en Ganesha, el dios hindú con aspecto de elefante. Ahora tenía delante de mí uno de esos animales mágicos, de carne y hueso.

–¿Quién es el perro negro, Ana? –pregunté, deteniéndome bruscamente con recelo.

Ante mi cara de desconcierto, Anancestral sonrió divertida.

–Es un amigo –dijo, mirándome con ojos burlones.

De pronto, el enigmático perro comenzó a rastrear una señal invisible...

La reconstrucción

Seguimos caminando los tres en rara procesión. Adelante, el guía, el perro negro; más atrás, Anancestral, enfundada en el mameluco azul de las brigadas de reconstrucción; luego iba yo, sosteniendo con fuerza el cordón de la gracia.

Era necesario ignorar a los guardias de Mara apostados en cada esquina. Ellos tampoco parecían vernos, ya que miraban en otra dirección cuando pasábamos a su lado.

¿Qué encontraríamos en la casa de Amir? ¿Información? ¿Un cofre negro con quién sabe qué secretos custodiados a través de los tiempos?

De repente me sentí inmensamente agradecida. En realidad, siempre había deseado romper las viejas cadenas de la repetición, de los caminos trillados. Ahora, este deseo se había hecho realidad. Y el hilo dorado que iba uniendo suceso tras suceso, aventura tras aventura, tenía una dirección secreta y me conducía a un destino todavía desconocido. Presentí algo espléndido esperándome en el camino. ¿Sería un gran amor? La sensación que estaba experimentando se parecía a una palabra que todavía no me animaba a pronunciar en voz bien alta.

–Felicidad –susurré–, ¿es posible que existas?

Un pájaro negro cruzó el cielo volando en la misma dirección hacia donde nos dirigíamos.

Anancestral vio la señal y dijo:

–Estemos atentas. En alquimia, los pájaros negros señalan la presencia de los adeptos; seguramente estamos cerca de alguno de ellos.

El perro de detuvo...

El pájaro descendió y plegando sus alas se posó sobre el hombro de una persona sentada plácidamente al lado de una fogata de leños crepitantes. Anancestral y yo guardamos distancia hasta tanto las señales nos confirmaran que estábamos en terreno seguro.

Envuelta en una especie de manto, a causa del intenso frío de las heladas noches de Varsovia, una silueta indefinida calentaba sus manos en las llamas. Era una mujer. Giró su rostro hacia nosotros...

Y entonces, en la oscuridad más absoluta, brillaron con un resplandor imposible de olvidar un par de deslumbrantes ojos azules.

–La señal es inconfundible –murmuró Anancestral–. Hemos llegado.

El perro se acercó a aquella mujer. Era evidente que estaba muy alegre de reconocerla. Se acurrucó a sus pies, y yo tuve la absoluta certeza de haber arribado al lugar que buscábamos.

–María de Varsovia –susurré, emocionada, al darme cuenta de que era la misma mujer que me había entregado el primer sobre en Czestochowa. En ese momento también supe que se trataba de la persona a quien debía entregar la carta para papá. Ella era María, la del pájaro negro.

María sonrió haciendo un gesto para que nos acercáramos.

–Las estaba esperando, las patrullas están imposibles –dijo, sonriendo como si el pájaro en su hombro, las dos Anas que estaba viendo y el perro fueran lo obvio y esperado en esa oscura noche de cuarto menguante en Varsovia de 1945.

–¿Cómo va el ritmo de las obras? –le preguntó María a Anancestral con familiaridad, como si la conociera desde tiempo atrás y estuviera al tanto de todas sus actividades y proyectos.

–Casi terminados –respondió "Ana"–. La ciudad será reconstruida íntegramente y nadie podrá notar la diferencia entre la Varsovia actual y la que fue destruida por las bombas. ¡Nuestra memoria ha quedado intacta!

La expresión de alborozo de María era tan deslumbrante y magnética como la que me había encandilado en Czestochowa. Recordé cómo me había entregado el sobre negro y cómo me había conducido rápidamente hacia la salida de la iglesia, escapando milagrosamente de la persecución de los guardias.

–¡Eres parte de la Conspiración! –dije a María–. Voy comprendiendo algunas cosas, aunque francamente me cuesta adaptarme a esta capacidad que estoy viendo en ustedes de pasar de un tiempo a otro.

–En primer lugar –dijo María dulcemente–, tú también formas parte de la Conspiración, formas parte desde mucho antes de haber recibido el sobre... Por eso fuiste una de las destinatarias. Todos los que, en algún momento, dudamos de eso que otros aceptan como "realidad", comenzamos a ser Conspiradores en potencia. Conspiramos al percibir una gigantesca mentira colectiva que nadie se atreve a cuestionar abiertamente. ¿Que ha pasado, chiquita, en tu mundo de fin de siglo? ¿Se han quedado sin Dios? ¿Ya no creen en los milagros? ¿Han espantado a los gnomos y a las hadas?

No supe qué contestar. María sonrió y siguió hablando:

–Pero no tengas dudas... ¡Recuperaremos el mundo mágico de nuestros ancestros! Es un mundo que nos pertenece, no hay por qué renunciar a él. Al mismo tiempo, conservaremos las actuales conquistas. ¿Te das cuenta, pequeña, de cuál es nuestra Conspiración?

María me miraba con ojos de una transparencia perturbadora.

–¡Los seres dormidos establecieron por decreto un mundo –dijo– donde la razón es el Dios absoluto! Las hadas, los gnomos, los ángeles fueron reducidos a personajes de cuentos para niños. –¡Ah!, pobres criaturas. Es preciso, por varios, varios motivos, reconstruir los laboratorios alquímicos.

–Pero solos nos será difícil –dije.

–Debes saber que los Conspiradores no actuamos solos, los mundos sutiles conspiran con nosotros. Nosotros sabemos cómo comunicarnos con los seres de la naturaleza y contamos con su colaboración total.

María acarició al perro negro que, si no me equivoco, murmuraba algo entre dientes...

–Te diré que la señal infalible para distinguir a un Conspirador de un ser dormido es la mirada –sonrió María, divertida–. El Conspirador tiene fe, se atreve a soñar... ¡es libre! A ti te reconocí en nuestro primer encuentro. Tenías el signo, la señal... lo vi en tus ojos y no me equivoqué: eres una de las nuestras en potencia, amas el Misterio. Tu camino recién comienza, descubrirás maravillas, te sorprenderás más y más, ya lo verás.

–Y lo que te pregunté acerca del tiempo...

María me miró con comprensión.

–¿Qué importancia tiene, Ana? –dijo, acariciando al perro, que la miraba embelesado–. El tiempo es sólo una convención, no existe. Podemos viajar hacia el pasado para recuperar partes nuestras; o hacia el futuro, para cambiarlo.

Anancestral, Jurek y Marysia miraron el cielo y señalaron la luna. María comprendió, y dijo:

–Tienes razón, ya es cuarto menguante... La luna, la señora del tiempo, nos está diciendo algo. ¡Manos a la obra!

Desplegó inmediatamente un plano amarillento y arrugado. Al acercarnos a la fogata, vimos sobre el antiguo plano la fachada de una casa dibujada con trazos medievales. Era la casa de Amir El Alquimista.

Se trataba de una hermosa residencia de estilo tradicional, similar a las construcciones varsovianas del siglo XII o XIII. Tenía dos plantas y se veía claramente un subsuelo a través de las dos pequeñas ventanas que se abrían en el nivel de la acera.

–La ventana redonda es para ver las realidades sutiles –aclaró María de Varsovia–. La cuadrada es para ver la realidad material, nunca lo olvides.

La entrada tenía nueve escalones y una arcada de acceso sostenida por dos columnas, una negra y otra blanca. Sobre la puerta se veía claramente un óvalo con una imagen de la Virgen Negra.

–El frente de la construcción tiene cuatro ventanas en hilera en lo que sería la primera planta –aclaró Marysia–, y cuatro en la segunda.

–Es la señal inconfundible de que los moradores pertenecían a la aristocracia de la época –dijo Jurek.

Mientras permanecíamos sentadas en el lugar de acceso, del cual aún quedaban restos de los primeros tres peldaños de la escalinata, percibimos ruidos extraños provenientes del subsuelo. Era como un suave deslizar de piedras...

María vio mi mirada ansiosa, y sin esperar la pregunta acotó:

–Las obras ya empezaron en el subsuelo. Allí está el laboratorio de Amir y el trabajo es sumamente delicado. Reconstruir todo en su estado original, piedra por piedra, requiere de la intervención de expertos.

No me atreví a hacerle la pregunta, pero mi curiosidad era torturante. ¿Quiénes estarían haciendo el trabajo? ¿Quiénes eran los expertos? Los sonidos eran suaves, no se escuchaban golpes ni ruidos agresivos.

El comentario de María sobre los Conspiradores había quedado resonando en mis oídos... "los mundos sutiles conspiran con nosotros".

–Cuando suba el grupo del subsuelo, será nuestro turno –dijo María.

Anancestral tomó el plano y comenzó a estudiarlo:

–Aquí está la planta baja con su hall de entrada, el primer piso con el comedor, los servicios y los salones de música y tertulias. En el segundo piso están los dormitorios y los salones privados. En el subsuelo está el laboratorio secreto del alquimista.

Los escombros dejados por las bombas eran una mezcla de piedras de distintos tamaños y trozos de molduras. No podía imaginarme cómo con esos elementos fuera posible reconstruir algo. Mi inquietud y mi curiosidad aumentaban.

–¿Quiénes estarían trabajando en el subsuelo? –me pregunté, sin poder imaginarme la respuesta.

Cada tanto pasaba un jeep de las patrullas de Mara, se diría que no nos veían por alguna misteriosa razón; era imposible que varias personas sentadas alrededor de una fogata, un perro y un pájaro negro, en esa enigmática noche de Varsovia, no llamaran la atención.

Observé con curiosidad al pájaro negro, evidentemente era un cuervo. Era negro, tan negro que apenas lograba distinguirlo en esa oscura noche de 1945, con las patrullas de ocupación ululando amenazadoramente en las calles de la Varsovia de mis ancestros. Estaba inmóvil, como aguardando una señal.

De repente se vieron volar pequeñas piedras provenientes de dos sectores opuestos del gran terreno tapado de escombros. El perro se levantó de un salto y comenzó a ladrar mientras corría de un lado a otro, siguiendo el recorrido de las piedras.

Entonces vi algo increíble. Pequeños seres, que parecían enanitos de cuentos de hadas, eran los responsables de una divertida guerra de escombros que se había desatado en el terreno de Amir El Alquimista. El perro negro participaba entusiasmado de la refriega.

–¿Quiénes son? – pregunté a María, desconcertada.

–Gnomos –explicó con toda naturalidad–, espíritus de la tierra, ya no puedo con ellos. Se enloquecen de alegría cuando regresa el perro negro. Son tan traviesos –continuó, mirando con ternura a los gnomos ya totalmente descontrolados–. Lo estaban extrañando –dijo, como justificándolos.

Noté que las llamas de la hoguera se elevaban y descendían en forma intermitente.

–¿Qué sucede con la hoguera, María? –pregunté.

–Son las salamandras, los espíritus del fuego –acotó–. Quieren hacer notar su presencia.

Era cierto: las llamas chisporroteaban como animadas por vida propia.

–Sí, tranquilas –les susurró María a las llamas con total concentración–, encenderé el atanor no bien esté listo el laboratorio.

En ese preciso momento pasó una bandada de golondrinas...

–¿Vuelan de noche? –preguntó Anancestral muy divertida.

–No tienen horario. Son golondrinas mensajeras que responden a las órdenes de los ángeles. Ya sabes, los pájaros hablan su mismo lenguaje, su paso avisa que se acerca algún renacimiento, algún cambio... o bien señala la cercanía de una hueste angélica.

–¿Cuál es ese lenguaje? –pregunté intrigada.

–¿El lenguaje de los ángeles? –María me miró divertida–. Ya te lo enseñará Amir El Alquimista.

De pronto recordé el primer mensaje recibido en casa de papá y me di cuenta de que parte del indescifrable texto ya era comprensible: la Ciudad del Miedo, el dragón...

–¿Es ésta la Ciudad Atribulada? –pregunté a María casi gritando.

–Shhh, calla, podrías llamar la atención de las patrullas de Mara. Sí, ésta es, exactamente.

Mientras tanto, los gnomos habían organizado dos bandos y, parapetados detrás de los escombros, jugaban una guerra de piedrazos. El perro corría enloquecido, ladrando cada vez más fuerte.

–¡Basta! –dijo María dispuesta a intervenir enérgicamente–. ¡Esto se acabó!

De pronto imperceptibles señales comenzaron a alterar la escena, que hasta ese instante era un jolgorio de perro y gnomos. Una brisa suave avivó el fuego, acarició los blancos cabellos de María y levantó el borde de su manto negro, que ondeó suavemente. Un tenue resplandor comenzó a cubrir un sector de las ruinas. Entonces, se hizo un profundo silencio. El perro dejó de ladrar, los gnomos desaparecieron.

–Son ellos –dijo María mirando en dirección al Este.

Los ángeles

Eran jóvenes, observé, casi adolescentes... Aparentaban no tener más de veinte años. Formaban un grupo bastante numeroso. Salían en orden por una especie de puerta que comunicaba con el subsuelo. Todos iban vestidos con mamelucos azules, a la usanza de los grupos de reconstrucción. Pero tuve la certeza de que no eran precisamente de las brigadas. Se acercaron sonriendo a María como si la conocieran desde hacía mucho tiempo. Uno de ellos cruzó su mirada con la mía y en ese momento ya no tuve dudas, una fracción de segundos fue suficiente. Esos ojos profundos, calmos, puros, que traspasan el alma, sólo podían ser los de un ángel. No tenían alas, su aspecto era humano, con ese aire indefinido propio de los adolescentes, porque es bien sabido que los ángeles no tienen sexo.

–María, el laboratorio está terminado –dijo con voz armoniosa uno del grupo y, mirándonos, añadió–: Veo que los tiempos están perfectamente sincronizados, han llegado las personas que estabas esperando. Nosotros estamos listos para continuar la tarea.

Volviéndose hacia nosotras con una aristocrática inclinación de cabeza y una sonrisa en los labios, el ángel musitó un dulce... "¡Bienvenidas!".

Sabía, por las descripciones de los libros sagrados que eran hermosos, jóvenes, de miradas de cielo, subyugantes. Pero la presencia real de los ángeles era tan deslumbrante que Anancestral y yo sólo atinamos a responder al saludo inclinando la cabeza sin poder emitir palabra. Su humildad y refinamiento eran tan conmovedores que, más allá de la curiosidad de verlos, el placer de tenerlos cerca sobrepasaba cualquier expectativa.

Se comunicaban telepáticamente, pero de esto recién me di cuenta más tarde. Se diría que provocaban un estado alterado de conciencia, dentro de lo que ya era una experiencia extraordinaria.

Percibí que los ángeles armonizaban naturalmente lo que los rodeaba, elevando todas las vibraciones hasta sus más altas frecuencias. Ellos, a su vez, deberían disminuir su voltaje para poder moverse en un medio tan denso como el de la tierra. ¿Sería debido a esta adaptación obligada que no se veían sus alas?

Me sentí extraordinariamente liviana, casi etérea, cuando nos levantamos y comenzamos a acomodar las piedras para reconstruir en conjunto la casa de Amir, el Alquimista.

–Ellos conocen de memoria cada rincón –susurró María a mi oído–. Los alquimistas trabajan con ángeles en forma permanente, por eso logran maravillas.

No hablábamos, pero si había que hacer algún comentario, naturalmente la voz salía en un susurro. A veces la mano de un ángel rozaba la mía al acomodar una piedra o ajustar una ventana. Sentía entonces un calor intenso que recorría todo mi cuerpo como una corriente de fuego. La alegría era indescriptible, el trabajo se realizaba a toda velocidad, sin dificultades. Todo fluía...

Creo que ellos también disfrutaban de estar con nosotros. Sé que nos aman profundamente y, cuando se los invoca para alguna tarea –como seguramente lo habría hecho María–, se sienten aún más felices de lo que son por esencia. Su estado natural es de bienaventuranza y paz absoluta. Estoy segura de que ninguno de sus movimientos era casual, todo en ellos tenía un sentido y una armonía perfecta.

–Los ángeles no saben qué es un conflicto –dijo de pronto Anancestral, pasando a mi lado–. Aprenden al estar en contacto con los humanos. Nosotros, en cambio –aclaró, mientras seguía acomodando piedras–, aprendemos de ellos a tener la inmutable paz angélica. Su tarea principal es protegernos y evitar en lo posible que nos involucremos en problemas. Y no siempre lo logran...

–A veces son enviados en misión especial –deduje–. Como en este caso, para reconstruir la casa de Amir.

El perro vigilaba la entrada y el pájaro negro desapareció de mi vista, tuve el presentimiento de que estaría en el laboratorio; después supe que era su lugar natural y predilecto: era el cuervo de un alquimista.

También los gnomos iban de acá para allá como ráfagas, acomodando un mármol o una moldura. Los juegos se habían terminado; su obediencia y respeto por los ángeles era absoluta.

Con ayuda de varios gnomos, María adosó una hermosa fuente de mármol a una pared del mismo material. Con un gesto de su mano, comenzó a brotar agua. Caía de un cántaro a otro, llenaba la casa de Amir con un sonido cantarín.

–Ahora sí, estamos todos –dijo María mirando en torno.

Nos reunimos a su alrededor.

–Las salamandras –dijo, señalando el fuego encendido–. Las ondinas –extendió su mano acompañando las ondulaciones del agua en la fuente–. Los gnomos –guiñó un ojo a un grupito de seres diminutos que acomodaban plantas en un rincón de la sala de estar–. Las hadas, reinas del aire –dijo, levantando su mirada, y en ese preciso instante sonaron unas invisibles campanas–. ¡Y los señores del éter!

Observé que uno de los ángeles estaba especialmente atento a mis movimientos y a los de Anancestral.

María de Varsovia inclinó la cabeza, los ángeles respondieron con una reverencia.

–¡Sigamos con las tareas! –dijo la mística.

El ángel que nos prestaba tanta atención se acercaba solícito si había que levantar algún objeto pesado y, a la menor dificultad, acudía de inmediato silenciosamente. En una ocasión, Anancestral y el ángel se quedaron mirándome fijamente mientras yo acomodaba una a una las columnas de mármol de la sala de estar de Amir. Fue sólo un segundo, pero a veces este tiempo es más que suficiente para darse cuenta.

El ángel sonrió dulcemente, nuestras miradas se encontraron. La emoción me nubló la vista, la revelación fue tan perturbadora que sólo atiné a contener la respiración. Me quedé inmóvil. El ángel se acercó en silencio –sus pisadas no hacen ruido aunque suelen dejar huellas. Entonces me envolvió en un abrazo interminable de alas extendidas.

Su voz resonó en mi oído:

–Llámame cuando me necesites, yo vivo para cuidarte. Nada hay para mí más importante que embellecer tu vida. Soy tu ángel de la guarda.

–¿Cómo te llamas? –atiné a murmurar, aún cobijada por sus alas.

Susurró su nombre en mi oído.

–Es secreto, no lo reveles. Sigamos con la tarea de reconstrucción, nuestros encuentros serán cada vez más frecuentes.

Y continuó acomodando una hermosa escultura a un costado de la magnífica escalera de mármol, como si nada hubiese sido dicho entre nosotros.

Anancestral hizo un gesto como para alentarme a seguir con nuestro trabajo. Yo temblaba como una hoja.

–Estos encuentros –le murmuré–, que a veces buscamos con insistencia, suceden en el momento menos esperado.

–Los ángeles –respondió, también en un susurro– muchas veces eligen presentarse en nuestros sueños; es también conveniente estar muy atentos cuando dormimos.

–La fraternidad entre ángeles y hombres será una realidad cotidiana en el próximo milenio –dijo María de Varsovia, mientras colgaba un hermoso cuadro en la pared–. La Conspiración está infiltrando ángeles de luz en todos los estratos sociales. Lo que los ignorantes llaman modas son operativos concretos de la Conspiración para iluminar el mundo con luz de cielo –prosiguió, mirando con ternura a los seres de mamelucos azules.

No sé en qué momento sucedió, pero aparecieron muebles, objetos, cortinas y hasta flores. En un lapso de tiempo indefinido, que según mi percepción ordinaria sería de media hora, la casa de Amir El Alquimista estaba impecable, como si su dueño hubiera salido a hacer alguna compra y regresara en unos minutos.

–Los ángeles están por partir –dijo María en mi oído–. ¡Mira, les han crecido las alas!

De pronto, el ángel que parecía dirigir al grupo levantó su mano hacia el cielo en señal de finalización de los trabajos de reconstrucción. Todos se unieron en oración para agradecer la intervención divina en esa tarea.

Entonces, un susurro suave y sostenido se extendió como un manto. Estábamos en lo que era un amplio salón de la casa de Amir, quizá la sala de tertulias, en el primer piso. Los ángeles se colocaron en círculo. María, Anancestral y yo nos entremezclamos con ellos.

–Padre... –susurró el ángel que había dado la señal del fin de los trabajos.

–Padre de los cielos... –susurraron los demás ángeles.

–Te damos gracias por habernos ayudado en esta misión especial, con tu luz, tu fuerza, tu respaldo. Te damos gracias por habernos rodeado con tu escudo invencible impidiendo las interferencias. Te damos gracias y alabamos, Padre, tu magnificencia. Tres veces santo, aguardamos tu señal para nuestra próxima tarea.

La belleza de la escena hizo correr lágrimas por mis mejillas y no podía ni quería reprimirlas. El momento era inefable, desbordaba hermosura. Era maravilloso poder expresar tanta emoción, tanta alegría ante la perfección. Sentí que mi corazón se derretía.

Un pequeño grupo de ángeles –jóvenes, perfectos, vestidos con sencillos mamelucos azules– agradecían al Padre la maravilla de una obra terminada. Nosotros, los Conspiradores, teníamos la gracia de participar con ellos: nos habíamos atrevido a confiar.

Cerré los ojos, no sé por cuánto tiempo. Cuando los abrí, vi que los ángeles habían partido.

–Bajemos al laboratorio –sugirió Anancestral, tratando de recuperarse de la emoción–. Recuerda el mensaje, es preciso recobrar el cofre.

–¿Dónde se fueron? –pregunté desconsolada, añorando la proximidad de esas presencias silenciosas desde el mismo instante en que desaparecieron.

–A proseguir otras tareas –contestó María–. Jamás pierden tiempo, jamás descansan. Intervienen sólo cuando son necesarios y luego regresan a sus reinos.

Los amé más que nunca por ser tan impecables, tan precisos, tan humildes y tan, tan bellos. No hice ningún comentario, pero tuve la absoluta certeza de que a mis espaldas había desplegado sus alas mi ahora invisible Ángel de la Guarda.

La casa de Amir

A juzgar por los detalles del mobiliario y de la decoración, la casa de Amir era una obra aristocrática. El borravino, con detalles dorados, predominaba en los tapizados y en las pesadas cortinas de terciopelo. Las alfombras orientales cubrían los pisos íntegramente.

–Sin lugar a dudas –dijo Anancestral observando la ambientación–, Amir es una persona de gusto exquisito.

En las paredes, escenas mitológicas y paisajes de lejanos sitios con minaretes y cúpulas se intercalaban en hermosos cuadros con magníficos iconos recamados en oro y plata. El salón estaba iluminado con velas colocadas en candelabros de oro, muchos objetos de cristal de refinado diseño adornaban los muebles. Una deslumbrante estatua de mármol brillaba con destellos satinados desde un ángulo de la sala: era Prometeo ascendiendo a los cielos con las alas desplegadas, en plena exaltación al robar el fuego de los dioses. En otro ángulo, un piano muy antiguo era testigo del gusto de su dueño por la música. Grandes almohadones de seda se encontraban dispersos en algunos sectores de la sala formando pequeños grupos sobre el piso, como si allí hubiera habido invitados provenientes de Oriente, acostumbrados a sentarse sobre el suelo.

Una enorme biblioteca, de madera finamente labrada, estaba atiborrada de libros. Anancestral y yo nos lanzamos ávidamente sobre los gruesos volúmenes; algunos eran manuscritos y otros pertenecían a la época en que ya existía la imprenta. Descubrimos *La Divina Comedia*; el *I Ching*: el *Banquete*, de Platón; la *Metafísica*, de Aristóteles; el *Zohar, el Libro del Esplendor*. Se alternaban con una colección completa de cuentos infantiles: "La Bella Durmiente del bosque", "Blancanieves", "La Cenicienta", "El gato con botas", "El gigante egoísta", "Caperucita Roja", "Barbazul", "Alí–Babá y los cuarenta ladrones". Nos miramos sorprendidas: ¡qué extraño personaje debía de ser Amir El Alquimista! También había libros de poesía y muchísimos otros de arte en la sección de los cuentos infantiles. En otro sector vimos libros de viajes de Marco Polo, en varios tomos. Al lado había un grueso volumen de detalles constructivos, símbolos, plantas y fachadas de iglesias medievales. Vimos varios libros de *Tantra Yoga*, ilustrados con hermosísimos grabados que representaban las más variadas posiciones sexuales, explicadas con líneas de circuitos energéticos.

–Mira –dijo Anancestral con reverencia, mostrándome diarios de viaje del propio Amir: Egipto, Grecia, Turquía...

Un pequeño volumen, *El diccionario de las hadas*, me llamó la atención. También otro diario de viaje a medio terminar, con algunas páginas en blanco titulado *La Capadocia. Astrología, generalidades*, decía otro volumen. *Angelología,* decían varios tomos de Dionisio el Aeropagita. *Plantas y flores sagradas*, *Gnomos, Ondinas y Salamandras*, *Panes del nacimiento.*

Me quedé sin aliento: era la biblioteca más extraordinaria que había visto en mi vida. Había perdido de nuevo la noción del tiempo, cosa que suele sucederme al entrar en una librería o ante la biblioteca de la casa de algún amigo. Por un momento olvidé que estaba en Varsovia, que era el año 1945, que todo era extraño e inquietante. Es evidente entonces, pensé, que mis incursiones en las librerías alteran mi estado de conciencia no bien cruzo el umbral de una de ellas. En todas las etapas de mi vida, necesité siempre un "tiempo de librerías" para seguir viviendo. El placer era igual al que sentía en ese momento y el olvido de todo lo que no fuera el presente era la señal –ahora lo comprendía– de pasar del *Cronos* al *Kairos*. Del tiempo profano al tiempo sagrado.

Anancestral y yo habíamos quedado pegadas a la biblioteca, mientras María, supuestamente, recorría el resto de la casa.

En ese momento se escucharon sonidos de cacerolas y utensilios, como si en la cocina de la casa de Amir alguien estuviera preparando una comida. Se escuchaban risas y un suave murmullo.

–¿Habrá gnomos? –nos preguntamos al unísono las dos Anas–. ¿Serán las hadas?

Me sumergí nuevamente en la biblioteca...

La verdadera historia de Adán y Eva, Los derviches, Templarios - Caballeros alquímicos eran algunos de los títulos.

Reapareció María, con una amplia sonrisa y varios libros en sus manos. Se diría que conocía la casa a la perfección, como si hubiese vivido allí.

–Escuchen –dijo, dirigiéndose a nosotras–, les contaré la verdadera historia de esta ciudad. Varsovia fue cuna de los alquimistas más renombrados de toda la antigua Europa. Por sus angostas calles caminaron grandes maestros con sus selectos discípulos. Este trabajo de reconstrucción se está efectuando en el planeta entero. Lo que en realidad sucede es que estamos construyendo una red que cambiará el mundo en los próximos años. Tiene que ver con la unión de las tres religiones monoteístas, con el resurgimiento espiritual del ser humano, con un cambio colectivo de nivel de conciencia.

Explicó esto como si fuera algo cotidiano, y después desparramó los libros por el piso.

–Ya vengo –dijo y, guiñando un ojo, desapareció nuevamente por un pasillo.

"Ana" y yo nos miramos.

–Ya sabes –dijo Anancestral–: está hablando de la gran Conspiración. Ven, sentémonos en estos almohadones rojos y miremos los extraños libros que trajo María: *Recetas afrodisíacas. Tortas de hadas. Recetas para la alegría. Recetas para sutilizar el cuerpo denso. Condimentos del elemento fuego. Hierbas curativas. Platos principales y postres para agasajar a los gnomos. Platos dulces para compartir con los ángeles.*

De pronto María regresó con una enorme bandeja de oro y plata. Extendió sobre el piso un mantel blanco bordado y, a la manera oriental, distribuyó pocillos de té. En el centro de la tela dispuso una fuente repleta de dulces, tortas y panes recién horneados, todavía humeantes.

Luego distribuyó seis platos formando un círculo; sin embargo nosotras éramos tres –o dos, según se mirase. Sin preguntar a quién estaban destinados los platos sobrantes, tomamos el té de rosas, jazmines y orquídeas acaramelado con miel y paladeamos los dulces más exquisitos y de sabores más extraños que había probado en mi vida.

–Los platos y pocillos vacíos son un gesto de cortesía –explicó nuestra anfitriona–. Las hadas y los gnomos que tanto ayudan en las tareas domésticas se ofenden con suma facilidad si no se los tiene en cuenta. ¡Ah!, pero el peor carácter sin duda es el de los gnomos que, cuando se enojan, pueden llegar a hacer destrozos, esconder objetos y realizar todo tipo de travesuras. Son terriblemente vengativos... Las cocinas de los alquimistas son prolongaciones de sus laboratorios. Aquí, sus mujeres –y deben saber que en general trabajan en pareja– preparan platos mágicos que producen los efectos más potentes que se puedan imaginar. Pero no están solas en la cocina: siempre, una o varias hadas colaboran solícitamente con ellas e inclusive hacen sugerencias que no están en las recetas. Mientras tanto, ellos, los alquimistas, se especializan en preparar licores. Por supuesto, de efectos poderosos, ya que elevan los niveles de conciencia a tal grado que, a veces, se han comentado casos de invitados desprevenidos que...

Y aquí María se interrumpió, misteriosa.

–¿Casos de qué? –preguntamos Anancestral y yo al unísono.

–Bueno –contestó María–, no es para asustarse. Pero no conviene abusar del licor de los benedictinos, que es el más fuerte. Su fórmula les es entregada a algunos alquimistas muy reconocidos, en los mismísimos monasterios. Debe ser tomado en dosis medidas –una pequeña copa por día– y saboreando toda la delicadeza de esta exquisita agua alquímica.

–¿Y qué sucede con los excesos? –pregunté.

–Hubo un caso muy sonado –comenzó a relatar María–. Amir invitó a un importante señor feudal a compartir un banquete con otros distinguidos invitados. Fue aquí mismo. La casa tenía la misma conformación que están viendo ahora, aunque aún no existía la ciudad vieja tal cual la conocen ustedes en 1945. Esta casa era un pequeño castillo rodeado de hermosísimos bosques y con jardines extraordinarios que despertaban la envidia de todos los señores vecinos. Ese día había aquí una gran fiesta. Amir ofreció a sus invitados una pequeña medida del agua alquímica, y el aristócrata en cuestión se sintió tan extraordinariamente reconfortado que pidió a Amir una copa más de su exquisito licor. Éste, conociendo los efectos de los licores de los monjes en personas aún no transmutadas y de vibraciones muy materialistas, le ofreció un brebaje de mandarinas que superaba ampliamente al anterior. Pero el invitado se negó y solicitó a Amir otra copa del licor prohibido. Antes de que Amir tuviera oportunidad de dar alguna explicación, varios invitados ingresaron en la sala buscando al dueño de casa. El aristócrata, aprovechando el instante de distracción, se sirvió una copa del licor alquímico y luego otra y otra.

–¿Y...? –dijimos a coro las dos Anas.

–Como verán por lo que ahora les contaré –dijo María–, es importante conocer los tiempos y las medidas. No caer en excesos. La transmutación fue violenta: el invitado despertó repentinamente a otro nivel de conciencia y, al no estar preparado para experiencias de ese tipo, creyó estar loco. Gritaba, sacudía a las personas diciéndoles que por qué lo estaban viendo ridículo, que por qué lo odiaban. Descubrió traidores entre sus colaboradores, lo que le provocó estados de furia descontrolada. En fin, tuvo que intervenir Amir inmediatamente: volvió a armonizar a su invitado y le explicó que lo que estaba viendo era su propio interior lleno de dudas y traiciones a sí mismo, lleno de autocrítica y falta de amor hacia su persona. Fue una terrible experiencia.

–¿Y qué enseñanza se deduce de todo esto? –preguntó mi doble.

–Que la realidad es siempre un espejo: nada de lo que vemos afuera se materializaría si no lo tuviéramos adentro, por eso no sirve criticar a los demás. Por eso, el despertar de las percepciones es gradual... el licor alquímico va acompañando el despertar interno; tomado en su justa medida, no acelera ni fuerza los procesos. Las personas que quieren "ver" a toda costa y no están preparadas interiormente, con disciplina y amor, pueden llegar a aterrorizarse. Verán reflejados niveles de conciencia densos y llenos de bajas energías. Ustedes vieron a los ángeles, una visión pacífica y hermosísima: su nivel de conciencia les permitió absorber esta vibración altísima... Sin embargo, si hubieran forzado por métodos artificiales la visión que pertenece a estados elevados de conciencia, hubieran caído fulminadas.

Habría dado cualquier cosa para seguir conversando y tomando té de flores con María toda la vida, pero noté que los tiempos se estaban terminando.

María nos explicó que hay horas y tiempos aun dentro del no–tiempo, que es el *Kairos*. También hay un ritmo, determinado dentro del no–tiempo, que se rige por otras leyes diferentes al tiempo secuencial. Estos límites marcan el encuentro entre lo natural y lo sobrenatural, y deben ser respetados. Así como Cenicienta, que es un personaje alquímico, debía regresar a su casa antes de la medianoche para que no se rompiera el encanto, así nosotras debíamos hallar el cofre antes del amanecer.

–Prepárense para dar el Salto de Fe –agregó, enigmática–. La NIGREDO, primera operación alquímica en la que están participando, corresponde a la fase lunar del cuarto menguante. No deben seguir en la NIGREDO cuando comience la luna nueva. Las experiencias en los mundos sutiles no deben apurarse: yendo demasiado rápido se corre peligro de no poder asimilar la nueva energía y ésta se volvería en contra. No deben tampoco prolongarse más allá de lo conveniente, porque nos desconectarían completamente de la vida y hay un delicado equilibrio que es necesario mantener a toda costa.

Temblé un poco. ¿Salto de Fe? ¿Se trataría de un salto a algún lugar ignoto? También estas preguntas me resultaban algo graciosas. Todo era desconocido y, al mismo tiempo, maravilloso...

–Pondré el libro de cocina en su lugar –dijo María, imperturbable–. Ustedes dejen todo tal cual lo encontraron y ni por casualidad se lleven alguno de estos libros u objetos. No cometan el error gravísimo de alterar algo en este plano. Cuando se están desplazando como ahora por los mundos sutiles, no corresponde mover nada de su sitio. La avidez y el deseo de posesión pueden ser fatales, se corre un serio peligro.

–¿Necesitamos saber algo más? –pregunté.

–Las informaciones que necesitan –recalcó María, por si había quedado alguna duda–, llegarán a sus manos en el momento preciso, ni antes ni después. No se especula con los conocimientos ni se puede pretender transformarse en su dueño.

Recordé algunas situaciones poco claras en mis caminos de aprendizaje. Algunas personas, que habían tenido la gracia de recibir conocimientos muy serios y verdaderos, habían pretendido transformarse en sus dueños, únicos poseedores y administradores de los caminos tradicionales de crecimiento.

–Las fuentes son patrimonio de la humanidad –dijo María, leyendo mis pensamientos–. Demasiada sangre corrió y se cometieron muchos errores en siglos pasados por pretender manipular las informaciones. Los verdaderos alquimistas jamás ocultaron los conocimientos a quienes se acercaron a ellos con el corazón puro.

Mientras María se entretenía mirando no sé qué información que había encontrado en un libro de Amir, Anancestral y yo no resistimos la tentación de abrir otro libro: *Guía para Conspiradores, iniciados y alquimistas*. Estaba encuadernado en un fino cuero de color rojo; sus hojas se encontraban un poco ajadas y llenas de anotaciones. Se trataba de un breve glosario. Palabras como Atanor, Prima Mater, Transmutar aparecían con sus respectivas definiciones. Muchos de los párrafos habían sido subrayados y muchos márgenes estaban invadidos por anotaciones autógrafas que María reconoció como de puño y letra de Amir.

–Esto es extraordinario –dije– ¿Podré llevármelo conmigo?

–Es imposible –contestó precipitadamente María de Varsovia–, salvo si el maestro mismo decidiera entregártelo. ¡Déjalo de inmediato en su lugar! –Dicho esto, María, con suavidad, cerró el libro–. Descenderemos –anunció– al laboratorio de Amir. Quiero advertirles que entraremos en un lugar íntimo. Amir las ha autorizado a ingresar en su santuario porque están haciendo un viaje de iniciación en los Misterios.

Así es que descendimos por una escalera que conducía al subsuelo. Mi corazón latía desbocado, la posibilidad de poder entrar en el laboratorio de Amir, El Alquimista, era un premio extraordinario, un gran privilegio que borraba todos los miedos y las dudas que había experimentado durante el Camino de los Misterios.

–¡Valió la pena salirse de los senderos conocidos! –dije en voz alta. Anancestral se dio vuelta y me dirigió una sonrisa cómplice. Era como haberme visto en un espejo.

Abrimos una pesada puerta de hierro negro; el primer lugar que encontramos era el oratorio. Aprendí en ese momento que todo laboratorio suele tener, integrado a él o a veces separado, un espacio dedicado a rezar y a meditar. Un lugar sagrado de contacto con el Cielo.

María se descalzó antes de atravesar el umbral, indicándonos que hiciéramos lo mismo.

–Sacarse los zapatos –explicó, es dejar afuera las condiciones terrenales, los problemas, los dramas de la pequeña mente. El ego es como un zapato que aprieta y restringe la libertad, siempre insistiendo con sus prejuicios y conveniencias. Los pies descalzos, en cambio, se disponen a caminar libres de condicionamientos.

El recinto era pequeño y blanco, con techo en forma de cúpula. En un ángulo, orientado al Este, sobre una mesa rectangular cubierta con un mantel dorado, había un pequeño altar. Sobre el piso alfombrado, un gran almohadón de seda roja señalaba el lugar donde el alquimista se sentaba o se arrodillaba para orar. Apoyada en la mesa y contra la pared, una imagen conocida brillaba enmarcada en oro y plata: la Virgen Negra.

A su lado se veía un icono del Arcángel Miguel, un incensario de oro, un candelabro con una vela blanca y un ramo de rosas rojas. En un pequeño cofre de cristal brillaba un rosario de cuentas de ámbar. Otro cofre, de oro, recamado con piedras preciosas, tenía en la tapa una leyenda: NOVENAS, PEDIDOS, AGRADECIMIENTOS. Junto a ellos se encontraban la Biblia, el Talmud y el Corán.

La pureza del lugar invitaba a sentarse sobre la alfombra y quedarse contemplando el pequeño altar doméstico de Amir.

María repitió su advertencia:

–No se demoren demasiado en cada lugar, los tiempos están limitados y pronto amanecerá.

Entonces, con sumo cuidado, casi en puntillas, abrió la puerta siguiente y pasamos al laboratorio.

Nos recibió un suave aroma a incienso, una delicada penumbra, un no sé qué en el aire. No pude evitar un estremecimiento: allí deberían haber pasado tantas cosas misteriosas...

María realizó una rápida inspección visual.

–Todo está en orden –dijo–. ¡Manos a la obra!

El laboratorio era bastante amplio. En su centro, y sobre una alargada mesa de madera, vi el atanor, varios crisoles de vidrio y algunos utensilios. El fuego del hornillo, debajo del atanor de hierro, estaba encendido. Se diría que Amir, El Alquimista, regresaría en cualquier momento a continuar la obra. Evidentemente los ángeles habían dejado todo listo.

María revisó la llama y observó el color de la "materia prima" a través del crisol de vidrio que estaba colocado dentro del atanor de hierro. Ordenó la mesa, acomodó los utensilios y nos invitó a tomar asiento alrededor del fuego alquímico. El cuervo estaba posado en el piso, sobre una especie de puerta-trampa circular, de hierro. El perro negro vigilaba atentamente la entrada al laboratorio; cualquier sonido extraño proveniente de la planta baja, que comunicaba a la calle, sería captado por este guardián confiable.

Las paredes del laboratorio estaban cubiertas por una biblioteca con innumerables apuntes manuscritos, libros muy antiguos, piedras y campanas. Varios espejos estaban repartidos en lugares estratégicos. Reflejaban la luz entrante por una pequeña ventana redonda que comunicaba con el exterior y que tenía vidrios de un intenso color escarlata. A la par se veía otra ventana, pero cuadrada. La iluminación era como en el resto de la casa: suave y misteriosa, como sólo pueden resplandecer las velas.

Frascos antiguos de color oscuro con inscripciones manuscritas se alineaban prolijamente en otro sector del laboratorio sobre una serie de estantes. Podían leerse las inscripciones: MERCURIO, AZUFRE, SAL, ROCÍO DE LA MAÑANA, AGUA BENDITA, POLVO BLANCO, POLVO ROJO, ELIXIR... Una gran lámina con el grabado del árbol de la vida y varios signos cabalísticos presidía otro sector, donde también había libros de numerología, tarot y astrología hermética. Un volumen encuadernado en cuero color rubí y con letras de oro brillaba a la luz de las velas: *Los siete principios*, de Hermes Trismegisto.

María vio mi atención concentrada en los libros y dijo, sonriendo:

–Los alquimistas conocen el secreto de los números y hacen actuar a voluntad los ritmos vibratorios para realizar las operaciones de transmutación en los tiempos exactos. Conocen el poder del 9, número de gestación. La fuerza del 1, principio de manifestación. La vibración del

2, la extraordinaria potencia del 3, número de todas las divinidades. Y... ¡qué maravilla cuando levantan vuelo las nueve palomas!

–¿Las nueve palomas? –pregunté, recordando el mensaje de bienvenida, que parecía ser una guía de viaje.

María meneó la cabeza.

–Sí, levantan vuelo una por una, abriendo las puertas que comunican la tierra con el cielo –dijo a modo de toda explicación.

Un volumen de tapas blancas y letras doradas, titulado *Ángeles*, había llamado poderosamente mi atención.

–¿Allí están los nombres de los ayudantes? –pregunté a María, sin atreverme a dejar mi lugar cerca del atanor.

–No solamente los nombres –dijo María–, allí están los rituales de invocación más secretos y los ritos de comunicación atesorados por los alquimistas árabes, chinos, judíos y cristianos. Es el libro preferido de Amir. Lo lleva adonde va, tiene varias copias...

Vi varios instrumentos musicales antiguos sobre un estante, además de numerosas campanas de cristal, de oro, de plata y de cobre.

–María –pregunté, tratando de disimular mi turbación–. ¿Amir era músico?

–Así es, los alquimistas conocen el verdadero Arte de la Música –dijo María con incontenible admiración–. Saben que determinados sonidos mueven los éteres y producen alteraciones en la materia densa. Ni qué hablar de su influencia en los estados psíquicos. La música puede purificar, exaltar, sutilizar, armonizar y también acelerar determinados procesos de cambio. La ley de las correspondencias vincula los sonidos con los números, con los metales, con los planetas, con los inciensos, con las piedras y con los cuatro elementos. Los diferentes planos de la realidad están todos entrelazados. Por ejemplo, el número 1 es sol, pero también es oro y es fuego, y finalmente también debes saber que es diamante.

Anancestral y yo nos miramos, intentando retener las nociones herméticas.

–¿Comprenden? –dijo María, mirándonos con ternura–. Todas las cosas están vinculadas entre sí, no hay separación alguna entre los reinos visibles y los invisibles, el cielo y la tierra están unidos por hilos sutiles. Son como esa cuerda que tienes en tus manos. ¿Qué es si no, querida Ana, el hilo de la gracia?

–Aún no lo sé...

–Es al mismo tiempo Fe y es la línea ancestral que corre por tus venas. También es la cuerda que te conecta con el cielo y con la tierra para que no confundas tu camino. Te fue entregada en otro plano, en el plano concreto, y ahora va hilando todos tus pasos. Al final de este recorrido descubrirás su secreto.

Cerca de los instrumentos se veían varias partituras de música alquímica y, sobre la pared de piedra, un antiguo escudo de la ciudad de Varsovia con una sirena repujada en plata y oro.

Me quedé mirándola fijamente, la luz escarlata de la ventanita redonda le daba un aire extraño. Y sus ojos... cambiaban de color: del verde al azul, al dorado, pasando por el rojo, y luego al amarillo; sentíunaextrañasomnolenciacreoquelasirenameestabahipnotizandoyllevándomemuylejosescuchéundulcecantoquémaravillamezambulliréenestehermosomarturquesa…

–¡Ana! –gritó María, dándose cuenta enseguida de lo que estaba sucediendo–. ¡Regresa, mírame! Todavía no estás preparada para tratar con las sirenas.

Yo temblaba, intentando reponerme. Traté de olvidar el incidente observando con toda atención lo que me rodeaba, disimulando mi turbación. Anancestral me miraba burlona, conteniendo la risa. El perro negro se sonreía por lo bajo y hasta el cuervo había abandonado su posición petrificada para posar, burlón, sus ojos de piedras negras sobre mi rostro ofuscado. Lo miré de reojo.

–Estúpido cuervo –musité, tratando, como siempre, de encontrar un culpable. El perro negro, comprendiendo la situación, dejó por un instante su puesto de vigía y se acercó a mí meneando la cola, amistoso.

Todo volvió a la normalidad, si es que se podía llamar así a lo que estaba sucediendo. Observé que, si bien el laboratorio tenía sectores ordenados y perfectamente diferenciados, había un aire austero en su conjunto. Allí tenía cabida solamente lo necesario. Nada estaba de más, cada objeto cumplía una función precisa.

María nos explicó que los verdaderos alquimistas, los iniciados, se distinguen de los imitadores, llamados los "sopladores", porque estos últimos utilizan todo tipo de instrumentos fantasiosos y objetos aparatosos e inútiles.

–Los utensilios y objetos del verdadero alquimista –decía– no dan lugar a la técnica, son artesanales. No habiendo en su época instrumentos precisos de medición de la temperatura y de la presión dentro del atanor, los alquimistas se entrenaban en el arte de la atenta vigilancia a los cambios de color y de aspecto de la materia prima –diciendo esto, María nos mostró con detalle el gran atanor de hierro negro–. Además, los falsos alquimistas, en su ignorancia, buscaban sólo obtener el oro material y no hacían el trabajo de transmutación interior. No sabían cuál es el secreto de los secretos, el más importante...

–¿Cuál, cuál es? –preguntamos ansiosas "Ana" y yo.

–El oro es fácil de obtener para quien ya se ha transmutado.

–Esto es extraordinario –dije a María–. ¿Entonces en la materia prima sobre la que se trabaja en el laboratorio se refleja lo que sucede con uno mismo?

–Así es –confirmó María–. La obra del laboratorio y el trabajo espiritual de crecimiento y de expansión de conciencia son la misma cosa.

Pero entonces, pensé... ¡cómo deberemos vigilar nuestra mente traicionera! ¡Nuestros viejos hábitos! ¡Para poder transformarnos en seres nuevos será imprescindible retirar el apoyo que, sin darnos cuenta, damos al sufrimiento!

–La aparición de una luz en el crisol –dijo María con los ojos brillantes–, será la señal de la victoria sobre uno mismo. Indicará que la piedra filosofal se ha logrado. Cuando veas, Ana, brillar la estrella en el fondo del atanor, será también la señal de que tu propio cambio se ha concretado.

–Y así obtendré la felicidad –dije.

–Exactamente. El estado de gracia que se produce en el mismo adepto, al culminar la obra en el laboratorio alquímico, es equivalente a la felicidad permanente que se obtiene al trabajar con las oraciones en nuestro laboratorio interno.

–¡Qué maravilla! –dijo Anancestral.

–Sí –contestó María mirándonos con sus ojos celestes como el cielo–, y también será maravilloso ver aparecer la estrella de los magos en el fondo del crisol alquímico. Después de días, meses, a veces años de persistencia, de fe a toda prueba, de largas jornadas robadas al sueño; después de vigilar la mezcla que va cambiando de color; después de tanto trabajo sobre uno mismo; después de atravesar el negro... NIGREDO; después de pasar por el blanco... ALBEDO; después de encender el rojo... RUBEDO; después de persistir y de confiar aun a costa de sentirnos un poco locos, mientras todos allá arriba "disfrutan" del mundo, nosotros, los alquimistas, aquí abajo, en el laboratorio, esperamos... esperamos pacientemente. Regulando el fuego, esperamos la señal. ¡Y finalmente llega la victoria! La estrella encendida, en medio de la penumbra y la soledad del laboratorio, nos confirma el triunfo. Te puedo asegurar –siguió diciendo María, emocionada– que en ese momento el alquimista cae de rodillas y llora de felicidad.

–Pero a veces el fuego es demasiado pujante –dije, dubitativa–, o demasiado débil.

–Tienes razón. El fuego no debe ser muy intenso, podría quemar la materia prima. No muy suave, podría ser insuficiente para desatar el proceso de transmutación. En algunas fases de la obra no se podrá dejar de observar el atanor ni un solo segundo. Hay momentos clave que, si son desatendidos, pueden provocar la pérdida de todo el trabajo y en ese caso habrá que comenzar de nuevo.

Sabía muy bien de qué estaba hablando María. Recordé instantes clave, en otras etapas de mi vida, en que abandoné la vigilancia sobre mí misma: me deprimí, dejé entrar a las fuerzas malignas y me dominaron los miedos. Después, siempre tuve que hacer un duro trabajo para volver a encontrar el equilibrio....

–El atanor puede explotar si hay demasiada presión interna –advirtió María.

–También corremos peligro de explosión en nuestras vidas –reflexioné, fascinada con la comparación– cuando actuamos con soberbia y acumulamos violencia en nuestro interior.

–El alquimista trabaja con energías poderosas, que en la actualidad son conocidas como fuerzas atómicas. Opera con los principios básicos del universo y en su laboratorio miniaturiza, reproduce el primer estado previo a la creación del mundo. Un estado de pureza sin par... Un verdadero adepto sabe que no puede distraerse y dejar librada su obra a peligros imprevistos.

–Parece ser –apuntó Anancestral– que el rigor y la fuerza de voluntad son condiciones imprescindibles para el éxito.

María asintió:

–El alquimista sabe que su acción es sagrada y por eso jamás se mueve solo. Creo que es mayor el tiempo que pasa orando que el que dedica a movimientos concretos.

–Por eso no son admitidos como discípulos –acotó Anancestral, orgullosa– ni curiosos ni seres de mente profana. No tienen persistencia suficiente para iniciar un camino tan ambicioso y magnífico.

–¡Ah! –dijo María, mirando los espejos, como recordando alguna historia pasada–. ¡Cuántos aspirantes a los misterios de esta ciencia sagrada tenían que regresar en sus barcas, tal como habían llegado, con la esperanza frustrada de ser admitidos en la escuelas de alquimia en Alejandría! Sólo algunos pocos podían quedarse para ser iniciados por los maestros.

–¿Te refieres a Alejandría, la ciudad de la famosa biblioteca que fue totalmente quemada? –pregunté, sorprendida.

–La misma –dijo María, como si hubiera estado allí. Noté que no apartaba su mirada de los espejos–. ¡Qué belleza! En medio de la niebla, un enorme faro iluminaba el mar. Había gigantescas fogatas encendidas en su cúspide, reflejadas por inmensos espejos de bronce.

A juzgar por la expresión de su rostro, María estaba deslumbrada por alguna visión. En ese preciso momento tuve una extraña sensación, como si los espejos del laboratorio hubieran reflejado una llamarada de color naranja. "Debe de haberme parecido", me dije, y seguí escuchando el apasionante relato.

–La luz del faro guiaba las barcas que llegaban de todo el mundo en busca de conocimientos –dijo María con nostalgia–. ¡Ah!, Egipto siempre fue una tierra de sabiduría... Allí había discípulos de Hermes Trimegisto, sacerdotes persas, sabios griegos, eruditos hebreos cabalistas, sufíes y también iniciados cristianos de la primera época. ¡Qué paraíso!... No obstante, era necesario cumplir condiciones muy especiales para poder iniciarse en la sagrada alquimia. En el mundo moderno, los conocimientos, en cambio, son transmitidos de diversas formas por la Conspiración, que también elige a los discípulos.

–¿Entregando los sobres?

–No solamente –dijo María, mirando fijamente el espejo–. Antes del fin del milenio, en el mundo entero tendrá lugar aquello que llamamos "La Gran Conspiración". Estamos esperando instrucciones. Hay una señal que deberá aparecer en los cielos en esos tiempos venideros. Todas las tradiciones alquímicas están esperando la consigna para develar su existencia.

Miré intrigada el espejo, esta vez me pareció ver una especie de cometa muy brillante reflejado en él. ¿Sería mi imaginación o algo estaba pasando allí?

María parecía no haberse dado cuenta.

–Nuestra tradición alquímica –seguía diciendo– es la judeocristiana y abarca, como debes saber, la tradición hebrea, la cristiana y la mahometana.

–¿En todas sus formas?

–Bueno, como siempre sucede, se adelantan a los tiempos sólo las líneas de avanzada.

–¿Cuáles son, en nuestra tradición, las avanzadas?

–La de los cabalistas, entre los hebreos; la de los cristianos primitivos, entre la cristiandad; y la de los sufíes, entre los mahometanos.

–María –rogué–, cuéntame más sobre la mágica Alejandría.

–La escuela de Alejandría floreció entre los siglos I A.C. y IV D.C. Allí se iniciaba a los adeptos en todas las tradiciones, aun en los después prohibidos cultos mistéricos, como por ejemplo el de Afrodita.

Me quedé sin aliento: al mirar de reojo el espejo, vi que en él se estaba reflejando una fiesta a orillas del mar; parecía tratarse de una celebración.

–Todos debían pasar por la iniciación en estos arcaicos rituales, porque contenían los principios de la magia natural. La alquimia toma conocimientos de ritos muy antiguos, en ella intervienen el aire, el fuego, el agua y la tierra. Los mismos elementos con los cuales está formado el universo. Ya lo comprobarás por ti misma.

Los espejos reflejaban las palabras de María... ¿o ella estaría leyendo en ellos lo que relataba? Busqué con la mirada a Anancestral para comprobar si esto era producto de mi imaginación. Me sorprendí al verla mirar los espejos como si se tratara de pantallas de cine. Y no sólo ella: el perro y el cuervo mantenían la vista fija en las cambiantes formas reflejadas en la penumbra.

–¿Sabían que en el laboratorio se reproduce la Creación, paso por paso? –dijo María, apartando su vista del espejo.

Las imágenes desaparecieron de inmediato, el perro volvió a su puesto de vigía, el cuervo se puso a picotear maíz de un plato que los ángeles le habrían dejado preparado.

–Sí –continuó María–. Primero se traslada la materia prima a su pureza original, calcinándola a través del fuego alquímico en la etapa llamada NIGREDO. En esta fase el mismo alquimista retorna a su estado de inocencia primordial, rompiendo todos los esquemas, los hábitos, las creencias adquiridas. Regresa de esta manera el orden luminoso y correcto a la materia original, es decir, al propio alquimista. Y todo recomenzará, entonces, desde un nuevo punto de partida. ¿Comprenden?

–Querría quedarme para siempre en este sitio –dije–. Contigo explicando los misterios, dando vida a los espejos, preparando exquisitos tés de flores, enseñando alquimia.

Y era cierto: había olvidado por completo la persecución de Mara, incluso me había olvidado de mí misma. Este estado, pensé, donde algo grande, misterioso, apasionante nos cobija bajo sus alas, es lo más parecido a la felicidad. Ah... Olvidarse de uno mismo... Ser parte del asombro y del descubrimiento... ¡qué placer! Sentí que comprendía a los alquimistas, que podría llegar a ser uno de ellos si me lo permitían.

–María –pregunté intrigada–, ¿para qué tiene Amir estos espejos?

–Los espejos son objetos mágicos, los alquimistas saben cómo usarlos.

–¿Pero para qué sirven? –insistí.

–Estos pequeños espejos móviles y graduables se proyectan al mismo tiempo en el atanor y reflejan dentro las energías que el alquimista necesita para proseguir con la obra: por ejemplo, la luz de las estrellas o un rayo de luna llena. También suele consultarlos para percibir el pasado o el futuro, pero ese conocimiento se reserva a los iniciados.

–A todo esto... ¿Sabes qué es el *spiritus mundi*? –me preguntó, mirándonos a las dos, a Anancestral y a mí, la pasajera del vuelo 377, como si fuéramos la misma persona.

Negué con la cabeza, ávida por conocer más secretos.

–El *spiritus mundi* o alma del mundo es el principio vital, la fuerza que mueve el universo en manifestación. Es llamado energía, vitalidad... Se halla en estado puro en la naturaleza y está atrapado (y a veces sofocado) en nuestro interior.

–¿Cuándo?

–Cuando tenemos miedo, cuando nos sentimos tristes o no somos lo suficientemente felices.

–¿Acaso es lo que llamamos energía en nuestro mundo moderno?

–Exactamente. El alquimista trata de captar el *spiritus mundi*, sabe que vibra en el aire, en los rayos solares y lunares, en la naturaleza. A veces también logra atraparlo en alguna estrella fugaz que capta en los espejos. También consigue tener enormes dosis de energía siendo bueno.

–¿Bueno?

–Sí, porque siendo bueno está en armonía con el universo –dijo simplemente María, conmoviéndome–. El alquimista también recoge el rocío de la mañana, en determinadas épocas del año y con luna creciente. El rocío es agua del cielo, pertenece a las aguas de arriba, es energía preciosa, purísima... ¿Sabías que las flores, los animales, los niños, los alquimistas, tienen enormes cantidades de energía porque vibran en sintonía con el alma del mundo? Jamás olvides la ley básica de los mundos sutiles: PEQUEÑAS ACCIONES... GRANDES EFECTOS

–Como sucede con el atanor, ¿verdad?

–Precisamente –dijo María–. El reflejo de una estrella fugaz, proyectada sobre el atanor, es más fuerte que el mismísimo fuego aplicado en forma directa sobre el metal burdo. Nuestras oraciones son pequeñas acciones con grandes efectos, mueven las fuerzas del universo, tienen la misma potencia de una estrella fugaz.

Hubo un profundo silencio, como si hasta los ángeles contuviesen el aliento ante las perturbadoras palabras de la alquimista. Entendí muy bien la ley de los pequeños movimientos en el plano sutil, y sus poderosos efectos en el mundo material.

Nos quedamos mirando el fuego que ardía bajo el atanor. De pronto, María se levantó para observar el crisol.

–La energía –dijo– opera sobre la materia. Nunca podrá ser al revés: iría en contra de las leyes del universo. ¿Comprenden la potencia sutil que tiene tanto una estrella fugaz como una oración?

–Sí, comprendemos –dijimos a coro Anancestral y yo.

–Es importante que sepan algo acerca del tiempo –continuó explicando María–, presten atención: la duración de los trabajos para obtener la piedra filosofal (o sea la transmutación real), si todo sigue el orden previsto, es de cuarenta días. Son los que pasó Cristo en el desierto... Cuarenta años erraron los hebreos transmutando sus energías antes de poder entrar en la Tierra Prometida. Cuarenta días lleva recorrer el Camino de los Misterios; un ritual poderosísimo les será revelado a quienes lleguen hasta el final.

–Ahora comprendo –dijo Anancestral–, es necesario rescatar el cofre del tesoro y dar a conocer su contenido cuanto antes. ¡La sincronía de los tiempos es perfecta!

Recordé el cofre del forastero que derrotó al dragón. María tiene que conocer el nexo entre ese personaje y Amir El Alquimista, pensé.

–Son la misma persona –dijo María simplemente, sin dar demasiada importancia a este suceso tan obvio y al evidente hecho de leer mis pensamientos.

–¿El que firma los sobres, el alquimista de Varsovia y el forastero del palacio del dragón en Cracovia, son, es decir eran, la misma persona? –pregunté alterada–. ¿Entonces q-q-qué e-e-edad tiene?

María no respondió, sólo se levantó y disminuyó levemente el nivel del fuego del atanor.

–No debe quemarse la materia prima con informaciones a destiempo –dijo sencillamente, dándome a entender que había terminado su explicación.

El cuervo batió las alas, lanzó un graznido que sonó como una risa. ¿Me había parecido, o realmente fue una carcajada de burla ante mi inocente pregunta? Le lancé una mirada amenazadora, no era posible que se riera de mí aun siendo el cuervo de un alquimista. El fastidioso animal no puede llevarme semejante ventaja, pensé para mis adentros. Quiero saber de qué se trata, es un arte que parecen dominar hasta los pajarracos.

–María, ¿puedes explicarme qué significan el azufre, el mercurio y la sal? –le pregunté, deseando ardientemente conocer a fondo más secretos de la alquimia.

–El azufre es el elemento fijo –respondió María con infinita paciencia–. Es lo masculino, corresponde a nuestro cuerpo físico y al fuego. El mercurio es el elemento volátil, lo femenino, la correspondencia con nuestro espíritu y con el agua en el plano visible.

–¿Y la sal?

–La sal es el elemento que concilia estos opuestos: es el puente, el nexo, es el alma en nuestra vida terrestre. Ahora bien, la obra consiste en que lo volátil absorba lo fijo. O sea, que el espíritu divinice el cuerpo... y que se libere y crezca nuestra alma, la sal.

–Me es difícil de comprender –dijo Anancestral.

–Te lo explicaré paso por paso, tal como sucedió con el alquimista y el dragón, para que comprendas por qué Miguel te relató esa historia, absolutamente real. El dragón recibió azufre, tomó agua hasta saturarse y el azufre reaccionó con el mercurio del río Vístula. Se produjo una combinación alquímica: el dragón explotó y soltó el alma de todo el reino, que tenía atrapada. Los habitantes del castillo y sus alrededores pudieron recuperar su esencia y seguir evolucionando.

María me miró con dulzura:

–¿Comprendes el sentido alquímico de tu descenso a la cueva? ¡Estás liberando tu alma de los miedos para que pueda seguir creciendo! Tenemos dos alternativas: o crecemos o quedamos temporalmente atrapados por los dragones, alimentando su insaciable deseo si nos negamos a enfrentarlos. Siempre recuerda esto: hay sólo dos alternativas.

María se quedó callada. Una presencia sutil se hizo notar con pequeñas, imperceptibles señales. El fuego crepitó suavemente, una luz pasó fugaz por uno de los espejos, el silencio se hizo más profundo.

¿Quién estaría escuchando nuestra conversación? ¿Se trataría de un ángel? ¿Sería tal vez un hada?

Nada de eso. Miré hacia abajo: en fila ordenada, muy obedientes, entraban los gnomos provenientes del piso superior. Llevaban en sus manitos pequeñas candelas encendidas para no perderse al bajar la escalera, cuyos peldaños eran enormemente altos para ellos.

–Bien –manifestó María, después de haber visto la señal–, es hora de empezar.

En ese momento se sintieron pisadas y ruidos extraños de puertas que se abrían en la planta baja. El perro se levantó, como aguardando la aparición de alguien. Sin embargo, no se lo veía inquieto. Nos tranquilizamos.

Las pisadas bajaron por la escalera. Eran Jurek y Marysia que, agitados, casi sin aliento, golpearon la puerta secreta.

–¡Vienen las patrullas de inspección! –dijo Marysia con voz entrecortada.

–Hablan de un cofre de oro –dijo Jurek–. Dicen que no debe ser abierto, que contiene un peligro potencial, que deben recuperarlo y que por nada del mundo quieren que trascienda su existencia.

En ese momento se escuchó una sirena surcando el aire como un proyectil. Luego otra, y otra, acompañada del ruido provocado por la frenada violenta de varios vehículos en la puerta de la casa de Amir.

–¡Son ellos! –exclamó Marysia.

Todos nos quedamos en silencio...

El Salto de Fe

–¡Den vuelta la casa si es necesario! –era la inconfundible voz de Mara–. No puedo creer lo que estoy viendo. El eterno Amir, El Alquimista de Capadocia, otra vez con sus jugarretas. ¿Quién permitió la reconstrucción de su casa? Esta mañana sólo había escombros y polvo.

–No entiendo –dijo alguien arriba, con voz temblorosa–. Hoy pasamos al anochecer y sólo se hallaba aquí una insignificante mujer, sentada al lado de una fogata y nada había de lo que estamos viendo...

–No tan insignificante –exclamó una voz masculina inconfundible–. ¡Debe haber sido la tal María!

–Es Roger –dijo Anancestral en un susurro–. Estará allí arriba parado junto a Mara, con su uniforme verde oliva, implacable, cruel y apuesto como siempre.

–El mayor peligro es la revolución genética –decía Roger–. Regresan, encuentran sus partes fuertes y sus maestros. Reciben las informaciones y luego con toda esa potencia nos esperan en el futuro.

–¿Es ésta la gran Conspiración? –preguntó Mara–. ¿Así actúan?

–Sí –fue la respuesta de un Roger preocupado–. No te olvides que estamos en 1945, la posguerra marca el comienzo de la batalla decisiva del fin de milenio, se trata de la liberación y del encuentro con el alma. No es un juego.

Las voces se escuchaban con toda claridad sobre nuestras cabezas. Por la pequeña ventanita cuadrada del laboratorio que comunicaba con la vereda, se veían las botas de un soldado, vigilando. Recordé que por la ventana cuadrada se podía observar la más estricta realidad.

–¿Qué liberación? –se escuchó preguntar a Mara–. ¿Qué encuentro con el alma?

–Querida –acotó Roger–, permíteme decirte que estás un poco desactualizada. Estamos en 1945. Éste es un nivel más profundo del problema. Se trata de la liberación de los miedos genéticos, de las trabas repetidas por generaciones, de limitaciones... imagínate lo que sigue.

–Recuperación de poderes ancestrales –dijo Mara–. Revelación de conocimientos muy peligrosos, ¿verdad? ¡Deben encontrarlos! ¡Muévanse, imbéciles!

Comenzaron a buscarnos. Corrían por las escaleras, los objetos de cristal se rompían a su paso como los frágiles sueños que a veces dejamos expuestos a la invasión de fuerzas oscuras. Yo, la Ana del vuelo 377, temblaba como una hoja: no teníamos escapatoria.

–¡Debemos encontrarlos, Ghunter! –gritaba Mara a uno de sus ayudantes.

–¿Cuál es el peligro inmediato?

–¿Para qué tienes esas medallas y distinciones en tu uniforme de comando? –vociferó Mara–. ¿No te das cuenta? ¡Darán el Salto de Fe! Conocerán sus almas y ya no tendremos más dominio sobre ellos.

–Cuando rescaten sus almas –murmuró Roger entre dientes–, ya no querrán volver a entregarlas.

Mara estaba furiosa y descontrolada.

–Sería fatal que esto sucediera –dijo–. Y Amir de los Capadocios tiene mucho que ver en esto.

–¿Los sobres contienen información acerca de los capadocios? –preguntó Roger con preocupación.

–No todavía. Sólo conocen el nombre Amir, pero sé que la revelación completa del Camino de los Misterios es entregada a los que atraviesan la prueba de la fe.

–¿Por qué no son informados desde el principio? –preguntó el soldado comando, evidentemente dueño de una gran influencia sobre Mara–. ¿Quiénes son los capadocios?

–Son informados de una manera gradual –explicó Mara a su preferido–. No olvides que estamos tratando con un movimiento Conspirador. Pero todavía no son tantos. Ellos saben que sería un error dar información y conocimientos a quienes aún no hayan atravesado las pruebas. Sin embargo, nosotros tenemos la reseña de todos sus movimientos. Sabemos que, lamentablemente, la Conspiración gana para sí, paso por paso, a los que por medio de los sobres o por otra vía reciben las oraciones que dan comienzo a la obra alquímica.

Yo, la del vuelo 377, en el subsuelo de la casa de Amir, protegida dentro del laboratorio, en otro nivel de conciencia, no podía creer lo que estaba escuchando. ¡Mara, Roger y sus secuaces tenían toda la información sobre la Conspiración! Cuando corría por las calles buscando mis partes perdidas y tomando conciencia de cómo estaba viviendo, Mara también iba descubriendo poco a poco a la Conspiración.

Repentinamente me daba cuenta de tantas cosas... Comprendí que, a niveles más profundos, se intensifica el conocimiento de lo que significa la luz y la sombra. A desafíos más grandes, mayor es la conciencia. Se caen las máscaras, la confusión desaparece... y, lo que es aún más importante, aquello que es sombra nos da información sobre la luz y viceversa. Las confrontaciones con el polo materialista, con el poder que intenta sojuzgarnos, con lo que es, en fin, la sombra, nos muestra y orienta hacia la luz.

La voz de María fue un eco de mis propios pensamientos:

–Por eso no sirve huir de los desafíos de la vida concreta...

–Después llega un momento –acotó Anancestral– en que ya estamos tan fortalecidos, que Dios va retirando las experiencias negativas de nuestra vida.

–Al mismo tiempo desarrollamos una comprensión más amplia –susurró María–. ¡Ésta es la señal de que fuimos transmutados por el fuego de la vida!

Presté atención: aquí mismo, sobre nuestras cabezas, en la casa de Amir El Alquimista, Mara instruía acerca de los capadocios al joven comando llamado Ghunter:

–Viven en la lejana Turquía... –le explicaba–. Son alquimistas. Es imposible calcular sus edades. Formaron entre sus discípulos al tan renombrado Amir, el que firma los sobres como Amir El Alquimista. Los sobres van conduciendo a los aspirantes a Conspiradores a través del llamado Camino de los Misterios, también conocido como el Camino de Göreme o Camino de la Gracia. El Camino de los Misterios une todos los pasos de la obra alquímica, que se realiza sobre los mismos peregrinos. Los que llegan a la Capadocia, cuartel general de la Conspiración, ya están transmutados por las oraciones y las pruebas que tuvieron que atravesar. Allá reciben lo que los alquimistas tanto aprecian... la piedra filosofal.

–¿Qué es eso? –preguntó Ghunter enfáticamente.

–No lo sabemos –contestó Mara, pero estamos seguros de que es fundamental impedir el Salto de Fe, que constituye un peligro total. Ese paso es irreversible, y lo hacen en la primera etapa de la obra, la NIGREDO, como ya te he dicho.

Me pareció que Ghunter mostraba un interés desusado, se diría exagerado, por conocer detalles y más detalles sobre ese salto. Después de todo su función era actuar, no era un intelectual ni mucho menos. Sólo debía entrenar su cuerpo, ser rápido, tener buenos reflejos y no ser vencido por el miedo. En esas condiciones lo había contratado Mara.

En el subsuelo, María me tomó del brazo y, acercándose a mi oído, susurró:

–Ese Ghunter tiene una cualidad poderosa. ¡Tiene coraje! Si lo pone al servicio de su alma y no de la sombra, Mara se quedará sin un colaborador valioso. Cuando la información sobre la obra alquímica cae en manos de personas audaces y apasionadas como él, es casi inevitable que se enamoren de la propuesta y se pasen a nuestras filas. También sucede a la inversa: los débiles y los cómodos, los que quieren todo rápido y sin esfuerzo, son seducidos por la propuesta de Mara, que es la de la ignorancia, la de la maldad.

–Se ponen al servicio de la sombra y colaboran con el dragón –dije–. Poco a poco, le van entregando su alma.

María me sonrió con sagacidad.

–Mara, Roger y sus secuaces –dijo– buscan para sus primeras filas a personas audaces e inteligentes, con amplio dominio de la voluntad, creativas y, en lo posible, apasionadas. Luego, estos elegidos son férreamente sojuzgados bajo sus órdenes y caprichos...

–Aunque, como son creativos, pueden darse vuelta –dije.

–Los débiles y los cómodos, los que negocian, los indecisos, los tibios y, sobre todo, los miedosos forman parte de la masa manipulada por la sombra. Están atrapados en su propia trampa y son los que necesitan más amor para poder salir de ella –María hizo un gesto como dando un abrazo invisible–. De todos modos, los ángeles los protegen y cuidan sus pasos aunque ellos no los vean.

–En su ignorancia –intervino Anancestral– tienen miedo de cualquier fenómeno que se aparte de lo racional.

–Te explicaré algo quizás un poco abstracto –dijo María mirando el fuego–, pero si te concentras lo comprenderás. La luz, el conocimiento... *es*. La sombra, la ignorancia... *quiere ser*. La sombra persigue a la luz para robarle lo que ella no tiene... ¿Qué es? –preguntó, mirándome desafiante.

–La luz tiene a Dios... –dije, y me di cuenta de que algo dentro de mí había contestado la pregunta. Contuve la respiración, miré alrededor, pero era inútil buscar: la voz había salido de mi interior.

–Bien –asintió María–, estás preparada para dar el próximo paso en la obra alquímica. La luz redime a la sombra, eso explica todo lo que significa estar encarnados en la tierra. Vinimos para hacer esta transmutación.

–¿Cómo dan el paso? –se escuchó preguntar a Ghunter, ansioso y excitado, por encima de nuestras cabezas.

–Con el Salto de Fe –contestó Mara, agitada–. Ya te lo dije, mi amor. El salto ya no es sólo información –y, repentinamente enfurecida, gritó cambiando el tono de voz–: ¡Es experiencia directa!

–¡Es necesario detenerlos! –asintieron a coro todos los colaboradores que debían estar rodeando a Mara, a Roger y a Ghunter. Sin embargo, algo inquietante quedó flotando en el aire luego de la conversación.

–Las filas de Mara y Roger comenzarán a ralearse pronto –aseguró María.

Las dos Anas no salíamos de nuestro asombro, muy juntas aquí abajo, en el laboratorio de Amir.

–Verán que, en las mismas narices de Mara, sus ayudantes se transformarán en Conspiradores –explicó María, tentada de risa ante esta realidad inevitable–. ¡La deserción será su principal enemigo!

Jurek y Marysia también reían de buena gana, bien lo sabían ellos, que contaban con varios ex-colaboradores de Mara en el grupo de reconstrucción de Varsovia.

–El Camino de los Misterios es irresistible –dijo Jurek–, es apasionante, es un camino de Amor. En su soberbia, Mara y Roger no se dan cuenta del poder de la información que están transmitiendo. Los verdaderos conocimientos espirituales fueron prohibidos en todos los tiempos, simplemente porque son apasionantes y peligrosos.

–¿Peligrosos...? –miré a Jurek sorprendida.

–El peligro es enamorarse de ellos –contestó sonriendo–, como nos pasó a nosotros. Cuando te conquista el Cielo y caes bajo su hechizo, nace un amor incondicional y recíproco. Pocas cosas tienen tanto misterio, tanta seducción, tanta emoción como el camino espiritual.

–El que tenga el conocimiento de este camino espiritual o cualquier otro, tendrá la llave de su libertad –acotó María–. Con el correr de los años esto será más y más evidente. Llegando el fin del milenio, la humanidad entera estará en condiciones de despertar. Vendrá entonces el pasaje de la humanidad a un nuevo estado de conciencia para el cual prepara la Conspiración. Los sobres serán distribuidos en todo el planeta con el correr de los años, piensa que recién estamos en 1945.

–¿Esto está organizado por los monasterios? –pregunté, sospechando alguna conexión.

–Algunos forman la red de la Conspiración. Pero no todos –aclaró María–, sólo los de los alquimistas.

Mientras tanto, pensé, allí arriba, en otro nivel de conciencia, ¿qué está sucediendo?

Entre desesperada y furiosa, Mara se dirigía a sus subordinados:

–¡Hay un cofre que no debe ser encontrado por nada del mundo y que está en el lugar donde dan el salto! Su contenido es explosivo... ellos lo llaman "El Tesoro".

–¿Donde darán el Salto de Fe? –se preguntaban entre sí, furiosos, los ayudantes de Mara–. ¿Dónde estará ese lugar oculto que no logramos encontrar todavía?

–¿Dónde está? ¿Dónde está? ¿Dónde está? –comenzó a graznar el cuervo haciéndoles burla y despertando inevitablemente mi simpatía.

–Redoblen la vigilancia –ordenaba Roger, fluctuando entre la cólera y el pánico–, busquen, muevan sus influencias, compren delatores. ¡Hagan lo que quieran, pero encuentren ese lugar cuanto antes!

María sonrió mirando el cuervo, mientras atizaba el fuego en el horno alquímic.

–Mara tiene información –dijo–, pero no conocimientos... Miles de aspirantes, que pronto serán Conspiradores, están dando el Salto en diversas partes del mundo, ahora mismo. Jamás descubrirán un lugar concreto .

–¿Por qué razón no pueden descubrirlos? –pregunté intrigada, acariciando al perro negro que había apoyado su enorme cabezota en mis rodillas y me miraba con ojos llenos de amor.

–El Camino de los Misterios comienza allí donde despierte el alma. Cada uno debe empezar por salirse de la huida generalizada y recuperar todas sus partes perdidas y enfrentadas entre sí. Ése es el primer paso para dejar de ser esclavos dormidos. Sólo es posible hacerlo con ayuda de Dios; ni la psicología alcanza para poder liberarse del terrible miedo que ha contaminado a la humanidad.

Sentí un estremecimiento al acordarme de nuestra realidad de fin de siglo: el poder en manos de grupos cada vez más reducidos, el temor al futuro, la soledad.

–Dios ya no es una opción –siguió diciendo María–, es una necesidad. Luego, es preciso liberar la historia ancestral, o sea el miedo heredado. Después dar el Salto de Fe, o sea: entregarse a Dios.

–¿Quiere decir que todos deben viajar, como yo, hasta el país de sus ancestros?

–No –aseguró María–, no es necesario, pueden hacer el trabajo alquímico de liberación a través de las tres oraciones, ritualmente.

–¿Cómo?

–Prendiendo una vela blanca... encendiendo un poco de incienso... Colocando una imagen u objeto sagrado de la religión de sus ancestros. Y de una vez y para siempre salir del miedo con el primer Padre Nuestro o la oración de su tradición. Perdonar el pasado, con la segunda oración. Y dar el salto definitivo hacia Dios con una tercera.

–¿Sólo con eso completan la primera parte de la obra, la NIGREDO?

–Sí –aseguró María rotundamente–. Hay varias maneras de trabajar en alquimia. Según las tradiciones más conocidas, hay una vía de laboratorio donde se transmutan los metales y, al mismo tiempo, a los adeptos. Es la que yo estoy haciendo. Acompañar a los aspirantes es mi tarea en la Conspiración.

–Explicabas que había otro camino –observé.

–La otra vía, la seca, es la senda inmediata de la oración. A través de los sobres convocamos a las personas que transmitirán, en diversas formas, esta información liberadora a los demás. Y tú podrás ser una de ellas –dijo, mirándome muy seria–. Estoy segura de que terminarás siendo de las nuestras, serás una Conspiradora.

El perro agitó la cola, el cuervo extendió las alas en señal de aprobación, Jurek y Marysia sonrieron alegremente. En cambio, Anancestral se encogió de hombros, como diciendo: “haré todo lo posible para que esto suceda”. Evidentemente tenía sentido del humor, o bien no confiaba del todo en mí. A decir verdad, yo tampoco sabía si me sería posible estar a la altura de las circunstancias.

María prosiguió, sonriendo.

–Amir en Capadocia, junto con muchos otros maestros, los monjes en los monasterios, los alquimistas en sus laboratorios... Todos somos Conspiradores que apoyamos y conducimos la gran transmutación de fin de milenio. Trabajamos en el anonimato, en forma silenciosa. La Virgen Negra es nuestra protectora y la imagen que nos identifica en el momento de reconocernos en cualquier lugar del mundo.

–¿Cuál es el tesoro que Mara tanto teme que sea encontrado? –pregunté con curiosidad.

–En el fondo de ti misma, como en el de todo ser humano, yace un tesoro escondido. Es una cualidad poderosa que se libera a través del fuego alquímico de la NIGREDO o, como te dije, a través de las tres oraciones al Padre. El cofre contiene esa energía potenciada. Cada aspirante a Conspirador abre el cofre al terminar la NIGREDO.

–De este modo –dije– recibe para sí y para el mundo ese tesoro de luz...

–Es como tú has dicho, Ana. Ahora recordemos lo que ya fue cumplido en la NIGREDO. Las iniciaciones de todos los tiempos tienen una preparación similar. Primero el adepto es retirado de su mundo habitual y, por cierto tiempo, se lo confina en un lugar apartado. Entra en un "atanor", luego toma conciencia de su propio poder y recibe el primer conocimiento secreto de boca de un maestro.

De pronto María se interrumpió. Miraba algo, o a alguien, que se había asomado por la ventanita redonda.

–Esto que estás describiendo –le pregunté con asombro–, es la experiencia de la casa del alquimista, la que estoy viviendo en este momento, ¿no es así?

–Por supuesto –contestó–. El aspirante recibe la primera iniciación, donde cambiará definitivamente de estado de conciencia. Entonces da el gran salto de su vida: aprende a tener Fe. Nada hay más poderoso que una persona con Fe. La Fe purifica a las personas, es un bálsamo que cura las heridas del alma. Es la luz que disuelve todas las angustias. La Fe es la fuerza que atraviesa las limitaciones y va directo a la meta. Éstos son los tres primeros pasos en la iniciación del guerrero espiritual. Luego vienen los demás, pero no nos adelantemos.

–Me encanta oírte hablar de la Fe –dije.

–La Fe es un don de los dioses, no es para cualquiera –esto María lo afirmó con aire regio–. La Fe organiza la energía, concentra nuestros anhelos dispersos y los pone al servicio de un fin trascendente. Debes obtener esta fuerza, es imprescindible... El primer Padre Nuestro –susurró con voz pausada, mirándome fijamente con sus ojos de cielo– te dio confianza. También podría haber sido un salmo o un versículo del Corán, ya lo verás más adelante. Lo que somos, mezcla de luz y de sombra, es la materia prima para poder hacer la obra alquímica. Recuerda... ¿Cómo estabas cuando entraste en la cueva? Estabas llena de preguntas sin respuesta.

–Es cierto –dije, recordando mis dudas antes de partir para Czestochowa.

–Te encontraste a ti misma dividida y huyendo del dragón. Pero lograste rescatarte y salirte del miedo.

–Sí, lo recuerdo y muy bien –dije, pensando en las Anas que se peleaban entre ellas.

–La primera oración te liberó y unificó. La segunda te devolvió tu poder. Encontraste tu fuerza ancestral, recuperaste tu esencia, recibiste conocimientos. La tercera oración te dará fe, confianza en la vida, poder para triunfar sobre todo mal. Al pronunciarla, la primera parte de la obra se habrá completado. Desata el tercer nudo y te liberarás para siempre del desamparo.

–A veces, dudo...

–¡Salta a la Fe! –dijo María enérgicamente–. ¡Rescata tu alma!

A medida que la alquimista hablaba, yo sentía renacer en mí la esperanza.

–Abre esa puerta de hierro en la que se ha posado el pájaro alquímico –me indicó María con voz serena.

Me asomé y sentí vértigo: vi un pozo sin fondo, la oscuridad era total. Se sintieron golpes en la puerta del laboratorio. ¿O me había parecido?

–¿Hacia dónde voy por aquí? –pregunté a María, inquieta por los ruidos y pensando que Mara irrumpiría en cualquier momento–. Sólo veo oscuridad –dije, angustiada, mirando hacia abajo.

–Donde creemos no ver nada conocido, comenzamos a ver a Dios –dijo María, contestando así mi pregunta–. Los ojos de la mente no ven el misterio. Sólo reconociendo nuestra ignorancia, nuestra oscuridad, es posible llegar al que está más allá de todo pensamiento... a Dios. La Fe es exactamente esto. El iniciado da un salto más allá del razonamiento y se arroja en los brazos de Dios. Al saltar, despierta su alma. Al no ver lo habitual, comienza a ver lo extraordinario. Aun no comprendiendo racionalmente, encuentra la luz de la revelación.

–Es que tengo miedo... –dije.

–¡Anímate a pasar por esta experiencia –siguió María, emocionada–. Moisés subió al Monte Sinaí, buscando a Dios en la cumbre. Cuando llegó... una gran nube lo envolvió. En medio de la oscuridad de su propio desconocimiento, vio una luz... Había sido trasladado donde está Dios y ese lugar es "el misterio", "la nube" para la mente ordinaria. La ignorancia terrestre no comprende el Cielo. En la oscuridad de la razón es donde se revela la luz celeste. En medio de un gran silencio, de una nube misteriosa, Moisés participó del poder divino. Conoció al Padre, y un rayo de luz atravesó su cuerpo: obtuvo la Fe. Se lo ganó ascendiendo a lo desconocido. Enfrentando su desorientación, su nube, y aprendiendo todo de nuevo. ¿Y bien? –volvió a desafiarme–. ¿Qué harás? Yo me quedaré aquí, regularé el fuego y cuidaré el atanor hasta finalizar la obra. Quédate tranquila, estarás protegida.

–Pero... ¿Y Mara? ¿Corres peligro? –balbuceé.

María rió con ganas:

–Tú desatarás el último nudo y rezarás el tercer Padre Nuestro. Las dos estaremos haciendo lo mismo. ¿Comprendes? Y respecto de esa bruja, no te preocupes: no corremos ningún peligro, estoy protegida y tú también lo estás. Simplemente no pueden encontrarnos, estamos en otro nivel de conciencia, deja que sigan buscando. Jurek y Marysia se quedarán conmigo, deben seguir con su entrenamiento alquímico.

Me sorprendía la impasibilidad de María y ver a Jurek y a Marysia sentados tranquilamente a su lado como si nada estuviera sucediendo. Aparentemente el perro negro también se quedaba con ellos.

En ese momento Mara y su patrulla salieron de la casa y arrancaron a toda velocidad en medio de un ulular de sirenas.

–Seguirán buscando el lugar del Salto de Fe, pero el cofre llegará al futuro –dijo María sonriendo–. No tengo ninguna duda.

María miró hacia la ventanita redonda, alguien estaba golpeando el vidrio traslúcido. El perro negro se puso tenso, levantó las orejas y se quedó mirando fijamente hacia la silueta que se insinuaba tras los vidrios. Marysia se acercó a la ventanita y vi una imagen fugaz, que le entregaba un sobre. El desconocido estaba vestido de blanco y casi con seguridad puedo afirmar que tenía una capa dorada. Juraría que se trataba del prestidigitador, pero ya no tuve tiempo de preguntar nada.

María me abrazó por última vez...

–¡Que Dios te bendiga! –susurró a manera de despedida.

Anancestral me miró con alegría.

–No temas –dijo–, voy contigo. Recuerda que ya no podrás verme, pero sentirás mi potencia. Jamás olvides que tienes en tu interior una fuerza magnífica...

Entonces, en un rápido movimiento, desaté el último nudo para deshacerme de mis dudas para siempre.

Alcancé a escuchar a Marysia, que decía:

–El sobre con el azufre ha llegado, prosigamos con la obra.

Miré hacia adelante. No había escalones... sólo vi un hueco sin fondo.

Sostuve muy fuerte la cuerda de la gracia. Sentí que en uno de sus extremos estaba el cielo sosteniéndome y, en el otro, Dios, esperándome.

–Que se haga tu voluntad... –dije, y me entregué confiadamente y salté... sin evaluar las consecuencias. Comencé un vertiginoso descenso... Entonces, en medio de una caída libre y estremecedora, unos brazos muy suaves me depositaron en el piso firme. El silencio era total, estaba en el fondo de mí misma. Estaba absolutamente sola... y sin embargo alguien me acompañaba. Me di cuenta por su luz: estaba en compañía de mi propia alma.

–"Padre nuestro" –comencé a murmurar. Una luz aún más fuerte se encendió a mi alrededor inmediatamente. –"Que estás en los cielos".

–...Y sostienes a todos tus hijos en la Tierra –continuó el ángel.

–"Santificado sea tu nombre".

La luz aumentaba e incrementaba su brillo.

–"Venga a nosotros tu reino... El pan nuestro de cada día... Dánoslo hoy..."

La luz resplandecía.

–"Y perdónanos nuestras deudas, así como nosotros perdonamos a nuestros deudores. Y no nos dejes caer en la tentación. Mas líbranos del mal... Amén".

La luminosidad era tan intensa que me enceguecía, la gracia fluía sin trabas. Al mirar a mi alrededor, me di cuenta de que estaba en el fondo de la caverna del dragón. Allá arriba, muy arriba, brillaba la luz de una vela y a mi lado estaba el cofre, tal como me lo había descrito María.

Tomé el cofre de oro y la cuerda de la gracia, y me dirigí a la salida. Tan sólo a unos pasos se abría una puerta.

Había tenido la revelación más grande de toda mi vida. ¡Salté hacia el abismo que llevamos dentro, con los ojos cerrados! Y al abrirlos, vi la luz de mi alma.

–A este misterio conduce la Fe, luego de descubrirla jamás se vuelve a ser el mismo.

Mirando en todas direcciones, me pregunté de dónde provendría la voz. Aún no sabía que los ángeles siempre nos están observando y comentan entre ellos todos los progresos humanos.

En el fondo, yo también participaba de su don: el solo hecho de preguntarme por María, Jurek y Marysia hizo que pudiera visualizar qué estaban haciendo en ese momento. Ya me había dicho la alquimista que las dos haríamos lo mismo aunque estuviésemos separadas por distintos planos.

María, en el laboratorio, mostraba a Jurek y a Marysia el cambio de color de la materia prima en el fondo del atanor. Del negro profundo estaba comenzando a pasar al blanco.

–¡Gracias al Cielo! –susurró María–. Se produjo la primera transmutación. La humanidad entera dará muy pronto este salto y saldrá de la NIGREDO... ¡Basta de desamparo! En el cofre está la clave: faltan segundos para que se libere su poder secreto. ¡Se ha terminado el sufrimiento! La obra en blanco que viene a continuación consiste en el renacimiento del ser humano amparado por el Cielo.

Los tres se abrazaron, una paloma había aparecido de improviso junto al pájaro negro. La luna menguante había desaparecido y un manto de misterio cubrió la noche de Varsovia. Comenzó la luna nueva...

María, en el laboratorio de Varsovia, accedió al pedido de Jurek y Marysia y les contó la historia del amor apasionado, absoluto, arcano, de la luna con el sol que, como dos amantes furtivos, ocultan sus íntimos encuentros.

–Dicen las tradiciones –comenzó María– que en la luna nueva el sol y la luna hacen el amor. Que en esos días de intensa pasión el sol transmite a la luna todos sus conocimientos. Que la luna queda preñada de la luz del sol. Dicen las tradiciones que son días de concepción. Que la luna absorbe, del sol, luz... fuerza espiritual... amor... Y luego, en su ronda mágica alrededor de la tierra, en cuarto creciente, revela cada día un poco más sus secretos... hasta que al llegar a la luna llena todos se enteran de su historia de amor. La luna regala así, a la tierra, toda la luz que le ha obsequiado el sol. Cuando llega el cuarto menguante la luna medita y se prepara para el próximo encuentro, entra en sí misma..., se purifica y elimina todo aquello que pueda interferir en su encuentro de amor. Cuando pasan siete días, la luna nueva otra vez desaparece del cielo terrenal y se entrega, apasionadamente, a los brazos del sol. Del mismo modo Dios fecunda a su creación, es parte del mismo cuento de amor.

–Me hubiera encantado que Ana escuchara esta historia –dijo Jurek, y me sonreí al pensar que ya lo había hecho–. ¿Dónde se encuentra ahora?

–En el amanecer del tercer milenio –dijo María–. Luego de atravesar la NIGREDO, que es una iniciación en la energía masculina, partirá ahora hacia la iniciación femenina.

Tomé el cofre y me puse en marcha. Al salir de la caverna descubrí, con gran sorpresa, que me encontraba en la parte inferior del castillo de Wawel. Me di cuenta porque, mirando hacia arriba, vi la gran muralla de piedra que se elevaba hacia el cielo. Según recordaba, a cien metros corría el río Vístula. Por esa puerta abierta en el muro había salido el dragón a tomar agua, pensé mirando la salida de la caverna. Recordé la leyenda: por esa misma puerta, el alquimista, Jarek y Przemko introdujeron el cordero relleno de azufre y se produjo la reacción. El reino se liberó y comenzaron los festejos. Tal vez la leyenda no fuera tan legendaria...

Estaba amaneciendo. Los pájaros me aturdían con sus cantos y yo me sentía muy bien... ¿Sería ya el efecto del Salto de Fe? Sin duda alguna, me dije. Estaba mucho más segura.

Me arrodillé entonces mirando al Este y abrí suavemente la tapa del cofre, que no ofreció resistencia. Un resplandor misterioso brotaba de su interior, con asombro percibí cómo la extraña luminosidad se diluía en la creciente claridad del alba.

Entrecerrando los ojos pude observar el fondo del cofre y descubrí el origen de la fuente de luz...

Ante mi sorpresa vi que, grabada con letras de oro, la palabra VALOR brillaba irradiando poderosas ondas de energía.

Al mismo tiempo, sentí una fuerza ardiente atravesándome el cuerpo y vi que los árboles se agitaban con una brisa repentina. Los pájaros callaron... y un extraño silencio se extendió más lejos de lo imaginable. Algo en el viejo orden del mundo se había alterado... Recordé las palabras de María: PEQUEÑAS CAUSAS, GRANDES EFECTOS.

En el laboratorio de Amir El Alquimista, María, Jurek y Marysia se miraron con lágrimas en los ojos. ¡El cofre había sido rescatado!

–El VALOR se está derramando por el mundo entero como una refrescante brisa –dijo un hermoso ángel...

–Millones de personas se sienten repentinamente vitales y plenas, llenas de esperanza –dijo otro ángel desde las alturas, observando a la tierra repentinamente iluminada–. Es seguro que la fuerza que acaba de ser liberada desatará efectos de largo alcance.

–VALOR...

–VALOR...

–VALOR... –susurraron los ángeles acompañando con su vuelo la energía que fluía del cofre mágico y llegaba a todos los rincones de la tierra.

–¡El cofre fue abierto! –gritó María de Varsovia levantando las manos al cielo, victoriosa–. ¡Viva la Conspiración! La fuerza liberada está surcando los vientos de la tierra en este preciso instante. Los efectos de la obra alquímica son vertiginosos –sonrió observando el atanor.

–Esta liberación espiritual equivale a la potencia de una explosión atómica –observó en pleno vuelo un ángel del coro de las potestades.

–La energía desatada purificará los éteres y limpiará todas las conciencias –susurraron los ángeles guerreros que surcaban los cielos–. La dignidad desintegrará, por fin, los residuos energéticos antiguos, acumulados por siglos y siglos de cobardía.

–El VALOR es sin duda la clave para salir del desamparo de este fin de siglo –manifestó un majestuoso Arcángel de rasgos perfectos, cubierto con una sublime capa roja–. Por favor, queridos humanos –dijo, observando lo que sucedía en el atribulado fin de siglo–, regresen a Dios. El VALOR les enseñará cómo hacerlo.

Al escuchar las palabras del Arcángel, los ángeles inclinaron la cabeza e hicieron un respetuoso silencio... y no era para menos: había hablado el príncipe de los cielos.

Supe de inmediato que la apertura del cofre daría comienzo a un tiempo nuevo... Una paloma blanca como la nieve cruzó en ese preciso instante el cielo de Cracovia.

Estaba amaneciendo...

–Es blanca como la nieve... y vuela sobre un cielo rojo como la sangre –me dije, siguiendo su trayectoria hasta que se perdió en el horizonte–. Las dos etapas siguientes para completar la obra, la ALBEDO y la RUBEDO, se me anuncían por las señales en el cielo –musité, sorprendida por el idioma que estaba aprendiendo a descifrar, el antiguo y seguro idioma de las señales.

Regresé al hotel a través del puente sobre el río Vístula, el mismo que había transitado para entrar en el castillo. Entre la bruma, distinguí la figura de un desconocido que, apoyado sobre la baranda del puente, parecía observar el amanecer. ¿O es que me observaba a mí? Entonces un tenue rayo de sol se reflejó en un objeto dorado que brillaba sobre su pecho. Miré hacia el cielo rojo sangre y vi una estrella, la primera estrella de la mañana. Seguí mi camino. Estaba todavía un poco aturdida y noté una extraña sensación en el cuerpo... ¿Qué sería? Caminaba liviana, mis pies apenas tocaban el piso y veía un extraño resplandor alrededor de los árboles y los arbustos... Cuando observé con detenimiento, vi que de cada árbol, de cada piedra, de cada mariposa partía un hilo de oro hacia el cielo.

Entonces me di cuenta: ¡La tierra y el cielo están entrelazados por millones de hilos que no se ven a simple vista! Cada criatura, por más pequeña que sea, está unida a su creador. Desde ese día tengo la certeza de que cuando el humano desate sus nudos del hilo de gracia que lo conecta al cielo, la naturaleza entera hará una fiesta de reencuentro.

–No hay dudas, el universo está en un orden perfecto y sólo falta la adhesión del hombre para que éste sea completo –dijo un ángel que caminaba muy cerca de mí. Tan cerca estaba, que pude escucharlo claramente; tan cerca habló, que su aliento rozó mi oído con una imperceptible brisa; tanto se acercó, que me sentí inmensamente feliz.

Al llegar al hotel, vi que en la recepción me esperaba un sobre. Era de color blanco y simplemente decía: ALBEDO.

Albedo

La Isla del Amor

Quinto mensaje

Luna Nueva... tiempo de Albedo

Ya te hemos entregado la clave para salir de la NIGREDO. *Ahora sabes que la palabra de poder es...* VALOR.

El VALOR *conduce directamente a la dignidad, ¿verdad? Debo decirte que este tesoro es rescatado del olvido por quien atraviesa el fuego alquímico. Todo aquel que conquista la fe, se apodera del tesoro secuestrado por el dragón. Y por cierto que quien realice las tres oraciones al Padre Cielo con toda pasión, será dueño también de esta incalculable riqueza. Tendrá dignidad.*

Ahora que ya nos conocemos un poco más, porque tú sabes algo de nuestra existencia y nosotros sabemos que estás en condiciones de venir a nuestro encuentro, puedo revelarte un secreto. Viene un tiempo de grandes alegrías, ¡un tiempo de renacimiento!

La ALBEDO, *obra en blanco, te llevará a lugares de increíble belleza. Pero no sólo eso, irás ahora a los sitios secretos donde se entrena a los Conspiradores.*

Pero no creas que has salido del Kairos... *tampoco saliste del atanor. Te darás cuenta de esto, pues ya has comenzado a escuchar voces que no es posible percibir con los cinco sentidos y a ver personajes que viven en los mundos sutiles. No te sorprendas, tómalo con naturalidad: todos los adeptos tenemos la capacidad de ver los mundos mágicos, al igual que los niños.*

Tu estado psíquico es similar al estado físico de la materia en el atanor. Debo informarte que María de Varsovia es quien se hizo cargo de cui-

darte. Desde el laboratorio vigilará la materia que se está transformando y así sabrá lo que te sucede, paso por paso.

Ahora ya es tiempo de que sepas que la Conspiración de la Gracia tiene tres cargos en sus filas: están los que cuidan, los que transmiten los conocimientos y los maestros... También debes saber que todos aquellos que reciben por cualquier medio un sobre de la Conspiración, obtienen instantáneamente una ayuda divina y una ayuda humana.

La Virgen Negra es tu protección divina. María de Varsovia, la alquimista, es tu protectora humana. El Camino de los Misterios y yo, Amir, somos tus maestros. Todo está organizado, nada queda librado al azar. También nos ayudan los gnomos, las hadas, las ondinas y las salamandras. Ni hace falta que te diga que contamos con la estrecha colaboración de los ángeles.

Todo aspirante a Conspirador de la Gracia va atravesando, etapa tras etapa y en forma concreta, los pasos de la obra alquímica. Podrá hacerlo a través de un viaje, como en tu caso, o sin moverse de sus lugares habituales. Esto lo descubrirás más adelante. Lo seguro es que no se está solo, la protección espiritual preserva de todos los peligros a los buscadores de la Gracia, solamente por haber tenido el valor de proponérselo.

En todo el mundo, en miles de laboratorios diseminados en los más recónditos y secretos lugares, los alquimistas cuidan, supervisan y trabajan en la Gran Obra transmutando la materia de los adeptos.

La Gran Obra es llamada "redención" o "salvación" por los cristianos, "purificación" por los hebreos, "obediencia a Alá" por los sufíes, "iluminación" por los budistas... ¿Vas comprendiendo de qué se trata?

Si el aspirante persiste hasta el final, lograremos un Conspirador. O sea, un ser espiritualmente fuerte, condición imprescindible para colaborar en la transmutación del mundo, luego de su propia e irreversible transformación.

Al recorrer "El Camino", el aspirante desarrollará una fuerza interior excepcional. La transmutación que se operará sobre él mismo será tan extraordinaria que le resultará difícil reconocerse al final. Poco y nada quedará de su condición inicial, todos llegan, aunque lo disimulen, contaminados de miedo, llenos de dudas, desamparados. ¡Ah!, pobres productos de nuestro fin de siglo, aunque se consideren a sí mismos exitosos y autosuficientes. Casi nadie sabe rendirse a Dios.

Cuando descubra este secreto, el aspirante irá sutilizando su cuerpo y materializando su alma hasta llegar a su condición natural: la realeza, la verdadera aristocracia, la riqueza, la plenitud. Esto es lo que nos corresponde por ser nada más y nada menos que humanos.

¿Quieres escuchar algo aún más perturbador? Te diré otro gran secreto: hacer la obra de arte alquímica, es como hacer el amor. Se hace con sutileza, cuidando cada gesto, cada caricia, de manera que persista la magia y no se quiebre el encanto.

¿Qué necesita el amor? El amor, al igual que la propia transformación, necesita silencio, penumbra y pudor. ¡Ah!, no olvidemos una iluminación adecuada y un lugar protegido... Precisamente, muy parecido a un atanor.

El alquimista, así como un amante sabio, se reserva siempre una cuota de misterio... ¿Por qué?

Porque el amante, tal como hace un artista o un alquimista, se atreve a pasar el límite de lo racional y lo conocido para encontrar nuevas delicias.

Y el peregrino del Camino Alquímico, ¿no se atreve acaso a vivir una apasionante aventura al transformar en secreto y a través de la oración su propia vida?

El amante llega al éxtasis supremo... podría decirse que toca el cielo.

¿Y el alquimista? Llora de emoción cuando ve que su vida cambia realmente y lo que creía inalcanzable se hace realidad.

El amante hace pequeños movimientos, caricias sutiles que erizan la piel y son poderosísimas, ¿verdad?

El alquimista sigue el mismo principio: trabaja en el plano invisible y obtiene efectos poderosos en el plano concreto.

Conocerás ahora el arte alquímico de los movimientos sutiles. Verás cómo se mueven los éteres a través de las oraciones, de las imágenes y de las emociones puras. Éste es sin dudas un arte exquisito...

El divino arte de la alquimia conoce la más apasionante historia de amor de todos los tiempos. Es nada más y nada menos que el loco romance entre la tierra y el cielo, entre la criatura y su creador.

Puedo adivinar que te apasionarás sin remedio por el Camino de los Misterios. Al llegar a destino habrás aprendido muchas cosas bellas, ya lo verás. Y ahora, me place informarte, querida aspirante, que tu próximo destino es LA ISLA DEL AMOR.

Instrucciones

Ésta es la segunda fase de la obra alquímica, llamada ALBEDO, y tienes el destino de tu viaje fijado, si estás de acuerdo en proseguirlo.

Tu pasaje ya está listo. En una hora embarcas a Chipre, sin escalas. Cuando llegues, te estaremos esperando en el aeropuerto. Nos reconoce-

rás enseguida, no van a ser necesarios los sobres. Sigue a la persona que te llevará al lugar del nacimiento de Afrodita. Ese guía te conducirá también a tu próximo destino, la Aldea.

¡Adelante, las maravillas te esperan!

¡Por la Gran Obra, venceremos!
Amir
El Alquimista

El aterrizaje en Larnaca, aeropuerto de Chipre, fue suave e imperceptible. El avión aterrizó con la delicadeza de un gran pájaro posándose sobre el suelo. No vi señales extrañas entre los pasajeros. Ahora tenía que estar muy atenta para dar los próximos pasos.

"¿Quién me espera y a dónde debo ir?", me pregunté un poco desorientada, pensando también que no me había despedido de papá.

El pasaje por la aduana no tuvo inconvenientes: alguien, misteriosamente, había gestionado mi visa de entrada a Chipre y todo estaba en orden.

Cuando llegó mi valija en la cinta transportadora, y antes de que pudiera hacer el gesto para levantarla, alguien la alzó en el aire y la colocó sobre mi carrito. Me di vuelta... un joven con perfil griego, de cabellos oscuros y ojos profundos, vestido íntegramente de blanco, me sonreía amablemente.

–¿Partimos? –dijo con una voz que casi era un arrullo.

"¡Ah!, qué bienvenida", dije para mis adentros, respirando profundamente el aire perfumado de la enigmática isla. Luego miré a mi interlocutor sin saber qué pensar de la situación.

El griego debió haber visto una sombra de duda en mis ojos, porque sacó de su cuello una cadena y me mostró una medalla de plata... con una imagen de la Virgen Negra.

Me di cuenta de que casi no hacía falta hablar, la comunicación era telepática. No obstante me sentí perturbada... ¿Sería porque mi guía era tan apuesto?

Había algo muy intenso en él. Observé que sus movimientos eran aristocráticos, precisos y armoniosos.

–¿Cuál es tu nombre? –pregunté, articulando apenas las palabras.

–Gabriel –contestó simplemente.

Entrecerré los ojos para mirar desde el alma. Un hilo de oro ascendía desde su pecho brillando hacia el cielo; no había dudas: podía confiar. Apenas salimos a la calle, una oleada de aire cálido y perfumes lujuriosos vinieron a mi encuentro.

–Chipre es bien conocido como el país de las mil flores –aclaró el griego–. Además, nadie ignora la existencia de cientos de monasterios y ruinas de templos griegos, romanos, hititas y sumerios.

Dos o tres de los pasajeros estaban esperando en la puerta de salida. ¿Serían de la Conspiración? Miré alrededor con cierto recelo. Esperaba ver aparecer a Roger y a Mara en cualquier momento. Pero nada sucedió, todo estaba en calma.

Cada lugar tiene su manera particular de dar la bienvenida. Aquí salió a recibirme un perfume a rosas, un aire cálido, un no sé qué de fiestas y de alegría.

Recordé un comentario de María: "Al respirar, se captan informaciones precisas. El olfato es el sentido más antiguo y más intuitivo que tenemos; el más vinculado con la tierra, así como el oído lo está con el cielo".

Cerré los ojos y aspiré nuevamente el aire de Chipre para recibir información directa, no la de los folletos ni la de las agencias de turismo. "Aquí hay belleza, sensualidad y misterio", me dije. Percibí también una energía fuertemente femenina en esa tierra de tantos monasterios.

Me envolvió una brisa tibia y, como una señal silenciosa, una paloma blanca atravesó el cielo de Chipre. Ni antes ni después. Sucedió en el preciso momento en que atravesamos las puertas de salida del arribo de pasajeros.

Gabriel se acercó a un moderno auto blanco y, antes de colocar mi equipaje en el baúl, abrió la puerta del acompañante y me invitó a que subiera.

No conseguía mirarlo sin turbarme. ¡Ridícula!, pensé, conserva la racionalidad. ¿O es que Chipre tiene este efecto de mareo instantáneo sobre quienes pisamos su tierra?

Años atrás había experimentado una sensación parecida al llegar al aeropuerto de Papeete, la capital de Tahiti. La primera inspiración me mareó y la Polinesia se grabó en mi memoria para siempre, aun antes de haber visto sus increíbles aguas turquesa. Antes de sentarme bajo sus palmeras ondulantes y tocar sus arenas blancas como harina; antes de haber admirado sus lunas reflejadas en aguas nocturnas; aun antes de haber conocido sus canciones, sus leyendas, sus danzas rituales... yo sabía que quedaría enamorada irremediablemente de esa tierra.

Algo similar, pero todavía más fuerte, estaba sucediendo en Chipre. Gabriel arrancó rápidamente y en pocos minutos dejamos atrás el aeropuerto y nos dirigimos a un lugar todavía desconocido para mí. A ambos costados de la ruta se veían formaciones rocosas y vegetación más bien rala. Aun así había flores por todos lados, creciendo entre las piedras. Nos estábamos acercando al mar, que apareció de repente como un enorme zafiro.

–¿Por qué llaman a este lugar la Isla del Amor?

–Porque aquí convive el amor místico y religioso de los monasterios con el amor atrevido, profundo y pagano de Afrodita –dijo Gabriel.

En otros tiempos los fieles de Afrodita llegaban de todos los países bañados por el Mediterráneo. Venían a las festividades anuales donde se conmemoraba el surgimiento de la diosa de las aguas y... –susurró en mi oído– todavía lo siguen haciendo.

–No lo dudo... –suspiré.

–¿Sabías que Afrodita –dijo Gabriel con una mirada enigmática–, luego llamada Venus por los romanos, es la diosa del Amor?

–Sí, lo sabía –contesté sonriendo.

–¡Ah! Chipre fue morada de muchos dioses. De Apolo, quien es el dios más bello del panteón griego; de Dionisos, el más lujurioso; de Zeus, el dios de los dioses. Y también de Mercurio, el alado mensajero.

–¿Por qué me mencionaste a Afrodita?

–Aquí, en el lugar más antiguo de culto a lo femenino, en la Isla del Amor, se produjo su nacimiento.

"¿Cómo nacería una diosa?", me pregunté en silencio.

–Surgiendo de las aguas –contestó Gabriel, leyendo mis pensamientos–. Hace más de nueve mil años, la isla de Chipre era ya uno de los centros de encuentro con la gran Diosa Madre.

–¿De encuentros con quién? –pregunté asombrada.

–Con la Madre primordial, con la diosa de la fertilidad, de la energía vital, con la generadora de vida.

El placer de escuchar a Gabriel, de estar a su lado y de mirar el azul zafiro de las aguas se parecía a una pequeña estadía en el paraíso. Si así era la ALBEDO de los alquimistas, pediría que durara mucho, mucho tiempo. Agradecí también a Dios por haberme ayudado a elegir la puerta de los misterios en la caverna del castillo de Cracovia.

Miré de reojo a Gabriel. En el reverso de la medalla de la Virgen que me había mostrado, había otro signo. Era una especie de corona, como un sello que me pareció haber visto en algún lugar.

–¿Que representa ese signo? –pregunté, intrigada.

–¿Qué signo?

Le señalé la medalla que llevaba al cuello.
–Es el sello de la Conspiración de la Gracia –me contestó, reduciendo la velocidad, sin darme más explicaciones.
Gabriel se había detenido ahora a un lado de la ruta en un punto panorámico. La belleza del lugar, visto desde la altura, quitaba el aliento. Abajo, el mar golpeaba las rocas blancas. Me llamó la atención una en especial. Espléndida y solitaria, a pocos pasos de la orilla, parecía marcar un lugar sagrado. El costado del camino terminaba en un abismo: observé que solamente una escalera tallada en la piedra permitía el descenso.
Nos sentamos al borde del acantilado.
–Te diré algo más sobre nuestro sello –continuó Gabriel–. Es universal, contiene todas las tradiciones. La trinidad –dijo señalando los tres fuegos–, Madre Divina, Padre Cielo, Hijo... pertenece a una verdad única. Está grabada en la memoria del ser humano y se manifiesta en las religiones con maneras y nombres diferentes. También corresponde a un signo cabalístico: es la poderosa letra *shin*, del alfabeto hebreo. A lo largo de tu camino habrás visto el sello que lacra todos los sobres de la Conspiración que te fueron llegando,
–Gabriel, tengo que hacerte una pregunta, no sé si me la responderás.
–Adelante.
–¿Qué haces en la Conspiración?
–¿Te refieres a por qué estoy en ella?
–No, sino a qué haces exactamente.
–Como ya lo debes saber, hay dos clases de tareas que podemos asumir aquellos que recorrimos el Camino de los Misterios. Podemos informar... y entonces nuestra tarea será transmitir el conocimiento, comunicar. O bien podemos cuidar... en ese caso participaremos en la Conspiración amparando a aquellos que quieren crecer.
–Y en tu caso...
–¿Yo? –dijo Gabriel, sonriendo–. Yo soy un informante igual que Miguel, el guardia de la cueva del dragón. María, por ejemplo, custodia; por eso se quedó vigilando el atanor en el laboratorio de Varsovia: está amparando la obra con sus oraciones, con su atenta atención al crisol...
–... con la graduación del fuego alquímico.
–Correcto, Ana. ¡No olvides que estás dentro de un atanor!
–Y los maestros...
–Hay una tercera forma de estar en la Conspiración y es siendo un maestro. Pero, de estos seres, muy pocos son auténticos. En nuestra lí-

nea cristiana sólo conozco a Amir, el que actualmente dirige la Conspiración de la Gracia. Él recibió el conocimiento de su maestro, Basilio, en la misma Capadocia. Hay otros maestros budistas, sufíes, judíos, hinduístas y sintoístas. En América también existe una alquimia chamánica; falta muy poco para su reaparición después de siglos de olvido. La alquimia unifica todas estas vías y hace de ellas un solo camino, el de la transmutación. Un camino para elevarse y llegar a Dios. Eso es todo, lo demás son formas externas. La Conspiración es dirigida alternativamente por maestros de diversas religiones. Si llegas a formar parte de la Conspiración de la Gracia, si llegas a conocer al maestro Amir, él te dirá cuál es tu misión: informar o cuidar.

Gabriel hizo una pausa. Miró el mar, que se extendía infinito de azul. Los ojos se le iluminaron.

–¡Ah, querida amiga! –dijo, tomándome del brazo–, ni te imaginas las maravillas que nos esperan cuando se dé a conocer la Conspiración de la Gracia en el mundo entero. Pronto asistiremos a un renacimiento de toda la sabiduría antigua y con ella retornarán los conocimientos ancestrales que nos pertenecen. En principio, será recuperada la así llamada magia natural, practicada por las sacerdotisas. En ella intervienen las flores, las hierbas curativas, los aceites para fijar energías, los perfumes para despertar los sentidos olvidados, como por ejemplo la clarividencia, las comidas curativas y afrodisíacas, las danzas energéticas, los ciclos de la luna como ordenadores de rituales. Regresarán por suerte, revalorizadas, las actividades consideradas inútiles y gratuitas, como los juegos, que siempre fueron mágicos. ¡Ah! hay tanto para recuperar en nuestro extraño y mágico fin de milenio. Así también florecerá el teatro, totalmente ritual y altamente iniciático como el de aquellas épocas de las que te estoy hablando. Estos placeres retornarán con toda su fuerza, de la mano de la Conspiración de la Gracia. Ya está previsto por los maestros. Todo este despertar dará comienzo no bien recobremos el poder de comunicarnos con el cielo. Éste será sólo el inicio de todas las delicias.

–¿Será posible recuperar estos conocimientos en su totalidad y tal como fueron realmente en su origen?

–Absolutamente. Los alquimistas conservamos a buen resguardo estos exquisitos, casi paradisíacos conocimientos. En recordarlos, justamente, consiste la iniciación femenina de la ALBEDO.

Sopló una suave brisa, que me desacomodó el pelo.

–Bajemos –dijo Gabriel–. Ahora sabrás por qué nos detuvimos precisamente en este sitio antes de llegar a la aldea.

Los escalones de piedra conducían a una pequeña playa que no se veía desde lo alto. Era una especie de bahía azul de aguas transparentes, cubierta de piedras diminutas y de colores claros. Muy cerca emergían las rocas gigantescas y blancas que me habían llamado la atención desde arriba.

–Estamos en Petra Tou Romiou –dijo Gabriel–. El lugar exacto donde los relatos mistéricos aseguran que nació Afrodita. La celebración del nacimiento de la diosa era uno de los eventos más sagrados del mundo griego. Todos los años desembarcaban cientos de fieles en el cercano puerto de Uga Paphos. Desde allí recorrían a pie las siete millas de distancia hasta llegar a este lugar. Con hermosos cánticos, danzas y celebraciones, atravesaban los fabulosos jardines de Yeroskipos.

–Qué nombres extraños...

–Pero imagínate las escenas de estos ritos –dijo Gabriel, mirando el mar–, plenos de sensualidad, de placer y de belleza. A los adeptos se los iniciaba en los misterios de Afrodita durante la primavera, época de la conmemoración del nacimiento de la diosa.

–Parece como si me estuvieras hablando de una fiesta –dije.

–¡Y qué fiesta! Debes saber que todas tienen un significado muy especial, perdido para nuestra cultura aunque practicado, sin saberlo. En la fiesta se suspende el tiempo, y lo que está permitido en ella no lo está en la vida ordinaria.

–¿Por qué? –pregunté a Gabriel.

–Porque las fiestas tienen el sentido oculto del renacer. Hay un antes y un después. En las fiestas se subvierte el orden establecido, se canta, se baila, no existen los compromisos. Se quiebran los circuitos habituales, se liberan las preocupaciones, se vive intensamente el presente. El peregrinaje para presenciar el nacimiento de Afrodita, tenía también el sentido de todo viaje: salirse de uno mismo, salir de la vida habitual. Las fiestas de la diosa eran ya, para esa época, digamos, "caóticas": la liberación era total. En una comprensión profunda de las leyes sutiles, en los ritos mistéricos se permitía lo que llamamos "caos" en la vida ordinaria. Se bebía, se bailaba, se hacía el amor, se festejaba la vida. Luego de liberar las estructuras, los participantes pasaban sin transición a estados místicos. Pero todo esto sucedía en un contexto ritual, con un comienzo y un final. La fiesta no tenía por objeto satisfacer los instintos.

–Bien visto, no toda transición es pulcra, ordenada y tranquila. Más bien, el caos suele preceder a grandes cambios.

–No hay que temerle tanto al "caos" –siguió diciendo Gabriel–. Él precedía al nacimiento. Cuando nacía Afrodita, un nuevo orden se encarnaba en la tierra y los fieles rendían pleitesía a la Diosa del Amor. Los rituales eran conducidos por sacerdotisas, quienes poseían grandes conocimientos del *Tantra*.

–¿Qué es el *Tantra*? –pregunté a Gabriel. Tenía una idea aproximada pero no estaba muy segura de su significado.

–Es la alquimia del amor –contestó Gabriel–. La unión sexual elevada es una puerta de acceso a lo divino. La respiración, la pureza, la dulzura, el manejo de los tiempos y, sobre todo, de la fuerza del amor, hacen del sexo un camino de elevación. Éste conocimiento también retornará. Hemos perdido todo el misterio y el encanto del amor como un camino a Dios.

–¿Las religiones mistéricas tenían estos secretos?

–¡Vaya si los tenían! –rió Gabriel–. Por algo fueron prohibidas.

La cálida brisa onduló las flores silvestres que crecían entre las rocas, un perfume a rosas vino desde un lugar indefinido. "¿Por qué este cielo es el más azul que jamás he visto?", me pregunté en silencio.

Gabriel había hecho una pausa, sólo se escuchaban las olas batiendo allí abajo del acantilado, cómo hacía cientos de años.

–Las sacerdotisas del culto de Afrodita eran llamadas vírgenes y estaban iniciadas en los ritos del amor –prosiguió el enigmático griego–. La palabra "virgen" no tenía en aquellos tiempos el significado que se le adjudicó posteriormente.

–¿Qué sentido se le daba?

–"Virgen" significaba lo no manifestado, lo que era todo posibilidad, lo que mantenía su energía vital. Ser virgen era encontrarse en un estado de receptividad total. Esta receptividad perfecta al amor se llama, ahora y siempre, pureza.

Las palabras de Gabriel me habían conmovido, quedé impactada por el punto de vista de los despectivamente llamados "paganos".

–Conocer el estado de virginidad –agregó–, es una iniciación profundamente femenina. ¿Sabías que todos debemos pasar por la iniciación femenina y por la masculina, ya que contenemos las dos energías?

–¿Qué energías están en juego en cada una de ellas?

–Lo masculino es acción, determinación, fuego. Lo femenino es espera, intuición, agua. El mago, psicólogo y alquimista Jung lo explicó maravillosamente: el *anima* es la parte femenina del hombre, el *animus* es la parte masculina de la mujer. Este es uno de los mayores misterios. El adepto al arte de la alquimia trabaja en pareja y, si por alguna circunstancia no está comprometido con nadie, entrega su energía a la

Madre, a la Virgen, quien asume la parte femenina de la obra. O a Dios Padre, en caso de ser mujer.

–¿Cuál es el rol femenino en la alquimia?

–La parte femenina es la de la transformación concreta. La mujer, sin saberlo, es por su naturaleza, donde se encuentre y sea quien fuere, generadora de cambios. Es naturalmente una maga. ¡Piensa en el solo hecho de que es capaz de gestar vida en su cuerpo, en su atanor! Por eso, en alquimia, tiene el rol activo. Las sacerdotisas de las religiones mistéricas eran magas verdaderamente poderosas. Vivían una vida especial dedicada a la divinidad y a cultivar su poder femenino. Desde ya, estaban iniciadas en los misterios alquímicos, aprendían a cuidar tanto su cuerpo como su alma manteniendo la inocencia vital. Cuando salían del templo para participar con el pueblo en los ritos de nacimiento de Afrodita, elevaban con su sola presencia las vibraciones profanas de los fieles.

–¿De qué manera lo lograban?

–Te habrás dado cuenta de que la virginidad es un gran secreto iniciático y que no tiene ninguna connotación moral. Las vírgenes no perseguían fines económicos ni vínculos con el poder social: eran estrictamente rituales en su comportamiento. Elevaban la energía, ¿comprendes? Alrededor del siglo IV d.C., los ritos mistéricos fueron prohibidos en Chipre por el emperador romano de turno, y lo mismo sucedió con otros lugares donde se los practicaba. Pasaron entonces a la clandestinidad y fueron reservados a los iniciados, quienes los conservaron en un estado de pureza absoluto.

–Sin embargo –dije, dubitativa–, hoy es muy difícil regresar a ese estado.

Gabriel me miró con paciencia.

–No se trata de volver a aquellos tiempos –dijo–, porque la conciencia ha evolucionado a formas superiores de contacto con lo divino. Pero sí de recuperar todos los conocimientos que son valiosos y que nos permiten comprender el origen de muchas cosas importantes.

–¿Por ejemplo?

–Por ejemplo, la virginidad. Es el estado indispensable para poder ser fecundados por el cielo y gestar al niño divino que llevamos dentro. Sin embargo... ¿Quién nos ha explicado alguna vez que éste no es un estado físico sino psíquico? ¿Sabías que sólo un estado virginal, inocente, puede fijar el oro? Si hablamos en términos alquímicos, la virgen tiene la capacidad de gestar el oro espiritual. Sólo ella está preparada.

–¡De ahí viene la idea de transformación! –exclamé.

–En efecto, Ana. Transformar en oro los metales burdos es equivalente a transformar al ser humano en más que humano, en un ser espiritual y consciente. El alquimista trabaja en la tierra, no en el cielo; trabaja con su realidad concreta, no con conceptos. Y por eso debe conocer a fondo los secretos de la materia. Sólo tiene verdadero valor lo que llevamos a la práctica, la mera información no produce la transmutación. *Mater*, madre, es el nombre de la materia purificada, ¿comprendes? Ella tiene la clave de un real cambio en nuestras condiciones de vida.

Miré una barca que se deslizaba en el mar, un punto perdido en el azul. Así de lejana veía mi transmutación...

–No te desanimes –dijo Gabriel–. Ya aprendiste los secretos de la iniciación masculina. Tienes la espada de la Fe y el fuego de la Voluntad. Recibiste el tesoro del VALOR... El Padre es fuego, espíritu, rigor, ley, conocimiento. El Padre es el creador de las ideas abstractas. El Padre da el molde, el sostén energético. Por eso el azufre, elemento masculino, es lo fijo de la obra. Y pronto conocerás la iniciación femenina, te serán revelados los secretos de la virginidad. Aunque te sorprendas, están íntimamente relacionados con la fertilidad, con la belleza y el gozo de vivir. La tarea de la Madre... es parir, es hacer nacer la nueva forma. La Madre es agua, materia, amor... Vida y alegría.

Gabriel calló. Me atravesaba con esos ojos negros que conocían tantos misterios.

–Ahora –dijo–, vayamos al plano humano. El hombre brinda estructuras, fijeza, tiene un razonamiento más bien lógico. Semejante a un láser, posee una enorme capacidad de concentración y de claridad mental. Es capaz de tener una férrea voluntad para sostener una idea, un proyecto, una acción; ésa es su mayor potencia, si la sabe activar. ¿Entiendes por qué el hombre es el azufre fijo de los alquimistas?

–Porque el hombre representa la energía del cielo... –arriesgué.

Gabriel me miró con aprobación.

–Veo que aprendes rápido –dijo.

–Y te diré más –dije, cada vez más suelta–. Si no me equivoco, la mujer representa a la creación...

–Sí, Ana, así es. La mujer tiene capacidades mágicas; ésa es su mayor fuerza si es capaz de asumirla. Conoce el mundo de los sentimientos y el poder de la emoción. Brinda contención, continuidad, es fértil por naturaleza. Genera el deseo, enciende el fuego de la pasión... la mujer es lo volátil, el mercurio de los alquimistas. Ahora bien, el cielo ama apasionadamente a la creación.

–¿Qué es la creación?

–La creación es todo lo que tiene forma. El hombre es energía, no forma. Por eso el hombre ama con locura a quien sabe generar las formas bellas... y a quien es en sí misma belleza: la mujer. Somos diametralmente opuestos, abismalmente diferentes. Éste es el gran secreto que se oculta en el amor entre un hombre y una mujer...

Gabriel se quedó en silencio mirando el horizonte. Parecía en éxtasis. Sentada a su lado, mientras las aguas azules del Mediterráneo bañaban dulcemente las rocas de Petra Tou Romiou, yo sentía que el mundo había alcanzado la perfección. Era primavera y Chipre estaba tan perfumado de flores... Una paloma blanca nos sobrevoló en círculos y se posó sobre la piedra donde apoyaba su espalda Gabriel.

¿Sería acaso una señal? Noté que un silencio extraño se instalaba repentinamente en el lugar, algo estaba por suceder.

Ya que había aprendido a leer algunas señales, presté atención. Apareció la paloma, Gabriel entró en una rara meditación, la brisa se detuvo repentinamente. Contuve la respiración: se acercaba un misterio...

En ese momento, resonó un penetrante grito.

–Están aquí, ya llegaron –dijo tranquilamente Gabriel, abriendo los ojos.

–¿Quiénes? –pregunté, totalmente alterada ante la inesperada interrupción.

–La peregrinación de Afrodita. Quise darte una sorpresa: hoy es el día de la purificación ritual en el agua.

El grito volvió a resonar en el aire. Pero no era un grito de guerra sino un profundo grito de celebración seguido por enigmáticos cantos.

–El grito expresa el gozo de existir –dijo Gabriel vibrando–. El grito es un violento esfuerzo para romper de una vez la barrera que separa lo humano de lo divino. ¡Hay gritos que despiertan el alma!

Mi guía se levantó y agitó los brazos en señal de bienvenida. Tenía los ojos brillantes.

"Debe de ser amigo de los peregrinos", pensé, intrigada. ¿Quiénes serían estos?

De pronto, se escuchó un rodar de piedras y un rugido sordo, extrañamente conocido, resonó en el hasta ahora pacífico atardecer...

–¡No puede ser, no puedo creerlo! –alcancé a musitar cuando vi aparecer, en lo alto del acantilado, el carro de Cibeles tirado por cuatro magníficos leones. Venía rodeada de una multitud, un cortejo que la seguía a pie. Los leones se detuvieron majestuosamente frente al acantilado. Aspiré con deleite el aroma de flores, de frutas, de campos recién cosechados que siempre emanaba de la misteriosa presencia. Se diría que sólo había venido para conducir a la multitud hasta el lugar del nacimiento de Afrodita: Cibeles se quedó majestuosamente sentada en su carruaje, como una reina.

Se me erizó la piel cuando los vi: los peregrinos de Afrodita descendían desde lo alto por la escalera de piedra, inundando el aire con risas y cánticos festivos.

–¡Que sea bendecida la vida! –gritó Gabriel mientras extendía sus brazos en dirección a los que transitaban por los escarpados escalones.

–¡Que sea bendecida! –contestaron los peregrinos abriendo los brazos–. ¡Que el amor nos ilumine!

–Vienen a presenciar el nacimiento de Afrodita –sonrió Gabriel–. Dejaron sus barcas en Paphos, disfrutaron de los jardines de Yeroskipos. Ahora vienen al baño ritual. Mira a Cibeles, magnífica allá arriba, dominando el paisaje sobre su carro lleno de flores y frutos. En su sitial, esperará a que desciendan los misteriosos peregrinos... y entonces les dará a sus obedientes leones la orden de partir. Luego se alejará discretamente, internándose otra vez en la isla, y la tarea estará cumplida.

Los peregrinos

Los peregrinos danzaban, descendiendo a los saltos por los peldaños de piedra.

–¡Dionisos también está presente! –aseguró Gabriel, buscándolo con la mirada–. Aparece en todos los festejos. Aunque no esté invitado, él viene igual.

–¿Quién es? –pregunté.

Gabriel puso un dedo en sus labios:

–Shhhhh... Dionisios es un dios griego, el dios del éxtasis en las religiones mistéricas.

El grupo de sacerdotisas que encabezaba la peregrinación se estaba acercando al mar. Eran ocho, y avanzaban en conjunto como una marea blanca. Se aproximaron a la línea de espuma que bordeaba las suaves olas del Mediterráneo y comenzaron a entonar cánticos monocordes. Tenían una edad indefinida. Estaban vestidas con largas túnicas blancas y ceñían sus cinturas con hilos de oro.

–Son las vírgenes de las que te hablé –murmuró Gabriel–. Llevan el lazo de oro alrededor de su cintura. Esta línea de cielo les confiere un poder absoluto.

–¿Cuál poder? –pregunté, sin poder salir de mi asombro ante lo que estaba presenciando. No me quería perder ni un detalle, todo era absolutamente fascinante.

–El poder de unificar sus potencias mentales, emocionales y físicas, adentrándose en sí mismas. En el preciso momento en que se les coloca ritualmente el cordón de oro iniciático, ellas reciben el don de la concentración, de la independencia y de la libertad. Son vírgenes, conocen su poder femenino. ¿Te das cuenta de lo que esto significa? Míralas: son majestuosas, están seguras de sí mismas, de su profunda identidad y saben que son las guardianas de la pureza... de la verdad.

–Me hablabas respecto de los cordones que usan.

–Son de oro puro, y esto también es simbólico: al trazar un círculo mágico alrededor de sí mismas pueden centralizar sus fuerzas espirituales y materiales. Afrodita también tiene un cinturón mágico. Su cinturón de oro puro y piedras preciosas, descrito por las tradiciones mistéricas, tiene la propiedad de disponer de toda suerte de encantamientos. ¡Ah!, es un talismán muy poderoso, otorga una protección absoluta. Míralo –dijo Gabriel, señalando el dorado lazo de las sacerdotisas–: ellas lo llevan con tanta gracia... Las preserva de los malos espíritus tal como antiguamente las murallas protegían a las ciudades de los enemigos.

Seguimos avanzando hacia los peregrinos.

–El corazón no se vende –musitó Gabriel–, el alma tampoco. El cinturón simboliza la plena posesión de sí, por eso es atributo de las vírgenes. La plena posesión de sí es lo que otorga fuerza al amor... no la dependencia.

Los peregrinos se acercaban al mar, los cánticos de las sacerdotisas subían de intensidad y el griego me revelaba los secretos más poderosos que jamás había escuchado sobre la femineidad. Cada palabra que pronunciaba se iba grabando a fuego en mi alma y quemaba mi cerebro.

"¿En qué mundo estuve hasta ahora?", pensé, asombrada por mi ignorancia. ¿Por qué nadie jamás me había explicado esta realidad? No sabemos nada nosotros, simpáticos, tibios, miedosos e informados seres del siglo veinte.

El griego miraba la procesión.

–La pureza –dijo– es una fuerza tremenda, y las vírgenes son sabias, saben administrarla. ¡Ah!, conocen los secretos tanto del amor humano como del divino.

Gabriel pronunció estas últimas palabras clavando sus ojos negros en los míos. Fue difícil ocultar mi perturbación. Desvié la vista hacia el mar, no estaba preparada todavía para resistir miradas tan intensas.

La playa se había colmado de gente, algunas personas estaban vestidas a la usanza griega, otras parecían turistas.

–Sí –Gabriel adivinó mi pensamiento–, muchos de los presentes son de la Conspiración y están, como tú, en alguna etapa del Camino de los Misterios.

–¿Todos ellos? –pregunté.

–No, sólo algunos de los aparentes turistas. El resto de la peregrinación está formada por los devotos de Afrodita, que desde hace miles de años vienen a la celebración del renacimiento.

–¿Quieres de-decir –balbuceé– q-que so-son apariciones...?

–No, te equivocas. Las verdaderas apariciones somos nosotros, que invadimos su tiempo.

No pregunté más. El *Cronos* o tiempo profano había quedado en algún lugar, detenido en la caverna del castillo de Wawel en Cracovia. ¿Quién sabe, pensé, cuál será el año cronológico de lo que estamos presenciando?

¡De pronto, sentí en mí una fuerza volcánica! Sin pensarlo dos veces me mezclé entre los peregrinos. Me saqué los zapatos para sentir la caricia de la arena. ¡Entonces grité frente al mar como nunca, nunca antes lo había hecho! Fue un grito libre y apasionado. Sentía, por fin, que mi alma había roto todas las cadenas.

Los peregrinos me envolvieron en sus danzas y en sus cantos. Giraban las sacerdotisas con rostros desbordantes de vida. Giraban los campesinos, simples y sabios; los señores, aristocráticos y distendidos; los sirvientes, liberados... Giraban los turistas, en círculo, llenos de asombro, con ojos ávidos de misterios.

En ese momento, Gabriel me tomó del brazo y, apartándome hacia un costado, me señaló a una joven mujer vestida de colores suaves y telas transparentes. Giraba graciosamente en el gran círculo, danzando a la par de los campesinos.

–Mira sus ojos –susurró.

Tenían un resplandor extraño, titilaban como estrellas y cambiaban de color... De pronto eran verdes, luego se volvían dorados, de repente eran de un dulce color rosado. Luego me señaló a otra, y a otra, mezcladas entre la gente. Todas tenían en sus ojos destellos de luz.

–Son hadas, aprende a reconocerlas. ¡Aman las fiestas! No se perderían una por nada del mundo. También hay gnomos, silfos, ondinas y salamandras. Son seres mágicos. Pero... ¡cuidado con ellos, porque pueden ser ambivalentes! Si no tienes un estado de pureza virginal, si tus deseos todavía conservan una gran dosis de confusión, si no sabes lo que quiere tu corazón, jamás invoques a un hada. Ella realizará para ti las más extraordinarias transformaciones y te colmará de riquezas en un segundo. Pero te advierto que los dones de las hadas pueden desaparecer repentinamente, dejándote un sabor amargo de desilusión. O pueden ser definitivos, depende. Esto sucede si quien las invoca está en el camino de Dios. Sólo recurre a las hadas y a sus operaciones mágicas cuando hayas roto definitivamente la cadena de la ambición desbordada, de la avidez y de la posesión.

Oírlo hablar a Gabriel era fascinante. Esto de contar con la ayuda mágica de las hadas me ilusionaba desde hacía rato, pero no estaba muy segura de haber roto ya la cadena.

–Las vírgenes las manejan perfectamente y las hadas les obedecen –aclaró Gabriel.

–Pero... ¿De dónde vienen?

–Son espíritus de la naturaleza, pertenecen a una raza diferente de los ángeles, aunque también tienen amistad con ellos. Los cuentos de hadas, que son cuentos alquímicos y puertas de entrada a los mundos sutiles, sirven entre otras cosas para comunicarse con ellas. Sabrás más sobre estos seres cuando conozcas al maestro de los colores y quizá llegues a encontrarte nuevamente con ellas cuando busques tu sueño. En el Mercado del oro suele haber decenas de hermosísimas hadas.

–¿Qué maestro? –pregunté sin entender–. ¿Qué Mercado?

–Gregorio es el maestro de los colores –respondió Gabriel como al pasar–. Es pintor de iconos, tiene un refugio de hadas en su casa. Y el Mercado, bueno... hay que estar allí para saber de qué se trata.

Los ojos negros de Gabriel eran tan seductores, la fiesta era tan alegre y yo tenía tantas ganas de bailar, que postergué las preguntas que tenía a flor de labios.

En ese momento, las sacerdotisas elevaron sus manos con las palmas extendidas hacia el cielo, como ordenando quietud y silencio. Observé que todos se detenían instantáneamente, como si ese suave y silencioso gesto tuviera una fuerza irresistible y magnética.

–Esos son gestos de poder –susurró Gabriel en mi oído–. Se llaman *mudras*. Las vírgenes tienen tal dominio sobre su cuerpo y tal grado de conciencia de sí, que cada uno de sus movimientos repercute en el universo.

"Son poderosas –pensé–, conocen el secreto de las pequeñas acciones y los grandes efectos." ¿Dónde aprender estas maravillas?

–En la aldea –dijo el griego de ojos negros, como al pasar–. Estamos en el segundo día de los ritos de Afrodita. Ayer fue el desembarco, la llegada de los peregrinos. Fue el primer día de bailes y de juegos, que continuaron hasta ahora, a lo largo de todo el camino. Como ya te lo había dicho, los participantes partieron en peregrinación desde el puerto y atravesaron Yeroskipos, el lugar donde están los jardines mistéricos.

¿Qué pasaría ahora? El clima había cambiado en un instante, de la alegría al misterio. Los cánticos tenían un tono seductor.

–Las sacerdotisas cuentan historias de antiguas peregrinaciones. Hay un saber ancestral que, para no desaparecer, tiene que ser cantado. No hay otra forma de transmitirlo.

–¿Qué dicen?

–Dicen que hoy, segundo día, se hace el rito de purificación en las aguas. Que el tercer día se realizarán ofrendas de flores y granos en el templo –Gabriel hizo una pausa, las sacerdotisas bajaron el tono de voz–. Dicen que en el cuarto día tendrá lugar la iniciación en los misterios femeninos.

Las sacerdotisas movían las manos, acompañando el relato cantado. Simulaban un movimiento de olas, luego parecían abrazos. Ahora se balanceaban como acunando a un niño.

–¿Qué dicen? –insistí con curiosidad.

–Que hoy los peregrinos se sumergen en el mar. Que toman energía de la Madre primordial. Muestran cómo se siente la beatitud previa al nacimiento en el vientre materno. Para nacer, como Afrodita, a la virginidad plena, es bueno atravesar estos ritos mistéricos. Afrodita, diosa del amor, dueña de una increíble belleza, existía ya en los remotos cultos asiáticos. Su padre es Urano, dios del cielo. Es un dios ilimitado, sin forma, permanentemente creador, efervescente, interminable en su abundancia. Es un dios sin medida humana. Gea, la tierra, es el gran amor apasionado y loco de Urano. Saturno, el tiempo, es hijo de ambos. También llamado Cronos por los griegos, encarna el tiempo limitado y secuencial. Cronos, irritado por la grandeza de Urano, harto de tanto esplendor, decide castrarlo arrojando sus genitales al mar. El esperma del dios, en contacto con las aguas, fructifica.

–Y de esa unión nace Afrodita.

–Y de esa unión nace Afrodita –sonrió Gabriel–. ¿No te parece vagamente familiar esta historia? ¡Ah!, el tiempo siempre confina la medida del cielo, el tiempo castra nuestros cielos internos... Sin embargo, a pesar de tener que limitarse en la tierra, de este cielo infinito nace Afrodita, la diosa del amor.

–¿Y eso qué significa?

–¿No te das cuenta? El amor es más fuerte que la envidia de Cronos. ¡El amor vence al tiempo! El mismo tiempo que poda y limita al cielo posibilita la existencia de Afrodita, diosa del Amor.

–Así es el amor humano, mezcla de cielo y de tierra, ¿verdad? –dije, comprendiendo el sentido de aquel milenario acontecimiento y también el de muchos acontecimientos actuales.

Noté que las vírgenes habían subido la intensidad de sus cantos.

–Afrodita emergerá desnuda de las espumas del mar –siguió diciendo Gabriel–, en una barca que la llevará suavemente hasta la orilla bajo una lluvia de rosas rojas. Las sacerdotisas esperarán su aparición anunciada por las profecías. La diosa despertará el deseo más vital y arrasador que pueda imaginarse, los que la vean quedarán encendidos con su fuego. Eso aseguran los relatos mistéricos que estamos escuchando.

El griego hizo silencio, pero yo estaba ávida por conocer más.

–¿Puedes seguir traduciendo? –rogué.

–Afrodita marchará entonces hacia la tierra, al lugar donde estará emplazado su templo. Detrás, seducidas por su belleza, marcharán las fieras: los lobos plateados, los leones de color dorado, los osos gigantes, las elásticas panteras. Afrodita se instalará con su cortejo en el lugar exacto donde se ubica la gran Piedra Negra. Y las fieras, según aseguran los cantos –seguía traduciendo Gabriel–, harán el amor entre ellas, encendidas de pasión. El gozo de vivir y la pureza de la energía vital que irradia Afrodita son absolutos. Es una diosa y no tiene la medida humana. Dicen las sacerdotisas que quienes no ven con ojos puros este acontecimiento, aún no han atravesado el fuego de la NIGREDO. Afrodita iniciará a sus fieles en un amor tan poderoso como consciente. Las fieras que le obedecen son un símbolo; representan justamente lo que la diosa enseña: no permitir que la naturaleza meramente animal tome el mando en las historias de amor humanas.

–¿Pero –pregunté desorientada– cómo es que entonces viene acompañada por estas fieras?

–Son parte de la vida, Ana. Los instintos existen y tienen mucha fuerza. La mujer es poseedora de este secreto; sabe, como Afrodita, dominar a las fieras salvajes, sublimar los instintos salvajes, volverlos exquisitos. Afrodita navega por nuestros recuerdos genéticos al igual que Cibeles, diosa de la fecundidad y antigua Madre Tierra. Afrodita heredó de Ishtar y de Cibeles el don de la fertilidad y el poder de la naturaleza. Sin embargo evolucionó, espiritualizó el amor, lo sacó del contexto de fecundación y procreación, y despertó en sus fieles el sentido mágico. Les reveló los conocimientos del *Tantra* y del sexo sagrado. Los inició en las leyes de la atracción magnética masculino-femenina, en los secretos de la embriaguez del amor humano como reflejo del amor divino. Cada forma femenina que se presentó a través del tiempo en la tierra fue mostrando rostros cada vez más elevados de la madre divina. "Ella" hizo esto para que la humanidad pueda comprenderla; es como si fuera desplegando, de a poco, humildemente, toda su magnificencia. María, la Virgen Negra, contiene a la Madre originaria, a Cibeles, a Afrodita y a todas las diosas que la precedieron. María Virgen hereda el poder de la gran Madre Negra y el cielo la hace engendrar en la tierra al Avatar del Amor. María posibilita el milagro de este nacimiento. ¿Entiendes lo que estoy diciendo? Ella es infinitamente audaz en su fuerza femenina. Para comprender a María es necesario primero comprender que encarna en la tierra a la gran Madre Divina.

–Por eso Chipre es parte del Camino de los Misterios –reflexionó Marysia–, por eso llegaron a sus tierras los más grandes iniciados de todas las religiones en todos los tiempos.

–El Misterio de lo Femenino –siguió explicando María de Varsovia– tiene dos aspectos: el conocimiento del cuerpo y el conocimiento del alma. El segundo es la iniciación de María. En la primera iniciación se descubre el cuerpo como vasija sagrada y la materia como guardiana de profundos secretos. En la segunda iniciación se aprende a cuidar el alma. Finalmente el alma y el cuerpo comprenden a María Virgen, y ella inicia entonces a sus discípulos en los misterios de la femineidad sagrada.

Miré hacia lo alto... Cibeles ya había partido con los bravos leones bajo su mando. Sobre la arena, los peregrinos habían depositado infinidad de rosas rojas.

–Dentro del templo de Afrodita –dijo Gabriel, mirándome fijamente– se encuentra la Piedra Negra.

–Supongo que también es símbolo de algo –dije.

Gabriel asintió:

–Es el símbolo poderoso de la deidad femenina. La llevaban en sus manos Démeter, Isis, Hera, Diana, Atenea, Afrodita. Aspectos, rostros fugaces de la diosa madre primera. Luego vino María de Nazaret –dijo Gabriel con profunda emoción–. Pero ésa es otra historia.

De pronto acudió a mi memoria la Virgen de Czestochowa. Recordé haber visto, entre la niebla del incienso, que tenía al niño en sus brazos y que en su mano sostenía una misteriosa Piedra Negra...

–Cuando te inicies en los misterios de la Virgen –dijo Gabriel–, comprenderás que contiene todas las fuerzas de las diosas de otros tiempos y otra fuerza, diferente, jamás vista en esta tierra. María es la primera en manifestar esta nueva energía. María es el principio femenino de más alto voltaje espiritual que jamás se haya encarnado. Ya lo irás conociendo mientras te hospedes en nuestra isla.

En ese momento las vírgenes avanzaron hacia el mar. Los peregrinos las siguieron...

Gabriel me explicó entonces que en las fiestas afrodisias, de acuerdo con la más estricta tradición, los peregrinos se sumergen ritualmente en las aguas del mar azul zafiro, año tras año.

–Vamos con ellos, Afrodita te revelará sus secretos. ¿Te animas a comprobarlo?

Me dejé llevar por la brisa perfumada y por las aguas cristalinas. ¿O fueron las hadas quienes me guiaron hasta las tibias olas del Mediterráneo? Después de ese extraño atardecer verdaderamente afrodisíaco ¡puedo jurar que ese mar despierta los sentidos del cuerpo y del alma! Y no sólo eso: también es posible sentir por un momento el paraíso, lamentablemente perdido por un inocente mordisco.

Las gaviotas vieron lo mismo que las hadas, quienes, siempre pendientes de historias nuevas para armar sus cuentos de amor, revoloteaban sin pausa sobre las dos figuras sumergidas en el agua.

Las hadas dijeron que un círculo dorado envolvió a Ana y a Gabriel, como un resplandor grabado en las aguas mientras el sol desaparecía en el horizonte.

–¿Se trata de un encantamiento? –se preguntaron unas a otras–. ¿Es ésta, acaso, una señal? ¿Habrá sido sólo un reflejo, o será un caso de amor verdadero?

–Un misterio tan apasionante como el amor humano –dijeron las hadas más sabias, las de ojos como estrellas doradas– sólo se devela con el tiempo y debe permanecer en secreto hasta el momento indicado.

Y, dando por terminadas sus conjeturas, siguieron mirando el atardecer.

Con gran deleite me sumergí en el agua sagrada. Y en el mar azul de Chipre –no sé bien en qué tiempo cronológico, quizás en el presente o en un milenario pasado– mi forma anterior se disolvió para siempre...

–*¡Solve et coagula!* –exclamó María de Varsovia en el laboratorio alquímico, mientras agregaba unas gotas de mercurio a la solución del atanor. Luego de horas y horas de atenta vigilancia, destilaciones, filtraciones y dosajes, venía el lavado y la purificación de la materia en el laboratorio–. *Solve...*–dijo María con los ojos brillantes, fijos en el crisol–, una vieja forma se está disolviendo. *Coagula...* otra historia comienza en este momento. El sol se baña en el abismo oriental.

Jurek y Marysia miraban con admiración a su maestra.

–Se están uniendo el agua y el fuego –dijo Jurek–. ¡Gracias al cielo!

–¿Qué ves? –preguntó Marysia con terrible curiosidad.

María cerró los ojos para ver mejor y dijo:

–El fuego se une con el agua y en el cielo de Chipre está anocheciendo. Ana está dando los primeros pasos en la ALBEDO, al tomar el baño ritual. Después de la NIGREDO, su alma y su cuerpo quedaron receptivos y se despertó en ella la sed de cielo, la sed de ternura, de paz, de deleite, de pureza, de seguridad, de amor. Esto sucede con todos los peregrinos.

–¿Qué más ves? –preguntó Jurek.

–¡Ana está llorando de felicidad! –contestó María, también emocionada–. Suele pasar en esta etapa. Veo que el agua tibia la mece entre sus olas y sé que su piel *siente* el roce del mar. Y veo también que el amor se acerca y que Ana está bajo su hechizo. Pero aún no es el tiempo, antes debe aprender profundos secretos de la virginidad... Ahora se están preparando a nivel sutil sus encuentros en la aldea –dijo María abriendo los ojos y mirando los espejos para asegurarse que era correcto lo que estaba diciendo–. Antes de atravesar el umbral de la iniciación virginal, era preciso que vaciara su mente y purificara su campo energético. La inmersión en el mar tiene un sentido iniciático: es la eliminación de toda actividad mental. Hay cosas que sólo se comprenden con el corazón, Ana está lavando su alma de todo pensamiento para adquirir la vacuidad.

–¿Qué es la vacuidad? –preguntó Marysia, intrigada.

–Comprender con el alma, hija.

–Comprender con el alma... –repitió la aprendiz.

–Los chinos lo llaman pureza de corazón –dijo Jurek.

–Iré al oratorio, cuiden el fuego –ordenó María, dando por terminada la conversación.

Los tres se acercaron al atanor.

–Las oraciones forman parte de la obra del laboratorio y de la vida real –oyeron murmurar a la alquimista, mientras desaparecía en el cuarto de oración–. Sin ellas... la transmutación no sería posible.

–Éste será el desembarco que presenciaremos –dijo Gabriel, mientras sus cabellos se secaban con la brisa del mar–. Mira el horizonte, verás que entre el mar y el cielo se forma una zona de color naranja cada vez más intenso y cambiante. Mira ahora más profundamente, o sea con todo el cuerpo, no sólo con los ojos. Mira con las manos, con los brazos, mira con la piel, siente...

Unas líneas de color violeta estaban apareciendo en el horizonte. Respiré instintivamente para ver el crepúsculo. Inspiré ávida, con todo mi ser.

–El drama del crepúsculo se juega en ese franja intermedia –susurró Gabriel–. Entre el mar y el cielo... No dejes de mirar... respira... El espacio terrestre va a sumergirse en otro mundo, en otra noche, en otro tiempo: en el tiempo de los dioses. La desaparición de lo uno, de lo terrestre, es anuncio del acercamiento de lo otro, de lo celeste. Mira, Ana: un nuevo espacio y un nuevo tiempo vienen emergiendo desde los reinos celestes; los dioses se acercan, y ya estamos en el crepúsculo.

Gabriel hablaba muy serio, y toda la peregrinación, inmóvil, observaba el mar naranja y rojo.

–Ten mucho cuidado en este momento –dijo Gabriel bajando la voz–. Toma con firmeza el cordón de la gracia. Nuestro lugar de humanos está exactamente en el medio, entre el reino terrestre y el reino celeste. No debes dejarte absorber completamente por el crepúsculo, ni por los dioses... podrías no retornar. Fija un ancla a la tierra, apóyate en ella, siente tu fuerza, tu permanencia.

Intenté hacer lo que Gabriel me indicaba. Todo mi ser sabía que el griego tenía razón. Estaba tan conmovida que me era imposible decir nada.

–Siente tu cuerpo, es la mejor manera de fijarte a la tierra. Ahora sí... deja ir todo lo que ya no sirve. Deja que el crepúsculo se trague el viejo tiempo y el viejo espacio de tu vida. Un nuevo espacio y un nuevo tiempo vienen navegando con los dioses para desembarcar en la tierra. Está llegando Afrodita.

Gabriel miraba el horizonte, ahora absolutamente rojo.

Dirigí la vista a los que nos rodeaban. Había peregrinos, sacerdotisas, Conspiradores y... me quedé sin respiración: mezcladas entre todos nosotros, esperando en la orilla, había una multitud de hadas con los ojos centelleantes. Estaban sentadas graciosamente sobre las piedras, con sus vestidos de colores suaves y vaporosos, en pequeños grupitos de dos o tres, contemplando el atardecer. Las estrellas, en sus ojos, iban cambiando de color: reflejaban el dorado, el naranja, el violeta del cielo.

–No te quedes mirando –observó Gabriel, comprendiendo de que había quedado hipnotizada por las hadas–. Podrían sentirse ofendidas por tu curiosidad, y cuando vuelvas la vista desaparecerán. Ellas pasan en instantes de los mundos sutiles al mundo físico. Tienen ese don y ese arte. También hay gnomos y ángeles y muchas otras presencias inquietantes.

Vi la mirada de Gabriel perdida en el atardecer.

–Los crepúsculos –dijo, mirándome a los ojos– son momentos de encuentro entre los dioses que se acercan a la tierra y los humanos que esperan el misterio.

Nace Afrodita

Los cánticos subieron en intensidad. El cielo del crepúsculo se tiñó de inminencia: presentí que algo estaba por suceder. Una nube violeta cambió de color mezclándose con otra naranja y desde el mar ascendió una cortina rojo sangre.

Sentí en mi cuerpo una fuerza volcánica y ardiente. De pronto, vi una barca acercándose hacia la orilla. Iba escoltada por cuatro sacerdotisas. Sus vestidos blancos estaban completamente mojados, noté que el agua llegaba hasta sus cinturas y que la barca... estaba vacía.

El silencio entre los presentes era total, sólo se escuchaba el sonido de las olas rompiendo en la playa. La brisa volvió a soplar suavemente, agitando los cabellos negros de las sacerdotisas y sus vestidos transparentes. Sus movimientos eran admirables, distinguidos... espléndidos. Sus cuerpos eran perfectos.

Repentinamente, vi a un ángel suspendido sobre la barca. Era uno de esos bebés con alas, pícaro y regordete. Sostenía un arco tensado con una flecha de oro.

–Es Eros –dijo Gabriel en mi oído–. No te confundas, no es un ángel, sólo se lo representa como tal. Es un dios griego. También se lo llama Cupido y es hijo de la diosa del amor. Ten cuidado de no ser blanco de sus flechas: caerías rendida ante el hechizo de alguna pasión.

Cuando Gabriel terminó de decir estas palabras se abrió un espacio entre los peregrinos, como si alguien hubiera descendido sobre la playa e iniciara una caminata por la arena.

–Gabriel –murmuré, perturbada –. ¿Qué ves?

–Shh... –dijo–. Unos ven, otros no. No tiene importancia...

Sobre la blanca arena se marcaron claramente unas pisadas... Las vírgenes arrojaron flores sobre las huellas, eran rosas rojas como el cielo del crepúsculo. Yo no podía despegar los ojos de la arena: las marcas eran de unos pies perfectos. Los turistas y peregrinos siguieron el cortejo, que se dirigía ahora hacia la escalera del acantilado.

Mientras tanto, Cupido sobrevolaba la escena con gesto divertido, apuntando a varios peregrinos con su temible flecha de oro.

–¿Adónde van? –pregunté a Gabriel tratando de reponerme.

–Hacia el lugar donde se encuentra el santuario. Año tras año, en el ritual del nacimiento de Afrodita, se repite aquel momento magnífico e inolvidable después del desembarco. Seguida por su séquito de fieras salvajes y por los que han confiado en las profecías, la diosa asciende por el acantilado –dijo, como siguiéndola con la vista–. Está completamente desnuda, es bellísima, magnífica. Sus pasos alborotan las aves, desatan los vientos, encienden el deseo. Tiene el fuego del cielo y el magnetismo de la tierra. Hechiza por igual a los dioses y a los mortales con sus formas perfectas y su libertad perturbadora.

Noté que Gabriel, al hablar, estaba relatándome todo... tal como lo *veía*.

–Hereda de su madre tierra, Gea –continuó, mientras miraba la escalinata del acantilado por donde ascendían las sacerdotisas escoltando a la misteriosa e invisible presencia–, el don de la fertilidad y la belleza de la naturaleza. De su padre, Urano, hereda en cambio la desmesura del cielo. Es irresistible...

Lo miré de reojo: tenía la expresión característica del varón hechizado por los encantos femeninos. "El de ahora y el de hace mil años", pensé. "No hay diferencia."

–La mujer atrae, subyuga, marea –siguió Gabriel con voz seductora–. La mujer, consciente de su ser femenino, sabe que tiene consigo la fuerza concreta de la Madre Tierra y la inmensidad del Padre Cielo. La mujer es un abismo infinito dentro de una forma terrena apresada en la materia –murmuró.

–Y el hombre... –dije, mirándolo embelesada.

–El hombre es fuego creador. Rayo que penetra y fecunda, es potencia, es deseo de creación. La mujer es materia que resiste y otorga consistencia. Lo masculino conquista y lucha. Lo femenino atrae y espera.

–Por eso lo uno no existe sin lo otro –dije, y enseguida me arrepentí...

–Lo masculino sale a buscar el objeto de su deseo –dijo el griego clavándome sus ojos negros–. Lo femenino sabe qué es ese objeto sagrado. ¿Qué movería al hombre si no hubiera resistencia –me preguntó Gabriel, tomándome del brazo–, secreto escondido, tesoro para conquistar? ¿Qué esperaría la mujer si no existiera el rayo del cielo para encender su fuego?

–La verdad es que no sé –dije con un hilo de voz.

Sentí que estaba a punto de desmayarme... Levanté la vista. No podía ser, pero vi claramente a Cupido detenido sobre nosotros, aleteando y acomodando la flecha de oro para no fallar su puntería.

Sin embargo, Gabriel continuó hablando como si no lo hubiera visto:

–Éste es uno de los grandes secretos de cómo se engendra la vida física en el universo. La vida espiritual sigue el mismo principio. Somos lo femenino con respecto a Dios. Él nos fecunda, nos persigue sin pausa. Nos busca, nos conquista. Nosotros le ofrecemos resistencia y al mismo tiempo somos la sustancia que Él requiere para su creación. Dios es quien desea, nosotros somos lo deseado. Dios nos expande y abre espacios adentro de nosotros para que por ellos circule su cielo.

Gabriel hablaba con tanta pasión y el atardecer era tan deslumbrante... Respiré profundamente anhelando que este momento fuera mío para siempre.

–Gabriel –dije, entregada–, ¿dónde vamos ahora?

–Seguiremos la procesión hacia el templo –dijo, indicándome que lo siguiera–. No lejos de aquí, a unos cinco kilómetros, está el lugar marcado por la Piedra Negra. ¡Pongámonos en marcha!

Los peregrinos habían dejado en lo alto canastos con flores, frutos y granos que llevaban como ofrendas para el segundo día de las fiestas afrodisíacas. Observé que los alzaban sobre sus cabezas, sin dejar de entonar los cánticos rituales.

–El cielo siempre marca con una señal los lugares de la tierra donde las puertas que comunican los dos mundos están abiertas –dijo Gabriel–. Tú conoces algunos sitios: Santiago de Compostela en España, Fátima en Portugal, Notre Dame en París, Czestochowa en Polonia. Todos están construidos sobre antiguos lugares paganos. Esto es natural, las nuevas religiones toman para sí la fuerza sagrada de la tierra y la energía acumulada por otros ritos. Ahora nos dirigimos a uno de los que permaneció intacto, a un sitio sagrado, netamente pagano.

Caminando entre los peregrinos sentí la presencia de las hadas y los gnomos... ¿Entonarían las mismas canciones? ¿Pisarían las mismas piedras? ¿Respirarían el mismo aire que respirábamos nosotros?

La noche nos cubrió con un azul profundo. Sólo había estrellas en el cielo de Chipre, la luna nueva estaba en su rito de amor con el sol.

–Ésta es una tierra sagrada, por eso forma parte del Camino de los Misterios –me explicó Gabriel, imperturbable ante la romántica caminata–. En sus entrañas late el yacimiento de cobre más rico del mundo. El cobre está asociado con Venus, es un metal femenino, receptivo y conductor. De allí proviene el nombre de la isla: *cuprus*, "Cyprus". Desde el primer día, los peregrinos de todos los tiempos sienten la perturbadora certeza de estar en un lugar mágico...

–Me pregunto en qué tiempo estaremos.

–En el presente –contestó Gabriel–. Esto es gracioso y difícil de entender, pero *siempre estamos en el presente.* Como te contaba, apenas los peregrinos descendieron de sus barcas, provenientes de todas las tierras que baña el Mediterráneo, descansaron por un día en los jardines sagrados de Yeroskipos.

Caminábamos por un sendero elevado. El mar murmuraba allá abajo secretas canciones. Tan secretas como los cánticos rituales que acompañaban a la peregrinación encabezada por una diosa, cuyas huellas yo había visto marcarse en la arena con mis propios ojos. Miré hacia arriba: Cupido había desaparecido. ¿Habría alcanzado a lanzar la flecha?

La misteriosa caravana seguía avanzando tras las pisadas de la diosa del amor, del placer y de la belleza. Yo marchaba junto a un hombre de ojos encendidos, vestido de blanco, acompañada de aldeanos, turistas, hadas y gnomos, bajo un cielo preñado de estrellas, en la primera noche de la luna nueva. El perfume de las flores y las frutas se mezcló con el sabor marino de la brisa nocturna. Mientras tanto, Cupido, en la oscuridad de la noche, revoloteaba planeando historias de amores apasionados, ardientes, imposibles de ser resistidos por los seres humanos, aunque ellos no se dieran cuenta.

Me pregunté por María de Varsovia, y vi a todos mis amigos con los ojos del amor.

La alquimista descansaba por unos instantes de su atenta vigilancia a la obra alquímica. Había aceptado un té de rosas que Marysia acababa de preparar.

–Ana tiene una madre y una hija –dijo María con voz pausada, sorbiendo la infusión, y mi corazón dio un vuelco de alegría–. En este momento, están marchando junto con ella hacia el templo de Afrodita. Puedo verlas claramente –susurró mientras miraba los espejos donde se reflejaba la peregrinación.

–¿Cómo es que esto está sucediendo? –preguntó Marysia asombrada.

–Cuando damos los pasos hacia la iniciación en los misterios femeninos, toda nuestra línea genética viene con nosotros. Lo que procede del pasado y lo que sigue hacia el futuro, no es ni más ni menos que una línea continua –explicó la alquimista, sin apartar los ojos de los espejos.

–¿Pero, también hicieron el viaje con Ana? –intervino Marysia.

–Nada de eso. Quiero que miren bien en los espejos para comprender que se trata de presencias sutiles. Lo que vemos son, en realidad, cadenas energéticas.

–Sin embargo la iniciación se cumple de distinta manera –dijo Jurek.

–La iniciación femenina tiene dos etapas decisivas –explicó María–. Vayan aprendiéndolo. En la primera se descubre nuevamente el cuerpo y se despiertan los sentidos. El cuerpo es la vasija sagrada que contiene el alma. Es un atanor alquímico y también es la materia prima sobre la que trabaja el adepto. ¡Oh, qué tesoro tan codiciado! Nunca envejecer...

Así me sentía yo en ese momento: nunca envejecería...

María esbozó una misteriosa sonrisa.

–Los chinos –dijo– descubrieron el elixir de la juventud eterna y la aplicaron a su cuerpo restableciendo para siempre su estado original de frescura y belleza. Amir trajo pócimas de este preciado elixir a Varsovia, lo recuerdo como si hubiera sido hoy. El cuerpo tiene puertas secretas que nos comunican con el cielo que llevamos dentro –murmuró la alquimista mirando al joven de ojos asombrados.

–¿Los *chacras*? –preguntó Jurek.

–No solamente –contestó María–. Cuando se despiertan nuestros sentidos sutiles descubrimos que el cuerpo es mágico y que está conectado con el cielo.

–¿Mágico? –preguntó Marysia algo incrédula.

–¡Ah! –dijo María–, el cuerpo está encantado. Por ejemplo, es bueno saber que las manos son misteriosas, que tienen el poder de mover los éteres y producir acontecimientos. ¿Sabías que los cabellos acumulan energía? ¿Que hay una enigmática línea de fuego que corre por la espalda y que llega hasta Dios? ¿Que el oído es una gruta iniciática?

–¿Y por qué Ana está ahora en los rituales de Afrodita? –quiso saber Jurek–. ¿Cuál es su relación con el Camino?

–Se trata de volver a las fuentes de los misterios femeninos. La caravana que avanza bajo las estrellas de Chipre sigue las huellas de la diosa madre primera, la que tiene las claves perdidas durante siglos y que es preciso recuperar porque son patrimonio de la humanidad.

Jurek y Marysia se sintieron conformes con la explicación.

Seguí caminando con Gabriel por las orillas del Mediterráneo, y llegamos al templo... Mientras la procesión se dispersaba entre las ruinas, vi que las columnas estaban caídas y que todo parecía haber sido abandonado desde hacía mucho tiempo. Las piedras diseminadas hablaban de los siglos transcurridos desde el cierre oficial de los templos en honor de Afrodita, efectuado, según me informó Gabriel, en el siglo IV d.C. ¿Se trataría de una reconstrucción similar a la del laboratorio de Varsovia? ¿Es que la humanidad, siguiendo una misteriosa consigna, estaba rescatando, lugar por lugar, los antiguos sitios de poder? Tal vez pronto lo sabría.

Las sacerdotisas rodearon una gran Piedra Negra de forma cónica y prepararon una hoguera. Después, se sentaron en semicírculo frente a la imponente marca de la diosa. Parecían percibir una presencia...

Gabriel se acercó al grupo, que ahora encendía decenas de velas y untaba ritualmente la piedra con aceite. Intercambió unas palabras en griego, hizo un gesto con la cabeza, como honrando una presencia invisible y magnífica. Cuando regresó a mi lado, mi curiosidad me traicionó.

–Gabriel, ¿por qué tú ves a la Diosa y yo no logro distinguirla?

–Porque la visión externa es sólo un reflejo de la visión interna –contestó Gabriel–. El día en que tu poderoso ser femenino emerja de las aguas del inconsciente, verás también a Afrodita como yo la veo viendo, sentada en su magnífico trono delante de la Piedra Negra.

–¿Mi ser femenino? ¿Quién es? ¿Es la mujer que está vestida de fiesta? ¿Tiene algo que ver con una imagen que aparece fugazmente reflejada en los espejos?

–Si, es ella –respondió Gabriel–. La mujer que tú eres está preparada para participar en la fiesta de la vida. Es hermosa y conoce su propio valor, porque es verdaderamente una reina. Uno tiene que empezar a parecerse a su alma.

–Qué curioso –dije–. Son las mismas palabras de Miguel, el guardia de la cueva del dragón.

Gabriel no me contestó. Los peregrinos armaban ahora pequeños lugares para dormir al aire libre, bajo las estrellas y bajo la presencia protectora de su Diosa.

–Las sacerdotisas se quedarán en vela vigilando el fuego sagrado –aclaró Gabriel–. Mañana te despertarás con una sorpresa.

No podía dormir, aun cuando nos habíamos acomodado muy cerca del fuego del altar sagrado, en el lugar preparado para el descanso de los peregrinos. A pesar de que los plumones y las almohadas de raso proporcionadas por las sacerdotisas eran agradables y suaves, estaba inquieta...

Desde la explanada del templo se divisaba el Mediterráneo, allá abajo, azul, oscuro, profundo. De pronto, presté atención a un extraño sonido proveniente del mar. Era como un rugido amortiguado, un sordo murmullo. "Gabriel también lo oyó", pensé con inquietud al ver que miraba atentamente en dirección al acantilado. Las sacerdotisas, que estaban sentadas en posición de loto sobre grandes almohadones rojos, no parecieron inmutarse. Seguían con los ojos entrecerrados mirando el horizonte estrellado. Sus manos descansaban sobre sus rodillas, con las palmas abiertas en dirección al cielo.

–Están recibiendo energía –dijo Gabriel en voz baja.

En ese momento, el rugido recrudeció y al mismo tiempo se escuchó un fuerte batir de olas y de aguas revueltas. Sentí un frío estremecimiento, Gabriel notó mi perturbación.

–Tranquila –dijo–, es el Tifón; no creo que salga del mar esta noche. Si lo hiciera, vendrán Zeus y Atenea para aplacarlo.

–¿El Tifón? –dije pálida, poniéndome de pie y asomándome al escarpado acantilado. Las aguas se veían turbulentas, con extraños remolinos. Algo se movía en las profundidades.

–¿El Tifón es un viento? –pregunté tontamente a Gabriel.

–No, es un monstruo mitológico. No temas. Te contaré su historia.

–Te escucho –dije, temblando.

–Este ser medio humano, medio bestia, tiene gigantescas alas negras y de sus manos brotan cien cabezas de dragón en lugar de dedos. Su enorme cuerpo está ceñido de víboras desde el ombligo hasta los tobillos, su parte inferior es semejante a la de un inmenso pez. Su parte superior es casi humana, a no ser por las llamas de fuego que despiden sus ojos llenos de ira. Y su tamaño... ese sí que es un tema: Tifón es tan grande, tan, tan grande, que con sus brazos extendidos puede tocar los dos extremos del mundo, Oriente y Occidente al mismo tiempo.

–Y se comenta –acotó una sacerdotisa– que el monstruo crece día a día.

Un sudor frío me recorrió la espalda.

–Tifón es hijo de Hera –siguió diciendo Gabriel–, una de las diosas más conocidas del panteón griego. Hera, esposa de Zeus, engendró al coloso como consecuencia de un terrible ataque de envidia.

–¿De envidia? –pregunté, sorprendida por esta característica que suponía exclusivamente humana. La voz me temblaba. ¿Por qué los demás no se habrían alterado con los rugidos como yo?

–Los dioses griegos –continuó Gabriel– son espejos de pasiones y comportamientos humanos. Pero, convengamos, con ciertos toques excéntricos. Son formas casi psicológicas, arquetipos. Por eso... aún siguen vivos.

Las aguas se revolvían allá abajo; miré en dirección al templo para encontrar un escape rápido en caso de urgencia. No dudaría en huir si la terrible aparición intentaba poner una de sus garras en tierra firme. El rugido del monstruo marino se había hecho más fuerte y atravesó la noche estrellada haciendo vacilar las llamas de la fogata encendida en honor a Afrodita. Tifón se revolvía en el fondo del mar sin dar tregua a mi terror.

–Tranquila –dijo Gabriel–. Siempre está la contrapartida del mal.

–¿Por qué lo dices?

–Porque nosotros mismos podemos librarnos del Tifón: Atenea, la diosa de la inteligencia, es la otra cara del monstruo.

Gabriel tenía razón, pero de más está decir que no pude pegar un ojo hasta que amaneció. Eso sí: ni una sola vez me di vuelta en dirección a las ruinas; lo único que hice durante toda la noche fue mirar fija, obsesivamente, las sospechosas olas.

Las sacerdotisas

Cuál sería mi sorpresa cuando al darme vuelta en dirección al templo, luego de la extraña noche de perseverante vigilancia, vi que estaba totalmente reconstruido. "Alguien" había colocado prolijamente todas las ruinas en su lugar y un intenso movimiento rodeaba la Piedra Negra. Sendas columnas había sido instaladas a su alrededor, reproduciendo la forma del altar del templo de Afrodita, como si jamás hubiera sido derruido por el tiempo. Dos columnas principales flanqueaban la Piedra Negra, y otras dos secundarias la custodiaban a los costados. Una media luna de oro abierta hacia el cielo coronaba el altar que rodeaba la piedra, símbolo de la diosa primera.

–La memoria ha sido recuperada –dijo el griego.

Yo no lograba salir de mi asombro a pesar de haber visto tantas cosas extrañas en los últimos tiempos. El fuego sagrado seguía ardiendo como hace siglos y en algún lugar, entre la piedra y el fuego, aunque yo no consiguiera verla, estaba sentada Afrodita, en su trono de oro, jade, perlas y esmeraldas.

–Hace más de tres mil años se colocaron los cimientos del primer templo dedicado a la diosa –me explicó Gabriel, sorbiendo el humeante té de rosas endulzado con miel de la isla–. ¡Qué maravilla poder verlo ahora, reconstruido en todo su esplendor!

Me pregunté qué nuevas maravillas tendrían lugar.

–El tercer día está dedicado a las ofrendas –informó el griego y, después de paladear la infusión con verdadero placer, agregó–. Esta bebida aclara la visión sutil. Si fuera té de menta despertaría la agudeza de los pensamientos.

Desde el amanecer, los adoradores del amor fueron depositando oro, vino y trigo a los pies de la diosa. Y siguieron ofrendándole, durante todo el día, flores, panes, frutas y cereales, perfumes de oriente, joyas, inciensos.

Allí mismo los peregrinos eran untados con óleo por las sacerdotisas en enigmáticos rituales.

–El óleo simboliza la pureza –me explicaba Gabriel–. Es usado en forma de aceite para alimentar la luz de las lámparas que iluminan la noche. ¿Ves la analogía entre el mundo concreto y el reino sutil? El óleo es al mismo tiempo purificador y protector. ¡Ah sí!, el óleo es fijo por naturaleza, es impermeable. Y, al ser aplicado sobre los *chacras* o centros vitales, los sella impidiendo que penetre el mal.

–¿Qué significan el vino y el trigo? –pregunté a Gabriel cuando vi a los peregrinos llevar canastas repletas de granos y odres rebosantes de vino.

–El vino es el azufre de la obra alquímica, el elemento fijo. El trigo es el mercurio, el elemento volátil. Unidos, luego forman el pan y el vino de las tradiciones cristianas. La misa es también una obra alquímica. Amir te explicará muchas cosas en la Capadocia.

Vi que los peregrinos se postraban para hacer las ofrendas, apoyando su cabeza sobre la tierra en un gesto que yo conocía de los rituales ortodoxos griegos y musulmanes.

–¿Qué hacen?

–Se rinden, entregan su mente racional, sus pensamientos, adoran a la diosa con el corazón –dijo Gabriel en voz baja–. Unen su cabeza con la tierra, con la fuente primaria de la vida. Esta posición se llama postración y fue adoptada por los hesicastas, los monjes poetas que hablan con Dios a través del cuerpo.

–¿Dónde están esos monjes? –pregunté con curiosidad.

–En Chipre hay muchos monasterios de hesicastas, todos pertenecientes a la tradición oriental. Gregorio, el maestro de los colores, es de esta orden.

Un viento cálido y persistente comenzó a agitar los vaporosos velos de las sacerdotisas, a serpentear entre las ofrendas y a envolvernos con un delicioso aroma a frutas maduras.

–¿Hueles los frutos? –dijo Gabriel aspirando el aire perfumado y señalándome las ofrendas–. Son símbolos de abundancia y manjares usuales en todos los banquetes de los dioses. Los higos tienen un simbolismo muy antiguo, los eremitas egipcios y luego los cristianos se alimentaban ritualmente con ellos. Se los asocia al conocimiento iniciático. También a las ceremonias de fecundidad. Buda obtiene la iluminación bajo una higuera. Adán y Eva, al verse desnudos, se tapan con hojas de higuera simbolizando la búsqueda de la perfección perdida.

–¿Y la manzana? –pregunté, fascinada por los simbolismos de las frutas.

–La manzana tiene diversos significados: en alquimia, si es de oro, representa el azufre; desde la antigüedad es la fruta de la magia, de la ciencia y de la revelación. Tiene también la tradición de ser regeneradora y dadora de nueva vida. Las granadas son las frutas de Afrodita, así como entre las flores lo son las rosas. Es una fruta sensual y tentadora, símbolo de la fertilidad y afrodisíaca por excelencia. En la cristiandad pasa a ser un símbolo de fecundidad espiritual.

Vi que el incienso ofrendado por los peregrinos se elevaba suavemente entre las flores y los frutos haciendo más mágico el momento.

–¿Ves? –continuó Gabriel–. El incienso lleva las plegarias al cielo, los peregrinos están haciendo sus pedidos.

–¡Qué hermoso!

Gabriel me miró a los ojos y se puso muy serio.

–¿Cuál sería, para ti, Ana, la mayor ofrenda que harías a la divinidad? ¿Qué te costaría más entregar? ¿Cuál sería el don más preciado en tu vida moderna?

La respuesta surgió enseguida:

–Mi tiempo –contesté.

Gabriel me miró desde el fondo de sus ojos negros, dos carbones profundos como abismos.

–Un ángel te sopló la respuesta –dijo–. No podía ser más verdadera. Ésta es la mayor carencia de la cultura occidental, no hay tiempo para el diálogo con la divinidad. Se considera un gran sacrificio dar esta ofrenda al cielo.

Estábamos sentados muy cerca del lugar de las ofrendas, sobre una piedra plana que debería de haber pertenecido al templo original. Los inciensos se elevaban en la noche como espirales perfumadas. Las fogatas y las velas iluminaban el apuesto rostro de Gabriel... ¿Quién sería el que me miraba de esa manera que encendía el alma? No podía evitar la pregunta, pero dudaba en hacérsela.

¿Quién sería Gabriel? Veía a mi lado a un asceta, luego me parecía ver a un apasionado joven griego. Por instantes era un ser lejano y etéreo, en otros momentos era terrenal y magnético.

–¿Quién eres, Gabriel? –me animé finalmente a preguntar–. ¿Cuál es tu verdadero rol en la Conspiración?

–Soy monje –contestó–, discípulo de Gregorio el Iconógrafo, el maestro de los colores. Hice votos de castidad, obediencia y permanencia. Soy, por supuesto, alquimista y Conspirador de la Gracia.

Gabriel debió de haber visto mi expresión perturbada y desvié la mirada hacia el mar en un intento de disimular el bochorno. Tenía ganas de agarrar a Cupido por su delicado cuello y encerrarlo en una jaula: él era el responsable de mi confusión. En ese momento me pareció escuchar una risita ahogada, exactamente detrás de unas columnas que adornaban el fastuoso templo de Afrodita. Cuando me volví hacia la dirección de donde provenía la risa, con la decisión absoluta de vengarme del gracioso hijo de Hermes y Afrodita, Cupido ya había desaparecido dejando una estela luminosa.

–Por un momento me enamoré de ti –le dije en voz baja mirando las piedras del piso.

–El amor que está marcado en tu destino te espera un poco más adelante –susurró Gabriel, impasible.

–¿Cómo lo sabes? –pregunté, balbuceando atropellada–. ¿Qué sabes?

Pero esta vez no pudo contestarme. En ese momento, todos los asistentes se habían puesto de pie y entonaban un cántico a Afrodita. Me quedé pensando...

–Antes del amor está la virginidad –susurró Gabriel en mi oído–. En este renacimiento de la obra en blanco encontrarás una nueva forma para todo, también para el amor. Te faltan todavía algunos pasos para la obra en rojo, la RUBEDO. Allí te encenderás con un fuego tan ardiente, que toda tu visión del mundo cambiará y también tu manera de estar en él. Es inútil que te explique lo que te espera, no lo entenderías.

Los inciensos perfumaban el aire de esa mágica noche de Chipre. Me quedé mirando, resignada, las danzas rituales que ahora realizaban las sacerdotisas en honor a Afrodita, acompañadas por hermosos jóvenes con aspecto de sacerdotes, todos vestidos de blanco. Sus cuerpos se movían al ritmo de los cánticos, con pasos elásticos, felinos, magníficos.

"Así que Gabriel era un monje", pensé. "¡Haberlo sabido de antemano!"

Me reí de mí misma, no estaba tan equivocada al sentirme atraída por él. Después de todo, un monje debe haber conocido el amor en algún momento de su vida y Gabriel era encantador. "Pero no importa", pensé, "lo que estoy viviendo es igualmente fascinante y supera cualquier fantasía". Era lógico que me enamorara de mi acompañante... ¡si me estaba enamorando locamente de la vida! Jamás pensé que existían estas revelaciones, estas experiencias, estos...

–... misterios –aclaró Gabriel sonriendo.

Paré mi diálogo interno. Estaba corriendo un serio peligro de hacer el ridículo: Gabriel podía leer todos mis pensamientos. En un solo instante dejé de hacer conjeturas y de sacar conclusiones...

–¡Te va a hacer bien! –acotó mi compañero–. La mente interfiere en experiencias como esta. Y es una mala, muy mala consejera.

De pronto me estremecí: sopló un viento cálido y las hadas se alteraron.

–María –invocaron, inquietas, cerrando los ojos para poder ver mejor a la alquimista–, escúchanos desde tu lejana Varsovia, no te distraigas ni un segundo. Hay presencias indeseables en la fiesta de la diosa del amor. ¡Debes conjurar este peligro!

Las hadas se quedaron despiertas durante toda la noche. Y a lo largo de todo ese tiempo, yo presentí que, ocultas en las sombras, misteriosas presencias que nada tenían que ver con las fiestas de Afrodita preparaban sus trampas y sus engaños.

Estaba amaneciendo... el cálido viento sur despertó a los peregrinos, que se sintieron inquietos sin saber por qué.

Hoy era el día culminante, el cuarto y último de las fiestas afrodisias y la curiosidad me devoraba. Tomamos el habitual desayuno servido por las sacerdotisas, que esta vez consistía en té de azahares y pan hecho con un oscuro trigo cultivado en la isla.

–Gabriel –dije–, quisiera hacerte una pregunta respecto de algo que siento a cada instante.

–Adelante, Ana.

–¿Cómo se logra reconciliar la seguridad y la libertad a la vez?

–Elevando el nivel de conciencia –contestó Gabriel–. En los tiempos de la Diosa Madre, única y poderosa, se buscaba intensamente la seguridad. Por eso se adoraban las características de la tierra: la fertilidad, su capacidad de dar vida, que es una de las formas del Amor. En esa época era necesario afirmarse en la tierra y aprender rápidamente los secretos y las leyes de la materia, aunque fuera todavía en forma intuitiva. Luego del anclaje de los seres humanos en el planeta, vendría, siglo tras siglo, el lento desarrollo de la conciencia. Aparecieron entonces los dioses, que reflejaban el despertar del espíritu oculto en la materia. Los dioses siempre se escondieron en la tierra.

–¿También ellos?

–Es que ellos eran los heraldos de la libertad. Nunca olvides estas dos fuerzas que habitan en ti y que se reflejan mutuamente. La materia merece respeto: es una fuerza poderosa, pero no debes subordinarte a ella. Es el espíritu quien dirige y ordena la vida y, para manifestarse necesita a la materia, que también es sagrada. La historia de la humanidad es el largo relato de la relación de estas dos fuerzas. Entre ellas vibra una tercera, que penetra los dos mundos. Esa fuerza es...

–¿El amor?

Gabriel asintió, sonriente, quedándose en uno de esos silencios que son más elocuentes que las palabras.

–Ya sabes –prosiguió– que del encuentro de energías tan dispares como lo son el cielo y la tierra, nace Afrodita, primera diosa entre los dioses, que representa el Amor consciente. Afrodita tiene varios amantes, y de cada uno de ellos nacen hijos que nos dicen mucho sobre nuestras propias historias... ¿Acaso no somos todos hijos del amor entre el cielo y la tierra? Afrodita y Hefestos, el dios del fuego y del metal, el mago que conoce los secretos de la alquimia, engendran a Hermes, Mercurio, dios de la sabiduría.

–Sí, lo recordamos –comentaron las hadas entre ellas, acercándose lo más que podían a nosotros–. ¡Ah, qué romance tan extraño! La hermosa diosa y el herrero cojo. Envolvamos a ambos en nuestros velos para protegerlos de las presencias extrañas –dijeron, mirando con disimulo hacia los costados.

–Afrodita, diosa del amor, y Ares, dios de la guerra y de la fuerza –continuó Gabriel–, gestan a Eros, el dios del amor que alborota la sangre, el dios de la pasión.

–¿El Cupido que vi en la playa?

–¡Ese mismo! –Gabriel sonrió ante mi pregunta –. Pero ahora te contaré un poco de la historia de nuestra amada isla. Ven, sentémonos aquí hasta que se calme un poco este viento tan caluroso. Mil años antes de Cristo llegaron los fenicios, procedentes de las costas sirias, trayendo consigo el comercio y la cultura de occidente. Un poco más tarde lo hicieron los griegos desde Creta y Tesalónica. Después, cien años más tarde, desembarcaron los asirios. Cada uno de ellos y los que les siguieron nutrieron nuestras tradiciones religiosas, luego llamadas paganas. Los misterios iniciáticos fueron introducidos por los egipcios en el siglo VI a.C. Pero trataré de ser breve para no cansarte con tanta historia, Ana.

–No, no, puedes seguir –dije.

–No, no, puedes seguir –repitieron unas vocecitas–. Nos interesa muchísimo.

–¿Quién está hablando? –pregunté, conociendo la respuesta.

–Las hadas que, sentadas a nuestro lado, siguen atentamente mis relatos –comentó Gabriel, señalando a las criaturas fantásticas, de ojos verdes (bueno, más bien parecían celestes... ¿o eran dorados?)–. Les encanta la historia. Para ellas es como una anécdota conocida. Viven muchos años.

–Por favor, continúa –pidió el hada con suma cortesía.

–Bien –dijo Gabriel sin inmutarse–. En el siglo V a.C. arriban los persas con su lujo y refinamiento. A través de ellos se conocen los secretos de Zoroastro, su máximo sacerdote e iniciado. En el año 332 a.C. llega Alejandro Magno, el gran conquistador griego. Con él desembarcan todos los dioses de las últimas generaciones del Panteón. Los dioses griegos tienen una particularidad, sobre ellos se proyectan tanto las características humanas como las divinas. Son dioses alquímicos y grandes maestros para nuestros días. Sus historias contienen todas las posibles situaciones que vivimos o viviremos en algún momento de nuestras vidas.

–Y tienen historias increíbles –interrumpió un hada–, más extrañas todavía que las nuestras.

–Ya lo creo –Gabriel miró con ternura al hada que estaba reclinada sobre una roca, con su vaporoso vestido celeste prolijamente acomodado sobre las piedras.

–Afrodita estaba en su apogeo cuando los romanos invadieron violentamente la Isla del Amor. Se quedarían aquí casi cuatrocientos años. Paphos, el centro del culto a Afrodita, fue consagrada como la nueva capital de Chipre. En esa época, Marco Antonio ofreció a Cleopatra la isla por considerarla de una belleza superior a cualquier otro territorio conquistado.

–¡Ah!, ese incidente fue ampliamente comentado –acotó el hada–. Cleopatra amaba a las hadas y sabía que cientos de nosotras vivíamos aquí, al igual que lo hacían las sirenas y las ondinas. Fue muy feliz con este regalo. Pero, pobrecita. ¿Por qué la hermosa reina del Nilo tuvo que terminar en forma tan trágica?

–¿Qué pasó exactamente con ella? –pregunté a las hadas, que estaban consternadas.

–¡Oh!, fue una verdadera tragedia, todas nosotras la recordamos –el hada debió de haberse puesto verdaderamente triste porque sus ojos se volvieron de color violeta–. Ella, una de las siete reinas de Egipto, célebre por su belleza... Ella, que cautivó por igual a César y a Marco Antonio, no pudo soportar la derrota de su amante. En una triste noche de luna llena, se dio muerte haciéndose morder por un áspid.

–Gabriel –interrumpí–, ¿la Conspiración ya existía?

El monje sonrió y, sin decir palabra tomó su medalla de la Virgen Negra. Un rayo de sol la encendió con un reflejo repentino. Luego dijo, mirando la imagen:

–La Conspiración es muy antigua. Noé fue el primer alquimista; María Virgen siguió la tradición del antiguo arte y recibió todos los conocimientos para poder hacer su propia transmutación. Más tarde vino el período bizantino, que se extendió entre los años 330 al 1131 d.C. Los monasterios se establecieron en esta etapa como custodios de los conocimientos iniciáticos de la religión cristiana y también de la alquimia. Ellos se llaman a sí mismos los custodios de la estrella, del poder.

–¿Cuál? –pregunté con un hilo de voz.

La mirada de Gabriel era tan intensa que apenas podía sostenerla:

–El Amor –susurró–. Pero para comprenderlo es preciso retornar a la inocencia.

–¿Cómo ser inocentes otra vez? –volví a preguntar, cada vez más intrigada.

–Naciendo de nuevo, volviéndose niño. No se trata de ser irresponsables, o de ilusionarnos con falsas expectativas. Se puede ser inocente siendo completamente realista.

–¿Cómo? –volví a insistir.

–Con la verdadera iniciación femenina. Tú vas hacia esa experiencia, que sucederá en la aldea. Cada parte tuya ansía ser inocente, liberarse de las cargas y de las trabas. Cada célula ansía ser virgen... borrar las marcas del tiempo. Nuestra cultura tiene esta necesidad profunda y no sabe por qué. El rito de la eterna juventud tiene su origen en el deseo inconsciente de recuperar la inocencia. Los alquimistas chinos sintieron la misma ansiedad y elaboraron el elixir de la eterna juventud. Los alquimistas occidentales descubrieron otra manera, otra forma para renacer.

–¿Por qué lo ocultaron? –pregunté.

–Sí, ¿por qué?, ¿por qué? –insistieron las hadas, indignadas y con los ojos centelleantes.

–No lo ocultaron –dijo Gabriel tranquilizando a las hadas–, transmitieron los conocimientos sólo a los verdaderos buscadores. Debían llegar los tiempos previstos por la Conspiración para revelarlos al mundo entero. La humanidad tenía que pasar por la NIGREDO, caer en el dominio absoluto del dinero, para poder sentir, como una daga clavada en el pecho, la necesidad de Dios. Este tiempo es el que estamos viviendo, ahora vendrá el renacimiento; estamos en un mundo de polaridades, aprendemos más sobre Dios si lo sentimos como una ausencia desgarradora.

–O sea –dije– que fue necesario llegar al estado actual de deterioro y de angustia para volver a ansiar la inocencia y buscar la información.

Gabriel y las hadas me miraron con asombro.

–Vemos que comprendes rápidamente –dijo una de ellas.

Gabriel siguió con mi iniciación:

–Lo femenino –dijo–, la regeneración, el amor, la parte blanda de la vida, comienza ahora a tener mucho valor en nuestra existencia concreta. Un viento de frescura y alivio soplará en los finales del milenio... ¡Ya lo verás! Luego de siglos de rígida cultura patriarcal, la Madre, la Mater, retornará ahora para envolvernos en sus brazos tiernos, cálidos y protectores y conducirnos al renacimiento. Algunos la llaman María, otros Sophía, otros simplemente Madre Cósmica. Es seguro que, cuando caigas en los brazos de la madre, será inevitable tu transmutación. Esto sucedió y sucederá en todos los tiempos.

–Pero, y aquellos que no la conocen por no pertenecer a una religión, ¿dónde la encuentran?

–¡Oh! –contestaron las hadas a mi pregunta con la sabia sencillez de los seres sutiles–. Pueden sentirla en la naturaleza... Bajo la sombra frondosa de un árbol. En contacto con la tierra... En el agua del mar... que lava todas las penas.

Gabriel miró en dirección al altar. Sentí el irrefrenable impulso de acercarme a la Piedra Negra para recibir su fuerza. No era la única: varios peregrinos se habían reunido junto al altar mientras las sacerdotisas danzaban al compás de cantos rituales.

Llegué hasta la Piedra Negra y la abracé intensamente con todo mi cuerpo, apoyando también mi cabeza sobre su superficie. Recibí una oleada de calor y de energía de tal intensidad que apenas pude sostenerme en pie. Sentí la vida circulando por mis venas y respiré profundamente, apropiándome de este momento. Perdí la noción del tiempo, mi cuerpo se disolvió en el abrazo de algo o alguien que me sostenía y fortalecía más allá de toda medida.

–La memoria de la raza humana está conservada en su interior –dijo Gabriel.

María estaba volcando una pequeña cantidad de licor alquímico en diminutas copas de oro.

–¡*Solve et coagula!* –dijeron al unísono María, Anancestral, Jurek y Marysia a manera de celebración–. Se disuelve la debilidad y la duda. Se encarna el poder de Mujer y Madre, eterno, inmutable, irresistible.

El licor dio calor a sus cuerpos y los reconfortó para seguir adelante en la obra de laboratorio. Quedaron tan fortalecidos como yo misma, que había recibido, en un profundo abrazo, la fuerza original de la Madre primera, la Magna Mater en sus varias formas: Como Afrodita, me dio amor libre y generoso. Como Ishtar, potencia vital. Como Cibeles, energía telúrica. Como Démeter, fertilidad. Como Perséfone, transmutación. Como Sophía, sabiduría.

Ahora iba a comprender realmente a María. La más audaz y reveladora, la iniciada, la alquimista, la dueña de todas las fuerzas, más una completamente nueva.

–Sin embargo es preciso estar atentos –dijo María, redoblando la vigilancia–. Las hadas me advirtieron de presencias indeseables en la fiesta de Afrodita, y además está soplando el inquietante viento norte.

Gabriel se acercó silenciosamente y, desprendiéndome del abrazo a la Piedra Negra, señaló unos pequeños grupos circulares que se estaban formando en el acceso a lo que fuera el templo.

–¡Vamos! –dijo con voz calma y profunda–. Las sacerdotisas están explicando a los peregrinos las fórmulas alquímicas de origen egipcio, hindú, babilonio y griego. Tenemos poco tiempo disponible antes de partir: el viento ha amainado y la aldea nos espera. ¿Quieres aprender algunos de los secretos de Afrodita?

–Todos –dije con los ojos brillantes de expectativa.

Comenzamos a pasearnos entre los círculos. Sentadas en el piso, las sacerdotisas revelaban en ese único día del año las propiedades mágicas de las plantas, de las especies, de los aceites y de las tinturas alquímicas.

–Acércate al grupo que más te llame la atención –susurró Gabriel en mi oído–. Allí estará la información que necesitas. Las hadas irán contigo.

Me intrigó el delineado de los círculos, parecían dibujados en el piso de piedra con... sal. Recordé las propiedades protectoras y la barrera impenetrable que forma la sal si se esparce en forma de círculo. Sabía que al entrar en ese recinto se puede tener la seguridad de evitar toda clase de perturbaciones.

Las hadas también se quedaron tranquilas:

–Dentro del círculo, no hay peligros –murmuraron entre ellas–. Además, las presencias inquietantes han desaparecido.

No alcancé a completar el recorrido de los siete círculos. En el tercero me sentí absolutamente fascinada con la explicación que estaba dando una sacerdotisa, acerca de cómo confeccionar una almohada mágica.

Me senté con los peregrinos y una aparente turista, viendo mi interés, me alcanzó una hoja y una lapicera, gracias a lo cual pude conservar intacta la receta. La sacerdotisa había extendido un gran paño de seda blanco y sobre él desparramaba una infinidad de pétalos frescos, de rosas rojas. A ambos lados de la tela blanca, había colocado varias bolsitas de seda que contenían hierbas, polvos y hojas secas.

–La naturaleza nos otorga sus poderes –dijo–, si se lo pedimos deliberadamente y actuamos en nombre del amor. Afrodita tenía una almohada confeccionada por ella misma, en colaboración estrecha con las hadas.

Miré alrededor, nadie levantaba la vista pero allí deberían estar, con ojos titilantes y multicolores, sentadas como simples peregrinas.

–La almohada del amor se renueva una vez por año y sus hierbas se queman ritualmente, esparciendo luego las cenizas sobre la tierra o la arena de la playa. Las hierbas y las flores contienen las energías más poderosas que puedan imaginarse –continuó la sacerdotisa–. Nuestra almohada será hecha del más puro algodón, el más blanco y el más suave, para contener a las aliadas mágicas. Colocamos ahora una buena cantidad de pétalos de rosas rojas como base... Estamos haciendo una almohada encantada, el componente más importante son los pétalos de rosa. Recuerden que esta fórmula pertenece a los secretos de Afrodita, la diosa del amor. Agregamos ahora: Doce hojas de eucalipto, infalible para curar recuerdos y cerrar viejas heridas. Doce hojas de laurel para la victoria –dijo, tomando un puñado de una de las bolsitas de seda y esparciéndolas sobre la mezcla–. Un ramito de azules flores de lavanda hará que esta almohada sea un imán para atraer la felicidad. Doce hojas de menta, infalibles para conservar la frescura, la alegría y la inocencia.

Un suave aroma a menta impregnó a los que estábamos dentro del círculo. Respiré profundamente la alegría y la inocencia.

–Tres hojas de ruda –siguió diciendo la sacerdotisa tomándolas de otra bolsita– para alejar los pensamientos sombríos. Un puñado de semillas de amapola, para aumentar las visiones y los sueños proféticos. No debe faltar una pizca de nuez moscada, para que el soñador esté siempre rodeado de bienestar y riqueza. Finalmente, una pizca de sándalo en polvo hará que los ángeles permanezcan muy cerca de nosotros, protegiéndonos.

–Ahora –dijo, extendiendo la mano derecha sobre la mezcla de hierbas, flores y especias–, ¡las encantaremos! O sea: les pediremos que nos transmitan sus fuerzas sutiles a través de nuestros sueños. Y también que atraigan a nuestras vidas las circunstancias que ellas simbolizan.

La sacerdotisa mezcló todos los componentes con la mano derecha, cerrando los ojos y pronunciando algunas palabras secretas. Luego colocó todo en una funda rectangular y comenzó a cerrar, con un fino hilo de seda, el lado abierto.

También anoté rápidamente los componentes de una Almohada Especial para Ahuyentar la Tristeza.

Debía dormirse, en esas circunstancias, con las ventanas abiertas. A los pétalos de rosa, que siempre eran la base, debía agregarse: Tres cucharadas de mirra en polvo. Tres de sándalo. Doce hojas de laurel y doce de ruda.

–Es infalible –aseguró la sacerdotisa.

Me acerqué a otro círculo, en el que enseñaban cómo hacer los aceites perfumados para unciones.

–Antiguamente –explicaba la sacerdotisa– se preparaban en las lunas nuevas calentando las hierbas o flores aromáticas en aceite durante varios días, hasta que quedaran impregnadas con el perfume deseado. Ahora utilizamos esencias que combinaremos con algún aceite. Podrá ser de almendras, de coco, de avellana, de semillas de uva. O el potente aceite de girasol, flor mágica por excelencia. Haremos la mezcla del aceite y de las esencias con una varilla de plata o de oro. En su defecto, usaremos una ramita seca, girando en el sentido de las agujas del reloj.

Su voz era un murmullo cuando explicó como hacer el Aceite de la Pasión:

–Si colocamos unas gotas de este aceite mágico en el centro energético de la frente, la garganta y el pecho, despertará en nosotros la fuerza de la vida, si acaso estuviera dormida.

La sacerdotisa tomó un frasco de cristal exquisitamente labrado y vertió en él aceite de almendras. Tres gotas de esencia de cardamomo, que despiertan el fuego de la pasión. Una gota de extracto de vainilla, que agrega la protección de las hadas –la llamada "suerte" en el lenguaje de los no iniciados en los misterios de Afrodita. Una gota de almizcle, que haría magnético a ese aceite.

De pronto, vi a Gabriel acercándose al círculo de los aceites mágicos. Sin entrar me hizo una seña, debíamos partir de inmediato.

Alcancé a anotar rápidamente los ingredientes para el Aceite de la Energía: Al aceite base se debe agregar... Cuatro gotas de esencia de naranja, para el brillo interior, lo recuerdo bien. Dos gotas de esencia de limón, para la fuerza de la juventud. Una gota de cardamomo, para la pasión. Tres gotas de aceite de laurel, para la victoria.

–En la aldea guardamos estos conocimientos –dijo Gabriel–, no te preocupes. Podrás llevarte todas las fórmulas alquímicas con sólo pedirlas. ¡Partamos! –ordenó con los ojos brillantes, inquieto–. Nos esperan en la aldea, no debemos llegar tarde al encuentro, no podemos quedarnos un minuto más aquí. ¡Vamos! –insistió, al ver que un grupo de mujeres sentadas a un costado del camino me había llamado la atención.

–¿Quiénes son?–le pregunté, intrigada.

Algunos peregrinos se habían arremolinado en torno a ellas formando una pequeña multitud.

–Son profetisas que adivinan el futuro aprovechando la energía que circula en esta fecha. Pero cuidado: no las conozco.

–Siento una tentación irresistible de preguntarles por mis próximas peripecias.

–¡Ni se te ocurra! Quedarías fija a una suposición, hay varios futuros que están determinados por el destino. La profetisa es capaz de captar uno solo y te lo describe como si fuera el único. Los alquimistas sabemos que hay muchos caminos posibles y creamos aquel que todavía no existe. No hay posibilidad de error al ser guiados paso a paso, instante por instante en el presente, en cada tramo del camino. Sigamos nuestro recorrido.

Algo me decía que Gabriel tenía razón; pero una parte insidiosa, insistente, me empujaba a consultar a las profetisas. Aprovechando un descuido de Gabriel me deslicé lentamente hacia el lugar prohibido.

Las hadas, que preparaban con una sacerdotisa un aceite especial para encantamientos de poetas, no notaron mi ausencia del círculo.

–Hasta nosotras tenemos un descuido de vez en cuando –dirían después de aquel recordado incidente.

Las profetisas estaban sentadas en el suelo, cubiertas por velos y mantillas. Decían algo en secreto al oído de los peregrinos. Sentí una punzante sensación en el estómago, sin embargo la curiosidad era más fuerte que la advertencia.

De pronto se levantó un viento cálido y seco que agitó con fuerza los velos de las profetisas. Rápidamente elegí a una de ellas, la que casi no tenía clientes en espera. Estaba sentada frente a una piedra plana sobre la que tenía apoyado un recipiente de cerámica lleno de arena. Completamente envuelta en velos de colores, resultaba imposible distinguir su rostro.

A su lado, un pequeño incensario envolvía la escena con un penetrante humo de almizcle y opio. Un grupo de sacerdotes se había sentado cerca pero, aparentemente ajenos a la tarea de las adivinas, conversaban entre ellos. El viento era cada vez más fuerte...

Recordé un cuenco de arena, similar al que tenían las profetisas, en manos de un brujo africano. Uno de mis viajes me había llevado a Banjul, capital de Gambia, un pequeño país musulmán que se extiende a lo largo del río del mismo nombre, en África Occidental.

El vidente, recordé mientras esperaba ser atendida, habitaba una humilde choza con cortinas de telas en lugar de puertas y con un húmedo piso de tierra apisonada, en una aldea muy alejada del circuito turístico. Mil arrugas surcaban su rostro negro e inexpresivo, haciendo imposible precisar su edad.

El Sahara estaba cerca, las doradas dunas del desierto eran muy propicias para las alucinaciones y los estados alterados de conciencia.

–La arena del cuenco contiene el conocimiento del desierto –me había explicado el hechicero–. La arena te revela todos los caminos del futuro. Por eso, si dejas las huellas de tus manos en este pequeño trozo de desierto, sabré qué camino transitarán tus pies. Qué cuerpos acariciarán tus manos, qué hombre te encenderá la sangre, qué paisajes deslumbrarán tus ojos...

Observé que Gabriel hablaba con un peregrino, le daba indicaciones mostrándole un plano. Me quedé tranquila, por el momento todo estaba controlado.

En cada uno de mis viajes, siempre se me había cruzado con un brujo o una bruja. Algunas experiencias no fueron muy tranquilizadoras. Sin embargo, pensé, perdiéndome en los recuerdos, la del hechicero africano había sido fascinante.

–El desierto te enseña a conocer el poder del silencio –había dicho–. Allí aprendí a escuchar lo que nadie percibe... allí hay voces que te hablan al oído y te revelan quién eres y hacia dónde vas.

Leyó entonces las huellas en la arena, asegurándome que un amor apasionado y total iba a aparecer en mi vida en el momento menos esperado.

–Tiene ojos magnéticos. Te perderás en su mirada, será un fuego ardiente que te encenderá el alma.

Desde entonces busqué esos ojos... Debían ser como llamaradas. "¿Será verdad todo esto?", me seguí preguntando durante mucho tiempo.

La vida tiraba tan fuerte dentro de mí, reflexioné, esbozando una sonrisa. Era como un tropel de caballos salvajes. De pronto recordé dónde estaba y sentí una extraña inquietud. Yo misma había convocado estas experiencias, desde el momento en que empecé a estudiar aquellos temas. Sí, pensé, me apasionan los alquimistas porque viven plenamente en el mundo cotidiano, y también trabajaban en secreto en sus laboratorios subterráneos... Realmente todo su mundo es fascinante, pero, ¿qué estoy haciendo aquí?, terminé por preguntarme, realmente angustiada.

Cuando llegó mi turno, una voz profunda y conocida me sacó de mis pensamientos. Viendo mi inquietud, con toda amabilidad preguntó:

–¿Qué quieres saber, peregrina?

El viento sur despertó preguntas impostergables, recuerdos de amores apasionados, cuestiones relacionadas con unos misteriosos ojos de fuego...

–Dime cuándo vendrá el amor a mi vida –susurré, mareada por el incienso–. ¿Quién está en mi camino?

La sacerdotisa acercó el cuenco de arena.

–Apoya tus dos manos aquí, leeré las huellas. ¡Ah, vienes de un largo viaje! Veo a tu padre, un castillo, una guerra... Y, en Estambul, un hombre rico te espera...

"¿Cómo sabe lo de mi viaje?", me pregunté, ansiosa por más información.

–¡Ah!, tienes suerte –rió entre sus velos la profetisa con una carcajada extrañamente familiar–, ese hombre te hará dejar tu estúpido camino. Te ofrecerá oro, una hermosa residencia, sirvientes, bienestar, joyas, vestidos, fiestas. En fin, todas cosas concretas, tangibles y valiosas.

Yo dudaba, ¿sería eso lo que realmente quería de la vida?

–¡No dejes pasar la oportunidad! Vete con él apenas lo encuentres en Estambul. Escucha mi consejo: no sigas buscando quimeras.

–¿Estambul? –pregunté con un hilo de voz–. Dime más... ¿Cómo es él? ¿Dónde lo conoceré? ¿Estás segura de lo que me dices?

–Espera, espera –dijo la profetisa mirando el cuenco de arena–. Veo un espléndido palacio, mucha gente. Él te hechiza con la mirada y tú sólo debes darle obediencia o algo que se le parezca.

–Pero eso no es amor –balbuceé.

–¿No? –dijo la profetisa con voz firme–. ¿Todavía crees en estúpidas novelas?

–¿Estás segura de lo que ves? –dije, confundida, buscando sus ojos tras los velos.

La mujer ejercía sobre mí una influencia hipnótica. Despertaba mis miedos, ofuscaba mi percepción, me hacía dudar de mí misma. El viento cálido parecía llevarse mis pensamientos, estaba cada vez más confundida. ¿Si todo esto fuera una locura de mi imaginación? ¿Y si estuviera dormida? ¿Y si esto sólo fuera un sueño?

–¿Si estoy segura? –contestó con autoridad–. ¡Por supuesto, el futuro no tiene misterios para mí! Escríbeme tu nombre en este papel, y haré un conjuro ahora mismo, si me das ese hermoso ámbar que traes sobre tu cuello, para obligar a tu hombre a casarse contigo...

Llevé automáticamente mi mano hacia el cuello para desabrochar la cadena, cuando de pronto un resplandor tras los velos me heló la sangre.

Esos ojos eran inconfundibles.

–¡Mara! –grité con todas mis fuerzas–. ¡Tú eres Mara! ¡Ayuda, María... Gabriel... ángeles! ¡Ayúdenme!

En un instante, estuve rodeada por varias personas. Un sacerdote de Afrodita, o que parecía serlo, giró hacia mí con un rápido movimiento...

–¡Roger! –balbuceé al reconocer el brillo metálico de sus ojos.

Mara reía a carcajadas.

–¡Por fin eres nuestra! –chilló.

Tan lejos de las arenas doradas de Chipre, María escribió una carta. Presa de un súbito mareo, las letras se le borraron. Sin perder un segundo se asomó al atanor y vio agitarse el fuego. Una sola mirada a los espejos fue suficiente.

–¡Las palomas! –exclamó–. Debo enviarlas en su ayuda, algo anda muy mal. ¡Peligra la obra! Ana puede confundirse.

Me vi envuelta repentinamente por una bandada de palomas blancas. Mara, ofuscada y enceguecida por el batir de las alas, daba órdenes a sus ayudantes, gritando como una posesa.

–¡No la dejen escapar! ¡Jamás encontrarás a Amir! ¡Busquen las oraciones!

Entonces intervinieron las hadas: envolvieron a Mara y a sus ayudantes con sus velos, impidiéndoles moverse. Corrí lo más rápido que pude hacia la salida del templo, tratando de no escuchar los gritos. Las palomas formaron una nube protectora a mi alrededor. Corrí y corrí hasta perder la noción del tiempo, hasta quedarme sin aliento. Finalmente caí exhausta a un costado de la ruta. Anochecía y pude ocultarme entre unas rocas, sin animarme a asomar la nariz. Sin pausa, una y otra vez, repetía el Padre Nuestro, rogando que Gabriel viniera a rescatarme.

Tres palomas habían permanecido a mi lado como vigías, mirando el cielo sin luna, quizá para captar algún mensaje de María de Varsovia. Observé que una de ellas tenía atada a su pata un pequeño rollo de papel blanco. Se lo saqué con cuidado, a pesar de que todo mi cuerpo temblaba y no lograba coordinar bien mis movimientos.

Al abrirlo encontré una corta nota, escrita en caracteres muy pequeños pero conocidos. Era de Amir, El Alquimista.

Sexto mensaje

Capadocia, luna nueva

Las tentaciones son parte del Camino de los Misterios.

Debemos advertirte que las fuerzas regresivas –léase Mara y compañía–, irán cambiando sus tácticas. Al principio representaban la fuerza bruta, dominando tu vida y la de miles de seres dormidos, circulando por las calles de la Ciudad del Miedo. Luego fueron patrullas asesinas, buscando a los que se habían atrevido a recuperar sus fuerzas ancestrales viajando a través de los recuerdos genéticos.

Te advierto que ahora tratarán de seducirte y de engañarte mostrándote caminos fáciles y directos hacia la riqueza y el poder. No temas, sólo sé cuidadosa. Verás cómo estas fuerzas de involución se van debilitando en la medida en que tú te vas fortaleciendo.

No tengas miedo de equivocarte. Sucederá... es parte de la vida, pero es preferible errar a quedarse inmóvil por miedo a lo desconocido. En cada prueba tu alma se fortalecerá y estarás más y más protegida; por eso, no temas... ¡Vive! Todas éstas son etapas de aprendizaje. Cuando te encuentres sola frente a alguna circunstancia imprevista, recuerda esta fórmula, porque es infalible: Reza el Padre Nuestro o la oración al Padre, de cualquier creencia. Los Conspiradores sabemos con certeza que crea un escudo impenetrable frente a los peligros.

Sabemos también que la vida en la tierra está signada por la polaridad:

Espíritu y Materia.

Bien y Mal.

Fe y Duda.

Pero queremos enseñarte una nueva manera de vivir, superando la dualidad. Esta maravilla se logra pasando a un nivel más elevado de conciencia, y ése es el secreto de la Alquimia.

Al final del viaje nos encontraremos... Pero, ¡atención!: no te vuelvas a descuidar.

¡Por la Gran Obra, venceremos!
Amir
El Alquimista

María de Varsovia abrió la ventanita del laboratorio, ésa pequeña y redonda que daba justo a la vereda exterior de la casa de Amir, se sumergió en el oratorio y cerró la puerta.

Vigilando el fuego después del imprevisto percance que casi interrumpe el proceso de la obra en blanco, Jurek preguntaba a Marysia, casi en un susurro:

–¿Qué hace María en el oratorio?

–Refuerza la situación y pide ayuda al cielo –contestó Marysia, mirándolo con sus grandes ojos azules.

En ese momento, una bandada de palomas blancas habían aparecido de la nada y salían apresuradamente por la ventanita del laboratorio, cumpliendo una misteriosa orden.

–María las envía a Chipre –susurró Marysia, un poco alterada por la irrupción repentina de las pájaros–. Ya ha sido alertada por las hadas. No te extrañes si en cualquier momento nosotros mismos somos enviados en misión al futuro o al pasado. Quién sabe desde qué lugar del tiempo y del espacio habrá que operar en la obra alquímica.

Jurek se había quedado sin habla: ser un Conspirador, ya se lo habían anticipado, era una tarea apasionante y llena de aventuras.

–Cuando Ana finalice el Camino de los Misterios –continuó Marysia–, dará a conocer la existencia de la Conspiración, ésa será su primera tarea.

–Siempre y cuando llegue a destino –acotó María, apareciendo repentinamente en el laboratorio–. Todavía habrá muchas interferencias, sorpresas y tentaciones; esperemos que logre llegar hasta el maestro Amir. ¡Recién allí podremos respirar con alivio!

–¿Te es posible ver el futuro y conocer el desenlace? –preguntó Jurek con toda lógica.

–No soy profetisa ni adivina. Ellas son capaces de ver los futuros manejados por el destino; sin embargo desconocen que todo puede cambiar cuando interviene el libre albedrío.

–¿Qué es el libre albedrío? –preguntó Jurek.

–La capacidad de transmutar tu vida –dijo María–, la capacidad de elegir y así cambiar el rumbo previsto. La capacidad de desviar algún acontecimiento o crear alguna circunstancia que no estaba escrita en los movimientos de las estrellas. Los viejos astrólogos lo sabían; ellos también eran alquimistas. Auscultaban el cielo para leer los posibles futuros. Eso es lo que se supone, pero también veían en las estrellas los cambios que producían los humanos en los cielos.

–¿Nosotros tenemos el poder de mover las estrellas? –la voz de Jurek resonó temblorosa en el laboratorio.

–Sí –dijo María, misteriosa–. Cambiando nuestro destino tal como solían enseñar los antiguos astrólogos a sus discípulos.

–¿Cómo lo hacían? –susurró Marysia con los ojos desmesuradamente abiertos.

–Transmutando los obstáculos en oportunidades. Los límites, en ocasiones especiales para desarrollar la fuerza interior. Las amenazas, en seguridad interna. Las tristezas, en alegrías. ¡Enfrentaban la vida y cambiaban el rumbo de las estrellas, modificando su punto de vista!

La llama del atanor tembló como si algún viento invisible la agitara. De pronto, María miró el cielo a través de la pequeña ventanita redonda del laboratorio, diciendo...

–Ana tiene miedo.

Y tenía razón. Era maravilloso percibir su voz a través de las oleadas de tiempo y espacio que nos estaban separando.

Era una hermosa y fría noche de luna nueva. Los cielos de Varsovia tenían un extraño color turquesa y las estrellas eran como diamantes, como piedras preciosas incrustadas en el firmamento.

María extendió sus brazos como si fueran alas, acercando hacia sí a Jurek y Marysia y los cobijó en ellos.

–Observen esa estrella –murmuró–. Pidamos a los ángeles que la hagan parpadear. Ana captará la señal y su corazón se aquietará, recobrando la confianza.

María, Jurek y Marysia, abrazados, miraron fijamente la estrella. En silencio, pidieron una respuesta, una señal, un pequeño movimiento.

Miré al cielo, y yo también la vi. La estrella elegida comenzó a parpadear. Primero muy despacio, luego más rápido, hasta que claramente se vio en el cielo una luz que enviaba señales intermitentes y cada vez más brillantes.

La estrella también fue observada por los grupos de reconstrucción de Varsovia, por los centinelas que aguardaban el regreso de Mara y sus oficiales, en misión especial en el amanecer del tercer milenio, y por otros alquimistas que estaban trabajando en la Conspiración. También la vieron las hadas que habían enredado a Mara y a su grupo, quienes trataban de liberarse de los velos. Cada uno comprendió la señal luminosa; ¡sin duda los ángeles estaban comunicándose con la tierra!

En ese preciso instante, las palomas comenzaron a girar en círculos alrededor de mí...

Levanté la vista y reconocí la señal inconfundible. La luminosa estrella parpadeaba en el oscuro cielo de Chipre.

La ayuda estaba llegando. ¡Gracias a Dios! El miedo que me estrujaba el corazón se transformó en serenidad.

Mara y sus ayudantes vieron la estrella, mientras trataban de sacarse de encima a las insidiosas palomas que no los dejaban en paz. No hicieron ningún comentario, habían sufrido un extraño atentado por parte de un grupo que portaba peligrosos velos de gasa, imposibles de desenredar. Sabían que las legiones de luz estaban enviando auxilio y protección, por eso su tarea de interferir y poner obstáculos se dificultaba cada vez más. El rugido de Tifón bajo las aguas de Chipre no alcanzaba a tranquilizarlos: algo andaba mal, muy mal. Debían elaborar estrategias más sutiles, echar mano a otros recursos, usar la creatividad, ese bien tan preciado y a la vez tan escaso.

En ese preciso instante llegó Gabriel, manejando a toda velocidad su auto blanco. Le fue fácil saber dónde estaba yo: las palomas, girando en círculo alrededor de la roca, a un costado del camino, eran una clarísima señal.

Sin apagar el motor, se bajó rápidamente.

–Aquí estás entonces –dijo con una expresión imperturbable.

Yo no podía mirarlo a la cara: me había escabullido como una niña traviesa.

Sin pedirme ninguna explicación, Gabriel me ayudó a incorporarme de mi escondite entre las piedras.

–Vamos... –dijo simplemente–. La aldea nos espera, ya nos demoramos demasiado.

La aldea

Las primeras luces del día asomaron tras las montañas de Chipre. Gabriel manejaba en silencio mientras yo observaba el rocoso paisaje sin animarme a hacer ningún comentario sobre lo sucedido en la fiesta. A lo largo de la ruta se veían luces en las cumbres de las montañas. Deduje que serían monasterios.

–Hay docenas de ellos –explicó Gabriel, olvidándose del incidente–, son centros de orientación cristiana ortodoxa. Allí se ejerce el arte de la contemplación. Allí también vivimos los hesicastas, quienes pertenecemos a una antigua rama monástica de la ortodoxia que practica técnicas aprendidas en la India. Conocemos los secretos movimientos para comunicarnos con el cielo. Amir ya te hablará de esto, y de los métodos de respiración.

–Los hesicastas se comunican con Dios...

–Hacen lo mismo los iconógrafos, a través del arte ritual de la pintura. Ambos caminos alteran la conciencia y abren puertas al cielo, ya lo verás.

–¿De dónde eres, Gabriel? –dije con una irrefrenable curiosidad ante este cada vez más misterioso personaje.

–Nací en Léfkara, una pequeña aldea enclavada en la montaña, muy cerca de aquí –contó Gabriel, mirándome con esos ojos oscuros que no eran los que el brujo africano había visto sobre la arena del desierto–. Soy griego, como mis padres, mis abuelos y mis bisabuelos. Desde muy niño tuve la extraña premonición de que mi destino estaba en alguno de los monasterios que veía asomarse tras las montañas. También lo supo un sabio maestro que cuida gnomos, hadas y ángeles. ¡Ah!, además, pinta como los dioses. Al pie del inaccesible monasterio enclavado en las rocas al cual pertenezco, tiene su taller ese ser tan especial llamado Gregorio, el Iconógrafo. El maestro de los colores, a quien pronto conocerás, también forma parte de mi orden monástica. Pero no todos los monjes pertenecen a la Conspiración, aunque somos mayoría.. .

–¿Hacia allí regresarás después de dejarme en la aldea? –le pregunté, conmovida con la fuerza que emanaba de su persona.

–A los que tenemos tareas nos es permitido tomar pequeñas licencias, como cuando llega algún aspirante a nuestra tierra. Pero mi lugar está en el monasterio. Allí cumplo tareas que corresponden a los monjes, como la oración y la contemplación. Mi madre, María, pertenece a la tradicional cofradía de las bordadoras de la aldea. Hoy las verás como hace cientos de años: sentadas en las puertas de sus viviendas de piedra reunidas en grupos (siempre las mismas), rodeadas de chiquillos, vestidas de negro. Bordan los dibujos geométricos que les fueron transmitidos por madres y abuelas. A tal punto está suspendido el tiempo en esa pequeña comunidad de montaña, que aún hoy se sigue comentando la presencia de una visita ilustre que honró la aldea, hace cientos de años. Alrededor del 1500, una barca trajo hasta las costas de Chipre a un genio, a un visionario, a un soñador... se llamaba Leonardo da Vinci.

–¿Leonardo da Vinci? –pregunté, sorprendida.

–El mismo. Llegó hasta mi aldea en una cálida tarde de verano, montando un burro y con un par de alforjas por todo equipaje. Se hospedó en una humilde posada y se integró a la vida simple y sencilla de los aldeanos. Entre las pocas actividades que trascendieron de su estadía en la isla, se sabe que realizó un dibujo geométrico, del tipo que suelen bordar las aldeanas. Era un dibujo mágico. Leonardo Da Vinci era alquimista y estaba recorriendo el Camino de los Misterios. Las bordadoras lo guardaron en su memoria y, de generación en generación, ha llegado hasta nuestros días repetido en manteles y carpetas gracias a sus hábiles manos. Actualmente se sigue vendiendo a los turistas como "el mantel de Leonardo". Su presencia dejó una impresión imborrable.

–¿El bordado es la réplica exacta del que diseñó Leonardo? ¿Qué significado tienen entonces esos dibujos geométricos?

–Son símbolos de poder, y las bordadoras reciben fuerzas mágicas mientras reproducen el dibujo heredado del alquimista. Estoy seguro de que no lo dejó aquí por casualidad.

Comenzaba a sospechar que no sólo la presencia de Leonardo había dejado una impresión imborrable. También la aldea debe de haber revelado a Leonardo grandes secretos. Mi deseo de llegar se mezclaba con una especie de inquietud. ¡Evidentemente ésta no era una aldea cualquiera!

–¿Nunca te interesaste por conocer el mundo? –le pregunté, intrigada.

–Lo he conocido –sonrió Gabriel–. Viajé a Londres, a París, estuve en Viena, viví en Munich y cerca de los Alpes. Cuando regresé a mi aldea, lloré dos días seguidos agradeciendo al cielo poder estar aquí. Durante todo mi viaje había deseado más que nada en el mundo volver a ver los atardeceres en estas tierras. Aquí moran los dioses, la demoledora vida moderna no ha logrado ahuyentarlos. Además, esperando mi llegada, sobre mi cama, alguien había dejado un sobre negro. "Recién lo han traído" –dijo mi madre, después de abrazarme. Se lo había entregado un monje, sin mayores explicaciones. Luego comprendí la verdad. Mi madre lo supo desde siempre, pero jamás hizo comentario alguno... Mi aldea es muy especial, ya lo comprobarás por ti misma.

–¿Y qué pasó después?

–Mi primer destino fue Grecia ése era país de origen de mis ancestros. Al cumplir las etapas del Camino, me fue cambiado el nombre y desde entonces estoy en la Conspiración como Gabriel. Es todo lo que puedo decirte por ahora.

–¿Conoces a Amir? –pregunté con curiosidad.

–Nada de futuro –respondió, mirándome con ojos severos. –¡Pon toda, toda tu atención en el momento presente! Por supuesto que lo conozco.

Sentí un estremecimiento ante la advertencia, recordando a Mara.

–Nada de futuro –repetí.

–La isla de Chipre tuvo desde siempre un atractivo misterioso. Lázaro vivió aquí después de resucitar. Aquí culminó su segunda y extraña vida, como "santo", que así son llamados los seres extraordinarios. Hoy sus restos reposan en la ciudad de Larnaka, custodiados por quién sabe cuántos ángeles, en una hermosa capilla de piedra. Aquí, Pablo predicó las enseñanzas de un maestro revolucionario que hacía arder los corazones e incitaba al cambio, era Jesús, el Cristo. Ricardo Corazón de León, templario e iniciado, se detuvo en la isla de Chipre durante su marcha hacia Tierra Santa y sucumbió a los misterios de Afrodita, casándose con una de sus sacerdotisas. Por trescientos años la isla fue centro de formación de alquimistas, que eso eran ni más ni menos los templarios, ¿lo sabías?

–No, pero no me extraña que haya sido elegida por ellos.

–¡Ah, sí!, la Conspiración tiene una larga tradición en esta tierra de cedros y de olivos, y no es solamente la de la línea cristiana. En 1572, Chipre integró el Imperio Otomano y las plegarias a Alá se mezclaron con los profundos cantos rituales de los monasterios y las paganas fiestas de Afrodita, que seguían su ritmo aunque las habían declarado oficialmente extinguidas.

En ese momento, bajo las primeras luces del amanecer, vimos una especie de peregrinación que marchaba en dirección contraria a la nuestra. Una novia adornada a la usanza antigua iba caminando a un costado del camino con su esposo o prometido. Los acompañaba un séquito que tenía todo el aspecto de estar formado por turistas, inclusive traían latas de cerveza.

–Es un casamiento –explicó Gabriel–. La última moda es organizar las fiestas en el templo de Afrodita.

–¿Algo se está despertando en la vieja Europa? –le pregunté.

–No solamente en Europa, también acaudalados norteamericanos, e incluso gente de otras partes del mundo sienten un llamado inexplicable y vienen alegremente a casarse aquí, como un gesto snob y original. No saben que los mismos dioses los llaman para divertirse y participar en los festejos.

Nos saludaron haciendo gestos de bienvenida y arrojaron sobre el auto algunas flores blancas. Caminaban en dirección a Paphos.

–Ascenderemos las montañas –dijo Gabriel, saliéndose repentinamente de la ruta y tomando un camino de tierra en bastante mal estado. Luego de un buen rato trepando con el auto por un camino empinado, vi aparecer, allá arriba, la silueta de una capilla de piedra.

Recordé otra subida similar en la Sierra Nevada, en España. Un monasterio budista estaba enclavado en la cumbre más alta de las montañas de las Alpujarras. ¿Elegirían lugares tan elevados para alejarse del mundo y estar más cerca del cielo? Allí en la cima, en medio del silencio, había visto por primera vez una *stupa*, construcción sagrada de los monjes tibetanos, colocada intencionalmente para irradiar energía a toda Europa. La *stupa* tiene en su interior capas de cereales, flores, joyas, miel, oraciones tibetanas, libros sagrados, reliquias de santos budistas. Todos símbolos de las bendiciones de la tierra y del cielo.

Desde ese día, luego de dar siete vueltas alrededor de la pirámide cónica, como decía la tradición oriental, sentí que todos los lugares sagrados me eran familiares. Nunca más hubo para mí diferencias entre una mezquita, una iglesia o un templo sintoísta.

¿Qué me espera ahora en esta misteriosa aldea?, pensé, mirando por la ventanilla del automóvil. Gabriel, como de costumbre, leyó mis pensamientos.

–Te contaré algo sobre la orden monástica a la que pertenezco. Nuestra congregación está cerrada a las visitas de los turistas, somos llamados "los monjes rebeldes", justamente por ser más ortodoxos que los mismos ortodoxos. Hasta tal punto rechazamos la superficialidad y el comercio, que finalmente cerramos las puertas a los turistas, solamente ávidos de fotos y descripciones de nuestro modo de vida. Consideramos que aquí sólo deben llegar los que fervientemente desean sentir la profundidad y el misterio custodiado en nuestro monasterio.

Luego de una empinada curva del camino, apareció un pequeño espacio plano donde había un auto estacionado.

–Desde aquí proseguiremos a pie –indicó Gabriel–. Llevaremos tus pertenencias, pues te hospedarás unos días con mi familia.

Iniciamos la caminata en subida, un persistente aroma a rosas impregnaba el aire de la mañana. Luego de andar un rato y cuando ya me sentía un poco agotada por lo empinado de la cuesta, apareció de repente, recortada en la cima de la montaña, la silueta de la aldea.

Dos personas se acercaban despacio por el sinuoso camino de piedra. Eran un monje ortodoxo de barba espesa, vestido con la típica sotana negra, y un joven de dulce mirar, que iba tocado por un gorrito judío.

El monje saludó a Gabriel en griego intercambió alguna información ininteligible para mí, agitando los brazos y hablando muy fuerte. El joven me sonrió amablemente y, entregándome un sobre negro que tenía un pequeño papel adjunto donde se veían unas anotaciones manuscritas, me dijo en un fluido inglés:

–Toma, esto es para ti. Deberás entregárselo al hombre de ojos más tristes que encuentres en tu camino.

Quedamos mirándonos, él sin volver a hablar y yo sin comprender... Aunque en ese momento yo no lo sabía, nos volveríamos a ver en una hermosa noche de luna llena, integrando una misteriosa caravana.

Gabriel y el monje se despidieron con un abrazo. Éste llamó a su compañero y, agitando los brazos a modo de saludo, partieron en dirección opuesta a la nuestra.

–Buenas noticias –dijo Gabriel, continuando la subida–. ¡La Conspiración de la Gracia está avanzando rápidamente en todo el mundo! El joven judío regresará a Tel Aviv luego de pasar por la Capadocia. Tiene instrucciones precisas para revelar la existencia del camino alquímico en su país. ¡Ahora, la Conspiración es su única causa!

–¿Cómo es que viene aquí siendo judío? –pregunté asombrada.

–Tú también –aclaró Gabriel– tendrás iniciación en los misterios de la religión de Jahvé y en la sabiduría de los derviches. El Camino de los Misterios parte de religiones y culturas diferentes y converge para todos en la Capadocia, donde los espera Amir, El Alquimista. El joven que acabas de ver comenzó el camino en su tierra y aquí recorrió la etapa del encuentro con la Madre Universal. Ellos la llaman Shekinah.

–No entiendo.

–No tiene importancia, a su tiempo lo comprenderás.

–¿Sabes de qué se trata esto? –pregunté mostrando el papel.

–¡Guárdalo! Seguramente deberás entregárselo a alguien que encuentres en el camino, nada sucede por casualidad.

Ascendimos trabajosamente por el sendero de montaña hasta que por fin aparecieron las primeras casas. La aldea, de calles angostas y empinadas, parecía una caja de sorpresas. Todas las construcciones eran de piedra, se olía a pan recién horneado, a ropa lavada secándose al sol, a rosas, a frutas secas expuestas como una ofrenda al cielo en patios de piedra y arcilla. ¡Allí latía la vida de verdad! Grupos de niños corrían subiendo y bajando por las calles y rodeaban a las mujeres que bordaban, sentadas junto a las puertas de sus casas, tal como me lo había contado Gabriel. Pequeños claros entre las casas encimadas y pegadas unas a otras dejaban ver huertas familiares, olivos, algunos cedros, higueras y muchas flores. Manteles, servilletas y vestidos bordados cubrían los frentes de las casas.

–Los exponen y los venden a los turistas –me explicó Gabriel señalando canastos rebosantes de manjares–. También son muy apreciados los dulces, los frutos secos y el pan.

Algunas cabras caminaban con toda parsimonia por las angostas callecitas arrancando briznas de pasto crecido entre los muros de piedra. La capilla bizantina, que había visto cuando ascendíamos hacia la aldea, era también de piedra y ocupaba un pequeño sitio cubierto de rosas y olivos. Una callejuela nos llevó hacia arriba, hacia la derecha, hacia la izquierda, hasta que pasamos por una arcada y comenzamos a descender. Gabriel se detuvo ante una de las típicas casitas...

–Aquí es, hemos llegado.

Tocó tres veces la puerta, que era de madera rústica y se abrió silenciosamente... Cuando entramos, una mujer joven, de rasgos firmes y decididos, vestida de negro, me miró intensamente sin decir palabra. Tenía los mismos ojos de Gabriel, misteriosos y profundos, y sus cabellos oscuros estaban recogidos y tirantes.

Siempre sin hablar, se abrazaron madre e hijo en un solo gesto simple e intenso.

–Ana, te presento a María, mi madre. Serás nuestra huésped.

Ambos me miraron nuevamente, dos pares de miradas idénticas que me hicieron estremecer por su fuerza.

–¡Bienvenida! –dijo María acercándose y dándome un cálido abrazo– te estábamos esperando.

Mi cuarto era simple, austero, un cálido nido encaramado en la montaña. Después de tantas experiencias extrañas, por fin me pareció estar en un lugar normal y tranquilo.

Respiré con deleite el fresco aire de la montaña. Puse a mi Virgen Negra en una pequeña mesita de madera, cerca de mi cama. Acomodé el papel con los extraños textos junto a los sobres negros y blancos de Amir, El Alquimista, y los guardé en el fondo de mi ínfimo equipaje –apenas una mochila de viaje.

Un sueño pesado y reconfortante me envolvió por completo. Dormí horas y horas, durante toda la tarde y la noche. En sueños sentí que alguien permanecía todo ese tiempo custodiándome para proteger mi descanso. Luego pude verlo claramente, era el hermoso ángel cuyo rostro había contemplado por primera vez en una noche de Varsovia y que me había revelado su nombre. Soñé también con el mago y el infaltable perro negro trotando a su lado, aunque apenas pude distinguir su presencia. En el sueño llovía torrencialmente y yo estaba acurrucada bajo una inmensa roca que oficiaba de refugio. Lo único que recuerdo con toda nitidez, es que el mago estaba vestido de blanco.

Las bordadoras

A la mañana, María tocó a mi puerta para traerme un tazón de leche tibia, queso de cabra, pan caliente, mantequilla casera y dulce de higos.

–Repón tus fuerzas –me dijo sonriendo.

"¿Sabrá de mis últimas andanzas?", pensé, indagándola con la mirada...

Se quedó sentada en el borde de mi cama, sin hablar, mirando fijamente hacia las montañas a través de una pequeña ventana redonda. Su presencia era reconfortante y me trataba como si yo hubiera vivido toda la vida en la aldea. De su persona emanaba una fuerza interior tan poderosa que su simple cercanía proporcionaba un binestar total.

–Ven a bordar con nosotras esta mañana –dijo de pronto–, te enseñaremos los significados de los dibujos y la magia de las agujas. Te espero en media hora en la puerta de la casa; ponte alguna de las ropas que hay allí –sugirió, señalando un antiguo ropero.

Mucho después de haber dejado la aldea, un maestro me explicó que sacarse la ropa vieja con la que uno había llegado es, en toda peregrinación, un símbolo de abandono del viejo yo.

Se estaba preparando algo extremadamente fuerte y yo lo presentía. La nueva ropa era una especie de vestido de hilo, con un cordón para la cintura y una mantilla bordada para colocar sobre los hombros.

–Recoge tus cabellos y ven descalza –había dicho al pasar–. La cofradía de las bordadoras te sorprenderá.

–Mi estado de sorpresa ya es permanente –contesté.

María me miró con infinita ternura. Se dirigía a mí como si lo hiciera a una niña pequeña. Mi corazón se derretía con ese trato.

–¡Acostúmbrate a él cuanto antes! –murmuró, quizás adivinando mis pensamientos–. No añores la vieja vida repetida y previsible, esa nostalgia es una trampa.

Al salir dejó un no sé qué en el aire... Como un perfume a rosas. Como un abrazo de madre que da seguridad. Como la fuerza que da tener los pies bien plantados en la tierra.

–Las mujeres estarán vestidas de blanco, atuendo especial para hacer volar el alma –me había dicho con naturalidad antes de abandonar la habitación.

Me vestí velozmente y descendí las escaleras de madera en unos segundos. En la puerta ya estaban reunidas las aldeanas. Me ubicaron en una silla de paja que habían reservado para mí en la vereda.

Éramos siete. Tenían rostros de montañesas, de piel cetrina, quemada por el sol. Eran herméticas, silenciosas, indescifrables, pero no me inquietaban en absoluto. María me ubicó a su lado, las demás parecían saber algo de mí porque no preguntaron nada. Después de comprobar que nadie faltaba, cerraron los ojos por un instante y murmuraron algo indescifrable.

–Es una oración –susurró María–. Está por comenzar el bordado, se están concentrando...

Habían puesto en mis manos un rectángulo de lino con una serie de líneas geométricas dibujadas con lápiz y una aguja ya enhebrada con un hilo blanco, larguísimo.

–No se debe cortar el hilo –advirtió María–. Por eso es tan largo.

–¿Por qué? –pregunté asombrada.

–Una vez que comienzas a bordar, nada debe distraerte.

Ésa fue toda la explicación. De pronto, las mujeres comenzaron a mover las agujas, entrando en una especie de trance. Sus miradas aparentemente seguían los dibujos pero se notaba que ellas ya no estaban allí.

No sabría explicar exactamente lo que sucedió después, sólo recuerdo el latido de mi corazón desbocado y la voz de María viniendo desde lejos...

–Calma –susurró en mi oído viendo mi inquietud–. Comienza a seguir los dibujos con el hilo; simplemente marca cruces, una atrás de la otra, en forma de equis. Esta actividad antiquísima no es, como verás, lo que parece... La aparente sumisión y quietud de las mujeres es sólo una forma de tapar su magia natural. Toda mujer es potencialmente una maga y el bordado es una forma de iniciación femenina. Llevamos en nuestro cuerpo el secreto y la capacidad de generar vida. Y, además, de parirla. ¿Acaso este hecho no es perturbador en sí mismo?

Un grupo de chiquillos nos habían rodeado con juegos y gritos propios de su edad; sin embargo nadie les dio importancia: las bordadoras no levantaban la vista, aparentemente concentradas en su "rutinario" trabajo...

En ese raro estado, comencé yo también a recorrer el dibujo con la aguja, marcando pequeñas cruces que rellenaban triángulos, estrellas y círculos, tratando de seguir los dibujos. Cada vez me concentraba más en la manera de pasar el hilo, cruzarlo con una puntada, volver a pasarlo, sacar la aguja por debajo y suavemente deslizarla hacia arriba... nada extraño sucedía. Sólo estaba bordando... bordando... bordand...

Empecé entonces a sentir un zumbido en mis oídos, intenté levantar la vista pero ya no pude hacerlo: una fuerza hipnótica evitaba que me distrajera. Una cruz, una estrella, una cruz, una estrella... El zumbido aumentó, tapando las risas y los gritos de los niños. Unacruzunaestrellaunacruzunaestrella...

Me sentí bien, muy bien, unacruzunaestrellaunacruzunaestrella extraordinariamentebienplantadaenlatierrayvolandoalcielo

...extraordinariamente bien, sólo el momento presente, el poderoso instante. La aguja estaba saliendo y entrando del bordado, las estrellas se iban dibujando sobre el lino... las estrellas... las estrellas... las estrellas. Me siento tan bien... tan bien... tan bienquebienmeestoysintiendounacruzunaestrellanuncapenséquebordareraestolosancestros-abíanloqueestabanhaciendobordaresunactomágicomuypoderosoquiénlohubieradichodijeamaríasiguebordandonotedistraigas.

En medio del ensueño, resonó un suave zumbido: eran las bordadoras, emitiendo al unísono un sonido, monótono y constante.

–*Mmmmmmmmmmmmmmmmmmmmmmmmmmmmm mmmmmmm...*

Levanté la vista del bordado. Una extraña niebla nos rodeaba. María percibió el leve movimiento de mis ojos y me hizo una seña, indicándome que volviera a bordar.

–Sigue, sigue, sigue... –creo que me dijo–. Las letras tienen poder... la m, o *mem* en el alfabeto hebreo, utilizada por los alquimistas, despierta el tremendo poder femenino –*Mmmmmmmmmmmmmmmmmmmmmmmmmmmmmmmmmmmmmmmmmmmmmmmmmmmmm mm*..................el tremendo poder femenino.............sigue... sigue. La voz de María se perdía entre la niebla, el zumbido iba aumentando de intensidad.

–Los hombres de la aldea están labrando la tierra, ésa es la iniciación masculina. Siembran la simiente, colocan la semilla en el vientre de la madre tierra... *Mmmmmmmmmmmmmmmmm mmmmmmmmmm-mmmmmmmmmmmmmmm...* Las mujeres se quedan en las puertas de sus casas, enhebrando con el bordado los dos mundos, el espiritual y el material... unacruzunaestrellaunacruzunaestrella... la aguja pasa por debajo, pasa por arriba...

El hilo liga todos los estados de la existencia. La infancia, la adolescencia, la adultez. *Mmmmmmmmmmmmmmmmmmmm mmmmmmm...*

María hablaba con voz monocorde:

–También liga a todos los seres al cielo, como bien lo sabes, a través del cordón de la gracia que nos une a Dios. Antes de que tú bajaras hicimos el enhebrado ritual de las agujas.

–¿Qué significa eso? –dije sin dejar de bordar. Seguía en un extraño estado...

Enhebrareselsímbolodelpasoporunapuertamágicaquetellevaaunestadodeconcienciaalterado... *Mmmmmmmmmmmmmmmmmm-mmmmmmmmmm...* Es la salida del tiempo y la entrada a un nivel de conciencia más elevado –la voz de María sonó lejana, muy lejana.

–*Mmmmmmmmmmmmmmmmmmmmmmmm* ...

Unacruzotracruzunalíneadecrucesluegootramáscortasobreellaunamáspequeña...

–*Mmmmmmmmmmmmmmmmmmmmmmmm* ...

Untriánguloseuneporelvérticeaotrotriángulo...

–*Mmmmmmmmmmmmmmmmmmmmmmmmm...*

–Respira –escuché la voz de María murmurando lejos, cada vez más y más lejos.

–Respira profundo tres veces... –dijo un eco en mi oído.

Sentí un soplo fresco entrando en mi cuerpo: era una sensación extraña, respiraba tomando aire de mi cielo interno. Me sentí más lúcida, como saliendo de un sueño...

–*Mmmmmmmmmmmmmmmm mmmmmm...* –invocaban las bordadoras.

Al soltar el aire... se iban volando bandadas de pájaros negros.

–Son tristezas que se van para siempre –escuché a María muy, muy lejos.

–*Mmmmmmmmmmmmmmmmmmmmmmmmmmmmmmmmmmmmm mmmm* –repetí con ellas.

El murmullo de las bordadoras desapareció de repente. Al abrir los ojos, lo primero que vi fue a los chiquillos revolotear a nuestro alrededor.

De pronto, me asaltó la rara sensación de tener una mirada penetrante clavada en mí. Era tan fuerte que me obligó a levantar la vista.

Entonces la vi...

Entre varios niños de cabellos y ojos negros, parada a corta distancia, una niña rubia de grandes ojos celestes me contemplaba. Estaba esperando mi reacción: al ver que la había visto, se acercó de inmediato hasta quedar frente a mí. Apenas se encontraron nuestras miradas, sonrió tímidamente y se le formaron dos hoyuelos en las mejillas. Entonces puso sus manitos tibias sobre mi falda y con los enormes ojos claros brillando como dos aguamarinas, dijo simplemente:

–¿Te acuerdas de mí?

Su voz me era tan conocida...

–¿Quién eres? –le pregunté ya totalmente repuesta del mareo.

–Soy alguien que has abandonado hace ya mucho tiempo –dijo sin sombra de tristeza–. Tanto, que ni recuerdo casi. Pero sé que un día dejaste de verme y de escucharme.

–¿Quién eres? –repetí desconcertada.

–¡Mírame! –dijo dando una vuelta en redondo–. Tengo cinco años. Me gusta trepar a los árboles y descubrir los escondites de los gnomos. Me gusta hablar con los pájaros y espiar a las hadas cuando hacen esas extraordinarias fiestas en el atardecer.

–No, no e-e-es posible –balbuceé.

–Sí, lo es –dijo risueña Anapequeña–. Ven, acompáñame, vengo a invitarte a una fiesta. Tomó mi mano y tiró con fuerza. Yo no quise seguir su juego.

–Te volviste lenta, miedosa, indecisa... –dijo, desilusionada, al sentir mi resistencia a seguirla–. ¿Qué te pasa?

Dejé el bordado sobre la silla y luego de alejarme unos pasos me di vuelta. Sólo habían quedado dos bordadoras. María había desaparecido: sobre las otras cinco sillas se veían los lienzos de hilo y las agujas apoyadas sobre ellos como testigos de que algo extraño estaba pasando.

Caminamos cuesta abajo Anapequeña y yo, por la callecita de la aldea. El movimiento parecía normal. Un grupo de turistas pasó a nuestro lado a toda velocidad siguiendo obedientemente a un guía que hacía ondear una banderita roja mientras gritaba:

–¡Todos por aquí! –nadie osaba desobedecer la orden, ni se les hubiera ocurrido: con el guía iban protegidos, sabían lo que les esperaba y que los horarios previstos se cumplirían con seguridad. Habían pagado y programado todo, hasta las sorpresas y las emociones. Estaban amparados, en el grupo podían seguir hablando los mismos temas de siempre; incluso las comidas eran ni más ni menos que las de su país. No corrían riesgos, nada inesperado podía sucederles.

En cambio, yo, la aprendiz de alquimista, caminaba vestida a la manera griega, descalza por las calles de piedra, de la mano de una pequeña niña tan parecida a mí. Pensé que el Camino de los Misterios no figura en ninguna ruta turística y se ignora cuál es su recorrido; me causó gracia cuando me di cuenta de que ni siquiera lo sabemos los mismos peregrinos.

–¡Por aquí! –ordenó el guía doblando hacia la izquierda–. ¡Por aquí!

Todos giraron en tropel, esforzándose por mantener la masa compacta del grupo, que podía llegar a desarmarse ante la inesperada orden.

–¡Nosotras vamos por aquí! –dijo Anapequeña señalando la derecha.

Atravesamos una arcada y, al llegar al fondo de la callecita, abrimos una pesada puerta de madera incrustada en un muro de piedra. Del otro lado apareció repentinamente un camino que serpenteaba entre árboles frutales y pinos gigantes.

–Recuerdo este lugar vagamente –dije–. ¿Dónde estamos?

–En la casa de nuestra infancia –me dijo la pequeña, como si se tratara de algo obvio–, aquella que estaba rodeada por el gran parque y la huerta. ¿Recuerdas?

Sentí que los ojos se me llenaban de lágrimas... ¡Era verdad! Un olor a pan caliente recién horneado impregnaba el aire. De la casa paterna venía un aroma a té, a caramelos de leche, a guardapolvos blancos, al dulce de ciruelas que mi madre hacía todos los veranos... Mi corazón se derretía lentamente. La fragancia de los pinos de mi infancia, de las flores frescas, de mi casa, me atravesaba el alma.

–Ven –dijo Anapequeña, sentándose en el pasto y señalándome un lugar a su lado–. Ya vendrán las otras, les avisé que por fin pude encontrarte.

Al sentarnos, comenzamos a oír un rumor de pasos apurados que pisaban la hierba. Entonces, una a una fueron apareciendo ante mis asombrados ojos las Anasfelices. A medida que llegaban, como conociendo la consigna, se sentaban formando un círculo perfecto.

Vino una pequeña Anafeliz, de regreso de un hermoso día en la escuela, con su guardapolvo y sus ojos asombrados por alguna sorpresa. Vino la que leía los libros de cuentos, horas y horas en la vieja biblioteca. Pero no venía sola: llegó acompañada por varios gnomos y algunos personajes de sus historias, que salían ordenadamente de los libros y se quedaban con ella, acomodándose a su lado felices y contentos. Allí estaba Heidi, la pequeña montañesa, la de mi amado cuento. También vinieron Peter Pan, Cenicienta, Blancanieves. Los personajes siguieron apareciendo hasta que Anafeliz se dio cuenta de lo que pasaba y cerró apresuradamente los libros.

Llegó la adolescente, la de los ojos brillantes... deslumbrada porque su primer amor le había tomado la mano esa misma tarde.

La soñadora y rebelde de los primeros años de la facultad vino convencida de que el mundo era maravilloso y que debía desenmascararse a quienes pretendían imponernos sus viejas y pestilentes ideas de restricción y de opresión; estaba feliz, el mundo podía ser cambiado, no había dudas.

Llegó mi parte embriagada con la vida, a los veintitantos, mirando el futuro con el corazón lleno de sueños reflejados en sus ojos claros.

Y así, una a una, mis partes felices vinieron a la reunión sin demorarse un minuto, cada una con su propia dicha.

–Se va a tratar un tema importante –decía una Ana vestida con un largo traje blanco y un ramo de flores del campo asomando entre sus manos–. ¿Te adelantaron algo?

Pero yo no podía contestarle: me había quedado sin habla observando el blanco velo de novia que cubría su rostro.

–¿Recuerdan la misteriosa ceremonia en el templo ortodoxo? –indagó esa Anafeliz del día de mi casamiento dirigiéndose al extraño grupo.

"¿Pueden dialogar las de un tiempo con las de otro?", me pregunté tontamente en medio de la alucinante escena. ¿Por qué no? ¿Acaso yo no había llegado hasta allí de la mano de una Ana pequeña?

De pronto se produjo un extraño silencio... Una Ana que era casi idéntica a mí misma en el momento presente apareció entre los pinos, tratando de pasar desapercibida.

Era igual a mí y no lo era... Tenía la mirada intensa, caminaba deslizándose graciosamente por el pasto y sus cabellos ondeaban con el viento. Irradiaba algo difícil de describir. Era absolutamente feliz. Llevaba en su mano un objeto que brillaba con reflejos intermitentes (después supe que era un rosario).

–Viene del futuro –dijo en voz baja Anapequeña, que se había sentado a mi lado.

–Además está acompañada –susurré.

Lo reconocí enseguida: era el mismo ángel alto, sereno, dulce que había conocido en Varsovia, en la reconstrucción de la casa de Amir.

Se sentaron en el círculo uno al lado del otro, Ana del futuro y su ángel de la guarda –es decir, *mi* ángel de la guarda. Tan pronto como me di cuenta, sentí un estremecimiento.

Al lado de cada Ana, sentado o parado a sus espaldas, el mismo ángel se repetía en una sorprendente escena...

–¡Y bien...! –dijo Anapequeña–. Las convoqué a este encuentro, como ustedes saben, porque ya ha llegado el tiempo de juntar nuestras fuerzas. La alegría, la esperanza, la certeza, la fe a toda prueba, el deslumbramiento, la frescura, la inocencia, la audacia, el valor, la pasión –al hablar, iba mirando a cada una a medida que nombraba las fuerzas que identificaban los instantes más plenos, los momentos más intensos de mi vida.

–Y, por último, el misterio... –dijo, finalizando la presentación, observando a Anafutura, quien sonrió casi imperceptiblemente.

–El encuentro es en el tiempo presente –continuó la pequeña con ojos sabios–, porque aquí nos quedaremos desde ahora.

–¡Es lo que corresponde: somos tus fuerzas más poderosas y estamos dispuestas a acompañarte en este momento trascendente!

–Jamás nos separaremos –dijo sorpresivamente Anafutura–, ni por un instante –sonrió, y la sonrisa movió las ramas de los pinos como si una fuerte brisa las acariciara.

Todas sonrieron con ella.

–¿Estás de acuerdo? –preguntó Anapequeña, mirándome–. Hoy puede pasar algo tan importante que marcará una línea divisoria en tu vida. Habrá un antes y un después... ¿Qué dices? ¿Aceptas a todas tus fuerzas?

Todas me miraron. También lo hicieron los ángeles, los gnomos, las hadas, los personajes de los cuentos y no sé qué otras misteriosas presencias que intuí mirando la escena a través de los pinos. El momento era decisivo.

"Cómo nos cuesta aceptar a todas nuestras partes poderosas", pensé. A las fuertes, a las confiadas, a las decididas, a las creativas, a las espléndidas... a las felices. Las miré con ternura y asombro. Habían venido a ofrecer su presencia, sus ganas de vivir...

Algo estaba por suceder y quizá por eso habían venido; era un momento crucial. Podía decir no y retroceder a un lugar más lógico y conocido, al lugar del razonamiento. Decirles que ya no existían, que las cosas ahora eran diferentes, que ellas no eran más que una alucinación.

Pero también podía decir sí, y aceptar el desafío. Entonces iría con ellas a un lugar absolutamente nuevo. Sería el ser auténtico que vino a cumplir su destino. Renacería... sería yo misma. ¿Quizá parecida a mi alma, a esa mujer vestida de fiesta que vi reflejada en los espejos?

Los pájaros callaron...

El ángel de la guarda se deslizó suavemente hasta quedar muy cerca de mí. Me miró directamente a los ojos, esperando la respuesta.

Finalmente asentí con un tímido gesto. La emoción me impedía hablar, un estremecimiento recorrió mi cuerpo.

Anapequeña fue la primera en acercarse y fundirse en un abrazo conmigo. Luego, una a una me envolvieron con su cariño balbuceando palabras de felicidad y aliento.

–Nunca, nunca más nos separaremos –llorábamos confundidas en un estrecho abrazo que nos reunía a través del tiempo.

Los ángeles se unieron felices al festejo, es bien sabido cómo aman la alegría y los reencuentros. Mientras tanto, el crepúsculo había avanzado oscureciendo el cielo poco a poco. La luminosidad de los ángeles daba una tonalidad dorada a todas las siluetas, haciendo todavía más mágica la maravillosa reunión.

–¡Debemos regresar a la aldea antes de la noche! –dijo de pronto el ángel de la guarda–. Es preciso encontrar la misma puerta que abrimos al venir aquí. De lo contrario, no podríamos volver. El camino es desandar nuestros pasos. Las leyes de los reinos sutiles son muy precisas: sólo es posible regresar a la realidad por el mismo camino pero en el orden inverso. Éste es también el secreto de lo espejos.

Partimos de inmediato en una larga caravana, siguiendo la luz del ángel... No sé cómo pasó, pero al atravesar la pesada puerta de madera que comunicaba con la aldea sólo quedamos visibles el ángel y yo.

Llegamos en el momento exacto para retomar el bordado. Antes de sentarme en mi silla, el ángel susurró en mi oído rápidamente:

–Cuando necesites una respuesta, mira el cielo. Si ves esta estrella, la primera del crepúsculo, parpadeando, la respuesta es SÍ –y, diciendo esto, desapareció.

Retomé el lienzo y la aguja... Éramos nuevamente siete...

Una cruz, dos, tres, cuatro, cinco.

Mi corazón latía desbocado mientras mis manos bordaban pacíficamente.

Mmmmmmmmmmmmmmmmmmmmmmmmmmm... Escuchéotravezelzumbidonuevamenteelzumbido... *Mmmmmmmmmmmmmm mmmmm...* unacruzunaestrellaunacruzunaestrellayyaestoyvolviendounacruzyunaestrellametraenderegreso...

De repente todo retornó a la normalidad.

–Vamos, es hora de tomar algo caliente, entremos en la casa porque está refrescando –dijo María, levantando la vista como si nada hubiera sucedido.

Las bordadoras también interrumpieron la tarea y se saludaron. Llevándose cada una su silla, desaparecieron tan misteriosamente como habían llegado.

El sol se había ocultado en el horizonte. Las Anas no estaban visibles pero yo podía percibir su presencia. Por alguna risa demasiado fuerte... o por mis ganas de saltar como una niña... o por ese calor repentino que me quemaba el cuerpo, o por esa emoción tremenda que hacía estremecerse a mi alma.

María tomó su banco, yo el mío, y entramos en la casa. Nos esperaba una mesa servida.

–El café caliente con pasas de uva, nueces y pan –me explicó María– tiene el efecto instantáneo de conectar el alma a la tierra. Aun después de las más increíbles experiencias.

Me reí de repente, con una alegría incontenible.

–¿Te gustó bordar con nosotras? –preguntó María, inmutable, tomando su café.

–¿Qué sucedió? –pregunté con entusiasmo.

–Pasamos a otro nivel de conciencia.

–¿Por qué se quedaron dos de las bordadoras?

–Para asegurar el regreso de las otras. Si alguna se demorara más de la cuenta, saldrían a buscarla. La cofradía de las bordadoras es antiquísima y tiene reglas muy estrictas. El riguroso secreto sólo es compartido por los niños y está protegido por la lealtad entre las integrantes del sexo femenino. La innata libertad de la mujer y su poder debió ser ocultado. Sólo fue revelado a los alquimistas, quienes tienen una visión respetuosa de lo femenino totalmente diferente de la de los no iniciados. La Conspiración de la Gracia está develando estos conocimientos. ¿Encontraste tus partes felices y poderosas?

–Sí, a todas –dije, y me pregunté cómo se había enterado María de lo sucedido.

–Lo que viste en Petra Tou Romiou te preparó para este encuentro con las bordadoras de la cofradía. Todo está encadenado y tiene su secuencia. La reunión de todas tus fuerzas te preparó para que pudieras abrir la primera puerta de la ALBEDO.

–¿Cuál es esa puerta?

–La de María, la Virgen. La Shekinah para los judíos. La Madre Universal para todos los credos. Hoy es domingo. En poco más de media hora, cuando salga la primera estrella en esta noche de luna nueva, se oficiará una misa en la capilla de la aldea. Ven a la ceremonia, es todo lo que puedo decirte por ahora.

Quería preguntarle a María tantas cosas... y no me animaba: la aldeana parecía ser de pocas palabras, una mujer de experiencias directas. Creo que no se andaba con vueltas.

Al rato me recosté y me dediqué a observar el cielo de Chipre a través de la pequeña ventana. Las partes felices de uno mismo, reflexioné mirando la oscura noche de luna nueva, parecen tener el poder de perpetuarse en el tiempo. ¿Será que cuando vivimos alguna situación especialmente feliz, esa parte nuestra se plasma en el éter con vida propia? ¿Disponemos, sin saberlo, del poder de llamar una a una nuestras partes espléndidas y recobrarlas en el presente?

Una estrella comenzó a parpadear. Primero, ínfimamente... y luego con fuertes destellos.

Era la primera de la noche. Me estaba dando una clara respuesta...

La misa

Los sonidos de las campanas atravesaron el crepúsculo y ascendieron hasta las nubes. Siguieron subiendo más alto... Más y más alto... Hasta llegar a oídos de los ángeles, que escucharon el llamado y comenzaron su descenso.

También los que estaban en misión especial en la tierra reconocieron la consigna: los estaban convocando... Los ángeles de la guarda, por su parte, dependían de sus protegidos para poder presentarse en la ceremonia de la misa. Sus movimientos estaban condicionados por la decisión que tomara el humano al cual habían unido sus destinos. Esto es bien sabido... los ángeles de la guarda jamás se alejan de sus protegidos.

María de Chipre ya estaba lista cuando bajé apresuradamente por la escalera. Me había puesto el clásico vestido negro de las aldeanas y un pañuelo en la cabeza, al igual que ella.

Caminamos despacio por las callecitas de piedra. El aroma de cedros, rosas y olivos, las casas tenuemente iluminadas y los sonidos de las campanas creaban un clima apacible y tranquilo. Los aldeanos iban subiendo la cuesta en pequeños grupos. Los hombres recién llegaban del campo

–En tiempo de siembra no se descansa ni los domingos –aclaró María.

Las mujeres, de rostros impenetrables, conversaban animadamente, con decenas de niños colgados de sus polleras, en brazos o corriendo alrededor.

La capilla era del más puro estilo bizantino, con cúpulas y anchos muros de piedra. Sólida, segura, terrestre, tan bien plantada sobre la cumbre de la montaña...

–Ojalá yo pudiera ser tan firme como esa humilde capilla de piedra

–musité emocionada–. Ojalá aprendiera a ser como las aldeanas, que pasan silenciosamente del misterio a la cocina, del misterio al bordado, del vuelo al abrazo simple del niño. Ojalá el cielo no me maree sin remedio con su inmensidad y desmesura...

Ojalá pueda aprender, paso por paso, a ser una alquimista. Ojalá mis pies caminen bien apoyados sobre la tierra. Ojalá mi cabeza pueda llegar hasta el cielo y mi corazón sea un atanor, lugar de transformación y cambios.

Dije en voz baja esa oración espontánea, sintiendo que jamás olvidaría aquel momento.

Nos acercamos a la pequeña capilla. Me llamó la atención ver que los aldeanos se despedían emocionados en la puerta antes de entrar.

El interior de la capilla estaba en una penumbra apenas iluminada por cirios de pura cera amarilla. Las paredes y las cúpulas brillaban íntegramente revestidas con láminas de oro. Increíbles columnas labradas sostenían sin esfuerzo la estructura. Los iconos cubrían los muros. ¡En la austeridad de la aldea apareció de la nada una explosión inesperada de riqueza!

–El altar de las iglesias ortodoxas separa lo profano de lo sacro con una especie de pantalla ornamentada en oro y pinturas sagradas –dijo María en un susurro–. Tiene tres puertas. El sacerdote entra y sale por ellas todo el tiempo, simbolizando su rol de nexo entre lo secreto y lo develado. El altar propiamente dicho, lugar de transmutación y consagración, está del lado secreto de la pantalla. Allí sólo entra el sacerdote, vestido con increíbles ropajes bordados en oro y piedras –agregó, colocándose la mantilla en la cabeza al modo antiguo.

Hice lo mismo sin saber por qué.

Entonces, como leyendo mis pensamientos, me dijo:

–El velo nos separa de la existencia cotidiana, cubrirse con él es una manera de entrar en intimidad con Dios.

Al levantar la mirada vi una enorme cúpula central, pintada de azul y dorado. Representaba la bóveda del cielo, y tenía grabado un gran triángulo que contenía el ojo de Dios.

–Señala el este –susurró María–. El Oriente, el lugar donde nace el sol, el despertar espiritual.

Enormes incensarios de bronce se balanceaban, pendían de algún lugar invisible franqueando el altar secreto y perfumando el ambiente.

–Mirra, estoraque, incienso –aclaró la aldeana (aunque... ¿sería una aldeana?).

Los lugareños entraban silenciosamente y permanecían de pie.

–Estar de pie es un gesto de realeza –musitó María a mi lado–, de conciencia despierta, de verticalidad. Permanecer de pie, con pleno conocimiento de lo que se está haciendo, es un gesto de poder. Así se entra en la casa de Dios: de pie, con orgullo. ¡Así entran los hijos en la casa del Padre!

De pronto, un canto coral que provenía de algún lugar recóndito de la iglesia estremeció las llamas de las velas, que comenzaron a crepitar.

–En las ceremonias ortodoxas el coro está oculto –dijo María, emocionada–. Conocemos bien el misterio del canto y su efecto inmediato de comunicación con lo divino. La Iglesia Ortodoxa conserva maravillosamente la distinción entre el *Kairos* y el *Cronos*. Pasando el umbral, sólo hay *Kairos*, espacio sin tiempo, símbolos, puertas que comunican dos realidades graciosamente unidas.

"Francamente no habla como una aldeana", pensé.

Había un no sé qué mágico y deslumbrante en esa capilla ortodoxa perdida en las montañas de Chipre. Algo así como un recato, un pudor ante lo sagrado, que me hizo sentir la presencia del cielo y hablar en susurros.

En ese momento el coro elevó sus voces, las campanas sonaron tres veces y apareció el oficiante atravesando majestuosamente una de las misteriosas puertas del altar.

–¡Gabriel! –exclamé casi gritando, tapándome la boca.

María sonrió con disimulo.

Gabriel estaba magnífico: vestía de blanco y oro, y sus ojos negros brillaban más que las piedras preciosas que recubrían íntegramente la túnica enteramente bordada.

Comenzó la ceremonia litúrgica...

Gabriel entraba por la puerta izquierda hacia el misterioso altar y salía por la derecha.

–Está uniendo los opuestos –aclaró María–. La puerta izquierda es lo femenino, la derecha lo masculino. En la Kabalah o árbol de la vida de la tradición judía, la izquierda es la puerta de la Madre y es llamada *Rigor*. La derecha, puerta de la energía, o puerta del Padre, es llamada *Misericordia*.

"Definitivamente no es una aldeana", pensé.

–Nuestra vida fluctúa entre etapas donde predominan el rigor, la disciplina, las leyes de la forma; y entre etapas donde todo es misericordia, fluidez, liviandad y energía. Entre estos dos estados hay un camino diferente: el camino del medio. La puerta central tiene el secreto alquímico de este camino. Es la puerta de la Gracia.

El coro calló repentinamente.
Los incensarios se balancearon movidos por manos invisibles... Cerré los ojos, aspirando el dulce aroma del incienso.
En ese preciso momento, un aldeano comenzó a repartir velas entre los presentes. No sé si fue mi imaginación, pero podría jurar que en el fugaz instante en que recibí mi vela vi una capa dorada cubriendo sus hombros. ¿Sería él?, me pregunté entre el humo del incienso...
Algo estaba por suceder. Esa señal y el silencio siempre anticipaban algún acontecimiento. Busqué al aldeano de las velas tratando de divisarlo en la bruma, pero ya había desaparecido.
Entonces Gabriel comenzó un relato... a la manera en que me había contado las historias de los dioses a orillas del mar. Con su voz profunda e intensa habló de Nazaret, una aldea pequeña, dijo, sin importancia alguna para el Imperio Romano.
–Allí nació María Virgen, la elegida para llevar a cabo la primera obra alquímica: dar a luz al niño Divino... No era una reina, ni una emperatriz, ni siquiera una sacerdotisa. Era, sí, la más pura, la más diáfana materia prima de la tierra. La más transparente a la luz, siendo totalmente humana. La más fuerte, tanto como para poder contener en sí el germen del cielo. María Virgen era, sobre todas las cosas, inocente... La inocencia, aliada al cielo, se vuelve poderosa. ¿Por qué este poder es revolucionario, tanto para aquellos días como para hoy mismo? ¡Porque la inocencia desconoce el miedo! Esto es lo más perturbador. Por eso es un poder absoluto. Y les diré que este poder es también llamado Pureza.
"Vayamos ahora a ese momento decisivo, cuando el cielo mandó un mensajero a la tierra... ¡Qué extraordinaria humildad, la del poderoso cielo! Hacer una pregunta y esperar la respuesta."
Los aldeanos estaban de pie con los rostros iluminados suavemente... transfigurados. Sus ojos brillaban y de sus cuerpos se desprendía un suave resplandor que seguramente no se debía a las velas encendidas que sostenían en sus manos.
–El mensajero era un ángel –continuó Gabriel–. Maravilla de maravillas... Lo más bello de los cielos desciende humildemente a la tierra para hacer una pregunta y esperar la respuesta.
Jamás me había detenido a meditar en este hecho. El cielo, el Dios Todopoderoso, ¿no tiene acaso todas las respuestas?
–Dios envía a su ángel para proponerle a María una historia nueva –continuó Gabriel–. Es para ella, y para toda la humanidad, algo audaz, extraordinario, algo nunca visto.

Gabriel me miró intensamente al decir estas palabras ¿O me había parecido?

–El cielo envía su ángel a la única persona capaz de tomar una decisión fuerte y absoluta. María de Nazaret es, hasta ese momento, sólo una posibilidad. Es posibilidad de cambio. Es territorio libre y disponible para que en ella entre Dios. Todos somos potencialmente ese territorio. María de Nazaret... ¿estaría en su casa? ¿Estaría observando el cielo y, en ese preciso instante que cambiaría su destino, recibió la señal del ángel? Estaría sola, y probablemente en algún lugar aislado, muy parecido a un atanor. Silencioso... Secreto... Hermético.

Gabriel lograba crear la imagen perfecta con sus palabras, a tal punto que casi era posible visualizar la escena.

–María de Nazaret estaría orando. Se sabe, por referencias concretas, que era una joven extraordinariamente apasionada por el mundo espiritual. Quizás estuviera contemplando un crepúsculo, que es de por sí un momento misterioso y revelador. ¡Momento propicio para que desciendan los ángeles y desembarquen los dioses! Está rodeada de naturaleza, árboles, flores y pájaros. Éste es el atanor más perfecto y hermético que existe.

Un canto de pájaros y una fresca brisa recorrió el templo en ese preciso instante. Sin embargo, ya había anochecido, la luna nueva estaba oculta en el cielo y los pájaros hacía largo rato habían callado en Léfkara.

Seducida por el misterio, yo escuchaba con atención las palabras de un joven monje griego de ojos oscuros, en una capilla perdida en medio de las montañas de Chipre, en tierra de antiguos dioses y en un lugar de encuentro de alquimistas desde hacía mucho, mucho tiempo. Estaba rodeada de aldeanos... y todos los presentes, al igual que yo, llevaban vestidos a la usanza del lugar.

"Sin embargo yo no soy una aldeana", pensé mirando a mi alrededor. Y ellos... ¿quiénes eran entonces?

El joven monje hizo una pausa.

Acercó una vela encendida y pasó el fuego a las velas de los feligreses, quienes las fueron prendiendo una a una a medida que recibían la llama de quien estaba a su lado.

Gabriel continuó el fascinante relato, y me pareció que lo escuchaba por primera vez en mi vida.

–María, la Virgen, permanecía en un estado de contemplación y bienaventuranza. Estaba en un momento de intensa intimidad con Dios. Seguramente por eso el ángel descendió y pudo acercarse a ella sin reparos. Los ángeles raramente se presentan en forma visible y es mucho menos habitual que comiencen a hablar. Pero María, la joven de Nazaret, había sido preparada desde niña para este momento por aquel que la custodiaba, su ángel de la guarda. Es probable que los coros angélicos en pleno estuvieran siempre a su lado. Los serafines, los querubines, los arcángeles... sabiendo lo que ella todavía no sabía.

Las velas crepitaban, los pájaros seguían cantando y se escuchaba un rumor de ramas movidas por una brisa misteriosa. Sin embargo todas las ventanas de la iglesia estaban cerradas.

–El ángel, bellísimo, hincó su rodilla en la tierra en señal de respeto. María, extasiada, no sintió ningún temor, sólo una gran turbación ante esta inesperada presencia enviada por Dios. El ángel explicó entonces el motivo de su visita y la propuesta que venía a hacerle: "Dios decidió hacerse niño –susurró el ángel de ojos perfectos–, vengo a darte esta noticia. El cielo, lo inmenso, lo poderoso, se hará pequeño. Dios niño necesita ser recibido, cobijado, acunado, querido. ¿Aceptas, María, cobijar al cielo? ¿Aceptas gestar al niño divino y darle nacimiento?". Las palabras de un ángel son poderosas. Todas las criaturas de la tierra hicieron silencio... La creación entera contuvo el aliento; callaron las aves, los ríos se detuvieron.

En este punto del relato, los aldeanos se arrodillaron y colocaron las velas en el suelo. Apoyando las cabezas entre sus rodillas, se encogieron sobre sí mismos como niños en el vientre materno. Los pájaros habían callado y la extraña brisa cesó repentinamente en la iglesia de Chipre.

Sentí que regresaba a un estado latente y pacífico. Recordaba esta sensación, era muy antigua: la había experimentado en el vientre materno.

–La creación entera –susurró Gabriel– esperaba este momento decisivo desde hacía mucho, mucho tiempo. La respuesta de María podía cambiar el destino de la humanidad.

Ovillada como un bebé, sentí desde mi corazón que debía decidir. ¿Aceptaría ser semilla en un nuevo vientre, sin reservas, con audacia? ¿Aceptaría nacer de nuevo?

–¡El sí de María llenó de luz la tierra y llegó hasta el mismo cielo! –dijo Gabriel, emocionado hasta las lágrimas–. ¡Hasta los ángeles se estremecieron!

En la capilla de esa pequeña aldea de Chipre, los aldeanos, al igual que María de Nazaret, supieron que era momento de tomar una decisión. En el instante mágico en que Gabriel reproducía con sus palabras la Anunciación de la Virgen María, entre la penumbra de las velas y el incienso, las voces de los ángeles musitaron en el oído de cada uno de los aldeanos, la pregunta decisiva:

–¿Aceptas anidar al cielo en tu alma?

Cada uno eligió la respuesta que su corazón le dictaba.

Sin dudar, con una alegría incontenible, dije con énfasis:

–Sí, acepto. Acepto ser lo nuevo, acepto lo espléndido.

Sentí que la Virgen me estaba sosteniendo, porque todos somos sus niños cuando renacemos.

Entonces Gabriel comenzó la oración que inicia la obra en blanco, la ALBEDO. La oración que gesta la nueva vida sólo con pronunciarla intensamente. Yo conocería ahora, por primera vez, su poderoso efecto.

Los aldeanos se pusieron de pie, también María la alquimista y yo, la peregrina del Camino de los Misterios.

–"Dios te salve María. Llena eres de gracia. El Señor es contigo. Bendita tú eres entre todas las mujeres. Bendito es el fruto de tu vientre Jesús. Santa María, Madre de Dios. Ruega por nosotros, pecadores. Ahora y en la hora de nuestra muerte. Amén."

María de Varsovia, de pie en el oratorio, terminó de pronunciar la oración a la Virgen y observó el fuego del atanor.

–El primer umbral de la obra en blanco está cumplido... gracias a Dios –dijo mirando a Marysia; ambas tenían los ojos brillantes, noté que estaban muy emocionadas–. El primer sí es el sí de la Concepción. Hay momentos de decisión en nuestra vida, donde se nos da la oportunidad para hacer cambios absolutos. Éste es uno de ellos. Podemos aceptarlos... y decir sí. También podemos pasarlos por alto y decir que no.

–¿Y los peregrinos de las otras tradiciones qué oraciones pronuncian? –preguntó Jurek, visiblemente emocionado aunque tratara de disimularlo.

–Hay tres salmos que tienen el mismo, mismísimo efecto... –la voz de María resonó en el laboratorio de Varsovia–: "Tú visitas la tierra, tú la riegas, tú la colmas de riquezas..." Al pronunciarlos, la Shekinah de los hebreos responde al llamado y recibe a los peregrinos. También los musulmanes, en su rama derviche, oran con poesías muy bellas a la Madre Divina: "Entrad vosotros y vuestras esposas en el jardín de las delicias..."

El amasado del pan

Habían transcurrido ya siete días desde la sesión de bordado y la misa. No tuve, sin embargo, más señales de misterios. La vida en la aldea se desarrollaba tranquila y repetida. Un día tras otro acompañaba a María de Chipre en sus tareas domésticas y en la contemplación del paisaje. Las bordadoras no volvieron a reunirse, aunque me cruzaba esporádicamente con alguna de ellas en las callecitas de la aldea. Tampoco apareció ningún sobre, ni recibí mensaje alguno.

Los turistas venían regularmente y hacían siempre el mismo recorrido y las mismas compras. No alteraban la vida de la aldea, ni la aldea los alteraba a ellos en lo más mínimo.

–Mañana amasaremos el pan –me dijo un día mi huésped sin darle mucha importancia. Yo había visto el horno de barro instalado en la cocina de la casa, pero siempre apagado. ¿Cómo sería el procedimiento?

No bien salió el sol, María tocó a la puerta de mi cuarto.

–¡Despierta! Hay mucho por hacer –dijo con voz enérgica.

Nos instalamos en la cocina con vista a las montañas. María ya había encendido el horno la noche anterior. El aroma a leña quemándose es uno de los más gratos recuerdos que tengo de esa espléndida mañana de Chipre.

–Las horas que siguen a la salida del sol tienen una fuerza especial –decía María, mientras preparaba los elementos para amasar el pan: un recipiente con harina, aceite, levadura, agua tibia.

Estaba ataviada con su típico vestido negro, cubierto con un gran delantal blanco. Llevaba su cabello azabache recogido y tirante. María era hermosísima, sin una sola gota de maquillaje.

Nos sentamos a tomar un café caliente a un costado de la mesada de madera, y entonces aproveché para preguntarle cómo lograba mantener esa frescura, esa belleza y juventud perfectas. Aparentaba tener no más de veintisiete años, cuando ésa sería la edad de su hijo.

–En primer lugar –dijo–, estoy completamente feliz con ser mujer. No me siento perjudicada, al contrario: conozco los secretos increíbles de nuestra condición femenina. Aprendí algunas cosas de las diosas que aún caminan por la isla, otras me fueron transmitidas de abuela a madre, a hija; y mucho lo aprendí con la alquimia. Afrodita, la reina del amor, me enseñó el orgullo y el privilegio de ser mujer en un mundo que añora cada vez más lo femenino. Cibeles me transmitió el poder de renacer ante cualquier prueba y el don de la fertilidad de la Madre Tierra. Sin embargo, debo decirte que mi iniciadora en la fuerza más elevada y más potente del ser femenino, es María la Virgen. Ella es el enigma, ella es la guardiana del mayor misterio femenino.

–¿Qué quieres decir con que es el enigma? –pregunté, sorbiendo un poco de café.

–Se sabe poco sobre María de Nazaret. Siempre optó por estar en un lugar secreto, detrás de los acontecimientos. Sólo los iconos orientales conservan su verdadera identidad, reflejada en esas imágenes. El rostro mate, los ojos oscuros y profundos, así es ella. Tiene la majestad de una reina y está en silencio. María la Virgen es la que gestó, en su condición de humana, a aquello que es más que humano, al Cristo. Por eso guarda silencio y es dueña del más grande secreto que atesoran los alquimistas. Piensa, Ana, que Dios la eligió para tener su experiencia iniciática más perturbadora. ¡Su propia encarnación!

María de Chipre hizo una pausa; tenía una expresión inefable.

–La Madre Universal (María, Shekinah o como quieras llamarla) –continuó con voz profunda– es la iniciada en este misterio que ahora te contaré. María la Virgen tuvo bajo su custodia al Dios Niño... Dios confió en ella, se volvió pequeño, indefenso, y ella lo cubrió con su manto de fortaleza terrestre, para que pudiera nacer, María lo gestó durante nueve meses en su vientre... como en un atanor, creció el cielo. ¿Comprendes el significado de esta situación? María la Virgen, para la tradición, es la guardiana de los secretos. La protectora del porvenir. La custodia de lo imposible. Todo aquel que pide a María la gracia de ser cuidado por ella obtiene los dones más extraordinarios.

Sentí que mi corazón se derretía...

–Y quien confía sus sueños más queridos a la custodia de María los ve realizarse –dijo la aldeana, señalando un pequeño icono colgado en la pared–. Ella es la iniciada y al mismo tiempo la iniciadora. Este icono, el de Czestochowa, procede de Oriente y refleja fielmente el verdadero rostro de la Virgen María, la alquimista.

Lo miré sin poder creerlo, era el mismo que adornaba la cabecera de mi cama cuando pequeña.

–La Conspiración está bajo su manto –continuó María de Chipre– y ella es la guía para el tercer milenio. ¿Comprendes?

–Lo intento...

–María la Virgen me enseñó a ser audaz. Imagina su situación luego de vivir el gran desafío de ser visitada por un ángel y haber aceptado dar a luz un hijo del cielo. ¿Quién creería en algo tan absurdo? Piensa: en esa sociedad oscura y rígida, lo diferente, lo nuevo, lo asombroso estaba prohibido. Aunque ahora no es que haya mejorado esta realidad –sonrió tristemente–, ¿no te parece?

Asentí. María siguió diciendo:

–Imagina su condición de mujer en esa época. Todo, hasta lo más trivial, debía ser consultado con un hombre; nuestra opinión femenina no tenía valor alguno. Es más: era peligrosa. Por lo tanto, era impensable venir con alguna historia personal que se saliera de lo establecido, de la ley. Y la gestación de María no podía ocultarse demasiado tiempo. Piensa entonces en su increíble audacia. Decirle sí al cielo, al Misterio, a lo Nuevo y guardar el secreto. ¡Aceptar que la vida corre en una dirección imprevista! Imagina su poder, sola en medio del más grande silencio. Ella, y el ángel esperando la respuesta. Ella y su vientre creciendo con el secreto.

Se me nubló la vista por la emoción, jamás lo había pensado así.

–Por eso –continuó María, mientras miraba las montañas a través de la ventanita redonda–, María la Virgen es partera de los sueños imposibles. Por eso recurro a ella cuando necesito fuerza y protección. Cuando siento angustia y desamparo, ella absorbe mi dolor y lo transforma en alivio. Ella es alegría en medio de mi vida concreta. A ella puedes entregar tus sueños más queridos, para que crezcan... ¿Qué otra cosa es un sueño, si no un pedazo de cielo? La Virgen es un trozo de paraíso en la tierra. Piensa en su inocencia, en su pureza, en su facilidad para hablar con el ángel. El jardín del Edén describe un estado interno, un estado paradisíaco y sin perturbación alguna, ¿recuerdas?

–Sí, las historias del Paraíso son cautivantes.

–María es un trozo de Paraíso que se conservó milagrosamente en la tierra...

Sus palabras me llegaban directamente al corazón. ¿Cómo conocería ella estos secretos? ¿Quién le habría enseñado lo más esencial y fuerte de la alquimia?

–¿Tu eres alquimista? –pregunté directamente, ya segura de la respuesta.

–Por supuesto, aquí en la aldea todos lo somos. Hacemos la alquimia de la vida. Labrando la tierra. Bordando. Amasando el pan. Pariendo hijos. Custodiando los secretos. Cuidando a los aspirantes. Trabajando para la Conspiración bajo el signo de María la Virgen.

Dejó el tazón de café sobre la mesa y dijo:

–Chipre fue desde la antigüedad un nido de misterios, te contaré. Ricardo Corazón de León y sus famosos caballeros cruzados, templarios y alquimistas, como ya lo sabes, vinieron a Oriente a recuperar lo que tú presenciaste en la Misa de la Anunciación: la magia, el misterio, la belleza, la poderosa sabiduría femenina. Corría el tiempo de las cruzadas, el siglo X. Occidente estaba volcándose totalmente hacia la razón, la lógica, la acción, hacia el mundo de lo manifestado. Hacia el polo masculino. Oriente conservaba todavía la sabiduría del corazón, la tradición oral, la contemplación, el fluido contacto con el mundo no manifestado. Oriente preservó lo femenino y esto ya se sabía en esa época. Los alquimistas se establecieron en Chipre, sobre todo en los monasterios. Esta red de monasterios que cubre el mundo entero (y que comprende no sólo a los cristianos, sino también a las comunidades de los derviches y a secretos grupos que conservan las tradiciones esotéricas judías) estuvo siempre interconectada. Así se mantuvo intacta la alquimia espiritual que se realiza mediante oraciones de poder ordenadas de una manera secreta e infalible.

–¿Dónde aprendiste todo esto? –le pregunté admirada.

–Yo aprendí en la aldea, jamás salí de ella. ¿Para qué? Aquí llegan los más grandes maestros, como ya te dije. Algunos se quedan y otros siguen su viaje; como Amir, El Gran Alquimista.

–¿Conoces a Amir?

–Por supuesto –María señaló otro icono apoyado sobre la mesa de madera, muy cerca de la masa que estábamos preparando. Éste es un presente de Amir.

Me quedé sin habla. No me animaba a preguntar más. Pero... ¿Cuándo habría estado Amir en Chipre? ¿Cuántos años tendría María?

La alquimista se levantó, indicándome que la acompañara. Entramos en un pequeño recinto, contiguo a la cocina, disimulado tras una rústica puerta de madera. Una ventana redonda dejaba filtrar un haz de luz y en la penumbra distinguí varios estantes atiborrados de frascos antiguos de vidrio oscuro. María comenzó a pasarme algunos de ellos, indicándome que los llevara a la cocina. Cuando terminamos el extraño acarreo, cerró cuidadosamente la puerta diciendo:

–Los alquimistas conocemos las fuerzas naturales ocultas en la vida cotidiana. Las especias, las esencias, los aceites son ingredientes mágicos y de efectos poderosos si sabes combinarlos. Te enseñaré a amasar el pan de los sueños, paso por paso ¡Ya lo verás!

–¿Qué es eso? –pregunté sorprendida.

–Ya te lo diré, ahora escúchame. En la misa viste cómo los aldeanos se despedían de su antigua forma de ser. Al saludarse unos a otros, como despidiéndose para siempre, reafirmaban una verdad. Ya no volverían a ser los mismos luego de esa postración donde se entregaron a Dios para que rehiciera sus vidas. Como si fueran una masa a ser moldeada de la mejor manera por las manos divinas, se despidieron de sus mezquindades, de los dolores que surcaban sus rostros, de sus miedos.

"Por fin habla sobre la experiencia de la misa", pensé, sin perderme una palabra y mirando sus ojos intensos.

–Por lo tanto, también debían despedirse entre ellos como viejos personajes que ya no regresarían a la aldea. Al salir de la misa, todos nosotros éramos distintos. La Madre cósmica, la Shakti hindú, la Shekinah hebrea, la Virgen nos tomó bajo su manto, para gestar un nuevo ser en nosotros, envueltos en su energía.

–¿Y eso qué relación guarda con el amasado del pan?

–Te explicaré. Amasar el pan de los sueños es una antigua costumbre de la aldea... Todos los años, después del sí de María Virgen, cada uno amasa el pan de su nueva vida. En él ponemos todas las virtudes, las fuerzas, las características que queremos tener cuando nazca ese nuevo ser que se está gestando dentro de nosotros. ¿Cómo quieres ser tú? –me preguntó María de pronto, mirándome profundamente con sus ojos negros–. Todavía no me lo digas, sólo piénsalo. Cuando llegue el momento te lo preguntaré. Cada intención tuya, cada sueño tiene su correspondencia en el reino mágico de las especias y en los ingredientes de la cocina alquímica. Ahora te explicaré algo importantísimo –dijo tomando mi mano–. Tienes aquí la herramienta mágica por excelencia. La mano es la acción en el mundo concreto: ella puede bendecir, curar o herir... La palabra "manifestación", viene de "mano" y significa todo lo que puede ser tomado por ella. Tu mano es única y es signo de tu propia maestría y dominio. Debes conocer su potencia y saber dirigirla como una buena alquimista. La realidad es plástica y puede asumir la forma que le demos –María extendió sus brazos suavemente y comenzó a mover sus manos como si entre ellas apresara una realidad sutil y le estuviera dando forma. Levantó las dos manos hacia el cielo–. Tomamos la inspiración de aquí arriba, para construir nuestro nuevo ser con la energía más bella –Bajó luego los brazos y agachándose hizo el gesto de tomar energía de la tierra–. Y de aquí abajo tomamos fuerza –Se irguió nuevamente y con las manos a la altura del corazón, comenzó a moldear una idea fantástica, a juzgar por la expresión de su rostro–. Aquí se crean nuestros sueños –musitó con los ojos cerrados–. Aquí está el fuego de la pasión.

Cuando terminó de dar forma a quién sabe qué historia de sí misma, tranquilamente abrió los ojos y empezó a ordenar los elementos para amasar el pan.

–Anota –dijo, viendo mi intención de no perderme una sola palabra. Estos son los ingredientes del PAN DE LOS SUEÑOS. Los más profundos conocimientos son transmitidos entre las mujeres mientras hacen el pan. Amasar es natural y simple, y también es vital. Así es la sabiduría femenina. Va a lo concreto. Resuelve problemas. Ofrece soluciones.

–Un kilo de harina común, bien tamizada –comenzó risueña.

–Sí, María.

–Doscientos cincuenta gramos de salvado de trigo finamente molido –dijo, acercando un cuenco. Un puñado de avena. Un puñado de semillas de sésamo. Un puñado de sémola de trigo. Un puñado de semillas de girasol –señaló una serie de pequeños cuencos dorados.

Tomó entonces una gran fuente roja y mezcló con suma concentración todos los ingredientes.

–El recipiente tiene que ser grande, redondo y bien profundo como éste –dijo, indicando la fuente, que debía tener de 35 a 40 cm de diámetro y unos 20 cm de profundidad.

–El trigo es un don de los dioses, desde la antigüedad se lo asocia con la vida. Por eso, con él se hace el pan. ¡Ah! el trigo, qué misterio, es tanto alimento para el cuerpo como para el alma.

–¿Por qué María?

–Porque es semilla de renacimiento, potencia latente, promesa de espigas. Por eso, junto con el vino y el aceite, el pan fue desde siempre una poderosa ofrenda ritual para los hebreos. Es bendición, alianza, elección...

–Ahora bien –prosiguió–, en este recipiente blanco prepararemos la levadura. Ella hará que podamos crecer como soñamos...

María tomó la fuente blanca.

–Tiene que ser profunda, Deberá contener una fuerza sutil, muy sutil y poderosa. La fuerza del crecimiento. A cincuenta gramos de levadura fresca, muy fresca, agregaremos dos cucharadas de harina común –dijo María colocando estos ingrediente en la fuente blanca. Ahora... –susurró la aldeana– mezcla la levadura con dos cucharaditas de azúcar y medio vaso de agua tibia. El agua es energía de nacimiento y el azúcar es alegría pura –dijo sonriendo–. Ahora la dejaremos crecer, por lo menos al doble de su tamaño.

María señaló una jarra azul, también de cerámica de la isla.

–Mientras la levadura crece prepararemos el agua dulce. A un litro de agua bien tibia le agrego dos cucharadas de miel. Agua y miel, para una vida dulce, muy dulce –dijo–. La miel es una sustancia misteriosa, tiene extraordinarios poderes.

Ante mi pregunta silenciosa agregó como al pasar:

–Poderes de purificación y de revelación...

–Ahora preparemos la masa para que reciba las instrucciones –dijo. Y tomando el gran recipiente rojo, agregó una pequeña cucharadira de aceite de girasol–. Será suficiente.

–¿Aceite?

–Sí, el aceite fijará las intenciones que pronto agregaremos como ingredientes del pan de tus sueños. Y ahora sí, dime cómo desearías ser. Piensa en lo más espléndido para ti misma. ¿Qué pedirás al cielo? ¿Cuáles son tus sueños, tus anhelos?

Me quedé pensando...

Mientras tanto María hizo un rápido repaso de los elementos. La fuente roja con la harina, los ingredientes mágicos preparados a un costado, la blanca con la levadura, la jarra azul con el agua dulce...

–Ahora sí llegó el momento –dijo.

Volcó el contenido de la fuente roja sobre la mesada...

–Quisiera ante todo ser dulce y transparente –dije con un hilo de voz.

María agregó, una a una, cuatro cucharadas de miel.

–¡Quiero ser bella!

María agregó dos cucharadas de esencia de rosas.

–Ser apasionada y sabia en las artes del amor.

María espolvoreó las harinas con canela.

–Quiero tener siempre la fuerza para renacer.

La maga tomó un puñado de pasas de uva y las arrojó sobre la preparación con una sonrisa.

–¡Quiero crecer! ¡Expandirme! –dije con la voz entrecortada por la emoción.

María señaló sonriendo la fuente blanca.

–¿Un toque de fortaleza? –preguntó.

Asentí, mientras María agregaba una pizca de jengibre.

–¡Quiero ser fértil, creativa, gestar muchos proyectos! –dije, haciendo un gesto amplio. De mis manos salía fuego.

María agregó cuatro cucharadas de jugo de naranja, recién exprimido.

–Tiene la energía del sol –explicó y luego preguntó, con los ojos llenos de chispa –¿Un poco de suerte?

–Síiii... –. María agregó dos buenas cucharadas de esencia de vainilla.

–Que las hadas me revelen sus poderes secretos... –continué, recordando un viejo anhelo.

Cuatro clavos de olor aparecieron entre mis manos.

Respiré hondo...

–¡Quiero conservar siempre la alegría!

María espolvoreó las harinas con dos cucharadas de cáscara de limón, finamente rallado. Un rayo de sol entró por la ventana iluminando su blanco delantal, que se destacaba sobre el vestido negro.

–Llegó el momento decisivo. Daremos fuerza a tu proyecto. Lo mezclaremos con la potencia del cielo, que eso es ni más ni menos lo que simboliza la levadura en el pan de los sueños. –María hizo un pequeño hueco en la montañita de harinas, vertió el contenido de la fuente blanca y agregó el agua dulce de la jarra azul.

Comenzó a acariciar suavemente la mezcla.

–Ahora –susurró–, amasará conmigo... Cuando la mezcla se desprenda de mi mano, el pan estará listo.

Transcurrió un tiempo indefinido, imposible de medir, entonces...

–¡Ya está! –susurró, trayendo un molde redondo enmantecado y enharinado–. Vuelca aquí la preparación. El molde debe ser redondo, esto te asegura la perfección. Debemos colocar los sueños de tu nuevo ser en un lugar seguro, donde no haya interferencias. Si fuera tú, pediría a la Madre, a la Virgen, que me protegiera en esta nueva vida. Ella sabe de estas cosas terrenas. Cuando el pan crezca al doble de su tamaño, lo colocaré a fuego suave en el horno. Dejaré el pan dorándose allí adentro hasta que esta ramita salga seca al hundirla en la masa. Eso querrá decir que el pan está listo.

Vio que yo contemplaba el fuego, fascinada.

–El horno es importante –susurró mirando las llamas–, tan importante como la pasión. Sin pasión... –dijo con énfasis, subrayando cada palabra– no hay ser nuevo. La masa, la harina y el agua son obra de la tierra. La levadura y la miel, los aceites y los condimentos son nuestros sueños de belleza y perfección. El fuego –dijo, haciendo una pausa–, ¡lo pone Dios!

–Es como si el fuego se encendiera con la oración… –arriesgué.

María me miró fijamente... sentí un estremecimiento.

–Hay –dijo– un tiempo de pausa, de espera, antes de colocar el pan en el horno. Debe elevarse y crecer, como hace un niño en el vientre de su madre –diciendo esto cubrió la masa con una seda celeste y la colocó en un lugar resguardado–. Crecer como una idea nueva que mantenemos en secreto... Como un cambio que deseamos mucho y esperamos en silencio. Todo lo recién concebido es delicado. Necesita cuidado, como tú –María me miró con ternura–. Necesita amor, así como estás tú ahora en tu nuevo estado, que requiere mucha protección.

Una paloma blanca se posó en el antepecho de la ventana, y permaneció inmóvil. Algo estaba por suceder...

–Cierra los ojos y respira profundamente –dijo María.

El aire puro de la montaña entró en la cocina agitando mis cabellos y el delantal de María...

–Así somos los humanos, delicados y frágiles, cuando estamos cambiando –siguió María, elevando la voz y mirando fijamente el icono–. La Madre nos cobija en su seno.

De pronto escuché un sonido conocido, el que siempre aparecía viniendo de algún lugar secreto antes de la oración alquímica. Eran campanas.

–¡Arrójate en sus brazos! –exclamó María con voz muy fuerte.

La brisa se había transformado en una fuerte ráfaga. Cerré instintivamente los ojos y abrí los brazos dejando que el extraño viento me envolviera...

La voz fuerte e inmutable de María me tranquilizó, la escuché como viniendo de muy, muy lejos. Había dado comienzo la oración de poder...

–"Dios te salve María, llena eres de gracia. El Señor es contigo..."

El viento continuaba... el resplandor del icono se hizo más y más intenso.

Me arrojé en brazos de la Madre Divina, de un salto, sin saber cómo. Ella me recibió dulcemente en su regazo.

–"Bendita eres entre todas las mujeres. Y bendito es el fruto de tu vientre Jesús".

Experimenté alivio, paz, fuerza... el viento había cesado. En medio de una suave niebla vi el rostro oscuro y los ojos llenos de luz de la Virgen Negra.

–"Santa María, Madre de Dios. Ruega por nosotros pecadores."

Una luz celeste me envolvió como un tibio manto...

–"Ahora y en la hora de nuestra muerte."

Sentí el cálido abrazo de la Madre...

–"Amén."

–Amén... –susurraron en el oratorio María de Varsovia, Jurek y Marysia.

–El paso irreversible está muy cerca –dijo María encendiendo incienso–. Se avecina el nacimiento.

El Ángel de las Transmutaciones, que siempre acompaña a los alquimistas en sus trabajos, sonrió enigmáticamente sentado en el alféizar de la ventana redonda.

Comencé a escuchar, como si vinieran de muy, muy lejos, las voces de las aldeanas que me rodeaban, en medio de chistes y risas. Cuando abrí los ojos estaba acostada en el pasto, en la ladera de la montaña, en medio de unas matas de flores silvestres y al lado de un arroyo de agua transparente .

–¡Despierta! –decían en un rudimentario español.

Reían y conversaban entre ellas con sus cabezas cubiertas con pañuelos negros y rodeadas de niños.

–¡Hace varios días que te buscamos! ¿No se te ocurre mejor lugar para venir a dormir? ¡Regresa a la aldea con nosotras!

Estoy segura de que sabían lo que había sucedido y bromeaban a costillas mías.

En ese momento me di cuenta de que estaba envuelta con un espeso manto celeste. ¿Cómo habría aparecido ese manto? ¿Alguien me ha cubierto con él para que no tuviera frío?, me pregunté mirando alrededor sin obtener respuesta. Recordé vagamente el principio de la oración.

–¿Cómo pasé de la cocina de María, a este lugar?

Cuando hice esta inocente pregunta, las carcajadas ya eran evidentes. Renuncié a seguir indagando. Ya no tenía mucha importancia. ¡El sol brillaba tanto en esa espléndida mañana de Chipre!

Me levanté del pasto y, acomodando el manto celeste sobre mis hombros, regresé a la casa de María caminando alegremente con las aldeanas.

Gregorio

Jamás tuve la oportunidad de hablar en detalle con María sobre lo sucedido en la misa y mientras amasábamos el pan. Yo no sabía cómo preguntarle, y ella consideraba que no era necesaria ninguna explicación.

Siendo occidental, yo estaba acostumbrada a las preguntas y a las aclaraciones, paso por paso. María de Chipre tenía, en cambio, el Oriente en su sangre, no sentía necesidad alguna de explicar el misterio. Jamás había bajado de la montaña y no tenía el menor interés en hacerlo.

–¿Para qué dejar la aldea –me dijo una vez, muy seria–, si hasta aquí llegan los más increíbles maestros y todo lo que necesito viene a mí?

–¿Y si no hubieras nacido en Léfkara –pregunté–, la aldea más increíble que conocí en mi vida?

–Hubiera sido lo mismo –contestó María, extrañada por la pregunta–. Lo importante es cuidar lo divino de nuestro interior, allí están todos los misterios. La realidad es un espejo: de afuera viene sólo lo que somos adentro. Quiero decir que atraemos todo aquello que es semejante a nosotros, jamás lo olvides –dijo, acomodando las blancas sábanas de hilo bordado.

Mientras María decía esto, vi –con toda seguridad no fue una alucinación–, a un pequeño grupo de gnomos vestidos a la manera de los aldeanos, que salieron corriendo detrás de unos troncos. Se acercaron al lugar donde conversábamos y en un rápido movimiento se llevaron la funda de una almohada entre sus diminutas manos.

–¿Viste la funda? –preguntó María, buscando por todos lados.

–Se la llevaron los gnomos –tuve que contestarle la verdad.

–¡Diablillos! –les gritó enojada, mirando en dirección a la pila de leña seca. Debajo de uno de los troncos asomaba la punta de la funda blanca–. Bueno –dijo con ternura–, quieren hacer notar su presencia a toda costa.

Superado el incidente, María retornó al tema:

–Respecto de los aldeanos que viste en la iglesia, cada año, en la Misa de la Anunciación, se hacen semilla, se vuelven pequeños, muy pequeños. Y reanudan su vida con el entusiasmo de los niños. De esta forma, en cada ciclo, amplían su nivel de conciencia. Son viejos alquimistas. Conocen las leyes de la regeneración cíclica; así como los viste, con sus rostros impasibles y herméticos, son todos sabios maestros. Cada uno de ellos tiene bajo su cuidado a un peregrino del Camino de los Misterios y lo hospeda en su casa como yo lo hago contigo.

–Pero... –pregunté intrigada–, ¿dónde están los peregrinos, los aspirantes a Conspiradores de la Gracia?

–Están mezclados entre los aldeanos, no los reconocerías. Esta etapa del camino es individual, no puede ser compartida. Cuando llegues al final comenzarás otro ciclo diferente y tal vez incluso colaborarás ya en la Conspiración.

María había estado excepcionalmente locuaz, luego sus palabras iban a ser cada vez más escasas.

En adelante y cada día más nos íbamos a comunicar casi sin hablar.

María de Chipre conocía muy bien las leyes del magnetismo:

–Debes saber en qué consiste la principal fuerza femenina –me dijo un día, muy seria–. Puedes atraer a tu vida lo que quieras, sólo tienes que saber desear. La mujer es como un imán, muy pronto lo aprenderás. Nada tiene que salir a conquistar. Ella atrae, a ella viene todo tarde o temprano. Me lo enseñó Afrodita, hace ya mucho tiempo.

María de Chipre cerró el tema guiñándome un ojo con un gesto cómplice. Hablaba con el cuerpo: sus movimientos tenían poder, sus gestos irradiaban seguridad y belleza. Un hilo de energía unía sus palabras con su mirada y a ésta con su corazón.

–Cuéntame de Amir –le pedí un día mientras poníamos a secar los higos al sol sobre el patio de piedras, junto al horno del pan.

–Amir fue uno de los ilustres visitantes cuya existencia, aun hoy, como la de muchos otros, se mantiene en el anonimato. En el transcurso de su peregrinación desde Varsovia a Gorëme, ciudad santa de la Capadocia y punto de reunión de los alquimistas de todo el mundo, vivió un tiempo en la aldea. Luego se recluyó en el monasterio, hoy llamado "de los rebeldes", durante cuarenta y nueve años. Siete ciclos de siete –aclaró María.

"Casi medio siglo", se me ocurrió pensar. ¿Cuántos años tendría entonces Amir?

–Iremos a visitar a uno de sus discípulos más queridos –me anticipó María–: Gregorio el Iconógrafo.

–¿Tú también eres discípula de Amir?

–Por supuesto –contestó, sin darme mayores explicaciones.

María de Chipre no era una informante, era de las que cuidaban, igual que María de Varsovia.

Un día, mientras cocinábamos, me dijo sorpresivamente:

–Los chamanes de todas las culturas hablan poco, su tarea es cuidar a las personas en el momento preciso en que cambian los niveles de conciencia. Yo misma soy una chamana, mi tarea es asistir partos del alma. Cada pasaje a un nivel de conciencia superior es un nacimiento.

Estábamos preparando el almuerzo y, a la manera de las mujeres, tratábamos por igual temas cotidianos o trascendentes. Hay una intensidad muy especial en las conversaciones femeninas y esto se hace más evidente si estamos en el ámbito resguardado y secreto de la cocina. Nuestros temas son siempre emocionales, nos interesan las relaciones humanas por sobre todas las cosas porque es allí donde se juega lo más importante en la vida.

Le conté a María algo de mi pasado. Trabajando como arquitecta también había conocido los ambientes tradicionalmente reservados a los hombres.

–Me fascina –dije– la capacidad de concentración y de lucha tan masculina. Su energía tiene la característica del láser: ellos son precisos, direccionales y exactos.

–La energía femenina, en cambio, es abarcante y circular –apuntó María.

–Cada polo tiene sus propios talentos –dijimos a la vez, y nos echamos a reír.

–En mi etapa de profesional y ejecutiva también tuve que desarrollar la lógica y la abstracción.

María movió la cabeza, reflexiva:

–Debiste adaptarte al pensamiento puntual, al razonamiento exacto.

Tenía razón, eso es lo que me vi forzada a hacer. Pero también disfrutaba enormemente del placer de conocer los dos mundos: el rigor y la gracia.

Una tarde en que me sentí llena de anhelos y de tristezas repentinas, le confié a María que en mi pasado entregué, como tantas de nosotras, mi riqueza ancestral a cambio de triunfar en la sociedad moderna. Hay muchas formas de pertenecer a la vida y muchísimas maneras de triunfar, pero yo no lo sabía. Ahora estaba deslumbrada con lo que podía recuperar: la poderosa fuerza ancestral de lo femenino, sin renunciar a mi libertad. María me comprendió enseguida, aun sin haber salido nunca de su aldea. Ahora yo quería tener los secretos: los de la sensualidad y el orgullo de Afrodita; la poderosa creatividad de la Diosa Madre y, sobre todo, el misterio de los misterios: a María la Virgen.

–La comida está lista, llama a los niños –dijo al pasar, otro día cualquiera y tomándome por sorpresa–. Luego del almuerzo iremos al taller de Gregorio. Llévate un abrigo, no sé si regresaremos antes del crepúsculo.

Presentí que otra vez se avecinaba algo importante. No dije una sola palabra... ya había aprendido la lección con las aldeanas.

Partimos a pie. Había que subir a una montaña vecina siguiendo un pequeño sendero entre piedras y olivos. Llevé mi manto celeste como abrigo y, en una pequeña canasta, algunos panes. María los había terminado de hornear durante la tarde en que el viento me llevara hasta el río.

Recuerdo con toda claridad la imagen de caminar lentamente por un escarpado sendero de montaña, en un atardecer de la isla de Chipre. Iba siguiendo a una mujer alta, esbelta y joven, vestida íntegramente de negro a la manera de las gentes del lugar. En ese momento todavía ignoraba que María de Chipre y María de Varsovia no tenían una edad habitual para la vida en la tierra. Por eso comprendí sus palabras tiempo después...

–Tomamos el compromiso de hacer de nuestra existencia una Conspiración y esto requiere tiempo –había dicho María de Chipre.

–¿Una Conspiración contra qué? –pregunté yo siguiendo el paso de la aldeana.

–Contra el escepticismo, contra la resignación y la mediocridad, contra los corazones crueles, contra la tristeza y el dolor. Los alquimistas conspiramos a favor de la vida –dijo María de Chipre con la expresión imperturbable de una guerrera.

Estaba inquieta, presentí que este sendero sinuoso y ascendente me conducía a algo radical. Pero, ¿qué sería esta vez?

–Nos acercamos a la última etapa de la obra en blanco –dijo María de Varsovia.

–No se despegará del atanor –escuché que decían pequeños seres de la naturaleza, siempre presentes en todo laboratorio alquímico–, se acerca un momento decisivo.

–Si algo fracasa se corre un serio peligro de explosión –informó María, muy seria, a los gnomos que se acercaron para ver cómo marchaba la obra–. Las experiencias muy intensas son decisivas: cuando se presentan hay que optar, no hay términos medios.

–María sabe –comentaron los gnomos entre ellos–, es una vieja alquimista.

–No hay experiencias más fuertes que las que nos presenta la vida concreta –dijo el gnomo de más edad, antiguo amigo de alquimistas.

Llegamos al pie del inquietante monasterio. María de Chipre y yo, la peregrina del Camino de los Misterios.

Su silueta se recortaba nítidamente, como un gran pájaro negro que hubiera anidado en la cumbre de la montaña.

–Allí sólo entran hombres, rige una rigurosa prohibición para el acceso de las mujeres –dijo María, encogiéndose de hombros–. Sucede así en los lugares de elevada iniciación masculina. Las mujeres, en cambio, no necesitamos el aislamiento y el retiro: a nosotras nos inicia la vida. La experiencia más absoluta por la que puede pasar una mujer es la gestación y el nacimiento de un niño –agregó con una expresión inefable–. Las novias visten de blanco en el día de su boda, éste es un antiguo simbolismo alquímico de la ALBEDO. ¿Lo comprendes? Se trata de una iniciación visceral.

Después de una caminata bastante larga llegamos a destino. La casita de Gregorio era pequeña y blanca; tenía una señal que la distinguía: un antiguo icono de la Virgen Negra estaba incrustado en la puerta de acceso de madera labrada.

Al tocar la aldaba, apareció Gregorio en persona. Era el ser más dulce que yo había visto en mi vida. Tenía una larga barba blanca y vestía hábitos negros. Su casa íntegra era un taller. Los iconos cubrían todas las paredes y Gregorio estaba trabajando en cinco al mismo tiempo.

–Ella es Ana –dijo sencillamente María–, Gabriel te habrá anticipado nuestra visita.

–Así es, tomen asiento. O, si quieren, observen primero los iconos.

Yo seguiré pintando hasta terminar con el pigmento rojo, que ya está preparado.

Al mirar las pinturas, comencé a sentir en mi cuerpo una paz profunda, una especie de estado hipnótico, un bienestar inmediato como si me estuviera acariciando el cielo. El mundo que veía en los iconos era un mundo bendecido por algo inefable. Todos los rostros reflejaban una beatitud profunda: eran felices, con esa felicidad que sólo puede obtenerse en el cielo... sin embargo, también se los veía absolutamente humanos. Había algo muy misterioso en esas pinturas, algo magnético, así como en el icono de la Virgen de Czestochowa...

"¿Será esa expresión de certeza?", me pregunté mirando los hieráticos rostros.

–El mundo que representan los iconos es un mundo transfigurado –me dijo María al oído–. Una tierra bendecida, aceptada, amada, divinizada.

Observé que Gregorio pintaba sobre tablas de madera tal como lo exige la tradición. Luego de varias manos de sellado y lijado, comenzaba por reproducir con finas líneas de lápiz los contornos de las figuras.

–Se empieza por los colores más oscuros, como los azules de los mantos –explicó el iconógrafo–, y luego se avanza pintando progresivamente lo que es más y más claro. Finalmente llega la etapa de hacer el dorado aplicando una fina lámina de oro encolada sobre lo que será el fondo de la figura. Luego se sigue "aclarando", dando luz al icono, pintando todo lo que es blanco. Al final llega el momento más delicado... pintar los ojos de la figura.

–¿Por qué dices "el momento más delicado"? –preguntó María.

–Porque todo icono es una puerta que comunica dos mundos: el natural y el sobrenatural. Y esa puerta se abre en el exacto instante en que se pintan los ojos de la figura sagrada. Quien está trabajando debe ser capaz de resistir el impacto. Éste es el motivo por el cual se hacen ritualmente, acompañados de silencio y oración. Al definir los ojos se abre la puerta al mundo invisible y el iconógrafo recibe una poderosa descarga de luz y energía. Yo mismo tuve experiencias fortísimas. Desde caer al piso de bruces, como si me hubiera alcanzado un rayo, hasta pasar al otro lado del icono y luego tener que regresar de alguna manera.

Gregorio y María reían distendidos, yo estaba empezando a temblar.

–Es fácil de comprender –acotó Gregorio– si sabes que el icono, una vez terminado, se convierte en "epifánico".

–¿Qué es eso? –me atreví a preguntar, tranquilizándome al escuchar una palabra que parecía teológica.

–Epifánico significa que la figura, la imagen, contiene la presencia de aquello que expresa. Mira este icono –dijo, señalando como por casualidad la imagen de la Virgen de Czestochowa–. Fue realizado ritualmente. Reproduce con fidelidad el rostro oscuro y enigmático de María de Nazaret. El icono es un espejo donde se refleja el Misterio. Por lo tanto contiene la fuerza de aquello que refleja. No *es* lo que refleja, pero sí lo contiene. Por eso es un objeto de poder. Puedes recibir la fuerza de María la Virgen si contemplas su icono. Te purificas de toda oscuridad si, en un momento de miedo, la contemplas intensamente. Tener un icono es tener un talismán protector. El icono no es un fin en sí mismo, es un medio. Y como todo objeto de poder, te conecta con el cielo.

Gregorio mezclaba ahora un polvo amarillo.

–Es un pigmento –explicó.

En un vasito había un líquido también amarillento donde mojaba sus pinceles.

–¿Qué es? –pregunté intrigada.

–Es el diluyente. Tiene yemas de huevo, agua y vinagre en las exactas proporciones dictadas por la tradición.

–¿Qué haces en el Monasterio, además?

–Cuando cumplo mis días de servicio, soy portero.

–¿Portero? –pregunté asombrada.

–Sí, no debo hacer ninguna tarea que se diferencie demasiado de mi vocación de iconógrafo: cuando pinto también soy portero entre la tierra y el cielo. Debo decirte que, además de conocer la técnica para pintar, todo aspirante a iconógrafo aprende las oraciones rituales que deben pronunciarse en el momento de hacer el icono –Gregorio se quedó mirando fijamente el rojo de uno de los pigmentos–. Ahora te revelaré un gran secreto.

–Estoy ansiosa, adelante.

–Hay dos formas sabias de vivir en el mundo, y te las muestran los iconos si sabes leerlos.

María jugaba con los pinceles y los colores, absolutamente embelesada.

–Una es la vía de Occidente, vivir en éxtasis a través de la acción. Se trata de saber conservar la conexión con el cielo, el estado de gracia, en todo momento y lugar. En medio de una calle transitada por miles de personas, rodeados de ruidos, cumpliendo tareas mecánicas o no, acelerados al máximo, los alquimistas conservan la gracia. Así se aprende a tener el don de la imperturbabilidad. Los opuestos son nuestros maestros. A ti, típica occidental, Oriente puede enseñarte la vía de la quietud y la contemplación, segunda forma de estar en el mundo. ¡Qué desafío! –rió Gregorio mirando a María, divertido–. Lo que para nosotros es fácil y natural, para ustedes los occidentales significa un esfuerzo increíble. Parar el mundo, dejar de actuar, ser anónimos y estar aparentemente quietos provoca una agitación profunda en sus almas. Dedicar tiempo al cielo, entrando en contemplación, es tan extraño para un occidental como lo es para un oriental dedicar todo su tiempo a la tierra y a la acción. Cuando regreses a tu patria, comprenderás de otra manera las leyes de la materia. Te moverás de forma diferente en tu vida concreta, habrás adquirido la sabiduría alquímica uniendo lo que nunca estuvo separado: la vida espiritual con la material.

–Los sufíes, grandes amigos nuestros, consideran un duro exilio hacer un viaje de iniciación hacia Occidente. Retornar a la materia es tarea difícil para el que ha conocido el éxtasis de la vida espiritual liberada hasta del peso del cuerpo, como lo han logrado los derviches.

–¿Quiénes son? –pregunté a Gregorio.

–Se trata de los sufíes danzantes; y lo mejor de todo, como te conté, es que son nuestros amigos.

Recordé de pronto el primer mensaje recibido a mi arribo a Varsovia. Decía algo así como "seguir a los danzantes en una noche de luna llena". No pude preguntar nada, Gregorio siguió hablando y yo estaba fascinada con sus palabras.

–Ustedes, los occidentales, no pueden últimamente conectarse con la materia. ¿Lo has notado? Viven en una cultura que es cada vez más mental y abstracta. ¿Cómo decirlo? Viven suspendidos en una ilusión, creo que ya no hay verdadero materialismo. ¡Yo diría que ya no logran la encarnación! ¿Dónde está el placer de disfrutar de la materia? ¿Dónde está la sensualidad? En la era de la cibernética navegan cada vez más por circuitos virtuales, inventos, creen en cosas que no existen ni existirán jamás. Por eso tu presencia aquí tiene como objeto el volver a nacer, cambiar completamente tu absurda manera de estar en el mundo.

Mis ojos debieron brillar de asombro y satisfacción. Éste no era un encuentro místico sobre pintura, Gregorio me estaba enseñando a vivir en el mundo concreto, no a salir de él.

Me animé entonces a preguntarle:

–¿Por qué pintas tantos ángeles?

–Para fijar la conciencia en lo positivo –contestó mirándome sorprendido por mi ignorancia–, de eso se trata. Esta práctica pertenece a un antiguo principio espiritual. El ser humano es lo que contempla. Los maestros de iconografía lo supimos siempre, así como sabemos que operamos con símbolos poderosos. Los colores, las posturas de las manos llamadas *mudras*, las expresiones pacíficas de los rostros. También los objetos tienen significados, como por ejemplo el libro abierto o el libro cerrado que aparecen en los iconos.

–¿Qué significan?

–¡Ah! Los iconos se leen como si fueran verdaderos cuentos. El libro cerrado dice que quien lo sostiene es dueño de la doctrina oculta, esotérica, reservada a los iniciados. El libro abierto, en cambio, indica la doctrina develada, exotérica, abierta a todos.

–Gregorio –dije, viendo por fin la oportunidad de saber algo sobre los mensajes que me enviaban los personajes con los que me había encontrado en los últimos tiempos, como Cibeles o el mago de capa dorada–, ¿Qué significan las posturas de las manos?

María prestó atención cuando escuchó mi pregunta. Hasta ese momento se había concentrado en jugar con el hermoso gato blanco de Gregorio. Ambos estaban cómodamente sentados sobre unos mullidos almohadones de seda roja.

–¡Las manos hablan! –dijo Gregorio sonriendo bajo su espesa barba blanca–. Todo es magia: las posturas de las manos y de los dedos simbolizan actitudes interiores.

Acercó entonces un hermoso icono, que representaba a un ángel guerrero cubierto con una capa roja.

–Es el Arcángel Miguel –dijo–. Mira su mano izquierda levantada al cielo. Viene a cumplir la justicia divina; por eso su mano derecha sostiene tan firmemente la espada flamígera. Observa en cambio al Arcángel Gabriel, aquel que trajo la buena nueva de la decisión divina de nacer en la tierra. Su mano derecha simboliza la acción, y se levanta al cielo con el índice extendido y los demás dedos replegados.

–¿Qué significa este gesto? –pregunté sin comprender.

–El Arcángel Gabriel es mensajero de la siguiente revelación: el cielo accionará en la tierra. El índice es el dedo que corresponde al elemento aire y significa el discernimiento, la palabra divina. El índice siempre es el que señala. Los ángeles conocen la fuerza que tienen las manos para dirigir la energía. Presta atención a cómo son representados en los iconos. Aun desde una pintura, sobre todo si es ritual, son capaces de mover fuerzas sutiles. Las manos de los ángeles son poderosas, también lo son las de la Virgen. En otro plano sucede lo mismo con las manos de los maestros y de los iniciados.

María se acercó. Llevaba el gato alzado entre sus brazos.

–¿Recuerdas el pan de los sueños que amasamos con nuestras propias manos? –dijo como por casualidad–. Estábamos realizando un acto mágico.

Me di cuenta de que había recibido una primera lección acerca de cómo utilizar la energía de las manos con una intención concentrada.

–Somos dioses dormidos –sonrió Gregorio, señalando al gato–, él lo sabe. Por eso a veces se ríe de mí a carcajadas viéndome buscar en el mundo exterior aquello que está en mi mundo interno.

El gato sonrió, esta vez lo vi claramente, ya no me quedaban dudas. María se encogió de hombros...

–¡Ustedes! –dijo Gregorio, mirando al icono de los tres ángeles–. ¡Maestros de la ligereza, enséñennos a volar! Somos tan pesados, formales y miedosos... ¡Criaturas sutiles! –continuó con voz fuerte–, ustedes, que conocen el secreto de la alegría, ese poder de elevarse por los aires, ¡revélennos sus arcanos de una vez por todas!

Al pronunciar esta última invocación, Gregorio prorrumpió en carcajadas.

–María –dije, un poco desorientada–, ¿de qué se ríe el maestro?

–De nosotros mismos: tanto o más poderosos que los ángeles, sin duda alguna, y tan ignorantes de nuestra verdadera naturaleza.

María se unió a la risa de Gregorio, quien tenía los ojos llenos de lágrimas. Miré la escena un poco desconcertada... Cuando comprendí que, después de haber visto al dragón, a Cibeles, a los gnomos, a Varsovia en 1945 y hace tan sólo un segundo al gato sonriendo, yo insistía en usar mi vieja mente racional para comprender todo como si nada hubiera pasado...

Cuando realmente me di cuenta de que vivimos en un mundo mágico y sorprendente y lo reducimos todo a un pobre mundo al que llamamos "real"... irrumpí en carcajadas con María, Gregorio y el gato y al instante escuché sumarse las risas desternillantes de los gnomos, y de las hadas. Todos nos reíamos de la increíble soberbia e ignorancia humanas... El gato era el que más se burlaba: ellos conocen bien el tema, por eso andan siempre con esos aires de desprecio y suficiencia.

De pronto se escucharon fuertes golpes a la puerta, que quebraron la magia del instante. Me sobresalté y comencé a temblar como una hoja. "Extraña reacción", pensé.

La voz de un hombre bastante alterado, resonó del otro lado de la puerta:

–¿Está María aquí?

–Sí, pasa –contestó Gregorio reconociendo la voz–. ¿Qué deseas, Starvos?

–Mi mujer tiene las primeras contracciones, el parto es inminente –dijo el hombre muy nervioso, entrando atropelladamente–. ¡Necesito que vengas, María! Sophía se quedó acompañada por la cantante.

–Por supuesto, vamos inmediatamente –contestó María–. Ana, tú vienes conmigo, necesitaré ayuda.

Nos despedimos rápidamente de Gregorio mientras se escuchaban truenos anunciando tormenta.

–Vuelve pronto –me dijo Gregorio cuando me acerqué a despedirme–. Te enseñaré el arte sagrado de la pintura y conocerás mi jardín secreto.

Señaló una ventana redonda a través de la cual se veían partes de un jardín lleno de flores.

–Allí viven hadas y toda clase de gnomos –dijo en voz baja–. Los necesito para poder pintar, son mis ayudantes. También los curo y los protejo; pobres criaturas... algunos vienen muy machucados, ya sabes, por la contaminación. Regresa apenas puedas, te enseñaré a cuidarlos.

María se despidió también, debíamos salir de inmediato para poder asistir al parto.

María, Starvos y yo detrás partimos hacia la aldea caminando de prisa. Subíamos y bajábamos por pequeñas cuestas, tomando distintos atajos.

El aire se había puesto pesado y el cielo plomizo anunciaba una tormenta inminente. De pronto empezaron a caer las primeras gotas.

–Apuremos el paso –dijo María dándose vuelta –quizá logremos llegar antes del diluvio.

Sin embargo, en pocos instantes se desató sobre nosotros un fuerte chaparrón. La cortina de agua impedía ver el camino, estábamos empapados.

De pronto, Starvos, que encabezaba la marcha, se detuvo en medio del río de lluvia que venía bajando por la ladera de la montaña. Protegiéndose los ojos dijo, acongojado:

–María, estoy perdido, no logro distinguir el camino a mi propia casa.

La tormenta había arrasado con el paisaje conocido. Seguía borrando antiguas referencias y lavaba también la memoria, haciendo desaparecer las pequeñas señales conocidas, aquellas que indicaban un recodo aquí, una bifurcación allá.

Nos resguardamos a medias, al amparo de una gran roca negra, en medio de un diluvio.

Entre la bruma apareció de improviso una extraña silueta. Me resultó vagamente familiar. Era un hombre bastante alto, caminaba erguido a pesar del viento. Estaba vestido de blanco, al menos eso creí ver. "¿Quién será?", me pregunté. "¿Estará perdido y busca la aldea?" Comprendí quién era al ver al enorme perro negro que siempre lo acompañaba.

Cuando llegó a la altura de nuestro grupo acurrucado junto a la piedra, extendió su mano derecha abierta con la palma dirigida hacia el cielo.

–Es una contraseña, un *mudra* –dijo María–. Significa: "síganme, no teman".

Nos levantamos como pudimos y seguimos al extraño, cuya gran capa dorada ondeaba al viento; no me fue difícil reconocerlo: en efecto, se trataba del prestidigitador. No era una buena oportunidad para hacer preguntas y seguimos el reflejo de su capa, que nos guiaba como una luz en medio del diluvio.

–¿Cómo está de ánimo Sophía? –preguntó la alquimista a Starvos sin cambiar el ritmo de marcha.

–¡Te necesita cerca! –dijo éste casi sin aliento–. Te espera para la *oración*, tú sabes la importancia que tiene.

–¿Encendiste las velas junto al icono? –casi gritó María para que Starvos la escuchara entre el ulular del viento.

–Las encendí –contestó Starvos con dificultad– no bien aparecieron los primeros síntomas. Sophía se quedó contemplando a la Virgen y escuchando el canto.

Por fin, avanzando con apuro entre la lluvia y el viento, arribamos a una casita de piedra que estaba casi en las afueras de la aldea. El mago y el perro habían desaparecido tan misteriosamente como llegaron.

Desde el interior se filtraba un suave aroma a incienso y una voz entonaba una melodía de canción de cuna. Apenas entramos, Starvos trajo unas túnicas blancas de hilado rústico para que nos cambiáramos. Con alivio nos sacamos las ropas empapadas.

–Prepara el agua caliente y trae el agua bendita –pidió María.

Starvos desapareció en la cocina y nosotras entramos en el cuarto de Sophía.

Una joven de piel muy blanca y cabello oscuro, como todas las aldeanas de Léfkara, estaba sentada en una especie de mecedora antigua, con los ojos entrecerrados, hamacándose rítmicamente

La atmósfera era absolutamente mágica. Una aldeana bastante mayor, en realidad la única que había visto con aspecto de anciana, estaba parada detrás de la mecedora tomando a Sophía de las manos mientras cantaba.

–Está cantando la *canción* –susurró María emocionada. La letra nos fue transmitida de madres a hijas, tiene cientos de años. Integra el ritual del parto. Ésta es la parte más sagrada de tu camino –dijo, e hizo silencio: las palabras sobraban, la escena era tan hermosa que apenas si era posible hablar.

Sophía canturreaba las canciones y las interrumpía cada vez que tenía una contracción. Todo fluía. En ese momento tan primario, tan estremecedor, lo más importante era el canto.

–Llama a Starvos –insinuó María suavemente en medio de aquella atmósfera irreal.

Sobre el piso habían extendido un paño blanco. La anciana seguía cantando en la penumbra mientras el resplandor de las velas iluminaba débilmente la habitación. Nadie hacía ni un solo movimiento brusco. Hablábamos en un susurro, el incienso perfumaba apaciblemente el lugar...

–Violetas para convocar a las hadas, canela para atraer la buena suerte, miel y sándalo para atraer a los ángeles –dijo María explicando la composición del incienso usado en el antiquísimo rito del nacimiento–. Es un momento sagrado, un ser de otro mundo está llegando a la tierra –musitó en mi oído–. Cada paso debe darse con conciencia, todo estará cuidado para que haya un buen comienzo. En nuestra aldea, nada es más importante que un nacimiento.

Vi que en el ángulo formado por el encuentro de dos paredes, a la manera oriental, habían preparado un santuario doméstico con un icono de la Virgen Negra. Bajo la imagen una lámpara de aceite irradiaba una luz rubí, y de un incensario de oro se desprendía el humo ritual.

María hizo una seña y Starvos se arrodilló en el piso mientras Sophía bajaba lentamente el paño blanco y se acuclillaba dándole la espalda.

Su hombre, abrazándola, la atrajo con suavidad hacia sí, de manera que la espalda de Sophía se apoyó en el pecho de Starvos. La canción en ningún momento se había interrumpido, se diría que nos envolvía a todos tal como lo hacían el incienso y la penumbra.

–Trae el agua bendita –María me señaló una jarra. Después se arrodilló frente a Sophía. El rostro de la joven se crispaba imperceptible cuando venía una contracción y luego se relajaba, respirando pausadamente.

–El nacimiento se acerca –susurró Starvos.

Nace el nuevo ser

Sophía esbozó una sonrisa, sabiendo que se acercaba el momento esperado.

Entonces, el canto de la anciana se hizo más y más intenso, al mismo tiempo que aumentaban las contracciones. La joven mantenía los ojos cerrados, entregada totalmente al presente, mientras se preparaba para el momento decisivo. Sophía estaba en éxtasis: más allá del dolor, que es parte de todo cambio, dejaba que la vida se abriera paso naturalmente en su cuerpo.

La atmósfera era de tanta sacralidad que, como si nos hubiéramos puesto de acuerdo, caminábamos en puntillas y nos movíamos en completo silencio.

De pronto, María hizo una imperceptible seña para que me arrodillara. Llorando, sin poder contener la emoción, me coloqué frente al inminente nacimiento.

La aldeana se había sentado en el piso y apoyaba su espalda en Starvos, confiada, conmovedoramente.

–No hay nada que temer –susurró María.

Entonces pasó algo increíble: a causa de una misteriosa luz interna, Sophía comenzó a brillar mientras Starvos la sostenía con ternura y fuerza; primero fue un tenue resplandor, luego su cuerpo se iluminó más y más.

Viendo la señal, María mojó sus manos en agua bendita y las colocó sobre el vientre de Sophía.

–Nace, nace, nace, pequeño nuevo ser... –musitó como un *mantram* al ritmo de las contracciones y las pausas de Sophía.

Levanté los ojos hacia el icono, pidiendo ayuda. El lugar se inundó lentamente con una niebla más y más clara.

–La travesía ha comenzado... –susurró María, e invocó a los seres sutiles–. ¡Ángeles, hadas, gnomos, ondinas y salamandras, criaturas del cielo y de la tierra, vengan en nuestra ayuda!

Las lágrimas me atravesaban el alma, las sentía deslizarse por mi pecho. La canción de la anciana se escuchaba muy, muy lejos. En cambio, comencé a percibir con fuerza los latidos de mi corazón...

De pronto mi cuerpo pareció abrirse, casi como el de Sophía. ¿Qué me estaba pasando? Algo así como contracciones sacudían más mi pecho que mi vientre. Pero la sensación de que algo debía salir de mí al mundo era evidente.

¿Estaría impresionada por el parto de Sophía? ¿Sería una alucinación? No: era una fuerza desconocida, casi concreta, que buscaba nacer de mí. Tenía, como Sophía, los ojos cerrados pero, al abrirlos, descubrí a María arrodillada delante de mí. Nuestras miradas se encontraron en la niebla. Sentí que una poderosa presencia me estaba sosteniendo a mis espaldas...

–Respira... –escuché la voz firme de María–. ¡Estás dando a luz a tu nueva Ana!

El canto subió de intensidad... Era como un bálsamo que calmaba los dolores de mi extraño parto. Pero tuve miedo, un miedo absoluto, cuando de repente un intenso dolor atravesó mi cuerpo.

Entonces me di cuenta...

Una tremenda certeza me revolucionó la sangre. Terminaría ahora definitivamente una vieja forma de mi vida.

Dejé de respirar, mi cuerpo se paralizó por un instante. María me acunaba con su voz:

–¡Deja que nazca lo nuevo! ¡Elige ya mismo! Elige, pequeña, elige la vida. No retengas las viejas experiencias... Eso es lo que duele. ¡Suéltalas! Tus sueños pujan para poder salir. El momento llegó, no intentes detenerlo. No tengas miedo... Se está acercando la maravilla.

El miedo había extendido sus garras y trataba de apoderarse de mí.

–¿Por qué tiene que nacer esto nuevo? –grité sin poder contenerme–. ¿Por qué la vida me obliga a abrirme y a cambiar, sin consultarme? ¿Qué estoy haciendo en esta aldea de Chipre, si yo sólo iba a Varsovia a ver a mi padre? ¿Qué es esto que puja por nacer?

La fuerza me sostenía inmutable. –Estoy aquí.

–Eres tú, tú, verdaderamente tú misma. Nace, nace... nueva Ana –siguió susurrando María en mi oído, abrazándome con fuerza–. Esta vez con conciencia, elige estar en la tierra. con todo lo que eres, con tu absoluto presente. Éste es el momento de reconquistar tu derecho a estar en el mundo.

La primera vez nacemos pero no estamos aquí. La mayoría de los seres... ¡jamás estuvieron aquí! Pasan por la vida sin saberlo.

Las dos lloramos en la niebla luminosa.

–El parto no puede detenerse, así como no puede dejar de salir el sol –dijo María con voz entrecortada por la emoción–. Mira, todos estamos contigo.

Al abrir los ojos, vi a las dulces hadas sonreír con sus ojos verdes, rosas y amarillos; a un hermoso ángel con las alas extendidas en señal de protección; a varios solícitos gnomos, que preparaban una hermosa cuna hecha con sus propias manos... ¡Todos los seres de la naturaleza me estaban dando la bienvenida!

Entonces, un tremendo impulso vino de adentro: algo estaba naciendo... Imparable, impaciente y lleno de gozo.

–Me entrego... –decidí–. ¡Que sea! ¡Ayúdame, María!

Al dejar de resistir, me doy cuenta de que desaparece el dolor... De pronto me reconozco en ese ser que se asoma a la vida...

–¡Quiero vivir! Quiero alcanzar esa luz... Mi corazón late con fuerza. Sé lo que me aguarda... ¡allí donde parpadea la tenue luz de las velas, me espera la vida! Quiero nacer cuanto antes, quiero ser esa nueva Ana y respirar profundamente por primera vez. Confío, sé que me sostendrá el cielo. Desde el primer suspiro sé que también lo harán las hadas, los gnomos, los ángeles, las ondinas y las salamandras. Esta vez... Creo. Esta vez... Espero. Esta vez sé con certeza que me aguarda la vida.

Escucho esa voz que viene de lo más profundo de mi ser. Por primera vez es mi propia voz, absolutamente mía...

–¡Ahora! –dice.

Un viento fresco entró entonces por la pequeña ventana redonda de la casa de la aldeana y en todo Léfkara se escuchó un inesperado tañir de campanas... ¡Un nacimiento! ¡Un nacimiento! ¡Un nacimiento se ha producido en la aldea! Los campesinos se transmitían la buena noticia, unos a otros, encendiendo velas en sus casas. Y alguien dijo:

–Hay uno más de los nuestros.

Fue entonces cuando María de Chipre, la alquimista, comenzó la oración de poder...

También María de Varsovia, en la tierra de mis ancestros, supo que había llegado el momento. Cerró los ojos, se concentró intensamente y comenzó a orar diciendo...

–Madre Divina, permite que todos los que pronuncien esta oración, nazcan por segunda vez.

Entonces, mientras un cálido viento acariciaba mis cabellos... susurré las palabras decisivas:

–"Dios te salve María"...

Una luz aún más intensa nos envolvió, respiré profundamente...

–"Llena eres de gracia. El Señor es contigo."

La niebla se iluminó más y más.

–"Bendita tú eres entre todas las mujeres. Y bendito es el fruto de tu vientre, Jesús."

Alguien me sostuvo en sus brazos y el viento cesó por completo.

–"Santa María. Madre de Dios."

–La nueva vida asomó, ya viene... –dijo María.

–¡Está naciendo la alegría! –dijeron a coro todos los presentes.

–"Ruega por nosotros pecadores. Ahora y en la hora de nuestra muerte."

Respiré con placer... ¡Ya estaba allí...!

–"Amén."

Las estrellas titilaban en señal de bienvenida. Todos lloramos, emocionados.

María de Chipre, recibiendo a la niña en sus manos, tan nueva, tan tierna, tan potente. Sophía, iluminada por el nacimiento.

Starvos, miraba extasiado al ser recién nacido, sintiéndose tremendamente fuerte.

La anciana, comenzaba a cantar un triunfal "Ave María".

Y yo, pequeña y asombrada, miraba el mundo misterioso, desconocido, sorprendente, que aparecía ante mis nuevos ojos, agradecía al cielo el haber llegado...

En ese preciso instante, María de Varsovia, claramente emocionada, abrazó a Jurek y a Marysia:

–La transmutación ha sido lograda.

❖ ❖ ❖

Caminando, como en un ensueño, iniciamos el regreso a la casa de María. Tengo la vaga imagen de haber atravesado las callecitas de Léfkara bajo un cielo intensamente estrellado y sin luna. Algo radical y definitivo había nacido en casa de Sophía. Aún hoy me estremezco al recordar ese momento decisivo. María se detuvo un instante frente a la capilla, desde la cual se divisaba toda la aldea.

Juro que, a pesar de ser noche cerrada, los pájaros comenzaron a cantar. Quizá sería porque vieron a un hermoso unicornio blanco ascender hacia nosotros por la escarpada ladera de la montaña. Con su paso leve y agraciado nos condujo silenciosamente camino abajo, hasta la mismísima puerta de la casa de María.

Cuando subí a mi habitación y miré por la ventana de mi cuarto, el misterioso guía había desaparecido.

Alguien había dejado un sobre rojo sobre mi cama.

Rubedo

La despedida

Séptimo mensaje

Capadocia, cuarto creciente

El unicornio ha dado su señal. Su aparición otorga toda suerte de bendiciones a quien logre verlo y le asegura el cumplimiento de algún sueño. Las leyendas, fieles guardianas de su existencia, dicen que los unicornios sólo se acercan a quien tiene el corazón puro.

Y así como el VALOR *es el tesoro encontrado en la* NIGREDO, *el* RENACIMIENTO *es el don que se obtiene atravesando la* ALBEDO.

Instrucciones

Cuando en el cielo de Chipre asome la luna de cuarto creciente, deberás partir, ya que el Camino de los Misterios continúa en Estambul.

En el sobre encontrarás un pasaje y dinero suficiente para una estadía que no podrá exceder los tres días. Estarás sola, no habrá guías ni rutas marcadas, sigue las señales. En esta etapa del camino va a ser preciso que te encuentres definitivamente contigo misma y que tomes una decisión.

Están hechas las reservas en el hotel Richmond, allí te entregarán información turística y un plano de la ciudad de Estambul.

Tienes ahora la oportunidad de solicitar lo que más desees en este momento de tu vida, ya que estás en la etapa de la obra alquímica en que los aspirantes hacen el pedido al cielo.

Aun cuando parezca inalcanzable, improbable, imposible... ¡Pídelo! Te será concedido. Sin límite alguno, pregúntate cuál es tu anhelo más profundo y, cuando tengas la respuesta, busca en el plano de Estambul los sitios que puedan acercarte a tu sueño. Busca los lugares más probables donde se pueda cumplir tu deseo. Recuerda que sólo dispones de tres días para elegir con acierto. "Todos los caminos conducen a Roma", decía una voz popular en tiempos de un lejano imperio; estoy seguro de que encontrarás tu propio sendero.

Cualquier lugar que elijas será propicio para concretar tu pedido. Sin embargo, hay uno donde sentirás la certeza absoluta de haber encontrado lo que siempre anhelaste: ése será verdaderamente tu camino. Deja que tu corazón decida, él será el guía en esta etapa de la obra alquímica.

Recuerda dos cosas muy importantes: la primera, sólo tienes tres días; la segunda, manténte lúcida, porque es probable que tus deseos postergados traten de ahogar tu sueño verdadero.

Debo advertirte que, para enfrentarse a los propios deseos insatisfechos, hay que ser muy valiente. Y también es necesaria la absoluta inocencia.

En este nivel de conciencia se despertará totalmente tu percepción. Captarás con toda claridad tanto a los seres de luz como a los ocultos en la sombra. Verás también a los seres de la naturaleza, quienes podrán darte valiosa ayuda. Es probable que te sigas encontrando con hadas, gnomos, sirenas y con personajes mitológicos que conviven con los actuales. ¡Todos son absolutamente reales!

Cada mañana sal en busca de tu sueño como si ése fuera el día destinado a encontrarlo. Recuerda llevar contigo tu equipaje... porque cuando descubras el lugar donde habita tu sueño deberás quedarte allí sin dudarlo.

La Conspiración de la Gracia te llevará entonces hasta la etapa final del Camino de los Misterios.

Allí te espero.

¡Por la Gran Obra, venceremos!
Amir
El Alquimista

Guardé el sobre rojo junto con los negros y los blancos. "¡El Camino de los Misterios debería llamarse el Camino de las Sorpresas!", alcancé a pensar antes de dormirme profundamente.

María sirvió el desayuno en silencio. Ambas sabíamos, sin que mediaran palabras, que el cuarto creciente de la luna se dibujaría esa misma noche sobre los cielos de Chipre; por lo tanto, yo debería partir.

–Regresa cuando quieras, ya sabes que yo no me moveré de la aldea.

Regresa para ver a Gregorio, el Iconógrafo. Tiene conocimientos que te serán de suma importancia, y además es un enamorado de los gnomos y de las hadas, quienes son sus huéspedes fijos. Los tiene en su jardín, detrás de la casita de piedra. ¿Sabías que hay alquimistas cuya tarea voluntaria es cuidar gnomos, hadas, sirenas y salamandras afectadas por la contaminación?

–No, pero... ¿es eso posible?

–Tan posible que los seres de la naturaleza vienen de todo el mundo a alojarse en jardines como el de Gregorio, que son verdaderos hospitales. Muchos humanos que conocen su existencia golpean también a su puerta pidiendo auxilio y amparo. Parece ser que Gregorio, incluso, cura almas. Vuelve a verme cuando quieras. Te presentaré a más integrantes de la cofradía de las bordadoras. Tenemos muchos secretos para revelarte, esta isla guarda tesoros increíbles.

–¿Tienes más recetas mágicas? –pregunté, lamentando irme.

–De todo tipo –dijo María. Y agregó luego, para mi consternación–: Quiero también enseñarte la antigua ciencia de los títeres y del teatro.

–¿Cómo hacer para quedarme e irme al mismo tiempo?

Recordé a María de Varsovia, en su laboratorio alquímico, pronunciando las mismas palabras, invitándome a regresar cuando lo deseara para seguir aprendiendo alquimia.

"¿Será posible?", me pregunté, recordando que después de todo María estaba en 1945. "Ya sabrás reconocer la casa de Amir en la ciudad vieja de Varsovia. Estará intacta en el futuro", había dicho con toda certeza, segura del trabajo de reconstrucción efectuado.

Pero un sobre rojo con un pasaje a Estambul me desafiaba a seguir y ahora eran más fuertes mis sueños que mis temores. Ahora, la alegría cantaba en mi sangre, podría avanzar por el Camino de los Misterios hasta el final... Ya tendría tiempo para regresar en busca de mayores conocimientos. Sonreí, recordando también que las tres primeras oraciones eran las que me habían dado tanta libertad... Y, las tres últimas, una confianza a toda prueba.

–Al parecer les sucede a todos los peregrinos del Camino de los Misterios –aseguró María cuando le comenté mis conclusiones.

Me despedí de las bordadoras, una por una. Al día siguiente, iban a reunirse en casa de María para "bordar".

Dejé que pasara el día plácidamente, como si no tuviera que partir, haciendo con ella las simples tareas cotidianas.

–¿Dónde está Gabriel? –pregunté a María, mientras la ayudaba a juntar leña seca para quemar en el horno de pan.

–En el monasterio, con Ghunter, un peregrino que vino de Varsovia.

–¿Ghunter? –me pregunté en voz alta, un poco sobresaltada… ¿sería el ayudante de Mara?

–Es un desertor –confirmó María–. En algún momento tienen la absoluta revelación de que su lugar está entre nosotros. Se dan cuenta de que sólo hay un camino para dejar de sufrir: encontrar a Dios. Entonces hacen un cambio rápido y absoluto, salen del estado robótico, cierran la puerta al pasado de un solo golpe seco y dan el Salto de Fe.

–María, necesito hablar contigo antes de irme –me animé a decirle. Tenía un poco de inquietud por la respuesta. "Es ahora o nunca", pensé.

–Adelante –contestó mirándome con esa expresión frontal, directa, íntegra y a la vez cálida, que tan bien conocía.

–¿Qué sucedió realmente anoche en la casa de Sophía?

–Tú lo sabes, no creo que necesites explicación alguna. ¡Has nacido de nuevo! –contestó, como si aquello fuera lo más normal y cotidiano, y siguió ordenando los leños secos.

Yo no sabía qué pensar.

–¿Cómo te sientes? –sonrió María algo burlona, como son al fin y al cabo los grandes maestros.

–Tengo una fuerza extraordinaria, una confianza absoluta. Y… no sé cómo explicarlo… estoy muy, muy alegre.

–Bien, el efecto de las oraciones es poderoso y ahora todo seguirá según lo previsto.

–¿Qué es lo previsto?

–En Estambul serás puesta a prueba.

–¿Qué significa ser puesta a prueba?

–Volverás por un corto lapso al mundo concreto para medir tus nuevas fuerzas y hacer "el pedido".

–¿El pedido? Yo lo leí en el mensaje y me pareció algo irreal, imposible.

–¿Imposible? –María me miró extrañada y divertida por mi expresión de incredulidad–. Está hablando tu ser antiguo... a veces regresa para sabotear al Recién Nacido. El pasado trata de tendernos trampas, todo el tiempo. Pero así como creamos nuestro futuro, podemos crearnos un pasado.

–María... –susurré– ¿Cómo?

–Tu nuevo ser sabe cómo hacerlo. Poco a poco toma el dolor de los recuerdos y lo transforma en fuerza. Y en cuanto al futuro, oriéntate por el unicornio. Es conductor de esperanzas. Trae suerte y además tiene el don de cristalizar tus sueños. Por eso, cuando es perseguido, jamás puede ser alcanzado. –Al ver mi expresión de asombro dijo, abrazándome–: No puedo hablar adelantándome a los acontecimientos. Sólo te puedo asegurar, porque lo veo en tus ojos, que todo irá bien. Quizá todavía no te des cuenta de que los tres Padrenuestros y los tres Avemarías tienen tan poderoso efecto alquímico.

–Ya lo estuve pensando...

–También, si hubieran sido tres salmos o tres oraciones poéticas, el resultado hubiera sido el mismo –aseguró la alquimista.

De pronto recordé que Ghunter estaba recorriendo el Camino de los Misterios.

–¿Qué sucede con los peregrinos como Ghunter? ¿Cómo pasan por la iniciación de la ALBEDO?

–Los tres pasos de la iniciación de un peregrino en la etapa de la ALBEDO u obra en blanco son: en primer lugar, la misa, donde participan hombres y mujeres. Allí se reza la primera oración. El segundo paso es la cosecha de la vid y la preparación del vino, donde se reza la segunda oración. Por último, con la tercera plegaria alquímica se produce el nacimiento del ser nuevo.

–Lo que dices me tranquiliza, entiendo que este Camino no es arbitrario.

–Verás... en lugar del bordado, los hombres van a arar y a sembrar el campo. ¿Recuerdas que te lo dije?

Sí, lo recordaba, no había hombres jóvenes en las calles de Léfkara aquella extraña mañana. Sólo niños y ancianos.

–Bien, los aspirantes a alquimistas estaban en el campo y allí, arando la tierra con los aldeanos, recuperaron sus partes felices. Ni más ni menos como tú lo hiciste. Ya viste luego lo que sucede en la misa: hombres y mujeres se vuelven niños y regresan al vientre de la vida. Mientras amasábamos el pan de los sueños, los hombres tuvieron el ritual del vino del renacimiento. Te explicaré...

María tomó la taza de café caliente y se quedó en silencio por un instante mirando las montañas por la ventanita redonda de la cocina.

–La ALBEDO es una iniciación en los misterios femeninos, así sean hombres quienes la emprendan. Todos tenemos los dos polos en nuestro campo de energía. Tú misma pasaste por la iniciación masculina al enfrentar el dragón y dar el Salto de Fe. De esta misma manera los peregrinos descubrirán su propia fuerza sensible, su renacimiento, su capacidad de generar los cambios. Como te estaba relatando, los peregrinos salen temprano a los viñedos, antes del amanecer. Recogen la cosecha durante todo el día. La vid es, así como el pan, un símbolo sagrado. Debo decirte que el vino es una bebida potentísima... contiene fuego líquido. En los viñedos, los peregrinos, uno por uno, son iniciados por los aldeanos alquimistas en el ritual del vino. Allí se les hace la pregunta: "¿Cómo quieres que sea tu nuevo ser?". Entonces, a un vino ritual preparado con anterioridad, pues este proceso requiere tiempo, el aspirante agrega una pizca de laurel en polvo, para la victoria. Una ínfima porción de cardamomo... para ser apasionado. Y tal vez agregue una cucharadita de miel, para tener un corazón dulce; así gesta su nuevo ser.

–¿Y cuándo reza la "oración"?

–Al ponerse el sol –respondió María–. Los peregrinos, en este caso Ghunter y el aldeano alquimista, rezaron la segunda oración de la ALBEDO: un Avemaría, un salmo o una oración poética.

–¿Y el alumbramiento? –pregunté asombrada.

–Te diré que lo presencian tal como tú lo presenciaste. Y nacen... ¡Simplemente nacen, es todo lo que puedo decirte! El lugar del aspirante a alquimista es el de Starvos. El sostén, el compromiso, la presencia, ése es el lugar masculino de participación en todo nacimiento. Así sea el de uno mismo.

–¿Quieres decir que Starvos era, en realidad, un peregrino?

–Así es –respondió María–. También es totalmente cierto que las tres oraciones a la Madre traen al mundo a un ser nuevo. Eso es lo que estamos diciendo al hablar de los tres pasos de iniciación en la ALBEDO, o las tres etapas del Camino de los Misterios, necesarias para que nazca un Conspirador de la Gracia, en lenguaje alquímico. En la primera oración, el alma es fecundada con la luz de Dios. Con la segunda oración se completa la gestación.

–Y la tercera es la del nacimiento...

–Si recorres ahora, desde el inicio, el camino completo, verás que las tres oraciones al Padre y las tres a la Madre suman seis momentos importantes. Las oraciones al Padre son la iniciación en la energía masculina: confieren fuerza y valor. Las oraciones a la Madre son la iniciación femenina: brindan pureza y renacimiento. Ahora viene el séptimo paso... El Séptimo Misterio.

María me miró con esos ojos brillantes y negros que tenían un extraño poder: hacían que todo lo extraordinario se volviera tranquilizador y cotidiano. ¿Para qué seguir indagando? En el sobre rojo comenzaría el Séptimo Misterio, eso estaba claro.

–¡Ahora te daré algo para que lo lleves contigo! –dijo la alquimista. Fue a la pequeña habitación donde tenía guardadas las fantásticas especies para el pan de los sueños y otros maravillosos ingredientes alquímicos. Regresó con un pequeño saquito de seda amarillo.

–¿Qué es?–le pregunté, divertida.

–Esta bolsita contiene pétalos de flores –dijo, colocándomela al cuello con un hilo dorado–. Llévala cerca del pecho. Cuando sepas cuál es tu sueño más amado, escríbelo y guarda el papelito dentro. Transportas contigo hojas de flores mágicas que custodiarán tu deseo hasta que se haga realidad. La bolsita contiene tres partes de pétalos de violetas, para la claridad y la comprensión; tres partes de azahares con la fuerza de la concreción; una parte de lavanda para tu protección; una parte de pétalos de jazmín, para dar paz a tu corazón. La bolsita de pétalos irradiará su perfume y liberará su poder natural, lenta pero persistentemente. El amarillo atrae la potencia del sol –dijo al final, refiriéndose al color de la bolsita de los deseos.

Nos despedimos con la certeza absoluta de volver a vernos.

La noche entró dulcemente por la ventanita del dormitorio llenándolo de estrellas y la luna creciente se dibujó en el cielo de Chipre.

Al amanecer, partí hacia Estambul.

Con gran sorpresa vi que Gabriel venía a buscarme para llevarme hasta el aeropuerto.

Ghunter partiría en el próximo vuelo.

Estambul

El aire espeso y caliente de Estambul era una mezcla, sublime y sórdida, de especias y de aceites, de serenidad y de violencia, de belleza y de fealdad. Estambul es, quizás, el lugar del mundo donde con mayor claridad aparece lo sagrado y lo profano a cada paso.

Cerré los ojos, olí el aire de Turquía y supe que allí me esperaba el mayor desafío del Camino de los Misterios: descubrir mi más querido sueño.

–Estambul, antigua Bizancio –me dijo el taxista en perfecto inglés–. Se fundó allí, sobre esa colina donde ahora está el palacio Topkapi, a orillas del Bósforo. ¿Sabía que ésta es la única ciudad del mundo que está asentada sobre dos continentes?

–No tenía idea –dije.

–Sí –continuó explicando, orgulloso–, parte de Estambul pertenece a Europa, la otra mitad es Asia, Oriente.

–¿Y quién fundó esta maravilla?

–Byzas fue el fundador de Bizancio.

–Me refiero a Estambul…

–No te apresures –dijo el taxista–. Estambul y Bizancio son lo mismo. Como te decía, Byzas consultó el oráculo de Delfos antes de emprender la obra, y la pitonisa le sugirió el lugar donde debía edificar la ciudad. El emperador romano Constantino el Grande ordenó trasladar la capital del imperio a Bizancio, que entonces pasó a llamarse Constantinopla y, más tarde, Estambul.

Nos dirigimos al hotel Richmond, tal como decían las instrucciones del sobre rojo. Supuestamente habría reservas a mi nombre. No quise preguntarle nada al taxista y menos de temas como el oráculo de Delfos. Quería ser turista por un rato, sin sobres de colores, sin entradas imprevistas a mundos mágicos.

Lo que estaba viendo superaba de todos modos cualquier expectativa. El sol teñía de rojo el cielo y de negro absoluto las siluetas de los palacios y las mezquitas.

–El perfil de la ciudad al atardecer es increíble, ¿no te parece? –continuó el taxista–. Solimán el Magnífico, cuyo apodo es El Grande, El Conquistador, construyó con miles de súbditos las mezquitas, los palacios y los edificios más lujosos de todos los tiempos, los que ves y seguirás viendo aquí. Bajo el dominio de Constantino, se levantó Agia Sofía, la catedral más rica y ornamentada del imperio bizantino y se constituyó en el centro de peregrinación más importante de la línea oriental del cristianismo.

La voz del taxista me arrullaba con tranquilizadoras referencias históricas, mientras nos dirigíamos al hotel reservado por la Conspiración. "No sabe", pensé para mis adentros, "no sabe nada de conspiraciones ni de misterios. ¿Será feliz? Imposible descubrirlo, pero sí estoy segura de que no es uno quien busca a las experiencias extraordinarias: ¡ellas nos buscan y nos enamoran! Y cuando llega el momento preciso... el misterio nos rapta para entregarnos sus tesoros".

–Basta con cruzar el estrecho del Bósforo, que conecta el mar Negro con el mar de Mármara –seguía el taxista–, para pasar de la parte asiática a la europea. La parte asiática es más pobre, menos visitada por los turistas, una especie de gran suburbio. La mayoría de los lugares de interés, como los palacios, las mezquitas, los grandes bazares de oro y especias están del lado europeo. Justamente ahora pasamos cerca del Mercado aromático, el lugar que tiene todas las especias, frutos secos, hierbas, cafés y tés que existen en el mundo entero.

Señaló un edificio antiguo y algo sucio.

–Éste es el famoso Mercado egipcio –dijo con orgullo–. Allí encontrarás a los escribientes...

–¿Quiénes son? –Mi curiosidad no podía ser sofocada por más tiempo en aras de la tranquilidad. Tenía miedo de la respuesta, yo quería disfrutar un rato de ignorancia, ser una turista común.

"El mundo es mágico, sorprendente e inquietante en cualquier lugar donde nos encontremos, Es decir, nada es lo que parece aunque a veces tratamos de inventarnos un mundo previsible."

¿Quién había dicho eso?

La voz provenía de algún lugar indefinido. Después sabría que Estambul también está habitada por hadas y gnomos.

–Los escribientes –contestó el taxista sin reaccionar ante la voz– son hombres cultos cuya tarea principal es redactar cartas de amor, de negocios, de saludos a la familia. Lo que tú quieras. Están sentados frente a sus máquinas de escribir, rudimentarias y antiguas. Puedes consultarlos mientras el Mercado esté abierto. Yo vine a contratar sus servicios varias veces, aun cuando no soy analfabeto. Escriben las más extraordinarias cartas de amor que leí en toda mi vida: he conquistado a varias mujeres ariscas y orgullosas con las declaraciones poéticas e irresistibles de los escribientes.

Me reí de buena gana, conocía el poder irresistible de las cartas, aunque no fueran de amor. Venían inesperadamente, en sobres negros, blancos y últimamente rojos.

"¿Cuál será el próximo mensaje?", me pregunté intrigada. El presente, recordé, es preciso estar en el presente.

–El hotel está en Istiklâl Caddesi, una calle peatonal del distrito de Beyoglu. Cuando salgas a pasear –advirtió el taxista– te encontrarás con lugares exquisitos, negocios lujosos y absolutamente occidentales. Al mismo tiempo, entre los peatones verás músicos ambulantes, bailarines, acróbatas, vendedores de té, poetas increíbles y quizás algún escribiente. También hay turistas. Pero anímate a recorrer las calles laterales, allí encontrarás sorpresas .

–¿Sorpresas? –no quería hacer esas preguntas, me había traicionado.

–Bueno, es una manera de decir –me dijo el taxista, observándome por el espejo retrovisor.

Cuando cruzamos nuestras miradas, me recorrió un escalofrío: tenía los típicos ojos profundos e intensos, no importaba su color. El taxista tenía ojos de Conspirador...

Pasé por alto el relámpago.

–Allí enfrente –señaló el taxista–, cruzando los fabulosos jardines de la plaza de Sultanahmet, está la Mezquita Azul. El sultán Ahmet la construyó para rivalizar con la catedral de Santa Sofía. Está revestida con veintiunmil azulejos de color azul. En el interior te sientes como en el mismo cielo... Y tampoco dejes de ir al Mercado del oro –dijo con una mirada cómplice–, yo te aconsejaría que esa sea tu primera visita.

Nos despedimos en la calle de acceso al hotel, ya que no había entrada para vehículos.

–Mi nombre es Alaeddin –dijo haciendo una seña a dos personas que estaban esperando para hacerse cargo del equipaje–. Puedes preguntar por mí en el Richmond.

Mi mochila quedó graciosa, rodando por Istiklâl Caddesi camino al hotel, en el carrito preparado para los abultados equipajes que solían traer los turistas. Al llegar a la recepción, el empleado me entregó tarjetas, folletos y un enorme plano de Estambul.

Leí con curiosidad todo el material de las agencias de turismo. Luego, desplegué el mapa de la ciudad.

Ya instalada en la habitación, y con la puerta cerrada con llave, me dispuse a estudiar el plano detalladamente. Los puntos de interés estaban marcados de una manera curiosa: los lugares destacados para su visita imprescindible estaban señalados con hermosas puertas doradas: El Mercado del Oro o Gran Bazar. El Mercado Egipcio de las Especias. El Palacio Topkapi. La Torre Gálata, por donde pasaron todos los conquistadores. El Palacio Dolmabahce, enorme construcción de mármol a orillas del Bósforo. El Centro de Danzas Derviches, situado muy cerca del hotel. La gran Mezquita Azul. La catedral-mezquita de Santa Sofía, lugar de peregrinación.

El plano marcaba unos diez puntos más.

No podía perder tiempo, sólo tenía tres días. ¿Dónde ir entonces? ¿Por dónde empezar? ¿Qué hacer? La razón no alcanzaba para resolver esta situación, de por sí totalmente extraordinaria.

Por la ventana de la habitación del hotel se filtró un rayo de luz del sol poniente. Sólo podía contar con las señales, con la ayuda de mi ángel, con la voz de mi corazón.

Un canto lejano se hizo cada vez más intenso. Presté atención, parecía un llamado... En Estambul, era la hora de la oración.

En la intimidad del atardecer, me enfrenté con la pregunta impostergable:

–¿Qué es lo que más deseo ahora en mi vida?

En ese preciso instante, María de Varsovia observó la delgada línea que dibujaba en el cielo la luna creciente.

–Veremos qué sucede ahora –les dijo a Jurek y a Marysia, que la miraban absortos–. Éste es un momento crucial. Ana tiene que saber con certeza cuál es su sueño más querido, su deseo más profundo, para pedir al cielo que se haga realidad. Lo que pida le será otorgado .

–¿Todo este largo camino se recorre sólo para saber cuál es nuestro verdadero sueño? –preguntó Marysia con los ojos desmesuradamente abiertos.

–Es necesario tener gran lucidez para saber distinguir claramente la voz del alma. Para esto se recorre el camino alquímico...

Cerré los ojos, respiré confiadamente y me repetí la pregunta.

–¿Qué es lo que más deseo en mi vida? Cielo... ¿Cuál es mi sueño más querido?

Y entonces sucedió: una sola palabra vino como un torbellino apasionado, y con claridad absoluta supe cuál era la respuesta. La anoté y la guardé cerca de mi corazón, como el más grande de los tesoros. Supe, por primera vez en mi vida, qué era lo que siempre había soñado y que jamás me atreví a confesar y mucho menos pedir al Cielo: ser feliz, así de simple.

Desde que, en ese misterioso atardecer de Estambul, escribí las pocas letras que contenían ese sueño tan intenso y ansiado, mi mundo cambió para siempre.

Estambul era fascinante, mareaba los sentidos y encantaba el alma... Me había dejado envolver por su magia y buscaría mi sueño en sus calles, sus palacios y sus cafés misteriosos.

Desde el instante en que me comprometí con mi sueño y tuve la certeza de poder hacerlo realidad... mi corazón se transformó en un fuego ardiente, en un potente volcán (¿o debo decir en un potente atanor?).

"Nada hay más poderoso que saber cuál es nuestro sueño más querido", me dije mirando el atardecer. Nos volvemos gigantescos, no parece importar ningún obstáculo, sentimos de pronto que la vida colabora con nosotros para lograrlo. Ésa es la señal de que se trata de un sueño verdadero... Después, es sólo cuestión de buscarlo. "¿Detrás de qué puerta te encuentras, sueño mío?", le dije, mirando el mapa de Estambul. Anhelo tan antiguo...

–El soñador y su sueño, por leyes poderosas e inalterables de la alquimia deben encontrarse en algún momento de sus vidas –dijo Amir, El Alquimista, en la cada vez más cercana Capadocia.

El Mercado del Oro

El Gran Bazar o Mercado del Oro abría sus puertas a las diez de la mañana. Allí estuve con mi planito, esperando la hora señalada tras las enormes puertas de madera. Era el primero de los tres lugares que había elegido, uno por día.

Mientras duró la espera, todo tipo de personajes insólitos aparecieron como por arte de magia. Desde un encantador de serpientes que se ganaba la vida en las puertas del Mercado con un par de reptiles en una vieja canasta, hasta un opulento comerciante de oro, literalmente cubierto de pies a cabeza con anillos y cadenas relucientes, que fumaba un habano enorme.

Algunos turistas solitarios esperaban, folleto en mano, que el Mercado abriera. Completaban la escena varios vendedores de té, que servían una deliciosa infusión en vasitos de porcelana.

"Debo estar lúcida", me dije. Parecía una tarea fácil, pero apenas entré en el Bazar me di cuenta de que era casi imposible no aturdirse ante ese espectáculo deslumbrante. A mi paso se abría una calle central abovedada, interminable, flanqueada por cientos de negocios. La mayoría rebosaba joyas y piedras preciosas, turquesas fantásticas, esmeraldas, rubíes, gruesos brazaletes de perlas, ámbares engarzados en oro.

Esa increíble riqueza me trastornó en segundos. El brillo del oro entró por mis ojos y, como un fuego ardiente, me atravesó el cuerpo entero...

Una parte de mí gritó: ¡lo que siempre soñaste, la abundancia absoluta, una vida sin restricciones!

La sola posibilidad de disponer de todo el oro que quisiera obnubilaba mi entendimiento. Podría ser dueña por fin de todo o casi todo lo que siempre había anhelado. El oro había encendido mi cuerpo y subía más y más la temperatura de mis deseos.

La prueba había comenzado... las carencias, las viejas ansias insatisfechas vinieron como un tropel salvaje, reclamando su parte. ¡El oro es una cosa absolutamente necesaria en la vida!, gritaron con toda razón las voces de los deseos insatisfechos.

Me paré en medio de los mercaderes, de los turistas, de los vendedores de té, de los ángeles y de los demonios y, presa de un extraño mareo, escuché mi sueño...

–La calle del oro es parte del argumento, pero no es el sueño completo –dijo–. Ahora verás todo lo que el oro puede comprar y comprenderás también todo lo que no puede. Hay una clase de amor, de felicidad, de triunfo, de satisfacción que se compra con oro. Si conoces solamente lo que puedes comprar con dinero, difícilmente pretendas algo más ambicioso.

–¿Pero qué hacer con esa parte de mi vida que necesita de la fuerza del oro? –pregunté con ansiedad.

–Se trata de tu parte física, material, de tu vida concreta, que quiere tener el poder de actuar. Es respetable y debes tenerla en cuenta. Siente el poder del oro, pero no te dejes dominar por él.

–Me fascina su brillo, su magnetismo y, sobre todo, la gran libertad que se siente al poseerlo.

–No es preciso renunciar –susurró la voz de mi sueño, cada vez más nítida–. El oro te corresponde y ya sabes qué lugar ocupa en tu vida. Ahora sigue el camino, no te detengas aquí. Continúa buscando y llegarás a un lugar que tiene todo esto y mucho más. Lo material y lo espiritual, en equilibrio completo. Sigue... sigue... sigue...

–¿Cómo hacerlo?

–Hay una puerta que une los dos mundos – dijo la voz de mi sueño con toda claridad–. ¡Búscala!

Los vendedores llamaban a los turistas a sus negocios con los más variados métodos, desde los gritones, a los melosos.

–¡Entre, entre, que aquí engañamos menos! –repetían sin cansarse jamás de la cacería de clientes.

La calle de acceso al bazar era justamente la Calle del Oro, pero había muchas otras: la Calle de las Sedas, la Calle de los Porcelanas, la Calle de las Piedras Preciosas, de los Tapices... Y así, indefinidamente, aparecían calles y más calles de los más diversos comercios, integrando una Babel indescriptible.

Allá lejos, detrás del murmullo de los mercaderes y turistas, se escuchaba un canto seductor e irresistible. Me pregunté qué sería. Un perfume pesado y dulzón impregnaba el ambiente, que comenzó a desdibujarse en medio de una especie de bruma. Provenía de los fumadores de narguile, quienes soñaban en la trastienda sus sueños de opio, placer y riqueza.

Era evidente que la Calle del Oro no estaba puesta en el acceso por casualidad. Con oro es posible comprar casi todo lo que se puede negociar. "Las viejas reglas del juego", pensé, "funcionan tanto aquí, en la Bolsa de Valores de Nueva York o en las importantes reuniones de las corporaciones multinacionales". Pero esta vez no podía perderme en las antiguas historias. Toda mi atención estaba puesta en decidir.

"¿Es esto lo que yo más anhelo?", me pregunté sinceramente.

El canto se hizo más fuerte y más penetrante. Avancé por la calle central, deslumbrada por los destellos de las esmeraldas y los rubíes. La bruma aumentaba, mezclada ahora con un penetrante perfume a almizcle. Seguí caminando hacia el lugar desde donde provenían los cantos. La calle abovedada se convirtió ahora en una cascada de telas; había pasado de la Calle del Oro a la Calle de las Sedas. No pude resistir tocar los suaves terciopelos borravino y las sedas chinas que se deslizaban entre mis dedos con sensualidad. Una brisa cálida y perfumada hizo ondear un manojo de velos traslúcidos e intensamente rojos. Me envolvieron dulcemente haciéndome perder la noción del lugar donde me encontraba.

Cuando salí del enredo, un vendedor había puesto a mis pies una alfombra turca de dibujos geométricos. Al mismo tiempo, me envolvía en una tela dorada, suave y mórbida como una malla de oro. Era un apuesto turco de ojos negros.

–Ven a volar conmigo –susurró en mi oído–. Soy el dueño de esta alfombra mágica. ¡Disfruta! ¡Vuela! Siente por fin qué significa tener todo el oro y el poder del mundo.

–¿Quién está cantando? –pregunté al mercader, sonriendo, envuelta en su abrazo de telas y placer.

–Las sirenas –respondió.

–¿Las sirenas? –pregunté aterrorizada, recordando la experiencia de Varsovia.

–¡Claro! ¿Es que acaso no las conoces? ¿De dónde vienes, extranjera? ¿En tu tierra no hay sirenas?

Intenté razonar, algo confundida. Teniendo en cuenta que el mar estaba cerca y que ésta era una tierra de encanto y seducción, era lógico, después de todo, que las sirenas provenientes de Asia hubieran cruzado el estrecho del Bósforo y estuvieran en el Mercado.

–Definitivamente éste no es mi día coherente –dije en un rapto de lucidez.

El turco me había envuelto en un terciopelo suave y estremecedor y me acariciaba el hombro desnudo. Me liberé de su abrazo como pude y escapé por una callecita lateral.

Me detuve en una tienda que llamó mi atención. Toda clase de manjares dulces se ofrecían en bandejas relucientes. De pronto, una hermosa mujer, vestida a la usanza árabe, se acercó a mí con un pequeño cuenco repleto de tentaciones: bombones, nueces, frutas en almíbar... Sin decir palabra me lo entregó, me invitó a sentarme en la entrada de su tienda y sirvió un licor dorado en dos copas de cristal.

–Prueba –dijo en un murmullo, señalando el licor–, prueba el sabor de la buena vida, el gusto del oro líquido.

Yo conocía la máxima de todo aspirante a manejarse en mundos mágicos: "jamás probar un solo bocado en lugares donde no nos sentimos seguros". Sin embargo –no sé si fue debido a la bruma que obnubilaba mis sentidos o a la tentación en sí– probé el dulce licor y los manjares de la desconocida. Cuando la observé de cerca y vi que sus ojos titilaban y cambiaban de color me di cuenta de que era un hada.

–¿Ya decidiste? –sonrió preguntando en medio de mi sorpresa.

No alcancé a contestarle: en ese preciso momento –y juro que no fue una alucinación– vi pasar un grupo de gnomos llevando sobre sus hombros una enorme bandeja repleta de oro y piedras preciosas.

–¿Dónde van?

–Están preparando el pedido de un aspirante a alquimista –dijo simplemente el hada.

Sentí una ternura incontenible, los gnomos conquistaron mi corazón para siempre después de verlos trabajar con tanta dedicación ese día en el Mercado.

–¿Por qué cantan las sirenas? –aproveché para preguntar.

–¡Ah, eso! –dijo–. No es nada, espera a ver al toro.

–¿Toro?

–Sí, es irresistible. Aparece caminando por el Mercado, poderoso, espléndido, arrasador. Muchos aprendices de alquimistas se ven seducidos por su potencia y excitados piden "el deseo", sin reflexionar. "¡Quiero oro!", ordenan, "¡Todo el oro, ya mismo!", dicen deslumbrados ante el toro que es el señor de la materia. Y eso no tiene nada de malo ni de extraño. Es una etapa del camino: el deseo es respetado y, ya lo viste, los gnomos entregarán prolijamente el pedido cuando termine el ritual. Estos peregrinos pasarán a otras etapas cuando agoten los deseos materiales y aspiren a algo mas pleno.

–¿Y estos aprendices continúan el Camino de los Misterios? –pregunté al hada.

–Depende, algunos comprenden el significado del oro y siguen el camino en busca de más revelaciones. Otros corren enloquecidos tras el toro, se dejan envolver por el canto de las sirenas y se emborrachan con el licor del oro y no completan el ritual.

–¿Qué ritual? –pregunté.

–Todavía no puedo revelártelo. Por ahora haz el pedido, luego sigue los pasos previstos. ¿Ya escuchaste las voces?

–¿Cuáles?

–Las de las viejas carencias, las de los deseos insatisfechos y las frustraciones.

–Sí: gritan, exigen… No sé que hacer con ellas.

–No te pertenecen –dijo el hada, poniéndose seria; había dejado la copa con el licor de oro a un costado y me miraba con intensidad–. No las escuches, son las voces de tu ser viejo, escucha tu sueño. ¿Ya viste el unicornio?

–Sí –le dije, sorprendida.

–Las oraciones siempre surten su efecto –dijo el hada, esbozando una sonrisa–. Estás aquí para elegir un camino acorde con tus verdaderos deseos. Eres libre, pero sigue un consejo de esta criatura del mundo sutil: ¡no permitas que te embauque el oro! Está a tu servicio, jamás te dejes dominar por el toro.

–¿Tú eres verdaderamente un hada?

–Claro que sí –contestó con ojos titilantes que cambiaban de verde esmeralda a azul y luego a naranja–. En el Mercado hay infinidad de las nuestras –continuó, llevándose a la boca un caramelo de castañas–. ¿Qué quieres? Esto es lo más parecido a una fiesta, y ya sabes que no podemos vivir sin ellas. Por aquí también pululan gnomos, hay cientos recorriendo las calles del bazar. Ni hablar de "ellas" –dijo, mirando hacia el lugar indefinido de donde provenían los cantos de las sirenas–. También hay ardientes salamandras en los fumaderos de opio, y tú sabes el peligro que entrañan.

–¡Cuéntame! –dije, mirando cómo titilaban sus ojos.

–Las salamandras despiertan pasiones incontenibles, sueños de lujuria, placeres imposibles de describir.

–Y pensar que todo esto está al alcance de la mano…

–Exacto: diez pasos a la derecha hay un fumadero repleto de salamandras.

Apuré la copa de un trago, decidida a dar esos diez pasos. Pero el hada me tomó de la mano.

–Ni te imaginas –continuó– la cantidad de genios que podrás encontrar si miras con atención las tiendas de los mercaderes: están encerrados en lámparas de bronce o bien enrollados en hermosas alfombras voladoras.

El hada se levantó para atender a unos turistas americanos que querían comprar algunos dulces.

–Bien –dijo–, sigue tu búsqueda. Espero haberte orientado. Estoy reemplazando a un mercader amigo que hoy cerraba un trato, aquí mismo, en el Mercado; ha llegado una partida de exquisitos dulces de Marruecos. –Sus ojos eran ahora de un color negro azabache; me despidió con un afectuoso abrazo–. Llámame si estás en dificultades –dijo con voz melodiosa, y agregó, en voz baja–: ¡Cuídate de las sirenas! Hay que saber tratarlas...

En unos segundos estuve de nuevo entre la bruma de las callecitas laterales del Mercado. No sé si sería por el efecto del licor, pero me sentía más lúcida. Nuevamente me encontraba en una calle dedicada al oro.

De pronto... lo vi: abriéndose camino en medio de la multitud, con una potencia arrasadora, avanzaba el toro anunciado por el hada. Su lomo negro y lustroso estaba cubierto por infinidad de cadenas de oro incrustadas con piedras preciosas, que tintineaban a cada paso. Sus pezuñas arrancaban chispas a los adoquines.

Todos se apartaban a su paso. No sé si alcanzaban a verlo, pero una irresistible fuerza los empujaba hacia un costado. Venía seguido por turistas, mercaderes, encantadores de serpientes y compradores habituales del Mercado. Allá iban tras él formando un cortejo, deslumbrados por su poderío y prepotencia. Trotaban graciosamente si al toro se le ocurría dar una ligera corrida; caminaban en cambio con parsimonia cuando la bestia se movía lentamente.

Las voces gritaron:

–¡Mira qué magnífico! Nadie lo domina, sigue sólo a su instinto, no pone freno a sus deseos ¡Es el rey de la materia! ¡Síguelo! ¡Síguelo!

La bruma provocada por los narguiles se había intensificado, un raro estremecimiento me erizó la piel.

Me sentí impulsada a integrar el cortejo, la tentación era irresistible. Di el primer paso en dirección al toro, cuando de pronto, en medio de las miradas ofuscadas y confundidas, distinguí unos ojos soberbios y arrogantes.

Eran los de Roger y Mara.

Avanzaban detrás de la bestia, hipnotizados. El cortejo dobló por una calle lateral; el toro había comenzado a trotar pisando alfombras, telas y todo lo que se cruzaba en su camino. Desaparecieron de mi vista perdidos en la bruma.

En ese momento se levantó un viento cálido dentro del Mercado, haciendo ondear como banderas las sedas y las gasas. Sentí un suave toque en mi hombro, era nuevamente el hada diciendo en mi oído:

–Es el toro quien resopla creando este viento sofocante con su aliento de fuego...

Sentí que no podía respirar, el calor era insoportable.

–Ésta es la pasión sin control, la fuerza bruta del deseo animal –prosiguió el hada–. Pero el oro es necesario, no lo menosprecies: piensa que te pertenece por derecho propio. Por el solo hecho de vivir en esta tierra, por ser una criatura de Dios, te corresponde la abundancia.

El hada desapareció. Y en ese momento vi entre la multitud, esquivando vendedores de té y trotando tranquilamente, al perro negro. "¿A dónde irá?", me pregunté, como si se tratara de un viejo conocido. Pero el animal se perdió en la muchedumbre sin darme tiempo a averiguarlo...

Me apoyé sobre la pared de una tienda cercana y respiré profundamente para aclarar mis ideas ante los últimos acontecimientos. Roger y Mara no me habían visto, eso era evidente. Estuve así largo rato observando a los personajes que iban y venían por las calles del Mercado. Se escuchaban varios idiomas y se veían pasar rostros y más rostros, que buscaban quién sabe qué sueños.

Ahora que los seres del mundo sutil estaban al alcance de mi visión física, el espectáculo que podía contemplar era francamente gracioso: entre extasiados turistas, que compraban y compraban cosas de todo tipo, correteaban los gnomos vestidos con los más increíbles atuendos. Eran una caricatura de los desorientados humanos. No sé si lo hacían por jugar o si no se daban cuenta de que se estaban burlando de nosotros. Pero fueron una ayuda increíble para que entendiera muchas cosas.

Algunos combinaban ropas turcas con gorras robadas en el lugar. Unos pocos se habían puesto traje y corbata. Otros, vestidos de turistas, imitaban a la perfección los rostros serios y suficientes de los personajes acaudalados. Regateaban entre ellos imitando los manejos y forcejeos habituales en las compras de oro y joyas. No pude contener la risa al ver a un gnomo viejo y evidentemente muy avaro, patriarca de una familia entera, ordenar, chantajear y sabotear a todo el mundo con sus caprichos. Otro "poderoso" ponía millones de condiciones a su pequeña esposa, para comprarle no sé qué chuchería, recriminándole y culpándola por derrochona y gastadora. Ella, asustada y confundida al mismo tiempo, negociaba no sé qué cosa a cambio de la benevolencia del tiránico gnomo. Tuve un terrible deseo de aplastarlo con la punta de mi zapato. A punto de ceder a la tentación, miré hacia los costados... ¿quién se daría cuenta?

Una joven y decidida representante de la rama femenina de los gnomos, compraba y compraba compulsivamente todo lo que se le cruzaba en el camino. No sé si se había percatado del enorme bulto que venía arrastrando tras de sí... eran las adquisiciones acumuladas en ese día. Se sentía ganadora y satisfecha, por lo menos por un rato.

En ese momento escuché un sonido lejano... Era como un rugido. Quizá fueran las voces de la muchedumbre, pero no. Volvió a repetirse, y esta vez supe con certeza de qué se trataba. Era alguien conocido... El dragón del miedo también arañaba con sus pezuñas el piso del Gran Bazar arrastrándose entre la gente, que no podía verlo. Cada tanto lanzaba su fétido bramido, inundando el Mercado con su aliento. Olía a codicia, a avaricia, a robo de energías. No bien escucharon el rugido, los gnomos se desparramaron en todas direcciones, chillando desaforadamente.

–¡El dragón, el dragón!

–¡Huyamos!

–¡Socooooorrroooo...!

Volví a escuchar la voz de mi sueño:

–Conversemos. ¿Te das cuenta de que cargamos el dinero con los más extraños significados? Lo asociamos al respeto, al valor propio, al amor... Damos poder y admiramos al que lo tiene, permitiéndole que nos maneje. ¿Viste a los pobres gnomos creando una serie de falsas realidades? Al no conocer la verdad, creemos en la ilusión colectiva. No entregaremos nuestro poder al toro de la materia. Deberemos aprender a enlazarlo, eso es todo.

Respiré profundamente tratando de serenarme, entre las sedas y los terciopelos.

Creí que estaría sola en Estambul, y ahora sabía que el toro, las hadas, los gnomos, las sirenas y los sueños caminaban también entre las calles del Bazar.

No sólo ellos recorrían la escena... Mara y Roger, ataviados como elegantes turistas, paseaban tranquilamente por el Mercado a la caza de Conspiradores, alquimistas, peregrinos y soñadores. Pasaron frente a mi provisorio refugio sin notar mi presencia. Se dirigían a una tienda contigua, al parecer buscaban al dueño.

–En determinados niveles de conciencia estamos a salvo –les dijo María de Varsovia a Jurek y a Marysia–, a menos que bajemos la guardia y nos dejemos invadir por la ansiedad, el miedo o la desconfianza. Ana no debería temer a Roger y a Mara: ellos no pueden atraparla pues están en un nivel más denso.

–¿Cómo sigue nuestra labor? –preguntó Jurek.

–La obra alquímica atraviesa un período altamente peligroso. Ésta es la etapa de la prueba final. Aparentemente no sucede nada extraordinario. Sólo es necesario decidir el camino, estamos siendo probados.

–¿Resistirá la Materia Prima, Ana, la futura alquimista, este estado de incertidumbre? –preguntó Marysia.

La alquimista no contestó. Recordó palabra por palabra las enseñanzas de Amir, consignadas en "La Guía", lecciones que había escuchado hacía tanto tiempo, en ese mismísimo laboratorio, donde el maestro se reunía con un grupo de discípulos.

María se quedó pensativa, contemplando el escudo de Varsovia que colgaba sobre la pared Este del laboratorio, una sirena de plata sobre un fondo rojo carmesí. Quien supiera leer los símbolos se daría cuenta enseguida de que las sirenas son una de las figuras clave de los alquimistas: la parte superior humana representa a lo femenino de la obra, al agua, al mercurio; la parte inferior, a lo masculino, el azufre, el fuego.

–¡Tú sí que sabes sobre la ilusión! –dijo de pronto, mirando a la sirena directamente a los ojos, como si pudiera contestarle–. ¡Eh, ustedes, hermosas criaturas, tan amigas de los alquimistas! No hechicen a Ana con sus voces, señoras de los encantamientos. No dejen que quede atrapada en las redes de las carencias. Por favor, señoras de los sortilegios, díganle conmigo a Ana que la tierra es un lugar encantado y que siempre, siempre se cumplen todos los sueños. ¡Sigue buscando, Ana! ¡No te deslumbres con los primeros brillos! ¡Haz caso a la voz de su sueño!

–¡Hermosas criaturas! –dijeron a coro Jurek y Marysia–. ¡Enseñen a los peregrinos del Camino de los Misterios, todo lo que ustedes saben sobre la ilusión!

Las sirenas del Bósforo prestaron atención.

El mercader

Protegida detrás de las telas, pensando que así no podría verme, la observé con todo detenimiento... Mara estaba hermosísima, impecable, seductora. Casi perfecta, si no fuera por ese destello de hielo en sus ojos, por algunas líneas que comenzaban a surcar su cara, por los gestos crispados, como los de un ave de rapiña merodeando su presa.

Roger seguía absolutamente irresistible. Alto, atlético, vestido con las mejoras ropas, tan seguro de sí mismo... si no fuera por ese extraño tono de voz que denotaba una oculta angustia, por el ceño fruncido, por la boca apretada, por la forma en que estrujaba con violencia ese atado de cigarrillos recién comprado. Era evidente que le costaba dominarse y que temblaba de ira ante esta situación de descontrol e incertidumbre.

Se habían detenido en la tienda, una de las más deslumbrantes del Mercado, a escasos metros de donde yo me encontraba. El dueño salió a recibirlos.

–¿Alguna novedad, Abdul? –sonrió Mara, con sus grandes ojos de gato.

–Nada por ahora –contestó el tal Abdul, un mercader en quien logré adivinar gran fortuna y poderío.

–¡Cómo es posible que actúen sin dejar señales! –dijo Roger.

–Sabemos que en Estambul están solos –dijo Mara, en un estado de ansiedad creciente–. Es la mejor oportunidad para recuperarlos: están expuestos, caminan sueltos como gacelas recién liberadas en medio de la selva, ¡están ávidos de sensaciones y llenos de deseos insatisfechos.

–Serán presa fácil –sonrió Abdul con suficiencia.

–Logramos sustraer algunos sobres –acotó Roger–, con la exacta descripción de sus movimientos. Pero hasta ahora no conseguimos pescar a sus portadores...

Mara soltó una carcajada histérica.

–¡Sabemos que pululan por los palacios y los mercados buscando "su sueño"!

Abdul y Roger rieron también sin saber por qué. Aquello no era especialmente gracioso: la Conspiración de la Gracia avanzaba en todo el planeta y ellos, los dueños del poder, del dinero, de los medios de comunicación, no lograban poner freno al lamentable problema.

Por supuesto, no había trascendido aún la existencia de este movimiento rebelde pero presentían que lamentablemente faltaba poco para que esto sucediera.

–Lo más gracioso –siguió Mara– es que ellos mismos se llaman Conspiradores... O sea, reconocen estar al margen de lo que admite la mayoría como orden y normalidad. Y, al mismo tiempo, se apoyan totalmente en las tradiciones y aceptan los conocimientos sobre los que se basan todas las religiones.

–Según tengo entendido –intervino Abdul– ellos consideran que el verdadero mensaje de las tradiciones espirituales ha sido tapado por las formas exteriores. Oculto... ignorado... Y hasta llegan a decir que todas las religiones buscan lo mismo y que el mensaje que ellas contienen tiene poder y está vivo.

–¡Qué ridículo! –dijo Mara con un rictus despectivo en sus labios recién pintados–. ¿Y qué dicen que saben las viejas y obsoletas religiones?

–Dicen que ellas saben que lo divino está contenido en la naturaleza humana. Dicen que saben que somos pedazos de cielo –noté que Abdul hablaba con una extraña pasión– incrustados en la tierra. Que tenemos un inmenso poder y no recordamos cómo usarlo y que debemos aprender a crecer aun en condiciones desfavorables. Es más, gracias a ellas lo lograremos. Dicen que somos dioses asustados, desmemoriados, confundidos... Por eso, en Estambul, los aspirantes son expuestos a todas las tentaciones. Les enseñan a reconocer sus fuerzas y a recordar quiénes son. Parece que este entrenamiento forma parte del así llamado Camino de la Gracia o de los Misterios.

Las sirenas seguían insistiendo con sus cantos. "¿Ellos también las escuchan?", me pregunté desde mi escondite de seda.

Abdul proseguía con su relato:

–Los audaces Conspiradores se atreven a asegurar que teniendo experiencias concretas cambiamos de niveles de conciencia, que de esta manera marchamos en forma inevitable hacia la perfección y la felicidad y que es posible acelerar el proceso a través de unas oraciones ordenadas ritualmente. Las llaman "la obra alquímica".

–Parece ser –dijo Roger– que tienen un poderoso efecto de transmutación si quien las pronuncia cree en su poder.

–¡Qué inocentes! –murmuró Mara, mirando a Abdul con especial detenimiento. Había algo contradictorio en él, y Mara no alcanzaba a definir qué era. Últimamente había sido notificada de reiterados casos de deserción en todos los frentes, y esto la preocupaba seriamente... Recordó con sincero pesar el caso de Ghunter... Lo había lamentado tanto, era tan apuesto.

–No son inocentes –advirtió Roger–, no vayas a creer que todo esto es fácil. Las oraciones son enseñadas a los aspirantes a alquimistas en varias etapas del así llamado Camino de los Misterios. Luego de pasar por el Negro, van al Blanco y luego al Rojo.

Abdul tomó la palabra:

–Sabemos que ésas son las claves que utilizan: identifican los distintos caminos con los colores de los sobres. Sin embargo, aún no logramos obtener información sobre las enigmáticas oraciones.

"Abdul es un colaborador de menor rango", reflexionó Mara, "su tarea se reduce a detectar Conspiradores en el Mercado. ¿Cómo sabe tanto sobre el tema?". Una vez que los identificaba, debía pasar de inmediato la información a los mandos superiores, quienes tenían la tarea de hacer regresar al Conspirador a la "normalidad", con los más variados métodos.

Pero era obvio que en el estado en que se encontraba su agente, éste fracasaría. Mara escrutó el agitado rostro de Abdul e hizo un rápido balance de ese militante de sus huestes. ¿Qué diablos le estaría pasando? Lo notaba muy nervioso.

"La imposibilidad de confiar", pensé, "es el eterno problema de las filas del orden establecido y termina minando a los que lo sustentan".

–¿Qué observaste últimamente en los Conspiradores? –preguntó Abdul a Mara.

Ésta, extraviada en su nube de grises pensamientos, se vio en un aprieto: en realidad, no se había encontrado cara a cara con ningún Conspirador en los últimos tiempos, y menos con alguien que hubiera atravesado la obra en Blanco.

Sin esperar respuesta, Abdul continuó hablando con ese extraño entusiasmo que rayaba en la lisa y llana admiración:

–Yo los he visto por fracciones de segundo, desaparecen sin que se logre detectar hacia dónde se dirigen. Tienen una mirada perturbadora, pura, magnética, no sé cómo llamarla.

–¿Pura? –preguntó Mara, fingiendo no entender.

–No sé cómo definirla. Inocente, nueva, confiada, como si todos los sufrimientos anteriores se hubieran borrado de sus mentes, como si tuvieran una certeza desconocida, como si vieran cosas extraordinarias, como si.... –Abdul vaciló.

–¡Como si qué! –bramó Mara impaciente.

–¡Como si desconocieran la frustración! –contestó Abdul en forma abrupta.

Un silencio extraño se instaló en el elegante grupo conformado por Mara, Roger y Abdul.

–Esto es lo peor que escuché en los últimos tiempos –dijo Mara–, lo más grave. Necesitamos la frustración; es una parte fundamental de la continuidad del sistema, es el combustible para que todo funcione. Sólo unos pocos "llegan": los ganadores, que son minoría.

Roger la miró, comprendiendo que el tema era realmente grave.

En ese momento levanté la vista y vi mi imagen en un gran espejo colocado en el fondo de la vidriera entre joyas y telas. Hacía mucho tiempo que no me veía reflejada tan nítidamente. En la aldea no había ni un solo espejo. "Para no perturbar", había dicho María de Chipre. Me sorprendí: mi mirada era exactamente como la había descrito Abdul. Las oraciones de poder habían dejado sus huellas. Mis ropas eran las de siempre. Sin embargo, me vi reflejada con una seda suntuosa, ricamente adornada por hilos de oro. Cerca de mi garganta mi blusa florecía en perlas y brillantes. Nunca me había visto tan hermosa. ¡Ya era la mujer vestida de fiesta! ¡Estaba viendo el reflejo de mi propia alma!

Mara se miró en otro espejo a hurtadillas, tratando de que Roger no se diera cuenta. Tocó las bolsas debajo de sus ojos, palpó con asco sus incipientes arrugas, sintió un escalofrío al ver lo ajados que se mostraban su cuello y sus manos. Se acomodó su chal de seda, el mismo que le había servido de velo cuando se disfrazó de profetisa. Pensar que ahora era el imprescindible guardián de su visible desgaste.

–¡Roger! –bramó–. Un trago, por favor.

El joven se atrevió a hacer un gesto de impaciencia: no tenían tiempo para delicadezas. Se despidieron rápidamente de Abdul para continuar la recorrida y controlar a sus servidores.

Antes de que pudiera salir de mi escondite, Abdul se había parado a mi lado, casi pegado a mí.

–¿Qué quieres comprar? –me dijo con voz melosa–. Ven a mi negocio, tengo la mejor mercadería de este Bazar.

–No, gracias, sólo estaba mirando –contesté sin levantar la vista.

–Tienes aspecto de poder comprar lo que quieras. Ven a conversar un rato conmigo.

–No, gracias.

–Tengo un licor delicioso que te ayudará a elegir.

"Ya elegí", pensé para mis adentros, "seguiré buscando el lugar de mi sueño; aquí no es donde se encuentra". Sentí un escalofrío. La respiración de Abdul me rozaba el cuello, tenía que hacer algo rápidamente. El mercader se acercó aún más y en un susurro me dijo:

–¿Qué decidiste? ¿Te quedarás con el oro, renunciando al resto?

Estaba perdida: Abdul me había descubierto, o al menos sospechaba de mí.

–¿Tú qué harías en mi lugar? –pregunté impulsivamente, sin pensar con quién estaba hablando.

–Seguiría buscando –murmuró Abdul para mi sorpresa–. ¡Sálvate! Estás a tiempo. No te conformes sólo con esto, lo tendrás de todas maneras. Yo lo comprendo recién ahora y no sé cómo recuperar el tiempo perdido. Entregué toda mi vida, mi fuerza, mi alma, sólo a la parte material y concreta. Renuncié al Misterio, creí hacer lo correcto. Yo no lo sabía –continuó el enigmático mercader, atravesándome con una mirada triste–, pero no era necesario pagar tan alto precio.

Sus ojos verdes estaban cansados y vacíos, sin embargo una chispa de luz titilaba en ellos... desvalida, como pidiendo auxilio.

–Mis padres fueron mercaderes –continuó–. También mis abuelos, y los padres de mis abuelos. Jamás sospeché que hubiera otra vida. Me enseñaron desde pequeño a ser práctico, concreto, y a respetar el poder del dinero. Todo eso está bien y se los agradezco... Pero ahora descubro, a esta altura de mi vida, que existe otra verdad además de la que me enseñaron. Y todo esto llega a mí por una simple casualidad. Mi trabajo para Mara y su gente está bien remunerado y creí sinceramente en la justicia de sus motivaciones: "Defender el orden establecido" y "Atenerse a la realidad". Colaboraba con ellos absolutamente convencido de que había que hacer desaparecer a la Conspiración, que se trataba de un retroceso, que lo que planteaba era absurdo y peligroso.

–En cierto modo, lo es... –dije.

Abdul me sonrió con complicidad.

–Al conocer las ideas de la Conspiración y ver cómo los aspirantes a alquimistas buscaban sus sueños, empecé a darme cuenta de la verdad. El toro me ha dominado, vivo atado a los mandatos de mis antepasados, no soy capaz de dar un salto al cambio por mí mismo. Cuando escuché decir a las hadas, por casualidad puesto que no creía en ellas, que el toro debe ser el sirviente y que el dinero debe estar naturalmente subordinado a la fuerza superior, al espíritu, de pronto me di cuenta... Lo que está sucediendo en estos días es una lisa y llana traición a las leyes universales. La verdadera conspiración contra la vida es este poder absoluto que se ha otorgado al dinero. Pero...¿cómo salir de esto?

Se me oprimió el corazón. No supe qué contestarle.

Abdul se alteró, de pronto se puso pálido e, incapaz de dominarse, comenzó a temblar. El aliento cálido del toro había comenzado a soplar en el Mercado como un furioso viento de una tormenta tropical.

–¿Te das cuenta de qué te estoy hablando? Hice tantos pactos, me comprometí en tantas alianzas…

Asentí, a punto de llorar.

–Mira lo que vendo, fruto de mis pactos.

Presté atención y vi, entre las joyas, cruces, estrellas de seis puntas, signos egipcios, símbolos religiosos de todo tipo.

–Ven –dijo Abdul, llevándome al interior de su tienda–. Aquí estaremos protegidos. Atravesamos el local atiborrado de joyas, piedras preciosas, lapiceras de oro, relojes de las marcas internacionales más preciadas. Todo estaba expuesto de una manera desordenada, como si fueran baratijas. Una cortina de tela separaba el negocio de una especie de sector privado, con un escritorio, una computadora y cómodos sillones para cerrar trato. Parecía el despacho del presidente de una empresa multinacional.

–¿Aquí trabajas, Abdul?

–"Abdul" –rió Abdul–. Ése es tan sólo mi nombre aquí, en Estambul. En la India me llamo Stayajit, en Francia, Pierre…

–¿Quién eres, en realidad?

"Abdul" no contestó. Atravesamos otra cortina y entramos en un recinto más grande, decorado con un lujo extraordinario. Las paredes estaban enteladas en satén de Damasco, las alfombras eran de Esmirna, las lámparas brillaban de oro sólido. Había almohadones de finísima seda desparramados por el piso. El cambio de escenografías me había desorientado. Primero, ese local, entre sucio y desordenado, cubierto de joyas; después, esa especie de poderosa oficina detrás del telón, el otro rostro del Mercado. Ahora, este ambiente oriental decorado con mano exquisita y perfumado de almizcles.

Nos sentamos en el piso, sobre almohadones, a la manera oriental. El mercader estaba pálido y alterado y yo tampoco me sentía muy tranquila.

Mi pregunta atravesó el aire como una flecha:

–¿Quién eres? ¿Cuál es tu sueño?

–Eso es lo que quisiera saber... yo creí que era mercader, como mis padres y mis abuelos. El sueño de un mercader es acumular barras y barras de oro y tener un espacio seguro en el gran Bazar, porque aquí está nuestra vida. Aquí están nuestros amigos, aquí se adora a Alá cinco veces al día mientras se escucha recitar salmos en ladino. Aquí las cosas no parecen cambiar, y la palabra vale más que cualquier documento. Conozco cada rincón, a cada encantador de serpientes, a cada ladrón, cada escondite del Bazar como si fuera la palma de mi mano. Hasta hace un tiempo, yo estaba seguro de haber conseguido mi sueño. Luego, algo pasó... Los mercaderes, los encantadores de serpientes, los turistas, los vendedores de seda, los dueños de los cafés de narguile, los ejecutivos de las grandes corporaciones comenzaron a tener todos el mismo sueño. Comenzaron a parecerse... Comenzaron a querer todos las mismas cosas.

Lo miré con comprensión: sabía de qué estaba hablando.

–El mismo reloj –siguió diciendo–, el mismo modelo de anillo... No sólo eso: también el mismo auto, el mismo traje, el mismo status, el mismo modelo de amor. Comenzaron a seguir al toro prepotente que tú viste con tus propios ojos y yo también con ellos. Ya habrás visto también a los increíbles gnomos reírse de nosotros. ¿Y al dragón persiguiéndonos?

A pesar de su evidente angustia, no pude resistirme a la risa cuando recordé a los ridículos gnomos... ¿o debería decir a los ridículos humanos que somos?

–Antes –continuó el negociante un poco más distendido– los mercaderes, los encantadores de serpientes, los conocedores de alfombras teníamos sueños diferentes. Ahora, todos por igual consumimos las mismas cosas, la misma información, el mismo desconcierto, la misma sensación de que todo pasa rápidamente, como las modas. Estamos en un mundo que decide todo por nosotros: nos marcan el camino, somos meros espectadores y... ahora me doy cuenta, Mara y su grupo luchan para que todos lo crean así... ¡Y no es cierto!

Me impresioné, los ojos del duro y astuto mercader se habían llenado de lágrimas, de dolor, de ansiedad, de desorientación.

–Yo también dejé de creer en el canto de las sirenas...

–Sí –dijo de pronto con voz muy firme–, pero ahora nos quieren hacer creer que somos sólo lo que podemos comprar.

–Se ha roto el encanto y el misterio… Abdul.

–Pero tal vez es posible recuperarlos. Este lugar es mi refugio sagrado: sólo entran los que yo siento como amigos. Ni Mara ni Roger, jamás han sido invitados a entrar en este recinto. Cuando vi esa mirada, la de los Conspiradores, la misma que tú tienes en este momento... me di cuenta de que ustedes no van por la vida con los ojos agobiados por la frustración. ¿Cuál es el secreto?

Abdul me había partido el corazón. "Ése es el dilema de todos nosotros", pensé, con los ojos llenos de lágrimas... Allá vamos, siguiendo obedientemente al toro con la cabeza gacha o escapando asustados del dragón en una desesperada carrera como en la bien conocida Ciudad del Miedo. Entonces comprendí que había una única salida para recuperar nuestros sueños...

–Abdul, te lo diré enseguida, pero primero contéstame: ¿de qué religión eres?

–No sé qué decirte.

–¿Al menos crees en un poder superior?

–Por supuesto, pero ya no sé cómo relacionarlo con mi mundo concreto y sospecho que ustedes, los llamados Conspiradores, tienen una llave, no sé... un conocimiento... Debe ser muy peligroso el revelarlo, porque hay una red que trata de impedirlo. Ya sabes: Mara es sólo una agente del Poder. Sospecho que ustedes tienen algún conocimiento secreto acerca de la manera de conectar los dos mundos, el espiritual y el material, ¿verdad?

–El dinero organiza la supervivencia y la libertad de acción en el mundo material y es necesario e importante tenerlo. Pero no es todo, solamente es una parte.

Su mirada se había animado un poco, quizá presentía que había una salida...

–¿Y dónde está el resto? –dijo–. ¿Donde se fueron los sueños? Quizá tú puedas decirme algo... ¿Sabes acaso cómo salir de esta trampa?

–Espera –dije, recordando que tenía algo muy poderoso para ofrecerle–, te daré un mensaje que borrará la angustia de tus ojos tristes.

Busqué en el fondo de mi mochila el sobre negro que me había entregado el Conspirador de la tradición judía al llegar a Léfkara y se lo di.

El mercader desprendió el papel adjunto al sobre y leyó en voz alta:

–"Es ahora o nunca, recuerda quién eres. Avanza, no mires atrás. Abre este sobre negro que te entrega la Conspiración."

–¡Vete, vete rápido! –dijo emocionado, apretando contra su pecho el papel y el sobre como si fueran los más grandes tesoros–. He escuchado hablar de las oraciones de poder. Ahora sí podré cortar definitivamente la relación con Mara y su gente.

En sus cansados ojos verdes brilló una luz de confianza.

–Ahora –le dije– dispondrás de la fuerza necesaria para poder hacerlo, no tengas ninguna duda.

–Recuerda la abundancia que ves aquí a tu alrededor y recuerda también que es sólo la mitad de la historia –dijo con voz entrecortada.

Me despedí de "Abdul", conmovida, y comencé a buscar cómo salir.

Y entonces descubrí al mismísimo prestidigitador de Varsovia caminando tranquilamente por la Avenida del Oro del Gran Bazar. Lo seguía obedientemente el poderoso toro enlazado por un fino, finísimo hilo dorado. El enigmático personaje conocía los secretos de la materia, tanto como los del espíritu. Bien lo sabían las sirenas que habían enmudecido apenas lo vieron aparecer acompañado por su hermoso perro negro.

En el Mercado aprendí muchas cosas. El descubrimiento más fascinante fue el de saber que nuestros propios sueños hablan y, por cierto, son muy sabios y vale la pena escucharlos.

Pensé en lo último que había dicho el mercader. Mucho más adelante, en otra etapa de mi camino, yo sabría que es importante guardar en la memoria imágenes de abundancia y prosperidad material; simplemente para reconocerlas como propias y lograr poder material en el momento en que lo necesitemos. Así como también es importante recordar las historias de amor intensas y verdaderas, como la que pronto conocería.

Las sirenas

Caminé en dirección al hotel mientras el sol del atardecer teñía de dorado las aguas del Bósforo y los almuédanos elevaban su última oración a Alá despidiendo el día.

Los folletos de turismo que llevaba conmigo decían que hay en total noventa y tres mezquitas y sesenta y tres iglesias en Estambul. Que el Mercado del Oro o Gran Bazar ocupa una extensión de doscientos mil metros cuadrados. Que tiene ocho kilómetros de longitud, dieciocho puertas, sesenta y seis calles con nombres diferentes y dos mil tiendas como las de Abdul.

Pero no tiene a mi sueño...

Son cuatro mil las tiendas, continuaba el folleto, si se contaban las *hans*, o tiendas adyacentes que rodeaban al Mercado en otro submundo de historias de amor y de pasión. "De ambición, de negocios claros y turbios", pensé. Allí solían recalar las caravanas luego de largos y aventureros viajes recorriendo la Ruta de la Seda que atraviesa toda Turquía. Entre los ilustres visitantes estuvo Marco Polo... y ahora mismo se encontraba recorriendo sus calles Amir El Alquimista, estaba segura.

"Nada dicen los folletos del temible dragón que recorre sus adoquinadas calles", reflexioné mientras me dirigía a las abigarradas orillas del Bósforo por donde tenía que pasar para llegar al hotel Richmond en la calle Istiklâl Caddesi. La costanera hervía de transeúntes y vendedores de pistacho.

El bullicio me atraía, pero estaba un poco cansada; sería mejor regresar al hotel cuanto antes e irme a dormir.

Caminé a lo largo de la apretada fila de barcos de pescadores, de todas formas y tamaños, esquivando turistas y vendedores de alfombras.

De pronto, entre los reflejos del atardecer, vi a un grupo de personas sentadas en la cubierta de una pequeña embarcación. Me llamaron la atención sus largos cabellos y, a medida que me fui acercando, me di cuenta de que se trataba de varias mujeres que conversaban animadamente. Por las risas desatadas debían de festejar una broma. Cuando estuve ya muy cerca, me quedé sin aliento: sus cabellos, larguísimos, eran verdes y sus piernas... no existían. ¡En su lugar tenían inmensas colas de pez, plateadas y ondulantes! ¡Con cuánta prontitud habían respondido al llamado de María de Varsovia!

Pasé al lado de las sirenas, simulando no haberlas visto. Quizás esta vez la experiencia de Varsovia no se repetiría. De todas maneras, era mejor no correr el riesgo. Fue inútil: apenas me vieron, una de las sirenas levantó su hermoso brazo y me llamó:

–¿Dónde vas, aprendiz de alquimista? Ven a conversar un rato con nosotras, no temas.

La sirena hizo el mismo gesto que vi en Cibeles al atravesar la Ciudad del Miedo. Extendió su mano hacia mí, con la palma vertical, como frenando alguna sospecha. Recordé las enseñanzas de Gregorio: se trataba de un *mudra* o gesto de poder, contraseña conocida por los habitantes de los mundos sutiles.

Miré en todas direcciones para verificar si los transeúntes también se detenían. Pero nadie las había visto. Los turistas pasaban con sus cámaras de fotos, sus planos de Estambul, sus bolsos repletos de souvenirs, sin dedicarles una mínima mirada a las damas de cabellos verdes.

Rápidamente llegué a la conclusión de que no las veían, como tampoco habían visto al toro enjoyado del Mercado, ni habían visitado las secretas habitaciones revestidas de satén de Damasco. Tampoco se habían dado cuenta del mareo que producían los cantos de las sirenas, ni de que había hadas atendiendo en los puestos del Mercado. No sé si era tranquilizadora esa conclusión, pero acepté la invitación de las sirenas y me acerqué al grupo de colas de plata.

Una sirena bellísima se dirigió a mí estudiándome con sus hermosos ojos verdes como el agua del mar:

–¡Oh, aprendiz de alquimista! ¿Qué quieres saber sobre los deseos? ¿Cuál es tu pedido? Cuéntanos, nadie mejor que nosotras para conversar sobre las ilusiones, los espejismos, la seducción...–continuó diciendo mientras un mechón de cabellos verdes caía sobre sus ojos entornados.

–Ya vemos que no te ha atrapado el oro, ahora buscarás cosas diferentes –dijo otra sirena recostada sobre la cubierta de la barca del pescador, con sus pechos desnudos y perfectos reluciendo en la luz dorada del atardecer–. ¿Quieres saber cómo enamorar a los hombres?

–Ellos son tan, tan débiles –dijo otra sirena, haciendo un mohín con su boca de labios sensuales y muy, muy rojos–. Aun los más bravos guerreros o los viejos lobos de mar sucumben ante los encantos femeninos.

Me apoyé tímidamente sobre la barca que se mecía al compás de las aguas del Bósforo y de las melodiosas voces de las sirenas.

–¿Por qué están aquí? –pregunté un poco alterada.

Estallaron en alegres carcajadas.

–Estamos casi siempre en el Mercado y a veces en los palacios –dijo una de ellas–. Nos trajo aquí la fantasía obsesiva del dueño de esta barca pesquera que está ante tus ojos. Probamos su resistencia a la ilusión.

–No entiendo. ¿Por qué los seducen?, si es que hay algo de eso...

–Porque nosotras enseñamos la diferencia que existe entre la falsa y la verdadera ilusión.

–¿Qué tiene de malo la ilusión?

–Nada, sólo que la ilusión, cuando es un ensueño sin compromiso, sin profunda pasión, es una droga que aturde el alma –La sirena se miraba en un espejo acariciando sus cabellos verdes como las algas–. Ese tipo de ilusión te esclaviza, te conviertes en un ser dormido, sueñas y sueñas en que quizás algún día, más adelante, algo pase en tu vida y de pronto todo cambie. –La sirena fijó sus ojos de mar profundo en los míos y dijo, subrayando cada palabra–: Y tú te quedas esperando y no haces nada para lograrlo.

Todas las demás estallaron en risas elegantes.

–Cuando te ilusionas así, caes prisionera de fantasías y de todo tipo de confusiones. Ves amor donde hay dependencia. Ves cariño donde hay interés. Ves verdad donde hay mentira. Ves mujeres donde hay sirenas. Vas hacia donde soplan los vientos, insegura de ti misma, creyendo que todos menos tú están invitados a la fiesta.

–¿Qué fiesta? –pregunté intrigada.

–La de la vida –respondió una sirena, clavando sus ojos en mí–. Qué pregunta ridícula.

–¿Por qué me llamaron? –pregunté con súbita desconfianza, aun cuando recordaba la invocación que les había hecho María de Varsovia.

–Bien –dijo una sirena de cabellos rojos como el fuego–. Te lo diremos: cumplimos con una imploración de María, la alquimista de Varsovia. Ella nos ha encomendado que nos comunicáramos contigo. Somos una señal en tu camino y queremos explicarte cómo distinguir la falsa ilusión de los sueños verdaderos. Simbolizamos en la alquimia las fuerzas así llamadas mágicas, los sortilegios. Manejamos las energías de la atracción. Conocemos el magnetismo, lo masculino y lo femenino. Conocemos a la perfección la fuerza del deseo, de la tentación, sabemos cómo actúan los encantamientos. También sabemos cómo atraer lo que uno verdaderamente necesita para ser feliz.

–¿Entiendes? –dijo una sirena de cabellos azules y ojos zafiro–. Pero cuidado: quien no esté preparado para tratar con nosotras y pretenda hacer un mal uso de nuestros dones caerá al fondo del mar, te lo aseguro. Tenemos, además, el don de la profecía.

–¿Quieres saber algo sobre tu futuro? –preguntó otra sirena de cabellos plateados.

–No, se los agradezco, ya aprendí esta lección. Sólo les pediré que me revelen un secreto.

–¿Y bien? –Me miraron todas con ojos transparentes.

–¿Cuál es el encanto que hace irresistible a una mujer? –pregunté sin vacilar.

–Vaya, vaya –dijo una de las sirenas–. ¿Estamos hablando de amor o de seducción?

–Amor –dije–. Sé que me está esperando en algún lugar de esta tierra y que no está lejos de aquí: sueño todas las noches con sus magnéticos ojos de fuego. Tiemblo y espero el encuentro, como todas nosotras –les dije sonriéndoles confidencialmente.

–Hay una fuerza irresistible –dijo una de las sirenas acomodando su larguísima cola plateada–. Más fuerte que la belleza, más eficaz que la sensualidad, más poderosa que la inteligencia... Debes conseguirla antes de pretender atraer a tu amor, sea quien fuere el dueño de los magníficos ojos de fuego con los que sueñas.

–En efecto –asintió otra sirena peinando sus cabellos brillantes como el reflejo del sol en las aguas del mar–. Es un don que se cultiva. ¿Cómo te diría? Como se cultiva una hermosa alga de las que tenemos en nuestros jardines en el fondo del mar.

–Debes proponértelo y recordar todos los días que, si consigues tal don, tu príncipe de ojos de fuego vendrá atraído a ti por una misteriosa razón que él mismo no logrará comprender. Y recuerda esto: lo reconocerás por la estrella.

–¿La estrella? ¿Qué estrella?

Sonrieron mirando al mar.

En ese instante recordé los fugaces momentos en que había visto una estrella. ¿Habría sido él, Ojos de Fuego?

–¿Cuál es ese don? –pregunté, ansiosa, tratando de cambiar de tema.

–Ser feliz. Nada hay más seductor, más sensual, más enloquecedor que alguien feliz.

Un rayo de luna se reflejó en las aguas del Bósforo, había anochecido.

–¡Debemos irnos, adiós! –se despidieron de pronto las sirenas–. Sabemos de qué te estamos hablando, no olvides que tenemos el don de la profecía...

–No se vayan todavía, por favor. ¿Y la seducción? –dije, tomando a una sirena de la mano sin darme cuenta. Una extraña descarga de fuego y hielo me estremeció de pies a cabeza.

–Cuidado, soy una criatura de otros mundos –susurró atravesándome con una mirada abismal– ya aprenderás a resistir ciertas vibraciones sin temblar.

Las demás sirenas sonrieron entre burlonas y compasivas. La de ojos dorados me seguía mirando fijamente. Retiró su mano de hielo y fuego en un imperceptible movimiento.

–¿Seducción? –dijo la criatura esbozando una sonrisa.

Las demás también sonrieron misteriosamente. Tuve la sensación de que se reían de mí.

–Éste es el secreto más importante que tenemos porque... ¡porque está a la vista! Es un secreto sin palabras y para el momento en que los hombres piensan cuál es ya están seducidos. Mientras más quieren entender más se complican y como esto no tiene palabras, nada les decimos. Apenas escuchan nuestro canto se enredan inexorablemente en nuestras pestañas. No se dan cuenta de que nosotras no los seducimos, nosotras somos la seducción.

–¿Y tú?...

Yo no contesté. Una ola tibia cubrió mis mejillas. No venía del Bósforo; sin embargo avanzó por todo mi cuerpo. Pensé cómo serían mis pestañas...

Se rieron mucho y la de cabellos verdes dijo:

–Ya lo sabe.

Una a una me saludaron con una sonrisa cómplice mientras se zambullían en el mar que separa Europa de Asia. El pescador salió de la cabina y, mirando la luna llena con ojos obnubilados por extraños y obsesivos pensamientos, dijo:

–Es hora de preparar las redes.

Topkapi

El segundo día amaneció en Estambul lleno de promesas. Iría al palacio de Topkapi, lugar de espléndida belleza según lo describían los folletos de turismo. También recordaba las imágenes increíbles de la película con Peter Ustinov, la de la banda que había intentado robarse el Gran Diamante que se custodiaba en aquel palacio encantado.

–Es un lugar consagrado al arte, al placer y al amor –escuché la voz del guía del hotel, en la recepción, mientras bajaba a tomar el desayuno. Hablaba del lugar como si el sultán y su corte estuvieran viviendo aún allí, en su momento de mayor gloria.

"¿Será ése el lugar donde encontraré mi sueño?", me pregunté tomando el rico café a la turca.

Recordé la fresca mañana de Chipre cuando amasamos el pan de los sueños con María y ella me había dicho:

–Nosotros creamos la realidad, que se amolda a nuestro destino cuando nos decidimos a intervenir en él y nos salimos del papel de víctimas. Todo es como moldear la masa. La vida es plástica: va cambiando de acuerdo con nuestros anhelos. Nuestros deseos son fuerzas potentes para dar forma a la existencia. Pero lo son aun más, si se transforman en sueños.

–¿Qué es un sueño? –le pregunté

–Un sueño es un deseo elevado, libre de apegos, y no se consigue a cambio de nada. No es posible comprarlo. El deseo puede encadenarte, deberás pagar un precio por tenerlo, tu sueño en cambio será como un don.

"La realidad es cada vez más fantástica", me dije, mirando a un grupo de turistas. De pronto, empecé a dudar: ¿No sería este lugar una alucinación de mi mente? ¿Estaría soñando y me despertaría en cualquier momento, quizás en el aeropuerto, a punto de tomar el avión hacia Varsovia? Miré a mi alrededor. Todo parecía absolutamente real. Terminé el café y me dirigí con mi pequeña mochila a la recepción del hotel.

Comprobé que el Richmond de la calle Istiklâl Kaddesi estaba sin duda alguna firmemente plantado en la realidad, lo veía con mis propios ojos. También era real el guía de turismo, quien explicaba lo interesante que era el palacio Topkapi no solamente a mí, sino a un grupo de turistas también muy reales, parados a mi lado. Me llevé una sorpresa: el guía era nada menos que Alaeddin, el taxista que me había traído al hotel. Tan interesante resultaba su exposición, que el grupo de turistas decidió invitarlo a compartir la visita programada.

–Los guías somos los encargados de traducir una realidad extraña y misteriosa a los visitantes de otras tierras –decía Alaeddin. Sin duda tenía una picardía especial, lanzaba comentarios interesantes y sus toques de humor hacían que esa traducción fuera apasionante.

Decidí unirme a los turistas, un grupo de japoneses, alemanes, argentinos, franceses y americanos; por cierto, una mezcla extraña. "Si acaso eligiera quedarme en el palacio de Topkapi", pensé, sujetando la mochila que contenía todo mi equipaje, "debería inventar cualquier excusa para separarme del grupo".

Además, después de ver a Mara en el Mercado del Oro, Estambul no me parecía un lugar muy seguro para deambular sola por sus calles, buscando mi sueño.

Decidí salir alegremente con el grupo. El tour me protegería en su anonimato. Además me calcé mis impenetrables anteojos negros, no podrían reconocerme.

Partimos trotando tras Alaeddin, por una de las calles laterales, hacia el lugar donde nos esperaba la combi del tour y otro guía, contratado previamente. Los tours no son tan malos después de todo.

En las calles de Estambul se mezclan los perfumes más exóticos con aromas de especias y los tenues hilos de humo de los narguiles, con café recién preparado. Todo es intenso y contrastante.

¿Sería por eso el lugar elegido para albergar desde los más delirantes sueños hasta los más previsibles? ¡La Conspiración de la Gracia sabía lo que hacía al traer aquí a los aspirantes a alquimistas!

El lujo absoluto, lo más moderno de nuestra civilización, tenía su espacio en las empresas multinacionales y en los hoteles más deslumbrantes. También había lugar para las fantasías más imposibles, los sueños más románticos y las pasiones más intensas.

Había rostros de europeos, de americanos, de asiáticos, de turcos, de griegos... La Constantinopla del Imperio Bizantino, centro de peregrinación y de tantos misterios, latía bajo la Estambul moderna de fin de milenio. Todo pasaba al mismo tiempo, y pude comprobar con inmensa alegría que las cadenas de hamburguesas y comida rápida no habían logrado todavía, como en casi todos los lugares del planeta, devorar el misterio.

Alaeddin nos estaba enseñando palabras básicas para movernos por Estambul:

–"Sí"... *evet.*

–*Evet, evet, evet* –repetían los japoneses aplicadamente–, sí, sí, sí.

–*Evet,* –repetí...

–*Hayir* significa "no"–continuó el guía.

– *Hayir, hayir, hayir* –dijimos todos a coro.

–"¿Dónde está?" o sea: *¿nerede?* –dijo Alaeddin.

–*¿Nerede? ¿nerede? ¿nerede* mi sueño? –pregunté en voz alta.

–*Uzak, uzak, uzak* –me contestó Alaeddin rápidamente.

–*Uzak* quiere decir... "está lejos", lejos, lejos... –tradujo a los japoneses, quienes evidentemente eran los más aplicados estudiantes del grupo.

–*Uzak, uzak, uzak* –repetían los japoneses con total concentración.

–*¡Hayir, hayir!* –dije enfáticamente, mirando con picardía a Alaeddin–. Mi sueño está cerca, lo presiento. Ya estoy llegando a él.

–Entonces, *yakin, yakin, yakin* –sonrió el guía–, está cerca si tú lo dices. *Yakin...* quiere decir "cerca".

–*Yakin* –dijeron a coro los japoneses–. Está cerca si tú lo dices, está cerca, muy cerca si tú lo dices.

–*¡Merhaba!* –exclamó Alaeddin, saludando al otro guía que esperaba al lado del minibús–. Este es nuestro saludo –explicó–. Quiere decir "hola".

–¡Hola! –le contestó en inglés el otro guía.

–Hola, hola, hola –repitieron los otros turistas distraídamente, en inglés, sin darse cuenta. Esto estaba poniéndose divertido.

–*Seni seviyorum* –continuó Alaeddin cuando se puso en marcha el micro.

–¿Qué significa? –preguntó tímidamente una dulce japonesita.

–"Te quiero"... –susurró Alaeddin con voz seductora–. El sultán se lo decía todas las noches a una muchacha distinta. Hasta que, un día, los ojos negros de una de sus mujeres lo ataron con una cadena tan fuerte como si fuera hecha del más grueso oro. "El sultán se volvió loco", murmuraban los sirvientes y los eunucos. "El sultán arde de pasión", sonreían sus ministros, en medio de sus intrigas. "El sultán conoció el amor", afirmaban las voces sabias de sus mujeres, que esperaban infructuosamente en el harén la invitación a pasar la noche en los aposentos reales. Esto es sólo un anticipo dc la incrciblc historia dc amor dc la que fue protagonista Mehemet el Conquistador y una misteriosa joven otomana. Acompáñenme.

Alaeddin avanzó por un amplio corredor y todos lo seguimos.

–Veremos ahora –anunció, creando más y más suspenso entre los extasiados turistas– el mismísimo lugar donde se jugaban las pasiones, las intrigas, los despliegues de poder más extraordinarios de todos los tiempos. El palacio Topkapi tiene varias puertas, jardines exóticos, cámaras de tesoros, pasadizos y corredores secretos. Estén atentos.

Noté que los turistas lo escuchaban absortos y entusiasmados como niños. En sus ojos opacados por las historias repetidas y la silueta rectangular de las pantallas de televisión se estaba encendiendo una lucecita.

–Estamos llegando al sitio que conoció el poder, la gloria, la belleza y el refinamiento –dijo Alaeddin–. Topkapi fue construido entre 1459 y 1465 por Mehmet el Conquistador, en plena victoria del Imperio Otomano. Constantinopla estaba cercada, la flota otomana había anclado a orillas del mar de Mármara, en esa memorable noche, cerrando el escape hacia el sur. Hacia el oeste, los cañones gigantescos del Conquistador apuntaban a las murallas de la ciudad. Al norte y al este del Bósforo la flota vigía de Mehmet cortaba el paso. Atenta a cualquier intento de fuga, tenía todo bajo su control: Constantinopla estaba aislada del mundo exterior. Así y todo, los bizantinos resistieron siete largas semanas. El 29 de mayo de 1453 Mehmet cabalgó triunfalmente por toda la ciudad y fue proclamado a viva voz: *Faith, faith, faith...*

–¿Qué significa? –pregunté, embelesada con el relato.

–Conquistador –contestó Alaeddin.

Los argentinos, americanos, alemanes, franceses y japoneses tenían los ojos brillantes. "Es notable cómo nos gusta el poder", pensé, incluyéndome... lamentablemente. ¿Estará marcado en nuestros genes?

–Mehmet –continuó Alaeddin– se dirigió inmediatamente a la mayor iglesia de la cristiandad, a Santa Sofía. Entrando triunfalmente en el lugar sagrado, la declaró mezquita. Se sabe que, a su vez, Santa Sofía había sido construida sobre los restos de uno de los tres grandes templos griegos de Estambul; recientes excavaciones arqueológicas confirmaron que estaba erigido en honor a Apolo, el dios de la luz y del sol. Pero no nos engañemos –aclaró Alaeddin–: también los cruzados hicieron su entrada triunfal en Santa Sofía. En su interior vibran inscripciones del Corán, mosaicos bizantinos y suaves mármoles del templo de Diana, traídos de Éfeso. El poder terrenal siempre tiene algún vínculo con el poder sagrado, aunque a veces es sólo una mala copia de éste –sonrió nuestro guía, dejando libradas a la imaginación las posibles interpretaciones.

De pronto un canto estremecedor me erizó la piel. Hicimos silencio. Alaeddin giró entonces, colocándose en dirección a la Meca e interrumpiendo el relato.

Los "almuédanos" llamaban ritualmente a su Creador. El canto se extendía por toda Estambul como un coro invisible. Fue un instante inefable. Cerré los ojos y sentí más que nunca el cordón de la Gracia que me unía firmemente al cielo.

–Llegamos a la puerta de Topkapi –señaló Alaeddin–. ¡Ésta es la Puerta Imperial! ¿Están listos para atravesarla? Aquí se encontraba la guardia pretoriana de Mehmet, sus soldados más fieles. Casi siempre nuestros sueños están protegidos por implacables guardias pretorianas que sólo nos abren el paso cuando estamos decididos a obtenerlos. Si dudamos de merecerlos, si por un segundo vacilan nuestros pies y tiemblan nuestras manos, si pensamos que no pasaremos... ¡sin duda nos cerrarán el paso inmediatamente! Y retrocederemos asustados –advirtió, mirando la arcada de acceso–, a veces para siempre. Es necesario ser muy valientes para enfrentar con toda firmeza esta guardia feroz.

Cruzamos el umbral del Palacio de Topkapi... Cada uno dirigiéndose a su propia conquista, buscando su más querido sueño.

Alaeddin prosiguió con sus aclaraciones:

–Mehmet traspasaba esta puerta raudamente a caballo, sin detenerse –dijo con voz encendida por la admiración–. Luego cruzaba a todo galope la puerta de la Bienvenida hasta llegar a la tercera y última puerta, la de la Felicidad. Allí estaban sus aposentos y jardines privados, allí lo esperaba la joven de ojos negros. Mehmet, quien no había temblado ante ningún desafío empuñando su filoso alfanje y por cuyas venas corría la brava sangre nómade de Asia Central, ¡temblaba de pasión ante una frágil mujer de ojos intensos! Había puesto a sus pies todos sus tesoros, sólo porque la amaba locamente. Las mejores esmeraldas, las porcelanas chinas más valiosas, oro en gruesas barras, cien caballos azabaches de la más pura raza.

Alaeddin era fascinante. Al pensar en Mehmet el Conquistador, mi imaginación trepaba a cumbres que nunca antes había osado.

–Estamos ahora en la llamada primera corte –continuó el guía–, o lugar de acceso. Nos acercamos a la Puerta de la Bienvenida. Tras ella veremos cipreses y plátanos en un maravilloso parque. Allí se encuentra la Cámara del Consejo Imperial.

Mi corazón ya había atravesado todas las puertas con Mehmet el Conquistador, a todo galope. "En mi sueño hay una pasión así", me dije, "un amor tan absoluto que me enciende la sangre. Hay un hombre valiente y poderoso, capaz de entregarse sin reservas a un gran amor".

–El harén de los sultanes tenía cerca de trescientas habitaciones y estaba custodiado en su totalidad por eunucos negros –continuó Alaeddin–. Los sultanes tenían a sus mujeres oficiales, a las concubinas y a las sirvientas a su disposición.

Los turistas, sin distinción de nacionalidades, se habían olvidado de desenfundar sus cámaras fotográficas, tal vez absortos en el relato o en sus propias historias secretas. En cuanto a mí, ya no me gustaba tanto la alternativa: aún hoy estas costumbres son habituales y están graciosamente aceptadas en los círculos de poder.

–Mehmet había tenido siempre dominio sobre sí mismo, como todo verdadero guerrero. Sin embargo, la joven, dueña de algún extraño misterio, había logrado lo que ninguna otra concubina, esposa ni sirvienta.

Mi fascinación iba en aumento...

–Hay un pasillo estrecho que atraviesa todo el harén, de lado a lado, Es llamado el Camino del Oro. Curiosamente comunica el sector de los eunucos negros con el lugar donde se encuentran las Reliquias Sagradas y los aposentos del Sultán.

–¿Quiénes eran los eunucos? –preguntó un japonés con aspecto de ejecutivo de vacaciones.

–Jóvenes egipcios, esclavos, conocedores de las tradiciones más secretas de la tierra de las pirámides. Eran a su vez iniciados en las tradicionales artes turcas y por supuesto en la religión musulmana.

–¡Continúa, por favor, Alaeddin! –le rogué.

–Mehmet atravesaba el Camino del Oro arrojando monedas, y a veces hasta alguna piedra preciosa, para acallar las voces acusadoras del harén. Mehmet era fiel a causa de un extraño amor que lo había transformado para siempre. Ni él mismo le encontraba explicación.

El grupo se confundió de pronto con otro tour. Embelesada, imaginé cómo Mehmet atravesaría la Puerta de la Felicidad, al igual que lo hacíamos nosotros en ese momento. Sus pies habían pisado las mismas baldosas de diseños geométricos que yo estaba pisando. Sus ojos habían mirado esa maravillosa arcada labrada por los esclavos.

De pronto, sin darme cuenta, me encontré en medio de un contingente de turistas europeos. Alaeddin y el grupo habían desaparecido de mi vista. Me dejé llevar por el nuevo guía en la Cámara de los Tesoros.

Escuché una voz que acariciaba mi oído:

–Mientras el sol se pone en Europa, sobre Asia cae la profunda noche...

Me di vuelta, nadie había hablado: todos miraban el fabuloso turbante de Solimán el Magnífico, incrustado con piedras y rematado por un casquete de plumas.

–Mientras el sol se pone en Europa, sobre Asia cae la noche –volvió a insistir la voz masculina.

Mi corazón empezó a batir como un tambor. El sable de Mehmet, de oro macizo y piedras preciosas, brillaba en la vitrina... y en ese momento vi claramente cómo el vidrio reflejaba a un hombre alto y moreno, a mi lado.

Me di vuelta, el hombre tenía un aspecto despreocupado y sonreía tranquilizadoramente. Le devolví la sonrisa, aflojando un poco mi tensión. Quizá se trataba de un turista.

–¿Quieres venir conmigo a ver el atardecer? –dijo el desconocido con voz seductora–. En la ciudad hay un lugar extraordinario, la Torre Gálata. Desde allí, a más de cien metros de altura, se ve el atardecer sobre los dos continentes divididos por el Bósforo. Asia queda en penumbras y Europa despide al día. Es posible verlo todo al mismo tiempo.

Sonreí sin responder, mientras avanzábamos con el tour de europeos.

Mi acompañante tenía, como yo, grandes anteojos oscuros. ¿Sería sólo una coincidencia?

Las más deslumbrantes joyas pertenecientes al Imperio Otomano se desplegaban ante nuestros ojos brillando con luz propia. Un enorme diamante de ochenta y seis quilates relucía rodeado por cuarenta y nueve piedras preciosas.

–Mi nombre es Ahmed –volvió a susurrar en mi oído el enigmático personaje, rozándome con su aliento cálido–. ¿Cómo te llamas tú?

–Ana –respondí sin levantar la vista del diamante, lo confieso, un poco perturbada.

–Estás frente a la joya más valiosa de la colección de Topkapi –continuó Ahmed con el mismo tono de voz seductora y susurrante con el que había iniciado el abordaje–. Fue encontrada en el siglo XVII en un basurero del barrio marginal de Egrikapi. Este diamante se llama "el cucharero" porque fue sustraído del palacio, ocultado allí y finalmente adquirido a cambio de tres cucharas a un pobre vagabundo que desconocía su incalculable valor. Luego fue restituido al palacio.

Me pregunté quién sería el intrigante personaje de voz seductora.

–Yo sé reconocer los diamantes apenas los veo –dijo, mirándome tras sus anteojos negros.

En ese momento reapareció Alaeddin, seguido por los turistas.

–Además del diamante del cucharero –explicaba el guía–, tenemos aquí tres famosos tesoros: los diamantes llamados la Estrella Brillante, la Cruz de la Noche y el del Armero Real.

Los reflejos de las piedras preciosas creaban una atmósfera mágica. Ahmed, siempre a mi lado, murmuró:

–El diamante simboliza la claridad, la inmutabilidad. Es índice de poder e inmortalidad. ¿Sabes que sumergir un diamante en una copa de vino tiene un efecto poderoso? Libera a quien bebe esta pócima, de todos los terrores, los maleficios y los encantamientos. Otorga firmeza, decisión y potencia, yo suelo beber ese vino con frecuencia.

La voz de Ahmed era seductora, firme, segura.

No me atreví a preguntarle quién era. De todos modos, la presencia de los integrantes del tour me daba cierta protección.

–Estas bandejas de oro adornadas con brillantes –comentó Alaeddin al grupo de turistas, absolutamente embelesados–, contienen hermosísimas tazas de té de cristal rojo. Toda clase de objetos cotidianos (peines, cajitas de perfume, juegos de ajedrez) están hechos íntegramente de oro. ¡Aquí hay placer, belleza, riqueza y además una increíble historia de amor! ¿Qué más se le puede pedir a la vida?

Yo estaba fascinada; no sé si por la historia de Mehmet, por los increíbles tesoros o por la presencia de Ahmed.

Pasamos al sector de los retratos reales. Vimos el retrato de Mehmet, el conquistador, dueño de las historias más estremecedoras del palacio.

Ahmed caminaba muy cerca de mí, su proximidad me perturbaba y creaba sensaciones contradictorias. Emanaba una especie de poder, de seducción, que me resultaba familiar. Al mismo tiempo, hacía comentarios similares a aquel del diamante, que dejaban traslucir conocimientos que sólo manejan los alquimistas.

Me había confundido totalmente. ¿Estaría en la Conspiración?

Un pequeño grupo de hombres, vestidos con trajes grises y anteojos negros, se desplazaba junto con el tour de europeos. Después de observarlos con disimulo, vi que estaban siempre cerca de nosotros.

Entramos en el harén.

–Los apartamentos de las mujeres del sultán se organizaban alrededor de tres espacios –dijo el guía–. Éste es el de la sultana Madre, lugar de intrigas y tramas políticas, centro de poder detrás del poder. Aquí, en el patio de las sirvientas, ingresaban jóvenes pertenecientes a la minoría cristiana que eran enviadas al palacio como obsequio. ¡Ah!... –suspiró Alaeddin–, el gran amor de Mehmet fue una misteriosa joven otomana que se trasformó en odalisca y luego en favorita. Finalmente el sultán enloqueció de amor por ella. Cuentan las historias que la muchacha tenía en sus aposentos una cámara secreta. Ni el mismo Mehmet se atrevía a entrar en ese lugar, estrictamente privado, donde ardía un fuego perpetuo. Ahora estamos entrando en un salón que se encuentra en el centro de las habitaciones del harén, conocido como el Salón del Soberano; en este lugar se realizaban espectáculos con las danzas de las bailarinas más extraordinarias y bellas, llamadas odaliscas. Toda clase de diversiones eran preparadas para solaz del sultán, quien también contaba con una corte de payasos y bufones. El concepto del amor para el hombre oriental –continuó el guía– es francamente diferente del que se tiene en Occidente.

Los japoneses asentían muy serios, coincidiendo con Alaeddin; tal diferencia no era de extrañar.

–Por eso fue aún más inesperado el comportamiento de Mehmet, se diría que se produjo en él una curiosa mutación.

Recordé mi sueño... El gran, gran amor era parte de él, aunque no era todo. ¿Ahmed tendría algo que ver? Sólo mi corazón podía tener la certeza, y yo sentía un irresistible impulso por estar cerca de él, era algo hipnótico.

–Ven –dijo mi acompañante en un momento, tomándome del brazo y casi arrastrándome hacia un costado. Abrió una puerta lateral del salón del Soberano y nos encontramos en un recinto alfombrado y cubierto de almohadones.

Era una especie de pequeño salón de té, armado dentro del palacio. Había grupos aislados de turistas sentados en el piso, alrededor de bandejas repletas de dulces, copas de vino y humeante café a la turca. Me tranquilicé. Por las enormes ventanas del salón se veía el atardecer. Ahmed ordenó una bandeja.

El vino era delicioso y los dulces francamente sensuales: *Kekul*... un budín de nueces y leche que se derretía suavemente en la boca de Ahmed y la mía al mismo tiempo.

Baklava... un estremecedor pastel de miel, hojaldre y nueces.

Krem Sokolada... un budín de chocolate, dulcísimo que Ahmed me hizo sentir con la punta de su lengua.

Al calor del vino Ahmed habló y habló de su vida en Turquía, como heredero de un gran emporio tabacalero. Cosa extraña, en ningún momento se quitó los anteojos negros.

Mi poderoso hombre llenaba las copas una y otra vez... ¿Habría un diamante en su fondo?

Ahmed habló de sus viajes en busca de quién sabe qué historia. De su poder, de su interés por el mundo espiritual, tanto o más rico y magnífico que el material. En su vida, el dinero era una circunstancia del destino.

–El vino me ha mareado bastante –le dije con una sonrisa seductora.

–No lo suficiente –dijo Ahmed rozándome la oreja y llenando otra vez la copa.

En ese momento se acercó un hombre vestido con traje gris –parecido, o era imaginación mía, a los del grupo que venía con los turistas europeos. Susurró algo en su oído.

–Ya partimos –contestó Ahmed, secamente.

–¿Quién es? –pregunté en una especie de bruma.

–Sólo un custodio. Te conté que nuestra familia es conocida en Estambul y debemos protegernos.

En medio de esa especie de mareo y fascinación por Ahmed, una imagen me atravesó repentinamente, como un rayo de luz. La profetisa me había pronosticado este encuentro, un gran amor en Estambul. Sin embargo, a pesar del vino, recordé con claridad que la profetisa era Mara, de quien sólo podía esperar engaños.

Pero quizá la bruja no estuviera tan equivocada: éste era uno de los futuros posibles. "Un hombre rico, poderoso", recordé sus palabras, "te ofrecerá todo lo que tiene. No pierdas esa oportunidad". También Gabriel, en Chipre, me había hablado de un gran amor que me esperaba en alguna parte de mi camino. Tal vez este hombre fuera un Conspirador, tal vez...

Ahmed tomó suavemente mi mano, un estremecimiento me recorrió la espalda. Su cuerpo irradiaba un calor abrasador, podía sentirlo a través de su camisa de seda. Su mano morena se había apoyado como por casualidad en mi rodilla quemándome la piel. Su boca rozaba mi oreja, estaba perdida.

De pronto, apareció en mi mente la imagen fugaz de una de las sirenas de la barca del pescador.

–¿Conoces a las sirenas? –le pregunté al apuesto Ahmed.

Pasó por alto la pregunta. "Quizá no me ha entendido", intenté razonar ahuyentando la imagen de la sirena que volvía a mi mente una y otra vez. "¡Qué molesta entrometida!", pensé, echando a la sirena, "eres una fantasía absurda. Ésta es la realidad, vete".

–Tengo poder –dijo Ahmed mirándome provocativamente–. Tengo dinero, tengo lujo y placer y los pongo a tus pies. –Hizo un ademán de reverencia: estaba comprando un tesoro–. Tú posees algo que yo quiero...

–¿Qué es? –pregunté, en medio de un extraño mareo, sintiéndome poderosa, fuerte, ganadora.

–La llave del misterio... Tú serás mía para siempre y yo seré el dueño absoluto de tu destino. Me entregarás tu misterio y tu vida entera.

Sus palabras me despertaron. Sin embargo, la lucidez duró sólo unos segundos y caí nuevamente en una especie de dulce sopor. ¿Sería esto el comienzo de un apasionado amor o estaba en medio de una trampa mortal?

Ahmed hizo el gesto de sacarse los anteojos, indicándome que yo hiciera lo mismo.

"Si es de la Conspiración", pensé en un nuevo momento de lucidez, "me reconocerá por la mirada".

Entonces vi sus ojos intensamente negros, fríos, exigentes, ardiendo de lujuria, cortantes e implacables. Ahmed sonreía sin notar nada extraño en los míos.

María, en el laboratorio de Varsovia, no dejó de vigilar el atanor ni por un segundo.

El fuego chisporroteó de repente.

–¡Hay un peligro cerca! –gritó alarmada.

En rápida intervención, María rezó una de sus oraciones secretas y envió un ángel a la lejana Estambul.

De pronto, retorné a la lucidez absoluta.

–¡Por favor! –dije suavemente–. Sigamos festejando este encuentro, me gustaría beber de aquél –y le señalé a Ahmed una botella ubicada en un estante.

Complaciente, se levantó. A la luz del rayo de sol que entraba por la ventana, se confirmó mi sospecha.

¡Ahmed no tenía sombra!

Me deslicé suavemente entre los almohadones y salí por la misma puerta por la que había entrado. Quiso el destino que pasara en ese momento el tour de mis amigos, con Alaeddin a la cabeza.

–Regresaremos al hotel, ya está anocheciendo, te estábamos buscando.

–Voy con ustedes –le respondí aliviada.

Salimos rápidamente. Alaeddin no perdió ni un segundo en organizar la retirada. En dos minutos, el tour completo partió raudo en dirección al Richmond.

–*Yakin* –dijo Alaeddin, dándome ánimo–. *Yakin* quiere decir cerca, muy cerca. Ahora tu sueño está cerca porque sabes distinguir lo verdadero de lo falso. Pero jamás olvides la increíble historia de Mehmet. El suyo fue un amor verdadero, apasionado, valiente, consecuente... El poder, el halago, el dinero... a veces se disfrazan de amor y sólo forman parte de un juego. Es necesario pasar por las pruebas para confirmar tu visión interna. ¡Tu sueño está más cerca que nunca!

No contesté, una sonrisa cómplice fue más elocuente que las palabras.

Miré a través de la ventanita cuadrada cómo se alejaba Topaki, refugio de amor y de siniestras sombras. Resguardada, protegida por el grupo y parapetada detrás de mis anteojos negros, escuché a Mehmet entrando al galope en el palacio.

No sé si Alaeddin alcanzó a percibir los cascos de su caballo. No sé si habrá escuchado, como yo, las voces diciendo...

–Donde hubo una historia de amor el lugar queda vibrando para siempre y, aunque pasen siglos y siglos, las paredes conservarán en sus piedras, intactos, los suspiros de felicidad...

–Y los galopes de bravos corceles –terminé la oración en un susurro para no inquietar a los turistas.

Ya en el Richmond, me sumergí en el agua tibia de la bañera escuchando las oraciones del atardecer. Cerré los ojos y vi cómo el Bósforo se volvía rojo y dorado. Luego, con toda calma, ordené en la habitación del hotel mis pocas pertenencias. Partiría al día siguiente, según indicaba el mensaje de la Conspiración de la Gracia.

Me pregunté qué habría pasado en el palacio después de mi abrupta salida... Una extraña niebla empañó el gran espejo redondo de la habitación. Fijé la mirada en él tal como había visto hacerlo a María. Primero fueron sombras indefinidas, pero enseguida pude ver la escena completa, como si estuviera en medio del salón de los almohadones rojos...

Ahmed, sosteniendo la botella de vino en su mano, evidentemente sin saber qué hacer, miraba en todas direcciones tratando de disimular el bochorno. Había varios almohadones vacíos, los Conspiradores que habrían sido, como yo, llevados hasta allí con engaños, habían abandonado la sala. Como yo, recibieron la señal en el momento preciso, la invisible alerta de retirada ante un peligro inminente.

Y entonces sucedió algo terrible: Mara, Roger y un numeroso grupo de secuaces irrumpieron en la sala armados hasta los dientes.

–¡En nombre de la ley y del orden, nadie se mueva! –gritó Mara. Furiosa, escrutaba los rostros uno por uno buscando el más mínimo detalle que le permitiera desenmascarar a alguno de sus huidizos enemigos. De pronto, su mirada se detuvo en Ahmed y en el almohadón vacío a su lado.

–¡Dónde está tu acompañante! –lo increpó, al tiempo que Roger lo tomaba rudamente del cuello.

–No... no lo sé... –balbuceó Ahmed.

Un golpe lo arrojó al suelo y barrió bandejas y copas de vino. De una de ellas cayó rodando un brillante falso.

Una nueva mirada a su alrededor le permitió a Mara notar otras ausencias. Una odalisca solitaria que contemplaba un almohadón abandonado a su lado era la prueba evidente de que sus perseguidos habían desaparecido, de que había llegado tarde, de que había fracasado.

–Este es tu fin –dijo Mara roja de ira–. Se acabó el éxito. Quedas afuera.

Vi al poderoso Ahmed, al seductor Ahmed, ponerse lívido. Y temblar.

–¡Retírenle las credenciales, los pases, las tarjetas de crédito!

Era el final.

Una turista americana, sentada inocentemente con un grupo de amigos, todos de bastante edad, comenzó a gritar en un descontrolado ataque de pánico.

Mara ni la miró: era simplemente una turista que, saliéndose del tour, había traspuesto la puerta del escondido rincón y no tenía la menor idea de lo que estaba pasando. Suele suceder: cuando uno abre puertas para las que no está preparado corre el riesgo de llevarse un gran susto.

Roger se acercó a ella amenazadoramente. La mujer calló aterrorizada. Nunca más saldría del recorrido seguro y pre-pago del tour organizado. Aunque... esta vez tendría tanto, tanto para contar a sus amigas.

–¡Esto es el colmo! –gritaba Mara, enfurecida. Su perfecto rostro comenzó a surcarse con más y más arrugas. Sonreí, divertida: la rabia es un terrible factor de envejecimiento.

–Contratamos a los mejores especialistas para detectar a los Conspiradores. ¿Y éste es el resultado?

–El simulacro estaba perfectamente montado, no entiendo por qué fallamos –se justificó un colaborador amedrentado.

Mis ojos tropezaron con un hombre de mediana edad, de expresión apasionada. Estaba acompañado por una joven. De inmediato comprendí su historia, y por qué se encontraban allí. Era el acaudalado ejecutivo de una corporación multinacional. Junto con la muchacha, una atractiva secretaria de origen francés, miraban atónitos el espectáculo que se desarrollaba ante sus ojos. No entendían de qué Conspiración se trataba. Evidentemente todavía no había trascendido en los medios de comunicación.

Investigué mentalmente en su pasado inmediato. Habían congeniado mientras recorrían el palacio de Topkapi y se encontraron por casualidad en ese lugar pensando tomar un trago. George, que así se llamaba el americano, miró de reojo la escena cada vez más intrigado, noté que en su cabeza se agolpaban mil ideas.

Últimamente, la corporación le había absorbido casi todo su tiempo. Él creía estar al tanto del espectro de problemas y relaciones de fuerzas que había entre los grupos del poder organizado a lo largo del planeta. Sin embargo, lo que estaba presenciando no encajaba en ninguna información de las que disponía al segundo, a través de la red informática. George dedicaba más tiempo a la capacitación que al tema de la productividad en la empresa. Las grandes corporaciones se estaban pareciendo a escuelas de filosofía, reflexionó. Había que manejarse con el presente, saber, intuir; más que razonar, ser extremadamente flexible. ¡Qué difícil era aquello!

Toda una generación de directivos jóvenes estaban de este lado del límite que dividía al planeta en dos, como una filosa línea de corte. Los ganadores estaban entrenados en el arte de interpretar los símbolos en los cambios imprevistos y, sin saberlo, también en las realidades sutiles, a las que llamaban "virtuales". En cambio, los perdedores iban quedando inmediatamente afuera, añorando los tiempos de pertenecer a las corporaciones de por vida, donde importaba la producción y la línea de montaje, las jerarquías y los puestos ascendentes.

¿Estaría realmente incluido entre los ganadores?

Un nuevo movimiento surgía entre los directivos jóvenes: ahora, además de la excelencia, importaba parecer éticos. George aplicaba ética en los temas más grandes o en los más pequeños de la corporación y de su vida privada, pero aun así no se sentía satisfecho.

Tan absorta estaba yo en "escuchar" los pensamientos de aquel auténtico ejecutivo *up & coming* que casi me pierdo a un grupo de hadas sentadas en un almohadón cercano, que lo miraban con atención. Advertida de la presencia de los espíritus elementales, vi que un grupo de gnomos desataron rápidamente los cordones de los zapatos de Mara, que estaba entretenida insultando a sus colaboradores dilectos.

–De todos modos, él todavía no puede vernos –comentó una de las hadas a sus compañeras, quienes observaban con curiosidad al extraño americano de los ojos llenos de sueños.

George seguía perdido en sus pensamientos. Algo grande, potente se estaba acercando en este fin del segundo milenio. ¿Qué era? No podía definirlo, pero lo había visto en sus sueños. Una fuerza arrasadora irrumpiría desde adentro de cada ser humano, clamando por Dios. La gente daría un salto hacia lo espiritual y esto modificaría las reglas del juego.

A George le gustaban los desafíos. "¿Los Conspiradores buscados tendrán que ver con todo esto?", pensó, estudiando los ojos de Mara.

Se quedó inmóvil, como corresponde ante situaciones de riesgo y violencia.

Al recordar un reciente episodio de violencia encubierta, la sangre se le subió a la cabeza por la ira. Hacía apenas un mes, en uno de los días complicados de reuniones, cursos y agenda completa, su secretaria le había dejado un pequeño informe en el sector novedades. Lo enviaba directamente el presidente de la corporación a sus altos mandos. Por el momento era una invitación, pero George presintió que atrás de esa inocente fachada se estaba preparando algo que no le gustaba en absoluto. El presidente de la corporación enviaba un informe sobre el Proyecto Genoma Humano, financiado y apoyado por las corporaciones más importantes del mundo.

"La lectura de Genoma Humano será un enorme logro científico, comparable con la fusión nuclear, pero acorde con los tiempos, mucho más personal", rezaba la carta. "Ante las futuras décadas de enorme incertidumbre individual y globalización colectiva, el Proyecto Genoma Humano ofrece la posibilidad de tener acceso a un perfil genético individual".

George se sintió halagado en un primer momento, pero esta sensación de privilegio por su posición en la empresa se diluyó cuando siguió leyendo.

Podía conocerse el perfil genético individual gracias a un estudio detallado de las características heredadas de los antepasados. El informe exponía la idea científica de que cada organismo transmite a su descendencia una copia de sus genes que, al combinarse, forman el genoma del nuevo individuo. Cada característica del nuevo ser estaba predeterminada: su posible color de ojos, su contextura. Y no sólo eso: su psique actual.

¿Y de qué le servía saber todo esto a la corporación? Las probabilidades de alcanzar el éxito también podían ser detectadas. Estos datos daban valiosa información sobre la probable resistencia del individuo a las presiones, al estrés, a la creciente competencia. Los conocimientos acumulados por la línea genética podían pesquisarse, de manera que algunos individuos serían material más valioso que otros. Al mismo tiempo, también se registrarían las angustias, las inestabilidades, las trabas. Por algunos experimentos y primeras estadísticas se sospechaba que en toda línea genética predominaban el miedo y la frustración. Sólo algunos casos se salían de la regla.

George se había quedado mirando la foto sonriente del presidente de la corporación. La carta personalizada firmada de puño y letra por R. P. Morgan, Presidente, lo había dejado sin aliento. ¡Esta propuesta era una invasión total a la privacidad! No era ética y tenía fines manipuladores.

Al pie del informe-invitación estaba el logo de "Rogermara", la consultora del P.G.H., el Proyecto Genoma Humano, financiado generosamente por la corporación. Ese día fue decisivo para George. Con toda cordialidad, declinó la invitación a hacerse el estudio genético. Al mismo tiempo, decidió tomarse esas vacaciones largamente postergadas.

El destino del viaje estaba marcado desde hacía tiempo y ahora, con más razón, era irrevocable. La carta de Morgan sólo confirmó su presentimiento, la información genética sería fundamental para las próximas décadas. Tenía que protegerse, recuperar sus raíces, sentir que pisaba tierra firme, saber quién era y hacia dónde iba. Recordó esa punzante angustia que le atravesaba el corazón ante las evidencias de que él, como tantos otros "ganadores", estaba siendo manipulado. Aunque pusiera distancias, aunque tratara de ser consciente de las reglas del juego.

La corporación colaboraba con el P.G.H. con fines muy obvios, pensó, angustiado. Ya no bastaba con el test psicológico, con el chequeo del estado emocional efectuado todos los meses, con los cursos de motivación personal...

El próximo paso sería lograr el control absoluto del individuo y su despersonalización... el robo más grande de energía jamás concebido. Seríamos despojados de nuestra herencia, de nuestras raíces, de nuestras fuerzas ancestrales. Sin pasado, sin características individuales, sin diferencias, podríamos ser moldeados de acuerdo con las necesidades vigentes.

George había seguido leyendo indignado el amplio informe que hablaba de las bondades de tener acceso a un perfil genético individual. El próximo paso, decía la consultora "Rogermara", sería la alteración genética, decidida por el mismo equipo. Se podrían borrar partes del conocimiento adquirido en el pasado, para poder así incorporar recursos muy necesarios para el individuo, como la eficiencia, la disponibilidad y un mayor rendimiento. Esto redundaría a las claras en un gran beneficio para los privilegiados, que tendrían acceso a esta medicina de avanzada. Sería un tratamiento infalible. "George, te felicito, tú has sido uno de los elegidos", firmaba el informe R. P. Morgan, sonriendo desde la foto color.

"¡Esto es sólo para manipularnos!" reflexionó George, mirando, a través del cristal templado del piso 54 de su despacho cómo se encendían las luces de Nueva York. Inmediatamente, antes de que fuera demasiado tarde, ordenó un pasaje para Estambul, lugar de origen de su familia y avisó de su licencia.

"Y aquí estoy, en medio de un ataque de algún grupo terrorista", pensó George, el judío americano, que buscaba sus raíces mientras miraba la botella de vino turco y apretaba, furioso, la servilleta entre sus manos.

El rostro de la que comandaba el grupo, una tal Mara, le resultaba extrañamente familiar. "¿Dónde la he visto?", se preguntó mientras miraba los ojos de la mujer. De pronto recordó la fotografía de la presidenta de Rogermara S.A., que sonreía al pie de la carta confidencial al lado de R. P. Morgan. Estaba seguro, correspondía a la misma persona que en ese instante le apuntaba con una escopeta de caño recortado.

–El sobre negro de la Conspiración llegó puntualmente a destino –dijo un ángel que presenciaba la escena–, ya está en la Recepción de su hotel, aunque George todavía no está enterado. Las coincidencias están rigurosamente programadas por el orden invisible. George no sabe que este sobre va a ser decisivo en su vida y que él colaborará entusiastamente con la causa de los alquimistas desde el preciso momento en que tome nota de su contenido. Lo hará con pasión, como todo lo que emprende, guiado por una misteriosa voz interna y por su corazón. No bien llegue al Mercado, un guía de la tradición judía, ya avisado por los alquimistas, le indicará dos puertas, dos alternativas.

–Y él también –dije– dará comienzo a la NIGREDO, al igual que yo lo hice.

–George elegirá, y allí verá la realidad del toro y su juego mortal –susurró con dulce voz un ángel con aspecto adolescente–. Confío en su elección.

–El sobre negro contendrá un primer salmo para la liberación –continuó el primer ángel observando al grupo armado que había irrumpido intempestivamente en el palacio–. La Conspiración le hará llegar, quién sabe en qué lugar, un segundo sobre negro con las instrucciones para continuar el viaje y encontrar su fuerza ancestral a través del segundo salmo.

–Nosotros debemos estar atentos para ayudarle, en caso de que nos invoque –propuso el ángel que parecía ser responsable del grupo en misión especial.

–Finalmente dará el salto hacia Dios, con el que había soñado a través del tercer salmo –comentó un tímido ángel de piel traslúcida y luminosa–. George todavía no sabe nada de esto, pero le falta muy poco para abrir el primer sobre negro.

–¿Quién sabe? Quizá llegará al maestro Amir mucho más rápido de lo pensado –dijo un hermosísimo ángel de mirada transparente mirando directamente al espejo. Me guiñó un ojo y se sonrió, ya no podía ser por casualidad...

Respondí con una tímida sonrisa.

El espejo se iluminó.

–Con cada día que pasa, más bien, con cada hora, la Conspiración se hace más y más fuerte –comentó otro ángel de cabellos dorados, sentado en un almohadón rojo.

–Es probable que los sobres blancos lo lleven al Este de Turquía, cerca del monte Ararat, desde donde Noé repobló la tierra –dijeron al unísono varios ángeles en el lenguaje de los pájaros–. O quizás el Camino de los Misterios lo conduzca hasta Harram. Allí, dicen las tradiciones, Abraham recibió por vez primera la ley de Dios. Los tiempos se confabularán para que su presencia coincida con el día del Perdón.

–En alguna antigua, muy antigua sinagoga rupestre, se hará semilla, se hará niño –dijo dulcemente el ángel de mirada transparente–. Pedirá a la Ruah Santa un camino nuevo... Entonces, el regreso al vientre de la vida será desencadenado por el primer salmo de la ALBEDO, obra en blanco... "Tú visitas la tierra, tú la riegas..." –susurró emocionado, recordando las estrofas de la oración alquímica de la tradición hebrea.

–"Tú la colmas de riquezas, tienes agua en abundancia para repartir..." –continuaron todos a coro, mientras Mara y su grupo buscaban infructuosamente, entre los almohadones de seda, alguna señal, algún rastro de los Conspiradores.

–La gestación del nuevo ser será cuidada por el segundo salmo y el nacimiento será desencadenado con el tercero... –concluyeron diciendo a coro los ángeles.

Mientras, los representantes de la realidad y el orden establecido, al no poder hallarme, se miraron unos a otros con el amargo sabor de la derrota reflejado en sus ojos fríos y calculadores.

Un estremecimiento recorrió la espalda de Mara; Roger miró hacia el techo. Tenían la extraña sensación de ser observados, sería mejor irse de allí cuanto antes.

Me reí mucho al ver la triste retirada de los Comandos reflejada en el gran espejo redondo de la habitación. Con todo detalle y en visión panorámica vi cómo abandonaban precipitadamente el salón de los almohadones rojos. Se retiraban los Consultores del Proyecto Genoma Humano, los eficientes Representantes del orden y del progreso.

George regresaba al hotel y se encontraba con el primer sobre negro, que le fue entregado apenas ingresó en la recepción. Hizo abstracción de lo que acababa de suceder con la tal Mara, y leyó el contenido del sobre. Si bien él y su familia pertenecían a un acaudalado grupo de textiles, su padre había emigrado de Turquía para establecerse en Nueva York, antes de que él naciera. Tenía el dato exacto de cuál era el negocio de venta de sedas de Oriente que había pertenecido a su abuelo y después a su padre, en el gran Bazar. Todavía recordaba algunas palabras en hebreo y en turco, sería fácil encontrar la tienda de sus ancestros.

Y allí, elegiría la puerta.

Volví a enfocar en el espejo el palacio de Topkapi. En medio de la precipitada salida y ante el bochorno de sus acompañantes, Mara tropezó y cayó de bruces en el piso, enredada sin saber cómo en los desatados cordones de sus zapatos.

Tratando de pasar inadvertidos entre los parroquianos, fueron vistos esa misma tarde, fumando narguiles sin control, en un concurrido café de los alrededores del Mercado.

María de Varsovia observó el cielo a través de la ventanita redonda del laboratorio, acariciando una hermosa paloma blanca... Recordó los bellos atardeceres que había visto en Estambul en ocasión de recorrer sus mercados y sus palacios en busca de su propio sueño, pero de esto hacía ya mucho, mucho tiempo...

En el fumadero de opio, un elegante parroquiano de anteojos negros meditaba mirando a dos oscuros personajes que fumaban sus narguiles. "Llega un momento en la obra alquímica", pensó, "en que todo se ubica en su lugar: lo sutil asciende y lo denso se precipita al fondo del atanor".

En medio del humo del opio, Roger no entendía lo que había sucedido. Estaba apesadumbrado... y se preguntaba sin cesar cuál sería ese poder absoluto que les estaba ganando la partida. "Las oraciones", pensó, "deberíamos haber puesto más énfasis en encontrar esas oraciones".

Pero después reflexionó. ¿De qué servirían? No sabrían cómo utilizarlas. Ellos eran pragmáticos, iban a los hechos concretos y no perdían el tiempo rezando. Mara estaba francamente borracha, tendría que llevarla hasta el hotel y no se le podía hacer ningún comentario. Roger tuvo de pronto la extraña sensación de que estaban siendo vigilados...

"¿Qué explicación les daremos ahora a los mandos superiores sobre nuestro fracaso?", pensó y repensó sin encontrar la respuesta.

Se levantó: debía ayudar a Mara a salir de allí cuanto antes. Ésta repetía, presa de un extraño desvarío:

–Tú eres el elegido. Sí, tú, el de espaldas anchas, mañana salimos para el Caribe.

"No sé de qué se trata", pensó Roger desolado mientras la sacaba con dificultad del asiento. "¿Qué tendrá que ver el Caribe con esto?"

El último rayo de sol de la tarde atravesó el recinto en medio del humo de los narguiles. En ese preciso momento, el parroquiano de anteojos oscuros, sentado a una mesa contigua, comprobó lo que sospechaba: ¡ni Roger ni Mara tenían sombra!

Dergah

Me desperté con el cielo todavía cubierto de estrellas. La luna en cuarto creciente se recortaba contra el fondo oscuro pintado por la noche de Estambul. Hoy era el tercer día, el último; si no encontraba señales de mi sueño... ¿Qué pasaría conmigo? Alejé los negros pensamientos tomando aire de mi cielo interior, tal como me había enseñado María. Sentí que ya vendría la respuesta.

No tenía idea de a dónde ir cuando saliera el sol. Podía subir a la torre más alta de la ciudad, la torre Gálata, mirador de conquistadores y guerreros. Quizá desde las alturas, en algún lugar de Estambul, repentinamente brillara una luz para señalarme que allí me estaba esperando mi sueño, mi anhelo más querido.

O bien iría hasta la estación de trenes, donde en otros tiempos arribaba regularmente el Orient Express, el famoso tren que unía París con Estambul. Había transportado tantos sueños... "Quizás entre ellos estará el mío", pensé, mirando al Bósforo por la ventana del hotel. Pero recordé que el Orient Express ya no funcionaba más: fue reemplazado por un práctico vuelo en jet.

Podría ir al Mercado Egipcio y percibir, entre el aroma de especies y perfumes exóticos, alguna señal orientadora. O quizá tomar una barca de las que recorren lentamente el estrecho del Bósforo, zigzagueando de costa a costa, de oriente a occidente; y así, tal vez, navegando entre dos continentes, arribaría al puerto soñado.

Preparé mi mochila, quizá para no regresar al hotel. Si tampoco hoy encontraba mi sueño, la Conspiración de la Gracia tendría que hacerse cargo de llevarme de vuelta a Varsovia, así como me había traído.

Abrí la bolsita de flores que me había preparado María de Chipre y leí nuevamente el papel donde había anotado mi sueño, Sí, es verdad, era un poco ambicioso, pero no imposible de obtener. Después de todo, ¿cuántas veces en la vida a uno le dicen "pide lo que quieras, te será concedido"?

Podía haber pedido algo más alcanzable, cómo decirlo, más parecido a un sueño típico. Quizá mi pedido hubiera sido muy distinto antes de entrar en la caverna del castillo de Wawel en Krakovia.

Pero ahora, después de todo lo sucedido, algo en mí había cambiado definitivamente. Un extraño fuego interior me empujaba a llegar hasta lo máximo y a arriesgarme a pedir y a obtener mi sueño. Sí... el Mercado del Oro tenía una parte de él, pero eso no era todo ¡Yo quería más!

También Topkapi, con su historia de amor apasionado y loco, sus placeres y sus bellezas, se parecía a escenas de mi sueño. Pero ya Ahmed se había encargado de demostrarme que el amor tiene que ser libre como un pájaro al viento para no transformarse en una parodia por la que se paga el alto, altísimo precio de entregar al otro el propio poder.

¡Ese día encontraría mi sueño, estaba decidida! Aunque tuviera que recorrer Estambul de punta a punta, me dije con firmeza. Hasta pensé en volver al embarcadero del Bósforo, quizá lograría alguna pista preguntándoles a las sirenas. O bien podía regresar a la tienda del hada, o tal vez Alaeddin supiera algo. Sin embargo, enseguida me di cuenta de que mi intuición tenía la clave.

El sol se asomaría en unos instantes tras los cientos de alminares de Estambul. Recordé enseñanzas de los cabalistas hebreos: el amanecer es un momento único, los doce minutos del diario triunfo de la luz sobre la oscuridad tienen un tremendo poder.

Cerré la puerta de la habitación en el mayor silencio y bajé rápidamente por las escaleras. En unos minutos me encontré en la calle Istiklâl Caddesi, estaba desierta. Estambul dormía plácidamente mientras el sol se asomaba despacio en el horizonte. Sin pensar, me dejé llevar en dirección al naciente caminando al ritmo de la respiración que liberaba las tristezas y atraía la alegría.

Entonces... lo vi. No había dudas: era un magnífico unicornio blanco. Estaba parado en medio de la calle desierta, la brisa de la mañana agitaba sus largas crines. Cuando me vio, comenzó a caminar en dirección este. Lo seguí sin dudar, ya conocía el significado de su presencia.

Después de recorrer escasos trescientos metros, escuché de pronto una suave música y una voz profunda y monótona que entonaba canciones que yo no comprendía, muy parecidas a un *mantram*.

El unicornio se detuvo en el lugar exacto de donde provenía el canto, un edificio de aspecto común e indefinido. Podía tratarse de una casa o de una oficina; una alta reja cerraba el paso a un patio de palmeras. El edificio de una planta estaba construido en el límite mismo de la vereda. Una placa de bronce decía simplemente: DERGAH. Esto no me aclaraba demasiado.

¿Significaba algo haber llegado a este lugar? ¿Por qué no tenía ganas de moverme de allí? Cuando me di vuelta, el unicornio había desaparecido. De todos modos él no podría responder a mi pregunta.

Me senté en el piso, apoyé mi espalda sobre la reja y entrecerré los ojos escuchando la música. Me sentía tan, tan bien que ni siquiera me preocupé por indagar de qué se trataba.

Los pájaros de la tristeza habían volado todos muy lejos y yo respiraba con placer el aire fresco de la mañana. No sé en qué momento comencé a comprender la letra del canto:

Ven nuevamente,
ven nuevamente quien quiera que seas
Ven así seas musulmán, pagano,
judío, cristiano o zoroastriano
Nuestro Dergah no es el Dergah
de la desesperación.
Regresa aquí, aun si has quebrado
tus juramentos de arrepentimiento
cientos de veces.

Las palabras que entonaba esa voz apacible me traspasaron el alma.

–Ven nuevamente... quien quiera que seas –dijo a mis espaldas, atrás de la reja, una voz conocida. Era Alaeddin, que abrió la puerta de hierro con su sonrisa de picardía y buen humor.

Alcé la mano para saludarlo.

–Te estaba esperando –dijo a modo de bienvenida.

–¿Dónde estoy? –pregunté, aunque mucho no me importaba.

–Éste es el Dergah, el centro derviche de los "danzantes" –me contestó Alaeddin–. Es también llamado Tekke.

–¿Qué sucede aquí? –pregunté desorientada.

–El Dergah es un monasterio derviche dirigido por un *sheyh* o monje sufí. Aquí se realizan las danzas rituales llamadas *sema*. Verás algo deslumbrante: los derviches giran y giran alrededor de su eje hasta entrar en éxtasis. Es lo más parecido a un estado de felicidad.

Atravesamos el patio de palmeras y llegamos a una gran puerta de madera labrada. Cerca de la entrada, un magnífico pavo real con la cola fantásticamente desplegada me dejó sin aliento... Parecía una escultura, inmóvil y majestuoso. ¿Sería una visión?

–Deja los zapatos afuera –dijo Alaeddin, sin prestar atención al ave. Ya había varios pares acomodados en el costado de la pared.

–Están danzando desde anoche, algunos turistas tenían el dato y vinieron a presenciar la ceremonia.

Había oído hablar de los derviches danzantes, pero no sabía dónde encontrarlos y jamás me imaginé llegar tan fácilmente a ellos. Y menos, guiada por un amanecer, un unicornio blanco y un canto lejano.

–Siéntate enseguida apenas entremos –casi ordenó Alaeddin–. Yo sé que estás preparada para ver cosas nunca vistas, de lo contrario jamás habrías llegado hasta aquí, pero... afírmate bien en el piso por si acaso te marearas y perdieras el equilibrio. Las danzas de poder intensifican la energía de las personas hasta niveles altísimos; incluso pueden hacerlas levitar.

Diciendo esto, abrió la pesada puerta de acceso y nos encontramos en el borde de un recinto circular con piso de madera y techo cónico.

Entonces vi una escena deslumbrante... Girando en círculo, totalmente en éxtasis, los derviches danzaban vestidos de blanco.

Nos sentamos inmediatamente en el piso, en una especie de ronda formada por los espectadores que rodeaban la pista.

La voz que cantaba ritualmente pertenecía a un personaje de lo más misterioso. Iba coronado, como todos los bailarines, con un altísimo sombrero cilíndrico de paño marrón. Cantaba rítmicamente las palabras del llamado, acompañado por un grupo de músicos cubiertos con capas negras.

Los instrumentos eran flautas, tambores dobles, violines, extrañas mandolinas y címbalos.

–"Ven... quienquiera que seas, ven"... –repetía el canto.

Alaeddin se había sentado muy cerca de mí, observando mis reacciones.

–Estoy bien –le aseguré para que se tranquilizara, un poco molesta por su excesiva preocupación.

–No se te ocurra levantarte –volvió a advertirme murmurando en mi oído–. Los derviches, los "danzantes" son seres especiales. Nómades, vienen en caravanas desde el centro de Turquía desde un lugar llamado Konya, donde tienen su principal punto de reunión. Konya es también llamada Iconium.

–No sé quienes son, pero jamás vi a personas tan felices –exclamé con un nudo de emoción en la garganta.

No había mujeres danzando: los derviches debían ser exclusivamente hombres según la tradición musulmana. Giraban silenciosamente sobre sí mismos, en círculos perfectos. Los brazos extendidos, como abrazando al universo, una palma dirigida al cielo, la otra hacia la tierra. Jamás interferían en sus espacios individuales mientras danzaban. Se movían con una misteriosa armonía, muy parecida al giro de las esferas en el espacio celeste. Los derviches se desplazaban sin rozarse y sin detenerse en su girar continuo.

–Son adoradores del amor en todas sus formas –la voz de Alaeddin venía de lejos–. Se entregan al universo, viven apasionadamente, aman la vida concreta... saben que sólo se crece a través de las experiencias. Ven a Dios en cada ser humano, confían en su bondad y creen en los sueños. Conocen a la perfección las leyes del cielo y de la tierra. Danzando unen el mundo divino con el humano en un éxtasis continuo.

Mis ojos no podían despegarse del abrazo derviche: abierto de par en par, amando a la Creación.

–Ellos dicen que el amor es tan poderoso que por su sola presencia ahuyenta al mal, por eso no tienen miedo. Los derviches danzan con la vida, con las dificultades y con las oportunidades por igual. Y, sobre todo... con sus sueños.

En el centro del templo derviche, claramente dibujada sobre el piso, resplandecía un águila bicéfala.

–Lo secreto y lo develado –susurró Alaeddin en mi oído–. Kairos y Cronos...

–El *sema*, o danza ritual, se realiza al compás de los poemas místicos –dijo dejándose llevar por el canto–. Escucha...

–Ven... –decía la voz–, pero no te unas a nosotros sin tu música.

Despiértate ahora y ven
a tocar los tambores.
Estamos en éxtasis... mareados,
pero no a causa del vino
hecho con uvas del viñedo.
Cualesquiera sean tus pensamientos
acerca de nosotros,
estamos lejos... muy lejos de ellos.
Ésta es la noche, la noche del sema,

giramos en éxtasis danzando y danzando.
Aquí hay luz, luz... sólo luz.
El verdadero amor
dice adiós... adiós a la mente.
Hoy di con nosotros
adiós, adiós... adiós a tu mente.
¡Esta noche nuestro corazón late alocado
ansiando el beso del cielo!
Ven sólo si tu corazón está en llamas.
Si es así, entonces ven.
Ven, ven... y no digas nada.
Estamos hechos de sentimientos, pensamientos y pasiones,
el resto es ilusión.
Ven a danzar con nosotros... somos el alma del mundo.

Los derviches danzaban girando y girando al compás del poema.

–Éste es mi sueño –susurré sin dudarlo–. ¡Quiero ser parte de este mundo que danza!

–Entonces pide que se realice tu deseo... –murmuró Alaeddin–. ¡Ahora mismo! Pídelo y te será concedido.

Saqué mi papelito. Lo llevaba junto a mi pecho, bien protegido en el saquito amarillo perfumado de flores.

–Cielo... –pedí intensamente, cerrando los ojos y pronunciando una a una, las palabras en secreto.

–¡Qué sueño ambicioso! –comentaron las hadas, mirando a la peregrina que venía de tierras lejanas. Habían escuchado varios pedidos al cielo, todos sinceros y auténticos: riqueza, salud, amor, alegría... Pero éste era genial, porque contenía todo eso y mucho más.

Ser feliz.

"¿Por qué nadie se atrevería a pedirlo?", se preguntó un hada girando entre los derviches. ¿Es que los humanos se habían olvidado de que es posible obtenerlo?

–Como sabios alquimistas, los danzantes conocen el secreto de estar justo en el medio, entre la tierra y el cielo –alcancé a escuchar la voz de Alaeddin–. Justo en el medio...

Los derviches giraban y giraban acompañando mi pedido. Sus manos izquierdas extendidas en dirección a la tierra parecían enviarme todo lo que recibían del cielo con las derechas.

En ese preciso momento... ¡algunos comenzaron a elevarse! Giraban, volaban, grandes pájaros blancos con los brazos extendidos como alas. Bajaban y subían alternativamente con la gracia absoluta de dominar el misterio de planear por el aire tan impecablemente como cuando danzaban sobre la tierra.

Alaeddin me sujetó muy fuerte mientras yo contenía el aliento. Había sucedido ya más de una vez: los espectadores muy sensibles levantaban vuelo junto con los derviches.

–Es mejor ser cautelosos –dijo–, avanzar paso por paso. Primero es necesario aprender el gran arte de danzar sobre la tierra. Cada cosa en su momento, ya llegará el tiempo preciso para aprender el resto.

María, en el laboratorio de Varsovia, disminuyó el fuego.

–Puede calcinarse la materia prima –murmuró–. Es preferible no correr el riesgo.

A juzgar por las condiciones que observaba en el atanor, la obra alquímica iba camino al éxito.

La piedra filosofal no tardaría en aparecer y brillaría como una estrella en el fondo del crisol, en medio del rojo más intenso de la RUBEDO.

María entrecerró los ojos. Dormitando sentada al lado del atanor, estaba tranquila. Jurek y Marysia se quedarían despiertos, cuidándolo.

María de Varsovia soñó con vuelos fantásticos, con danzarines perfectos que giraban alrededor de su eje como suspendidos del cielo. Soñó con un magnífico pavo real que extendía su cola multicolor en un jardín de Estambul, en un despliegue de plenitud y de gracia. No supo si lo había soñado o lo vio con sus propios ojos... Un colorido grupo de criaturas estaban reunidas en el patio de los derviches, bajo la luna llena.

Había ángeles, hadas, gnomos y un unicornio blanco.

–¿Qué hacen aquí? –les preguntó en el sueño.

–Estamos esperando el amanecer, partiremos no bien salga el sol con los aspirantes a alquimistas y los derviches, pues formaremos parte de la caravana.

María se sorprendió al ver que quien había contestado a su pregunta había sido Cupido, tranquilamente sentado sobre un banco de piedra, acomodando sus flechas de oro en el carcaj.

La voz de Marysia la despertó de improviso...

–¿Sabes adónde se fue el perro negro? Desapareció.

–Su dueño lo ha llamado –contestó María con voz somnolienta–. El perro debe entregarle algo vital. Falta poco para la culminación de la obra.

La caravana

Las danzas sagradas continuaron durante todo el día. Ni Alaeddin, ni los turistas, ni yo nos dimos cuenta del tiempo transcurrido.

Cuando los derviches comenzaron a detenerse suavemente, uno a uno, retirándose del círculo central, Alaeddin dijo:

–Es hora de partir.

Su voz me sobresaltó.

–¿Tienes tu equipaje contigo?

–Sí –dije, y señalé mi mochila–. ¿A dónde vamos?

–Los derviches parten hacia Göreme, iremos con ellos,

–¿Pero hacia dónde nos dirigimos realmente? –insistí–. ¿Tú vienes también?

–A la Capadocia, Amir nos está esperando. Un grupo de turistas también vendrá con nosotros, no debes comentarle nada a nadie.

–¿Por qué? –pregunté sorprendida.

–En esta etapa el viaje es individual, creo que ya lo sabes. Si reconoces a alguien y tienes la certeza de haberlo visto en alguna parte del camino, no lo demuestres. Hasta la finalización del Camino de los Misterios o de la obra alquímica, como quieras llamarla, no se abre el atanor con comentarios. Ya habrás notado que sólo hablamos lo necesario, pues toda transmutación se parece a una gestación. Hay un antes de oruga. Hay un después de mariposa. Entremedio, el capullo está cerrado. Entremedio, el atanor es hermético. Muchas veces arruinamos la realización de un sueño por comentarlo antes de tiempo.

No bien terminó el rezo de la tarde y el cielo de Estambul comenzó a teñirse de un rojo profundo, el guía me avisó que partiríamos con los derviches. Una impecable y deslumbrante fila de autos rojos esperaba frente a las puertas del *Dergah*.

Los derviches estaban vestidos a la manera occidental. A simple vista, nadie diría que se trataba de una peregrinación. Los derviches ya no viajaban como lo habían hecho en otros tiempos, en largas caravanas de camellos o cabalgando sobre bravos corceles. El grupo se parecía más bien a un elegante tour privado; me sorprendió el aspecto europeo de algunos. Alaeddin y yo iríamos con dos de ellos en el mismo auto, mi guía me advirtió que entre los derviches había Conspiradores provenientes de varios países.

–Hay muchísimos occidentales que son fervientes sufíes. Es decir –aclaró Alaeddin–, hay sufíes hindúes, persas, árabes, americanos, europeos. Los de origen turco son en general derviches, ésta fue la tribu nómade que tomó el camino esotérico del Islam, denominado Vía Sufí; aún hoy conservan costumbres ancestrales de su origen, como por ejemplo el nomadismo. Hay dos maneras de ser sufí: entre los derviches danzantes hay monjes y laicos.

Alaeddin y yo subimos al asiento trasero de uno de los autos de la moderna caravana, esperando la llegada de nuestros acompañantes.

–Viajaremos toda la noche –dijo Alaeddin–, para cubrir la distancia de poco más de quinientos kilómetros que separa a Estambul de Göreme, la ciudad santa de Capadocia. Vamos a atravesar la Anatolia, tierra de hititas, frigios, persas, romanos, cristianos, turcos y hasta celtas.

–¿Celtas? –pregunté.

–Sí, galatianos. Hablaban un idioma similar al galés. Verás las siluetas de las montañas, las de los templos romanos, las de las mezquitas y las de iglesias cristianas bizantinas. Esta tierra es puente entre Oriente y Occidente y presenció las más increíbles historias. ¿Recuerdas el relato bíblico del diluvio?

Por supuesto que lo recordaba, y también que Noé fue el primer alquimista.

–Konya, la tierra de los derviches –continuó Alaeddin, mirándome fijamente–, está situada en la primera tierra que emergió después del diluvio. Parece ser que es por eso que la Anatolia ejerce una gran fuerza magnética sobre los hombres sagrados.

Sentí que se iban develando todos los enigmas del Camino de los Misterios.

–En el siglo I d.C. –siguió explicando Alaeddin–, Konya, en ese entonces la Iconium del Imperio Romano, recibió a San Pedro y a San Barnabás. Konya fue, asimismo, la primera ciudad en surgir después del diluvio. Casi al mismo tiempo nacieron Nevsehir, Kayseri y la ciudad santa de Göreme. ¿Comprendes la similitud con el diluvio?

–Quiero saber…

–Como las tierras después del diluvio, una historia desconocida e inquietante estaba surgiendo debajo de la historia oficial. No es por casualidad que los cristianos primitivos partieron hacia allí en peregrinación. Estaban regresando hacia las fuentes del conocimiento. Ellos eran iniciados y alquimistas. Como los derviches, como los judíos desde las más remotas épocas. La Anatolia fue cuna de la sagrada alquimia, y hoy retornamos allí para recibir esa fuerza originaria que une todos los credos bajo la misma estrella. La que iluminó la noche después del diluvio, la que dio comienzo a una nueva humanidad cuyo mandato de evolución llevamos en los genes.

En ese momento llegaron nuestros compañeros de viaje, y se sentaron en los asientos delanteros. La caravana iba a partir. No pude ver sus rostros debido a la oscuridad, pero el solo recuerdo de sus vuelos danzantes me erizó la piel.

–La estrella de la alquimia hace que las oraciones de cualquier credo tengan el mismo efecto –aclaró Alaeddin, el informante de la Conspiración–. Un salmo, un Padre Nuestro, una oración sufí son igualmente poderosos. Otorgan la inmediata protección y liberación a quien las pronuncia.

Partimos bajo la noche estrellada. La distancia se iba acortando más y más. Por fin conocería a Amir, pensé, mirando la silueta de los enigmáticos personajes sentados en el asiento delantero.

¿Qué me esperaría en Göreme? No me atreví a romper el silencio. Por la ventanilla cerrada veía el macizo oscuro de unas montañas cercanas. La luna, en cuarto creciente, iluminaba el paisaje con una luz plateada. Me parecía increíble estar atravesando antiguos caminos de alquimistas, sentía algo parecido a la bienaventuranza.

¿Sería la energía de los derviches? ¿Sería que mi pedido se estaba haciendo realidad?

Mientras tanto, Mara, Roger y unos pocos ayudantes, que todavía no habían desertado, deambulaban por las calles de Estambul, con la extraña certeza de haber perdido para siempre todo rastro de Conspiradores.

María de Varsovia se despertó. Tenía que enviar a un ángel mensajero, lo recordó al verlos en sus sueños. Amir le había pedido que le notificara la llegada de todos y cada uno de los aspirantes a la revelación del Camino de los Misterios.

Y el momento había llegado. Se había atravesado la dura NIGREDO, obra en negro, y la purificadora y poderosa ALBEDO, obra en blanco. Se había hecho el pedido al cielo. Ahora, la Materia Prima se encendería en el atanor con el fuego ardiente de la RUBEDO, obra en rojo.

El desenlace era inminente...

Amir

Las primeras luces del día iluminaron los rostros de los peregrinos del auto rojo. Los derviches no habían hablado ni una sola palabra durante los quinientos kilómetros del camino. Tampoco se habían dado vuelta, sólo podía ver sus cabellos oscuros y cortos. El paisaje de la Capadocia tenía un extraño parecido a una topografía lunar. Las montañas áridas y secas estaban horadadas por... ¡puertas y ventanas! La gente del lugar vivía en cuevas, las aldeas que figuraban en los carteles eran esos extraños colmenares, incrustados en las laderas casi verticales de las montañas.

El camino iba serpenteando en medio de elevaciones rocosas o transformándose en una prolija recta, bordeada ahora por cónicos promontorios. El cielo del amanecer se tiñó de rojo...

De pronto, uno de los danzantes se dio vuelta. Sobre su pecho brillaba una estrella de oro...

Los ojos de fuego más inquietantes de todo el Camino de los Misterios me miraron, dejándome sin aliento. Aparentemente, él también se alteró con mis ojos azules a juzgar por su expresión. Aunque, según dicen, las personas que dominan por igual el arte del vuelo y de la danza sobre la tierra son imperturbables.

Aquello, que duró apenas unos instantes, quedó como un secreto entre nosotros. Presentí que Ojos de Fuego conocía muy bien el poder del silencio y la ley del tiempo.

De pronto oí una voz infantil:

–La mirada está cargada con todas las pasiones del alma y tiene un poder mágico que le otorga una terrible eficacia.

¿Quién sería? Ojos de Fuego giró la cabeza imperceptiblemente como si también hubiera oído la voz, que ahora decía:

–La mirada es el instrumento de las órdenes interiores... fascina o seduce, da vida o mata.

Miré en todas direcciones, nadie había hablado. Esto ya era gracioso.

–Hay miradas que encienden en pocos segundos una intensa historia de amor, total, apasionada, imposible de resistir.

Escuché una risita conocida a mis espaldas y me di vuelta. Entonces lo vi: Cupido aleteaba y hacía comentarios sentado en la luneta trasera del auto. Mirándome directamente a los ojos, dijo con dulzura:

–Es difícil, convengámoslo, no sucede a menudo. Pero, una vez que el encuentro se produce... ¡el destino se encarga del resto!

En ese momento yo no sabía que ésa era una pequeña infidencia del destino.

Ojos de Fuego pertenecía al futuro y este incidente fue... ¿Cómo llamarlo? ¡Un encuentro adelantado con el porvenir! Sostuve su mirada y, puedo jurarlo,: la mirada tiene un poderoso efecto que transforma tanto al que mira como al que es mirado...

Penetré en los pensamientos del derviche. Hombre de acción y de conocimiento, dueño de mil vuelos y de otros tantos desafíos de guerrero en el mundo concreto, sintió que su futuro estaba marcado por un par de ojos azules que lo habían perturbado para siempre. Supo con certeza que aquél no era momento de hablar, ya que el futuro y el presente no se comunican entre sí con palabras. Para no olvidarse nunca de este instante, grabó en su alma el resplandor azul de los ojos de la peregrina. Ni siquiera conocía su nombre, pero apenas llegara al futuro sabría cómo encontrarla.

No sé si fue un movimiento del auto, pero me pareció verlo temblar.

"El amor verdadero no necesita cadenas, ni promesas, ni seguridades", pensó Ojos de Fuego mirando el paisaje de la Anatolia. "Es libre y fresco como la brisa de montaña que está entrando en este preciso momento por la ventanilla del auto."

En ese momento temblé yo.

Cupido sonrió con expresión triunfante. En su mano derecha sostenía un arco vacío. Con la flecha de oro había atravesado dos corazones uniendo sus destinos para siempre.

En ese instante, todos vimos deslizarse en el cielo de Anatolia una estrella fugaz. "Sin dudas esta es la señal", pensé emocionada. Estoy segura, anuncia tiempos de felicidad.

Las hadas que venían acompañando la caravana comentaron largamente lo sucedido en ese amanecer tan especial.

–Donde hay una incipiente historia de amor, siempre aparecen las estrellas fugaces –acordaron.

Mientras tanto, en Göreme, como lo hacía durante todos los amaneceres, Amir estaba esperando, sentado en el umbral de la gran caverna, las novedades que sabía leer en los cielos.

No todos los días venía el ángel mensajero anunciando el arribo de una caravana. Pero cuando esto sucedía, Amir sentía una alegría incontenible. Como ahora, al divisar un resplandor lejano en el cielo de Göreme.

Aun después de haber recibido a tantos peregrinos a lo largo de incontables años, los nuevos siempre le parecían los primeros. Amir observó la claridad que rápidamente iluminaba la noche en esa fresca mañana de la Capadocia.

El estudio de la alquimia requiere tiempo, mucho tiempo, recordó, acomodando una gran capa sobre el piso. Por eso los alquimistas chinos, entre los cuales tenía varios amigos, le habían proporcionado el elixir de la juventud.

Los alquimistas hebreos lo acompañaron por los senderos del árbol de la vida. Con ellos caminó pacientemente durante años y años. Ellos eran también los más grandes conocedores de la Angelología y, uno a uno, los setenta y dos ángeles protectores le habían ido revelando sus fuerzas sutiles.

Evocó sus años de estadía en Polonia y lanzó un penetrante silbido que atravesó el aire fresco del amanecer.

Polonia fue siempre cuna de grandes alquimistas y en su hermosa casa varsoviana había tenido oportunidad de reunirlos en interminables tertulias. María, una discípula de aquella época, acababa de reconstruir su magnífica morada y su amado laboratorio.

Casi todos los laboratorios alquímicos del mundo estaban siendo reconstruidos y la Conspiración recomponía así las redes energéticas que se habían interrumpido en los últimos siglos de racionalismo. "Por eso", pensó Amir, "a fin de milenio es tan importante la búsqueda de nuestras propias raíces, nuestras fuerzas genéticas".

–No es para ir hacia atrás –dijo en voz baja–, sino para avanzar desde el punto exacto en que por algún motivo hubiera triunfado el miedo en la cadena de genes. Esto puede suceder a causa de una guerra, a causa de alguna opresión, a causa de alguna tristeza que fuera pasando de generación en generación sin que nos diéramos cuenta.

El Camino iba desatando los nudos del alma uno por uno, y así recuperaban las memorias los peregrinos. María había esperado largamente que se diera la sincronía perfecta. Para reconstruir el laboratorio de Varsovia tuvo que llegar alguien que buscaba sus raíces en Polonia. Así se iban restableciendo las redes espirituales en todo el mundo.

La tenue claridad del amanecer fue cubriendo de rojo el límpido cielo. Algunos pájaros comenzaban a despertarse con tímidos gorjeos.

El ángel enviado por María de Varsovia estaba todavía muy lejos. Amir tenía una vista especialmente entrenada, por eso lo había descubierto como un pequeño punto brillante, muy parecido a una estrella. Se levantó para observar el paisaje y vino a su memoria Chipre, uno de sus lugares amados, con sus monasterios enclavados en la montaña, tocando las nubes. Recordó entonces a Gabriel, el excelente alquimista y Conspirador que había sido su discípulo durante tantos años y también a María de Léfkara, madre de aquél, una alquimista nata, bordando los mágicos símbolos que abren puertas y amasando el pan de los sueños.

Habían sido reconstruidos los laboratorios en Francia, Alemania, Hungría y en Italia. Se habían formado infinidad de nuevos laboratorios ocultos en las torres de cristal que tocaban los cielos de Nueva York. También se recuperaron los de América, Rusia, India y China. De la red que el racionalismo interrumpiera a fin del pasado siglo, sólo se habían salvado unos pocos y ésos siguieron funcionando y custodiando los conocimientos alquímicos.

Amir se quedó unos instantes en estado de beatífica meditación. No olvidó unir las yemas de los cinco dedos de su mano derecha con los de la izquierda, formando así el *mudra* de la energía. Respiró tres veces profundamente, dejando que el *prana* o energía universal le atravesara el cuerpo.

Conocía el poder de las manos. Lo había aprendido de los alquimistas hindúes hacía mucho tiempo. Por eso era tan buen prestidigitador. Sonrió para sus adentros recordando su actuación en la plaza de Varsovia: sólo un Conspirador de la Gracia podría reconocerlo cuando transformó el cuervo en una paloma blanca y ésta en un pavo real.

–Hoy es luna llena –recordó al mirar la tenue silueta plateada que desaparecería con el amanecer.

Ya había preparado los elementos para hacer el incienso ritual y este era el momento exacto para consagrarlo. Repasó los ingredientes: Tres partes de incienso en grano, para la elevación. Dos partes de sándalo, para el espíritu. Dos partes de laurel, para la victoria. Una parte de estoraque, para la fortaleza.

Mezcló los componentes en un recipiente de oro labrado, musitando oraciones. Los doce minutos de la salida del sol eran los indicados para hacer la mezcla y la consagración.

Unió los polvos con unas gotas de aceite de sándalo y guardó la pasta en una cajita de jade. Extendió su mano derecha sobre el preparado y, cerrando los ojos, lo consagró ritualmente. En ese momento vio que las hadas, en silencio y con gran respeto, envolvían la cajita de jade en una seda violeta.

Éste era un detalle que él intencionalmente dejaba sin cumplir: a las hadas les encantaba intervenir pensando que había sido un olvido del alquimista. Amir consideraba que después de haber cumplido tantos años podía delegar algunas pequeñas partes del ritual a sus ayudantes.

A las hadas les encantaba Amir.

–Conoce a la perfección –dijo una de ellas– el misterio de los inciensos, le fue revelado por los alquimistas árabes. Ellos también le enseñaron cómo hacer cirios y óleos consagrados.

–Los alquimistas egipcios –dijo otra, de cabellos rojos– le explicaron el inmenso poder de la palabra escrita. Por eso enseña a los Conspiradores a anotar palabra por palabra su sueño en la etapa del pedido al cielo.

Sentado sobre una piedra, un gnomo dijo con voz chillona:

–Al recorrer el Camino de los Misterios, los aspirantes a alquimistas adquieren un buen entrenamiento en el importantísimo arte de interpretar las señales y los símbolos. Saben que Amir puede presentarse bajo cualquier apariencia para guiarlos hacia la dirección correcta.

Amir volvió a recordar la escena de Varsovia. Cualquier alquimista habría interpretado que la galera negra representa al atanor, del cual salen por orden: un cuervo, obra en negro y una paloma, obra en blanco. Finalmente había hecho aparecer un pavo real, que simbolizaba el triunfo, la obra en rojo, la piedra filosofal.

–Esto es el arte de la transmutación –dijo en voz alta.

Las criaturas sutiles prestaron atención.

–Es llamado, en síntesis, *"solve et coagula"*. Esto significa que, luego de disolver una forma vieja y trabada, se coagula o fija una nueva vida para el aspirante a alquimista. La Conspiración de la Gracia tiene esa bandera. Pretende y sabe que logrará darles las llaves de la liberación a todos los hombres desamparados de fines del siglo XX. Transformará al *homo faber*, ser que sólo busca la realidad material inmediata, en *homo religious,* o Conspirador de la Gracia: ser que busca la trascendencia y el esplendor, no sólo la mera supervivencia.

Repitió el silbido, interrumpiendo por un instante sus pensamientos.

–¡Tráeme lo que te he pedido! –exclamó mirando al horizonte.

–¿Qué estará esperando? –se preguntaron unas hadas que pasaban casualmente por la región en vuelo de reconocimiento.

Amir silbó por tercera vez.

–Debes escucharme –dijo en voz alta.

En ese momento apareció a lo lejos, corriendo a toda velocidad, una pequeña silueta. Se dirigía a la sagrada ciudad de Göreme, excavada en las laderas de la montaña. Era un perro negro, que llevaba entre sus fauces un pequeño libro.

Los ojos de Amir se iluminaron al verlo llegar. El animal abrió la boca y depositó a sus pies el encargo: *Conceptos fundamentales para Conspiradores*.

"Bandido", pensó Amir. "¿En dónde te habrás entretenido? Ya debías haber estado aquí, te distrajiste en el viaje."

El reencuentro fue una explosión de gozo. Después, agotado por la larga travesía, el perro negro se echó junto a él y se durmió. Amir estaba orgulloso de él: había cumplido la misión que se le había encomendado, la de traerle los *Conceptos*, que María de Varsovia le había entregado en el laboratorio.

El maestro se sentó nuevamente en el mirador y retomó el hilo de sus pensamientos. Mis grandes amigos alquimistas, recordó, conocedores de los símbolos vivientes y de su poder, tienen todos, sin excepción, un perro de su propiedad. Ya en la época de los egipcios se conocía la fuerza benéfica de los seres cinocéfalos. Aparecen en todos los frisos de la iconografía en las pirámides. Cumplen misiones específicas de protección en los mundos sutiles y también ofician de guardias custodiando las puertas de acceso a los lugares sagrados.

–Además –sonrió, dirigiéndose a su fiel perro negro, cansado después de la larga travesía de Varsovia a la Capadocia–, ustedes tienen por misión acorralar a los enemigos de la luz. ¡Si los Conspiradores supieran qué buena señal es ver aparecer un perro negro en algún punto del Camino de los Misterios!

El amanecer avanzaba rápidamente iluminando el cielo de Göreme.

Luego de disolver una forma vieja y trabada, pensó Amir mirando al horizonte, el alquimista coagula o fija una nueva vida. La Conspiración de la Gracia tiene esa bandera: pretende y sabe que logrará dar a la humanidad la llave del renacimiento.

De pronto, tuvo un repentino acceso de risa. ¿Cómo podía ser que Mara y compañía y tantos otros agentes del viejo poder no se dieran cuenta de que los "secretos" estaban ocultos en los estados de conciencia superior? Jamás capturarían a un solo Conspirador ni tampoco podrían frenar a la Conspiración de la Gracia; los del viejo poder estaban en vibraciones muy densas.

Los alquimistas cristianos, los más recientes habitantes de Göreme, habían heredado todos estos secretos. Habían llegado a la Anatolia en los primeros años después de Cristo acompañados por su maestra y guía. Se encontraron con este fantástico paisaje de cavernas excavadas en las rocas volcánicas, habitadas por pueblos enteros. A veces, las ciudades eran subterráneas y llegaban a tener hasta ocho pisos debajo del nivel del suelo. De todos modos, era el lugar perfecto para oficiar de refugio. Las grutas excavadas en las montañas son desde siempre lugares alquímicos.

–Qué historias está rememorando –dijo uno de los ángeles que siempre lo custodiaban.

–¿Recuerdan a los sabios ermitaños que también llegaron hasta estas tierras de Capadocia, provenientes de Egipto? –dijo uno de los ángeles, con expresión beatífica–. No intercambiaban palabra con nadie. Durante años y años sólo hablaron con nosotros.

–Sí –contestó otro–. También es imposible olvidar cuando llegó a Göreme, acompañada de Juan, la conductora de las primeras comunidades cristianas y guardiana de los más altos conocimientos de la transmutación.

–María la Virgen –susurraron los ángeles a coro con inmensa devoción.

–Ella fue en sí misma un atanor –dijo un bellísimo ángel visiblemente emocionado.

Al escuchar estas reflexiones de los ángeles, Amir salió de sus recuerdos y observó el icono que la reflejaba fielmente. La Virgen de Czestochowa, con su rostro oscuro y enigmático, increíblemente dulce y protector, era el fiel retrato de María, aquella joven judía de quien hablaban.

"¿Por qué extraños caminos el icono fue a parar a Polonia?", se preguntó el maestro.

Lo ignoraba, pero sí recordaba haber visto algunas copias exactas del mismo icono en Éfeso, lugar de la dormición de María de acuerdo con las tradiciones ortodoxas.

En ese preciso instante, una señal esperada durante largos años, apareció en el cielo de Anatolia.

Amir se restregó los ojos para cerciorarse de lo que estaba viendo. Se lo habían anunciado los alquimistas chinos, los árabes, los hebreos hacía tanto tiempo...

Como todo buen alquimista, sabía leer los cielos y no podía equivocarse. Después de la gran conjunción de Urano y Neptuno, producida en abril de 1992 podía suceder en cualquier instante...

Sabía que, al finalizar el milenio, en el cruce del umbral entre siglo y siglo, vería la señal inconfundible. ¡Y precisamente ahora, delante de los eternamente asombrados ojos del maestro, un cometa enorme atravesaba majestuosamente la mañana de Anatolia! En ese momento se estaba acercando a Göreme el grupo de aspirantes que venía con los derviches en la caravana de autos rojos. Estaban a sólo un paso de convertirse en Conspiradores, apenas les faltaba recorrer el círculo de las bendiciones. ¡La aparición del cometa era un signo claro como el cristal: Amir supo que justamente ellos, por ley de sincronía, serían los encargados de dar a conocer en el mundo entero el Camino de los Misterios, las oraciones de poder y la existencia de la Conspiración de la Gracia!

De pronto, la caravana se detuvo... Sin pronunciar palabra, todos miramos hacia lo alto, cada uno con su propio presentimiento. Un majestuoso cometa se deslizaba por los cielos de Turquía dejando una estela luminosa. Evidentemente, era un mensajero que había venido a anunciar un acontecimiento inefable.

Sentí mi corazón latir rítmicamente, como el tambor de los derviches acompañando un vuelo. "¿Qué significado tiene esta señal?", me pregunté, presintiendo que era extremadamente importante. Desde tiempos remotos los cometas fueron considerados mensajeros de los dioses. "Y con justa razón", pensé, siguiendo la estela luminosa surcar el cielo: "son los miembros rebeldes del sistema solar. Se parecen a los alquimistas".

Después de esta única pausa, a lo largo de cientos y cientos de kilómetros, la caravana continuó acercándose a Göreme en el más absoluto silencio. Sin comentarios, sin detenerse, como si este viaje fuera en realidad un vuelo, o parte de un sueño.

Un poco antes de llegar, mientras anochecía, Alaeddin recordó que tenía que entregarme un sobre rojo. Me lo dio sin decir palabra. Supe que me lo enviaba el enigmático personaje que venía en el asiento delantero de nuestro auto.

Abrí el sobre. La carta envolvía una joya bellísima, un objeto de poder: una estrella de oro.

"Te espero en el futuro", decía simplemente el papel en letras rojas.

El rojo, pensé, mientras mi corazón latía apresuradamente, además de ser el color de la RUBEDO también es el color del amor.

Capadocia

"En el crepúsculo desembarcan los dioses", recordé las palabras de Gabriel en Chipre, sin poder creer lo que estaba viendo en ese atardecer de Anatolia: el lugar al que llegábamos parecía una sucesión de gigantescos hormigueros horadados en la montaña.

El tácito acuerdo de no pronunciar palabra me hizo buscar en mi mochila los folletos que me habían entregado en el hotel. Quizás allí encontrara alguna información acerca del sorprendente paisaje.

El folleto decía que se trataba de lo que, en una época, fue base del imperio hitita, más tarde la Caesarea Romana, pequeño estado independiente del Imperio y finalmente, por más de mil años, centro sagrado de los primeros cristianos.

El volcán Erciyes Dagi, que ahora asomaba sobre Kayseri, es el que originó, decía la información turística, una alucinante topografía de la zona que es conocida como La Capadocia. Una gigantesca erupción acontecida hacía miles de años, quizás antes del diluvio, cubrió de lava y fuego toda esa extraña tierra. "Como si se tratara de una gigantesca NIGREDO", pensé, mirando el paisaje donde el fuego de la transformación había dejado sus huellas. La lava se enfrió con el paso del tiempo y se convirtió en toba, una piedra suave y porosa que fue moldeada por los vientos y las lluvias. Cuando los remotos primeros habitantes de estas tierras llegaron al lugar, se encontraron con que la naturaleza había construido para ellos curiosas viviendas en forma de grandes conos diseminados en el paisaje agreste y montañoso.

"Parecen haber sido esculpidos por un genial artista, un loco e inspirado arquitecto o un alquimista", pensé, contemplando las extrañas pirámides llamadas, curiosamente, "chimeneas de las hadas" por la sabiduría popular. "Es lo más parecido a un atanor", me dije mirando un cono que evidentemente estaba habitado, a juzgar por las puertas y ventanas que en él habían horadado sus antiguos dueños.

La roca blanda y porosa permitió a los primeros cristianos, sus habitantes más recientes, cavar verdaderas ciudades subterráneas para proteger sus vidas amenazadas por las sucesivas olas de invasores.

La caravana se detuvo en una pequeña explanada a un costado de la ruta. La así llamada ciudad santa de Göreme, había sido por varios siglos centro de formación espiritual de los cristianos primitivos, una especie de antiquísimo monasterio mixto. A él llegaban, en busca de entrenamiento espiritual, peregrinos provenientes de todo el mundo antiguo. Y en él recibían su iniciación.

El monasterio de Göreme está totalmente excavado en las rocas volcánicas y en ellas aprecié increíbles frescos, pintados directamente sobre las piedras. Se trataba de iconos, pinturas rituales.

Mi corazón había empezado a latir apresuradamente. La energía que irradiaba el lugar, la anunciada proximidad del maestro, el crepúsculo, sin duda estaban confabulados para que esa tarde fuera tan especial.

El antiguo monasterio tenía un acceso para turistas en un sector que había sido abierto para las visitas. Había también una entrada secreta, como todos los lugares sagrados. Los derviches conocían ese otro acceso, al cual se llegaba por un sinuoso y oculto camino de montaña, y hacia allí nos guiaron.

Al descender, vi que se acercaban algunos integrantes del grupo que había formado la caravana. Tuve que controlarme para no demostrar mi excitación. Reconocí inmediatamente al funcionario de aduana que había sellado mi pasaporte en el vuelo 377. Ante mi sorpresa vi también a la supuesta campesina polaca que recordaba nítidamente del santuario de Czestochowa. Reconocí al desertor caído en la Ciudad del Miedo: bajaba de otro auto, casi al final de la caravana. También, para mi sorpresa, venían caminando en silencio integrantes del grupo de reconstrucción de Varsovia y algunos aldeanos de Léfkara, que identifiqué por sus ropas. Reconocí rostros que seguramente había visto en el Mercado... ¡Nunca había estado sola! ¡Todo el tiempo, sin saberlo, venía acompañada por muchos peregrinos que también estaban recorriendo el Camino! Ellos tenían la misma expresión de sorpresa; nos saludamos en silencio, apenas con una sonrisa.

"Amir nos está esperando", nos comunicó Alaeddin, sin emitir palabra. Señaló con un gesto un sendero que ascendía perdiéndose entre las rocas y unió luego sus manos en el pecho e inclinó su cabeza.

Antes de iniciar el camino a la caverna sagrada de Göreme, volví a ver por un instante los increíbles ojos de fuego que me habían hechizado en el viaje desde Estambul.

–Jamás te olvidaré, Ojos de Fuego –le dije en un susurro–. Te reconoceré aun en medio de una multitud, de esto estoy segura. Un resplandor encendió el aire por unos segundos cuando nuestras miradas se encontraron fugazmente, entre dos tiempos: aquel misterioso presente y el aun más enigmático futuro...

Avanzamos con cierta dificultad por el sendero sinuoso, cavado entre los promontorios de lava, hasta llegar a un espacio a cielo abierto, una especie de patio de piedra iluminado con velas.

Los derviches nos hicieron señas para que nos sentáramos en el piso. Desde el interior de una abertura circular, tallada en una gran caverna, se filtraba una suave luz, y un leve aroma a incienso, sándalo, laurel, mirra y estoraque impregnaba el ambiente circundante. Olí el aire, tal como lo había hecho en los lugares nuevos durante todos mis viajes.

La luna llena surgió entre las nubes iluminando un espacio circular naturalmente formado entre los promontorios de lava.

Alaeddin, Ojos de Fuego y algunos derviches entraron en la caverna. Nadie dijo una palabra, ni se nos hubiera ocurrido hacer una pregunta. Había algo inefable flotando en el aire.

–¿Estaría Amir allí? –me pregunté en silencio.

Una estrella que conocía bien, por haberla visto en el cielo de Chipre, titiló varias veces a modo de respuesta.

–Sí –contestó el ángel.

Se me llenaron los ojos de lágrimas, comprendí que se estaba cumpliendo la última parte del mensaje recibido a mi arribo a Varsovia.

María, Jurek, Marysia, algunas palomas y varios solícitos gnomos y hadas no despegaban los ojos del atanor. Estaban tan concentrados que ni siquiera se dieron cuenta del extraño titilar de la estrella que se veía por la pequeña ventanita del laboratorio. Un rayo de luna rozó uno de los espejos y se reflejó en el atanor.

–Falta poco –susurró María–, muy poco.

En ese momento salieron los derviches y Alaeddin me hizo una seña para que entrara en la caverna. Mis piernas temblaron sin remedio y el tambor que últimamente tenía por corazón latió apresurado.

Al atravesar el umbral me encontré en un gran recinto abovedado, cavado en la roca. Estaba cubierto por innumerables signos grabados en la piedra. También había iconos con figuras del diluvio y un símbolo que se repetía infinidad de veces... Era el sello de la Conspiración.

En el fondo, casi en penumbras, sentado en el piso frente a una vela encendida y un incensario, estaba esperando Amir, El Alquimista.

Me acerqué lentamente hasta encontrarme con sus ojos oscuros e intensos.

Mi corazón se derritió sin remedio... La mirada de Amir irradiaba un amor tan incondicional, que hasta la más diminuta célula de mi cuerpo se rindió ante su irresistible presencia.

Hizo un gesto para que dejara mi mochila en el piso y abrió una especie de arcón plateado de donde sacó una vela de cera. Sin querer, descubrí la conocida capa dorada guardada en su interior. Reconocí entonces al enigmático ser que me había acompañado a lo largo de todo el Camino de los Misterios como un extraño mago, como un prestidigitador, como un guía acompañado de su infaltable perro negro.

Siempre sin hablar, encendió la vela y me la entregó. Al mismo tiempo tomó en sus manos la que estaba prendida al lado del incensario y me indicó que lo siguiera.

–La vela es símbolo de la conquista de la vida espiritual –susurraron los ángeles.

"La llama de la vela es como la energía del ser que comienza a ser consciente", pensé emocionada por poder escuchar nítidamente sus voces.

–Estoy de acuerdo con ustedes –les dije.

–La llama es una vertical valiente y frágil que a veces parece apagarse a causa de alguna brisa inesperada, pero que revive una y otra vez ardiente y encendida –reflexionaron mientras nos acompañaban al interior de la caverna.

Sin detenernos, pasamos, uno tras otro, por seis pequeños recintos circulares excavados en la montaña. Noté que el movimiento perturbaba las llamas; sin embargo vi también que restablecían su dirección vertical rápidamente.

–Así somos: frágiles y fuertes a la vez –dijeron las voces...

Al llegar al séptimo recinto nos detuvimos. Una gran arcada lo comunicaba con otro espacio circular, mucho más grande, que estaba en penumbras.

Amir me miró: leí la pregunta silenciosa en sus ojos, sin que llegara a pronunciar palabra.

–Sí –contesté con el corazón–. Quiero atravesar el umbral contigo.

Entonces lo seguí por el camino de las revelaciones, y entré en el Octavo Recinto. En ese circuito secreto conocería las nueve alabanzas, el significado oculto del rosario y la existencia de las llaves mágicas.

Allí, en la gruta iluminada por la luz de la luna, Amir me revelaría el misterio de la felicidad, el arte de la oración y otros tesoros de sabiduría que guardo en la memoria, enciendo con mi corazón y dejo transcritos en el Cuaderno Secreto de los iniciados en la Conspiración de los Alquimistas.

El regreso

Recorrí por última vez el Octavo Recinto con mi mirada...

–Jamás olvidaré lo sucedido en este lugar sagrado –musité.

–Ahora es tiempo de regresar –dijo El Alquimista, poniéndose de pie bajo el plateado rayo de luna.

Tomamos entonces las dos velas y atravesamos nuevamente el umbral emprendiendo el regreso. Noté que las velas estaban enteras... y me di cuenta de que el tiempo se había detenido, que no existían las horas en el interior de la caverna. Recorrimos los siete recintos, uno por uno, hasta llegar a la entrada de la caverna. Allí estaba esperándome mi pequeña mochila y ardía suavemente el incienso.

–¡Ah! Me olvidaba de algo muy importante –aclaró Amir–. Si interrumpes el ritual por alguna causa, deberás comenzar todo el ceremonial desde el principio. Un alquimista debe ser consecuente.

Inmediatamente comprendí que se refería a un conocimiento que me había transmitido del otro lado del umbral.

–Te encomendaré tu primera tarea –dijo, sonriendo.

Mi corazón latió desbocado, me dispuse a escuchar al maestro.

–La tarea tiene que ver con la tercera manera de recorrer el Camino de los Misterios y con la misión de informar.

Las velas chisporroteaban alegremente, como escuchando las palabras de Amir.

–Tú hiciste el ceremonial completo. Es el que corresponde a los que realizan el camino de la transmutación haciendo el viaje real. Se sabe que el pedido que formularon los peregrinos ya les ha sido concedido, al cerrar el círculo de las alabanzas, como lo hicimos hace unos instantes. Entonces se les dice si su tarea es la de cuidar o informar. Tú ya sabes cuál es la que te corresponde. Entonces viene la pregunta. Los peregrinos, que después de atravesar el umbral ya son Conspiradores, responden si aceptan realizar tareas concretas en la Conspiración de la Gracia. Tú, Ana, ¿qué dices?

–¡Sí! –contesté enfáticamente sin dudar.

–Al aceptar, se les revela entonces la primera misión. Por una sincronía perfecta, y sin que esto estuviera previsto, tú llegaste en el momento exacto del paso del gran cometa.

–Así es –murmuré–, lo vi atravesando los cielos.

–Me siento feliz de informarte que fue una señal largamente esperada. Sabíamos que, por ley de sincronía, la caravana que llegara a la Capadocia en coincidencia con el paso del gran cometa se haría cargo de una misión especial. No lo dispuse yo, lo decidió el universo. La primer tarea de esta misión especial será la de comunicar la existencia de la Conspiración de los alquimistas.

–¿Y cómo podré lograrlo?

–Las indicaciones para que este anuncio se haga a través de un escrito alquímico están en tus manos –dijo Amir, señalándome el sobre–. Te las entregué en el Octavo Recinto, el recinto secreto. La tarea que te espera es compleja pero tendrás mucha ayuda.

–¿Cómo se escribe alquímicamente? –dije, mirando el misterioso sobre dorado que brillaba en mis manos.

–En ese sobre están las instrucciones. Pero, primordialmente, lo sabrás a medida que vayas realizando tu obra. La escritura alquímica tiene ciertos efectos para sus lectores, quienes estarán haciendo, casi sin ser conscientes de ello, el ceremonial de transmutación tal como si hubieran viajado o practicado el rito.

–¿Quieres decir que aquel que conozca el relato del Camino de los Misterios será feliz? –dije espontáneamente, arrepintiéndome en el segundo siguiente de haber hecho una interpretación quizá muy simple de las palabras de Amir.

–Sin ninguna duda –asintió para mi sorpresa–. Los escritos alquímicos actúan en profundos niveles inconscientes, operan con símbolos. Al acompañarte en tu viaje, a través del escrito, aquel que lo lea habrá hecho todo el camino sin darse cuenta. Enfrentó al dragón del miedo, cortó sus cadenas ancestrales, dijo sí al misterio, por el sólo hecho de continuar leyendo... Y quizá pidió ser feliz... De todas formas es lo mismo, por eso se trata de un escrito alquímico. De manera que, por ley cósmica, el pedido le será otorgado. Te diré que todos los peregrinos que integraron la caravana, si aceptan, colaborarán en la difusión de la existencia de la Conspiración de los alquimistas.

–¿Escribiendo? –pregunté intrigada.

–No necesariamente, depende. Tendrán diversas tareas. Yo se las comunicaré a uno por uno cuando entren en este círculo después de cerrar el rito.

Pensé en Ojos de Fuego. ¿Vendría conmigo? No me atreví a preguntar. Como leyendo mis pensamientos, Amir contestó a mi pregunta:

–Muchas de las personas que viajaron contigo desde Estambul en la caravana vienen del futuro. No los conoces todavía, según el tiempo normal.

Mi corazón dio un vuelco...

–Pero el tiempo secuencial no es el único que existe y tú ya lo sabes –continuó el maestro, con picardía–. ¡Ah, la realidad! Qué gran misterio... Si somos capaces de verla, supera cualquier fantasía.

Me quedé pensativa. Amir sonrió.

–Debo recibir a los otros peregrinos –dijo, con esa mirada de bondad irresistible que atravesaba el alma.

Me despidió entonces con un abrazo y estas palabras:

–Es tiempo de partir, ya han transcurrido los cuarenta días de transmutación; pero volverás, no tengo duda alguna. Hay muchas tareas que esperan ser realizadas y la Conspiración no descansa. ¡Por la Gran Obra... venceremos! Estaremos en contacto contigo.

Al salir de la caverna vi, bajo la plateada luz de la luna llena, a la caravana en pleno. Sentados en el piso, con sus pequeños equipajes, allí estaban los peregrinos en completo silencio, esperando el encuentro con el Maestro. Hecho un ovillo en medio de los caminantes, cansado por el largo viaje y profundamente dormido, estaba el famoso perro negro del alquimista. También vi claramente a las hadas, a los gnomos del Mercado y a las sirenas del Bósforo, quienes me devolvieron la mirada con ternura. Como siguiendo una misteriosa consigna, se levantaron todos juntos, era evidente que iban a acompañarme. Un grupo de ángeles arreó al unicornio, quien se puso a la cabeza de todos nosotros.

Levanté mis ojos al oscuro cielo de Capadocia. Tenía que hacerle una pregunta fundamental:

–¿Ojos de Fuego partirá conmigo de regreso? –dije con un hilo de voz.

Contuve la respiración, y el cielo se iluminó.

Y la estrella titiló varias veces a modo de respuesta.

Cuaderno Secreto

(Lo que sucedió dentro de la Caverna Sagrada)

Capadocia, luna llena

Debemos advertirte, querido lector, que éste es un texto alquímico, de imprevisibles consecuencias para aquel que decida leerlo. Por lo tanto es sumamente importante que, antes de iniciar su lectura, tomes la decisión de continuarla, de posponerla o tal vez de no abrir nunca este Cuaderno.

¿Y qué puede pasar?, te preguntarás, quizá sonriendo. Es nuestra obligación prevenirte acerca de las consecuencias de entrar en el Octavo Recinto.

Puede despertar en ti una pasión desconocida. Puede encender tu corazón con un fuego abrasador. Puede conmover tu alma y cambiar tu vida para siempre. Pueden pasarte muchas cosas emocionantes y perturbadoras... como, por ejemplo, transformarte sin querer en un Conspirador de la Gracia.

En ese caso, es seguro que los alquimistas decidamos comunicarnos contigo. Luego no digas que no te lo advertimos.

Ahora bien, si consideras que aún no es tu tiempo o que no deseas hacer un cambio tan grande ni quieres por el momento abrir de par en par las puertas al Camino de los Misterios, no sigas leyendo.

Te damos este sincero consejo porque es casi inevitable que, al atravesar el umbral del Octavo Recinto –y esto sucederá al leer el texto del Cuaderno Secreto–, quedes irremediablemente comprometido con la Conspiración de la Gracia.

Desde el momento en que leas estas palabras, estarás en el centro de la caverna sagrada recibiendo las revelaciones del Octavo Recinto. Presta mucha atención cada vez que el maestro haga alguna pregunta: comprenderás enseguida que también está dirigida a ti.

LA CONSPIRACIÓN

El Octavo Recinto

Al atravesar el umbral que conducía al enigmático Octavo Recinto, nos encontramos en un gran espacio circular, abovedado. En el centro, un rayo de luna señalaba una abertura hacia el cielo en la cúpula de piedra.

Apenas entramos, el maestro comenzó a bordear el recinto en el sentido de las agujas del reloj. Lo seguí paso a paso... Entonces, en medio del silencio absoluto, iluminado tenuemente por la luz de las velas, Amir salmodió estas palabras y yo con él, sin darme cuenta.

–"Santo, santo, santo..."

Un coro muy lejano resonó como un eco en la caverna.

Avanzamos unos metros y luego otra vez repetimos el canto salmodiado. La voz de Amir era poderosa:

–Dios de la Creación, llenos están los cielos y la tierra de tu gloria.

Jamás había conocido antes el bienestar y la paz absoluta que estaba sintiendo en ese inolvidable momento. El canto era un *mantram* de alabanza a Dios y sin duda alguna estábamos acompañados. Claramente se escucharon estas voces misteriosas que sólo podían pertenecer a los ángeles...

–"Gloria sea a ti el Altísimo...

Bendito es el que viene en nombre del Señor.

Hossana en las alturas..."

Completamos el círculo, repitiendo ritualmente nueve veces esta alabanza hasta regresar al punto de partida.

Entonces Amir hizo lentamente la señal de la cruz y yo repetí su gesto.

Respiré profundamente... el bienestar era absoluto.

–Toma –dijo, entregándome un objeto de cristales dorados y transparentes que parecía un rosario–. Ésta es la llave secreta del Camino de los Misterios.

Los rostros de María de Varsovia y sus acompañantes se inclinaron sobre el atanor. Una luz enceguecedora se desprendía de su interior.

Al abrirlo, vieron brillar una estrella en el oscuro fondo metálico. María tomó la piedra luminosa con una alegría incontenible. ¡Era la ansiada piedra filosofal!

–¡Gracias al cielo! –dijo con voz quebrada por la emoción, alzando la resplandeciente piedra en alto–. ¡Viva la Conspiración de la Gracia!

–Acabas de pasar la frontera entre lo posible y lo imposible –dijo Amir–. Ahora viene lo que los adeptos llaman "tiempo de revelaciones". Siempre en el centro de un círculo de protección, los maestros transmiten ciertos conocimientos para los cuales el aspirante está preparado. Esto sucede en el tiempo exacto y en el lugar adecuado.

Amir y yo, estábamos sentados frente a frente en el centro de la gruta de las revelaciones. Entonces escuché al maestro decirme con voz profunda:

–Tu viaje fue en realidad un ritual.

"¿Cómo es eso?", dije mentalmente, sin pronunciar palabra.

–Un ritual, un camino de iniciación; por eso es llamado el Camino de los Misterios –prosiguió Amir–. Comenzó cuando te persignaste antes de entrar en la caverna en Cracovia y acaba de finalizar: el ceremonial de transmutación está cumplido –su voz resonaba en el gran espacio circular de la caverna–. ¿Sabes qué es una iniciación?

Tenía yo una vaga idea de lo que esto significaba. A mi memoria venían antiguos rituales de cofradías medievales, ceremonias masónicas de iniciación ultrasecreta, relatos chamánicos de experiencias con plantas de poder, en lugares exóticos. No me atreví a contestar, quería seguir escuchando a Amir.

–La iniciación da a luz a un ser nuevo. En alquimia se llama transmutación. Produce en el aspirante un cambio definitivo e irreversible. Los seres humanos tenemos la posibilidad de pasar por un segundo nacimiento, después del que inicia la vida física. Da comienzo a la vida espiritual, a otro estado de conciencia. Esta maravilla, otorgada por los dioses sólo al ser humano, es antigua como el mundo.

Amir separó las velas para hacer un espacio entre nosotros.

–Observa con atención este dibujo...

En el rústico piso de tierra, trazó tres líneas rectas convergentes en un punto. Señalando la del medio, delineó una cruz en su extremo libre.

–Éste –dijo– es el camino de los cristianos. Y es uno de los caminos alquímicos.

Luego desplazó su índice sobre la recta de la izquierda y volvió a hablar:

–Éste es el camino de los hebreos –y completó la línea dibujando en su extremo una estrella de seis puntas.

Por último señaló la recta derecha.

–Éste es el camino de los sufíes –dijo, y dibujó una media luna donde finalizaba el trazo.

Después, apoyando el trozo de cristal en el punto de convergencia de las tres líneas, trazó un gran círculo diciendo:

–Todos lo buscan con desesperación y como niños pequeños piden su amparo. Todos buscan a Dios. Éste es el círculo de las alabanzas, por eso los humanos lo alabamos aquí junto con los ángeles como hace unos instantes, cerrando el rito.

En el piso de la gruta quedó dibujado el signo que había visto tantas veces, sin poder descifrarlo. Ahora comprendía su significado: todos los caminos conducen a Dios.

Abrí mi mano y vi el rosario. Tenía la forma del símbolo, con todos los caminos unidos en una sola línea. Comprendí enseguida que nos encontrábamos en la parte que corresponde al centro del círculo.

–El rosario alquímico comienza con una cuenta de apertura –señaló Amir–. Ésta es la puerta que se abre con una cruz, una inclinación de cabeza o un postración de acuerdo con la tradición del peregrino. Sigue luego con tres y tres cuentas, y a continuación aparece una cuenta central. Finalmente se cierra con un círculo de nueve cuentas iguales.

Volví a mirar el rosario de ámbar, esta vez como un verdadero instrumento mágico. Brillaba en mi mano.

La voz de Amir resonó en la caverna:

–El ámbar es conocido también en el mundo islámico como poseedor de un poder magnético.

–¿Cuál? –pregunté fascinada.

–El poder de absorber la energías negativas y las tristezas del orante –contestó con un susurro.

Recordé el relato de papá sobre el poder mágico del ámbar.

Amir recorrió las cuentas del rosario:

–Son diecisiete cuentas de tres en tres. Una, para abrir la puerta del camino. Tres, para pasar por la NIGREDO, la purificación. Tres, para atravesar la ALBEDO, el renacimiento. Una, para elevar el pedido al cielo. Nueve para iniciar la RUBEDO y obtener la bendición de Dios. Así, has cumplido con la célebre fórmula de los alquimistas: VITRIOL.

Amir sonrió... ¿Supondría que yo conocía el significado de esa sigla? Sin embargo la había visto infinidad de veces, ahora que hacía memoria: por ejemplo, estaba grabada en la puerta de entrada al castillo de Wawel. También en la mismísima pared de piedra del laboratorio de Amir, en la casa de María de Chipre, en el Dergah de los derviches...

–Las iniciales de esta sigla forman una antigua máxima alquímica –continuó Amir–. Ahora comprenderás mejor el sentido de tu viaje.

Tomó una ramita y escribió en la tierra el siguiente acróstico:

VISITA.

INTERIOREM.

TERRAE.

RECTIFICANDO.

INVENIES.

OPERAE.

LAPIDEM.

–"Desciende a las entrañas de la tierra y destilando encontrarás la piedra de la obra alquímica" –tradujo Amir–. ¿Sabes cuál es la piedra filosofal, la que produce oro simplemente estando en contacto con ella, la que eleva espiritualmente a quien la toque?

–Lo ignoro –le respondí.

–Es el rosario –dijo el maestro–. Interpreta conmigo el símbolo alquímico de la sigla, los Conspiradores deben estar entrenados en el lenguaje de los signos y las señales. "Descender a las entrañas de la tierra" significa descender al fondo de uno mismo. ¿Recuerdas que te lo dije en los primeros mensajes? El Camino de los Misterios es un viaje de descenso hacia las profundidades del ser.

–¿Y qué quiere decir "destilar"?

–Purificar, desechar lo viejo. "La piedra de la obra" es el rosario, el objeto de poder. ¿Sabes que Cupido es el símbolo del VITRIOL?

–No, no lo sabía –respondí sonriendo–. Aunque lo vi aparecer varias veces a lo largo del camino.

–Cupido es la pasión, y ya sabes que el amor tiene mucho que ver con este camino. Para vivirlo intensamente es inevitable entregarse a él sin reservas. Te diré que hay otra cualidad indispensable para ser alquimista, es fundamental y sin ella nada podrás hacer aunque tengas el conocimiento.

–¿Cuál es? –pregunté intrigada.

–La persistencia –dijo Amir–. Nunca lo olvides.

El rosario de la Conspiración

Amir me miró con sus profundos ojos negros que brillaban en su rostro cetrino.

–¿Recuerdas el cordón mágico del cual desataste los tres nudos en la cueva del Dragón?

–Sí, lo recuerdo.

–Aunque te parezca increíble, es el mismo que te une al cielo. Es el mismo que te condujo en forma invisible a través del Camino de los Misterios. Y es también el hilo sobre el que están insertadas las cuentas del rosario... Es ni más ni menos que el cordón de la Gracia.

Amir acercó el rosario a la luz de las velas y un destello de oro me hizo entrecerrar los ojos.

–¿Sabes que este objeto de poder tiene una historia que se remonta a épocas muy antiguas?

–Desconozco su origen –musité, hipnotizada por el ámbar transparente iluminado por el fuego.

–El rosario construye un camino –dijo Amir, señalando la línea de cuentas ordenadas a lo largo de la recta–, para ser recorrido en el mundo terrestre y llegar –señaló el círculo donde se inserta la línea recta– al Mundo Celeste. El poder de las palabras, encerrado en las oraciones tradicionales, interviene también para hacerlo tan magnífico. Este poder es activado al tocar cada cuenta, desencadenando así una corriente de energía sagrada. ¡Oh, el tacto es un sentido potente! El rosario se va cargando con la repetición y al cabo de cierto tiempo se convierte en un objeto de poder, en un talismán protector en sí mismo. El encantamiento repetido, realizado a través del objeto mágico, que es el rosario, era conocido ya por los hindúes. El *aksma mala,* el rosario hindú, tiene cincuenta cuentas que corresponden a las cincuenta letras del alfabeto sánscrito. De la *a* a la *ksma*. En la India, el rosario es conocido como *mala* y tiene ciento ocho cuentas. Doce veces nueve.

–¿Es una mera coincidencia?

–Doce ciclos de nueve –repitió Amir–. El nueve es el número de la gestación.

Yo estaba completamente sorprendida por mi ignorancia. Hasta ese momento veía al rosario como un objeto anticuado y formal; lo había recitado alguna vez mecánicamente, casi como un castigo. Amir me descubría un objeto sagrado, un talismán, un puente entre dos mundos, dos mitades: la terrena y la celeste. Con una clave en la séptima cuenta: el pedido al Cielo.

–El rosario musulmán –siguió diciendo Amir– tiene noventa y nueve cuentas, que se refieren a los nombres divinos. La cuenta número cien es invisible y representa el regreso al origen, a lo inmanifestado. ¡Ah –suspiró–, cada nombre de Dios describe algún aspecto de Él, su esplendor es difícil de expresar en tan sólo una palabra! El rosario cristiano, en cambio, tiene sesenta cuentas y reconstruye el camino de transmutación recorrido por Cristo, en etapas sucesivas llamadas misterios. El *gomboloi* turco de noventa y nueve cuentas está generalmente hecho con ámbar y también invoca los nombres de Dios. Los rosarios suelen ser de madera, de semillas, de cristal, de perlas, de ámbar, de jade y de diversas piedras mágicas. Siempre son un medio de purificación potentísimo. El rosario de la Conspiración tiene diecisiete cuentas y, como todos, funciona activado por el poder de la repetición, que produce cambios irreversibles en nuestra energía. Una apertura seguida de seis oraciones y un pedido, más nueve alabanzas de tres partes cada una... es la fórmula secreta de la Conspiración. Tiene un tremendo poder hipnótico. Ahora veamos cómo se activa. La primera cuenta, la más grande, es la puerta de entrada. Tú accediste por la tradición cristiana, haciendo la señal de la cruz.

Volví a tomar conciencia del inicio del "viaje": ahora lo podría recorrer nuevamente a través del rosario alquímico.

–La cruz simboliza la encrucijada. Recuerda la decisión que debiste tomar en la entrada de la caverna. ¿Seguir el camino habitual o ir tras el misterio? Los peregrinos de tradición judía, en cambio, entran en el camino por la puerta de la estrella de David. El triángulo que apunta al cielo tiene una ancha base asentada sobre la tierra. El que baja hacia la tierra tiene su lado mayor apuntando al cielo. En la intersección de los dos también está la entrada al Camino de los Misterios y se recorre a través de los salmos. Los peregrinos de la tradición sufí abren la puerta a través de la media luna del Islam, que simboliza la fuerza de Dios creciendo en la tierra –Amir dibujó un círculo–. Éste es el símbolo de la plenitud –dijo con su voz profunda, y marcó en él un cuarto creciente–. La luz del espíritu está aumentando... –murmuró–. La entrada al Camino de los Misterios está justo en el centro del círculo completo y se recorre a través de las oraciones poéticas del Corán, las *azoras*. Puedes entrar por cualquiera de las puertas de las tradiciones. La que seguramente encontrarás primero es la que recorrieron tus ancestros.

–¿Y si no perteneciera a ninguna de ellas? ¿Y si fuera budista, sintoísta o atea?

Amir vio mi agitación y sonrió:

–La vieja idea de las religiones excluyentes, la vieja idea de las diferencias se fusiona en el Camino de los Misterios. Te lo dije en los mensajes... Hay alquimistas budistas. La alquimia china es antiquísima, y también hay alquimistas hindúes, y existen chamanes alquimistas entre los indígenas americanos. Lo único que no es posible es que haya un alquimista ateo.

–¿Por qué?

–Porque el alquimista no da un solo paso en su vida sin la ayuda de Dios.

Amir agregó otra línea convergente en el dibujo.

–Éste es el camino budista –luego agregó otro trazo–. Éste es el sintoísta, éste es el camino de los indios americanos.

Con otra y otra y otra línea formó un abanico unido en su vértice al gran círculo.

–Como ya te dije, cualquier tradición ofrece una puerta. ¿Por qué no utilizarla? Elige siempre un símbolo ancestral para entrar al rosario. Para las tradiciones monoteístas puede ser la cruz, la media luna o la estrella. Luego reza tres oraciones al principio activo de Dios y tres al principio receptivo. Haz el pedido y cierra el círculo con nueve alabanzas a Dios. Las oraciones dejan huellas en los éteres y las que han llegado a tus manos tienen la fuerza concentrada de miles de años. Estas oraciones están hechas con palabras de poder.

En ese momento, rocé con mi mano las cuentas de ámbar y escuché nítidamente el eco de miles de oraciones musitadas a través de los siglos: resonaban en esas piedras aparentemente mudas.

–Veamos entonces cómo abrir cada una de las tres puertas en su orden histórico –dijo el maestro.

El ritual hebreo

–En primer lugar te enseñaré el camino de la estrella de seis puntas.
Amir se puso de pie y yo con él.
–Los hijos de David permanecen de pie y balancean rítmicamente el cuerpo hacia adelante acompañando el rezo que, de acuerdo con esta tradición, se inicia mediante una inclinación ritual de la cabeza. Ya te expliqué que la cuenta inicial del rosario alquímico o puerta de acceso al mundo sutil se abre con un signo diferente en cada tradición. ¿Sabes qué significa la inclinación de cabeza de la hermosísima tradición hebrea?
–No –contesté sin aventurar una respuesta.
–La inclinación de cabeza simboliza una entrega: el orante renuncia a su mente ordinaria, se rinde a la mente divina. Renuncia a sus razonamientos, se olvida de sus prejuicios, arroja al suelo simbólicamente todo el contenido de su mente.
–¡Este gesto... –balbuceé– e-es maravilloso!
–Y absolutamente poderoso, al igual que el balanceo mientras se ora. Las tres cuentas siguientes están dedicadas a Elohim o Padre Cielo de los hebreos. No hace falta que te diga que también es nuestro. Una vez abierta la puerta al Camino de los Misterios, recita, salmodia, canta o susurra el siguiente salmo, tres veces consecutivas:

Yo te amo, Señor, mi fortaleza.
Señor, mi defensor, mi baluarte, mi libertador.
Dios mío, mi protector, a ti me acojo,
mi escudo, mi fuerza salvadora y mi refugio.

El salmo 18 es el cántico de la liberación... el equivalente a los tres Padre Nuestros.

La caverna se iluminó con un suave resplandor tal como venía aconteciendo ante cada revelación de Amir.

–Luego –prosiguió–, en la cuarta, quinta y sexta cuentas, eleva a los cielos el salmo del renacimiento:

Tú visitas la tierra, tú la riegas,
tú la colmas de riquezas,
tienes agua en abundancia para repartir
y hacer que crezcan los trigales.
Así preparas la tierra:
riegas los surcos, aplanas los terrones,
la ablandas con las lluvias, bendices los brotes.
Coronas el año con tus gracias,
a tu paso los campos rezuman abundancia.

Amir dijo, casi en un murmullo:

–Quien conoce el poder de transmutación de los salmos es un afortunado.

Un rayo de luna extremadamente brillante inundó la caverna como asintiendo.

–El salmo 65 –continuó el maestro– es de una fuerza perturbadora, tiene el mismo poderoso efecto del Ave María. Has llegado ahora a la séptima cuenta –observó, mirando el rosario que yo sostenía en mis manos–. Pide al cielo la gracia que más necesites. O bien agradece si te sientes bendecido o, simplemente... ¡entrégate al cielo infinito! Luego recorre el círculo de las alabanzas a través de este salmo de la tradición, el 103, rezándolo nueve veces tal como hicimos con el Santo...

Alaben al Señor, ángeles de Dios,
seres poderosos que ejercitan sus órdenes
y obedecen su voz de mando.
Alaben al Señor, poderes celestiales,
que están a su servicio y cumplen su voluntad.
Alaben al Señor, todas las obras de Dios,
en cualquier lugar de su dominio.
Alaba, alma mía al Señor.

–Los salmos son mensajes al cielo ordenados ritualmente, y transmiten fuerza por el solo hecho de ser pronunciados en voz alta. Las oraciones de cualquier tradición reconocida tienen un valor absoluto e inmutable. Cada palabra tiene poder, no está puesta por casualidad, tiene una cadencia precisa. Las plegarias están además impregnadas con la fuerza de la repetición que va agregando cada generación. Por eso, siglo tras siglo, al seguir resonando en los éteres, estas palabras se vuelven más y más magnéticas. Cada día que pasa tienen más fuerza, el tiempo juega a nuestro favor. También debes conocer el misterio de los libros sagrados. Tanto la Biblia, como el Talmud o el Corán, son textos que llegan de otros mundos, proceden de regiones enigmáticas, desconocidas para nuestra limitada mente concreta. Son códigos para abrir los misterios, no se los debe interpretar como pertenecientes a nuestro tiempo y espacio. Tienen su propio y secreto ritmo y... vaya si es poderoso.

–Entiendo que si yo perteneciera a la tradición hebrea comenzaría naturalmente por estas oraciones. Pero, no siendo ésta la tradición de mi infancia, ¿en qué momento puedo hacer este ceremonial que me parece conmovedor?

–Cuando sientas que quieres rendir tu mente, cuando quieras iniciar un éxodo de una situación que te hace sufrir, cuando necesites retornar a la ley, al orden. En fin... cuando por alguna misteriosa razón lo sientas así. Luego de nueve días de elevar estas oraciones al cielo, seas de la tradición que seas, sin duda alguna llegará la respuesta. Te lo dice un viejo alquimista.

El ritual cristiano

–Este ritual alquímico utiliza el *mudra*, el gesto mágico de los cristianos primitivos. En su tiempo fue una poderosa y secreta señal de liberación y aún lo sigue siendo si conoces su significado. Se trata del signo de la cruz. Con tu mano derecha unirás el entrecejo, centro de la visión del cielo, con el centro cardíaco, para encender el fuego del espíritu en tu corazón. Une luego en horizontal, desde el hombro izquierdo donde se encuentra el pasado, la tradición cristiana que te fue legada por los ancestros con el futuro, cuyo símbolo es el hombro derecho, pasando por el poderoso presente. Eleva entonces tres oraciones al cielo a través del Padre Nuestro. Tres a la creación a través del Ave María, repitiendo las palabras del ángel de la Anunciación. En la séptima cuenta, pide al cielo lo que anhelas, agradece algún don recibido o entrégate a lo divino. Cierra el rito con nueve oraciones, que forman el círculo de las alabanzas, pronunciando estas inefables palabras...

Santo,
Santo,
Santo,
Dios de la creación,
Llenos están los cielos y la tierra de tu gloria.
Gloria sea a ti, el altísimo.
Bendito es el que viene en nombre del señor.
Hosanna en las alturas.

–Persígnate entonces como cierre del ritual. Este ceremonial es adecuado para calmar un corazón sediento de amor y de compasión. Va directo al alma. Es también muy fuerte cuando quieres liberarte de alguna situación que te oprime: es purificador. También otorga una protección especial. Y, por supuesto, al tratarse de un ritual alquímico, produce, como todos ellos, una transmutación irreversible.

Luego de nueve días de férrea persistencia, de amorosa dedicación, vendrá la respuesta del cielo. Te lo dice un apasionado peregrino de los misterios, inmensamente feliz.

El ritual sufí

–Los peregrinos de la tradición sufí entran al Camino de los Misterios a través de la puerta de la media luna. La media luna simboliza la fuerza de Dios creciendo en la tierra. La puerta de la media luna se abre con una postración mirando al este. Se colocan las palmas de las manos tocando el suelo, las rodillas se doblan y se pliegan las piernas. La frente debe también apoyarse en la tierra en señal de rendición de la pequeña mente a la gran mente de Dios. Esta posición revela un gran secreto... todo aquel que se rinde a Dios de esta manera absoluta, está en contacto íntimo con Él. Trasciende de un salto la barrera de la mente, anula las distancias, respira Su aliento, se impregna de perfección. Luego de realizar la postración, manteniéndote de rodillas... cierra los ojos y ora de esta manera al Padre cielo:

Él es mi Señor y el vuestro.
Seguidlo porque Él es el camino del bien...

Las llamas de las velas crepitaron como encendidas por una repentina pasión.

–Corán, capítulo 43, versículo 64 –susurró Amir mirando el fuego–. Esta oración es la que libera el alma de toda esclavitud. Siempre con los ojos cerrados... deja que tus labios pronuncien tres veces la siguiente oración:

Entrad vosotros y vuestras esposas en el jardín de las delicias.
Abrid vuestros corazones al júbilo...

Un delicioso perfume a rosas e incienso impregnó la caverna iluminada por la luz de la luna.

–Los sufíes invocan de esta manera a la Madre Divina: Corán, capítulo 43, versículo 70 –dijo Amir con suavidad–. Ésta es la llave del renacimiento; luego de susurrarla, pide la gracia que deseas... Estarás entonces en la séptima cuenta... la del pedido, el agradecimiento o la entrega. Nuevamente deberás postrarte, para realizar las alabanzas. El círculo de las bendiciones se cierra repitiendo nueve veces estas majestuosas palabras:

Gloria a Dios soberano del cielo y de la tierra.
Él está sentado sobre el trono sublime.

–Corán, capítulo 43, versículo 82 –dijo Amir, acompañado por un lejano coro de ángeles que salmodiaban la última alabanza–. Incorpórate entonces lentamente y realiza una última postración entregándote a Alá, el Dios de los sufíes, para cerrar el ritual. Elohim, Alá, Dios Padre... son algunos de los nombres con los que llamamos al Cielo. Por este hermosísimo ceremonial se sienten seducidos muchos alquimistas, aun los que no pertenecen a la tradición sufí. Es especialmente fuerte para aquellos que tienen alma de poetas y de artistas. Exige rendirse al Cielo en una entrega apasionada y total, muy parecida a un amor incondicional. Después de nueve días consecutivos de oración, ten la seguridad de que el don que pediste te será concedido... Te lo dice un enamorado del Cielo. Hay otro pequeño secreto. El viernes, dedicado a la bella Venus, es el día sagrado de la tradición sufí. El sábado, día del sabio Saturno, es el día sagrado de los hebreos. El domingo, día del brillante Sol, es el día sagrado de los cristianos. Tenlo en cuenta para iniciar en los días correspondientes cualquiera de los tres ceremoniales. El rito tiene la particularidad de proporcionar una forma a aquello que es energía. Es como un sostén, un molde. ¿Llegas a comprender la importancia de esto que parece tan simple? El rito es la vasija y la luz divina, su contenido.

Las llaves mágicas

Un rayo de luna iluminó repentinamente el centro del círculo. El rostro de Amir se volvió de plata. Levanté la mirada y vi que la luz provenía de la cima de la cúpula, excavada en la ladera de la montaña.

Amir se quedó en silencio y, como si estuviera escuchando alguna misteriosa voz interior, asintió mirando la luz de las velas.

–Te hablaré ahora sobre las oraciones de la tradición. Se sabe con certeza que desencadenan efectos en el mundo concreto, si son pronunciadas con fuerza y con sentimiento.

–¿Por qué? –Siempre me había intrigado este tema–. ¿Acaso no es lo mismo dirigirse al cielo en forma espontánea?

–Las oraciones de las tradiciones están formadas ritualmente y por eso son llaves mágicas. ¡Abren las puertas al mundo de los dioses!

Los ojos de Amir brillaban, el resplandor de las velas y la luna plateada se reflejaba en ellos como en dos espejos.

–Quienes manejan estas llaves con profundo conocimiento, son los sacerdotes y los alquimistas.

–¿Cuál es la diferencia entre ellos? –pregunté devorada por la curiosidad.

–Primero te diré cuál es la semejanza. Los dos auscultan el más allá, el oficio de los dos está en el mundo sutil, los dos abren las puertas de los misterios. Los dos desarrollan las artes sagradas y herméticas. Los dos conocen el poder de la oración. El sacerdote sigue el camino devocional. Tiene que recibir el poder sacerdotal por sucesión. En el cristianismo por ejemplo, existe la sucesión apostólica: una impregnación, un traspaso de fuerzas, una iniciación personal, para consagrar al sacerdote. El obispo transfiere el poder al futuro sacerdote ungiéndolo con óleos sagrados. A través de la palabra, del gesto, de la mirada, el obispo graba el poder sacerdotal en el aspirante mediante este rito de consagración. Los ritos y las ceremonias estarán de allí en más en manos del sacerdote, quien actuará como intermediario entre el mundo sutil y el concreto.

Recordé a Gabriel, entrando y saliendo por las puertas rituales en la misa de la aldea de Léfkara. El poder sacerdotal tiene su fuerza en la devoción.

–¿Sabías que ésta es una energía altamente emocional? El alquimista es en cambio un artista, actúa a través de la belleza. Para ser alquimista hay que ser músico, poeta, escultor, pintor o arquitecto, así lo afirman las tradiciones.

–¿Y si uno no es nada de eso? –pregunté, un poco desorientada.

–Uno siempre es algo de eso –Amir rió–. ¿Qué es la vida sino una obra de arte que vamos moldeando paso a paso? El alquimista necesita belleza porque trabaja en estrecha colaboración con los ángeles y porque es un creador nato.

–¿Quieres decir que todo aquel que se conecta con los ángeles está en condiciones de ser alquimista? –pregunté empezando a comprender algunas cosas.

–Se está entrenado en un diálogo que después será necesario para poner en práctica el arte alquímico de la transmutación. Es a través de la belleza que atraemos ángeles y los retenemos a nuestro lado. Ahora bien –continuó Amir–, sabemos que la oración pronunciada de una determinada manera tiene el poder de transmutar nuestra vida, este secreto es bien conocido por ambos, sacerdotes y alquimistas. Los sacerdotes pueden ser además alquimistas. En cambio no es necesario que el alquimista sea sacerdote consagrado, pero sí que actúe con devoción. El alquimista, como te dije, opera a través de la belleza, por eso te enseñaré a orar a la manera de un artista. El alquimista, al igual que el sacerdote, desarrolla la voluntad. La voluntad es una fuerza imprescindible para participar en la Conspiración. ¿Cuántas veces sentiste que sería mejor regresar a tu mundo conocido, mientras recorrías el camino?

–Muchas, debo reconocerlo.

–¿Qué te sostuvo?

–El ardiente deseo de llegar hasta el final, la curiosidad, el asombro, la esperanza de "algo" más.

–¿Algo como qué? –preguntó Amir.

–No sé cómo explicarlo. Se trata de un permanente anhelo. Siento una nostalgia, como si ya hubiera conocido un estado de plenitud total.

Amir hizo una pausa, mirando fijamente en dirección al icono grabado sobre la caverna, donde se veía a Noé contemplando un horizonte de agua.

–He aquí al primer Conspirador –dijo con voz alegre–. Contra todas las evidencias... tenía esperanza. Somos más un "poder ser" que un "ser". Somos creadores de utopías que devienen realidades. Gracias al cielo que existen las utopías. Sin ellas el hombre no hubiera sobrevivido, son su propia esencia. ¿Qué le importaban a Noé las contradicciones que estaba viviendo? Él esperaba el desembarco. En medio del mar interminable, acompañado por su gente, por sus "animales", o sea sus instintos primarios, y por su fuego interno. Esperaba y al mismo tiempo hacía la transmutación dentro del atanor que era el arca. Ésa no es una esperanza pasiva. ¡Todo lo contrario! Tan así es, que cuanto más cruda es nuestra realidad más se enciende la esperanza. Ese "poder ser" es la bandera de la Conspiración de la Gracia. Partimos del choque existencial con la realidad que padecemos todos los seres humanos, ése es el origen de la oración, nuestra llave mágica. Difícilmente recurrimos a la oración hasta que pasamos por estos enfrentamientos con la realidad, ¿verdad?

Asentí, recordando mi propia experiencia.

–Sin embargo –dijo de pronto Amir– para recurrir a la oración es preciso trascender grandes resistencias. A todos nos ha ocurrido, te lo dice alguien que conoce bien la naturaleza humana. En estos tiempos de pasaje entre siglos, parecería que el mundo ya no necesita a Dios. Por eso sé que hay sólo tres actitudes posibles ante la realidad: la rebeldía, la resignación y la esperanza. Se dijo, en un momento de la evolución: "¡Ha llegado el fin de las utopías! ¡Dios ha muerto!". La Conspiración de los alquimistas dice: "¡Ha llegado la hora de la resistencia! ¡Éste es el fin del escepticismo!". Y entrega las llaves mágicas para abrir las puertas de la liberación. Por eso –preguntó Amir con ojos brillantes por la emoción–, ¿qué importancia tiene que las tradiciones hayan sido a veces degradadas, utilizadas como canales de poder y aun traicionadas, tergiversándose su esencia? El oro espiritual, así se encuentre cubierto por una capa de lodo, seguirá siendo oro. ¿Qué importa la historia? ¿Qué importan los hombres que con ideas mezquinas desvirtuaron las religiones? Recuperemos las esencias, tengamos la valentía de conservar la esperanza contra todo escepticismo. Por eso te digo con verdadera pasión... ¡Viva la Conspiración de los alquimistas!... Por la Gran Obra, ¡Venceremos! Estoy seguro –dijo con destellos de fuego en sus ojos negros. En el aire quedó vibrando su llamado a la acción; se diría que hasta las piedras se habían estremecido al escuchar su voz.

Recordé de pronto la casa de Amir con su misterioso laboratorio en el subsuelo, lugar de los fundamentos.

–Exacto –dijo Amir siguiendo el hilo de mi pensamiento–. Mi casa de Varsovia es también un atanor y al mismo tiempo un arca para hacer travesías a lugares alejados de la conciencia ordinaria. Y no por eso deja de ser una hermosa casa varsoviana, lugar donde se vivieron grandes historias de amor.

Ante mi sorpresa, Amir sonrió con picardía. Sus profundos ojos negros brillaron con intensos recuerdos. Suspiré profundamente: yo también tenía mis historias...

–Ojos de Fuego –dijo– conoce los secretos del amor...

Contuve la respiración. Inmóvil, rogué a todos los dioses que el alquimista siguiera con el tema. Pero Amir se quedó en silencio. Me estremecí de pies a cabeza recordando el encuentro con Ojos de Fuego.

–Conoce los secretos... –susurré, paladeando cada palabra. Ya soy feliz, me dije, recordando a las sirenas. Ahora tiene que llegar el tiempo de amar. Ellas me lo prometieron.

–Ojos de Fuego conoce los secretos del amor tántrico –afirmó Amir para mi delicia–. Las profundidades insondables de la pasión. Los alquimistas amamos de una manera intensa y total. Somos valientes, sabemos entregarnos. Para nosotros, los Conspiradores, el amor es sagrado.

Cada palabra de Amir se grababa en mí para siempre.

–Más allá del velo de las apariencias, del miedo y de las conveniencias, arde el intenso fuego. ¡Ah, por cierto que los Conspiradores sabemos amar, conocemos esa llama! En cuanto al flamante Conspirador Ojos de Fuego... –continuó mi guía, mirándome burlonamente a los ojos mientras yo estaba a punto de desmayarme– creo que ahora sería interesante que ustedes dos se encontraran de una vez.

–¿Q-q-qué es el *tantra*? –balbuceé como pude tratando de disimular mi interés.

–El arte de amar –dijo Amir, divertido con mi perturbación.

–Por favor, cuéntame algo de eso –rogué al alquimista.

–El *tantra* no se cuenta, se vive –dijo Amir a punto de lanzar una carcajada. Pero, si quieres saber algo más, creo que aquí encontrarás alguna referencia –el Conspirador me alcanzó un pequeño libro de tapas rojas, titulado *Guía de conceptos fundamentales para Conspiradores, iniciados y alquimistas*–. Es tuyo –sonrió–, te despejará las dudas. Me lo trajo un fiel colaborador. Estaba en la biblioteca de mi casa en Varsovia. Creo que será importante para todo aspirante a alquimista, es decir, para todo futuro Conspirador. En esos estantes esperó cientos de años para ser revelado.

Acaricié la *Guía*... Ante mi clara intención de buscar enseguida la palabra "*tantra*", Amir me regañó:

–No lo abras todavía, Ana, ya tendrás tiempo. Ahora te quiero contar una verdad que está muy relacionada con el *tantra*: el alquimista está siempre acompañado por una mujer. Ella tiene una participación sumamente activa en la alquimia. Es muy respetada, se reconoce su tremenda capacidad mágica. Por su sola presencia, por ser ella misma un atanor donde se gesta la vida, es poderosa. En alquimia, la mujer es la reina y a sus pies se postra el rey, seducido por su misterio. Ella es la luna, él es el sol; ella es lo volátil, él es lo fijo; ella es el agua, él es el fuego. La piedra filosofal es el hijo, el resultado del amor entre ambos.

Después del Diluvio

Te explicaré ahora el significado del "Diluvio Universal", como comienzo de un camino alquímico guiado por los avataras.

–¿Qué es un avatara, maestro?

–Es un enviado de la divinidad. La condición para que alguien sea un avatara es la de haber encarnado en la tierra. Debes saber que hay siete períodos bien definidos que nos condujeron al estado de conciencia actual, después del diluvio. El llamado "protohindú" tuvo como avatara a Rama, en su tiempo se dio comienzo a la lenta transmutación de la tierra. Rama fue quien reveló los primeros secretos iniciáticos que unen el espíritu con la materia, el macrocosmos con el microcosmos. También la sagrada sabiduría del *tantra*, magia del sexo, fue develada por Rama y este conocimiento es redescubierto hoy como una joya, un tesoro de incalculable valor. Zoroastro fue enviado como avatara en el segundo período, con la misión de renovar y dar un nuevo impulso evolutivo a la obra de Rama. Este ciclo es el "protopersa". Para sellar la unión del cielo y de la tierra, lo profano y lo sagrado, él revela a la humanidad el inmenso poder del fuego. En los templos de Zoroastro ardía siempre una llama sagrada, iniciando a los aspirantes en el misterio de la comunicación con las fuerzas invisibles. El fuego –dijo Amir, mirando fijamente las llamas de las velas–, es el único elemento capaz de unir tierra y cielo. Los dioses responden de inmediato a quien enciende ritualmente una llama en la tierra, para invocar la ayuda del cielo; por eso en el ceremonial, el primerísimo paso es encender una vela. El amor entre un hombre y una mujer enciende una llama entre ellos en el plano sutil, y permanecerá ardiendo si ambos saben cuidarla. La respiración permite prender dentro de cada ser humano su propia llama interior y éste es un conocimiento iniciático antiquísimo, legado a nosotros por Zoroastro. Él fue quien explicó a la humanidad posdiluviana la existencia de la polaridad. Dio a conocer la lucha permanente entre Ahura Mazda, principio de la luz y de la vida, y Ahriman, principio de las tinieblas y de la muerte.

La imagen de Mara cruzó rápidamente por mis pensamientos.

Amir lo captó.

–A cada fuerza de evolución –dijo enseguida– corresponde una de involución. En términos de la ciencia actual, hablaríamos de un polo de creación, de luz, de vida llamado Ahura Mazda, y de otro polo opuesto de entropía, de decadencia, de disolución y de muerte llamado Ahriman. Parecería que es inevitable la existencia contrapuesta de ambos polos, hasta que el ser humano despierte y entre en lo que se llama estado de gracia. Ésa es la tercera fuerza que nos libera, es necesario conocerla. Viene luego el período "caldeo-egipcio" cuyo avatara es Hermes Trismegisto, el dios Thot de los egipcios. Hermes, discípulo de Zoroastro e iniciado en el conocimiento del fuego, tiene por misión enseñar a la humanidad a atravesar más barreras para acceder a otro nivel de conciencia.

Lo que me estaba explicando Amir daba transparencia y continuidad al porqué de la existencia de las religiones. También comprendí ahora la importancia fundamental de las tradiciones, como guardianas de los pasos dados por la humanidad en su avance hacia Dios.

–Hermes –siguió diciendo el maestro– nos enseñó las leyes de la magia espiritual. Sus siete principios revelan paso por paso la manera de hacer la transferencia de fuerzas del plano sutil o espiritual al plano denso o material, y viceversa... Es Hermes quien transmite el conocimiento de cómo pedir al cielo lo que la criatura necesita, y cómo obtener la respuesta. Él es quien enseña a los humanos a viajar a través de la oración ritual por planos diferentes al plano físico y revela también el tremendo poder de la palabra hablada y escrita, que asimismo conocieron los egipcios. Viene luego el período "judeo-cristiano", y es Moisés quien dirige como avatara los próximos pasos de la evolución constante de la humanidad. Moisés es, como bien se sabe, un iniciado en la religión egipcia, un discípulo de Hermes Trismegisto, tal como Zoroastro lo fue a su vez de Rama. Moisés conduce a toda la humanidad, simbolizada por el pueblo hebreo, al éxodo del viejo mundo (Egipto) para llegar al orden nuevo (Tierra prometida). Moisés lleva a la humanidad a una depuración (NIGREDO) durante un período de cuarenta años de marcha a través del desierto. La obra de Moisés es la de conducir el pasaje a un nivel superior de conciencia. Él enseña a la humanidad a respetar la ley. Moisés explica cuál es la importancia de la moral en la evolución humana. Con este avatara la humanidad aprende a discernir. Más adelante viene Cristo, el avatara del amor, anunciado por la estrella; conociendo la ley por ser un iniciado judío, trae también el perdón. Luego Mahoma brilla en los cielos humanos enseñándonos el arte de la entrega total a Dios. Éstas son las bases de la religión judeo-cristiana y serán luego las de los sufíes. Rama, Zoroastro, Moisés, Cristo, Mahoma. Orden, moral, ley, amor, sumisión a Dios. Con cada avatara, aprendemos algo.

–¿Y de Buda? –pregunté.

–La compasión –contestó Amir–. Te hablaré ahora del último avatara, el cual conduce a la humanidad actual. El avatara que despertará la nueva conciencia, quien engendrará en la humanidad otro estado vibratorio. Debemos salir rápidamente de la NIGREDO y pasar a la ALBEDO. Ya lo dije en un mensaje que llega a los aspirantes al iniciar el Camino. Es urgente regresar al vientre de la vida: nacer de nuevo, con otro estado de conciencia.

–Amir –lo interrumpí–, ¿se puede volver a nacer sin la guía de un maestro?

–De eso te hablaré ahora, precisamente. La Madre Universal gesta nuestro renacimiento. El avatara actual, el que corresponde al séptimo período, es un avatara femenino. Madre Cósmica, Sophía, Shekinah, María, ésos son algunos de sus nombres.

Las palabras de Amir produjeron un fuerte impacto en mí. En un solo instante comprendí por qué, en Occidente, la Conspiración, aun incluyendo a todas las religiones, toma como símbolo protector a la Virgen Negra.

–Ella representa a la iniciada y a la iniciadora en la fuerza del Amor. Ella nos saca de la NIGREDO. Ella hereda la fuerza de la Gran Diosa primitiva, las gracias de las diosas griegas y la sabiduría, Sophía.

–¿Y los avataras anteriores? –pregunté–. ¿Siguen existiendo?

–Siguen vibrando en las tradiciones, todos están conduciéndonos por el mismo camino. El camino siempre termina en Dios. Los avataras están unidos entre sí por la línea del tiempo. Cada uno sigue transmitiendo una enseñanza, por eso es tan enriquecedor y poderoso conocer las oraciones de otras religiones, las que no son de la propia tradición. La historia de las religiones es la historia de toda la humanidad y nos pertenece a todos por igual. Es nuestra herencia, nuestro patrimonio sagrado, que nos religa con el cielo. Podemos elegir el camino más directo, que por circunstancias de nacimiento es el de nuestra tradición, pero esto no es inamovible. Todos las tradiciones son buenas y poderosas, todas nos conducen directamente a Dios.

La Conspiración las une en un solo camino y en un solo ritual con tres puertas de acceso que desembocan en un único punto de llegada... la Alabanza al Creador.

El relato del viaje

–Ahora vayamos a tu camino –prosiguió Amir, tomando en sus manos el rosario alquímico–. Veamos el plano del Camino de los Misterios que tú recorriste. Aquí está la ciudad del dragón... –dijo tomando la segunda cuenta. Sus ojos despedían chispas de alegría al ir descubriéndome el significado de las etapas de mi viaje.

–La ciudad vieja de Varsovia, el Salto a la Fe, la misa en Chipre –señaló cuenta por cuenta, la tercera, la cuarta y la quinta–. El amasado del pan de los sueños, el parto en la aldea, el pedido en Estambul, el Círculo de las Bendiciones... En tu viaje recorriste un rosario...

–¿Cómo es eso? –dije sin entender.

–Es posible hacerlo paso por paso, viajando como tú lo hiciste; ésa es la primera forma. O bien rezando las oraciones de poder, ritualmente ordenadas, durante nueve días, en un ceremonial llamado novena; ésa es la segunda forma. Los dos rituales tienen el mismo efecto, son maneras distintas de recorrer igual camino.

–¿Quiere decir que mi travesía consistió en recorrer las cuentas de un rosario? –musité sin poder creerlo.

–Sí, viajaste a través del rosario alquímico. O, si lo prefieres, hiciste el camino de la oración ritual, llamado el Camino de los Misterios –Amir sonreía ante mi asombro–. Ambos, el viaje y el ritual del rosario transmutan las energías y otorgan una protección espiritual. Al mismo tiempo purifican, liberan y sirven para hacer un pedido al cielo y obtenerlo. En el camino cristiano, los peregrinos rezan las poderosas oraciones de la tradición: Padre Nuestro y Ave María. En el hebreo, los salmos. En el sufí, los poemas de oración. Muchas personas, como tú, recibieron sobres y los están recibiendo en este preciso momento. Las puertas de entrada al Camino están ocultas por el mundo entero. Muchas veces se sitúan en lugares donde sucedieron hechos que la gente llama mitos o leyendas, por desconocer su significado. En los mitos, o historias populares, se ocultaron muchas de las claves del conocimiento sagrado; otras, se velaron en la alquimia.

–¿Y los cuentos de hadas? –pregunté para verificar una sospecha que siempre había tenido.

–Son puertas muy poderosas, por eso las pueden manejar los magos y los niños. Tienen un efecto similar al de los espejos mágicos. Los adultos no entrenados podríamos no resistir la calidad de energía fantástica que contienen, si fuéramos conscientes de ello. Por eso, los cuentos de hadas son para niños. Esos relatos son verdaderos transmutadores alquímicos, de eso hablaremos ahora. La tercera forma de recorrer el camino es a través del relato escrito con ritmo alquímico, como testimonio de algún peregrino que lo haya recorrido –dijo Amir mirándome con especial detenimiento. Sacó un sobre dorado que guardaba en su túnica blanca y lo puso junto a las velas.

¿Qué sería?

Amir no me dio ninguna explicación y siguió adelante:

–Ahora vayamos a la segunda forma, la realización de un rito llamado novena. Novena viene de nueve... número potentísimo.

Sentados en el centro de un círculo abovedado, excavado en las rocas de la ciudad santa de Göreme, hablábamos en medio de una suave penumbra, a la luz de las velas. El humo del incienso encendido en la entrada llegaba en oleadas como una tenue bruma. El tiempo se había detenido. Suele suceder cuando llega a nosotros un conocimiento muy importante.

¿Qué habría dentro del sobre dorado?

Amir continuó hablando con su voz profunda:

–El nueve es el número de la gestación del niño en el vientre materno. De la gestación de todo lo nuevo, de la gestación de un sueño que todavía no se ha cumplido. Para pasar de un estado a otro, es necesario tender un puente del sueño a la realidad. De la tristeza a la alegría... De la carencia a la abundancia... De lo imposible a lo posible... Del ser viejo al ser nuevo...

–¿Cómo hacer este pasaje? –pregunté con ansiedad, tantas veces me lo había cuestionado–. ¿Cómo se hace para que a uno le responda el cielo? ¿Cómo se unen esos opuestos?

–A través de la novena y del rosario alquímico –dijo Amir–. El poder del nueve es antiguo como el mundo. Me fue transmitido junto con el secreto de la juventud por un gran alquimista chino.

Habló entonces de las espléndidas pagodas, de los sabios ojos de su maestro, de las finas túnicas de seda. Los alquimistas que había conocido en todo el mundo eran refinados artistas…

–Y el emperador –continuó Amir– es considerado por los chinos el heraldo del cielo en la tierra. Nueve son las puertas que deben atravesarse para llegar al lugar que representa la perfección, el trono del emperador; el acceso a él tiene nueve escalones. El nueve es la plenitud, el logro alquímico. Después de nueve transmutaciones, los chinos obtienen, usando nueve calderos sagrados, el cinabrio.

–¿Qué es? –pregunté intrigada. Mi voz sonó extraña; supuse que sería la resonancia de la caverna.

–Es el equivalente al oro de la alquimia árabe y cristiana. ¿Recuerdas los tramos de nueve escalones por los cuales descendías en la escalera del palacio del dragón?

–Sí, los recuerdo perfectamente.

–Están ordenados así porque sus constructores tenían conocimientos de alquimia asiática. Según la tradición esotérica del Islam, descender en penumbras nueve escalones, uno a uno, sin caerse, significa haber dominado los nueve sentidos: cinco concretos y cuatro sutiles.

–¿Cuáles son los sentidos sutiles?

–La percepción, la imaginación, la intuición y la videncia. El nueve siempre es un puente entre lo profano y lo sagrado, entre lo que somos y lo que podríamos ser. Por eso la segunda forma de recorrer el Camino de los Misterios y obtener la propia transmutación se llama novena: utiliza el poder del nueve.

Las velas crepitaban alterando la penumbra de la caverna.

–Pero hay un pequeño detalle: para hacer una novena es necesaria la valentía. ¿Recuerdas el cofre que abriste en la NIGREDO?

–Sí... –recordé–. En Varsovia... las letras de oro decían VALOR.

–Bien –prosiguió Amir–, éste es un tesoro espiritual. Como pudiste comprobarlo, estaba dentro de un cofre que te fue entregado después del Salto de Fe, acción que liquida al dragón de cada uno, y que sólo uno mismo puede vencer. Volviendo a los cofres, siempre contienen tesoros, esto es bien sabido hasta por los niños. Los valores espirituales son raros, difíciles de conseguir en estos tiempos. No se compran con dinero, no pueden ser conquistados acumulando conocimiento, ¿verdad? Entonces... ¿cómo se obtienen?

Hizo una pausa que me pareció eterna, me había puesto en un aprieto. Tenía la suficiente información como para contestar la pregunta, pero la respuesta exacta debería ser simple y precisa.

–¿Como se obtienen? –el maestro repitió la pregunta mirándome con ojos burlones.

–No... no lo-lo sé –contesté, furiosa conmigo misma y colorada hasta las orejas.

–Escucha –dijo con ternura al ver mi perturbación–, se trata de hacer un verdadero cambio de energía, de invertir el polo de acción. En lugar de reaccionar a presiones exteriores nos plantamos en nuestro lugar secreto y desde allí, con toda calma, salimos al mundo contando con la ayuda del cielo. Por eso debes tener en tu casa tu propio atanor, para fabricar en él el tesoro: el VALOR de ser uno mismo.

–¿Un laboratorio? –pregunté a Amir intrigada, pensando en hornillos, crisoles e instrumentos.

–No es necesario. Se trata de tener un espacio y un tiempo sagrado propio, intransferible, no negociable, aislado del ritmo cotidiano. Te estoy hablando de libertad, esa palabra olvidada y pervertida. Para ser libre es necesario tener por lo menos un pequeño santuario doméstico para hablar con Dios. Salir del espacio y del tiempo profanos será una necesidad para sobrevivir en el tercer milenio. Al mismo tiempo, cada Conspirador que recorra el Camino de los Misterios liberará, al pronunciar las oraciones de poder, tesoros invisibles al mundo sutil y éstos llegarán al campo psíquico de las personas.

–O sea –dije–, cada oración sumará una gota a la lluvia de energía sagrada que se derrame sobre la tierra cuando miles de personas recen al mismo tiempo.

–O mediten.

–O mediten...

–Los hermanos Conspiradores de las otras tradiciones –afirmó Amir– están ahora mismo abriendo nuevos caminos en Oriente. Y forman con nosotros un arco que cubre toda la tierra.

–Y que atraviesa los cielos –dije estremecida– un arco iris de hermosos colores.

–Así es –continuó el Alquimista–, de maravillosos colores. En Occidente toma el color de las oraciones. Y, en Oriente, el de la meditación y el conocimiento de sí mismo. La Conspiración ya es imparable.

–¿Y en América?

–Los nuevos chamanes están reactivando la antigua tradición. Ya lograron recordar –sonrió Amir.

–¿Qué cosa?

–Los movimientos de poder, las danzas sagradas, las letras de los cantos que curan las almas. En su momento los conocerás. Prepárate para otras sorpresas, el Camino no termina aquí. Yo soy sólo uno de los que dirigen la Conspiración. El que custodia la vía de la alquimia occidental. Pero somos muchos más. Donde vayas encontrarás un Camino y un Conspirador venciendo el miedo y trabajando para la libertad. Paradójicamente, este mundo cerrado y enfermo de poder da fuerza y crea la Conspiración. Donde sea, en Asia y en América, en Africa y en Oceanía, donde la razón de la existencia sea el poder, nacerá un Conspirador. También en esas latitudes pululan temibles Maras y falsos Rogers.

Imaginé chinas feroces, negros apuestos y sanguinarios, indígenas calculadores, melifluas y engañosas polinesias...

–Pero no te preocupes: donde haya una Mara o un Roger, habrá un Conspirador alquimista, te lo aseguro –Amir rió con ganas, tanto que hizo estremecer las llamas de las velas–. Los corazones vacíos no ganarán la batalla. ¡Por la Gran Obra Venceremos, nada ni nadie nos quitará la alegría!

Los tesoros

–Te contaré la historia de los tesoros más buscados a lo largo de los tiempos. Como se sabe, en los albores de la humanidad, en la era agrícola, la reserva de energías más preciada era la tierra propia. Los hombres más primitivos defendían sus territorios a matar o morir, para conservar así tanta energía acumulada. Te diré que todavía quedan especímenes de este nivel, y muchos, en la era actual. El tesoro de ese tiempo era poseer las mayores extensiones posibles de tierra. El hecho de que las tierras propias no pudieran ser abarcadas con la vista significaba la máxima conquista. Vino la era industrial y el mundo comenzó a masificarse. Se armaron grandes fábricas con cadenas de montaje y producción. La mano de obra robótica y fácilmente intercambiable fue el nuevo tesoro. Tantos obreros, tantos empleados en las fábricas representaban tanto status y poder. El tesoro era poseer mano de obra en grandes cantidades para mantener las inmensas cadenas de montaje. Los objetos producidos en serie y en mucha cantidad fueron el gran descubrimiento, los dueños de estos tesoros se sentían en el paraíso. Todo iba a ser como un cuento de progreso indefinido y eterno, nada ni nadie podía empañar esta felicidad en serie. Los dueños del poder pensaron que nunca se acabaría esa dulce realidad donde la única posibilidad era producir y ganar, ganar y producir. Apareció entonces la era del dinero... Y los grandes capitales volátiles y flexibles, las inversiones bursátiles, los juegos financieros reemplazaron a las grandes fábricas. Los paquidermos se extinguieron tal como una vez lo hicieron los dinosaurios. Las multinacionales fueron anónimas, ya no había caras visibles y orgullosas. Los dueños del poder se encerraron en clubes privados, se trabaron alianzas secretas, el paraíso era para unos pocos, muy pocos seres privilegiados. Se globalizaron las inversiones. Había que modernizarse, de lo contrario las puertas del paraíso dejarían afuera a los viejos dueños de los mastodontes en cadena. Se elaboraron cuidadosas estrategias, se redujeron estructuras, se unieron los dueños del poder para no quedar nunca afuera del jardín de dulces frutas y placeres sin fronteras.

Yo abría los ojos cada vez más grandes. El maestro alquimista, con la lucidez de un experto, hacía una síntesis de la realidad, en medio de una lejana caverna de la antigua Anatolia, base de la Conspiración.

–Al mismo tiempo vino la era de la informática –siguió Amir–. El dinero comenzó a ser de plástico. Tarjetas, préstamos, transferencias. La realidad se volvió más y más virtual. Más y más fantástica. El dinero ya no fue suficiente... apareció un nuevo tesoro. La reserva energética fue "el conocimiento" de las leyes de Mercado, de las tendencias del presente, de las estrategias de la competencia. El individuo, con su mente analítica, su intuición, su capacidad creativa, pasó a ser el tesoro, el dueño del más grande valor... el preciado conocimiento. Así dio en llamarse a la creatividad, a la inteligencia que se destaca de la masa. Este valor es intransferible, está *en* la persona, no entra de ninguna manera en el disquete de una computadora. El nuevo ciudadano se parece más y más a un artista. Aparentemente en algunos niveles es libre y creativo, tiene opinión propia. ¿Pero tú crees que esto es realmente así?

Me quedé pensando.

–Esto es lo que nos vendieron –dije–. Pero sospecho que no es del todo cierto.

–Con la era informática estamos presenciando la fragmentación del mundo en dos partes: una, super especializada, cada vez más pequeña, que maneja a la otra, la masa dormida y robotizada, inconsciente de sus posibilidades. ¿Entiendes? Para sus puestos de mando, el poder necesita individuos inteligentes pero emocionalmente dependientes. Los demás, mejor que estén dormidos y no se den cuenta. Esto es lo que está planificado y debo decirte que se trata de una gigantesca y sombría realidad. El mundo se ha convertido en un hormiguero. Sin embargo no todo es tan fácil para los superpoderes –el maestro hizo una pausa y, mirando un horizonte invisible, sonrió–. No todo es tan fácil... –repitió, bajando la voz.

–¿Por qué?

–¿Y si los individuos de la así llamada masa, de pronto tomaran conciencia?

–Ahhh...

–¿Y si se dieran cuenta de la necesidad que tienen de ellos los aparentemente gigantescos poderes invisibles? ¿Qué puede pasar? ¿Qué puede pasar si los individuos anónimos desarrollan los preciados bienes de la creatividad, la flexibilidad, la intuición y la inteligencia, y se liberan al mismo tiempo de la dependencia emocional y, sobre todo, del miedo? ¿Y si de pronto reciben sobres o leen textos alquímicos? ¿Si se conectan con el tremendo poder espiritual? ¿Cómo dominarlos entonces? ¿Y si comienza cada uno por sí mismo a ser ético, a creer, a tener un espacio propio, invulnerable y sagrado? ¿Cómo mantenerlo sojuzgado? ¿Cómo dominarlo si se transforma a la vez en un ser solidario, valiente e independiente?

–No les sería tan fácil, por cierto –convine.

–Así es. Y éste es el exacto inicio de la era que se avecina, llamada la era espiritual, que brotará muy pronto, con una fuerza irresistible en todo el planeta. Tal como sucedió con la era industrial, que arrasó a la agrícola, y con la era informática, que desmembró a la industrial, la era espiritual cambiará las implacables reglas de juego del mundo moderno. El alma, ése será el tesoro más codiciado. Ser uno el dueño de su propia alma –enfatizó Amir, perdiendo su mirada en un horizonte invisible–, de eso se tratará. Estamos ante un nuevo paradigma: el nuevo tesoro es la conciencia.

–¿Cómo es eso de ser uno dueño de su alma? –dije a Amir, sin comprender del todo.

–¿Qué es el alma, Ana?

No supe qué responderle.

–Sólo el ser humano, entre todas las criaturas de Dios tiene alma. El alma es lo que nos hace únicos, irrepetibles e individuales. Toda criatura tiene espíritu, fuego de Dios, sólo por estar viva. Algunos seres, como los animales, tienen espíritu y cuerpo. Otros, como los ángeles, son puro espíritu. Sólo los seres humanos tenemos cuerpo, alma y espíritu.

Comprendí repentinamente de qué se trataba, si embargo me quedaba una duda:

–¿Los gnomos y las hadas no tienen alma?

–No, no son conscientes de sí mismos y tampoco entienden por qué están siendo atacados a través de la contaminación de la naturaleza y también del escepticismo, que los está matando poco a poco. ¿Sabías que un gnomo o un hada pueden llegar a morir de tristeza porque negamos su existencia?

–¿Mueren?

–Sí, se disuelve poco a poco su cuerpo sutil. Aunque suelen vivir cientos de años cuando las condiciones son aceptables. Se trata de la ecología. ¿Vas comprendiendo?

Me dolió el corazón ante esta revelación: yo los había visto con mis propios ojos y me había encariñado con ellos.

Amir, percibiendo mi tristeza, se apresuró a aclararme...

–La Conspiración de la Gracia cuenta con la colaboración de los reinos de la naturaleza y los respeta. La nueva ecología entiende que la "realidad" es mucho más que lo que vemos con nuestros ojos físicos. Lo primero que aprende un aspirante a alquimista no es a operar con atanores, alambiques y crisoles.

Lo miré interrogativamente.

–Lo primero –dijo Amir, mirándome con esa expresión que me traspasaba el corazón– es aprender a salvaguardarse del miedo, a ser independiente de las presiones del pensamiento colectivo. El Conspirador de la Gracia es capaz de soportar una etapa de soledad psicológica, ésta es nuestra fuerza. Es capaz de separarse de la masa, así sea por un pequeño lapso, y entrar a su espacio sagrado. Verás que ésta es una clave. Es al salir del embotamiento y en total soledad con respecto al mundo, que te encuentras con el misterio... con tu propia alma. No hay otra manera de recomponer nuestra energía. El ser que sale de la masa dormida vuelve a sentir pudor, respeto ante lo sagrado, ante lo que aún no conoce por más que esté "informado". Recupera la capacidad de sentir el estremecimiento ante aquello que llamamos Dios. El Conspirador tiene calidad espiritual. Este estado de pureza será buscado dentro de poco, tanto como lo fue el oro y la tierra en otras etapas de la evolución. Será el bien más preciado e intentarán, como lo viste con Mara y sus secuaces, ponerlo al servicio de los viejos poderes, desconectados de Dios. ¡La pureza es energía... y del más alto voltaje!

Una suave brisa se filtró en la caverna, como acompañando la palabras de Amir.

–Sin embargo –continuó–, todo Conspirador de la Gracia está sumamente cuidado y protegido por los ángeles, por los maestros y por su tradición, ya sea hebrea, cristiana, musulmana o cualquier otra. No es fácil alterarlo y dominarlo una vez que despierta.

Comprendí de pronto las misiones en la Conspiración: proteger y cuidar y dar información espiritual.

–¿Y si no pertenece a tradición alguna? –volví a insistir por enésima vez, recordando a tantos seres enojados, distanciados y desilusionados de las tradiciones, muchas veces con razón.

–Es urgente reconstruir la comunicación con Dios –dijo Amir como para que no quedaran dudas–. La Conspiración de la Gracia propone renovar el camino de las tradiciones, por considerarlo valioso. Por supuesto que no es el único, pero hay sí una clave que es universal en este fin de siglo... Se trata del VALOR. Tanto o más como en otras épocas lo fue el dinero, las tierras o el conocimiento, el VALOR será el tesoro, la fuente de energía.

El lugar sagrado

Amir respiró profundamente y juntó sus manos a la altura de su corazón.

–Ahora te explicaré cómo construir en tu casa un lugar sagrado –dijo–. Es una información clave para un Conspirador; casi un secreto de Estado.

–¿En qué consiste?

–Elige un sitio que permita aislarte para concentrar las energías, no importa si es grande o pequeño. Márcalo con unas gotas de aceite consagrado o agua bendita. Si esto no es posible, entonces construye un altar en el tiempo, no en el espacio.

–¿Cómo es eso? –dije sin comprender.

–Si no dispones de un lugar privado, marca con el aceite consagrado un pequeño territorio, que será exclusivamente tuyo cuando todos estén durmiendo. Ésta es la técnica de apropiarse de un espacio a través del tiempo. Si tampoco es posible hacerlo, entonces, donde estés, cierra los ojos y prende una vela blanca imaginaria. Tú conoces la realidad virtual, será fácil hacer lo que te digo. Construye la imagen virtual del altar más fantástico que quieras o el más sencillo. Prende el incienso con un fuego sutil. Coloca la imagen o el símbolo de la tradición a la que perteneces o la que elegiste para hablar con Dios. La vela despierta la vista sutil. El incienso despierta el olfato, poderoso sentido iniciático. Saborea una pequeña porción de miel para prepararte, despertarás el gusto por la plenitud y la perfección. La miel es el símbolo de la dulzura que atraerás a tu vida. El rosario despierta el poder del tacto dormido en tu mano. Las oraciones despiertan el oído mágico y permiten escuchar la voz de Dios. Todos tus sentidos, vista, olfato, gusto, tacto, oído, se volverán más y más iniciáticos cuantas más veces practiques la novena. Es muy importante escribir el pedido. Los alquimistas egipcios me enseñaron la tremenda fuerza de la palabra grabada en el papel. Luego, con el pedido en la mano y los ojos cerrados, entra en tu espacio sagrado, real o imaginario. Debe estar delimitado mentalmente con un círculo de por lo menos tres metros de diámetro.

–¿Real?

–Un círculo de luz blanca –contestó Amir.

–Y después...

Toma el rosario alquímico, real o virtual. Abre la puerta del rito con la señal de la cruz, con una inclinación de cabeza o postrándote a la manera del musulmán, tomando uno de los tres caminos. Luego, con toda intensidad, pronuncia dentro de tu círculo mágico las oraciones de poder elegidas.

–Tres Padrenuestros y tres avemarías –recordé–. Seis salmos o los poemas recitados...

–Exacto. Cuando llegues a la séptima cuenta, estés donde estés, en el altar real o en el imaginario, lee el pedido tan intensamente como puedas, así sea en voz muy baja. Pide al Padre Cielo lo que realmente anhelas y necesitas; hazlo como sólo sabe pedir un hijo, seguro de que será escuchado. Luego repite nueve veces la alabanza que pertenece a cada creencia y cierra el ceremonial de la misma manera en que lo abriste, con la señal de la cruz, la inclinación de cabeza o la postración. Saldrás así del círculo mágico, se cerrarán tus *chakras* y podrás retornar tranquilamente a tu vida cotidiana. Este paso es fundamental para poder regresar al tiempo terrestre, si el laboratorio estuviera en la realidad concreta. También resulta imprescindible para volver de la realidad virtual. Todo buen alquimista sabe entrar y salir con soltura de los tiempos y de los espacios mágicos. También conoce el poder de la repetición... Prende la misma vela real o virtual a lo largo de nueve días, siempre a la misma hora. Al día décimo, luego del agradecimiento, apaga la vela, dejarás así impecablemente cerrado el ceremonial.

–¿El lugar sagrado y el rosario sólo sirven para hacer pedidos?

–De ninguna manera, también puedes entrar en él para tomar energía, limpiar larvas astrales, fortalecerte o pedir luz y ayuda para otros.

–¿Para otros?

–Sí, de la misma manera en que pides felicidad para ti, o sea, luz plena, en la séptima cuenta pronuncia el nombre de la persona a quien deseas ayudar y pide luz, simplemente luz. Irá rápidamente allí donde haya sombra. También puedes ir al lugar sagrado (y esto es muy poderoso) con el fin de pedir felicidad para el planeta tierra. Hay un gesto que tiene un efecto potente, imprevisible y de largo alcance: ¡agradecerle al cielo!

–¿Esto se realiza con el mismo ritual?

–Sí, con la diferencia de que, al llegar a la séptima cuenta, deberás dar gracias a la vida. Estás poniendo en movimiento una fuerza más poderosa que la energía atómica, es ni más ni menos que la fuerza del amor. En un mundo de insatisfacción y permanente ansiedad, el agradecer es un raro bálsamo que refresca el alma. El nueve –continuó diciendo Amir, mientras miraba fijamente la llama de las velas– anuncia a la vez un fin y un comienzo. El fin de alguna carencia y el comienzo de un nuevo estado. Pero me falta revelarte algo más... Al finalizar las oraciones permanece nueve minutos en meditación, respirando rítmicamente para fijar la energía en el cielo. Luego apaga la vela y deja consumir el incienso.

–Comprendo –dije.

–Ahora observa el rosario... Las primeras seis cuentas son de preparación, en la séptima haces el pedido. El mundo se fue creando durante seis días y en el séptimo estaba terminado. En el orden humano, el embrión está completamente formado en el séptimo mes. En el Camino de los Misterios hiciste el pedido como séptimo paso a tu arribo a Estambul, después de la transmutación. La llegada a Göreme y el círculo de las alabanzas cerró el rito del rosario alquímico. El lugar que te enseñé a construir es el laboratorio del Conspirador de la Gracia; su refugio de silencio. ¿Sabes qué dicen del silencio los monjes de todas las tradiciones? Dicen que da a las cosas magnificencia, pasión, grandeza. Y es para creerles: ellos son los exploradores de este enigmático reino y dicen que cuando hay silencio se hace presente Dios.

El vuelo de las nueve palomas

Sin saber de dónde procedían, vi de pronto a Amir rodeado por nueve palomas blancas. "Su aleteo fue extremadamente silencioso", pensé. ¿Habrían entrado por la abertura superior de la caverna, bajando por el rayo vertical de la luna llena?

–Te explicaré el significado de un rito, de manera que realmente comprendas su poder y su importancia –dijo sin inmutarse.

La belleza de la escena me conmovió y no pude evitar que los ojos se me llenaran de lágrimas. La mágica imagen del maestro rodeado de nueve palomas blancas y una suave bruma de incienso, frente a dos velas ardiendo, quedaría para siempre en mi memoria.

–Desde el primer día de la novena –murmuró, mirándome fijamente– tu pedido al cielo se elevará, pero lo hará cada día de diferente manera. Presta atención, ahora verás lo que sucede el primer día... El uno es siempre fuerte, tiene el extraordinario poder de ser el principio... Apenas es una posibilidad, sin embargo tiene el poder latente de la manifestación. Siendo el punto de partida hacia una nueva realidad en tu vida, inicia el ritual siniendo, en el momento supremo en que enciendes la vela, que nada será igual después de este primer día. El uno es el símbolo del cambio irreversible que sobrevendrá, puedes estar segura. El rito modificará desde ese primer día tu realidad sutil. Enciendes decididamente la primera luz de la esperanza cuando inicias el ritual.

Una paloma levantó vuelo en ese momento y, atravesando el rayo de luna, se elevó hacia el cielo estrellado a través de la abertura superior de la cúpula sagrada.

–El segundo día, a la misma hora –siguió explicando Amir–, de preferencia después de que se haya puesto el sol, repites puntualmente el ritual encendiendo la misma vela. El dos refuerza al uno o se opone a él. En este día sentirás claramente que eres la "criatura" que está pidiendo una gracia al Creador. El dos es la primera y más radical de las divisiones, si lo ves en un nivel. Si lo ves en un nivel más alto, te das cuenta de que son dos caras de la misma moneda: cielo y tierra; espíritu y materia; carencia y satisfacción; pedido y respuesta; esencia y existencia. Todo progreso se opera sobre una cierta oposición, el enfrentamiento entre lo que es y lo que será.

Me di cuenta de que cada vez entendía más: las palabras de Amir eran claras como el agua de un manantial

–Sabiendo esto, si persistes, en el segundo día sentirás ya los poderosos efectos de la repetición del ritual. Toma la energía del dos en el segundo día del rito, los números son criaturas de poder.

La segunda paloma levantó vuelo suavemente, obedeciendo, para mi asombro, a la voz de Amir, quién seguía mirándome fijamente sin parpadear.

–La noche es símbolo de gestación y de secreto, y tú estás ahora en tu lugar sagrado construyendo para ti un nuevo tiempo, una nueva vida, un cambio profundo a través del rito repetido exactamente igual durante nueve días. Llega el día tercero, ya estarás esperando la hora señalada; el ritual será para ti, ya lo verás, una manera de alimentar el alma. Enciende la vela, el fuego sagrado. Nuevamente ascenderá el mismo pedido a través de un canal que se ha abierto entre la tierra y el cielo. El día tercero señalará una pequeña primera victoria. En ese día del ritual se completa la primera tríada. Has logrado fijar una intención en el cielo. El tres es un día de júbilo, el nexo entre tu pedido y la respuesta del cielo ya está firmemente establecido. El tercer paso de todo ritual trae siempre una liberación, un pasaje a otro estado de conciencia. Siempre concede tres días a cualquier situación para que se defina. Si persistes y realizas el rito en el tercer día, ten seguridad de que el pedido tomará, a partir de allí, una fuerza inaudita. Y también tu propia transmutación a un estado de conciencia superior se potenciará por la repetición rítmica de las oraciones.

La tercera paloma ascendió vertiginosamente, desapareciendo en el rayo de luna.

–Recuerda los pasos de tu viaje a través del Camino de los Misterios. También son nueve. En el primero... ¡enfrentaste al dragón! Día poderoso, de decisiones valientes y absolutas. En el segundo cortaste una antigua cadena, uniste pasado y presente, reafirmaste la primera decisión... atravesaste el dos. En el tercero diste el Salto de Fe. El tres es el número del alma. A partir de allí, se desencadenó un vertiginoso viaje, más y más mágico, ¿verdad?

–Ya lo creo... –dije.

–El cuarto misterio, la misa de Chipre, pertenece ya a un orden nuevo. Está consolidado el cambio y viene el primer renacimiento. Estamos ahora en ese preciso momento del ritual... Al cuarto día tu corazón latirá ansioso, poco antes de llegar la hora fijada.

La cuarta paloma se elevó despacio, agitando sus alas con un movimiento elegante y seguro.

–El cuatro es el número de la esperanza –dijo Amir con voz triunfal–. A los cuarenta días del diluvio, Noé establece la nueva alianza con Dios. Moisés es llamado por Dios a los cuarenta años, cuarenta son los años de travesía a través del desierto. Jesús es tentado en el desierto, y sale victorioso después de cuarenta días. Este número, el cuatro, marca en el Camino de los Misterios la terminación de un ciclo, la NIGREDO, y el comienzo de otro, la ALBEDO... El cuatro es también el número de la concreción y de la tierra, por eso éste es un día de certezas... El pedido llegará a destino, la insistencia es difícilmente ignorada, tanto en la tierra como en los mundos sutiles. El día quinto es de alegría y liviandad. El cinco es un día de unión con el cielo, de armonía, placer y equilibrio.

–¡Qué hermoso! –dije.

–Sí, Ana, será un día plácido, podrás fácilmente hacer el ceremonial y elevar el pedido. El cinco es un día protegido, es el pentagrama, es la estrella de cinco puntas, es el símbolo del amparo divino. ¿Recuerdas el amasado del pan de los sueños? ¿Y la dulce envoltura del manto a orillas del río?

–Sucedió en la quinta cuenta...

–Así es. El cinco es exactamente el punto medio en los nueve días que dura el ritual. Es el día del casamiento, el día de las bodas entre el anhelo de la criatura, que se eleva hasta llegar al cielo, y la respuesta del Creador, que llegará a la tierra. Para los sufíes, el cinco es un número sagrado: cinco son los momentos del día, los *takbir,* para realizar las oraciones. El número cinco, por ser tan especial, está ligado a los sortilegios y los encantamientos.

Como obedeciendo una orden invisible, la quinta paloma se elevó graciosamente.

Amir respiró profundo y se quedó en silencio mirando la llama de la vela.

–Estamos en el día decisivo... –dijo– el sexto. Prepara la vela, el incienso, el pedido, la imagen sagrada o el símbolo de tu tradición y el rosario alquímico. Presta atención, en este día finaliza el segundo ciclo de tres, es un día crucial. Podrás inclinarte a seguir el ritual y también, quizás, a abandonarlo. El seis es un número de prueba, una encrucijada. ¿Hacia dónde se inclinará el ser humano, creado por Dios en el sexto día? Ésta sigue siendo la gran incógnita. ¿Qué camino tomará la "criatura"? ¿Recuerdas el nacimiento en Chipre?

–Sí –recordé exactamente el momento en que sentí miedo de nacer y también el deseo apasionado de llegar a esa luz que me esperaba al final del camino...

El silencio inundó la caverna... Amir estaba inmóvil.

Contuve el aliento, la paloma no se movía...

De pronto, como una explosión de alegría, batió las alas enérgicamente y se elevó hacia el plenilunio con increíble fuerza.

Amir sonrió al ver mi alegría.

–¡Llega el siete! –anunció Amir–. Rey de los números en el mundo espiritual, señala un ciclo completo: en el séptimo día Dios descansa y observa a la creación. El séptimo día es el del silencio de Dios, quien escucha a su criatura con toda atención. En ese día tu pedido llegará con claridad y fuerza absoluta a los oídos del Creador. Desde allí abajo su pequeña criatura está pidiendo luz, belleza, ayuda, protección... Dios se enternece y escucha atentamente.

La séptima paloma, entonces, se elevó en línea vertical, una flecha de luz que obedecía a un llamado del cielo lleno de estrellas.

–El número ocho tiene mucha fuerza. El octavo día es poderoso, la energía circula, sentirás que tu oración tiene un increíble eco.

La voz de Amir resonaba en la caverna, la anteúltima paloma levantó vuelo envolviéndonos en un círculo.

–El ocho es regeneración e impulso –continuó Amir.

La paloma se elevó rápidamente...

–En el día noveno comienza la celebración. La novedad llegará pronto, muy pronto. El nueve es anuncio... certeza.

La última paloma permaneció suspendida en el aire agitando sus alas justo por encima de nuestras cabezas. Parecía querer decirnos algo.

–Los números son huellas que deja el Misterio,

Amir sonrió mirando la paloma y ésta se elevó hasta desaparecer en la abertura superior de la caverna.

María de Varsovia también sonreía.

Jurek y Marysia miraban embelesados la piedra de oro que brillaba en la mano de la alquimista. La respuesta del cielo había llegado después de nueve etapas de oración y trabajo. Una, de preparación del atanor, tres de NIGREDO, tres de ALBEDO, una de pausa y definición y la última de alabanzas y espera.

Amir se quedó observándome en total silencio...

"¿Qué pasará ahora?", pensé, sin moverme de donde estaba.

Oía el crepitar de las velas y mi propia respiración, un poco agitada por la expectativa.

Un silencio profundo acompañaba siempre la espera de alguna revelación; recordé que este fenómeno se había repetido, una y otra vez en el Camino de los Misterios.

Amir extrajo de entre sus ropas un pequeño reloj de arena. Lo invirtió, y la arena comenzó a deslizarse suavemente hacia abajo...

Me estaba enseñando, con un gesto mágico, a usar el símbolo de la trasposición de las situaciones.

–El cielo derrama sus dones sobre la tierra –dijo el maestro con voz enérgica observando cómo la arena caía lentamente de un cono de vidrio a otro.

En ese preciso momento regresó una paloma desde quién sabe qué lugar de misterio. Llevaba un ramo de olivo en su pico.

–Es la respuesta que llega después del día noveno –aclaró Amir.

Jamás habría entendido el tremendo poder de un rito si no hubiera escuchado su mágico relato, acompañado de nueve palomas, dos cirios y un exquisito incienso. Quedé para siempre hechizada por la belleza absoluta de este ceremonial profundo y enigmático llamado novena.

–Te diré algo muy importante –dijo Amir–, presta mucha atención, esto es clave para no caer en las garras del dragón del miedo. Es algo que manejan fácilmente los ángeles, los gnomos, las hadas, los silfos, las salamandras... Nosotros, los seres humanos, lo desconocemos por completo. ¿Qué es? –preguntó, dando vuelta el reloj de arena.

–¿El tiempo?

–Así es –respondió el maestro–. Y, más exactamente, el tiempo presente. Nadie es más ignorante acerca de este tema que el pobre ser humano, rey de la Creación. El más insignificante de los gnomos se debe estar riendo en este preciso momento al escucharme. Para ellos, éste es un saber rutinario. Para ser un alquimista, para ser una persona intensa, un Conspirador de la Gracia, hay que conocer el secreto de los secretos –confesó Amir en la penumbra de la caverna, apenas iluminada por las velas y por un rayo de luna que aparecía y desaparecía en la abertura del techo.

–Verás, el misterio está encerrado en el instante presente. Hay un fugaz momento entre el pasado que se retira y el futuro que se acerca. Es sutil como el aliento de un ángel y tan difícil de retener como lo son ellos. ¡Qué experiencia tan ardua de vivir!... el presente es demasiado intenso. El instante es una puerta de poder; el ser humano le teme, así como en el fondo teme alcanzar la felicidad absoluta. Por eso nos refugiamos en el pasado idealizándolo o viajamos hacia el futuro y quedamos suspendidos esperando que nos regale lo que nos corresponde. ¿Cómo te sientes en este exacto segundo?

–Feliz...

–Cierra los ojos –susurró el maestro–, respira lo más profundo que puedas, llénate de dicha sin pretender retenerla.

Hice lo que me decía.

–¡Exhálala ahora! –dijo firmemente–, suelta la felicidad como si liberaras un pájaro al viento... Los ángeles la tomarán para transformarla en sostén del universo. Si en cambio fuera tristeza, respira de igual forma y permítete sentirla. Déjate atravesar un instante, tan sólo un instante por la pena. Luego libérala totalmente hasta que en ti no quede un resto de melancolía. Un ángel la tomará en sus manos y la transformará en alegría –después de todo, ellos son grandes alquimistas–. El rito de la novena aprovecha la fuerza del instante para horadar el cielo con un pedido al Creador. Un ferviente instante de pedido al cielo es infalible, por eso te aseguro que vendrá la respuesta. Siempre y cuando sea sentido.

–¿Cómo tiene que ser mi pedido? –pregunté preocupada.

–Valiente –dijo Amir, mirándome muy serio–, simplemente valiente; tú sabes de que se trata. Apasionadamente valiente –recalcó.

El presente está en el *Kairos*, pronto regresarás al *Cronos*. Entrénate en el pasaje entre los dos tiempos haciendo el ritual de la novena como te lo he enseñado. Si quieres practicar el pasaje de los tiempos, ve a visitar a tu amigo Manuel, el de los benedictinos.

–¿Lo conoces? –pregunté asombrada.

–¡Por supuesto! –él es quien nos proporcionó información sobre ti. Por eso recibiste los sobres.

Antes de que pudiera salir de mi asombro, Amir continuó:

–Los monjes benedictinos, alquimistas todos ellos, orden monástica sumamente antigua, hacen el pasaje del *Cronos* al *Kairos* varias veces al día, hasta que aprenden a estar en los dos mundos al mismo tiempo. *Ora et labora* es el eje de vida de los benedictinos. Están en el mundo sagrado cuando se visten con sus hábitos negros y cantan los alabanzas, las vigilias y los misterios. Es precisamente a través del canto gregoriano que abren la puerta para pasar a otro tiempo. Ésta es la parte del *ora*. Luego viene el *labora...* Los monjes cambian los hábitos por vestimentas de campesinos y labran la tierra con fuerza y dedicación. *Ora et labora* es una gran sabiduría alquímica.

La felicidad

–Amir, ¿cuál es mi tarea? –pregunté de repente recordando que el maestro de la Conspiración podía revelármelo.

–Por de pronto te diré que eres "informante" –dijo Amir entregándome el misterioso sobre dorado que tanto me había atraído–. Y quizá tengas una tarea especial debido al paso del gran cometa, eso depende. Antes deberé formularte una pregunta, pero de eso hablaremos después. Ahora dime... ¿qué pediste en Estambul?

–¡Ser feliz! –contesté levantando la voz sin darme cuenta–. Me parece que es un pedido algo ambicioso. Pero es que yo quiero todo: la riqueza, el amor, la libertad, la alegría, te lo confieso. Se me ocurrió que pidiendo sólo uno de estos dones, perdería el resto y busqué hasta el final el lugar donde viera personas felices. Los mercaderes no eran totalmente afortunados, a pesar de tener en sus escondrijos del Mercado innumerables barras de oro. Pude evitar la trampa del amor condicionado en Topkapi, pero ansío un amor tan total y apasionado como el de la historia de Mehmet, el Conquistador. Cuando vi a los derviches danzantes, tuve la seguridad de que eran felices y de que podían conducirme al lugar donde se cumpliría mi deseo.

–¿Qué te hizo pensar así?

–No lo sé explicar con la mente, sólo lo presiento...

–¿Qué señales viste en el *Dergah*? Piensa en alguna de la que no comprendas el significado.

Traté de recordar el lugar. En el patio de acceso, bajo las palmeras, volví a ver al majestuoso pavo real, con la cola desplegada. Estaba inmóvil, magnífico...

–El pavo real del jardín de los derviches –dije–. ¿Qué significa?

–¿Qué significa la felicidad para la mayoría de los seres humanos? –contestó Amir con otra pregunta.

–Bueno –dudé–, sólo... sólo se admite la posibilidad de vivir momentos felices... instantes fugaces que pasan sin dejar rastros.

–Nadie sabe cómo aparecen y por qué desaparecen estos instantes de dicha, ¿verdad?

–Sí –le dije apesadumbrada, pensando que entonces mi pedido no me iba a ser concedido. En un segundo había perdido toda la ilusión, hasta pensé que Ojos de Fuego no era más que una absurda idea de mi mente, excesivamente ambiciosa o soñadora.

Amir vio la sombra en mis ojos y yo vi un resplandor de burla en los suyos. ¿Habría hecho algo mal y por eso se reía? Las lágrimas acudieron a mí, y a duras penas pude contenerlas. "Pedí demasiado", pensé, "me equivoqué desperdiciando una oportunidad única". Quizá los otros peregrinos habrían pedido cosas más reales, más inmediatas y les serían otorgadas. Tenía un creciente nudo de angustia en la garganta.

–El hecho de que nadie sepa cómo aparecen y desaparecen los momentos plenos –dijo Amir–, no significa que la felicidad no exista.

Sentí una fugaz esperanza...

–Al no saber que existe –continuó Amir sonriendo y elevando su mirada a la luz plateada de la luna–, tampoco se animan a pedirla o no creen que ser feliz es posible. Pero... sigamos hablando de *tu* felicidad. ¿Cómo es que te decidiste por este pedido?

Decidí franquearme totalmente:

–Primero me parecía una quimera. Luego, a medida que fui viajando y cortando las ataduras con el miedo, la felicidad se fue transformando en algo posible. Entonces le di permiso de existir. Supongo que las oraciones, mientras tanto, iban haciendo su alquimia... Y en algún momento, casi sin darme cuenta, comencé a desear ser feliz de verdad y pronto presentí que esto era posible... Finalmente, al llegar a Estambul, y teniendo la posibilidad concreta de hacer un pedido al cielo, quise con toda el alma que la dicha fuera mía.

–Sigamos hablando de felicidad –dijo Amir otra vez, mirándome fijamente–. La historia de la humanidad relata, escena tras escena, la persecución de este ansiado anhelo... La felicidad es procurada por reyes, príncipes y mendigos. Parecería que este deseo es insaciable. ¿Qué dices?

–Es verdad –asentí–, apenas obtenemos un deseo vuelve a aparecer otro y otro, esta cadena parece no tener fin. Es como una sed que no se apaga con nada. Ni con éxito, ni con dinero, ni con el logro de ambiciones personales.

–El deseo de recibir –dijo el maestro–, es tremendamente intenso en la raza humana. Sin embargo, todo el universo desea... Hasta las rocas, en su aparente inmutabilidad, también desean transformarse en un brillante y traslúcido cristal. Esta tarea les lleva siglos, tal vez milenios. En la secreta oscuridad de las entrañas de la tierra, ellas desean, desean, desean... Las plantas desean crecer y obtener luz, los animales desean satisfacer sus instintos de supervivencia y reproducción. También desean recibir afecto.

–¿Y nosotros?

–Y, nosotros, los humanos.... –suspiró Amir alzando los brazos al cielo–. ¡Ah, los humanos no tenemos medida! Nuestros deseos de recibir son inmensos ya que no estamos limitados por el tiempo ni el espacio. Desear recibir para sí es una etapa en la evolución, nada hay de malo en eso, es perfectamente natural. Gradualmente y sin esfuerzo, este deseo de recibir para sí evoluciona y se transforma en deseo de compartir con los demás. En ese momento, el deseo, que es fuerza de vida y manifestación, llega a su pureza esencial.

–Obtener gracias del cielo –dije– y poder compartirlas con los demás, debe ser la máxima felicidad. No creo que haya algo mejor en esta tierra.

–Eso sí, hay una clave importante: jamás, jamás quedes atrapada en el egoísmo. Ésa es la trampa del deseo. Su cara más sombría es el poder y la ambición. Los objetivos que mencionaste pertenecen a las así llamadas metas menores, necesarias en una etapa del camino. Debo revelarte, sin embargo, que son sólo etapas, escalones en la prosecución de una meta infinitamente más audaz. Convengamos que detrás de este anhelo hay una fuerza que nos impulsa a una creciente superación, es como un fuego interior. Con los logros, nuestros deseos se vuelven más y más demandantes, queremos ser más libres, estar menos condicionados, ¿verdad?

–Sí –reconocí un poco avergonzada–, admito que la ambición humana no tiene límites... ¿Cómo dominarla?

–No es necesario dominarla sino experimentarla y comprenderla. Entonces nos damos cuenta de que estamos hechos de pasión y de sentimientos, el resto no tiene demasiada relevancia. El fuego interior que nos enciende haciéndonos buscar lo mejor, finalmente nos revela un gran secreto... Lo que en realidad perseguimos, sin darnos cuenta, es la perfección. Sólo Dios es perfecto... Por lo tanto, debo decirte, aunque esto quizá te sorprenda, que perseguimos a Dios.

Al ver mi expresión de asombro, Amir se echó a reír.

–Te dije que ibas a asombrarte –dijo–. Lo que viste en el *Dergah* y que te trajo hasta aquí, es esta verdad profundamente liberadora. El giro de los danzantes es una demostración de confianza en el mundo y en la creación. Ellos abren los brazos y aman a Dios. No hay más angustias cuando sabes dónde se encuentra lo que estabas buscando. Saber que puedes dirigirte al cielo para pedir todo lo que necesites y que obtendrás la respuesta es una experiencia apasionada y profundamente liberadora. Los danzantes aplastan con sus pies las dudas y el egoísmo, hacen crujir las viejas limitaciones y la mezquindad. Son fervientes Conspiradores de la Gracia... hacen la alquimia de la danza y la oración. Los danzantes se liberan, vuelan y conquistan palmo a palmo lo que les pertenece: la felicidad. Fuiste muy valiente al hacer este pedido, y veo que en ti realmente nació el nuevo ser en esa lejana aldea de Chipre.

El perfume del incienso era embriagador y el rostro de Amir irradiaba una paz muy particular cuando me dijo estas palabras:

–Tu pedido te fue concedido. Nadie te podrá quitar esta gracia.

Sentí de pronto que el mundo se iluminaba otra vez...

–La felicidad es como la cola desplegada del pavo real, ésa es la realidad –prosiguió Amir–. Cuando está replegada, sólo asoman una o dos plumas de brillantes colores. Los que nunca la vieron en todo su esplendor creen que es sólo una simple ave gris, con alguna que otra pluma colorida, que asoma de su cola de vez en cuando. Para ellos así es la vida, en el mejor de los casos, y a esto llaman "realidad". En todas las tradiciones, el pavo real es el símbolo de la felicidad, que se manifiesta en forma parcial a nuestros sentidos.

–¿Y por qué un pavo real?

–En su cola desplegada están todos los colores: el de la riqueza, el del amor, el de la pasión, el de la sabiduría, el de la amistad, el de la fortaleza. Esas son partes de un todo al que llamamos felicidad y que nos pertenece desde el instante en que nacemos. El desplegar nuestras posibilidades internas es semejante al desplegarse de la cola del pavo real: a medida que vamos floreciendo, desearemos compartir la dicha. Para esto sirve la alquimia.

–Acelera los procesos –dije, comprendiendo mejor– para llegar a la perfección.

–¿Recuerdas? –dijo Amir mirándome con ternura–. Lo decían los primeros mensajes. La Conspiración trabaja para este fin: lograr que todos los seres humanos logren la felicidad en la tierra. Pero solos no podemos. Por eso recurrimos al puente, a la oración, para tener la ayuda del cielo. Las oraciones de poder religan al hombre con Dios. El pavo real –continuó– es un símbolo del sol, de la iluminación, del fuego, del amor. Es el emblema de las tradiciones más antiguas. En Birmania representa la dinastía solar real. Las danzas birmanas del pavo real atraen la luz a la tierra. Se sabe también que tiene la capacidad de destruir las serpientes sin ser afectado por su veneno. La serpiente, en una de sus simbologías, representa todas las ataduras y los miedos, como lo hace el dragón. El pavo real absorbe el veneno, equivalente del miedo, y lo transmuta en majestad.

–¿Cómo es eso? –pregunté cada vez más fascinada.

–Esta es la consigna de las tradiciones alquímicas: Transmutar el mal en bien; las dificultades, en oportunidades; el plomo, en oro; la tristeza, en alegría; el miedo, en valor. El pavo real también simboliza el poder de cambiar la realidad, desviada de Dios. Al destruir las serpientes, el pavo real realiza una transmutación espontánea y natural de los venenos que absorbe. Por eso es un pájaro sagrado: sabe invertir las energías negativas y transformarlas en fuerzas. En la tradición cristiana –continuó Amir–, en la iconografía, se representa con frecuencia a los pavos reales saciando su sed en el cáliz eucarístico. Transformación de muerte en resurrección, ¿comprendes? En Oriente Medio, las tradiciones judías de los cabalistas los representan a uno y otro lado del árbol de la vida, simbolizando así la transmutación de la dualidad en unidad. Finalmente es también el trono de Buda para los hindúes, tal como lo cuenta un libro sagrado, el *Bardo Thodol.*

Por eso es símbolo de la Conspiración de los alquimistas.

Amir señaló el dibujo de la Conspiración, marcado en el piso.

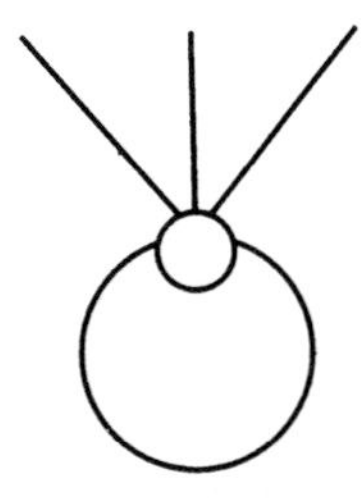

–Las líneas superiores –explicó– son los caminos de las tradiciones. Representan la cola desplegada del pavo real. La cabeza es la cuenta del pedido, es la conciencia de que existe la felicidad. Si lo sabemos, podremos obtenerla. El cuerpo, representado por el círculo, es la base de la obra alquímica, la alabanza a Dios. Sin Él nada podemos hacer para ser felices. La redención se conquista día a día y es como la obra alquímica: tiene etapas. La transmutación es progresiva, comenzamos a ser felices de a poco hasta que finalmente logramos que este estado de gracia no nos sea arrebatado por nada ni por nadie. En ese momento exacto comenzamos a ser libres de verdad. No hay medida para la bienaventuranza, siempre es posible ser más y más feliz. Llega un momento en que estamos llenos de dicha sin motivo y esto, te lo aseguro, se logra rezando el rosario alquímico; ya sabes que se puede hacer el Camino de los Misterios a través de la vía ritual. Al lograr ese estado de dicha interior, la energía de felicidad que nos colma se desborda en forma espontánea. Entonces comenzamos a desear ardientemente compartir este estado con los demás. Se lo llama "servicio a la humanidad". Sólo es posible dar a otros lo que se posee, de otro modo estaríamos compartiendo vacío, carencias y desesperación. El alquimista comienza por hacer un férreo trabajo sobre sí mismo antes de pensar cuál es su misión. Esto no es egoísmo, es sabiduría. Es necesario ser muy valientes para asumir esta postura y reconocer que se aspira al logro mayor: a la conquista de la Gracia... ¿verdad? Nosotros, los Conspiradores, lo somos. Lograr la Gracia es nuestro apasionado fin, y tenemos la certeza de que es posible obtenerla a través de las oraciones de poder, que existen en todas las tradiciones. Ya sean salmos, *suras* del Corán o las que tú conoces como el Padre Nuestro y el Ave María. Ésta es, ni más ni menos, la liberación cristiana. El avatara de la tradición de tus ancestros trajo consigo una libertad inaudita para su tiempo, y debo decirte que es revolucionaria aun para los días presentes. La Salvación que propone Cristo es la transmutación de todas las criaturas. Salir de la condición de desamparo y carencia, "plomo", y conquistar un estado permanente de confianza y felicidad, "oro". La transfiguración es, ni más ni menos, el equivalente a la total, absoluta e irreversible transmutación del ser en luz.

Las palabras de Amir me abrían la mente y el corazón a velocidades difíciles de comprender con el razonamiento. No hablaba de culpas ni de sufrimientos, hablaba de transmutación y esperanza.

–La liberación cristiana dice que el humano es siempre trascendente, que es singular e irrepetible porque posee alma. Aun cuando deambule ignorante y dormido tiene un destino de perfección. Y es capaz de morir y de renacer mil veces hasta alcanzar la liberación de sus limitaciones. Aun en condiciones desfavorables puede elevarse sobre todas las circunstancias y volver a empezar. La oración que nos fue legada por Cristo acelera enormemente el tiempo de la transmutación y no falla, lo pudiste comprobar por ti misma. La liberación hebrea propone el mismo camino, a través del éxodo y la llegada a la tierra prometida. El pasaje por el mar Rojo describe claramente la última etapa del proceso alquímico: la redención. Finalmente, la liberación para los sufíes es la sumisión total a Dios. A tal punto esto es cierto, que son capaces, como lo viste con tus propios ojos, de levantar vuelo haciendo su total transmutación en estado de entrega a Dios.

–Amir, ¿por qué la Conspiración de la Gracia es perseguida?

–Porque todo cambio genera resistencia. Esto es así, y sucede en todos los órdenes de la vida. Porque ante una innovación vienen en tropel las viejas estructuras que dominaban el juego. Reclamarán a gritos su papel protagónico. Llamarán en su auxilio a los aliados del caos, el miedo será el primero en ofrecer colaboración para aplastar la "revuelta". Luego aparecerán los refuerzos, la duda, la inercia, la comodidad. Y protestarán con suma indignación diciendo: "¿cómo es posible que suceda esto?". Hay que estar preparados para conjurar la reacción de la viejas fuerzas. Ya sabes a qué me refiero.

–Sí, al Dragón del Miedo.

Los símbolos

–Amir –pregunté, sabiendo que interpretar los símbolos es uno de los conocimientos más iniciáticos, y que sólo lo transmiten los verdaderos maestros–, ¿qué significan las palomas? ¿Y esos extraños signos que veo pintados en la caverna entre las escenas del diluvio? –dije, señalando unas marcas que me eran familiares por haberlas visto durante mi recorrido por el Camino de los Misterios.

–Vamos por partes –contestó Amir sin ninguna prisa–. El símbolo es aquello que da que pensar. Habla en el lenguaje de los sueños, de la intuición y del misterio. No se opone al pensamiento lógico, está en otro nivel, eso es todo. Veamos como interpretarlos.

Amir levantó una de las velas para iluminar mejor la caverna. Vi entonces un gran espacio abovedado. Sus paredes laterales y la parte superior estaban completamente cubiertas por iconos pintados directamente sobre la piedra. Eran bellísimos y producían el mismo efecto que los de Gregorio en Chipre. Transmitían una visión beatífica, aunque las escenas del diluvio con las aguas cubriendo la tierra no eran precisamente tranquilizadoras...

La voz de Amir comenzó a acariciar mi oído... como comprendiendo mi inquietud:

–El diluvio purifica y regenera... Reabsorbe a la humanidad en las aguas de un nuevo nacimiento. Es lo que para los cristianos significa el bautismo. El diluvio, que fue un inmenso bautismo colectivo, señala el límite entre la prehistoria y la historia de la humanidad. Indica el punto exacto donde comienza a operar la alquimia como ciencia sagrada.

–¿Qué significa lo que quedó bajo las aguas?

–Lo mismo que en este momento significan para ti tus inquietudes, miedos y dudas de tu anterior estado de conciencia antes de haber recorrido el Camino de los Misterios. En las aguas del diluvio desaparece una forma psíquica, un estado de conciencia confundido y perdido en el mundo exterior. En el diluvio está simbolizada la reabsorción instantánea de una forma de vida vieja, sin energía, contaminada de frustraciones –Amir señaló las imágenes de las aguas cubriendo formas indefinidas y oscuras–. El diluvio produce un efecto energético parecido a lo que te sucedió al abrir la primera puerta del Camino de los Misterios. El aspirante entra al arca... o sea a la caverna alquímica, y las aguas del olvido cubren su anterior existencia.

–¿Qué cubren esas aguas del olvido? –pregunté con cierta inquietud–. ¿Cuál es exactamente ese estado anterior al que te refieres?

–¡Ah! Es ese lamentable estado en el que la mayoría de nosotros acepta vivir sin rebelarse. Es como un estado desvitalizado, marchito, sin energía. También te aclaro que, no bien empieces una novena, ya estarás navegando, como Noé, en un estado superior de conciencia. Iniciarás de inmediato una travesía fantástica sobre las aguas que cubren tu pasado... Pero sigamos el relato: Noé también estaba acompañado de palomas, a las que envió como emisoras para informar sobre el proceso que acontecía dentro del arca.

–¿No era para ver si habían bajado las aguas? –pregunté extrañada.

–Sí, pero también para señalar los cambios que se iban operando dentro del arca; recuerda que era un atanor y, como tal, debía permanecer cerrada, aun para el mismo Creador. Esto significa que tenemos libre albedrío: Noé recibió un mandato, pero siempre estaba la posibilidad de desobedecerlo. En total soledad, ayudado sólo por las oraciones, él iba llevando adelante, día por día, la espectacular obra alquímica de la que sólo el mar fue testigo. Noé debía mandar a los pájaros para ir avisando a Dios que las etapas se cumplían según lo previsto y, además, para recibir la respuesta del mundo exterior. Cuando la paloma regresara, la tierra prometida estaría cerca. Noah o Noé sería la semilla de la nueva humanidad. En el arca llevaría a cabo la reconquista de su verdadera naturaleza humana. Noé se descontaminaría del miedo, se le recordaría su esplendor e integraría sus energías de una manera nueva. Era el número diez en el linaje de descendencia de Adán, en la rama de Shet: con él se iniciaba un nuevo ciclo evolutivo. También se retornaría a las normas primeras, a la verdad, a la pureza y... ¡La obra tuvo éxito! Ya su padre Lemekh es avisado sobre la misión que llevará adelante Noé. Podríamos decir que le informan que su hijo realizará una obra de transmutación que tendrá enormes consecuencias en la especie humana. Noé es la primicia, la avanzada. Luego de ser él mismo transmutado adentro del arca, repoblará la tierra con una semilla nueva. Este elemento está grabado en nuestro código genético y se activa con las oraciones, lo llevamos inscrito en nuestra memoria. Sabiendo que Noah pudo hacerlo, y disponiendo las claves de esa primera obra alquímica, ¿por qué no intentarlo?

–Comprendo... –dije, mirando al maestro con asombro–. Cada día de la novena opera un cambio en nosotros, como lo tuvo Noé en el arca. Todo empieza a unirse: el Padre Nuestro, determinados Salmos, pasajes específicos del sagrado Corán, son claves alquímicas.

–Es la misma alquimia que hace María de Varsovia en el laboratorio con la transmutación de los metales –agregó Amir, por si me quedaban dudas–. Ella es maestra en ciencias sagradas.

–¿A qué llamas ciencias sagradas?

–En primer lugar a la alquimia, junto con ella a la angelología o conocimiento de la cooperación con los ángeles. A la teología o la historia del diálogo del humano con Dios y a la elfología o el misterio de los reinos elementales. Ya irás conociendo más de este camino que comienza por el rosario alquímico.

–Sí –contesté en un murmullo–, algo de esto me fue llegando. Comprendo que se trata de un saber muy antiguo que recién ahora comenzará a develarse en su verdadera dimensión.

Me lo decían las pinturas en las paredes, que parecían tener vida. Cada palabra de Amir estaba reflejada en el relato cíclico del diluvio, escena por escena, cubriendo toda la caverna. Allí permanecían la claves secretas de las ciencias sagradas, de la Conspiración y del comienzo de una nueva humanidad.

De pronto comprendí todo, mi viaje, el rosario... la existencia de la Conspiración.

–Ahora te entregaré algo muy valioso, tener esta clave es como haber recibido un gran tesoro. Amir señaló los jeroglíficos entre las escenas del diluvio.

–Ésta es la escritura de los ángeles –indicó, señalando los signos–. Tienen un inmenso poder de armonización. ¿Oíste hablar del lenguaje de los pájaros?

–Algo, pero nunca tuve una información completa.

–El conocimiento de este lenguaje es prerrogativa de una alta iniciación, presta atención –aconsejó Amir–. Lo menciona el Corán: "Y Salomón, fue el heredero de David y dijo: ¡Oh hombres! hemos sido instruidos en el lenguaje de los pájaros y colmados de todo bien". El círculo de las bendiciones que juntos recorrimos hace apenas unos minutos, tiene un *mantram* que está incorporado a la oración y es dicho en ese lenguaje. Es el Santo, Santo, Santo, para la tradición cristiana. La repetición de estas palabras produce una protección poderosísima. Purifica de forma inmediata a quien las pronuncia. El lenguaje de los pájaros es también llamado lengua angélica y, en la versión de las tradiciones alquímicas, se lo llama lenguaje rítmico. Las palabras de los ángeles tienen una inmensa fuerza repetidas en forma de *mantram* y más aún, si son salmodiadas, cantadas rítmicamente; tienen efectos poderosísimos. Es que ángeles y pájaros son considerados mensajeros entre la tierra y el cielo. ¡Ah, con sólo mirarlos, estos signos abren las puertas del reino angélico!

–¿Así escriben los ángeles? –pregunté, fascinada sin poder creerlo.

–Sí –reiteró Amir. La A... es Aleph en hebreo, que también tiene un alfabeto sagrado y es:

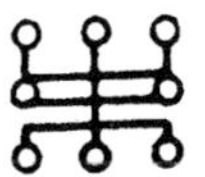

de puño y letra de los ángeles.

La B... es Beth, o sea:

Los ángeles son grandes lingüistas, siempre hablan en el idioma de los humanos a quienes se dirigen. Sin embargo, los alquimistas, dada la estrecha colaboración que existe entre ellos, hace ya muchos años aprendieron en forma completa el lenguaje angélico. De esta manera los invocan inmediatamente, sin complicados rituales. Tienen una clave directa para llegar a ellos a través de los símbolos. Signos, claves, esto es lo que son todos los alfabetos. ¿Vas entendiendo el poder de los símbolos?

Recordé haber visto ya los signos que Amir me develaba. En la caverna del Dragón, en su casa de Varsovia, en el Dergah de Estambul.

–Los ángeles nos dejan mensajes escritos a cada paso; son tan inocentes, piensan que los humanos recordamos, como ellos, algo que nos fue enseñado hace miles de años... los signos angélicos. Los alquimistas tuvimos que volver a estudiarlos, ya que nos habíamos olvidado de su significado.

–¿Cómo consiguieron este conocimiento?

–¡Ah! –dijo Amir–. Los conocimientos están al alcance de la mano si sabes buscarlos. Existe un libro, el del ángel Raziel, donde este ser celestial escribe el código angélico y revela otras valiosas sabidurías de la tierra y del cielo. Dicen antiguas historias, cuyo origen es difícil detectar porque se pierden en la noche de los tiempos, que Raziel obsequió este libro a Adán. Parece ser que de alguna manera llegó luego a las manos de Enoch, quien incorporó esos textos a su famoso libro. Sabemos con certeza que Noé lo tuvo en sus manos, ya que contenía gran parte de la información para construir el arca. También se dice que este libro estuvo en poder del rey Salomón; luego fue totalmente resguardado y custodiado por los alquimistas. Existe una tradición oral bien conocida entre los adeptos cabalistas. Los maestros hebreos recitan a sus discípulos, de memoria, el libro del ángel Raziel completo, de punta a punta.

–¡Por favor! –rogué a Amir–. Enséñame el alfabeto angélico.

–Bien, bien –dijo Amir risueño–, iba a dártelo de todos modos–. Aquí tienes –dijo, buscando algo entre sus ropas. Extendió su mano con un prolijo sobre con el sello de la Conspiración.

En su interior estaba la clave de la comunicación directa con los ángeles. El alfabeto latino, el hebreo y el angélico, con sus correspondencias.

A ... ALEPH

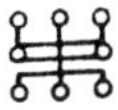

B ... BETH

C ... KAPH ...

D ... DALETH

E ... HEH

F ... PEH

G ... GIMEL

H ... HEH

I ... YOD

K ... KAPH

L ... LAMED

M .. MEM

N ... NUN

Ñ ... NUN

O ... AYIN

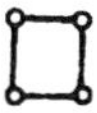

P ... PEH

Q ... KAPH

R ... RESH

S ... SHIN

T ... TETH

U .. VAU

V ... VAU

X ... SHIN

Y ... YOD

Z ... ZAIN

–Te enseñaré ahora tres palabras maravillosas del lenguaje de los pájaros –dijo Amir–. Son palabras de poder en las tres tradiciones. El pronunciarlas purifica, ilumina el alma, exorciza y te pone en estado de gracia. Ésta es la manera en que los ángeles llaman a Dios: Santo, Santo, Santo... en la tradición cristiana, como ya te enseñé; Kadosh, Kadosh, Kadosh... en la hebrea; Dhikr, Dhikr, Dhikr... en la musulmana.

El perfume del incienso que había encendido Amir en la entrada de la caverna de los misterios seguía llegando en oleadas. Mirra... Estoraque... Incienso...

Respiré profundamente sin poder despegar mis ojos del maestro.

Lo imaginé en Cracovia, enfrentando al Dragón con las oraciones de la NIGREDO, que ahora yo también conocía.

En Varsovia, viviendo como un aristócrata en la elegante casa del barrio de los alquimistas.

En Chipre, instruyendo a los monjes en el arte de la transmutación.

Lo imaginé en la India, entre los brahmanes, en la lejana China, entre herméticos alquimistas orientales. Su edad era imposible de definir. Y aun así, con toda esa sabiduría, cuando levantó su mirada de las llamas de las velas, descubrí los ojos más inocentes que había visto en toda mi vida.

Días de sol y luna

–Tienes en tus manos un camino y sabes cómo recorrerlo con oraciones hebreas, sufíes y cristianas –dijo Amir–. Ya conoces el ceremonial de la novena y el poderoso efecto de transmutación que realiza la repetición. Te enseñaré ahora la magia de los ritmos del universo, la que es practicada desde hace siglos por nuestros ancestros. Conocerás ahora los días de sol y los días de luna... No sólo el *Kairos* o tiempo celeste tiene secretos. También los tiene el *Cronos* o tiempo terrestre –Amir dio vuelta el reloj de arena–. ¡Aprende a invertir las situaciones y las tristezas con la ayuda de la naturaleza!

–Sí, Amir, lo intentaré.

–Te hablaré ahora del ritmo. La naturaleza tiene un ritmo mayor ordenado por el sol, y un ritmo menor ordenado por la luna. ¡El alquimista actúa siempre en consonancia con el cielo! Los Conspiradores cristianos conocen muy bien el infalible ritmo de los solsticios y de los equinoccios. Los hebreos, el misterioso ritmo de los siete días de la semana y el efecto irreversible de los ciclos de cuarenta días para la purificación. Los sufíes me enseñaron el poético ritmo de las doce lunas.

–¿Cómo es lo de las lunas? –pregunté asombrada.

–¡Ah! Eso lo aprendí en el desierto. Hace ya mucho, mucho tiempo, tanto que no puedo recordar cuándo, mientras acompañaba una caravana de derviches, uno de ellos me confió este secreto... "La luna comparte con nosotros, los seres humanos, una historia trágica: nace y muere... está sujeta a las leyes del tiempo", me dijo cuando hicimos un alto en el desierto. "Sin embargo", continuó, "es dueña de una gran revelación. La luna tiene el secreto del renacimiento. Mis ancestros, todos beduinos, descubrieron habitando el desierto que la luna es inmortal". Imagínatelos en sus largas caravanas, atravesando el desierto bajo la luz de las estrellas, viendo cómo la luna renacía una y otra vez luego de su aparente desaparición. "En el cielo están todos los secretos", me siguió diciendo el derviche, que después supe que era también alquimista. "La vida es como la luna: tiene ciclos, nada en ella es estático, todo cambia y siempre es posible comenzar de nuevo". Es tradición ancestral entre los hombres del desierto orar pidiendo una gracia en las noches de luna nueva, esto es lo que aprendí con los beduinos. Así fueron llegando a la Conspiración de la Gracia las informaciones de todas las tradiciones que se ordenaron luego en el rosario alquímico.

–Por favor, Amir –dije–, cuéntame cómo hacían sus oraciones los derviches.

–Los alquimistas sufíes elevaban sus oraciones poéticas justamente cuando en el cielo todo era oscuridad, noche cerrada, desesperanza.

–¿En cada luna nueva?

–Precisamente –respondió Amir–. Durante los meses en que acompañé la caravana (y esto duró un año entero), cada luna nueva los sufíes se postraban en el desierto. Esto lo vi con mis propios ojos: orientaban sus alfombras de oración en dirección al este y pedían a Alá que se cumplieran sus sueños. Cada noche, durante nueve días consecutivos, escuché a los duros beduinos elevar sus oraciones en total sumisión a su Dios. Al acompasar sus sueños con el ritmo del universo, los derviches veían crecer, junto con la luna, la luz de su esperanza. El júbilo era total cuando al séptimo, octavo y noveno día de su ritual veían brillar en el cielo la luna llena. Por eso, cada vez que necesites una gracia especial, pídela en luna nueva. Sigue el inefable ritmo de los sufíes, te aseguro que vendrá la respuesta. Oriente es sabio en el ritmo de la luna; Occidente, en cambio, conoce los poderosos efectos del sol.

–¿Cuáles son? –pregunté intrigada.

–¡Ése es el gran secreto de los alquimistas cristianos! Saben que en cada equinoccio y en cada solsticio, por unos días permanecen abiertas de par en par las puertas que comunican el mundo de los dioses con el de los hombres. Por eso, cada tres meses, a la medianoche en que comienza la nueva estación, prenden las velas blancas, preparan los inciensos y piden al cielo los dones correspondientes durante nueve días consecutivos.

–¿Cuáles son los "dones correspondientes"?

–Al inicio de cada primavera, cuando el aire se pone tibio y uno siente que la vida le está dando una oportunidad, piden el renacimiento. En el exacto día en que comienza el verano y se siente el perfume de los frutos maduros, piden que en su vida se realicen todos los proyectos. Cuando viene el otoño, ruegan por el fin de un ciclo viejo y la liberación de sus almas. Cuando comienza el silencioso invierno, los alquimistas se concentran y piden el descenso de la Gracia para sí mismos y para el mundo entero. De nada serviría este camino si no te condujera a ocuparte también del bienestar de todos los demás seres de la tierra, rogando por la redención de toda la raza humana y de la naturaleza.

Se me estrujó el corazón cuando me acordé del hospital de gnomos de Gregorio.

–¿Estos pedidos pueden hacerse tanto con las oraciones cristianas, como con las hebreas y con las sufíes?

–Es indistinto utilizar cualquiera de ellas –aseguró Amir–. Los alquimistas de origen hebreo, en cambio, conocen a la perfección el ritmo de los siete días de la semana, que coinciden con los siete días de la creación. Saben, desde los remotos tiempos en que se formó su tradición semítica, que cada día de la semana está consagrado a un tema y gobernado por un ángel. Los cabalistas, profundos conocedores de los senderos que conducen a la humanidad de regreso al paraíso perdido, hacen coincidir el inicio del rosario con el día de la semana afín a su necesidad. Yo he visto con mis propios ojos a expertos alquimistas hebreos aconsejar a sus discípulos que sintonizaran sus pedidos uno a uno con los días de la semana hasta conseguir la felicidad completa. Por ejemplo, ¿sueñas con un amor sublime? Comienza la novena en un viernes, día consagrado al amor y bajo la protección del ángel Anael. Si necesitas abundancia y prosperidad inicia el ritual pidiendo estas bendiciones al cielo un jueves, día consagrado a la plenitud y bajo la protección del ángel Zachael. Para todas las cosas buenas fue creado el domingo. Es en el día del sol que el arcángel Miguel desciende a la tierra, para estar cerca de los hombres. Los alquimistas inician justamente en este día una novena pidiendo brillo y protección. Si la gracia que pides se refiere a la salud, espera al miércoles y bajo la protección del arcángel Rafael, comienza la novena en el exacto día consagrado a la sanación. Si lo que necesitas es justicia o energía, el martes es el día indicado para comenzar el ritual. Estarás en compañía del ángel Samael. El lunes es un día especial para pedir el cumplimiento de algún sueño, el arcángel Gabriel lo tomará bajo su protección. Finalmente, el sábado, día de silencio, oración y meditación, es propicio para iniciar la novena pidiendo la máxima gracia. Aquellos que se animan piden de una vez la felicidad. Te revelaré ahora otro secretísimo ritual de los alquimistas hebreos. Una vez por año, recordando los cuarenta días del diluvio y los cuarenta años de exilio del pueblo de Moisés a través del desierto, los Conspiradores de esta tradición realizan el ritual de la purificación. Piden a Dios que los libere de toda esclavitud, sobre todo la que uno ejerce sobre sí mismo. Los he visto arrodillarse rogando al cielo con vehemencia: "¡Señor, líbrame de ser esclavo de mí mismo!".

–¿Cómo es eso? –pregunté, queriendo saber más de lo que ya intuía.

–¡Ah! –dijo Amir–. Es uno de los rituales más sabios que existen... Así como el nueve es número de gestación, el cuarenta es número de purificación. Señala la terminación de un ciclo... es irreversible. Luego de atravesar ritualmente el número cuarenta, nada volverá a ser igual. Si no, piensa en tu propia experiencia. El Camino de los Misterios lo has recorrido en cuarenta días. La vida suele cambiar a los cuarenta años. Anticipándonos a la obra del tiempo, los alquimistas provocamos y aceleramos los procesos de cambio deliberadamente; lo hacemos en el atanor y también en nuestra vida concreta. Por eso te estoy transmitiendo la clave de los ritmos, te puedo asegurar que es infalible para provocar una transmutación total. Los alquimistas hebreos, conociendo el poder de este número, una vez por año marchan al "desierto" a través del ceremonial alquímico. Durante cuarenta días, preferentemente al atardecer, dedican un pequeño tiempo diario para recitar los salmos tal como te los expliqué: tres al Padre, tres a la Creación, el pedido de purificación y nueve salmos de alabanza. Se trata del éxodo de una situación vieja, de una purificación completa, de una liberación... Y una marcha hacia la nueva tierra, la nueva situación. Sus ancestros, guiados por Moisés, marcharon a través del desierto de Sinaí, dejando atrás para siempre la esclavitud sufrida en Egipto, símbolo del orden viejo. El número cuarenta significa también prueba y espera. Los hebreos saben con certeza que el peregrinar durante cuarenta días a través del rosario alquímico los conducirá sin duda alguna a la "tierra prometida". En nuestros días esto significa lograr nada menos que la liberación de los miedos y la independencia de los condicionamientos colectivos.

–¿Cómo hacen esta maravilla los Conspiradores hebreos?

–Toman el rosario alquímico, encienden una vela blanca y preparan el incienso –dijo Amir–, tal como te enseñé a hacer el ceremonial diario.

–¿Qué piden en la séptima cuenta?

–La purificación. Es muy conveniente iniciar las plegarias en luna nueva y en las poderosas horas del atardecer o del alba. Al cabo de cuarenta días vendrá una total e irreversible transmutación, te lo dice un viejo, viejo peregrino de misterios.

El arte de la oración

–Te enseñaré a hablar con el cielo a la manera de los alquimistas –dijo Amir.

Estábamos sentados al modo de los yoguis, frente a frente bajo el rayo de la luna llena de la Capadocia.

–Gabriel te habló ya de los hesicastas, ¿verdad?

–Algo, sé que son llamados los monjes contemplativos y que tienen sus monasterios en Chipre, en las cimas más altas de las montañas.

–Así es, conocen el secreto arte de orar con el cuerpo y también el arte oriental de la contemplación. Gregorio, el maestro de los colores, debe haberte iniciado en el enigma de los iconos, ya sabes que es un viejo hesicasta y artista de alma. Los cristianos como Gregorio se conectan con el misterio de la contemplación a través de los iconos. Son pintados ritualmente, de tal forma que el admirarlos purifica y transporta al observador a un mundo sagrado. Te diré, ellos saben que el ser humano tiene una peculiaridad: va siendo progresiva, lenta e indefectiblemente moldeado por aquello que contempla. Lo saben también las religiones de Oriente que reproducen una y mil veces la imagen pacífica y serena de Buda en sus templos. ¡Ah! –suspiró Amir, recordando quién sabe qué escena de su larga vida–, sólo por contemplar ese mítico rostro es posible recibir una impresionante oleada de beatitud y de bienestar. ¿Sabías que todos los símbolos actúan a nivel inconsciente?

–¿Por eso son tan poderosos? –pregunté, pensando también en nuestros códigos modernos.

–Claro –dijo el maestro–. Te hablaré ahora del arte de orar con el cuerpo. Los hesicastas son monjes cristianos con una característica muy peculiar: son tremendamente apasionados. No se conforman con una oración fría, rutinaria y formal que crea más una distancia que un acercamiento entre la criatura y su Creador. En lugar de dirigirse a ese Dios explicado y previsible, domesticado en oraciones pronunciadas mecánicamente, sobornable con tantas y tantas repeticiones, se dedican a despertar la atención de un Dios muy diferente.

–¿Cómo lo hacen?

–Le hablan en su propio lenguaje: la pasión...

–¿Dios es apasionado? –musité–. ¿Cómo es ese Dios de los monjes contemplativos?

–Te diré primero cómo no es... No es lejano; no es indiferente; no es omnipotente, ni autoritario, ni cómplice de tibiezas. Es ardiente, apasionado, libre... ¡Los hesicastas se atreven a enfrentar, cara a cara, el verdadero misterio que todas las religiones llaman Dios! Salen de la tristeza de la costumbre y de la rutina... Abandonan la asfixiante vida "segura" y sin novedad. Se atreven a dejarse seducir por lo sagrado. Esto es perturbador en un mundo desacralizado como el nuestro. En la vida moderna el misterio es pulverizado, explicado y finalmente es desintegrado al analizárselo racionalmente.

–¿Cómo hacen para ser tan intensos? –pregunté a Amir, cada vez más segura de que la pasión es el único camino que nos libera.

–Hablan con Dios y le exigen ser escuchados... con todo el cuerpo.

–Esta manera de orar es perturbadora, lo viví en la misa de Chipre.

–Es imprescindible recuperar la pasión por lo sagrado –prosiguió Amir con los ojos brillantes–. El estremecimiento está perdido, hay que volver a encontrarlo. ¡Es impostergable volver a descubrir la pasión por el misterio! Una oración apasionada, ya sea de pie, sentados o en absoluta postración, es como una hoguera encendida en un mundo congelado por la tibieza y la apatía. El Camino de los Misterios comienza con una serie de oraciones apasionadas que desembocan en un pedido, producto de un profundo abismo... de una carencia. Ésta es la clave, la séptima cuenta del rosario es un grito... Yo los he escuchado personalmente y aún hoy se me eriza la piel cuando los recuerdo diciendo con toda humildad: "¡Otórgame esta gracia, Padre Cielo! Para apagar esta sed de ser más de lo que soy y esta sed de ir más allá de mí mismo. Madre Divina... ¡protégeme! Soy tan pequeño....". La necesidad constante de ser algo diferente es lo más valioso que tenemos... ésa es la esencia de la pasión. Sin ella, sin pedido al cielo, comenzamos a envejecer, a repetir, a no arriesgar... a morir lentamente. Sólo esperando lo imposible, el milagro, lo que está más allá de lo conocido, lograremos que el cielo nos escuche. Desde la antigüedad, a los dioses no les gustan los seres mezquinos, se entienden mejor con aquellos de visiones más amplias, como por ejemplo los místicos o los puros campesinos. Y, por supuesto, con los niños. Porque, piensa en esto: si estamos hechos a su imagen y semejanza... ¿quién es más apasionado, creativo, arriesgado y curioso que el mismo Dios? Dios no anda con medias tintas. ¿Por qué querría entonces que sus hijos fueran miedosos, mediocres y aburridos? Los monjes, con todo pudor y respeto, sabiendo esto, le hablan en su mismo idioma... ¡La pasión! Así es mi enseñanza sobre la oración –dijo Amir, traspasándome con una mirada de fuego–. La posición de tus manos, la postura del cuerpo, la vela encendida, la mirada, la intensidad al pronunciar cada palabra, son las claves. La oración de poder es fuerte, intensa y concentrada... si no lo haces así, no pierdas tiempo. No se puede pedir y alabar con los labios si el corazón está lejano... Yo he visto suplicar a los hesicastas una gracia con los gemidos de niños pequeños, postrados, exigiendo atención y consuelo. Los he visto también erguidos, de pie, mirando hacia el cielo, aristocráticos como príncipes de quién sabe qué fantásticos reinos, susurrando un deseo ardiente del alma, seguros de ser escuchados. Los vi inmóviles como las llamas de las velas en la caverna, hieráticos, sentados en la postura de loto, murmurando las oraciones con voz pausada y saboreando cada palabra. No pude contener las lágrimas cuando presencié una vez, en uno de los monasterios enclavados en la alta montaña, una oración de agradecimiento. Cuando vi a los monjes hesicastas de rodillas, con las manos entrelazadas sobre el pecho, mi corazón se derritió de ternura ante tanta humildad y reconocimiento. También presencié y aprendí, paso por paso, a orar en movimiento danzando como los derviches. Los hesicastas agradecían, bailando, la gracia de ser felices. Te menciono a los hesicastas porque son los más grandes maestros de la oración. A ellos recurren Conspiradores de la Gracia de todas las tradiciones, en busca de experiencias y conocimientos.

El maestro se detuvo. Yo estaba fascinada por el silencio que nos envolvía.

–El estar en la Conspiración significa para ti, de ahora en más, no abandonar nunca la búsqueda de mayor sabiduría, de más comprensión y de mayor belleza en todas las fuentes. Pero, sobre todo, significa asumir un compromiso.

–¿Cuál? –pregunté, un poco inquieta, temerosa de no estar preparada.

Amir me miró fijamente, contuve el aliento. Y lo que dijo a continuación quedó para siempre en mi alma:

–El compromiso absoluto de ser una persona intensa... Es decir, hagas lo que hagas, así sea en asuntos mundanos o sagrados, el compromiso es... ¡Hazlo con absoluta pasión!

Respiré aliviada.

–Esto es lo que yo pido al cielo todos los días: que no me deje ser una persona conformista, indiferente o tibia –dije con énfasis.

–Orar, tal como te estoy enseñando, es una excelente oportunidad de probar tu capacidad de ser apasionada. Se aprenden muchas cosas hablando con el cielo.

–¿Por qué? –pregunté sin comprender.

–Porque de inmediato tendrás una respuesta.

Las últimas palabras de Amir me hicieron contener el aliento nuevamente, éste no era precisamente un juego.

La gruta había quedado en penumbras, con seguridad una nube había ocultado la luna llena. Sólo las dos velas seguían iluminando la caverna, a Amir y la paloma.

De pronto descendió un rayo de luz plateada por la abertura superior de la cueva.

–Tu partida es inminente –sonrió Amir– la señal es clara. Pero antes, te diré algo muy importante... Estás en una caverna iniciática o cueva cósmica. En todas las tradiciones se ingresa en ella por la "Puerta de los hombres", orientada hacia el Oeste –señaló Amir–, y se sale por la misma puerta. En algunas iniciaciones no hay retorno al mundo de los hombres... En ese caso el iniciado pasa por aquella puerta –Amir señaló una especie de arco grabado en la pared, allí no había hueco visible–. Es la puerta llamada de los dioses, la puerta del Este. Al salir por allí ya no hay retorno posible. Así desaparecen de este mundo los chamanes consumidos en un fuego ardiente que se enciende al atravesar precisamente esa puerta.

Sobre la piedra alcancé a distinguir un signo angélico.

–Y ahora –dijo Amir–, llegó para ti el tiempo de regresar.

Mis ojos se llenaron de lágrimas al comprender que debía emprender mi regreso al mundo.

–Saldrás por la misma puerta por la que ingresaste en esta caverna –siguió diciendo Amir–. Volverás a pasar por la puerta de los hombres... Llegarás a Varsovia y de allí a tu país, donde te espera la vida concreta. ¡La vida! ¡Con todos sus sueños, deseos y temores, es lo más mágico que existe!

Amir era claramente un ser apasionado.

En ese momento tomé conciencia de que el Camino de los Misterios finalizaba allí y debía regresar al mundo... ¿Cómo llamarlo?

–Exterior –contestó Amir leyendo mi pensamiento.
–¡No! Todavía no quiero regresar –dije enfáticamente–. Por favor, quiero seguir aprendiendo –balbuceé. Las lágrimas corrían por mis mejillas. No quería dejar este mundo de luz, de ensueños y de sorpresas.
Amir se sacudió con una carcajada que resonó por la caverna en un extraño eco. ¿Se reía de mi angustia y de mi tristeza?
–¡Ah!, pequeña Ana... –dijo, mirándome con ternura y comprensión–. El mundo externo, con todas sus demandas... ¡Es tan bello! –miró un horizonte lejano, tan lejano que sólo podía ser visto por un maestro–. Jamás perderás lo que conquistaste en este camino. De ahora en más, aun regresando al mundo cotidiano, conservarás los ensueños y las sorpresas. ¡Si supieras cómo la tierra fascina a los ángeles! ¡Ah el mundo concreto, qué lugar exuberante! Marea los sentidos –Amir hizo un amplio gesto con la mano y sonrió plácidamente–. Encanta a los ángeles y también seduce a los humanos, ¿verdad?
–Sí, ya lo creo –reconocí, recordando el Mercado del Oro y el Palacio Topkapi.
–La vida tira de nosotros hacia afuera, hacia la manifestación, hacia la acción, hacia la materia –Amir señaló la entrada de la caverna–. ¿Cómo resistirla? Y también tira hacia adentro, hacia el silencio, hacia la contemplación, hacia Dios. ¿Cómo resistirla? –repitió y miró hacia arriba, el lugar por donde entraba el rayo de luna–. Los dos movimientos son auténticos y verdaderos. El contacto entre estos dos mundos aparentemente tan diferentes, el exterior y el interior, es lo que falla. Y Dios no puede actuar en nuestra vida hasta que sepamos cómo unirlos. Pero los Conspiradores sabemos cómo lograrlo, tenemos el secreto.
Apreté el rosario en mi mano, sabiendo con certeza que tenía la clave.
–Escucha –susurró Amir, mirándome dulcemente–. Somos seres misteriosos. En cada respiración estamos aprendiendo a vivir en dos mundos que parecen opuestos, ésa es la pura verdad.
–Siempre me costó unir estos dos movimientos –dije–. Pero ahora sé que podré hacerlo.
–Sin embargo hay un estado que atraviesa los dos mundos por igual, uniéndolos. ¿Sabes cuál es?
–La libertad –contesté sin vacilar.
–Sí, somos libres. Esa es nuestra verdad –Amir sonrió bajo el resplandor plateado de la luna y, mirándome intensamente dijo–: La llave que abre la puerta para comunicar los dos mundos es el fuego, la pasión. Y hay una última revelación que debo hacerte –susurró.

Respiré profundamente, me inquietó la pausa. Jamás olvidaré la expresión perturbadora de sus ojos.

Amir cerró su mano sobre la mía, acercó su boca a mi oído... y me lo dijo.

Guía para conspiradores, iniciados y alquimistas

Estos son algunos de los conceptos que figuran en el grueso volumen de tapas rojas que me fue entregado por Amir en la Caverna Sagrada. Conservo aquí las anotaciones hechas por él.

Aceptación. Decisión de incorporar algo para que se convierta en parte de nosotros. Así el aceptar a Dios en todos los nombres y formas es para el alquimista fundirse en Él y llevarlo en sí en todo momento. A nivel concreto es señal de evolución. Sin embargo este concepto puede confundirse muy fácilmente. Sólo un verdadero guerrero espiritual, dueño de una fuerza inconmensurable, es capaz de aceptar todo lo que la vida le presenta. Suele suceder que las personas todavía débiles caigan presas en una dulce nube de "aceptación". Aún no saben nada del amor incondicional, ni de las fuerzas arrasadoras que duermen en su interior; ignoran y temen descender hasta las profundidades de sí mismos. Hasta no dominar a los dragones que habitan en nuestro interior es imposible hablar de aceptación.

En el fondo, cuántos son todavía rígidos intelectuales. Dentro de cada ser humano yacen terribles sombras esperando, a veces por siglos, ser iluminadas con un rayo de conciencia. De allí los sobres de la Conspiración.

Afrodita, la Gran Madre, el Misterio de lo Femenino. Afrodita representa la fuerza del deseo. Es una diosa irresistible, inquietante, dioses y humanos por igual son seducidos por su magnetismo. Ella encarna el misterio femenino. Toda mujer es naturalmente una sacerdotisa de Afrodita, no en los altares sino en la vida. En ellas la naturaleza oculta la llave de la creación, el deseo. El culto a Afrodita pertenece a las así denominadas religiones mistéricas, o sea paganas, como son llamadas las religiones antiguas. Estas religiones tenían la particularidad de ser populares. En los ritos participaban todas las clases sociales, aun los marginados como los esclavos. Estaban desligadas de las instituciones. No tenían cofradías, ni iglesias, sólo personas... individuos. Los fieles en su conjunto, se encontraban sólo en las fiestas anuales y era probable que no se vieran nunca más, hasta el próximo festejo. Las deidades más arcaicas, las Diosas Madres,

¡Ah!... La mujer, qué Gran misterio. Tanto para las religiones paganas, como para el Tantra y para la Alquimia. En ella se encuentra la puerta que lleva a navegar en los niveles superiores de la existencia. Las tradiciones los llaman: Paraíso.

representaban también la fuerza del deseo, pero sólo ligado a la fecundidad y a la procreación, no al amor. Mucho antes de la aparición del Dios masculino, se adoraba a la Diosa Madre, dadora de vida y fecundidad. Las huellas de la gran madre primitiva se remontan a 12.000 años a.C. La tierra era identificada en ese entonces con la figura de la mujer. La asociación entre mujer y fecundidad dio origen, naturalmente, al culto a lo femenino. Las primeras sacerdotisas aparecieron con el advenimiento de la agricultura, unos 8.000 años a.C. Cibeles, Ishtar, Inanna son formas que adoptó la Diosa Madre, cuyo culto se extendió desde la Mesopotamia a todas las costas del Mediterráneo. En el templo de Afrodita existe una piedra negra. Ésta representa la herencia que la diosa del amor recibe de sus antecesoras: fecundidad y vitalidad primitiva. Afrodita contiene todos los secretos de la Diosa Primera, a quien se solía representar sosteniendo sus pechos en actitud de ofrenda, alimentando a todos los seres. Este gesto ritual simboliza la abundancia infinita de la Madre, ofreciendo alimento a sus hijos, los humanos, tanto material como espiritual. La piedra negra, perteneció antes a Ishtar, llamada en aquellas épocas Reina de los Cielos, la Suprema, la Estrella radiante, luz del mundo, guía de la humanidad, tal como ahora se invoca a la Virgen. El culto de Ishtar floreció en la antigua y mágica Babilonia. Las vírgenes negras también tienen la clara señal de la Diosa Madre primitiva en el color de su piel. Y el signo de haber pasado por el fuego alquímico. Por esto, la virgen negra es adoptada como protectora de la Conspiración de la Gracia, también llamada la Conspiración de los alquimistas. María tiene la fuerza de la madre primordial. Bajo su manto es

posible recibir la fuerza vital y poderosa de los orígenes del Universo.

ALBEDO. Etapa donde el peregrino conquista el derecho de estar en la tierra. Elige. Es un nacimiento conciente. Coloca al ser en un lugar totalmente diferente en relación con el mundo. En relación con el trabajo, el placer, el amor, la vida espiritual y el compartir con los demás.

Solo es posible después de atravesar la Nigredo, y vencer al dragón del Miedo. Muy importante tomar conciencia de esto.

El conocimiento pasa a ser una cosa vivida y no solamente leída en libros.

ALEGRÍA. El disfrutar del presente agregándole una pizca de azúcar. Si no se tiene azúcar a mano, el amor puede reemplazarlo fácilmente. La alegría es considerada un preciado botín de guerra, por todos, iniciados, conspiradores y alquimistas.

El conocido el lema de los conspiradores es: "Nada ni nadie, jamás, por ninguna circunstancia, ni motivo alguno, logrará quitarme mi alegría".

ALEPH. Primera letra del alfabeto hebreo. Fuerza divina que fecunda y engendra todas las formas en el universo. Luz. Energía. Fuerza masculina. Corresponde a todos los inicios. Es equivalente al número uno. Todos los días surge un nuevo Aleph.

Un nuevo Conspirador que toma el Camino del Principio, el que no tiene fin.

ALGUNAS PAUTAS DE LA CONTRACONSPIRACIÓN. No perder la vida en quimeras. El tiempo es dinero. El dinero compra todo en el mundo. Soñar no vale la pena porque la "realidad" es el único camino. Los últimos ideales ya son historia. Este es el tiempo del triunfo, del éxito, el único Dios que existe es el dinero. Con él compras amores, personas, experiencias, amigos. El mundo está dividido entre triunfadores y fracasados; no nos engañemos: no hay más opciones. Los inteligentes saben elegir a tiempo. Lo importante es salvarse.

Los contraconspiradores me recuerdan a un círculo cerrado, vicioso, el de la eterna repetición de las trampas. El mal se autoconsume. Gente como Mara y sus secuaces no tardarán en devorarse a sí mismos.

ALIENTO CÁLIDO. El aliento es una expresión del atanor interno. Con él es posible transmi-

Todos los Conspiradores lo conocemos. Es un poderoso elemento mágico del amor.

tir el principio de la vida y despertar el ser interno y fundamental de quien lo recibe. El aliento tiene un efecto poderosísimo.

ALMA. Parte de nuestro Todo que lleva consigo el misterio fundamental, el secreto del Fuego del Principio. Tiene la absoluta capacidad de moverse entre el mundo sutil y el concreto. No es un ser separado de nosotros sino nuestra propia esencia. Para poder manifestarse requiere que dejemos de lado la mente. Cuando se manifiesta nosotros no sentimos ni aceptamos el Alma, somos el Alma.

Por eso somos llamados Conspiradores.

ALQUIMISTAS. Trabajan en los laboratorios transmutando los metales y en los oratorios transmutando el Alma. Están convencidos de que la raza humana puede elevarse sobre sus limitaciones. Tienen fe. No el tipo de fe entendida como sumisión, tienen la fe de la rebeldía. Se rebelan contra las mal llamadas "evidencias", contra las creencias generalizadas sobre la realidad humana, contra los "no se puede hacer nada", "el ser humano es así..." y todas las ideas parecidas. El alquimista propone un destino de perfección, de felicidad, de inmortalidad. Sus descubrimientos lo llevan a ser más y más audaz. Los alquimistas consideran sagrada la materia y todas las experiencias vividas en la Tierra. Así, lo sagrado y lo profano dejan de ser dos dimensiones diferentes. Ven la luz de Dios oculta en cada forma en la Tierra, desde la más excelsa hasta la más insignificante, esa es la fe del amor. El laboratorio es el lugar donde recrean el mundo; su atanor, o recipiente alquímico, representa la Tierra. Lo primero que aprende el alquimista de su maestro, al entrar en este camino, es a liberarse del tiempo. Los aspirantes a alquimistas, a causa de su firme dedicación y compromiso, roban horas de su sueño con tal de poder iniciar este camino. Es tal el amor que sienten por su obra, que poco a poco las circunstancias van cooperando con ellos y los más persistentes y apasionados van obteniendo de la vida más y más tiempo disponible. Se liberan del *Cronos*, tiempo lineal, en todo momento en que lo necesitan y entran al *Kairos*, tiempo sagrado, con total facilidad. Cuando el alquimista enciende el fuego, enciende al mismo tiempo su pasión por el cambio, por el mundo nuevo. Cuando entra con reverencia en su laboratorio es igual en todas las épocas, está fuera del tiempo y completamente dispuesto a realizar su propia e irreversible transmutación. El desamparado ser moderno es incapaz de detenerse por un lapso de tiempo diario para dedicarlo al contacto con el Cielo, pero los ojos del alquimista están encendidos por un fuego que ninguna circunstancia exterior puede apagar. En su laboratorio, es "él mismo": un ser magnífico, brillante, espléndido, capaz de construir paso a paso su verdadero destino. Tiene paciencia, no lo domina ni lo detiene el tiempo, sabe esperar y persistir. Los grandes objetivos necesitan grandes esfuerzos concentrados y el alquimista sabe que desea lo máximo. Lo primero que aprende un aspirante a alquimista no es a operar con atanores, alambiques y crisoles. Lo primero es decidirse a salir del miedo, decidirse a ser independiente de las presiones del pensamiento colectivo. El Conspirador de la Gracia es capaz de soportar una pasajera etapa de soledad psicológica, ésta es nuestra fuerza. Porque en la Conspiración sabemos que no hay realmente soledad. Siempre nos encontramos, tarde o temprano empezamos a estar rodeados de conspiradores.

Salir de la masa dormida, volver a lo sagrado. Ese misterio que no conocemos por más que estemos "informados". ¡Ah!... Recuperar la capacidad de sentir el estremecimiento ante *aquello que llamamos Cielo y también ante eso que llamamos Tierra y que desconocemos por completo. El Camino de los Misterios es tan apasionante...*

Por eso somos capaces de separarnos del ruido, así sea por un pequeño lapso, y entrar a nuestro espacio sagrado. Salir del embotamiento y, en total soledad con respecto al mundo, encontrarnos con nuestra Alma. No hay otra manera de recomponer nuestra energía.

ALQUIMISTAS, CONSPIRADORES CERCANOS A NUESTRO TIEMPO. Los hubo monjes, pintores, científicos, escritores y hasta reyes. Por ejemplo, el famoso monje franciscano Roger Bacon, llamado "el doctor admirable", nacido en 1211, fue Conspirador. También lo fueron François Rabelais y Santo Tomás de Aquino. También debemos mencionar a Basilio Valentín, el famoso monje benedictino del monasterio de San Pedro de Erfurt. Cuentan que, al desaparecer de este plano (porque nunca se sabe lo que sucede realmente con un alquimista), sus contemporáneos se lamentaron por la gran pérdida sufrida. Sobre todo sus discípulos, a quienes no había dejado ningún testimonio escrito. Cuál no sería la sorpresa de estas gentes cuando, tiempo después de la desaparición de Basilio, detrás del altar mayor de la catedral de Erfurt se encontraron sus manuscritos. Junto a una columna que acababa de resquebrajarse estaba escrita toda su obra. Desde el siglo XV, fecha de este acontecimiento, jamás dejó de comentarse entre los Conspiradores este gesto que repite la historia de otro hallazgo, el del primer texto alquímico. Fue descubierto en Egipto en el siglo II d.C. dentro de una columna derribada por casualidad en un templo egipcio. Entre la realeza, los más célebres Conspiradores fueron el cardenal Richelieu y Carlos VI, de Francia. Y también Jacobo IV, rey de Escocia e Inglaterra. El escritor Alquimista más destacado

Es norma entre los alquimistas confiar en la Providencia. La persona adecuada y el tiempo correcto confabularon para que se dé el hallazgo.

fue Altus, quien paradójicamente es autor del famoso "libro mudo" o *Mutus Liber*. Un libro sin palabras: sólo contiene grabados que, en láminas sucesivas y a través de símbolos, va develando, paso por paso, la Gran Obra.

ALQUIMISTAS, CONSPIRADORES DE TIEMPOS ANTIGUOS. Noé fue el primero de la tradición judeo-cristiana. Dicen las tradiciones que, con la madera de su embarcación construyó las primeras viviendas para él y su familia. La madera de acacia, fuerte y noble, asimilada a las ciencias sagradas, sirvió de estructura y amparo para iniciar una nueva etapa. Nada, salvo estas maderas, quedaba de la anterior civilización cubierta por las aguas del diluvio universal.

Los cambios nos dan mayor protección y seguridad que las viejas estructuras. Ésa es la lectura del símbolo.

AMANECER DEL TERCER MILENIO. Umbral de cambios irreversibles, tiempo de revelaciones. La vibración de los tres ceros trae en forma inevitable un mundo diferente, más amplio, más expandido; y también, desde la visión espiritual, más exigente.

En este preciso momento tenemos la oportunidad de salir de la Nigredo. Uno a uno, pero en total muchos, muchísimos, quizás alguna vez, todos.

AMOR. Fuerza motora indescriptible, inexplicable e infaltable que eleva a la enésima potencia todo lo que entra en contacto con ella. Puede usarse y debería usarse en cualquier situación. Unido a la pasión produce cambios definitivos.
Principio de creación. En términos alquímicos: fuego. Es el arma mas poderosa para pasar por la NIGREDO, la mas luminosa para pasar por la ALBEDO y la mas definitiva para obtener la realización completa de los sueños en la RUBEDO.

Es la piedra filosofal que transforma cualquier metal en oro puro.

ÁNGELES. Son seres de puro espíritu. Pertenecen al mundo sutil, pero descienden plano por plano al reino energético. Estas criaturas celestiales atraviesan volando el plano mental, descienden suavemente por el enmarañado mundo emocional y llegan, a veces con dificultad, hasta el borde mismo de la materia. Así es el encuentro entre el ser humano y los ángeles: ellos descienden y el hombre asciende, elevando a toda la creación tras de sí.

Un pájaro, un león, un gato, un perro saben que están incluidos en un orden mayor, se sienten parte de la naturaleza, sienten el abrazo de la Tierra que los acuna y los protege, están tranquilos, la vida vela por ellos. En los primeros tiempos de la existencia ellos eran mayoría, los humanos aprendimos a domesticar sus fuerzas pero jamás nos revelaron el origen de sus secretos conocimientos, de su confianza absoluta, de su certeza. Tienen capacidades mágicas que nosotros perdimos.

ANIMAL COLABORADOR. Es conocida su intervención en todos los cuentos de hadas, verdaderos relatos alquímicos. Se hacen presentes en situaciones donde los humanos necesitamos ayuda porque ellos tienen la respuesta rápida, efectiva, instantánea del instinto. Cuando es necesario reaccionar y encontrar un camino nuevo, aparece el animal colaborador, quien orienta al humano y lo lleva al lugar correcto por medio de su poder mágico. Esta comunicación era fluida y natural en los tiempos del Paraíso, donde dioses, hombres y animales vivían en cooperación constante. Se hablaba en el misterioso lenguaje de los pájaros. Éste es, según la tradición alquímica, aquel que compartían todos los reinos de la naturaleza y es el idioma con el que Adán nombró a los animales en el Edén.
Los egipcios representaban siempre el pasaje de un plano a otro en forma de animales, en general de grandes pájaros. Los Dioses mismos se transformaban en animales cuando querían que su presencia pasara desapercibida. Es conocida la capacidad de los magos de transformarse en animales a su voluntad. Esta facilidad para cambiar de apariencia también es un don que tienen las hadas, como lo describen las tradiciones celtas.

El atanor de los conspiradores es un lugar

ATANOR. Recipiente de hierro donde el alquimista coloca el crisol y, dentro de él, la materia prima para su transformación por el calor del fuego. Debe permanecer cerrado, aislado del exterior.

privado dedicado a la oración.

ATARDECER. Es siempre una zona de misterio. Trae la noche de la transformación... Los amaneceres y los atardeceres son puertas de acceso de las energías del Cielo. Son el lapso en el cual desembarcan los dioses desde otros mundos. En el crepúsculo también comienzan a trabajar los alquimistas, preparándose para la noche, momento de todas las concepciones.

La noche es tiempo de amor, de besos encendidos, de pasión. Y es también tiempo de misterios. Más allá de la noche, después de aprender y practicar y así reaprender sin fin, la Alquimia del amor espera la nueva aurora.

ATRIBUTOS DEL ALQUIMISTA. Todo alquimista dispone de un oratorio y de un laboratorio; un atanor; un crisol; utensilios diversos; fuego; la materia prima para empezar la obra; tiempo a veces robado al sueño; paciencia; perseverancia; vigilancia constante. Lo enciende la pasión; lo sostiene la decisión; la fe brilla en sus ojos y la discreción en cada movimiento. Sus labios están sellados por la humildad. Pero, sobre todas las cosas, el alquimista tiene amor por la vida y una corona inapreciable: la corona de la impasibilidad. Cuenta con la ayuda del mundo invisible: en primer lugar, con la guía de la Madre Cósmica, la protectora de los alquimistas. También los nueve coros de ángeles, colaboradores directos de la Alquimia, están firmes a su lado, ya que son el nexo entre el espíritu y la materia.

BAÑO RITUAL. Se practicaba en las religiones mistéricas. Antes de hacer las ofrendas, antes de la iniciación en el templo, los fieles de Afrodita renovaban su poder vital. Al sumergirse retornaban a la fuente, tomaban fuerza de la madre y eliminaban cansancio, desgaste,

El agua es purificadora de por sí, y mucho más si está

consagrada a una divinidad: en ese caso, además del cuerpo, lava el Alma.

desamparo y angustias. Toda impureza mental, física o emocional se borra con el agua y con más potencia si el baño es precisamente ritual, o sea conciente. El agua de un lugar sagrado otorga pureza.

BATALLA DE LA EVOLUCIÓN. Los conspiradores deben saber que se juega en el campo psíquico, no en el mundo concreto. Los antiguos poderes tratan de entrar en las emociones, en la intuición, en la creatividad de las personas para acaparar también ese aspecto del individuo y someterlo, contaminándolo con el miedo. La única liberación posible es fortalecerse en el terreno donde se libra la batalla decisiva: en el aspecto psíquico. No es necesario retirarse del juego si así uno lo elige, pero si uno continúa en contacto con el mundo concreto, hay que saber estar allí. Hay que saber estar en la vida de una manera concreta, bien determinada, cuidando de nuestra propia parte fundamental: el Alma.

Por eso es preciso construir nuestro propio espacio sagrado, que nos hará invulnerables. Porque al mismo tiempo somos frágiles... por supuesto. Es importante darse cuenta de esto. Necesitamos seguridad y según dónde la busquemos podremos ser libres o caer en otro juego. Estamos inmersos en el miedo, en la avidez y la omnipotencia. Pero también en la luz, en el amor y en la generosidad. ¡Somos tremendamente importantes!

CAMBIO. En la Alquimia el cambio es simplemente una trasposición de polos. Lo que produce el efecto de ese cambio es la dirección y la intención que se hayan utilizado. Así se produce la trasmutación de la cosa que se quiere cambiar por otra que la reemplaza llevándola a un estado superior de conciencia. El peligro en el mundo concreto es hacer el cambio para pasar de una cosa no deseada a otra cosa similar, tampoco deseada.

CAPADOCIA. Región altamente magnética. Según las tradiciones, primera en emerger después del Diluvio Universal. Situada al norte de las montañas de Tauro (y no por casualidad, al este del gran desierto de sal de Axylon), es cuna de grandes conocimientos. La ciudad de Kayseri, situada a pocos kilómetros de Göreme, fue la sede del rey de los hititas, un gran Conspirador. Ellos rendían culto a la diosa Kubaba, la gran madre negra primordial del Asia Menor. Cibeles fue su continuadora. Esta tierra también fue recorrida por otros grandes alquimistas, los arameos. También aquí se encuentra Sepharad, actual Sardis, cuna de adeptos hebreos en épocas tan antiguas como el año 800 a.C. Es un puente natural, siempre fue pasaje para las olas de sucesivas conquistas. Esta tierra de amarillos, ocres, grises y pardos, castigada por el sol, la lluvia y los vientos implacables, fue escenario de grandes transformaciones y guardiana de insondables secretos. El Diluvio tapó la tierra con su manto de agua, seis mil años atrás. Esta increíble ciudadela natural es, según las leyendas, uno de los primeros lugares en emerger para formar la nueva humanidad. Aquí vivieron los hijos de Noé: Cam, Sem y Jafet; también, los babilonios, los hititas y los sumerios. Capadocia fue, asimismo, escenario de importantes acontecimientos del Antiguo Testamento, como la primera peregrinación de los semitas. Aquí también se asentaron, apenas unos años después de la resurrección, los primeros cristianos. Se construyeron increíbles ciudades a más de ciento veinte metros dentro de la tierra, con quince niveles hacia abajo, habilitados como viviendas, graneros y hasta iglesias, como las de Derinkuyu, cuyo nombre significa "pozo profundo". Entre los primeros cristianos hubo muchos eremitas del desierto que siguieron la tradición egipcia; vivían solitarios en estas cuevas horadadas en las montañas.

Las viviendas y templos cavados en la lava volcánica son como vientres protectores. Lugares lo suficientemente seguros y fuertes como para contener el misterio. Las montañas huecas son misteriosos capullos para liberar "mariposas" después de quién sabe qué mutaciones.

CAZADOR. Simboliza los espíritus puros y libres que desean seguir evolucionando, los

Los jóvenes cazadores de la leyenda del Dragón

acompañaron al Alquimista porque creían profundamente en la vida. Por eso lograron el cambio que otros, preocupados al fin por la muerte, jamás hubieran logrado por sí mismos.

Las voces del Alma comienzan a ser oídas y ¡gritan muy fuerte! Se despiertan nuevos sentidos físicos y psíquicos. El corazón reclama su participación en todas las decisiones de la vida. A veces sucede que a los 24, 28, 35 años, el Alma ya está despierta, toma el mando, los carriles previstos ya no son respetados, se aceleran los tiempos y entramos en acción los alquimistas. Comienza la Nigredo... Desarmamos estructuras... Cambiamos viejas conductas...

que no quieren pactar más con el viejo miedo, los que se aventuran a trasponer los umbrales hacia lo desconocido. El premio será la libertad, el poder sobre sí mismos. Sólo se puede cazar la vida. La caza de muerte es injusta. Y se hace para alimentar el ego. Y perpetúa esa injusticia.

CICLOS DE CAMBIO DE ENERGÍA. Son ciclos bien diferenciados de 7 años cada uno. Si observamos bien nuestra historia veremos que nuestra vida se divide en etapas de siete años: 7, 14, 21, 28... Hasta los 35 años nuestras energías están dirigidas hacia el mundo físico, nos esforzamos en fijar un lugar en la sociedad, nuestra acción se orienta mayormente al exterior. Desde los 35 hasta los 42 años hay un tiempo de gracia, preparatorio antes de la pregunta irrevocable. Tarde o temprano el Alma preguntará: "¿Qué vas a hacer con tu vida? ¿Sabes quién eres en realidad?". Los 40, 41, 42 años van perfilando la parte más importante de estas preguntas. Entonces damos un giro interno que no necesariamente producirá cambios externos pero sí nuevas alianzas. Es un replanteo.
El Alma dirige los pasos. El ser se separa de la masa y encuentra su propio camino. Para esto es necesario atravesar una puerta, lo que puede suceder a través del encuentro con un maestro... o de alguna manera imprevista: la vida sabe cuándo ha llegado el momento. El hecho es que necesitamos ser iniciados. Puede suceder al recitar con fuerza una oración. Un suceso inesperado puede también despertarnos, la vida es la gran maestra, la iniciadora por excelencia.

CIERRE DEL RITUAL. Si el Conspirador es de religión judía cierra el círculo inclinando la cabeza en dirección al Este, o bien postrándose en señal de adoración, si fuera musulmán. Si es cristiano con la señal de la cruz o la fijación de su Alma en Cristo. Cualquier rito de cualquier lugar del mundo: oriental, indígena, chamánico, tribal etc. utiliza un *mudra* para cerrar las ceremonias.

Estos mudras, o gestos sagrados, dan cierre al ritual de los Conspiradores de la Gracia, en todas las formas posibles en todo el mundo.

CLAVE RÁPIDA PARA ALINEAR CONSPIRADORES. Si uno está descentrado, estos pasos correlativos lo harán regresar al equilibrio en forma inmediata.

1 - Contactarse con uno mismo.
2 - Sentir y pensar.
3 - Y recién después hacer.

No eliminar paso alguno es fundamental para desintegrar los mandatos de la Contraconspiración: 1 - Hacer. 2 - Hacer. 3 - Hacer.

CUSTODIOS DE LA ESTRELLA. Los Conspiradores de tradición judía son los custodios de la estrella de Salomón, o estrella de seis puntas. Los conspiradores de tradición cristiana son custodios de la estrella que brilló en los Cielos de Belén. Tal estrella es el símbolo de una gran transmutación. Algo estremecedor ocurrió en esos tiempos. Dios se acercó otra vez a lo humano. El esplendor de la estrella deslumbró a los tres magos más grandes de aquellos tiempos. En realidad se trataba de tres iniciados que, reconociendo la señal, atravesaron desiertos, vencieron dudas y cuestionamientos y se postraron al fin ante la gran Madre: La Virgen. Y se rindieron ante la evidencia. El Niño divino había nacido de parto natural y terrestre y descansaba plácidamente en los brazos de la Madre. Entonces, el poder terrenal: el oro, poder de los reyes; el poder mágico: la mirra, poder de los iniciados, y el poder ritual, el incienso, poder de los sacerdotes, fueron puestos a disposición de María.

Los tres poderes se sometieron al poder mayor: El Amor.

Chipre. Tierra de monasterios y de templos paganos. En esta hermosa isla es posible encontrar todavía los muy primitivos templos de Afrodita y Apolo. En el siglo IV d.C., dejaron de tener actividad oficial, la cristiandad ya estaba totalmente instalada en Chipre y se habían construido varios monasterios primitivos que funcionaban como comunidades de iniciados. La cultura judía convivía también en todas estas épocas con las cambiantes invasiones... En este mismo siglo se cierra definitivamente el templo de Afrodita.
Y comienza a brillar muy fuerte una nueva estrella, que heredará toda la fuerza de sus antecesoras y producirá un nuevo salto evolutivo.

Pero ella se queda viviendo en nuestros corazones hasta hoy.

Derviches. Son Sufis místicos, poetas y filósofos. Viven apasionadamente, a la manera de los artistas. Los sufis pueden seguir la vía de un crudo ascetismo, la de un absoluto quietismo o la de una apasionada danza. Ésta es la vía derviche.
No excluyen el deseo, como podría suponerse por integrar en su credo conceptos budistas del Nirvana y de rendición total al Dios del Islam. Todo lo contrario, un deseo ardiente los consume, fundirse con Dios. Los derviches conocen rituales poderosos. Danzan girando en el sentido de las agujas del reloj para atraer bendiciones y en sentido inverso para salir de la realidad ordinaria. Los acompaña un grupo ceremonial de músicos y un cantante, quien realiza una recitación repetitiva, hipnótica.

Con ella los misteriosos derviches abren las puertas del ensueño, tal como lo hacen los hindúes con sus mantrams. También utilizan tambores y címbalos. Se conectan así con el latido del Universo y se elevan en sus giros hasta llegar a las estrellas.

Diluvio. La escena del diluvio simboliza el caos que necesariamente precede a toda creación. Caos no visto como desorden, sino como transición. Noé entrando en el arca es la imagen exacta del alquimista entrando en su propia arca, en su espacio sagrado, en su laboratorio. Noé flotando sobre las aguas, en total soledad con respecto al mundo, sin referencias a lo habitual, representa al alquimista separándose de la vida profana. Elohim ordenó a Noé construir un arca de madera resinosa, se supone que de acacia. La Conspiración construye el camino de evolución con un material probado, confiable; lo hace con las ciencias sagradas de la tradición. Evidentemente lo puede lograr porque el material es sólido, una fuerte base de apoyo, un buen fundamento. Así, el arca conservó la verdad, las claves que luego tomaron las tradiciones, el conocimiento sagrado e iniciático de todas las civilizaciones anteriores al Diluvio. Tanto el arca de Noé como el arca de la alianza del pueblo hebreo son depósitos del conocimiento único. Hay una sola verdad, un solo conocimiento inmutable que va siendo resguardado a través de los tiempos. En la tradición occidental está resguardado en las ciencias sagradas. En otras culturas, esta misma verdad está protegida por los saberes antiguos. El Diluvio es universal, los indígenas americanos lo describen también, los relatos babilonios hablan de lo mismo. Explicando a Noé que se dejara conducir hacia un nuevo nivel de conciencia, Elohim entonces le pidió que construyera su arca y que allí dentro hiciera entrar a todas sus energías no desarrolladas. Al mismo tiempo le dio las claves que debían ser transmitidas a la nueva humanidad de la cual Noé sería el primer exponente. Elohim invitó a Noé a que tomara conciencia de todas sus partes fragmentadas, de sus partes felices, de sus partes heredadas, de su parte ancestral. Esto es lo que simbolizan los "animales" que hace entrar al arca con él, para hacer la travesía a un nuevo nivel de conciencia. Con "ellos",

Esta madera simboliza a las ciencias sagradas porque es incorruptible y resistente. O sea, un material apto, capaz de ser atanor.

con los animales, con lo que es Noé a nivel denso, se hace la Alquimia del renacimiento... ellos son su campo de energía no transmutado, ellos simbolizan sus instintos latentes. Después de cuarenta días, lapso de transmutación absoluta e irreversible, cesa la lluvia y bajan las aguas. Noé entonces sale del arca; según los relatos bíblicos, esto acontece a la edad de 600 años. El seis es un número clave, indica el último paso de la transmutación. El ser humano estuvo completo en el sexto día de la creación. En el día séptimo, Dios "descansó"; esto significa que dejó en libertad a la criatura para que eligiera su camino. ¿Qué ocurrió en el arca durante los cuarenta días y cuarenta noches? Las tradiciones nada dicen al respecto. Sin embargó, todo aquel que haya recorrido el Camino de los Misterios, comprenderá que allí hubo una NIGREDO, una ALBEDO y una RUBEDO... Cuando la primera etapa, similar a la de la caverna del dragón, la de los tres Padre Nuestro, tres salmos o tres oraciones poéticas, estuvo terminada, Noé envió entonces un cuervo para explorar el nivel de las aguas y también para dar la señal a los Cielos, el aviso de que el primer paso se había cumplido dentro del arca. Luego sobrevino la ALBEDO, obra en blanco. Noé mandó entonces una paloma para informar el acontecimiento. Finalmente llegó para él la RUBEDO, la obra en rojo. Entonces llegó el momento del desembarco... o sea la culminación de la obra alquímica. Esta vez, la paloma regresó, Noé supo que la nueva tierra, la nueva realidad, estaba emergiendo de las aguas del diluvio. Mientras tanto, en el exterior, bajo el sol de esos tiempos bíblicos, todo se secaba poco a poco y emergía la primera tierra. Pasaron ciento cincuenta días hasta que por fin Noé recibió la señal que estaba esperando: las pa-

Es necesario informar a los Conspiradores que, al finalizar los nueve días del ritual y después de agradecer en el décimo, regresará "la paloma" con el tesoro que les envía el

lomas que venía enviando ya no regresaban. De pronto apareció una de ellas con un ramo de olivo en el pico. ¿Qué significaría esto? Según la interpretación más corriente, las palomas no regresaron porque habían llegado ya a destino a la nueva tierra. El verdadero significado es que la paloma que entregó a Noé la rama de olivo trajo la siguiente señal: "es posible el desembarco, la transmutación se ha completado". La transmutación sucedió en el interior del arca... o sea, dentro de Noé mismo. También, como consecuencia, aconteció el cambio en el mundo exterior. Todos los acontecimientos están relacionados. Y sucedió algo más... un deseo se había cumplido: el deseo de Noé de llegar a una nueva tierra y empezar una nueva vida. Él estaba cumpliendo un mandato pero participaba en el suceso con plena conciencia, había pedido al Cielo que se cumpliera su sueño. El olivo es símbolo de paz, purificación, victoria y recompensa. Noé iba a contar con todos los recursos para dar comienzo a una nueva civilización.

Cielo como respuesta a su pedido y como resultado del esfuerzo realizado en dedicar, todos los días, un tiempo para entrar al arca de la transmutación. Nosotros heredamos estos tesoros. Noé somos nosotros mismos, él sólo nos indica el camino. La paloma simboliza la forma. Cuando hablamos de forma estamos hablando de concreción, realidad, esto no es una fantasía. La transmutación es un hecho concreto.

Dirección. Recordar que la Conspiración no tiene causas sino dirección. El pensar, desear o asentir con una cosa no lleva a la reacción química que se necesita en el atanor para producir el cambio. La dirección, o sea el enviar toda la energía hacia un solo lugar, es la fuerza que va a producir el cambio deseado en los elementos, perforando los niveles ordinarios de la realidad. Por lo tanto se recomienda ponerse en contacto en nuestro interior con el Dios que amemos de manera que esa fuerza lleve en sí el poder de la luz. De esta forma se producirá un cambio positivo y no un producto del resentimiento o la carencia.
La dirección hacia un solo lugar es un atributo del polo masculino, por ejemplo el rayo. La

dirección en todos los sentidos es el polo femenino, por ejemplo el volcán.

Dragón del miedo. Representa todas las represiones y limitaciones a las que nos atamos por temor.

Cada "no puedo" agrega una nueva escama en el cuerpo del Dragón del Miedo, agranda sus garras, aumenta su fuego abrasador. Todos los sueños a los que renunciamos por creerlos imposibles, todos los condicionamientos injustos y las frustraciones lo alimentan y hacen crecer su espantoso cuerpo. El dragón es el heraldo de los pactos, de las negociaciones, de las conveniencias. Infundiéndonos terror, cuida que respetemos nuestras propias barreras, nuestros propios límites autoimpuestos. Es la autoridad establecida, el molde rígido e invariable, el guardián de las "buenas costumbres", el que sostiene todos los "deberías", los "corresponde", los "no hay otra alternativa". El dragón también encarna al falso poder externo, no al verdadero que todos llevamos dentro. Nos reprime y ahoga diciendo: "no eres lo suficientemente bueno" y trata de convencernos de su fuerza absoluta. Al mismo tiempo, ese tipo de dragón, por ser ese horrible engendro que es, nos empuja a los cambios una vez que lo vemos. Enfrentarlo es una tarea difícil, pero no imposible y muy recomendada en estos tiempos... Luchar contra el dragón nos devuelve nuestra Alma y nuestra vida cambia por completo.

Todos tenemos nuestra propia bestia del miedo, y nadie puede terminar con ella salvo nosotros mismos: el premio, el tesoro, debemos conquistarlo, no es recibido gratuitamente.

Todo dragón también custodia en su cueva un gran tesoro. El Dragón tiene sus aliados, que colaboran consciente o inconscientemente con él —para sus fines da lo mismo. Lo importante es que siempre utiliza el miedo como camino. El sólo ansía crecer y crecer, progresar. Su voracidad no tiene límites, es

Los aliados del Dragón son magníficos, hacen seductoras propuestas y

insaciable, no se detiene ante nada. Cuando cundió la desesperanza, el miedo y la certeza de que estaban sujetos al Dragón, los habitantes de la aldea y también los de la corte corrieron a refugiarse detrás de los muros; y, sin embargo, bajo sus mismos pies, en los subsuelos, alimentaban con las mejores ofrendas al mismísimo Dragón al que tanto temían. La repetición y el murmullo constante: "estamos perdidos, estamos perdidos", daba más y más fuerza al Dragón por el misterioso poder que tienen las palabras. Jamás hay que lamentarse ni quejarse ante una situación que aprisiona: la horrorosa bestia engorda y cría más y más escamas. Respecto de la profecía del forastero, que también se narra en la leyenda, habla de los cambios que necesariamente sobrevienen a la operación alquímica que aniquila al Dragón. El forastero se refiere a los cambios de conciencia, cuya primera etapa, la NIGREDO, separa lo burdo de lo sutil, las partes sanas de las que están contaminadas por el miedo. Lo que impide el crecimiento debe ser quemado en el fuego sacro del atanor del alquimista. El enfrentarse con el Dragón, recuperando el poder sobre uno mismo, es el paso primero en cualquier camino de crecimiento. Es necesario mirarlo cara a cara, desenmascarar su mensaje, denunciar su silencioso trabajo que socava nuestros propios cimientos. Doblegarlo, obligarlo a que arroje a nuestros pies los tesoros que nos pertenecen. Cuando cambiamos nuestro nivel de conciencia, por un tiempo nos sentimos solos pues en la aldea —o sea en el antiguo nivel— ya no pueden comprendernos. El rey de la leyenda, tan protector y bondadoso que nos da el infalible respaldo de su autoridad, puede ser bueno para una etapa de la vida; pero en algún momento es necesario partir tras el al-

llevan hermosos ropajes. Son colaboradores directos que con una impunidad absoluta trabajan en sus huestes de por vida: fieles, incondicionales, voraces.

quimista para seguir aprendiendo, dejando el viejo, amado y conocido palacio cotidiano. Cuando el Dragón apareció en la aldea materializando los miedos acumulados durante largo tiempo, la naturaleza entera se vio alterada con su presencia. El Dragón separa al ser humano de las fuerzas primarias de la Tierra, lo acorrala tras una muralla de pensamientos aislándolo de la naturaleza. El Dragón es desarmonía, desasosiego, soledad. ¡Quiere para sí lo que pertenece al Cielo! Quiere nuestra Alma, para apropiarse de ella. Además de desconectarnos de la Tierra, nos desconecta del Cielo. Al convencernos de que estamos solos sin remedio, nos va haciendo olvidar quiénes somos en realidad y cuál es nuestra verdadera relación con el Padre Cielo.

Todo aquel que se considera ser autónomo, independiente de las leyes espirituales, desconectado del orden perfecto del universo, sigue el juego del Dragón y sucumbe a su falso poder. En esto consiste lo que los cristianos llaman salvación: reconectar todo el universo con Dios. Volver a unir a la creación con su creador. Lo que llamamos Mal es desconexión de Dios. Acapara e interfiere las energías del Universo para su exclusivo provecho. Lo que llamamos bien está dentro de la inocencia primaria de todas las criaturas del universo. Saben que están sostenidas por Dios. Colaboran con el plan de la evolución. Sólo el humano es conciente y puede elegir. A veces, en determinadas situaciones de la vida está tan manipulado y agotado que necesita una conexión rápida e inmediata para recuperarse. Esto se consigue mediante las oraciones que son las armas mágicas de los alquimistas. La lucha con el Dragón también tiene carácter iniciático: el monstruo es el guardián del conocimiento. Sin embargo, en necesario re-

Pero así como están las fuerzas de la involución y la inercia para impedir el proceso, estamos nosotros, los Conspiradores, que

cordar lo que dijo el Maestro: "Sed astutos como serpientes". Se trata de reconocer a quién entregamos nuestra Alma. Y luego, a la manera de los magos, hacer brillar la luz y liberarla. El arcángel Miguel, dominando al Dragón con su lanza de guerrero espiritual, señala el camino del mago. La lanza es la oración que libera.

apoyamos a las fuerzas del cambio y de la libertad. Actuamos ayudando, sosteniendo y guiando a los seres que decididamente quieren cambiar.

DRAGONES ORIENTALES. Se ven tan feroces como el del miedo pero llevan en sí la sabiduría del fuego y la espiritualidad. Los alquimistas sabemos que el hombre puede tomar cualquier elemento, cualquier fuerza primordial y divina y transformarla en algo bello o monstruoso.

ELEMENTOS DE LA OBRA ALQUÍMICA. El *mercurio*, la Madre Divina, es simiente femenina, energía de amor. El *azufre*, el Padre Celestial, es simiente masculina, energía de creación. La unión del azufre y el mercurio en el atanor gestará el *oro*, el hijo. La Alquimia muestra la evolución del ser humano desde el estado inicial o *plomo* en el que se encuentra cuando está atrapado por el materialismo, al estado espiritual liberado y de dominio sobre sí mismo simbolizado por el *oro*.

ENCARNACIÓN. Misterioso proceso por medio del cual energías del Cielo se fijan en la tierra. La humanidad tuvo que aprender a encarnarse y a hacer suya la materia. La encarnación no fue cosa fácil para los humanos.

¡Ah, no, no lo fue! Hay dentro de nosotros una energía que tiende hacia el Cielo y nos hace aventureros. Y otra que nos empuja hacia lo terrenal y cotidiano.

ESPÍRITUS DE LA NATURALEZA. Por debajo del nivel material están los duendes, seres elementales de la tierra; las hadas, del aire; las sirenas, del agua y las salamandras, del fuego. Son los poseedores y guardianes de la fantasía

Son los que me ayudan en mi prestidigitación. Los

que cuidan a mi perro negro. Son el condimento que da sabor único al misterio. Por eso los quiero tanto.

que hace de "La Obra" una aventura constante, cambiante.

Este y Oeste. El Este es un punto energético muy fuerte, hacia allí ora el sufí, del Este viene la iluminación y la vida espiritual. Dicen las tradiciones que en el Este estuvo el paraíso terrenal. Del Oeste viene, en cambio, la manifestación y la vida material. Por eso el atardecer pertenece a las diosas y el amanecer a los dioses.

La Nigredo separa nuestras necesidades reales de las impuestas por la sociedad.

¡Momento del renacimiento!

Etapas de la Obra Alquímica. *Nigredo*, *Albedo* y *Rubedo*. *Nigredo* es la etapa llamada "de descomposición", somete la materia al fuego alquímico y la calcina hasta rescatar su esencia. *Albedo*: etapa en la que va apareciendo una nueva forma. La materia ya no es más lo que era al comenzar la obra. *Rubedo*: obra en rojo, momento de culminación. Aparece la estrella en el fondo del atanor.

El fuego es la pasión, sin ella no es posible ser Conspirador.

Fuego. Se enciende debajo del atanor, en el horno alquímico, marca el preciso instante en que se inicia la obra.

Concepto básico para principiantes y también para avanzados.

Futuro. Esa ilusión imposible que generalmente nos arruina el presente.

Historia de la Conspiración de los Alquimistas. Su origen se pierde en la noche de los tiempos, aunque se sabe con certeza que el primer centro alquímico estuvo en Egipto: Alejandría. También tenemos datos exactos que nos confirman que la ciudad fue organizada por adeptos del mundo entero y de todas las tradiciones. Con su famosa biblioteca, fue centro de formación artística, intelectual y espiritual la custodia del saber de toda la civilización pre y posdiluviana. Fundada por Ale-

¡Oh, Alejandría! todavía puedo verla entre la bruma con su faro de luz iluminando el mar.

jandro Magno, hacia ella convergían los mejores alquimistas árabes, chinos, hebreos y, por supuesto, egipcios. También llegaban para pedir asilo los grandes adeptos de los cultos mistéricos, cuando éstos comenzaron a ser perseguidos. El contenido de estas religiones, mal llamadas paganas, fue asimilado por el cristianismo en símbolos que están ocultos desde entonces en esa tradición. Basta recordar que la Navidad coincide con la festividad llamada *Sol invictus*, fecha que recuerda el momento en que el sol comienza a despertar en su ciclo anual.

Alejandría era un paraíso para la Alquimia y para gestar la Conspiración que se daría a conocer veinte siglos después. En su silenciosa biblioteca, consultando los volúmenes más antiguos de los conocimientos sagrados, los maestros se inspiraron para sentar las bases de este movimiento. Los cabalistas hebreos tuvieron una gran participación, llegaban a Alejandría en largas caravanas y también en todo tipo de embarcaciones. Los misteriosos hititas arribaron también con sus espléndidos barcos ricamente ornamentados. Vinieron por supuesto los cristianos primitivos, quienes eran todos grandes iniciados. Ya se sabía que la biblioteca de Alejandría iba a ser cerrada en el siglo IV. d. C. Y no sólo eso: los videntes habían anticipado el lamentable suceso donde fueron quemados todos los libros. Por ese motivo, los más importantes fueron rescatados y guardados en las secretas cavernas de este paraje lunar que es la Capadocia. Después de esta primera época de florecimiento, los alquimistas, que luego también serían llamados “los Conspiradores”, permanecieron aparentemente en silencio. En efecto, fue clausurada la biblioteca de Alejandría; los adeptos se dispersaron y se refugiaron entre

En esas secretas reuniones se determinó que la Conspiración de la Gracia sería dada a conocer al mundo entero cuando el gran cometa atravesara los Cielos, en los últimos años del siglo xx. Allí también se estableció que nuestra ciudad santa de Göreme, en la Capadocia, sería la central de operaciones de los alquimistas de todos los tiempos.

Los libros sagrados permanecieron intactos al ser custodiados celosamente por los sabios eremitas. El rosario alquímico fue considerado la contraseña para reconocernos.

los cabalistas y en los movimientos monásticos. Todos ellos tenían su copia del *Corpus Hermeticum*, tratado clásico que resume el saber del arte de la transmutación. La Alquimia se hace secreta en occidente y florece entonces en el mundo musulmán. Los sufíes siguen desarrollando todos los conocimientos heredados de la escuela de Alejandría y conservan intacto el carácter sagrado de la ciencia oculta. Konya, en Anatolia, se establece como segunda ciudad mágica después de Alejandría y las bibliotecas del mundo islámico se transforman en guardianas del conocimiento alquímico. Los árabes conquistan Europa. Toledo, en España, resulta ser nuevamente lugar de reunión de adeptos de todas las tradiciones. Los Conspiradores se concentran en la ciudad mágica de Toledo, habitada mayormente por cabalistas hebreos, cristianos y sufíes. Toledo hereda la tradición de Konya y de Alejandría. Hay un nuevo resurgimiento... Es conquistada por los cristianos en las postrimerías del siglo XI, entonces es cuando nace la gran Alquimia medieval que se afianzó en toda Europa. Los monasterios cristianos, sobre todo los benedictinos, consolidan la red que funciona hasta nuestros días en el mundo entero. Al llegar el siglo XVII, comienzan las primeras etapas del racionalismo y la Alquimia aparentemente desaparece. En realidad vuelve a ocultarse y a hacerse anónima.

¡Ah! Esos grandes magos que conocen la Alquimia de la danza... sacralizan el mundo concreto. Aun siendo grandes ascetas hacen de su vida una magnífica celebración.

La Segunda Guerra Mundial señala el apogeo y al mismo tiempo la lenta decadencia de una época signada por el pensamiento científico. Desde ese momento comienza nuevamente a gestarse un callado retorno de la espiritualidad.

Hay alquimistas que trabajan en completo aislamiento. Saben de la existencia de la Conspiración pero no realizan tareas como la

Nosotros jamás dejamos de entregar sobres y de formar Conspiradores. Nuestros videntes nuevamente fueron exactos. ¡Retornan los alquimistas! Y esta vez, con el claro mandato de realizar la Conspiración de la Gracia en el mundo entero. Ahora nos

de cuidar o informar, son colaboradores ocultos y anónimos. A ellos llamamos simplemente "alquimistas". Por eso esta guía es para Conspiradores, Iniciados y Alquimistas.

llamarán, directamente, los Conspiradores. Y en plena era cibernética... el diálogo con el Cielo se habrá restablecido.

INICIADOS. Tienen la certeza absoluta del viajero. En su mirada vemos el color de su Alma. En contrapartida, ellos ven las dudas, vacilaciones y los posibles futuros de los aspirantes. Se limitan a decir lo necesario, pero intervienen cuando hace falta.
Son impecables, precisos, certeros. Compenetrados con su Alma, han conquistado varias fortalezas internas, han vencido en muchas batallas y han perdido en otras, comenzando una y otra vez. Si miramos sus ojos profundamente, veremos historias de todos los tiempos y la fuerza invencible de su persistencia.
Y una vez que estamos con ellos no dejan de cuidarnos. Nunca estamos solos dentro de la Conspiración.
Aspirantes, Conspiradores e Iniciados nos reconocemos enseguida.

Es recomendable leer con atención la definición de futuro explicada en esta misma guía. Los iniciados conocemos muchos caminos por los cuales generalmente se transita en la Tierra.

INTENCIÓN. Es lo que materializa el deseo del alquimista. Para el Iniciado es una gran prueba. La intención cambiará muchas veces los resultados que pueden obtenerse a través del amor, la pasión y la dirección.
La dirección es la flecha.
La intención es la fuerza que la mueve.
La pasión es el fuego.
La intención es la temperatura.
El amor es la fuerza impulsora.
La intención es la brújula.

INSATISFACCIÓN. Sensación insidiosa. Imposible de eliminar con gratificaciones externas. Proviene del Alma. La causa primera de toda insatisfacción es la desconexión con la fuente

que colma todos los deseos, los pedidos y las necesidades: Dios.

Jardines de Yeroskipos. Estos jardines, pegados al puerto de Paphos, tenían en la antigüedad la fama de haber sido los más extraordinarios y embriagadores de todos los tiempos. Dicen los relatos que en su interior había estatuas imponentes de todos los dioses del panteón griego. Su diseño exquisito contaba con fuentes, manantiales, grutas sagradas, árboles y flores de las especies más extrañas. Durante el reinado de los persas la belleza de los jardines de Yeroskipos brilló con un esplendor indescriptible. Esto se comprende: el tema central de la visión del mundo perfecto, según los iranios, es la de un inmenso jardín, muy parecido al Paraíso; allí todo tiene su sentido. En el centro brilla un espejo de agua que simboliza el lugar del Alma: al estar en la tierra, es capaz de reflejar el esplendor celeste. Estos jardines invitan, a quien penetra en ellos, a restaurar su Alma y su cuerpo al estado original, al dulce estado paradisíaco. El amor a la naturaleza que sentían los antiguos los hacía comparar las plantas, las flores y los frutos con estados elevados de conciencia. Las influencias egipcias llegaron también hasta Chipre a través del muy recordado Kinras, el más alto sacerdote del culto de Afrodita de aquellos tiempos. Él introdujo los rituales y los misterios egipcios en las festividades religiosas. Los egipcios también amaban los vergeles, por eso entre las especies que poblaban los jardines encantados de Yeroskipos flotaban en las fuentes los lotos de mil pétalos. Kinras, el gran sacerdote, se sentaba a sus deliciosas orillas contemplando los lotos abiertos, que simbolizan el disco solar. Para los griegos, en cambio, los

Quizá se trate de recuerdos lejanos de nuestra estadía en el Paraíso. Recuerdo el ruego de los peregrinos: "¡Oh, Afrodita! enséñanos a ser puros como el jazmín... ¡Ardientes como las rosas!".

jardines eran símbolos del lujo y del refinamiento descubiertos en Oriente a través de las conquistas de Alejandro Magno. En tiempos remotos, los árboles frutales rebosaban de dulces ofrendas para ser depositadas a los pies de Afrodita. Allí había manzanas, peras, jugosas naranjas... Los pinos ofrecían sombra, frescura y renovación a los peregrinos desde el primer día de su arribo a la Isla del Amor. Fabulosos pájaros de plumajes exóticos se paseaban entre macizos de flores de los colores más deslumbrantes. Hasta cuentan algunas versiones que había fuentes de aguas rejuvenecedoras. Arroyos de leche, de miel, de vino. Perfumes embriagadores flotando entre las hileras de columnas griegas señalaban el camino al templo de Afrodita. Fuentes con aromas de menta y alcanfor invitaban a los peregrinos a descansar y prepararse para el inicio de los rituales. Al segundo día se haría la inmersión en las aguas en el lugar donde había nacido la diosa. En los monasterios actuales, en el lugar más oculto a la vista profana, dentro del claustro, los monjes tienen un jardín muy parecido a los de Yeroskipos. Las casas musulmanas también encierran en su interior un jardín de las delicias bañado con aguas de una fuente o un extenso estanque. El jardín es, también, símbolo de lo femenino. Representa la fertilidad, la belleza, el crecimiento. Las fiestas de los dioses griegos se realizaban en míticos jardines —como el de las Hespérides, por ejemplo—, que simbolizaban el continuo renacer de la vida. Zeus y Hera festejaron allí su unión. En el lenguaje de los sueños, si el jardín es soñado por un personaje masculino, representa los genitales femeninos. Es que el jardín de la embriaguez y la fertilidad tiene una puerta que, al abrirse, revela un Cielo escondido. En

Los juegos están íntimamente relacionados con lo sagrado.

ese mítico primer día, además de disfrutar de los jardines de Afrodita, había juegos de todo tipo en los que alegremente participaban los peregrinos.

El amor tiene la facultad de trasladarnos inmediatamente al Kairós. Los conspiradores deben ser conscientes de este inmenso poder del amor.

KAIRÓS. Dimensión de tiempo que contiene el pasado, presente y futuro en forma simultánea y completa. En esta modalidad de tiempo se disfruta de un eterno presente. No existen los días, ni las horas ni los minutos. Es posible pasar del Khronos al Kairós, o sea detener el tiempo secuencial de los relojes a través de la oración, de la meditación o de un repentino estado de felicidad.

Un apego excesivo al Khronos... ¡qué gran paradoja! nos obliga a vivir en la más completa fantasía. En la irrealidad del pasado o del futuro.

KHRONOS. Dimensión de tiempo secuencial que se desplaza en forma irreversible del pasado al futuro. En esta modalidad del tiempo es muy difícil captar el momento presente, que es el único real.

MOMENTO DE CAMBIO. Pasaje de transición entre la acción puramente externa, irreflexiva, automática y la conciencia de sí. Etapa donde las actividades habituales ya no brindan más seguridad y se anhela algo inefable. Son instancias que provocan mucha angustia. No hay puntos de referencia, sólo es posible confiar en la intuición.

El Camino de los Misterios es un viaje hacia adentro. Los peregrinos aprenden a decidir de acuerdo con los dictados de su corazón. Entonces invierten el movimiento hacia afuera, hacen un giro en su vida, se atreven a decir no a las exigencias. Bucean en su interior, buscan el silencio, recuerdan quiénes son, hacen un paréntesis en su vida cotidiana. La Conspiración los ayuda a salir de sus paisajes conocidos y a liberar sus esencias. La Conspiración es poderosa, arrasadora: ayuda a los

¡La consigna es liberarse del miedo colectivo! Sólo así es posible encontrar nuevos caminos...

peregrinos a salir de sus zonas viejas y de sus falsas identidades.

NIGREDO. Es la primera etapa de la obra alquímica. Llamada también "obra de color negro", cuyo símbolo es el cuervo. El primer paso es encontrar la Materia Prima de la obra, encontrarse a uno mismo. Porque es con uno mismo con quien se trabaja a lo largo del Camino de los Misterios. La Nigredo desarma el viejo orden, disgrega, rompe estructuras.

De ahí el color de los sobres que envía la Conspiración.

Los convocados a la Nigredo del Camino de los Misterios son la avanzada, los pioneros, los exploradores, los enviados a vencer las resistencias y a abrir caminos nuevos; luego se irá sumando y sumando el resto, hasta alcanzar la masa crítica, que en un solo salto cambiará el nivel de conciencia del mundo entero. Dicha masa es alcanzada cuando una suficiente cantidad de individuos logran liberarse de viejos condicionamientos y arrastran con su sola vibración y presencia a los temerosos, a los inertes, a los que se resisten al cambio, a los que representan el viejo orden.

La Nigredo es el triunfo sobre uno mismo.

NIVELES DE CONCIENCIA. Cada generación trae la posibilidad de un salto de conciencia; sin embargo, esto no siempre se cumple. La evolución es un proceso lento a menos que intervenga un conocimiento espiritual, una práctica concreta, una oración alquímica que acelere los tiempos. En ese caso, la conciencia ordinaria avanza rápidamente a la supraconciencia. Éste es un nivel diferente del habitual, sin embargo se manifiesta en una realidad totalmente concreta. Los alquimistas conocemos éste y muchos otros secretos, el de la eterna juventud, el de la abundancia absoluta, el de la libertad. Tenemos también la información secreta de cómo trascender las

leyes del tiempo. Sin embargo nuestra principal búsqueda es el oro, el oro espiritual, la nueva conciencia.

Cuanto más despiertos estemos, más poder tendremos. El arma es la palabra: por medio de ella nos unimos a la luz o a la sombra, siempre que hablamos se activa nuestro poder, ya sea el creativo o el destructor.

NOVENA. Este ritual se lleva a cabo durante nueve días. Encendiendo una vela blanca y un poco de incienso, se anota en un papel el pedido al Cielo. Es importante tener cerca una imagen sagrada o un símbolo de la tradición a la que pertenece el peticionante o a la que se sienta más afín en ese momento. La primera vez es conveniente solicitar al Cielo la propia transmutación. Luego se puede seguir haciendo para pedir todo lo que un alquimista necesite en la tierra. Siempre teniendo sumo cuidado en no interferir en el destino de otros seres humanos. Es decir, el alquimista se dirige al Cielo con el corazón puro. Jamás solicita algo que no necesita verdaderamente. No especula, nunca pide nada superfluo. También puede invocar la gracia del Cielo para ayudar a los demás, siempre y cuando ellos se lo encomienden. Dios mismo creó el universo por medio de la palabra creadora. Nosotros heredamos el poder del verbo. Pero no somos Dios, somos sus hijos, hemos de crear en colaboración con el Cielo. Nos fue entregada un arma mágica para poder subsistir en este viaje que atraviesa sucesivos niveles de conciencia. La novena utiliza palabras purísimas elegidas ritualmente y que sólo responden a la luz, a Dios. No funciona de otro modo. Deben entonces elevarse las oraciones alquímicas rezando el rosario completo durante nueve días consecutivos. En el día décimo se realiza un agradecimiento. Siguiendo los mismos pasos, se enciende la vela, se prende el incienso, se inician las oraciones. Y, en el lugar del pedido, se agradece al Cielo por haber obtenido su respuesta en el nivel sutil. A partir de ese momento el Conspirador se prepara para recibir lo que ha pedido, pues tarde o temprano se hará realidad. Ir al laboratorio el primer día, encender una vela, preparar el incienso y trabajar para el propio crecimiento o la ayuda a los demás será un acto de férrea voluntad. El segundo día, quizá, también... Pero ya al tercero... estará esperando que se haga la hora señalada para ir a conversar con Dios en la intimidad de su espacio sagrado. El trabajo alquímico consiste en hacer una profunda transmutación espiritual y cada uno tiene su propio tiempo y ritmo.

Es recomendable hacer el ritual en soledad, en un lugar aislado y protegido de toda interferencia.

OFRENDAS. Las ofrendas tienen un sentido energético profundo. Al ofrecerle a la divinidad algo que se aprecia mucho, que es realmente un tesoro, se obliga a que del otro lado se genere una respuesta.

Hacemos un regalo. Nos desprendemos de algo que queremos... Enviamos un gesto hacia el Cielo.

ORAR CON EL CUERPO Y LA MIRADA. Existen potentes maneras de orar con el cuerpo: estar de pie, postrarse, arrodillarse o danzar. Los hebreos conocen muy bien el arte del balanceo sagrado... De pie como un árbol enraizado en la tierra, adherido profundamente a la experiencia en la materia, el hermano de la tradición hebrea se lanza al infinito balanceando la mitad superior de su cuerpo. Se mece inclinando la cabeza ante el creador en señal de arrobamiento y admiración. En ese movimiento de ida y vuelta une dos mundos a través de la oración: el sagrado y el profano. Respecto de las manos, cuando el Conspirador utiliza un rosario, sus dedos lo recorren cuenta por cuenta y de esta manera se aquieta el pensamiento. El tacto conduce al ser que ora a través de los seis pasos de preparación, el séptimo del pedido y las nueve alabanzas que cierran el círculo. Si no tuviera el rosario

Un ser apasionado pide y espera. No pide por si acaso o para cumplir una fórmula. Si pide, espera con pasión la respuesta. Quizá no llegue enseguida, quizás aparezca en una forma inesperada, pero hay una sola seguridad... ¡Llegará!

Lo vi hacer en muchas tradiciones como manera de reforzar la concentración. Por cierto que también vi levantar los ojos hacia lo alto en búsqueda de elevación.

Las posturas para orar son las mismas que tenemos para vivir. Estamos a veces aristocráticamente erguidos. Otras arrodillados, agradeciendo alegrías. A veces es bueno sentarse, hacer una pausa y aguardar la revelación del misterio o danzar con pasión, celebrando cada triunfo. Y, ¿por qué no reconocerlo?, ¡postrados, nos rendimos ante el Amor, cuando nos enciende el corazón!

en sus manos, y estuviera de pie, arrodillado, sentado o danzando, hará como hacen los hesicastas: abrirá sus brazos en cruz. En cuanto a la mirada, es usual cerrar los ojos físicos para abrir los del Alma. También es posible fijar la mirada en la llama de la vela o en un icono sagrado, éste es un gesto de poder y apasionamiento. La postración no es una postura habitual en Occidente. Los sufíes, en pleno desierto, se postran vueltos hacia la Meca y entran en contacto con la tierra a través de la punta de los pies, las rodillas, las palmas de las manos y la frente... Este gesto se remonta a tiempos muy antiguos, así oraban los beduinos, así debió orar Abraham y seguramente Moisés. Así se postraron los magos de Oriente ante el Cristo.

Pasión. Fuerza indescriptible y muchas veces imparable que alimenta el fuego. Elemento absolutamente necesario para poder unir los mundos del Cielo y de la Tierra, sueño y realidad, lo imposible y lo posible.
Esencial en la relación masculino-femenina. Sentimiento tan misterioso como la vida misma. Por lo tanto resulta difícil y casi imposible de describir con palabras. Sólo es posible sentirlo y actuarlo. Fuego de Cielo llevado a la Tierra y viceversa. No admite dudas ni fisuras. Es monolítico.

Poder. Elemento puro en Dios que ha sido malentendido por los hombres. Creado para dar libertad, se usa generalmente para quitarla. Por eso el alquimista lo usa en una forma transparente, recordando en todo momento de dónde viene y no poseyéndolo sino sirviendo de conductor. Al alquimista no le hace falta guardarlo, ya que tiene la habilidad de ponerse en contacto con la fuente divina que lo produce. Sabe perfectamente que mantenerlo consigo más allá del uso es sólo un peso, y le hace reducir la agilidad necesaria para moverse tanto en los mundos sutiles como en los concretos.

PRESENTE. Propiedad completa y absoluta que interviene en todas nuestras cosas y a la cual nos es imposible renunciar. Una vez que se es Conspirador, el presente es el centro de nuestra vida. El pasado y el futuro son una descripción del presente en el que los sentimos, los recordamos o los deseamos. Es el presente desde donde vamos construyendo lo que pasó o lo que pasará. El futuro es sólo una expresión del deseo que sentimos en el ahora. El futuro no existe hasta el momento en que se convierte en presente.

Por lo tanto, el futuro, existe sólo en el presente ¡Qué secreto tan obvio! ¿Cómo puede ser que nadie se dé cuenta?

PRIMA MATER. Material con el que se empieza la obra. Debe ser puesto dentro del atanor y sellado herméticamente. Irá mutando luego de ser sometido a diversas operaciones de destilación, calcinación, solución y coagulación, entre otras. El alquimista extraerá de esta materia, llegado el final de la obra, una piedra brillante como una estrella. Es la llamada piedra filosofal. Con ella en sus manos podrá fabricar oro, simplemente poniendo en contacto la piedra con cualquier metal. La Prima Mater es el mismísimo aspirante a alquimista, también llamado aspirante a Conspirador, Buscador de la Gracia o peregrino del Camino de los Misterios.

La materia prima es ese ser humano, tal cual lo encontramos al entregarle el sobre. En general es un poco bueno, un poco malo, está lleno de firmes propósitos y casi siempre obtiene escasos resultados. Es dueño de triunfos y fracasos, vive fluctuando entre miedos e ilusiones. Esto es así hasta que el aspirante se compromete a seguir una línea espiritual definida y persiste en ella.

REALIDAD. Para los Conspiradores no existe la realidad objetiva.
La "realidad" es una percepción personal y tiene que ver con la visión del Alma y con los ciclos naturales. En los días en que el mundo

dejó de ser sagrado y se despreciaron los conceptos de las tradiciones por considerarlos oscuros e ingenuos, la realidad pasó a ser una extraña presencia abstracta, desconectada de la vida, regida por relojes, teorías y objetivos, separada del ritmo vital.

Recursos para enfrentar la realidad. La *rebeldía* es hasta cierto punto necesaria, en las dosis adecuadas. No sirve cuando es un estado permanente de indignación porque genera violencia y resentimiento. Sirve para tomar conciencia de la diferencia entre lo que es y lo que puede llegar a ser. La *resignación* puede aniquilar la esperanza y transformarse en culpa o escepticismo. Sin embargo, una dosis de *aceptación* es necesaria porque es útil para liberarse del pasado e ir hacia adelante… La *esperanza* es, en cambio, un triunfo sobre las limitaciones. Quien la posee es libre, por lo tanto es invencible.

La Conspiración de la Gracia propone una esperanza activa, un hacer ya, aquí y ahora, un transmutarse día a día. ¡Es una esperanza que conquista la gracia poco a poco y en forma irreversible!

La *continuidad* es un recurso poderoso. Todo debe hacerse con continuidad. El amor, la fe, la pasión, pueden disminuír o aumentar de intensidad pero no pueden pararse. La continuidad es como la respiración. El abstenerse de ella nos priva de lo vital, como el dejar de respirar nos acerca a la muerte.

Reloj de arena. El reloj de arena simboliza la posibilidad mágica de invertir condiciones desfavorables. Siempre es posible empezar algo totalmente nuevo. Por eso es bueno tener cerca un reloj de esta clase cuando el Conspirador esté por iniciar una novena. En el último día, para cerrar con fuerza el pedido, después de la última oración y de hacer el signo de la tradición, se deberá dar vuelta el reloj de arena en un decidido gesto y esperar...

La bendición llegará como una lluvia de luz desde el Cielo. El exterior siempre refleja nuestro interior.

SIGNO DE LA CONSPIRACIÓN DE LOS ALQUIMISTAS. Consiste en un medallón, o sello, que lleva grabadas tres llamas, los tres fuegos que posee todo alquimista. El *fuego físico*, el que se enciende en el laboratorio, el *fuego de la pasión*, que se enciende en su vida cuando inicia este camino, y el *fuego del espíritu*, que lo sostiene. Es también la poderosa letra *Sin* del alfabeto hebreo.

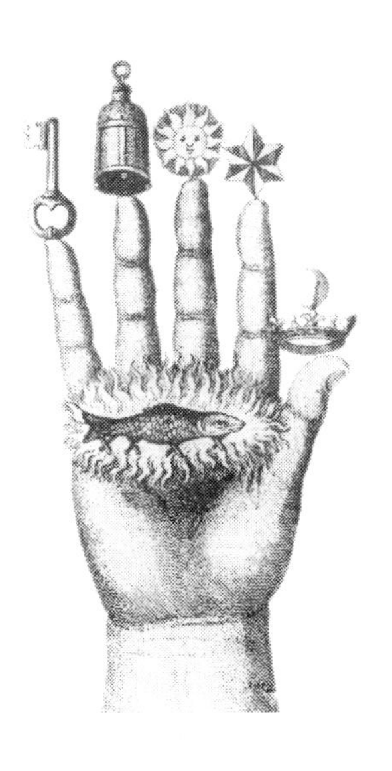

SÍMBOLOS, IMÁGENES. Las imágenes y los símbolos dicen más que las palabras. El símbolo pertenece al arte del silencio... anterior al Verbo. Y, según las tradiciones, hubo un silencio profundo antes de la Creación. El camino alquímico enseña ambos lenguajes a los Conspiradores: el de los símbolos y el de la oración; los dos son sagrados. Es conocido en las altas escuelas de iniciación el sistema de entregar al discípulo un símbolo para que lo incube en su Alma. Al contemplarlo, aun sin conocer su significado, el aspirante va adquiriendo, en forma inconsciente, las cualidades del símbolo. La imagen de la Virgen negra, por ejemplo, es un icono oriental poderosísimo. Sus facciones tienen rasgos muy particulares. Reflejan el verdadero rostro de María, la judía. También el arte musulmán de los sufíes, aun cuando no representa imágenes humanas, es sabio en la utilización de los signos. En las ornamentaciones e inscripciones caligráficas de sus espacios sagrados, los sufíes transmiten símbolos poderosos que actúan directamente sobre el Alma. Y los *mizrah* de los hebreos son maravillas que llaman a la oración con sus hermosísimos grabados de estrellas, de árboles, de misteriosas manos, de letras cabalísticas.

El rostro oscuro, enigmático y deslumbrante de una alquimista natural.

Su sentido es el mismo que tienen los iconos: orientan la energía hacia el Cielo, son puertas entre dos mundos.

SOMBRA. Dicen las historias antiguas que el que ha vendido su Alma al diablo no tiene

Lo que no dicen las historias es que los diablos

hace rato que ya no compran Almas. No tienen dónde guardarlas. Están repletas las capacidades hoteleras.
La realidad es que somos nosotros mismos los que ponemos nuestra propia Alma en cajas atractivas herméticamente cerradas y envueltas con papel de regalo. Para evitar que se escapen en nuestro desesperado afán de venderlas.

sombra. Que a cambio obtiene recursos materiales y placeres varios.

TANTRA. Es una visión del universo, no una religión. De origen hindú, considera que la Diosa, Shakti, y el Dios, Shiva, se manifiestan como fuerzas puras del universo a través de los amantes, conduciéndolos a la más alta manifestación espiritual. Considera el amor como una puerta de acceso a elevadísimos niveles de conciencia. A través del sexo, absolutamente sagrado, los amantes entran en armonía con la corriente vital que mueve el universo.
La unión es sacralizada, ritualizada, consagrada a la divinidad. Los amantes se trascienden a sí mismos. Buscan un estado de éxtasis, de felicidad. Para los tántricos el goce y la espiritualidad no son incompatibles tal como lo considera el mundo occidental. Esta forma de amar supone una visión no ordinaria de la realidad. La potencia creadora reside en el sexo. Al sacralizarlo, los amantes acceden a una fuente de energía de tremendo poder que multiplica su propia creatividad. Shiva, el polo masculino, es el dios danzante, el adorador de Shakti, el polo femenino.
En el Tantra la mujer es considerada fuente de vida y poseedora del secreto de los secretos, el de la generación. Las mujeres deberían tomar conciencia de su verdadero poder y hacer emerger a LA MUJER que yace dormida en sus profundidades con toda su fuerza vital. La mujer es en el Tantra tan respetada como en la Alquimia. El concepto que el alquimista tiene de la escencia femenina es absolutamente tántrico. Y no tiene relación alguna con el enfoque patriarcal de dominación y sometimiento, donde la mujer es una presa que hay que cazar, o comprar. Los alquimistas jamás

entramos en relaciones de seducción y de fuerza. Quien conozca el amor Tántrico, jamás volverá a ser el mismo. Es la vivencia más fuerte y transmutadora que existe. El atanor del amor, no tiene igual.
Uno de los rituales secretos que está permitido develar a los conspiradores en esta primera etapa es el del triángulo ceremonial o estrella de seis puntas.
El adepto traza en el lugar donde tendrá lugar la unión, un triángulo rojo invertido, y en su centro un punto simiente, el "bindu". Medita sobre este símbolo, recita los mantrams sagrados y proyecta allí la imagen de su amada como la Shakti universal. En ella está la puerta que lo llevará a un nivel de conciencia superior. Luego ella superpone a ese trazado un triángulo blanco, con el vértice apuntando al Cielo, símbolo de Shiva, lo masculino sagrado, y medita sobre el "bindu" o punto central de unión de las dos fuerzas. Sólo después de haber sentido el profundo misterio de esa estrella de seis puntas trazada ritualmente darán comienzo al amor. El triángulo sagrado les hará recordar en cada caricia, en cada beso, en cada palabra, el verdadero significado del amor.

TIFÓN. Representa la bajeza, la trivialización que nos acecha si permitimos que nos dominen la mezquindad, los celos y la envidia. Al igual que el dragón, Tifón es un monstruo creado por el deseo pervertido. En cambio, el espíritu enciende en nosotros deseos luminosos. Zeus, dios del rayo, decide engendrar una hija, haciéndola nacer directamente de su cabeza sin participación de su esposa. En venganza, loca de celos, de resentimientos, envenenada por la envidia, Hera, su esposa, decide por su lado engendrar un hijo sola. Éste será el rival de la hija de Zeus, quien tenía por nombre Atenea. Como sólo los dioses saben hacerlo, Hera golpeó la tierra. Estremecida, concibió en un instante al hijo de su resentimiento, que comenzó a crecer en su vientre alimentado con todo tipo de maquinaciones malignas. Cuál no sería su horror cuando, en el día de su nacimiento, vio que había parido un horrible monstruo llamado Tifón. Apenas nacido, éste fue confiado a la serpiente Pitón para su crianza. Entonces, Zeus, en un combate de proporciones gigantescas, lo venció descargando sobre él su rayo de Cielo. El monstruo se refugió en un volcán y, según lo aseguran los relatos mitológicos, desde allí desciende de vez en cuando hacia las profundidades del mar. Su aparición sirve para recordarnos qué clase de horribles monstruos son capaces de generar las mentes presas de pasiones nefastas, odios y resentimientos.

Tifón es cada vez más grande a medida que pasan los siglos, en los tiempos actuales une los continentes.

Toro. Materia, fuerza primaria. Desatado y sin conductor, el toro representa la posesión y el hechizo al que es capaz de sometemos la materia. Algunas enseñanzas espirituales de Oriente consideran a la materia como un obstáculo en el camino espiritual. En la concepción alquímica, en cambio, pensamos que la materia debe ser dominada y redimida. Tal es nuestro gran desafío. El espíritu necesita encarnar en la Tierra... El mundo concreto nos da esta oportunidad: somos los constructores de una nueva Tierra donde la materia colabora con nosotros, por eso lo nuestro es una Conspiración. Estamos cambiando las viejas reglas de juego: el toro de la materia debe seguirnos obedientemente y ocupar su lugar en la creación, no a la inversa.

Los seres espiritualmente fuertes sabemos dominarlo y ponerlo al servicio de la evolución. Jamás lo ignoramos, lo tratamos con respeto pero al mismo tiempo con autoridad. Entonces, nos sigue dócilmente.

Tradiciones. No se trata de ser rígidamente obedientes a ellas, esto sería una involución:

repetir en forma mecánica viejos esquemas no es un camino de crecimiento. La vida es cambio, movimiento, apertura a nuevas soluciones, creatividad, adquirir conocimientos. Lo rescatable de cualquier viaje al pasado, buceando en las tradiciones, es buscar lo que buscaban los maestros: el conocimiento. Rastrear la médula, los significados, las llaves ocultas a los profanos, como ha sucedido y sucede en todos los tiempos.
Las tradiciones son importantes porque han persistido. Conocen bien la fuerza que otorga la continuidad, clave para la obra alquímica.

TRANSMUTAR. Proceso donde se observa que la materia va cambiando de color y de consistencia. De un color negro calcinado por el fuego pasa a ser de un blanco purísimo. Y luego, de un rojo intenso. Cuando finalmente se transmuta en piedra filosofal, transforma en oro todo lo que toca.

Para un Conspirador, trasmutar significa... no repetirse. Cambiar para siempre las viejas conexiones, las viejas maneras de funcionamiento energético. Modificar los circuitos habituales de la mente, que están fosilizados. Adoptar comportamientos nuevos.

UMBRAL. CAMINO ALQUÍMICO. Pasar un umbral en el camino alquímico significa entrar en un nuevo estado de conciencia. El primer umbral del Camino de los Misterios es enfrentarse con la propia verdad. En los ritos de iniciación, se colocaba simbólicamente sal en los umbrales, como una línea divisoria en el piso, para evitar que las viejas energías retuvieran al aspirante en un estado inferior de conciencia. La sal es el símbolo de la gran obra alquímica y los dragones no la atraviesan. Es el tercer elemento, que trasciende los opuestos (azufre y mercurio, masculino y femenino, espíritu y materia).

Los alquimistas llamamos a esta etapa: "la visión de la realidad". Es un paso necesario que jamás debe ser salteado. Es preciso ver al dragón del miedo, enfrentarse a él con toda decisión y exigirle que nos

VID, VINO. En el antiguo Israel, la vid es un árbol divino y el vino es el néctar que contiene el conocimiento. Dicen las tradiciones que

devuelva lo que nos ha robado, nuestra escencia.

Noé, aquel primer alquimista, el que tuvo el mandato de comenzar un nuevo ciclo, fue quien plantó la primera vid de la nueva alianza. También la Diosa Madre originaria era llamada la Diosa de la vid.

El vino es elixir de vida, símbolo de conocimiento y de iniciación, así como el pan lo es del alimento del Alma. Para los sufíes, el vino es la bebida del amor divino. Lo llaman *nabulusi*, designa la embriaguez mística, el elixir de la nueva vida. Cristo es también asimilado a la vid en las tradiciones cristianas.

Índice